KB105166

# 이웃집에
# 늑대가 산다

이웃집에 늑대가 산다 1

초판 1쇄 찍은 날 | 2015년 10월 7일
초판 1쇄 펴낸 날 | 2015년 10월 16일

지은이 | 서이나
펴낸이 | 서경석

편 집 책 임 | 조윤희
편        집 | 이은주
                주은영
디  자  인 | 신현아

펴  낸  곳 | 도서출판 청어람
등록번호 | 제387-1999-000006호
등록일자 | 1999. 5. 31
어람번호 | 제11-0024호

주소 | 경기도 부천시 원미구 부일로 483번길 40 서경B/D 3F (우) 14640
전화 | 032-656-4452 팩스 | 032-656-4453
http://www.chungeoram.com
E—mail | chungeorambook@daum.net

ⓒ 서이나, 2015

ISBN 979-11-04-90441-7   04810
ISBN 979-11-04-90440-0   (SET)

※ 파본은 구입하신 서점에서 교환하여 드립니다.
※ 저자와 협의하여 인지를 붙이지 않습니다.
※ 이 책은 도서출판 청어람과 저작자의 계약에 의해 출판된 것이므로,
   무단 전재 및 유포·공유를 금합니다.

# 이웃집에 늑대가 산다

서이나 장편 소설 1

도서출판 청어람

# CONTENTS

* 본문 중 한국어는 " ", 영어는 「 」, 아랍어는 『 』로 대사 진행됩니다.

## 1. 아프리카, 그곳에서 만나다

칠흑 같은 밤하늘 위로 크고 뚜렷한 보름달이 환하게 빛났다.

모두가 잠든 밤. 정적이 내려앉는 것이 당연했지만, 그 정적을 깨뜨리고서 누군가 거친 숨소리를 내뱉으며 달려가고 있었다.

인간이라 할 수 없는, 흡사 짐승과도 같은 속도와 몸놀림. 그리고 아무렇게나 흐트러진 은빛 머리카락 사이로 매서운 황금빛 눈동자가 번뜩였다.

『디으분 인싼!』

멀리서 걸쭉한 사내의 목소리가 흩어졌다. 그 목소리에 달리던 이의 속도가 더더욱 빨라졌고, 마침내 몸을 숨기려는 순간.

탕!

"윽!"

매섭게 울리는 총성.

뜨거운 화염이 남자의 어깨를 꿰뚫었고, 그의 잇새로 고통스런 신음이 새어나왔다. 하지만 남자는 달리는 속도를 늦추지 않았다. 여기서 잡히면 끝장이니까. 분명 자신을 죽이고 말 테니까!

결국 총성이 희미해진 곳까지 달려간 그는 잠시 눈을 감고 주변을 살피다 그제야 제대로 추격자를 따돌렸다는 걸 깨닫고서 숨을 내뱉었다.

"하아, 하아, 하아!"

뜨겁고 불안정한 호흡. 보름달이 그의 머리 위로 선명하게 드러났다. 말간 얼굴 속에 연신 꿈틀거리는 황금빛 눈동자와 마치 새벽 달빛이 스며든 듯 매혹적으로 휘날리는 은빛 머리카락. 분명 겉모습은 인간인데, 인간이 아닌 것만 같았다. 흡사 야생 늑대와도 같은.

'더는 한계인가?'

그는 거친 숨을 삼켰다. 이를 악물고서 어깨에 박힌 탄환을 꺼내기까지 한 그는 몇 걸음 걸어가다 이내 그대로 쓰러지고 말았다. 안간힘을 썼지만 몸이 말을 듣질 않는다.

'빌어먹을……'

시간이 흐르기 시작했다. 보름달이 점차 희미해지고, 괴괴한 정적이 쓰러진 사내를 가리며, 그렇게 새벽을 향해 달리고 있었다.

기회의 땅이자 거대한 생명이 숨 쉬는 아프리카. 한국과 아주 멀리 떨어진 이곳이라면 마음 정리도 제대로 할 수 있을 것 같아서, 치열하게 일에만 매달리면 한국에서의 그 복잡한 일과 감정들을 제대로 털어낼 수 있을 것 같아서 일부러 아프리카 의료봉사를 자원한 거였는데…….

"아오, 젠장. 이런 시베리아 벌판에 씨발린 사과 같으니!"

참고 참았던 거친 욕설이 마구 터져 나왔다.

지금 상황은 매우 좋지 않았다. 도로가 무너진 탓에 구급품이 의료봉사 지역으로 들어오지 못해 직접 물건을 나르던 도중 길을 잃어버렸고, 엎친 데 덮친 격이라고 몇 달 동안 가뭄이 계속되던 아프리카에 한 줄기의 비, 아니, 한바탕 폭우가 쏟아진 것이다.

왜 하필이면 오늘, 오늘 비가 쏟아진 거냐고!

"사람이 없어졌는데 어떻게 찾으러 오는 사람이 없어? 나 없어진 거 모르는 거 아니야? 그럴 리가 없잖아! 내가 이렇게 구급품도 들고 있는데! 나는 기억 못 해도 이건 기억할 거 아니야!"

척박한 아프리카에서는 사람보다 구급품이 더 소중했다. 처지가 처량하긴 했지만 그것이 현실인 걸 어찌할까. 세단 역시 그걸 알기에 이 엄청난 상황 속에서도 이 무거운 구급품을 버리지 않고 사수하고 있는 것이다. 여기에 들어 있는 약품이며 붕대, 각종 진통제에 수십, 수백 명의 목숨이 달려 있기에.

하지만 먹구름은 걷힐 기미가 보이지 않았다. 안 그래도 위험한 곳인데 날까지 저물어 버리면 정말 내일 떠오르는 태양을 볼 수 없을지도 모른다. 그나마 다행인 건 빗줄기가 약해졌다는 거?

"원래 조난당하면 그 자리에서 기다려야 한다고 하지만, 기다리고 있다가는 먼저 죽게 생겼어."

야생동물이라도 나타나면 끝장이야. 게다가 비를 맞아서 체온도 서서히 떨어지고 있기에 비를 피할 곳을 찾고 불도 피워야 한다. 혹시 모르잖아? 연기를 보고 사람들이 구하러 올지.

결국 세단은 구급품을 꼭 끌어안고서 걸음을 내디뎠다. 워낙 인적이 드문 곳이라 제대로 된 길이 있을 리 만무할 터. 그냥 걷는 것 자체만으로도 체력 소모가 장난 아니었다. 그래도 조금이라도 앞이 보일 때 몸을 숨길 만한 곳을 찾아야 하는데.

"첫 해외의료봉사에서 이런 재수 옴 붙은 일이 생길 줄이야……. 아니면 불순한 마음으로 참가해서 그런 건가?"

봉사도 봉사였지만 그녀가 아프리카에 온 진짜 이유는 오직 하나. 한 남자와의 관계에 제대로 친구라는 마침표를 찍기 위해서였다.

빽빽이 앞을 가로막은 덤불을 헤치며, 마치 모 프로그램에 나오는 개그 맨처럼 위풍당당하게 걸음을 옮기던 세단은 순간 발에 뭔가가 걸려서는 몸을 휘청였다.

"어, 어!"

그렇게 휘청이다가 균형을 잡지 못한 채 진흙 구덩이 위로 뒹굴고 말았다. 그 순간에도 세단은 구급품을 꽉 끌어안고 있었다.

"아익! 진짜 오늘 왜 이래. 내가 뭘 잘못했느냐고! 아무리 동기가 불순했다고 하지만 그래도 최선을 다하고 있는데!"

결국 온몸이 흙투성이가 된 세단은 정말이지 울고만 싶었다.

물론 처음 해외 봉사를 지원했을 때 어느 정도 고생은 각오했었다. 그것도 다른 지역도 아닌 아프리카였으니까.

아프리카는 모든 것이 풍족했던 서울과는 달랐다. 의료품은 턱없이 부족하고 의료장비 하나 제대로 갖추어진 것이 없었다. 하지만 도움의 손길이 필요한 환자가 그 어느 곳보다 많아 바쁜 곳이었다. 그래도 오늘처럼 힘든 적은 없었다. 아니, 아침까지만 해도 기분이 퍽 좋았다. 외과의 인력이 부족해서 몸이 열 개라도 모자랐던 상황에 드디어 새로운 의과의가 오신다고 했으니까. 얼핏 들은 얘기로는 엄청난 실력을 가진 천재라고 했다.

"빌어먹을. 대체 뭐에 걸려 넘어진 거야."

화풀이할 상대가 없어서 나무인 줄 알면서도, 그래도 그거에라도 욕을 좀 해야겠다는 생각에 몸을 일으킨 세단은 저도 모르게 신음 소리를 내뱉었다.

"아윽, 뭐야."

발목으로 알싸하게 퍼지는 통증에 얼른 발목을 확인한 그녀의 눈동자에 절망이 피어올랐다. 이미 검붉은 색으로 부어오르고 있는 발목은 아주 단단히 삔 것 같았다.

"그래, 오늘 아주 재수 드럽게 없는 날이구나! 죽지 않고 있는 걸 다행으로 여겨야 하는 거냐? 엉?"

세단은 조심스럽게 일어났다. 한 걸음, 한 걸음 걸을 때마다 발목이 끊어져 나갈 듯 비명을 질러댔다. 이래서는 정말로 날이 저물고 말 텐데!

"아니지. 절대로 이대로 무너질 순 없지!"

세단은 이를 악물었다. 몸을 의지할 만한 나무 막대라도 찾을 생각에 주위를 이리저리 둘러보다가 뒤를 돌아보았다. 그 순간, 세단은 저도 모르게 날카로운 비명을 질렀다.

"하, 하, 악!"

그녀가 걸려 넘어진 것은 그냥 굴러다니는 부러진 나무가 아니라 사람의 다리였다. 아니지. 그냥 다리를 닮은 나뭇가지가 아닐까? 세단은 비명을 지르면서 사람의 다리로 보이는 그것을 슬쩍 찔러봤다. 하지만 역시 나무가 아니었다. 진정 사람의 다리가 확실했다.

"아악! ……아니지. 이러고 있을 때가 아니지. 사람이 쓰러진 거잖아!"

침착하자, 침착해. 이 사람도 조난당해서 쓰러진 걸지도 모르잖아.

세단은 벌렁거리는 가슴을 가다듬고서 얼른 의사 정신을 일깨웠다. 몸을 덮은 덤불을 걷어내니 그 아래 있는 건 남자였다. 그것도 굉장한 거구의. 그는 이런 곳에서 보기 힘든 하얀 셔츠에 청바지를 입고 있었다.

"원주민이 아닌가?"

그건 나중에 따지기로 하고, 세단은 침착하게 남자의 맥을 확인했다. 그런데 뭔가 이상했다. 손가락 끝에서 느껴지는 맥이 너무 빨랐다. 사람이 기절하면 보통 맥이 느려져야 하는데, 왜 이러지? 내가 잘못 판단한 건가? 아닌데?

"분명 정상보다 훨씬 높은데."

그 순간, 정신을 잃었다고 생각한 남자가 갑자기 세단의 손을 덥석 잡고서는 그대로 뒤로 힘껏 밀었다. 순식간에 벌어진 상황에 세단은 저도 모르게 눈을 질끈 감았다가 떴다. 눈앞에 낯선 남자가 매서운 시선으로 내려다보고 있었다.

"하."

말도 안 되고 이해도 안 되는 상황에 헛숨만 나왔다. 생각이란 놈이 상황을 따라가지 못하고 버벅댔다. 그러다가 드디어 현실을 인지한 세단은,

"악!"

아주 진심으로 공포에 찬 비명을 질렀다.

덥수룩하게 자란 머리카락 너머로 살벌한 시선이 느껴졌다. 사람이라 부르기도 무서운 몰골에 세단은 기겁을 했다. 게다가 지금 이 자세도 문제였다! 움직이지 못하게 두 손을 붙잡고 온몸으로 누르고 있는 이건 완전히!

'덮치는 거잖아! 변태 아니야?'

하지만 남자는 못 볼 걸 본 것처럼 인상을 찡그리며 세단을 거칠게 밀쳐냈고, 세단은 다시 진흙 구덩이 위를 뒹굴었다.

"흐흡!"

하필이면 다친 발목에 또 무리가 가 신음 소리가 절로 나왔다. 젠장!

하지만 세단은 차마 남자에게 따질 수도 없었다. 한국말을 못 알아들을 게 분명하기도 했지만, 무서웠다. 야만인인가? 그럼, 나 여기서 죽는 거야? 재수 없는 날의 끝판까지 가야 하냐고!

"내 몸에 함부로 손대지 마."

정말로 죽는…… 잠깐!

세단은 눈을 번쩍이며 고개를 획 돌렸다. 그러고는 정확히 남자의 입을 빤히 바라보았다.

"한국말……."

하지만 남자는 세단을 철저하게 무시했다. 그는 잠시 주위를 두리번거리더니 아무렇지 않게 등을 돌렸다. 저벅저벅 걸어가는 뒷모습을 세단이

잠시 멍하니 바라보다가 화들짝 놀라 다급히 그를 불렀다.

"이봐요! 한국말 할 줄 아는 거죠? 그렇죠? 여기 어디 사는 사람이세요? 제가 길을 잃었는데. 그러니까, 저 좀 도와주시면······."

하지만 남자는 아예 세단을 잊어버린 것처럼 제 갈 길만 가고 있었다. 세단은 점점 멀어지는 그림자을 뚫어져라 응시했다.

이쯤 되면 불쌍해서라도 뒤돌아봐야 하는 거 아니야?

"한국말이었어. 그래, 한국말."

세단은 다시 구급품을 꼭 끌어안고서 절뚝거리며 필사적으로 남자의 뒤를 쫓았다. 솔직히 낯선 남자에 대한 두려움이 완전히 사라진 것은 아니지만, 지금은 그런 걸 따질 여유가 없었다.

남자의 걸음은 생각보다 느렸고, 세단은 발이 불편함에도 불구하고 그를 쉽게 쫓을 수 있었다. 그렇게 다시 도움을 요청할 생각으로 그를 붙잡으려는 순간.

"이봐요, 분명 한국말을······. 윽!"

그녀의 손이 등에 닿으려는 찰나, 남자가 뒤로 돌더니 세단의 손목을 세게 비틀었다. 마치 뒤에도 눈이 달린 것 같은 엄청난 반사 신경이었다.

세단이 너무 놀라서 눈물을 찔끔 흘리며 그를 바라보았다. 그 순간, 저도 모르게 온몸이 얼어붙고 말았다.

"내 몸에 함부로 손대지 말라고 했지."

세단은 굉장히 낮고 차가운 목소리에 움찔했다.

자신을 빤히 바라보는 그의 눈빛이 묘했다. 한 번도 본 적 없는 회색빛 눈동자였다. 잿빛으로 텅 빈 눈동자가 세단을 똑바로 응시했다.

"여, 역시 한국말 할 줄 아네!"

남자는 기가 막히다는 표정을 지었다.

"그게 중요해?"

"저한테는 그게 중요해요. 저 좀 도와주실래요? 여기 근처에 의료봉사 캠프가 있어요. 저 거기 의사거든요? 그러니까 거기까지 데려다 주세요. 아니, 가는 방향이라도…….."

무서웠다. 두렵고, 무척이나 떨렸다. 하지만 세단은 침착하게 말을 하려고 안간힘을 썼다. 그의 도움이 절실하게 필요했다. 어느새 비는 완전히 그쳐 있었다. 그러니까 방향만 알면 얼마든지 돌아갈 수 있을 것이다.

"의사?"

"맞아요, 의사예요."

"그건 봐야 아는 거고."

"네?"

남자는 손을 그제야 풀어주었다. 세단은 제법 욱신거리는 손목을 살펴보았다. 세상에, 얼마나 세게 잡았는지 그새 퍼렇게 멍이 들어 있었다. 그런데 저 남자, 열이 있나? 체온이 좀 뜨거운 것 같은데…….

'저대로 괜찮은가? 다시 살펴봐야 하는 거 아닌가?'

그때 남자가 갑자기 그녀의 앞으로 고개를 숙였다. 세단은 저도 모르게 움찔하여 뒷걸음질 치려고 했지만 남자의 목소리가 강압적으로 그녀의 움직임을 붙잡았다.

"그 상태에서 계속 무리해서 걷다간 다시는 못 걸을 수도 있어."

"네?"

"발목."

세단은 그제야 그가 제 발목을 살피려 한다는 걸 깨달았다. 어떻게 알았지? 계속 나 보고 있었나?

그는 검붉은 멍으로 덮인, 퉁퉁 부은 발목을 살펴보았다. 그러고는 짧게 말했다.

"아파도 참아."

"뭘, 아악!"

그는 그녀의 발등을 꽉 잡고서 그대로 힘을 가했다. 그러자 참을 수 없는 고통이 밀려들어 세단은 저도 모르게 비명을 지르고 말았다.

"악! 대체 뭐하는 거예요!"

하지만 그는 세단의 말은 무시한 채, 그녀가 안고 있던 구급상자를 빼앗아 붕대를 찾고서는 능숙하게 발목을 감쌌다.

"잠깐 동안은 걸을 수 있을 거야. 캠프에 도착하면 제대로 치료받아."

"네?"

잠깐의 고통 이후로 시큰거리던 발목의 통증이 한결 덜해진 것 같아 세단은 저도 모르게 눈을 동그랗게 떴다.

"따라와."

"네?"

"따라오라고."

"데려다 주시는 건가요?"

남자는 귀찮은 듯 더는 아무 말도 하지 않고 다시금 제 갈 길을 가기 시작했다. 그러자 세단은 당황했다.

뭐야. 정말 알고 가는 거야? 믿고 따라가도 되는 거냐고!

하지만 어쩌겠는가. 방법이 없는데. 일단 그를 따라가 보는 수밖에.

세단은 조심스럽게 걸음을 내디뎠다. 그러고는 다시 살짝 놀랐다. 통증이 완전히 사라진 건 아니지만 그래도 걷기가 한결 수월해진 것을 느꼈기 때문이다.

'설마 의사인가? 에이, 말도 안 돼. 아무리 사람을 겉만 보고 판단해서는 안 된다고 하지만……'

세단은 남자의 뒤를 따라가면서 그를 힐끔거렸다. 생김새가 마치 늑대 소년을 보는 것 같았다. 까만 머리카락은 마구 자라 엉켜 있었고, 턱수염도 제대로 깎지 않아서 덥수룩했다. 게다가 덩치는 얼마나 큰지. 여기저기 찢어지고 흙투성이가 된 옷까지 더해지니 거지가 친구 하자고 달려들 것 같았다. 저런 사람이 어떻게 의사야. 물론 지금 내 몰골도 말은 아니지만.

그런데 어깨에 저 희미한 붉은 얼룩은 서, 설마 피?

'에, 에이, 설마. 그냥 흙바닥에 나뒹굴어 생긴 얼룩이겠지. 근데 한국인은 아닌 것 같은데, 여기 어디 사는 사람인가? 근데 한국말을 왜 저렇게 잘해?'

회색빛 눈동자가 참 묘했다. 어느 나라 사람일까? 혼혈 같은 건가.

세단은 혹시나 하는 생각에 남자와 어느 정도 거리를 두고서 걸음을 옮겼다.

얼른 이 구급품을 전해줘야 하는데. 그리고 새로 오신다는 그 천재 외과의도 만나봐야 하는데!

긴가민가한 심정으로 얼마쯤 걸었을까. 비는 그쳤지만 하늘에 먹구름이 잔뜩 끼어서 주변이 너무 어두웠다. 덕분에 시간이 얼마나 흘렀는지 알 수도 없어 세단은 이젠 믿고 안 믿고를 떠나 두려움에 남자의 뒤에 아주 바짝 붙었다.

"저기요, 아직 멀었나요?"

"내 몸에 닿지 마."

"안 닿았어요!"

아까부터 계속 민감하게 난리네. 솔직히 말해서 먼저 내 몸에 닿고 덮친 건 그쪽이잖아! 설마 어울리지 않게 결벽증 있는 거야? 하, 정말 말도 안 된다. 그러고 보니 처음부터 반말도 막 하고. 세단은 억울함에 입술만 삐죽거렸다.

그래, 이건 내가 참자. 여긴 한국도 아니니까.

"다 왔으니까 가까이 오지도 마."

다 왔다고? 세단은 남자의 걸음이 향하는 방향을 유심히 살폈다. 그러자 가까운 곳에서 불빛이 아른거리는 것이 보였다. 진짜 다 온 거야? 살았다, 살았어!

세단은 구급품을 소중히 끌어안고서 남자를 향해 고개가 땅에 닿도록 푹 숙이며 인사했다.

"정말 감사합니다. 인사가 늦었는데, 발목 고쳐 주신 것도 감사드려요. 물론 따지고 보면 원인 제공자이시긴 하지만, 뭐, 그래도 어쨌든. 아! 그리고 아까 의식을 잃고 계셨었는데 혹시라도 몸에 이상이 생기면 꼭 찾아와 주세요. 열이 좀 있는 것 같았거든요. 맥박도 높았고. 바쁘지 않으시면 지금 같이 가셔서 진찰을 받으셔도 좋을 것 같은……"

돌아오는 대꾸가 없어 혼자만 막 떠들고 있는 것 같아 민망한 마음에 슬쩍 고개를 든 세단은 아예 고개를 딴 쪽으로 돌리고 있는 남자의 모습에 미간을 잔뜩 구겼다.

아니, 사람이 말을 하는데 듣는 척은 해야지. 아무리 여기가 한국이 아니라지만 매너는 만국 공통 아니냐고!

"저기요, 절 도와주신 건 맞는데, 그래도 이렇게까지……"

"시끄러."

"하? 뭐라고요?"

그때, 남자가 바라보는 방향으로 누군가의 목소리가 들리는 듯했다. 그것도 굉장히 다급하게.

"Help me! Help me!"

도와달라는 목소리. 세단은 본능적으로 목소리가 들린 방향으로 달려 갔다. 캠프와 가까운 거리이니 응급 환자일 가능성이 높았다. 그리고 역시나 그녀가 달려간 곳에는 한 여자가 울면서 축 늘어진 아이를 안고 있었다.

여자는 어설픈 영어로 도와달라고 울부짖고 있었다. 세단은 침착하게 아이부터 살폈다.

아이는 새파랗게 질린 채 호흡이 없었다. 그녀는 재빨리 아이의 심장에 귀를 갖다 대고서 가슴을 눌렀다. 심박정지는 아닌데. 그렇다면 폐에 문제가 생긴 건가? 정확한 진단을 하려면 장비가……

"비켜."

짧게 울리는 남자의 목소리. 하지만 세단은 그를 무시했다. 그를 신경 쓸 상황이 아니다. 이대로 계속 호흡이 정지되면 뇌에 이상이 생기고 만다. 차라리 얼른 이 아이를 장비가 있는 곳으로 옮기는 게…….

그때 남자의 거친 손길에 다시 밀려난 세단은 남자를 향해 소리를 질렀다.

"지금 뭐하는 거예요! 이러다 아이가 죽는다고요!"

하지만 남자는 세단을 무시한 채 아이의 가슴을 몇 번 두드리고서 짧게 말했다.

"그래, 되지도 않는 의사 놀이에 아이가 죽을 뻔했지. 그러니까 조용히 해."

"뭐라고요?"

되지도 않는 의사놀이? 지금 누가 누구한테!

그 순간, 남자의 회색빛 눈동자가 번뜩였다.

"기흉이군."

기흉이라고? 대체 뭘 보고? 뭘 믿고? 아니 그보다 이 남자, 대체 뭐하는 사람인 거야? 자기야 말로 얻다 대고 의사 앞에서 의사 놀이야!

……하지만 정말로 기흉이라면.

기흉은 폐에 구멍이 생기면서 공기가 유입만 되고 배출이 되지 않는 것이라 제대로 된 호흡이 불가능한 증상이었다. 하지만 저 남자가 대체 어떻게 기흉을…….

그는 세단이 가지고 있던 구급품을 빼앗아서는 재빨리 가위를 꺼내 들었다. 그러곤 가위를 망설임 없이 부러뜨려서는 임시 메스로 만들어 아이의 옆구리를 찌르려고 했다. 세단은 깜짝 놀라 그의 손을 덥석 붙잡았다.

"뭐하는 거예요. 미쳤어요?"

그러자 남자는 세단의 손을 떼어내며 짧게 외쳤다.

"내 몸에 손대지 말라고 했지."

"지금 그게 중요해요? 뭐하는 거냐고요! 얼른 아이를 옮겨야……."

"늦어."

"늦긴 하지만!"

"늦긴 하지만? 외과는 시간이 생명이야. 늦으면 바로 죽어. 호흡을 되돌리지 않으면 바로 뇌사라고."

"그래서 여기서 그 말도 안 되는 걸로 뭘 어쩌려고요? 그리고 댁이 대체 뭔데!"

"악!"

그때, 여인이 비명을 지르며 축 늘어진 아이를 흔들었다. 위험했다. 아이의 몸에서 서서히 반응이 사라지기 시작했다.

"please! please!"

여인은 움푹 팬 눈동자로 처절하게 울음을 토해내며 다시금 어설픈 영어로 애원했다. 아이를 살려달라고. 제발 살려달라고.

'장비만 있다면, 제대로 된 장비 하나만 있다면!'

그때, 남자는 더는 망설이지 않고 아이의 가슴 바로 아래 옆구리를 가위로 찔렀다. 너무나도 엄청난 광경에 세단은 그만 말문이 막혀 버렸다.

저 남자, 정말 저지른 거야?

차마 말릴 틈도 없이 엄청난 속도였다. 하지만 이내 세단은 저도 모르게 감탄했다. 가위를 메스처럼 이용해 정교하게 옆구리를 개복하는 것이 한두 번 해본 솜씨가 아니었다.

뭐지? 저 남자. 정말 의사야? 설사 의사라고 해도, 그래 운이 좋아 저렇게 개복을 했지만 이젠 어쩔 건데?

보통 기흉은 볼펜 굵기의 튜브를 늑막강 내로 삽입하여 공기를 배출해야 한다. 하지만 지금 그런 튜브가 있을 리가…….

"하……."

남자의 손에 바로 볼펜이 쥐어져 있었다. 그는 볼펜을 개복한 곳에 집어넣고서는 튜브 역할을 하게 만들었다. 그리고는 인공호흡으로 아이의 호흡을 되살리고는 붕대로 아이의 몸과 볼펜을 단단히 고정한 뒤 가볍게 안아 들었다.

그때까지 세단은 제 눈을 믿을 수가 없었다. 저게 가능한가? 저런 처치가 가능하냐고. 다른 건 몰라도 장기가 어디 있는지 정확하게 알고 있지 않으면, 조금이라도 다른 곳을 찔렀다가는……!

그때, 짜증 섞인 남자의 목소리가 세단을 흔들었다.

"넋 놓고 있을 건가? 이젠 진짜 장비가 있는 곳으로 가야 해."

그는 아이를 안고 빠른 속도로 걷기 시작했다. 세단 역시 정신을 차리고 얼른 캠프로 뛰어가 응급 환자를 알렸다. 그리고 모든 의사가 그를 반기고, 그의 지시대로 일사천리로 움직이는 모습을 보면서 깨달았다. 저 지저분한 남자가, 저 말도 안 되게 생긴 남자가 바로, 오늘 오기로 한 그 천재 흉부외과의라는 사실을.

"말도 안 돼. 이건 말도 안 돼!"

물론 사람을 겉만 보고 판단해선 안 되지만 저건 너무 아니잖아. 그래도 조금 기대했단 말이야. 생각보다 나이가 젊다고 하기에 조금은 준수하고 멋진 분이 아닐까, 기대했었다고! 저런 야생적이고 늑대 소년 같은 이미지는 아니었다고!


수술은 성공적이었다. 초반 응급처치가 아이를 구한 것이나 마찬가지였다. 세단은 밖에서 그의 수술 과정을 지켜보며 인정할 수밖에 없었다. 엄청난 속도와 손놀림이었다. 아무리 NGO 의료봉사 캠프지만 장비 하나 변변찮은 열악한 수술 환경에서 그는 오직 자신의 감각만을 믿고 움직였다. 그의 감각이 가장 최고의 장비인 셈이었다.

수술이 끝난 후 그는 몰려드는 의사들을 피해 짙은 숨을 내쉬었다. 무의식적으로 손가락을 까딱이는 게 마치 담배를 원하는 듯 보였다. 세단은 깨끗한 수건을 쥐고서 그의 앞에 슬쩍 내밀었다. 그러자 남자가 그제야 그녀를 똑바로 바라보았다. 여전히 적응이 안 되는 매혹적인 회색빛 눈동자였다.

"뭐지?"

"한국대학병원 CS(흉부외과) 펠로우 박세단입니다. 정식으로 인사드립니다."

남자는 세단이 주는 손수건은 거들떠보지도 않고서 대충 옷소매로 흐르는 땀을 쓱쓱 닦았다. 그녀는 어쩐지 조금 무안해졌지만 그래도 굴하지 않고 입을 열었다.

"정말 몰랐습니다. 흉부외과의신 줄."

"당연히 모르겠지. 우리 서로 처음 보잖아?"

"그럼 지난 일은 잊고……."

"하지만 잘 지낼 이유도 없지."

세단은 울컥했다. 하, 저 뭐 같은 인간성. 처음 봤을 때부터 알아봤지만 정말로 자신이 싫어하는 사람이다. 정말로!

"그런데 어떻게 아신 거예요? 그 아이가 기흉인 거."

"보면 알아."

"보면 안다고요?"

무슨 눈에 CT 달았어? 어떻게 보면 알아?

"의사 놀이나 하는 넌 모르겠지만, 그 아이 몇 개월 사이에 키가 매우 빠른 속도로 자랐어. 그건 골격을 보면 알아. 보통 그렇게 급성장을 이루면 체내 환경 변화에 따라 성장기 폐기흉이 오기도 하지. 특히 저 아인 영양이 너무 부족해. 이대로 가다간 반드시 재발할 거야."

세단은 눈만 껌뻑거렸다. 짧은 사이에 아이의 건강 상태를 모두 체크했다는 건가? 정말 그 찰나에?

"외과의라고?"

"아, 네."

"지금까지 네 손에 사람이 몇 명이나 죽었지?"

갑자기 생뚱맞게 저게 무슨 말이지?

"그게……."

"그걸 기억한다면 아직 정식 외과의가 아니군. 장비 없으면 아무것도 하지 못하는 꼴통에 쥐뿔도 없으면서 살리겠다는 생각만 하는 애송이."

생각지도 못한 독설이 날아오자 세단은 순간 울컥해서 소리를 높였다.

"물론 제가 아무것도 못 한 건 사실이지만 그 정도는 아닙니다!"

이런 취급은 처음이었다. 애송이에 꼴통? 그래도 나름 의대 장학생이었고, 동기들보다 먼저 레지던트 과정을 끝내고 펠로우가 된 그녀였다. 그런데 이제 와서 이런 취급을 받게 되다니…….

하지만 가슴 한구석이 쿡쿡 아려오기는 했다. 정말 그녀는 말 그대로 아무것도 못 했으니까. 만약 이 남자가 없었다면 정말 아무것도 못 한 채 눈앞에서 그 아이를 잃을 뻔했으니까.

'그건, 내 잘못이야.'

남자는 세단이 뭐라 더 변명하지 않고 고개만 푹 숙이고 있자 이내 짧게 말했다.

"그래도 구급품을 끝까지 챙긴 근성은 인정하지."

"네?"

"그 발목, 다 나은 거 아니니까 제대로 치료받아."

생각지도 못한 한마디에 세단은 고개를 번쩍 들었다. 하지만 그는 더는 말하지 않고 등을 돌렸다. 그녀가 잠시 멍하니 제자리에 서 있다 이내 얼른 그의 손을 붙잡았다. 그러자 그의 얼굴이 다시금 험악하게 일그러지면서 무서울 정도로 그 손을 쳐냈다.

"내가 가까이 다가오지 말라고 했지. 기억력 금붕어야? 내가 계속 말해줘야 해?"

"박세단."

"뭐?"

"분명 제 이름 말했습니다. 그러니까 선생님도 이름을⋯⋯."

"누가 네 선생이야? 그냥 닥터라고 불러. 난 내 이름 함부로 얘기 안 해. 그리고 마지막으로 경고하는데."

갑자기 그의 목소리가 한층 낮아지면서 그 울림이 머릿속을 뒤흔드는 것 같았다. 어쩐지 묘하게 꿈틀거리는 회색빛 눈동자에 세단은 저도 모르게 침을 꿀꺽 삼켰다.

"내 근처에 절대로 오지 마. 내 몸에 닿지도 말고."

그러고는 아주 순식간에 저만치 걸어가 버렸다. 워낙 덩치가 크고 장신이라 아주 쭉쭉 잘도 걸어가 버렸다. 세단은 잠시 멍했던 정신을 다시 똑바로 챙기고서 이미 사라져 버린 남자의 빈자리를 보며 혀를 찼다.

"좋은 사람인지 아닌지 알 수가 없다니까. 대체 저 성깔머리는 어쩔 거냐고."

이름 하나 가지고 더럽게 비싸게 굴고. 좀 가르쳐 주면 어디가 덧나?

평소 같았다면 저런 이상한 사람 상대하지도 않고 신경 쓰지도 않을 것이다.

세단은 그를 잡았던 손을 바라보았다. 아주 찰나이긴 했지만 체온이 뜨거웠다. 아직도 제 손에 미미하게 열기가 남아 있을 만큼. 게다가 분명 그 어깨도.

"아무렇지도 않은 척했지만, 분명 아직 아픈 것 같았는데. 아, 몰라. 신경 쓰지 말자. 내가 왜 신경 써? 가까이 오지 말라잖아. 그럼 가까이 안 가면 그만이야!"

그런데 자꾸만 머릿속을 맴돌았다. 몇 번이나 움찔하게 만들었던 그 회색빛 눈동자. 어딘지 모르게 이 세상 사람이 아닌 것처럼, 사람을 묘하게 홀리는 그런 눈동자였다.


　윤성은 캠프에서 조금 떨어진 독채에 들어와서야 진한 숨을 내쉬었다. 어둠만이 차오른 공간. 하지만 그의 눈에는 모든 것이 선명하게 보였다. 그는 꽤 지친 걸음으로 해먹에 엉덩이를 붙였다. 그러고는 여전히 욱신거리는 어깨를 슬쩍 보았다. 지난밤의 총상이 꽤 선명한 상처가 되어 남아 있었다.

　"이번엔 시간이 꽤 걸리는군."

　한 발이 아니라 서너 발을 같은 곳에 맞았으니 회복 속도가 늦을 수밖에. 이 총상은 전에 있던 마을에서 생긴 상처였다. 그래도 제법 마음에 드는 곳이었지만 이곳으로 거의 도망치듯 올 수밖에 없었다. 왜냐면 들켜 버렸으니까. 그가, 늑대인간이라는 사실을.

　지구에 얼마 남지 않은 종족. 그저 영화나 소설 속에서나 등장하고 막연히 환상이라 치부하지만 이렇게 버젓이 살아 있는 종족. 그들은 인간보다 모든 능력이 월등하게 뛰어났다. 시각, 청각, 후각, 재생 능력, 특히나 감각을 자유자재로 컨트롤할 수 있어서 그 능력으로 인간들이 보지 못하는 장기의 미세한 떨림이나 조그만 위치까지도 전부 파악할 수 있어 외과 의로서는 그야말로 타고났다고 할 수 있었다.

　겉으로 보기엔 좀 기이한 회색빛 눈동자 외에는 인간과 다를 것이 없지만 인간보다 배는 빠르게 뛰는 심박수와 뜨거울 정도로 높은 체온을 가졌다. 그리고 결정적으로 가장 다른 한 가지, 보름달이 뜨면 모습이 변하면서 조금 위험해진다.

　순간, 어둠 속에서 그의 눈동자가 섬뜩하게 번뜩이며 입매가 딱딱하게 굳어졌다.

　보름달이 떴던 밤, 아주 찰나의 방심에 달라진 모습을 들켜 버리고 말았다. 이 손으로 그렇게 많은 목숨을 살렸는데, 자신을 발견한 남자는 순식간에 총을 겨누며 한 치의 망설임도 없이 방아쇠를 당겼다. 하지만 그는 별로 놀라지 않았다. 오히려 차분하게, 그리고 익숙하게 도망쳤다. 그는 이곳에서 철저한 타인이자 이방인이니까. 아마 죽을 때까지 섞일 수 없는 그런 괴물이니까.

"그게 익숙하기도 하고."

윤성은 능숙한 솜씨로 어깨에 붕대를 새로 동여매고서 해먹에 몸을 맡긴 채 눈을 감았다. 꽤 지독한 상처라 치유되는 데 시간이 좀 걸릴 듯했다.

물론 그는 불사의 몸은 아니었다. 인간과 같이 수명이 다하면 죽는다. 상처도 회복하기 어려울 정도면 목숨을 잃는다. 물론 아직까지 목숨이 위험할 정도의 끔찍한 상처를 입은 적은 없었다.

"인간성이 글러 먹었어. 인간성이!"

잠시 잠을 청하려는 그의 귓가로 익숙한 여자의 목소리가 들려왔다.

"가까이 오지 마? 닿지도 마? 내가 무슨 병균이야? 꼴에 결벽증 있는 것도 아니고. 대체 뭐냐고! 생긴 건 거지가 친구 하자고 달려올 판에!"

윤성은 목소리의 주인이 누군지 단번에 알아차리고선 저도 모르게 헛웃음을 지었다. 박세단이라고 했던가? 첫인상부터 대단하긴 했지. 감히 제 몸을 덥석 잡지를 않나. 말로는 의사라면서 실력은 한참 모자란. 물론 약간의 근성은 있어 보였지만.

"결벽증이라……."

그는 절대 결벽증이 아니다. 주변 정리정돈도 귀찮아서 잘 안 하는데 결벽증은 무슨. 그저 남이 제 몸에 닿는 것이 싫은 것일 뿐. 닿는 순간 이상하다는 걸 느낄 테니까. 남보다 심장이 빨리 뛰고 남보다 체온이 비정상적으로 높다는 걸. 이상한 눈초리를 받는 게 싫어서, 그래서 피할 뿐이다. 하지만 스스로 생각해도 지금 모습은 좀 심하긴 했다. 제대로 씻지도, 자지도 않아 몰골이 말이 아니었으니. 그래도 뭐, 상관없지 않나.

"어차피 오래 있을 것도 아니고. 이러고 다니면 아무도 곁에 안 오겠지."

하지만 윤성은 슬그머니 몸을 일으켜 세웠다. 그리고 거울 속에 제 모습을 보다가 이내 작은 칼 하나를 꺼내서 수염을 깎기 시작했다.

"이건 절대 저 여자 말 때문에 깎는 게 아니야. 정말 몰골이 말이 아니라서 깎는 거지."

그래, 그저 잠시 머무는 것이다. 매번 그랬듯이 적당히 지내다가 그렇게 다시 적당히 떠나면 그만이다.

이른 새벽. 세단은 어제 기흉 수술을 했던 그 어린 소년을 살펴보았다. 밤새 호흡은 안정적으로 돌아왔고 맥박, 체온도 전부 정상이었다.

"대단한 사람이긴 해. 성격만 조금 좋았으면 완벽할 텐데. 하긴, 사람이 그렇게 완벽하면 조금 샘날지도."

듣자하니 원래 주변에 사람이 없다고 했다. 인간관계가 아주 제로에 가깝다고. 성격도 성격이지만 워낙 바람처럼 나타났다가 사라지는 사람이라고 하니.

세단은 마지막으로 소년의 호흡을 체크한 뒤 천막을 빠져나왔다. 그 순간, 제 앞으로 거대하게 드리운 그림자에 흠칫 놀라 고개를 들었다. 하지만 정말로 놀란 건 지금이었다.

"뭘 봐?"

"아, 아니. 수염 깎으셨네요?"

여전히 냉소 어린 목소리. 하지만 어제와 모습은 달랐다. 덥수룩하고 지저분하기만 하던 수염을 깎은 것이다. 그러니 훨씬 얼굴이 살아 보였다. 아니, 살아 보이는 정도가 아니라 굉장히 미남형이었다. 이왕이면 저 개털 같은 더벅머리도 좀 싹 올려 버렸으면 좋았을 텐데.

"그렇게 쳐다보지 마, 꼴통."

세단은 폭언에 정신을 번쩍 차리고서 그를 잠시 노려보았다. 아직도 꼴통이라고!

"가서 마취 앰플이나 가져와. 기흉 꼬마 옆에 환자, 봉합한 부분이 덧나서 염증 생겼어. 다시 봉합해야 해."

"기흉 꼬마 옆에 환자라면 엊그제 맹장으로 개복 수술한 환자인데. 덧났어요? 분명 멀쩡했는데……"

"그러니까 네가 꼴통이고 애송이지. 당장 가져와. 그리고 나 결벽증 아니야. 그저 내 몸에 누가 닿는 게 싫은 거야."

뭐야. 설마 내 말도 다 들은 거야? 분명 혼잣말이었는데!

"낮말은 새가 듣고 밤말은 쥐가 듣지. 그러니까 어디 가서 내 흉 볼 생각하지 마. 난 다 들어. 그리고 빨리빨리 안 움직여? 꼴통보다 더한 말 듣게 해줘?"

"아, 아닙니다!"

그렇게 앰플을 찾으러 가면서도 세단은 왠지 그에게 말려든 것 같은 느낌에 미간을 찡그렸다.

천막 안으로 들어간 윤성은 환자의 상태를 살피면서 귓가를 계속 간질이는 세단의 구시렁대는 소리에 저도 모르게 피식 웃음을 지었다. 어제처럼 냉소는 아니었다. 그냥 자연스러운 웃음. 하지만 그는 그것을 전혀 의식하지 못한 채, 그렇게 계속 그녀의 목소리에 귀를 기울이고 있었다.

「급한 복통 환자입니다!」

잠시도 편히 눈 붙일 새가 없는 의료봉사 캠프에서 밀려드는 환자의 상태를 실수 없이 정확히 판단하는 건 어려운 일이었다.

「언제부터 이랬어요?」

「모르겠습니다. 말도 못 하고 계속 앓기만 하고 계세요.」

세단은 청진기로 복부를 살폈다. 충수염인가? 아니. 충수염과는 통증의 부위가 달라. 그럼 어디지?

"흐으으으으……."

"꼴통, 비켜."

이젠 너무나도 익숙한 목소리에 세단은 한숨을 쉬며 그가 살필 수 있도록 몸을 돌렸다. 벌써 그가 이곳으로 온 지 한 달이 지났다. 그리고 그는 정말로 존경할 만한 천재외과의였다. 그가 환자를 살필 때는 그 어떤 장비도 무의미했다.

「위에 뭔가가 걸려서 그게 복통을 일으키고 있어. 당장 개복해야 해. 수술 준비해.」

「알겠습니다.」

그는 그저 환자를 보고 만지는 것으로 정확하게 다친 부위를 찾아냈다. 이곳 의사들은 그가 얼마나 많은 임상 경험을 했을지 상상도 못 할 거라고 말했다. 아마 그의 머릿속에는 사람의 인체가 아주 세밀하고 정확하게 펼쳐져 있을 거라고. 그의 손에 수십, 수백의 목숨이 살아났을 테지만 그만큼 많은 이들이 죽었을 것이라고도 했다.

「수술 종료, 봉합.」

윤성은 빠르고 깔끔하게 수술을 끝내고서 밖으로 나왔다. 세단은 마지막 마무리를 하고서 얼른 그의 뒤를 따라 나왔다. 그때, 윤성의 앞으로 한 여인이 고개를 숙이며 감사의 인사를 했다.

"Thank you, doctor. Thank you."

몇 단어 되지 않는 어색한 영어였지만 그 진심은 고스란히 묻어났다. 하지만 윤성은 덤덤한 표정으로 짧게 대꾸할 뿐이었다.

『그저 할 일을 했을 뿐입니다.』

무척이나 능숙한 아랍어였다. 여인은 연신 고개를 숙이며 그에게 감사를 전했지만 윤성은 냉정하게 그녀를 스쳐 지나갔다. 세단은 그 모습에 자신이 민망해져서는 대신 감사를 받아들였다. 하여튼 실력은 최고인데 인간성은 바닥보다 더 바닥이다. 다른 사람과의 관계뿐만 아니라 의사와 환자 간의 선도 아주 냉정할 정도로 딱 자르고 말이지.

"인정머리 없어. 눈곱만큼도 없어."

저 빈틈없는 남자의 유일한 빈틈은 단 하나.

"닥터, 식사요."

"됐어."

"어제 저녁부터 아무것도 안 드셨다면서요. 몰리가 무척이나 걱정하면서 만들어…… . 으악, 또!"

공동으로 쓰고 있는 의국 텐트 안이 아주 아수라장이었다. 그가 머물기만 하면 깨끗하던 곳도 어쩜 이렇게 순식간에 쓰레기장이 되는지. 그는 정말 놀라울 정도로 정리정돈을 하지 않았다. 게다가 첫날에는 수염을 깎아 멀끔한 얼굴을 해 놀라게 하더니 그 이후로는 또 전혀 정리를 하지 않고 다시 덥수룩해졌고 머리카락 역시 들쑥날쑥 난리도 아니었다. 그래. 저게 그나마 인간미가 있는 거라고 해야 하나?

'인간미는 개뿔. 그냥 병적으로 게으른 거지. 저런 사람을 보고 결벽증 환자라고 의심을 하다니. 내 눈도 썩었어.'

세단은 열심히 주변 정리를 했고, 윤성은 그녀가 가져다준 음식을 결국 먹으면서 환자 기록을 살피고 있었다.

"그 어머님 정말 고마워하시던데, 그냥 인사만 받아줘도 되는 거 아니에요?"

"할 일을 한 거야. 인사니 뭐니 받을 필요 없이."

"그래도 사람과 사람 관계라는 게 그건 좀 아니죠. 정도 없이. 그리고 의사와 환자 간의 라포(Rapport, 의사와 환자 간의 신뢰)도 중요한 거고."

윤성은 진료 차트에서 잠시 눈을 떼고선 세단을 바라보았다. 그리고 특유의 냉소 어린 목소리를 내뱉었다.

"내가 하나 충고할까."

"네?"

그녀는 고개를 들었고, 자신을 빤히 바라보는 회색빛 눈동자에 저도 모르게 살짝 긴장했다.

"휴머니즘으론 절대로 명의가 못 돼. 특히 외과의는 더더욱."

"……"

"그래서 네가 꼴통 소리를 듣는 거고. 네가 어제 맡았던 환자, 심박수 묘하게 어긋나. 다시 제대로 살펴."

"그, 그건 언제 살피셨어요?"

"그냥 대충 봤어."

윤성은 다시 무심하게 진료 차트를 넘겼다. 예전엔 눈에 무슨 CT를 달았느냐며 구시렁거리며 한참을 기가 막혀 했겠지만 세단은 이젠 그가 그냥 봤다는 말을 믿을 수밖에 없었다.

"어떻게 그냥 보면 아시는 거예요? 정말 머릿속에 인체의 장기가 막 좌르르르 펼쳐지는 거예요? 홀로그램처럼?"

정말 순수한 호기심으로 물었는데. 윤성은 그녀를 한심한 눈초리로 보면서 고개를 가로저었다.

"꼴통다운 질문이군."

"그 꼴통이라는 말 좀!"

"인간의 몸에 이상이 생기면 잘 굴러가던 장기들도 어긋나기 시작하지. 작은 부품 하나가 고장 나서 전체가 돌아가지 않는 것처럼. 난 그걸 잡아내는 거야."

"대체 어느 정도의 임상 경험을 하면 그게 가능한 거예요?"

"꼴통 넌 죽어도 안 돼. 그러니까 신경 꺼. 이건 타고나는 거야."

"……."

"천부적인 재능은 아무나 갖는 게 아니지. 특히나 아직 그 손에 제대로 피도 묻혀보지 못한 의사 놀이 꼴통은 더더욱."

정말이지 말을 해도 꼭 저렇게 기분 나쁘게! 도대체 언제까지 저 꼴통 이란 말을 입에 달고 다닐 거냐고!

"정말 대단하시네요."

대놓고 비아냥거렸지만 윤성은 신경도 안 썼고, 세단은 마치 벽을 두고 말하는 것 같아 기분이 상했다. 괜히 열 받으면 나만 손해지.

한참을 분주히 움직이고서 텐트 정리를 마친 세단은 깨끗해진 내부의 모습에 살짝 뿌듯한 미소를 지었다. 물론 이게 얼마나 갈지는 모르지만.

"이 여자 음식은 너무 느끼해. 입맛만 버렸어. 너 한국에서 김치 같은 거 안 가져왔어?"

윤성은 인상을 찡그리며 접시를 비웠고, 세단은 그 모습에 피식 웃음을 지었다.

"왜 웃어?"

"정말 한국인 아니세요? 한국말을 너무 잘하시는데. 게다가 식성도 은 근 한국 쪽인 것 같고."

"내가 뭐 못하는 게 있던가?"

"어련하시겠어요."

너무 뻔뻔하게 잘난 척을 하니 뭐라고 받아칠 말도 없다. 게다가 틀린 말도 아니고. 아, 아니다. 하나 못하는 거 있다.

"정리정돈은 못하지."

아주 작게 중얼거린 말인데도 윤성은 귀신같이 알아듣고서 그녀의 입 을 막았다.

"요즘 네가 내 욕을 하도 해서 귀가 가려워 죽겠어. 제발 남의 흥 좀 보

지 마."

"제, 제가 언제요!"

대체 어떻게 알았을까. 하루에도 수십 번씩 그에 대해 구시렁거리고 있다는 사실을. 하지만 그럴 수밖에 없다고! 얼마나 싸가지가 없는데! 이렇게라도 하지 않으면 화병에 걸리고 말 거다.

"그럼 전 이만 나가보겠습니다."

하지만 윤성은 들은 척도 하지 않았고, 세단은 그를 향해 슬쩍 혀를 내밀고서 얼른 텐트를 빠져나갔다. 하지만 그 모습을 전부 다 본 윤성은 기가 막힌 표정을 지었다. 한동안 같이 지내면서 저 여자에 대한 감상은 오직 하나였다. 보면 볼수록 황당하고 신기하다는 것. 그래도 의사로서 썩 나쁜 건 아니었다. 조금이지만 감도 있는 것 같고, 오기도 있는 것 같고. 하지만 너무 감정적이다. 외과의로서 라포는 어떨 때는 독이 될 수도 있는데……

"저러다 한 번은 큰코다칠지도."

윤성은 저도 모르게 중얼거린 말에 움찔했다. 내가 지금 다른 사람 일에 관여한 건가? 그것도 저 여자 일에?

"하, 웃기는군. 내가 알 게 뭐야. 어차피 곧 있으면 헤어질 사람인데."

그는 애써 무시하려고 노력하면서 진료 차트에 집중했다. 그런데 어느새 그의 귓속으로 그녀의 목소리가 너무나도 당연한 듯이 들리고 있었다.

"하여튼 친해지려야 친해질 수가 없다니까. 같은 말이라도 좀 예쁘게 할 수도 있는 거잖아! 오늘도 꼴통이라는 말을 몇 번이나 들은 거냐고! 언제 한번 저 코를 납작하게 해줘야 하는데, 근데 저 괴물을 어떻게 이겨. 차라리 텐트 정리를 하지 말까? 쓰레기더미에서 죽는 모습을 한번 봐?"

윤성은 저도 모르게 실소했다. 누가 정리를 해달라고 했나. 그렇게 주의를 시켰는데 또다시 저렇게 조심성 없이. 정말 할 수 있다면 녹음을 해서 들려주고 싶었다.

그때, 그녀의 목소리 너머로 다급한 간호사의 목소리가 같이 들려왔다.

「닥터, 닥터를 불러주세요!」

밖으로 나온 세단이 윤성을 향한 불평불만을 늘어놓으며 텐트 쪽으로 주먹까지 휘두르려던 찰나, 간호사가 다급하게 그녀의 앞을 가로막았다.

「하아, 하아, 닥터. 닥터를 불러주세요!」

「무슨 일이에요? 왜 그러는 거예요?」

「방금 산모가 들어왔어요. 아이가 금방이라도 나올 것 같은데, 산모 상태가 좋지 않아서…….」

「환자 어디 있어?」

「닥터!」

귀신처럼 세단의 뒤로 윤성이 나타났고, 그녀는 놀랄 틈도 없이 간호사의 뒤를 쫓아 함께 달려갔다. 힘없이 축 늘어진 산모는 딱 봐도 출산이 임박해 보였다. 하지만 상태가 그리 좋아 보이지 않자 윤성은 재빨리 복부와 심장 쪽을 손으로 더듬었다. 그리고 그의 눈빛이 차갑게 일그러지며 입매가 딱딱하게 굳어졌다.

"많이 안 좋은 건가요?"

세단은 어쩐지 이상한 그의 분위기를 읽고서 조심스럽게 물었다. 그러자 윤성은 산모에게 시선을 떼지 않고서 말했다.

"선천성심장질환(Cogential heart disease)이야. 지금 출산을 하면 혈압이 올라가 위험해."

선천성심장질환. 왜 하필이면. 하필이면.

"그, 그럼 제왕절개라도……."

"치료 시기를 계속 놓쳤어. 지금 산모의 상태로 봐선 못 버텨."

냉정한 말이 뚝뚝 흘러나왔다. 세단의 눈동자가 미세하게 떨렸다.

"태아를 낳으면 산모가 위험하고, 산모를 살리면 태아가 위험해. 지금도 출산이 많이 늦어졌어."

세단은 그제야 초음파 화면을 바라보았다. 평균보다 훨씬 큰 태아는 지금 당장 출산해야만 할 것 같았다. 하지만 산모는 출산이라는 고통의 과정을 견뎌낼 수 있는 상태가 아니었다. 심장이 굉장히 약해진 지금, 조금만 무리를 해도 심장이 멎을 게 분명했다.

"살릴 수 있으시죠? 둘 다 살릴 수 있는 거죠? 닥터는 천재니까, 분명 뭔가 방법이……."

스스로 생각해도 의사로서 냉정하지 못한 말이 흘러나왔다. 그리고 그는 그런 세단을 한심한 듯 노려보았다.

"정말 꼴통이군."

횡설수설하던 그녀가 입을 꾹 다물고 천천히 고개를 들었다.

"그게 지금 의사라는 이름을 달고 할 말이야? 그래, 내가 천재인 건 사실이지. 하지만 이 손에 수많은 목숨을 잃었던 것도 사실이야."

"……."

"의사도 사람이지 신이 아니야. 둘 다는 절대로 못 살려. 한 명만 선택해야 해. 그것도 지금 당장."

물론 자신은 사람이 아니다. 하지만 그렇다고 신도 아니다. 죽은 사람을 되살릴 수 없고, 모든 사람을 치료할 수도 없다.

텐트 안으로 침묵이 흘렀다. 그저 녹색 선이 깜빡이는 소리만이 크게 울렸다. 윤성은 더 이상 이 여자와 실랑이하고 싶지 않았다. 그럴 시간도 없었고.

「이 산모 보호자는 어디 있지?」

윤성이 텐트를 빠져나가려고 하자 세단은 뭔가에 홀린 사람처럼 그의 앞을 가로막았다.

"뭐하는 거야, 꼴통. 당장 비켜."

"지금 바로 알리는 건……. 그것도 둘 중 한 명을 선택하라니……."

"지금 뭐하는 거야. 당장 안 비켜?"

"어떻게, 어떻게 둘 중 한 명을 선택해요! 둘 다 소중할 텐데! 조, 좀 더 살펴보면, 좀 더 알아보면, 다 살릴 수 있을지도 모르잖아요!"

"늦어서 결국 둘 다 죽게 되겠지."

지독하고 냉정한 말이 산산이 부서져 내렸다.

"내가 충고 하나 하지. 감정에 휘둘리지 마. 세상에 불쌍하지 않은 환자는 없어. 네가 신이 아닌 이상 그들을 전부 끌어안을 수도 없고. 너의 그 알량한 감정놀음으로 희망 고문 하지 마. 의사라면 환자에게 모든 걸 솔직하고 냉정하게 말해줘야 해. 내가 생각하는 환자와 의사의 관계는 이거야. 모든 걸 솔직하고 냉정하게 말해주는 것. 그리고 선택할 기회를 주는 것. 그게 내 라포야."

윤성은 세단을 거칠게 밀치고 지나갔다. 산산이 부서진 그의 말 한마디 한마디가 가시처럼 박혀 세단은 꼼짝도 할 수 없었다. 그의 말은 틀림이 없다. 재수 없게도, 너무나도 틀림이 없다. 하지만!

『산모와 아이, 둘 중 하나를 택하셔야 합니다. 산모를 살리시겠습니까, 아이를 살리시겠습니까?』

윤성의 말에 산모의 남편이자 아이의 아버지인 남자는 믿을 수 없다는 표정을 지었다. 그리고 뭐라고, 뭐라고 애원하며 윤성을 붙잡았지만, 그는 같은 말을 반복하지 않았다. 보호자의 주름진 얼굴 위로 검은 눈물이 뚝 뚝 떨어졌다. 그는 이내 주저앉아 비통한 울음을 터뜨렸다.

세단은 멀리서 그 모습을 바라보며 이젠 미친 듯이 떨려오는 손을 꽉 붙잡았다. 어떻게 사람이 저럴 수 있을까. 어떻게 저렇게까지 냉정할까.

선택하라니. 그걸 대체 어떻게 선택할 수 있느냐고. 그걸 어떻게!

"선택하십시오. 더 이상은 불가능합니다. 마음의 준비를 하시는 것이……."

그녀는 두 눈을 질끈 감았다. 다리가 후들거리면서 현실의 감각이 사라지는 것 같았다. 애써 잊고 있었던 나쁜 기억이 스멀스멀 피어오른다.

아버지가 돌아가시던 날, 어머니 역시 선택해야 한다는 말을 들었다. 그건 무척이나 끔찍했다. 그녀의 아버지도 선천성심장질환이었다. 언제 어떻게 심장이 잘못되어 숨이 멎을지 모르는 무서운 병. 아버지에게는 이식밖에 방법이 없었다. 그리고 천운처럼 심장 공여자를 찾았는데…….

"이식할 수 없습니다."

"어, 어째서요? 분명 적합하다고, 분명 괜찮다고 그러셨잖아요!"

"저희 측의 오류입니다. 정말 죄송합니다."

천운은 곧바로 지옥으로 바뀌었고, 정녕 신은 없다고 생각했다. 어머니는 끝내 쓰러지셨고, 아비지는 결국 세상을 떠나고 말았다.

타박타박. 이쪽으로 걸어오는 소리가 들렸다. 세단은 감고 있던 눈을 떴다.

"산모를 살린다."

윤성은 짧은 한마디와 함께 다시 텐트로 돌아갔고, 세단은 홀로 남아 절규하는 보호자의 울음소리를 들었다. 가슴 위로 먹먹하게 울리는 목소리가 마치 예전 자신의 울음소리 같았고, 아버지의 영정사진 앞에서 울음조차 내뱉지 못했던 어머니의 비통함 같았다.

그의 말이 모두 맞다. 모두 맞기는 하지만, 아무리 그래도 저런 식으로 말할 필요는 없어. 저렇게 피도 눈물도 없이, 그럴 필요는 없다고.

허름한 차림의 한 남자가 캠프를 찾아왔다. 간호사가 그를 환자라고 생각하고 무슨 일이냐고 물으려고 했을 때 멀리서 다른 간호사가 그녀를 불러 세웠다.

「닥터가 산모 집도를 하실 건가 봐. 카테타랑 앰플 있는 대로 다 가져와.」

「앰플은 물량이 부족할지도 모르는데. 일단 알았어.」

간호사가 바쁘게 사라지고, 남자는 고민하는 다른 간호사를 향해 슬쩍 물었다.

「어디 큰 수술이 있나 봅니다?」

꽤 능숙한 영어에 그녀는 의아한 표정을 지으며 고개를 끄덕였다.

「아, 예. 외과의 선생님께서 하시는 수술이에요. 아주 실력이 좋으신 분이죠.」

「그렇습니까?」

「네. 그런데 어디가 불편하신가요?」

「네, 머리가 좀 아파서…….」

「그럼 여기서 잠시만 기다려 주세요.」

그렇게 그녀까지 사라지자, 남자의 시선이 일순간 차갑게 굳어졌다.

『실력 좋은 외과의라……. 그래, 네놈이 여기 있을 줄 알았지. 여기 있을 줄 알았어.』


간호사들은 텐트에서 수술 준비를 모두 마쳤다. 윤성 역시 손을 소독하고 심호흡을 했다.

수술할 때는 그게 큰 수술이든 작은 수술이든 냉정함을 유지해야만 한다. 하지만 자꾸만 이상하게 박세단, 그녀가 신경 쓰였다. 물론 평소에도 환자를 대하는 것에 있어서 지나치게 감정적인 면이 없지 않아 있었지만, 이런 식으로 흔들리는 모습을 보인 건 처음인데.

'대체 뭐지?'

하지만 이내 윤성은 고개를 가로저었다. 지금은 이 수술에만 집중해야 한다.

「산모를 우선으로 수술을 진행할 겁니다. 일단 개흉 없이 카테타를 이용할 테지만 여의치 않으면 개흉하도록 하겠습니다. 두 가지 가능성을 모두 보고 준비해 주십시오.」

「알겠습니다.」

윤성은 짧게 심호흡을 했다. 그리곤 평소와 같이 침착하게 주변의 소리를 닫고서 환자가 누워 있는 수술대 앞으로 다가갔다. 그 순간, 의식을 잃은 줄 알았던 산모가 윤성의 손을 덥석 잡았다.

『환자분, 정신이 드십니까?』

『하아, 하아…….』

『일단 환자분의 심장부터…….』

『아이, 아이는…….』

산모는 불안정한 호흡 끝에 아이를 입에 담았다. 윤성의 눈빛이 살짝 흔들렸지만 단호하게 말했다.

『보호자께서 산모를 우선으로 살려 달라고 하셨습니다.』

『둘 다, 둘 다 살려주세요.』

그녀는 어느 순간 윤성의 손을 꽉 붙잡고 있었다. 분명 숨을 쉬는 것도 힘들 텐데 붙잡는 손에선 그 어떤 힘보다 강한 무언가가 느껴졌다.

『제발, 아이도 저도, 다 살려주세요.』

말도 안 되는 소리. 그건 기적과도 같다.

『둘 다 죽을 수도 있습니다.』

윤성은 현실을 똑바로 알렸다. 하지만 산모는 기적을 부탁했다.

『버티겠습니다. 제가, 견디겠습니다. 제가, 둘 다 살리겠습니다. 그러니까, 부탁합니다. 제발, 제발…… 하아!』

이 상황에서도 그녀의 눈가엔 눈물이 없었다. 엄청난 의지를 발휘하며 견뎌보겠다고 말하고 있었다. 윤성은 그 모습을 잠시 바라보았다. 찰나의 순간. 자신도 그 꼴통에게 전염된 걸까?

『그게 당신의 선택입니까?』

이런 걸 물을 필요도 없다. 답은 정해져 있으니까. 그런데 왜…….

그러자 산모는 희망에 찬 눈빛으로 희망도 없는 윤성의 회색빛 눈동자를 바라보며 고개를 끄덕였다. 어느새 그의 입가로 무거운 한숨이 새어나왔다. 아마 길고도 긴 수술이 될 것 같았다.

옆에서 그 모습을 지켜보던 간호사가 물었다.

「어떻게 하시겠습니까?」

「환자의 결정에 따릅니다. 그리고 퍼스트 어시를 바꾸겠습니다.」

그때, 거짓말처럼 그의 귓가로 세단의 목소리가 강렬하게 울렸다.

"그래, 틀린 말 없어. 없다고. 그래서 재수 없어. 완전 없어!"

그렇게 남 말 하지 말라고 했는데도 죽어라 듣지도 않는 녀석.

"역시, 너무 감정적이야."

「닥터?」

「어시는 꼴통…….」

「네?」

그런데 거기 휘말리고 있는 나는 대체 뭐지?

「아니, 박세단 선생 데려오세요.」


세단은 차마 보호자와 같이 있는 것이 괴로워 잠시 자리를 비웠다. 그 남자의 수술은 단 한 번도 빠뜨리지 않고 옆에서 계속 지켜보고 싶었다. 아주 많은 공부가 되니까. 하지만 이번 수술만큼은 지켜볼 수 없을 것 같았다.

"잊자, 잊어. 박세단. 그 사람 말 틀린 거 없어. 그래도 산모는 확실하게 살릴 테니까 난 내 일만 하자. 어쩔 수 없는 거야."

그래, 의사가 모두를 살릴 수는 없어. 그건 정말 신이지.

세단이 눈을 질끈 감고서 그렇게 걸음을 뒤로 옮기려는 순간.

「박세단 선생님!」

멀리서 간호사의 목소리가 들렸다. 분명 그 사람의 수술을 도와줘야 할 텐데, 뭐지?

「무슨 일이에요? 닥터, 수술 시작 안 했어요?」

「선생님을 퍼스트 어시로 찾으세요.」

「나를요?」

「네. 딱 선생님을 지목하셨어요.」

설마 또 꼴통이라고 한 건 아니겠지? 아니 그것보다는 왜 나를 부르는 거야?

「시간 없어요!」

「알았어요.」

정말 어떻게든 피해보려고 해도 이렇게 끝까지 쫓아와서 괴롭히는구나. 하지만 세단은 이를 악물었다. 이왕 이렇게 된 거 부딪치는 수밖에 없다. 그렇게 수술 준비를 마치고 텐트 안으로 들어가자 윤성이 뭔가를 확인하면서 건성으로 입을 열었다.

"내 흉 다 봤나?"

저건 또 어떻게 알았을까.

"아직 덜 봤습니다."

"뭐?"

이제야 윤성은 황당한 표정으로 돌아보았다. 하지만 그녀는 피하지 않고 그의 회색빛 눈동자를 똑바로 바라보았다.

"어시 들어갑니까?"

냉정하게 할 말만 딱 하는 모습이 어쩐지 낯설어 윤성은 잠시 세단을 바라보기만 하다가 입을 열었다.

"산모, 태아. 둘 다 살린다."

"네?"

갑자기 이건 무슨 소리야. 한쪽만 가능하다더니. 갑자기 둘 다 살리시겠다고?

"그게 가능한 거예요?"

"아니. 희박해."

"그런데 왜……."

"환자의 선택이야. 산모의 의지를 믿어보는 거지. 얼른 와, 시간 없어."

윤성은 세단을 무심히 스쳤고, 그녀는 잠시 멍한 표정을 짓다가 이내 입꼬리가 올라가면서 경쾌하게 외쳤다.

"네, 갑니다. 가요!"

다시 환하게 밝아진 그녀의 모습에 윤성은 어쩔 수 없다는 표정을 지었다. 하지만 어쩐지 저 모습이 나은 것 같았다. 어쭙잖게 냉정한 척하는 것보다는.

그렇게 본격적인 수술이 시작되었다. 워낙 환경이 열악하고 환자의 상태도 좋지 않았지만, 수술팀은 오직 윤성을 믿고서 그의 손과 발이 되어 착착 움직였다.

윤성은 먼저 태아부터 꺼내기로 했다. 시기를 놓쳐 자연분만이 힘든 이상 제왕절개로 최대한 신속하게 아이를 꺼내야만 한다. 문제는 지금 산모가 견뎌낼 수 있느냐였다.

「심박수 절대로 놓치지 말고 봐. 심장에 사소한 무리가 가도 전부 끝이야.」

「알겠습니다.」

세단은 신중하게 모니터를 확인했고, 윤성은 태아에 집중했다. 손끝에서 느껴지는 뜨거운 파동. 태아는 다행히 건강해 보였다. 산모에게서 느껴지는 파동이 미세하긴 했지만, 아직까지 리듬이 깨진 상태는 아니었다. 그렇게 짧은 시간 동안 윤성의 손은 무척이나 빠르게 움직였고, 마침내,

"으앙! 으앙! 응아!"

그의 손안에서 조그맣지만 힘차게 꿈틀대는 새로운 생명이 우렁찬 울음을 터뜨렸다. 세단은 처음 보는 탄생의 순간에 가슴이 울컥거렸다. 아직 아무것도 모를 텐데. 살기 위해서 바동거리는 저 조그만 생명이 그저 벅차게만 느껴졌다.

윤성은 아이를 간호사에게 건네주었다. 건강한 여자아이였다.

「이제 산모를…….」

「심박수가 급격히 떨어집니다!」

「혈압 저하 60. 심박 미약.」

텐트 안으로 기분 나쁜 소리가 울렸다. 세단은 모니터상에서 점점 숨이 꺼져 가는 산모의 심장에 입술을 깨물며 윤성을 바라보았다.

「닥터!」

「1앰플.」

하지만 윤성은 침착했다. 회색 눈동자가 점점 더 냉정한 빛을 띠었다. 그는 오직 손끝으로 산모의 상태에만 집중했다. 역시 기력이 너무 쇠약해졌다. 특히나 태아가 빠져나간 이후 몸 상태가 급격히 무너지고 있었다.

「어레스트!」

삐이— 소리와 함께 텐트 안에 찰나의 적막이 스치는 듯했다.

세단은 떨리는 시선으로 초록색 선이 하나로 바뀌는 모습을 바라보았다.

'이건 안 돼. 이러면 안 돼.'

「오픈 카디악(개흉 심장 마사지)」

윤성은 메스로 정확하게 개흉하여 산모의 멈춘 심장을 움켜쥐었다. 이젠 정말 산모의 의지다.

'둘 다 살리고 싶다면, 당신이 버텨야 해. 절대로 숨을 놓지 마.'

그의 손가락이 천천히, 아주 천천히 움직이기 시작했다. 마치 생명을 불어넣듯이, 모든 감각을 손가락 끝에 집중하고서 심장의 미세한 움직임 하나도 놓치지 않고서 이를 깨우기 위해 필사의 노력을 가하고 있었다. 그의 손은 한 치의 어긋남 없이 그렇게 일정한 리듬을 유지하고 있었다.

세단은 그 놀라운 모습을 단 한 순간도 놓치지 않고 바라보았다.

모든 시선이 윤성의 손끝에 모였고, 그는 손가락을 꿈틀거렸다. 그리고 적막 속에 떠오르는 한줄기 신호.

삐익—

「하…….」

「넋 놓지 마! 아직 안 끝났어!」

심박이 돌아왔다. 끊어졌던 초록색 생명선이 크게 한 번 출렁였다. 텐트 안의 사람들이 전부 다 경악을 금치 못했지만, 윤성은 여전히 심장을 붙잡았다. 손끝으로 심박이 살아나고 있는 게 느껴졌다.

「심박이 안정됨과 동시에 다시 수술 시작합니다.」

지금 가장 중요한 건 속도. 그리고 시간. 윤성은 그 모든 것을 하나도 놓치지 않고 빠르게 끝을 맺었다.

「봉합.」

그렇게 길고도 짧은 수술이 종료되었고, 산모와 아이, 둘 다 살아났다.

이 엄청난 수술을 성공적으로 마쳤지만 윤성의 표정엔 그 어떤 변화도 없었다. 그저 또 하나의 수술을 마쳤다는 느낌. 세단은 쿵쾅거리는 가슴을 두드리며 윤성을 바라보았다. 참 알다가도 모를 사람. 그는 마치 이 세상 사람이 아닌 것처럼 보였다.

갓난아이를 안고 기뻐하는 아버지의 표정에선 안도가 넘쳐났다. 게다가 산모까지 무사하다는 말에 그는 또다시 굵은 눈물을 흘렸다. 이는 기쁨의 눈물이었다. 멀리서 윤성은 그 모습을 지켜보았다. 그리고 그의 옆으로 세단이 폴짝 다가왔다.

"정말 다행이죠."

"산모, 그 심장으론 오래 못 버텨. 이식해야만 해."

그는 또다시 정떨어지는 소리를 했다. 하지만 세단은 가볍게 넘겼다. 원래 저런 성격인 걸 안다. 하루아침에 달라지면 그게 진짜 이상한 거지. 지금도 충분히 이상한데. 게다가 세단은 이제 그가 왜 이렇게 냉정해야 하는지 조금은 알 것 같았다. 남보다 뛰어난 실력이 있기에 자기 자신을 더욱 가혹하게 다스려야 하는 것이다. 조금이라도 오만이란 감정이 자리 잡으면 환자가 죽는다.

"그래도 지금은 다 무사하잖아요. 아이가 엄마 얼굴을 보고, 엄마가 아이 얼굴을 보고. 보호자는 아내와 아이의 얼굴을 다 볼 수 있으니까."

아버지는 마지막 순간 어머니의 얼굴을 볼 수 없었다. 그것은 어머니도 마찬가지. 세단은 그것이 지금껏 마음에 걸려 응어리처럼 남아 있었다.

윤성의 시선이 어느새 세단을 향했다. 그녀는 뭔가 이상함을 느끼고서 고개를 들었다가 그의 회색빛 눈동자가 왠지 차갑게 빛나는 것을 보고는 저도 모르게 숨을 꾹 눌렀다. 뭐, 뭐야. 저 시선은!

"왜, 왜요?"

설마 아까 건방지게 군 것 때문에 화 난 건가? 그렇게 좀생이야?

그때, 간호사가 윤성을 향해 달려왔다.

「닥터, 환자가 깨어나서 닥터를 찾으세요.」

윤성은 곧장 시선을 거두고서 걸음을 돌렸다. 세단은 마치 묶인 사슴에서 풀려난 것처럼 후들거리는 다리를 붙잡고서 긴 숨을 내쉬었다. 정말 저렇게 가끔 빤히 쳐다볼 때 너무 이상하단 말이야.

"도통 시선을 피할 수가 없으니!"

윤성은 회복실에 누워 있는 산모를 만났다. 그녀는 여전히 산소 호흡기를 달고 있었지만 그래도 괜찮아 보였다.

『잘 견디셨습니다.』

아무 말도 하지 않을 거라 생각했는데, 윤성은 산모를 향해 짧게 말했다. 하지만 여전히 표정의 변화는 없었다. 산모는 엷은 미소를 지었다. 어느새 텐트 안으로 들어온 세단은 조금이라도 웃으면서 환자를 보면 얼마나 좋겠느냐고 생각했다. 그때 산모가 쥐고 있던 손바닥을 펴고선 뭔가를 그에게 건네주려고 했다. 붉은 실로 만든 조그만 머리끈이었다.

'답례의 선물 같은 건가. 어쩌지? 저 인간 성격에 안 받을 게 뻔한데. 나라도 받아야 하나……'

세단은 윤성이 머리끈을 물끄러미 바라보고만 서 있자 그럼 그렇지, 한숨을 쉬며 대신 받으려고 할 때, 기적처럼 윤성이 손을 뻗었다.

『감사합니다.』

게다가 웃었다! 아주 살짝이지만 입꼬리가…… 입꼬리가 올라갔어! 믿을 수 없는 놀라운 광경에 세간은 입을 헤 벌렸다.

무슨 말을 했는지는 모르지만 분명 고맙다는 말일 게 분명해! 대박. 저 사람 왜 저래? 사람이 어떻게 몇 분 간격으로 저렇게 변하냐고!

텐트 밖으로 나온 세단은 더더욱 믿을 수 없는 광경에 그만 넋이 나갔다. 윤성은 어느새 그 머리끈으로 자신의 지저분한 머리를 댕강 묶어 올린 것이었다.

"헐, 대박."

"뭐야? 그 기분 나쁜 표정과 말투는."

세단은 마치 신기한 걸 보는 듯 가까이 다가와서는 고개를 절레절레 흔들었다.

"안 받으실 줄 알았어요. 아니, 받은 건 그렇다 치고 이렇게까지……"

"머리가 길어서 마침 필요했을 뿐이야."

세단의 입꼬리가 자꾸만 씰룩거렸다. 그도 그럴 것이, 덩치도 큰 사람이 여자애들이나 할 법한 붉은색 머리끈으로 머리를 묶은 모습이 좀……

"푸흡!"

"또 뭐야?"

"푸하하하하하! 아이고 미치겠다! 진짜 안 어울려!"

결국 참고 있던 웃음보가 터졌다. 윤성은 잔뜩 일그러진 표정으로 경고했다.

"웃지 마. 은근슬쩍 다가오지도 말고!"

"이런 건 가까이에서 봐줘야 하는데. 언제 닥터가 정신 차릴지 모르잖아요. 진짜 미치겠다! 하하, 하하하! 사진으로 남겨야 하는데!"

"꼴통, 완전 정신이 나갔군."

윤성은 신경질을 내면서 차갑게 등을 돌렸다. 세단은 자꾸만 미어져 나오는 웃음을 꾹 누르며 그의 뒷모습을 향해 짧게 속삭였다.

"고마워요."

그리고 역시나 그녀의 목소리를 들은 윤성은 잠시 주춤하다 방금 전 보였던 그 엷은 미소를 다시금 짓고서 걸음을 옮겼다.

윤성과 세단이 서로 다른 곳으로 가고 그 빈자리에 아침에 캠프로 스며들었던 낯선 남자가 섰다. 그는 섬뜩한 눈빛으로 윤성이 지나간 자리를 바라보며 하늘을 향해 짧게 속삭였다.

『알 까마르(달)…….』

어스름이 감돌기 시작한 시각. 아프리카의 밤은 순식간에 찾아왔다. 세단은 환자 일지와 몰리가 챙겨준 저녁 식사를 들고 아직 빛이 조금 남아있는 먼 곳을 바라보았다.

"분명 내가 챙겨주지 않으면 굶을 거야."

그녀는 윤성의 저녁을 챙기러 독채로 가는 중이었다. 다른 의사들은 언제 어떻게 응급 환자가 나타날지 몰라 전부 한 곳에 모여서 먹고 자고 하는데 그는 저 혼자 동떨어진 독채에서 생활하고 있었다. 물론 환자가 나타나면 어떻게 알고 귀신같이 먼저 나타나니까 누가 뭐라고 할 수도 없었다.

"여기서 또 사회성과 인간성이 보이는 거지."

그래도 뭐, 오늘은 좀 괜찮았으니까. 넓은 마음으로 분명 쓰레기장을 방불케 할 독채 청소도 좀 해주도록 하지!

"그래, 오늘 좀 멋있었으니까."

세단은 속으로 피식 웃으면서 독채를 향해 걸음을 옮겼다. 하지만 그 기분은 채 10분을 가지 않았다.

"귀찮으니까 그만 가. 난 내 구역에 타인이 들어오는 거 딱 질색이야."

"뭐라고요? 타인? 정말 정 없이 말씀하시네요. 그래도 오늘 수술 어시도 했었고, 지금껏 같이 지낸 시간이 얼마인데!"

"그래. 그 시간 동안 내 말을 매번 까먹는 그 금붕어 머리도 대단하긴 하지. 가까이 좀 오지 마!"

"오늘 좀 달라 보인다고 생각한 제 머리가 정녕 미쳤네요. 그래도 사람 성의가 있잖아요. 게다가 일지 보신다면서요?"

"그것만 두고 가."

윤성은 갑자기 찾아온 세단이 마음에 들지 않아 인상을 확 찡그렸다. 그녀의 뒤로 저물어가는 하늘에 낯빛이 창백해졌다. 차라리 오늘 밤은 다른 곳에서 지낼까?

"그러지 말고 제가 청소도 좀 해드릴 테니까……."

"됐으니까 그만……."

그 순간, 윤성의 눈빛이 번뜩이면서 세단을 거칠게 끌어당겼다. 그리고 이내 울리는 끔찍한 총성.

"이, 이게……!"

세단은 말을 이을 수가 없었다. 지금 이거 총성 맞지? 잘못 들은 거 아니지?

윤성은 세단의 머리를 누르고서 먼 곳을 바라보았다. 매캐한 폭약 냄새가 스치면서 시야 안으로 낯익은 그림자가 나타났다. 바로 그의 어깨에 총상을 낸 남자였다. 끝끝내 그를 찾아내고야 만 남자가 총을 겨누고서 발악에 가까운 목소리로 외쳤다.

『디으분 인싼(늑대인간)!』

윤성의 눈이 가늘어졌다. 여기까지 쫓아온 건가? 그렇게도 날 죽이기 위해서? 순간 참을 수 없는 분노가 들끓기 시작했다.

세단은 그의 품에서 떨리는 손을 꽉 붙잡았다. 심장이 벌렁거리다 못해 없어질 것 같았다. 대체 이게 무슨 상황이지? 그런데 내 심장 소리랑 이 남자 심장 소리랑 섞여서 그런가? 심박수가 왜 이렇게 빠르게 느껴지지? 게다가 이 남자, 왜 이렇게 뜨거워.

"내가 신호하면 집 안으로 들어가. 거기 뒷문이 있어."

"네?"

잔뜩 억눌린 그의 목소리에 세단은 그제야 정신을 차렸지만, 윤성은 오직 정면만을 응시하며 남자의 움직임에 최대한 오감을 곤두세우고 있었다. 그 혼자라면 이대로 도망치면 되지만, 하필이면 꼴통이 있다.

"셋, 둘."

"잠깐!"

"하나!"

준비할 새도 없이 윤성은 그녀를 집 안으로 거의 집어 던지듯 밀쳐냈고 문 닫힘과 동시에 다시 총성이 울렸다. 바닥에 엎어진 세단은 묵직한 적막에 몸을 떨었다. 아까 그 총성, 내가 잘못 들은 게 아니었어. 대체 뭐지? 아무리 여기가 아프리카라고 하지만 의료봉사 캠프잖아! 민간인보호구역인데 어떻게 총성이…….

"……다, 닥터?"

게다가 왜 저 남자를 공격하는 건데!

"닥터? 대답해요. 나 무섭단 말이야, 닥터!"

덜덜 떨면서 몸을 일으킨 세단은 계속되는 정적에 점점 더 불안해졌다. 창문 너머로 점점 어스름이 짙어지고, 마지막으로 울린 총성 외에 아무런 소리가 들리지 않았다.

설마 맞은 건 아니지? 그래서…… 주, 죽은 거야?

"아니죠? 대답해요, 닥터!"

세단은 두려움에 비명을 질렀다. 대체 이게 무슨 상황이야. 무서우니까, 너무 무서우니까.

"대답하라고!"

그 순간, 문이 벌컥 열리면서 윤성이 안으로 들어왔다. 세단은 그를 보자마자 눈물이 핑 돌았다. 윤성 역시 그녀의 눈물을 보았지만, 거기에 신경 쓸 겨를이 없었다.

"얼른 뒷문으로 가!"

거친 숨소리에 세단은 그를 살피고 싶었지만, 상황이 다급하여 하는 수 없이 뒷문으로 달려갔다. 그러다 구급품이 눈에 띄자 혹시나 하는 마음에 그걸 닥치는 대로 주머니에 쑤셔 넣고서 달아났다.

윤성은 세단이 뒷문으로 사라지는 모습을 보고서야 애써 참았던 신음을 내뱉었다.

"흐흡!"

또다시 어깨에 총상을 당했다. 전직 사냥꾼다운 솜씨였다. 마치 정말로 사냥이라도 당하는 느낌.

하기야 사냥은 사냥이지. 지금 저 남자의 눈엔 내가 오로지 늑대로만 보일 테니까.

윤성은 피가 뚝뚝 떨어지는 어깨를 붙잡았다. 남자가 천천히 다가오는 발소리가 들렸다. 윤성은 시간을 벌기 위해 이것저것 끌어다 문을 막았다. 좀 더 버텨야 한다. 그래야 꼴통이 캠프까지 도주할 시간이 될 테니까.

『너 같은 괴물이…….』

그때, 피를 토하는 것 같은 남자의 목소리가 들렸다.

『너 같은 괴물이 감히 내 딸을 건드려서 내 딸이 죽었어. 네놈이 내 딸을 죽인 거야, 내 딸을!』

남자의 목소리에 윤성은 지난날을 떠올렸다.

소녀는 폐암 말기 환자였다. 그 어린 소녀가 어째서 그런 병에 걸렸고 또 그렇게까지 방치되었는지는 몰라도, 도저히 손을 쓸 수가 없는 상황이었다. 그래도 한 번만 살펴봐 달라는 애원에 어쩔 수 없이 개흉했는데 결국 테이블 데스(수술 중 사망)로 이어지고 말았다.

그리고 그날 밤, 윤성은 보름달 아래 자신의 모습을 들키고 말았다.

소녀의 죽음은 분명 암 때문이었지만 그 소녀의 아비는 그것을 인정하지 못했다. 분풀이 대상이 필요했던 남자에게 하필 윤성이 걸린 것이다.

운도 나빴다. 하필이면 그 마을이 늑대인간과 얽혀 있었을 줄이야. 남자는 윤성이 늑대인간임을 금세 알아차렸고, 딸의 죽음을 그의 탓으로 돌렸다.

『죽여 버릴 거야, 이 괴물 새끼! 너희들은 존재 자체가 저주야! 그래서 내 딸도 저주받은 거라고!』

윤성은 시간을 쟀다. 발걸음 소리가 더 가까워지자 그는 그대로 뒷문으로 빠져나갔다. 하지만 몇 발자국 가지도 못한 채 그는 멈춰 섰다. 캠프로 도망가고 있어야 할 애가, 대체 왜 아직도 여기 있는 거야!

"너 뭐야. 왜 안 갔어!"

"기, 길을 모른다고요! 앞쪽으로 가야 하는데 앞쪽엔 그 총 든 사람이 있을 거 아니에요!"

그는 신경질적으로 머리를 쓸어 올렸다. 그리고 점점 구름이 사라져 가는 하늘을 바라보았다. 이미 날은 완전히 어두워졌고, 구름에 가려져 있던 보름달이 보이면 끝장이다.

"같이 캠프로 가요. 가서 구조 요청을 하면…….”

아니, 지금 가면 자신의 정체가 들통 나게 된다. 어떻게든 이 꼴통만이라도 보내야만 해. 그렇지 않으면 저 총 든 남자보다 내가 더 위험해!

"길을 알려줄게. 내가 말한 대로만 곧장 가.”

"그게 무슨 말이에요? 가려면 같이……. 하! 총 맞은 거예요?”

세단은 그의 어깨를 흥건히 적신 피를 보고선 경악했다. 다급한 마음에 손을 대려고 했지만 윤성은 무의식적으로 그 손길을 피했다.

"하아, 하아, 손대지 마.”

"지금 그게 무슨 말이에요! 좀 보자고요!”

세단이 고집을 피우며 상처를 살피려 했지만 윤성이 먼저 그녀의 손목을 잡았다. 그때, 문이 부서지는 소리가 들려왔다.

"빌어먹을.”

"닥터?”

"좀만 참아.”

"뭘? 악!”

갑자기 윤성이 세단을 번쩍 안고서는 그대로 어두운 숲을 향해 달리기 시작했다. 엄청난 속도에 세단은 기겁하며 눈을 질끈 감고서 저도 모르게 그의 목을 꽉 끌어안았다. 손끝을 타고서 그의 뜨거운 체온이 밀려들고 거친 숨소리가 가슴에서 느껴졌다.

세단은 믿을 수가 없었다. 대체 무슨 힘으로 저를 안고 이렇게까지 달릴 수 있는 거지? 도대체 어떻게! 하지만 이성적인 생각을 할 겨를도 없이 귀를 울리는 어마어마한 총성에 세단은 그의 품에 고개를 묻고서 눈을 질끈 감고 귀를 막아버렸다.

탕! 탕!

"흐윽!”

총성은 연신 울리고 윤성은 달리는 것을 멈추지 않았다. 저 남자가 따라오지 못할 만큼 멀리 가야 한다. 하지만 품에 안은 그녀의 떨림이 거슬리게 와 닿았다. 온몸이 파르르 떨리고 있었다. 하긴, 무섭지 않은 게 이상한 거지.

"조금만 참아, 조금만."

"……."

"절대로 다치게 하지 않을 테니까."

어색하게 흘러드는 그의 목소리에 세단은 슬며시 눈을 떴다. 대체 이게 무슨 상황인지는 모르겠지만, 그는 지금 자신을 구해주고 있는 거다. 지켜주고 있는 거다. 그렇다면 박세단, 정신 바짝 차려. 너도 의사야!

순간 달리던 윤성이 움찔했다. 그녀의 손이 어느새 어깨의 상처를 누르며 지혈을 하고 있었다. 윤성은 그 작은 움직임에 몸이 이상하게 반응하는 걸 느끼며 이를 악물었다. 점점 더 보름달의 힘이 강해지고 있었다.

그렇게 어느 정도 달렸을까. 윤성은 작은 동굴을 발견하고 그 안으로 몸을 숨겼다.

윤성이 멈추자 세단은 이제 안심해도 되나 싶어 불안한 눈으로 그를 보았다. 저 멀리서 희미하지만, 고함 소리가 바람처럼 들렸다.

"하아, 하아, 하아!"

그때 윤성이 거친 숨소리와 함께 무너지듯 쓰러졌고 세단은 그제야 그를 똑바로 바라보았다.

"닥터? 괜찮아요?"

"하아, 하아, 하아."

"닥터, 잠깐만……."

"오지 마."

하지만 그는 재빨리 그녀에게서 벗어나 어두운 곳으로 몸을 숨겼다. 하지만 워낙 동굴이 작아서 더 이상 물러날 곳이 없었다. 세단은 일단 침착하게 입을 열었다. 물론 이 상황이 너무 엄청나고 황당해서 생각할 겨를

이 없기는 했지만.

"총상이잖아요, 일단 살펴봐야 할 거 아니에요!"

"오지 말라고!"

뭔가 이상했다. 평소의 그가 아닌 것 같다. 물론 원래 싸가지 없고 인간미 없고 정 없는 인간이라는 건 알지만 이건 뭔가 좀 더…….

그때, 하늘을 뒤덮었던 구름이 걷히면서 보름달이 환하게 제 모습을 드러냈다. 달빛에 작은 동굴 안이 환해졌고, 세단은 그 너머로 보이는 모습에 눈을 크게 떴다.

"다, 다, 닥터……."

세단의 목소리가 파르르 떨렸다. 그의 눈동자가…… 분명 회색이었는데, 황금색으로 일렁이고 있었다.

단순히 색만 변한 것이 아니었다. 맹수의 눈동자처럼 위아래로 길어진 날카로운 동공 주위의 홍채가 황금빛을 띠며 일렁이고 있었다. 게다가 분명 까맣고 지저분하게 나불거리던 머리카락은 어디로 사라지고 마치 저 영롱한 보름달빛이 스며든 것처럼 신비로운 은빛 머리카락이 바람에 하늘거리고 있었다.

대체 뭐지? 내가 잘못 보고 있는 건가? 아니면 꿈을 꾸고 있는 건가? 그래, 꿈인 것 같아. 이게 현실일 리가 없으니까. 차라리 꿈이라고 말하는 게 더 현실적이잖아. 그게 아니면 정말 말도 안 된다고!

"다, 닥터……. 머리카락이, 눈동자가……."

그 순간, 눈 깜짝할 새 그가 달려들어 그녀를 벽으로 밀쳤다. 쿵 소리와 함께 일그러지는 신음과 더불어 괴괴함이 스쳤다.

"흐윽……."

뜨거운 손길이 그대로 느껴졌다. 세단은 그의 모습을 똑바로 바라보았다. 역시나 잘못 본 게 아니었다.

묘하게 휘몰아치는 황금빛 눈동자는 온몸에 소름이 돋을 정도로 너무나도 차갑고 무서웠다. 그 눈빛 때문일까? 인상도 아까와는 달라 보였다.

살짝 그은 피부와 굵은 선에서 진한 남성미가 느껴졌다. 크고 우뚝한 콧날을 따라 날카로운 턱 선을 타고, 피로 엉망이 된 셔츠 아래 단단한 상체가 굉장히 묘한 느낌을 주었다. 게다가 은빛으로 찬란히 부서져 내리는 머리카락 너머로 강렬하게 타오르는 매혹적인 눈빛에 세단은 그만 넋을 놓았다.

'아름답다……. 헉! 지금 내가 무슨 생각을!'

그때, 그의 목소리가 굉장히 낮고 깊게 울려왔다.

"미안해."

"하……."

"휘말리게 해서."

그 한마디에 세단의 심장이 미치도록 쿵쾅거리기 시작했다. 심장이 뛰다 못해 입 밖으로 튀어나올 것 같았다. 가까이서 들려오는 생전 들어보지 못한 녹아내릴 듯한 목소리에 취해, 빨려 들어갈 듯한 황금빛 눈동자에 홀려, 세단은 뜨겁게 다가오는 그의 숨결을 받아냈다.

"아무리 보름이라지만……."

"……."

"정말 미치겠군. 당신, 지금 나한테 너무 자극적이야."

"닥터?"

그의 손길이 그녀의 서늘한 허벅지를 더듬었다. 세단은 믿을 수 없다는 시선으로 그를 바라보았다. 이, 이게 뭐지?

하지만 그를 밀어낼 수가 없었다. 온몸이 얼어붙어 버린 것처럼, 머릿속으로 자꾸만 그의 향이 밀려들면서 그대로 녹아내릴 것만 같았다.

그의 손이 점점 더 위로 뻗어 오르면서 그녀의 가운 주머니를 움켜쥐었다. 그러곤 그녀가 챙겨온 구급품 중 가위를 꺼냈다.

"……의사로서 프로 정신은 있어. 이 상황에서도 구급품을 챙기고. 그

때도 지금도."

"……."

"잘했어."

그는 망설임 없이 자신의 허벅지를 가위로 푹 찔렀다. 그러고는 바닥으로 털썩 쓰러졌다. 세단은 잠시 상황 판단이 안 되다가 이내 비명을 지르며 그를 붙잡았다.

"악! 닥터, 이게 무슨 뭐하는 짓이에요! 미쳤어요?"

허벅지에서 흐르는 피와 더불어 어깨의 총상까지. 그제야 그가 심각한 부상자라는 것을 깨달았다. 지금껏 움직이고 있던 게 신기할 지경이었다.

윤성은 힘이 들어가지 않는 주먹을 억지로 꽉 쥐고는 어렵사리 말을 이었다.

"이렇게 안 하면…… 내가 무슨 짓을 할지 몰라. 하지만 이것도 잠깐이야. 달아나."

"뭐라고요?"

"내가 널 어떻게 하기 전에, 가라고!"

"싫어요. 난 의사예요. 환자를 두고 어디 안 가요. 당신이 뭐든 지금 상관없어. 지금은 그냥 내 환자야!"

세단은 어디서 그런 용기가 났는지 모르지만, 그래도 이대로 가버리면 그가 죽을 것 같았다. 그리고 그가 죽어버리면…….

'못 견딜 것 같아, 내가.'

"나도 지금 이 상황 너무 이상한 거 알아요. 진짜 물어보고 싶은 거 너무 많고 무섭기도 엄청 무서운데, 일단 생각 안 할래. 지금은 당신 치료하는 게 우선이야. 그러니까 그 입 닥쳐요! 내 마음대로 할 거야."

"……꼴통, 꼴통 했더니 진짜 꼴통 짓만……."

더는 세단을 말릴 힘도 없었다. 시간은 걸리겠지만 어깨의 총상은 스스로 치유될 것이다. 하지만 문제는 그게 아니었다. 보름달 때문에 온 감각이 평소보다 몇 배나 빠르게 꿈틀거리고 있어서, 눈앞에서 움직이는 세단 때문에 미칠 것 같았다. 그녀의 숨소리, 움직임, 새어 나오는 향기까지. 그 모든 것이 실낱같은 이성을 끊어내며 본능적인 수컷의 욕망을 타오르게 했다.

보름달이 뜨는 밤은 그도 자신의 이성을 믿을 수 없는, 그래서 너무나도 위험한 밤이었다. 그 밤에, 그것도 단둘이, 이런 식으로! 윤성은 일부러 허벅지의 통증에 집중했다.

'버텨야 해!'

세단은 일단 불을 피우려고 했다. 그러자 윤성이 그녀를 저지했다.

"불을 피우면 위치를 들킬 거야."

"하지만 이렇게 어두운 곳에서 어떻게 상처를 살펴요?"

"내 말만 듣고 내 손만 따라와."

그녀는 윤성의 말에 황당했지만, 어쩔 수가 없었다. 일단 주머니에 집어넣은 구급품을 꺼내보았다. 붕대와 상처에 바르는 연고와 소독제, 진통제 몇 개가 전부였다.

'침착하자, 박세단. 침착해야 해.'

"어깨부터 볼게요."

세단은 그의 어깨를 조심스럽게 살폈다. 그런데 생각보다 출혈이 그렇게 심하진 않았다. 보통 총상은 다른 상처보다 출혈이 배는 심한데 이해할 수가 없었다. 게다가 주변으로 상처가 그리 심하지도 않았다.

윤성은 세단의 눈빛을 읽고서 짧게 말했다.

"탄환은 육안으로 확인이 될 거야. 그렇게 깊이 박히진 않았어."

"뼈가 상한 것 같진 않아요?"

"그래."

늑대인간의 골격은 인간보다 배는 튼튼하기 때문에 총알이 쉽게 꿰뚫을 수 없었다. 그저 피부에 상처를 입힌 것일 뿐.

"그럼 일단 탄환부터 꺼낼게요."

"……부탁해."

부탁한다는 그의 말에 세단은 굳은 의지로 고개를 끄덕였다. 그러곤 최대한 침착하게 소독약으로 가위를 씻어냈다.

"마취제가 없어서 그냥 해야 해요. 엄청 아플 텐데."

"신경 쓰지 마."

윤성은 고개를 돌렸다. 차라리 아픈 게 나았다. 그러면 신경을 그쪽으로 돌릴 수 있을 테니까.

세단은 차분하게 가위를 들었다. 그가 통증에 정신을 잃을 수도 있다. 그러면 더 곤란해지기 때문에 쓸데없는 걸 막 물어보기 시작했다. 이렇게라도 제발 정신을 붙들고 있기를 바라면서!

"근데 닥터 이름이 정말 뭐예요?"

세단의 의도를 알아챈 윤성은 잠시 망설이다 퉁명스럽게 대꾸했다.

"난 내 이름 아무한테나 안 가르쳐 준다고 했지? 정말 금붕어네, 꼴통."

"진짜, 이름 하나 가지고 비싸게 구네. 그리고 자꾸 꼴통이라고 할 거예요? 내가 지금 당신 치료하려고 하는데! 설마 내 이름 까먹은 거예요?"

"박세단."

동굴 가득 그의 목소리가 제 이름을 담고서 넘실거렸다. 세단의 얼굴이 화르르 달아올랐다. 심장이 다시금 빠른 속도로 쿵쾅대기 시작했다.

'나, 나 뭐야, 지금. 미, 미쳤나 봐!'

"자, 잘 알고 있네요. 그럼 이제 이름 불러 달라고요."

윤성은 그녀의 옆모습을 빤히 바라보았다. 긴장한 기색이 역력했지만 내색하지 않으며 소독된 가위를 들고서 짧게 심호흡을 했다.

세단은 윤성의 어깨를 향해 가위를 들었다. 예전에 그가 한 것처럼, 가위를 메스처럼 이용해 상처 부위를 절개하여 탄환을 꺼낼 작정이었다.

"그럼 시작, 할게요."

그녀는 그의 어깨의 여린 살에 가위를 가져다 댔다.

"좀 더 아래쪽."

"여, 여기요?"

"그래, 거기. 손끝에 최대한 집중해 봐."

윤성의 목소리를 따라 그녀는 크게 한 번 호흡을 하고서 그의 어깨를 붙잡고 상처 주위를 절개하기 시작했다. 숨조차 삼켰다. 그 숨 하나에 가위가 흐트러질까 봐. 해서 잘못 절개를 할까 봐. 그가, 위험해질까 봐.

하지만 윤성은 다른 의미로 이를 악물고서 떨리는 주먹을 꽉 움켜쥐었다. 그녀의 손길이 어깨에 닿는 순간, 온몸이 화르르 달아오르면서 상처의 통증 따윈 사라지고 오직 그녀의 체온과 부드러운 살결의 감촉이 그를 뒤흔들었다. 원색적인 욕망이 이성을 잡아먹기 시작했다. 머리와 몸이 그녀를 미치도록, 미치도록 원하고 있었다.

'조금만, 조금만 더 견뎌!'

그렇게 얼마나 지났을까.

세단은 어느새 완전히 녹초가 되어버렸다. 그래도 그녀는 웃고 있었다. 무척이나 환하게.

윤성의 어깨는 깨끗한 붕대로 잘 매였다. 치료는 성공했다. 탄환도 무사히 꺼냈고, 봉합도 잘 마쳤다. 물론 2차 감염이 있을 수도 있고, 제대로 검사를 하지 않아서 혈액으로 파편이 흘렀을지도 모른다. 그러니까 내일 날이 밝는 대로 제대로 확인을 해야만 했다.

"닥터, 일단 끝내긴 했지만, 날이 밝는 대로 캠프에서 다시 치료받아야 해요. 이런 곳에서 절개를 했으니까 감염이 있을 수도 있고."

그는 벽에 몸을 기댄 채 고개를 푹 숙이고 있었다. 그 아픈 걸 맨 정신으로 참아냈으니 이제야 정신을 잃은 것일지도 모른다는 생각에 세단은 조심스럽게 그에게 다가갔다.

"닥터, 괜찮아요? 닥터?"

그는 부르는 소리에도 미동조차 없었다. 그녀는 잠시 머뭇거리며 그를 빤히 바라보았다.

세단은 저도 모르게 천천히, 아주 천천히 그를 향해 손을 뻗었다.

손끝에 와 닿는 은빛 머리카락은 볼수록 아름답고 신기했다. 정말로 하얀 달빛이 반짝거리는 것 같았다. 머리카락을 조심스럽게 위로 올리고서 그의 얼굴을 좀 더 선명하게 보려는 순간, 그가 눈을 번쩍 떴다.

"흡!"

너무 놀란 나머지 세단은 저도 모르게 짧게 비명을 지르며 얼른 손을 치우려고 했다. 하지만 그가 먼저 그녀의 가는 손목을 덥석 잡았다.

"다, 닥터? 그러니까 정신을 잃은 것 같아서…… 걱정이 돼서……."

말이 횡설수설 튀어나왔다. 그러게 그냥 모른 척할걸. 괜히 쪽팔리게 왜 얼굴을 보려고 해서는!

"이제 됐어."

탄환을 빼냈으니 이만하면 치유 속도는 더 빨라질 것이다. 더 이상 그녀를 휘말리게 할 수 없다. 윤성은 매번 그랬던 것처럼 이곳 역시 떠나기로 마음먹었다. 그녀가 더 의심하기 전에……. 그런데, 그녀를 붙잡은 손끝이 자꾸만 떨려 놓을 수가 없었다.

새삼 그녀의 모습을 빤히 바라보았다. 평범한 얼굴이었다. 단정하고 말간, 나이보다 조금 어려 보이는 앳된 얼굴. 그는 저도 모르게 헝클어진 그녀의 머리카락을 쓸어내리며 하얀 이마를 건드렸다. 보드라운 느낌과 향긋한 향기. 모든 감각이 이성에서 벗어나 그를 끌어당기며 아우성쳤다.

"……"

세단은 어쩐지 너무나도 이상한 그의 행동에 천천히 고개를 들었다. 여전히 제 손을 꽉 잡은 그는 머리카락에 가려서 얼굴이 제대로 보이지 않았다. 그런데 뭔가 좀 무서웠다.

"닥터?"

그녀가 아주 조심스럽게 그를 불렀다. 그러자 그의 낮고 탁한 목소리가 약간의 떨림과 함께 전해졌다.

"더는……."

"뭐라고요? 좀 크게……."

"한계야."

"크게 말해……. 하아!"

붙잡힌 손아귀가 화끈거릴 만큼 엄청난 힘이 느껴졌다. 하지만 비명을 채 지를 새도 없이 그녀의 호흡은 그의 뜨겁고 거친 호흡 속으로 사라지고 말았다.

처음엔 머릿속이 새하얗게 변해서 생각이란 걸 할 수가 없었는데, 점점 온몸으로 느껴졌다. 지금 그가 내게 키스하고 있다는 사실이.

커다란 손이 그녀의 머리카락을 한껏 움켜쥐고서 바짝 당겼다. 또 다른 손은 허리를 단단하게 감아 온몸으로 그를 느낄 수 있을 만큼 와 닿았다.

도대체 왜 갑자기 일이 이렇게 된 거지? 왜 갑자기 나한테 키, 키스 같은 걸 하냐고!

'이건 진짜 덮친 거잖아! 밀어내야지. 박세단, 얼른 밀어내!'

하지만 이성과 본능은 다르게 움직였다. 그의 숨이 능숙하게 밀려들면서 제 입술 위에서 연신 자잘하게 춤을 추었다. 부드럽게 다독이는 손길. 그에게 가득 안겨 손가락 하나조차 움직일 수 없을 만큼 몸에 힘이 들어가질 않았다.

짙은 어둠에 취해 그의 얼굴이 제대로 보이지가 않았다. 그래서일까. 시야가 가로막히니 다른 감각이 달아올랐다. 그의 숨결, 체온, 순간순간의 움직임까지 모든 것이 자극적으로 와 닿았다.

윤성이 세단을 천천히 바닥에 눕혔다. 등에 닿는 축축하고 서늘한 느낌에 소름이 돋았지만, 곧이어 뜨겁게 내려앉은 그의 체온이 빠르게 감돌았다. 그때 낯선 손길이 그녀의 윗옷을 움켜쥐며 끌어 내리려고 하자, 세단은 그제야 정신을 번쩍 차리고서 그의 손을 덥석 잡았다. 그래, 키스는 그렇다 쳐도 더 이상은 절대로 안 돼!

"닥터, 그러니까 아무리 그래도 여기서 더는……."

사그락 소리와 함께 드디어 그의 얼굴을 똑바로 바라보았다. 서늘한 은빛 머리카락 사이로 뜨겁게 타오르는 눈빛. 흡사 맹수처럼 너무나도 기묘하고 매혹적인 황금빛에 갇혀 세단은 저도 모르게 숨이 거칠어지면서 손끝이 떨려왔다.

그는 오직 그녀에게 시선을 박은 채 다정한 듯하면서도 낮고 탁한 목소리로 점점 그녀를 끌어당겼다.

"조금만, 조금만 더……."

속삭이는 목소리를 타고 그의 목울대가 섹시하게 꿈틀거렸다. 너무나도 치명적이기에 더더욱 위험했다. 하지만 본능은 이성을 배반했고, 세단의 몸에서 자꾸만 힘이 빠져나갔다. 이러면 안 되는데. 여기서 이러면 안 되는데……. 하지만 그가 전해주는 강렬함에서 벗어날 수가 없었다. 이런 느낌은 처음이었다. 한 번도 남자와 키스를 안 해본 숙맥은 아니지만, 이렇게 남자가 나를 절실하게, 절박하게 원하고 있다는 걸 온몸으로 느껴본 적은 처음이었다.

"괜찮아, 괜찮아……."

다시금 퍼지는 감미로운 목소리에 온몸이 조금 전의 감각을 떠올리며 뜨거워졌다. 아니, 보다 더 타는 듯한 갈급함이 밀려들면서 세단은 저도 모르게 두 손으로 그를 끌어당겼다.

그에게서 흘러나오는 뜨거운 체온과 거칠게 울리는 심장 소리가 점점 이성을 무너뜨렸다. 세단은 저도 모르게 그의 가슴을 만졌다. 손바닥 가득 그의 심장이 느껴졌다. 손끝이 떨릴 만큼, 이렇게 빠를 수는 없다. 이렇게 격할 수는 없다. 설마 이 모든 것이…….

'나 때문인가? 이 남자, 진심으로 날 원하고 있는 건가?'

생각이 원초적 본능을 더욱 부추기며 낯선 욕구가 스멀스멀 피어올랐다. 여전히 그는 세단을 내려다보고 있었다. 마치 허락을 구하는 듯한 시선에 결국 그녀는 윤성의 황금빛 눈동자에 항복한 채 눈을 감았고, 그는 다시 고개를 숙였다. 아까보다 더 격한 숨결이 폭풍처럼 밀려오기 시작했다.

움켜쥔 손끝에 힘이 사라지고 그의 황금빛 눈동자가 아까보다 훨씬 탁하게 일렁였다. 윤성과 세단의 호흡이 점차 하나로 뜨거워지더니 실낱같던 그의 이성이 완전히, 뚝 끊어지고 말았다.

머릿속이 새하얗게 일그러지면서 모든 감각이 그녀를 갈망하고 있었다. 결국 본능이 이성을 난도질하며, 마침내 그의 손이 그녀의 윗옷을 완전히 끌어 내리려는 순간.

퍽!

"으윽!"

누군가 윤성의 뒤통수를 퍽 소리가 날 정도로 내려쳤다. 세단은 당황하여 고개를 들었다. 뿌연 연기와 더불어 알싸한 향을 맡자 정신이 몽롱해졌다.

"하아, 하아. 뭐, 뭐야……."

『미안하네, 아가씨. 잠깐 자고 일어나면 금방 끝날 거야.』

낯선 목소리. 희미해지는 시야 속에 얼핏 할아버지를 본 것 같았다. 세단은 그대로 정신을 잃어버렸다. 아주 찰나의 순간에 세단은 윤성을 바라보았다. 왠지 그가 조금, 걱정이 되었다.

윤성은 아픈 머리를 움켜쥐고서 분노에 찬 소리를 질렀다.

"누구……!"

하지만 고개를 돌린 그의 눈빛이 흔들렸다. 어둠 속에서 태연하게 지팡이를 들고 서 있는 기묘한 모습의 영감은 윤성이 무척이나 잘 아는 사람이었다. 하지만 어떻게 이곳에…….

『영감? 대체 어떻게 여길…….』

『일단 그 여자한테서 떨어져. 발정 난 늑대처럼 난리 치지 말고.』

발정 난 늑대라는 말에 윤성은 흠칫하며 정신을 잃은 세단을 바라보았다. 그제야 좀 전의 일이 생생하게 떠올랐다. 그 정도로 이성을 잃고 핀트가 나간 적은 처음이었다. 머릿속이 새하얗게 일그러지면서 모든 감각이 그녀를 향했다. 미치도록 타오르던 본능이 요구하는 것은 단 하나였다. 그녀를 원한다고. 그녀를 미치도록 가지고 싶다고. 마치 다른 인격체가 되어버린 것 같은 기분이었다.

『이런 적은 처음입니다. 이렇게까지 힘든 건 줄 몰랐는데…….』

영감은 태연하게 자리를 펴고 앉아서는 이상하게 생긴 지팡이를 내려놓았다.

새까만 피부와 흉터처럼 깊게 새겨진 주름이 세월의 흔적을 말해줬고, 몸이 바싹 마르긴 했지만 어딘지 모르게 기운이 넘쳐 보였다. 윤성과는 예전 마을에서 알게 되었는데, 보자마자 그 정체를 알아차리고서 유일하게 곁을 머물며 도움을 주고 있는 주술사였다. 그만큼 세상을 보는 영묘한 힘을 가진 이였다.

『늑대인간의 종족 본능 아니겠어?』

황금빛 눈동자가 한순간 차갑게 가라앉았다.

늑대인간이라고 해서 보름달이 뜨면 흔히 영화나 소설에 나오는 괴물처럼 변하고 그런 건 아니었다. 물론 눈동자가 늑대처럼 변하고, 머리색도 늑대의 은회색빛으로 변하긴 했지만. 그런 외형보단 마음이, 감정이 괴물로 변하고 만다.

늑대인간에게 사랑이란 감정은 치명적인 독이다. 특히 '각인'이 일어나게 되면, 평생 한 사람에게 사로잡혀 죽음까지 함께하게 된다. 스스로의 의지로는 벗어날 수 없는 저주와도 같은 일이 벌어지는 것이다. 상대의 감정 따위는 무시한 채, 온전히 자신의 모든 것을 주려고만 하는 것, 그게 늑대인간의 '각인'이었다. 그 때문에 늑대인간은 죽을 때까지 사랑을 알지 못한 채 죽는 경우가 많았다.

윤성은 그 모든 것이 싫었다. 사랑이란 감정 따위 알 필요도 없고, 그 끔찍한 각인으로 인해 한 여자의 인생을 망가뜨리고 싶지도 않았다. 자신의 어머니처럼……. 그래서 보름달이 뜨는 밤에는 그 기운이 사라질 때까지 항상 홀로 은둔하곤 했었는데.

'일이 이렇게 될 줄이야.'

『대체 여긴 어떻게 온 겁니까?』

『그 녀석이 네놈을 쫓을 때부터 따라왔어. 걱정됐으니까. 곧 보름이기도 했고. 괜찮냐?』

『정말 집요하더군요.』

『그럴 수밖에. 하필이면 늑대인간에게 적대심을 가지고 있는 마을 사람이었으니.』

예전, 그 마을에도 늑대인간이 있었다고 했다. 떠돌던 여인이 마을에 들어와 아이를 낳았는데, 그 아이의 눈빛이 흡사 늑대와도 같아서 모두들 괴물이라 부르며 폭력을 일삼았다. 늑대인간을 낳은 여인들은 거의 반은 미치거나 현실을 부정했는데, 그 여인은 달랐다고 했다. 제 아이를 지키려다 결국 쓰러지고 말았고, 그날은 하필이면 보름날이었다. 달빛이 아이를 감쌌고, 어미가 쓰러지는 것을 눈앞에서 본 아이는 분노를 참지 못해 살육을 저질렀고 결국 총에 맞아 사살되었다고 했다. 그 후로 마을에선 늑대인간은 저주라며 입에 담는 것조차 꺼려했다.

사실 따지고 보면 모두 인간이 먼저 잘못을 저지른 것이지만 늑대인간은 철저히 이방인이고, 괴물이며 존재 자체가 잘못이었다. 물론 눈앞의 영감은 조금 달랐지만. 그저 다 똑같이 목숨 붙어 있는 존재라며, 마을에서 달아날 수 있게 도와준 것도 이 영감이었다.

『그런데 지금 상황은 좀 예상 밖이로구나.』

영감은 윤성의 옆에 곤히 잠든 여자를 바라보았다. 윤성이 아프리카로 온 이유를 그는 잘 알고 있었다. 일종의 도망이었다. 이 넓은 대륙에 그가 숨을 곳은 많았으니까. 그런데 그가 이곳에 와서 이렇게 곁에 여자를 두고 있는 경우는 처음이었다. 그것도 보름달이 뜬 이 밤에. 아마 저 여자가 유일할 것이다.

『내가 좀 볼까? 이 여자의 운명.』

윤성은 영감의 말에 대수롭지 않게 대꾸했다.

『볼 필요 없습니다. 어차피 내일이면 헤어질 관계입니다.』

그래, 어쩌다 이렇게 되었지만, 모두 내일이면 끝날 관계. 지금도 너무 많이 엮여 있었다. 그로 인해 그녀가 위험할 뻔했고. 더군다나 이런 모습까지 모두 다 보이고 말았으니 다른 말이 나오기 전에 헤어지는 것이 서로에게 좋았다.

『뭐, 어때. 그냥 재미로 보는 거지.』

영감은 자리에서 일어나 그녀의 곁으로 다가갔다. 세단은 수면향 덕분에 아주 깊이 잠들어 있었다. 그는 품에서 달콤한 향이 나는 가루를 주변에 뿌렸다. 그리고 지팡이를 흔들며 눈을 감고서 알아듣지 못할 말을 중얼거렸다. 어느새 주변의 기운이 살아 숨 쉬는 듯 꿈틀거렸다. 주변으로 번지는 달콤한 향과 더불어 분위기가 묘하게 흐르기 시작했다.

윤성은 벽에 몸을 기댄 채 영감의 행동을 빤히 바라보았다. 마침내 그가 눈을 번쩍 뜨고서 굳어진 시선으로 세단을 바라보고만 있었다.

『왜 그러십니까?』

윤성은 어쩐지 이상한 느낌에 자리에서 벌떡 일어섰다. 하지만 영감은 한참 동안 말이 없었다. 초조한 마음에 그가 다시 입을 열려는 순간.

『……이 여자 곧 죽어..』

『네?』

생각지도 못한 말이 영감에게서 덤덤히 흘러나왔다.

『죽는다고요?』

『그래, 죽어.』

영감은 그제야 고개를 돌려 윤성을 바라보았다. 다른 사람도 아닌 그의 말이라면 거짓이 아닐 것이다. 만물을 통해 주마등을 읽는 주술사는 남의 운명을 함부로 입에 담는 사람이 아니었다. 하지만 죽는다니.

『어디 아픈 겁니까?』

윤성은 저도 모르게 세단의 곁으로 다가가서는 이곳저곳을 더듬었다. 설마 아까 다치기라도 했나? 하지만 딱히 몸에 이상이 있지는 않은데……

『그런 건 아니야.』

『그럼 대체 뭡니까?』

윤성의 날 선 모습에 영감은 묘한 눈빛으로 여자를 다시 바라보았다. 아직 각인까진 아니지만, 그래도 어떻게든 엮이게 되는 건가. 저 불쌍하고 안타까운 늑대와. 이게 과연 저 여자에게 좋은 일인지 나쁜 일인지는 그로서는 알 수가 없지만, 이 여인의 운명도 참으로 기이하다.

『아직 정확한 시기는 보이지 않지만, 이 여자의 생이 그리 길지가 않아. 누군가의 운명에 휘말려 죽게 될 거야.』

『누군가의 운명에?』

『그래.』

어느새 윤성의 눈동자 빛이 회색으로 돌아오기 시작했다. 머리카락 역시 은빛에서 까맣게 변했다. 날이 밝아오는 것이다. 본능이 날뛰는 밤이 지났지만 윤성은 이상하게 다른 쪽으로 마음이 진정되질 않았다.

『……살릴 방법은 없습니까?』

그는 뜨거운 자신의 손으로 조금 차갑게 식은 그녀의 손을 붙잡았다.

『이 여자가 신경 쓰이나 보지?』

『그런 건 아닙니다.』

『그럼 왜? 네가 여자에게 이렇게 신경 쓰는 건 처음인데.』

특별히 신경이 쓰이는 건 아니다. 지금 바로 헤어져도 아무렇지도 않고, 평생 보지 않는다고 해도 상관없었다. 그런 건 익숙했으니까. 단지 조금 미안하기는 했다. 하지만 그뿐이었다.

그는 저도 모르게 헝클어진 그녀의 머리카락을 쓸어보았다. 그리고 그녀의 붉은 입술을 보는 순간, 아까 전의 키스가 떠오르면서 이상한 느낌이 맴돌았다. 뭔가 미련처럼 붙잡고 있는 이것은 대체 뭐지?

하지만 윤성은 얼른 고개를 가로저었다. 조금 전의 감각은 잊어야 해!

『전 의사입니다. 눈앞에서 누군가 죽는다면 신경 쓰일 수밖에 없지요. 그뿐입니다. 게다가 빚을 지기도 했고. 정말 살릴 방법은 없습니까?』

영감은 어느새 인간의 것으로 완전히 되돌아온 그의 눈동자를 바라보았다. 지금 윤성에게 보름달의 저주 같은 건 없었다. 그는 이 여자를 살릴 방법을 진심으로 묻고 있는 거다. 그것은 즉, 이 여자의 운명으로 뛰어들겠다는 이야기. 인간도 아니고 동물도 아닌 평생을 이방인으로서 이 세계와의 연을 끊고 사는 녀석이 말이다.

의사라서 묻는 것이라고? 이것은 병도 아니고, 따라서 의사로서 고칠 수 있는 것도 아니다. 게다가 이 녀석이 그렇게 직업정신이 투철한 것도 아니고. 아직 스스로는 절대 모르는 것 같지만…….

'이게 좋은 기회가 될 수도 있어, 저 불쌍한 녀석을 구원할. 그리고 저 여자의 안타까운 목숨도 살리는 거고.'

영감은 천천히 입을 열었다.

『그 방법은…….』

그토록 지독했던 어둠이 사라지고, 세단은 눈부신 빛에 미간을 찡그리며 눈을 깜빡거렸다. 그러다 어제 일이 주마등처럼 스치자 벌떡 일어나서는 붉어진 얼굴로 어쩔 줄을 몰라 했다.

'어, 어떡해! 어제는 대체 무슨 정신으로!'

마치 홀리기라도 한 듯, 정말 제정신이 아니었다. 그렇지 않고서야 그렇게 대범한 짓을 할 수 있을 리가 없잖아! 이제 어떻게 그 사람 얼굴을 똑바로 보냐고!

그런데 뭔가 이상했다. 내가 왜 갑자기 잠이 든 거지? 뭔가 이상한 향을 맡은 것 같은데, 그 뒤로 기억이 나질 않았다. 그녀는 저도 모르게 제 옷차림새를 쓱 살펴보았다.

"뭐, 건드리진 않은 것 같은데."

도대체 그 뒤로 어떻게 된 거야! 세단은 주위를 살폈다. 그런데 그의 모습이 보이지 않았다.

"어디 갔지?"

잠깐 밖에 나갔나? 그러고 보니 어깨는 괜찮은 거야? 아직 아플 텐데.

"닥터! 닥터! 어디 있어요, 닥터!"

하지만 아무리 불러도 그의 목소리는 들리지 않았다. 뭐야, 설마 나만 두고 간 거야? 아무리 어제 일이 민망하고 얼굴 화끈거리는 일이라곤 하지만 남자로서 이렇게 피해 버리는 건 말이 안 되지! 아니면 설마.

"설마 무슨 일 생긴 건가? 어제 그 사람, 좀 이상했으니까."

지나치게 뜨거웠고, 지나치게 두근거렸다. 게다가 그 황금빛 눈동자와 빛나는 은빛 머리카락. 지금도 잊히지 않는 꿈같던 그 모습. 게다가 누군가가 총기 난사도 했잖아!

어쩐지 불안감이 밀려들었다. 가슴이 미치도록 빠르게 뛰어 그를 찾아 밖으로 나온 순간, 멀리서 사람들의 웅성거림이 들려왔다.

「박세단 씨! 박세단 씨!」

「박세단 선생님!」

사람들이다. 뭐야, 그냥 사람을 부르러 갔었던 거구나!

「여기요! 여기, 여기! 나 여기 있어요!」

그렇게 세단은 캠프 사람들을 만나게 되었다. 그런데 그가 보이질 않았다.

「닥터, 닥터는 어디 있어요? 캠프에 있는 거예요? 하긴 많이 다쳤으니까. 상처가 악화된 건 아니죠?」

횡설수설하는 세단의 말에 간호사 한 명이 나서서 그녀를 다독였다.

「닥터는 이른 새벽에 떠나셨어요.」

세단은 그 말에 움찔하다 이내 멍하니 되물었다.

「떠나다니, 대체 왜? 아니, 그게…….」

「갑자기 급한 일이 생기셨다면서 떠나셨어요. 닥터와 어제 잠깐 산책 나가셨다가 길을 잃으셨다면서요? 닥터가 이쪽으로 가보라고 해서, 그래서 선생님을 찾아온 거예요.」

「아니, 그럴 리가 없어요. 떠나다니. 그 사람 아픈데. 아주 많이 아픈데. 어제 총상도……. 설마 그러고 떠난 거예요? 그런 거예요?」

하지만 그 누구도 그의 부상을 알지 못했다. 심지어 어제 그 난리가 났다는 사실조차도. 급하게 떠났다고? 설마 진짜로 떠난 거야?

"어떻게, 이렇게……. 이렇게 갑자기 가버리는 게 어디 있어."

허망함과 함께 밀려드는 것은 슬픔이었다. 아주 큰 슬픔이 그녀의 가슴을 꽉 움켜쥐고 있었다.


멀리서 윤성이 그런 세단을 바라보고 있었다. 그의 어깨는 벌써 조금씩 아물고 있었다. 세단이 치료를 제법 꼼꼼하게 한 덕분이었다. 그는 그녀가 사람들 틈에 섞여 완전히 사라지는 것까지 확인한 뒤에야 천천히 고개를 돌렸다. 그러곤 여전히 남아 있는 그녀의 온기를 움켜쥐며 짧게 속삭였다.

"……무사해라, 꼴통."

'내가 다시 갈 때까지…….'

그렇게 그는 유유히 자취를 감춰 버렸다.

캠프로 돌아와서 세단은 사방팔방으로 그를 찾았지만 정말로 그는 완전히 모습을 감춰 버리고 말았다.

처음엔 온갖 욕을 다 하면서 정말 인정머리 없다고 소리 질렀다. 그리고 그런 사람 따위 잊어버릴 거라고 다짐했지만, 시간이 지나면 지날수록 자꾸만 선명하게 그의 모습이 떠올랐다. 가슴께가 텅 비어버린 것처럼 허전했다. 대체 뭐라고 꼬집어 말할 수는 없지만 한 가지 확실한 건.

"왜 자꾸 이렇게 찾는 거야. 대체 왜……."

미운 정이 들어버린 걸까. 그래서 이토록 보고 싶고 그리운 걸까. 아주 나쁜 놈인데. 아주 못된 놈인데. 나한테 그런 짓을 해놓고서는 그렇게 홀라당 내빼 버린, 내가 정말로, 정말로 싫어하는 남자인데!


그렇게 몇 개월이 지나고, 세단은 아프리카에서의 모든 일정을 마치고서 한국으로 돌아가는 비행기에 올랐다.

그저 막연히 누군가를 잊기 위해 도망치듯 선택했던 아프리카행. 하지만 그곳에서 그녀는 최고이자 최악인 외과의를 만났다. 시간이 지날수록 그를 만난 순간이 너무 꿈만 같았고, 환상처럼 느껴져서 현실감이 사라지는 것 같았다.

사람이긴 한 걸까? 내가 헛것을 본 게 아닐까? 그럼 귀신?

"그건 아니야."

그녀는 잠시 멍하니 제 손끝을 바라보다 이내 살며시 쥐어보았다.

헛것은 아니다. 귀신도 아니다. 꿈이나 환상도 아닌 현실. 왜냐면, 그때 느꼈던 그 뜨겁고도 강렬했던 온기를 기억하고 있으니까. 귓가에 파고들었던, 그리고 이 손끝으로 느껴지던 빠른 심장 소리 역시 또렷하게 떠오르니까. 게다가 시선을 뗄 수 없게 만들던 그 눈동자까지도…….

세단은 창가에 머리를 기대고 눈을 감았다.

다시 볼 수 있을까? 언젠가, 딱 한 번만이라도 만나보고 싶은데. 아직 그에게 의사로서 제대로 인정도 못 받았고, 그의 이름도 듣지 못했고……

"박세단."

순간, 그가 딱 한 번 불러주었던 제 이름에 눈을 번쩍 떴다. 그러다 입술을 깨물고서 고개를 푹 숙여 버렸다. 애써 잊고 있던 그날 밤의 기억이 밀려들었다. 묘하게 뜨거워지는 가슴 언저리에 주먹을 꽉 움켜쥐었다.

'설마, 내가 그 사람을 좋아했나? 진짜로? 말도 안 돼. 그렇게 말없이 사라진 남자를? 절대로 아니야. 그런 사람은 마음에 담지도 말아야 해. 상처 받는 건 나뿐이니까!'

그래, 그건 아니야. 난 내 곁에 오래오래 있어주는 남자가 좋다고! 그러니까 그 남잔 절대로 안 돼.

"아욱! 아니야. 아니야!"

하지만 한 가지는 확실했다. 누군가를 잊기 위해 갔던 아프리카에서 또다시 누군가를 이 가슴속에 아주 강렬하게 새겨 버렸다는 사실을. 지금은 잠시 식어 있지만, 매 순간순간 화끈거리며 떠오르는 화상 자국처럼.

그렇게 한여름 밤의 꿈같았던 아프리카에서의 일은 정신없이 빠르게 돌아가는 한국에서의 생활로 인해 차츰차츰 옅어졌다. 그리고 어느덧 1년이라는 시간이 흘렀다.

## 2. 다시, 만난 걸까?

1년 뒤, 서울 한국대학병원.

캄캄한 수술실 안. 모두가 수술 준비로 분주하게 움직였다.

수술대 위에 누운 환자는 현재 부정맥으로 인한 심장 발작으로 페이스 메이커(심박 조율기) 이식이 필요한 상태였다.

수술 준비를 마친 레지던트들은 상기된 표정으로 입구 쪽을 바라보고 있었다. 왜냐면 이번 수술의 집도의가 바로 한국대 흉부외과에서 톱을 달리는 박세단 선생님의 수술이었기 때문이다.

그녀의 수술을 옆에서 직접 지켜보는 것은 하늘의 별 따기만큼 경쟁률이 장난 아니었다.

그때, 덜컹 문이 열리면서 세단이 안으로 들어왔다. 마스크로 얼굴을 반쯤 가렸지만 환자를 바라보는 눈빛이 지독히도 침착하고 냉정했다.

"환자 상태는?"

"바이탈 사인 안정적입니다."

그녀는 모니터를 확인한 뒤, 짧게 심호흡을 하고서 손을 내밀었다.

"메스."

❖

아프리카의 어느 호텔.

말끔한 차림새의 준수한 남자가 프런트 앞에 서 있었다. 머리부터 발끝까지 딱 떨어지는 블랙 슈트에 단정하게 내려온 까만 머리카락 사이로 뚜렷하고 굵은 선을 이루는 이목구비가 짙은 남성미를 느끼게 했다.

「체크아웃되셨습니다.」

「감사합니다.」

짧은 한마디였지만 울림이 좋은 낮은 목소리에 호텔리어의 얼굴 위로 살짝 붉은 기가 감돌았다. 그렇게 남자가 유유히 호텔을 빠져나가자, 다른 호텔리어들이 삼삼오오 모여 남자의 뒷모습을 황홀하게 바라보며 입을 열었다.

「눈동자 봤어? 회색빛이 완전 섹시해.」

「인상이 좀 차갑긴 한데, 그래도 멋있으니까.」

「직업이 의사야. 지난달까지 저기 의료 시설에서 무료로 봉사를 해주셨는데, 실력이 엄청나다더라. 그래서 한국에서 제의가 들어왔나 봐. 듣자 하니 한국으로 가신다더라고.」

「아쉽다…….」

입과 입을 타는 소문은 굉장히 빨랐다. 그것도 굉장히 잘생긴 남자에 관한 소문이라면 더더욱. 그렇게 호텔리어들은 아쉬운 눈초리를 보내다가 이내 다시 각자의 위치로 돌아갔다.

호텔 밖으로 나온 윤성은 1년 전과는 사뭇 다른 모습이었다. 지나가던 여성들이 힐끔 쳐다볼 정도로 말끔해진 모습은 세단이 늑대 소년이라고 불렀던 그때와는 천양지차로 달랐다.

그때, 그를 기다리고 있던 영감이 다가와 아쉬운 눈빛으로 입을 열었다.

『가는 거냐?』

『앞으로 3개월 남았다고 하지 않았습니까.』

『그래, 그랬지. 그런데 진짜로 이렇게까지 네가 신경 쓸 줄은 몰랐다. 그렇게 돌아가기 싫어하던 한국으로 다시 돌아가면서까지 말이야.』

『그래서 이렇게 늦어졌죠. 돌아가고 싶지 않으니까.』

한국. 사실 그가 한국말을 잘하는 이유는 태어나길 한국에서 태어났기 때문이다. 하지만 한국에서 지낸 시간은 그다지 좋지 않았다. 한국에서의 유년기는 떠올리기도 싫을 정도로 끔찍할 뿐이었다. 그래서 될 수 있으면 죽을 때까지 한국엔 돌아가고 싶지 않았다. 분명 떠올리고 싶지 않은 기억들이 다시 악몽이 되어 그를 집어삼킬 테니까.

『하지만 말하지 않았습니까, 빚이 있다고. 그리고 전 의사입니다. 살릴 수 있는 사람이라면 살려야지요. 물론 방법이 좀 다르긴 하지만.』

『그래, 행운을 빈다. 아마 남은 3개월이 그 아가씨에겐 가장 죽음에 가까운 시간이 될 거야. 그만큼 그 아가씨를 죽음으로 이끌 사람을 찾기도 쉬울 테지. 가까운 곳에 있을 테니.』

『그러니 잘 지켜봐야지요. 다시 돌아올 때까지 건강히 계십시오.』

그렇게 윤성은 아프리카를 떠났다.

박세단, 앞으로 3개월 후면 죽게 된다는 그 여자를 살리기 위해서…….

페이스메이커 이식 수술이 순조롭게 막바지로 달려갔다. 레지던트들은 세단의 빠르고 정확한 손놀림에서 눈을 떼지 못하며 속으로 감탄을 늘어놓고 있었다. 외과의는 속도가 생명인데, 세단은 그 누구보다 빠른 속도를 자랑했다.

"썩션."

하지만 너무 넋을 놓고 있었던 걸까. 세단이 짧게 외쳤지만 어시스트로 들어온 레지던트는 그저 멍하니 서서 반응이 없었다. 그녀는 살짝 굳은 표정으로 다시금 소리를 높였다.

"썩션!"

"아, 예!"

그제야 정신을 차린 어시스트가 서둘러 썩션기를 건넸다. 하지만 몇 초가 허비되었고, 그녀는 그것을 좋게 봐주고 넘어갈 생각이 없었다.

"어시 바꿔."

"선생님, 죄송합니다. 다시는 이런 실수 없도록 하겠습니다!"

"너 때문에 또 몇 초가 허비되고 있지? 당장 어시 바꿔. 그리고 넌 아웃이야. 수술방에서 당장 나가."

세단은 환자에게서 눈을 떼지 않고서 당장 나가라고 엄포를 놓았고, 다른 레지던트들이 하는 수 없이 어시를 몰아낼 수밖에 없었다. 여기서 더 버텼다가는 불호령이 떨어질 게 뻔했다.

그렇게 수술이 끝났다. 수술은 역시나 성공적이었다.

"환자의 의식 회복 확인했습니다."

세단은 한 손으로 환자의 가슴에 손을 대었다. 손바닥 가득 힘차게 느껴지는 심장 소리. 그녀는 만족스럽게 웃으며 속삭였다.

"고놈 잘 뛰네, 잘 뛰어. 이젠 말썽 피우면 안 돼."

그녀는 그제야 수술 마스크를 벗었다. 얼굴에 식은땀이 가득 맺혀 있었다. 그 어떤 사소한 수술이라도 그 시간 동안은 긴장되게 마련이다. 어떤 변수가 일어날지 모르니까.

환자와 간호사가 빠져나가고, 어느새 수술실 안에는 세단과 레지던트들만 남아 있었다. 그 어느 때보다 긴장된 분위기에 세단은 고개를 숙이고 있는 레지던트들을 바라보며 피식 웃었다. 겉으로 보기엔 그저 사랑스러운 미소였다. 하지만 입 밖으로 나오는 말은 그야말로 촌철살인이었다.

"너희 정신이 있어, 없어? 감히 수술실 안에서 정신 빼고 있었니?"

"죄송합니다."

"물론 나의 현란한 수술 모습에 넋이 나갈 수도 있어. 그건 이해해. 하지만 너희는 여기 공부를 하러 온 게 아니라 내 오더를 정확히 듣고, 내 손발이 되기 위해서 들어온 거야. 너희 때문에 몇 초가 허비되었어. 그 몇 초 사이에 환자가 잘못되면 너희가 책임질 거야?"

"죄송합니다!"

"공부는 혼자 알아서 해. 거기에 환자 목숨 올려두지 말고. 그런 정신 상태라면 다시는 내 수술방에 들어오지 마. 영원히 아웃이야."

"서, 선생님!"

"이상 끝!"

그렇게 세단은 울상인 레지던트들을 두고서 수술방을 빠져나갔다. 그녀가 사라진 뒤, 레지던트들은 그제야 불평을 토해내며 그녀의 빈자리를 노려보았다.

"하여튼 빡센 마녀. 그 성격 어디 가겠어?"

"그래도 수술 실력은 장난 아니잖아. 몇 초 허비되었다곤 하지만, 그게 허비된 거냐? 보통 페이스메이커 수술 시간보다 훨씬 빠른데."

"하긴 CS(흉부외과)에서 교수님들 제외하곤 속도가 제일 빠르다고 하잖아. 그게 아프리카 봉사 다녀온 뒤에 그렇게 되었다던데. 나도 한번 가볼까?"

"그럼 뭐해, 아주 레지던트들 들들 볶기로 유명한 마녀인데. 남자 친구한테는 안 그러나 몰라."

"천 실장님이랑 친한 사이인 것도 놀라운 일이다."

"솔직히 그건 좀 부러워, 우리 병원 프린스랑!"

"그나저나 우리 진짜 수술방 아웃이야?"

세단이 수술방을 빠져나와 의국으로 가는 동안 마주친 레지던트와 인턴들이 눈치를 보면서 고개를 숙였다. 세단은 아프리카에 다녀온 후 풍부한 임상경험을 통해 일취월장하여 수술방에서 최고로 인정받는 외과의가 되었다. 하지만 실력이 늘어난 만큼, 그 위치가 올라간 만큼 성격 역시 예전보다 까다로워져서 레지던트와 인턴들 사이에서 '빡센 마녀'라고 통하게 되었다. 세단은 그렇게 변할 수밖에 없었다. 의사는 사람의 생명을 다루는 사람이니까. 결코 한순간도 방심해서도, 실수해서도 안 되는 직업이니까.

"하아……."

그녀는 잠시 걸음을 멈추고서 짙은 한숨을 내쉬며 창가를 바라보았다. 예전에 그런 성격의 외과의를 두고서 엄청나게 욕하고 뒷말하곤 했었는데. 한국으로 돌아와 제대로 외과의로 살다 보니 점점 그를 닮아가고 있었다.

이름조차 알지 못하는 천재 외과의. 이젠 얼굴조차 희미하지만 그래도 기억에 남는 건 그 회색빛 눈동자와 뜨거웠던 온기.

"진짜 아이러니해요, 그렇죠? 닥터를 정말 싫어했는데. 어느새 내가 이곳에서 닥터에게 했던 욕을 그대로 듣고 있고."

아마 레지던트들과 인턴들이 제 뒷말을 어마어마하게 하고 있을 것이다. 닥터처럼 귀가 엄청 밝았다면 아마 지금쯤 제 귀가 간지러워서 남아나질 않았겠지.

세단은 다시 의국을 향해 걸음을 옮겼다. 괜한 생각 하지 말고 정신 차리자. 지금부터 내일까지 달콤한 오프잖아?

"후후후후! 경식 씨가 엄청 기다리고 있겠지? 그놈의 연구 논문 때문에 얼굴 못 본 지 벌써 몇 주나 지났잖아."

의국에 도착하자마자 그녀는 얼른 옷을 갈아입었다. 아무렇게나 삐친 머리카락을 다시 제대로 묶어 올리고, 화장기 없는 말간 얼굴에 로션을 덧발랐다. 며칠 잠을 제대로 자지 못해 눈 밑에 생긴 다크서클에 세단은 울상을 지으며 얼굴을 매만졌다.

"아주 피부가 개 됐네, 개 됐어. 이러니 시집을 가겠냐고."

게다가 며칠 무리를 했더니 온몸이 근육통으로 쑤셔댔다. 하지만 지금부터 내일까지 그녀는 오프였다. 이걸 받기 위해 며칠 동안 밤샘을 했다. 바로 애인과 오랜만에 하는 데이트를 위해서! 아침부터 밤까지 같이 있으면서 보고 싶었던 뮤지컬도 실컷 보고, 맛있는 것도 잔뜩 먹고, 요 며칠 보지 못한 얼굴도 실컷 볼 것이다!

그렇게 세단은 가방을 챙겨 들고서 결의를 다진 채 의국을 빠져나왔다.

"빡센!"

누군가 그녀를 도발하듯 부르는 목소리가 울렸다. 하지만 그 목소리의 주인공을 너무나도 잘 알고 있는 세단은 밉지 않은 듯 눈을 흘기며 고개를 돌렸다. 그곳엔 그녀의 친구인 간호사 애정이 서 있었다.

"왜 불러?"

"오우, 아주 그냥 광대가 승천하다 못해 뚫고 나가겠네. 그렇게 좋냐?"

애정은 피식 웃으며 세단의 어깨를 팡팡 두드렸다. 결혼한 유부녀라고 믿을 수 없을 정도로 애정은 굉장히 매력적인 여자였다. 머리부터 발끝까지 모델 뺨치는 몸매와 시원스런 이목구비 덕분에 상당히 도회적인 느낌이 드는 애정은 간호과에서도 미모로는 당연 톱이었다. 애정과 결혼한 남자는 전생의 나라를 구했다고 그러는데, 세단이 보기엔 그 남자도 만만치 않게 괜찮은 남자였다.

"당연히 좋아 죽지! 아주 보고 싶어 미치겠다. 지금 당장 보면 좋은데, 오늘은 바쁘대."

그러자 애정은 야릇하게 웃으며 속삭였다.

"오랜만에 얼굴 보는 거면 뜨거운 밤 아래 만리장성 쌓는 거야? 오프니까 시간도 완전 많을 거 아니야."

"만리장성은 무슨. 넌 고 입이 왜 그렇게 문란하고 음란하니?"

세단은 혀를 내두르면서 시계를 확인했다. 마사지숍이라도 들를까? 아무래도 몸이 영 피곤한데. 데이트하다 그대로 뻗어버릴지도.

"적당히 좀 해줘. 그러다 경식 씨 도망가."

"경식 씨는 절대 그런 남자 아니야. 내가 진심으로 믿을 수 있는 남자라고. 게다가 무척이나 건강한 것 같아. 집안에 유전병이나 그런 것도 없는 것 같고."

하지만 지켜보는 애정은 불안하기만 했다. 병원에서 똑 부러지고, 심지어 빡센 마녀라고 불리는 세단은 남녀 관계에 있어서만큼은 너무 조심스러웠다. 남자가 정말로 나를 사랑하는지, 얼마큼 사랑하는지, 특히나 절대로 나를 떠나지 않을지, 이것저것 얼마나 따지는지 몰랐다.

특히나 그녀가 중요시 하는 것은 남자의 건강이었다. 그리고 남자 쪽 집안의 건강까지 전부 따졌다. 그렇게 재고 따지면서 한편으로 그 사람에게 사랑받기 위해서 간이고 쓸개고 다 빼주는 연애를 고집했다. 옆에서 지켜보면 얼마나 불안한지 몰랐다. 하지만 여기에는 그럴 만한 사정이 있었다.

아버지가 일찍 돌아가시고, 그 충격으로 어머니 역시 가출을 하시는 바람에 세단은 애정결핍이 생기고 말았다. 외로움을 잘 참지 못하고, 사랑하는 사람이 떠나는 슬픔을 무척이나 견디지 못했다. 그런데 1년 전 아프리카에 다녀와서 증상이 더 심해진 것 같았다. 대체 그곳에서 무슨 일이 있었던 건지.

"이왕이면 경식 씨 제대로 잡아. 아니면 빨리 놓든가."

"알았어, 알았어. 안 그래도 경식 씨한테 제대로 건강검진 기록 좀 보여 달라고 했어."

"그랬어? 아, 근데 요즘 통 재현이가 안 보인다?"

"재현이 요즘 바빠. 내일 CS에 새 부교수님 오시거든. 지금 거기에 매달려 있어."

"아, 나도 얘기는 들었어. 근데 천재현 의외다? 미국에서 돌아온 지 몇 주 안 됐잖아. 엄청 열심이네."

"미국까지 가서 경영 공부했는데, 이젠 제대로 좀 해야지. 이제야 철이든 거야."

내일 외부에서 며칠 전 공석이 된 흉부외과 새 부교수님이 오신다. 한국대병원에서는 웬만해선 한국대 출신이 아니면 부교수로 잘 채용하지 않는데, 무려 이사장님이 적극적으로 나서서 데려온 인재라고 했다. 물론 사실인지는 알 수가 없고. 소문으로는 담당 교수 자리를 준다고 했는데도 마다했단다. 그 때문에 조금 호기심이 동했지만, 이상하게 더는 알려진 바가 없었다.

"듣자 하니 젊다면서?"

"몰라, 나도. 보면 알겠지. 나 먼저 간다. 아무래도 마사지를 좀 받아야겠어. 온몸이 뻐근해. 이러다가 내일 데이트 망칠라."

그렇게 세단은 애정에게 대충 손을 흔들고서 병원을 빠져나왔다.

애정은 멀어져 가는 세단의 뒷모습을 응시했다. 사실 그녀는 세단이 재현과 잘될 거라 생각했었다. 중학교 시절부터 지금까지, 말로는 서로 그저 소꿉친구라고 하지만 애정의 눈엔 재현이 세단을 친구 이상으로 아주 많이 좋아한다는 게 그대로 보였다. 세단도 그걸 눈치채지 못할 리가 없는데, 왜 서로에게 다가가지 않는지 의문이었다.

1년 전 세단이 아프리카에 가기로 결심한 뒤 두 사람 사이는 완전히 바뀌어 버린 듯했다. 정말 완전 친구 사이로. 재현이 돌연 미국으로 유학을 가겠다고 결정한 것도 그때쯤이었다.

밖으로 나온 세단은 두 팔을 벌리고서 환하게 웃었다. 간만에 느껴보는 자유의 공기! 애정의 말대로 이젠 정말 경식 씨의 손을 제대로 잡아볼까? 나름 그 정도면 건강하고 괜찮잖아. 하지만 이상하게 마음이 허전했다. 연애를 하고 있는데도 이상하게 외롭고 쓸쓸한 느낌.

"요 며칠 제대로 못 봐서 그래. 내일 보면 괜찮아질 거야."

일단 마사지, 마사지부터!

세단은 매번 가던 단골 마사지숍이 있었다. 하지만 문득 예전에 경식이 소개해 주었던 마사지숍이 떠올라서 급하게 그쪽으로 예약을 했다. 택시를 타고 도착한 세단은 생각보다 아담한 마사지숍이 꽤 마음에 들었다.

"너무 큰 곳은 부담스러워. 나중에 경식 씨랑 커플 마사지 받을까?"

세단은 들뜬 마음으로 콧노래까지 부르며 건물 앞 주차장을 지나갔다. 그러다 낯익은 차를 발견하고서 우뚝 멈춰 섰다.

"어? 저거 경식 씨 차인데."

노란 경차. 게다가 안쪽엔 예전에 선물한 곰돌이까지!

뭐야. 그럼 여기 있다는 소리잖아? 분명 바쁘다고 했는데. 일이 빨리 끝난 건가?

"이거 완전 우연이잖아. 아니, 운명인가? 후훗!"

뭔가 기분 좋은 예감에 세단은 얼른 마사지숍으로 올라갔다. 내부로 들어서자 아로마 향이 물씬 풍겼다. 태국 전통 의상을 입은 카운터 여직원이 미소로 그녀를 반겼다.

"박세단으로 예약했는데요."

"네, 고객님. 전신 아로마 마사지 맞으시죠?"

"네."

"잠시만 기다려 주시겠어요?"

"아, 그런데 혹시 유경식이라는 이름으로 손님이 지금 계신가요?"

"잠시만요."

직원은 차트를 확인하고는 고개를 끄덕였다.

"네, 있으세요. 유경식님과 함께 오신 다른 한 분이 지금 마사지 중이십니다."

"두 사람이요?"

"네."

두 사람이라……. 누구지? 다른 사람이랑 같이 온 건가? 그럼 내가 불쑥 찾아가면 방해될 수도 있으니까 전화를 먼저 해봐야겠다.

"감사합니다."

잠시 기다릴 동안 세단은 전화를 걸었다. 하지만 신호음만 갈 뿐 통화는 연결되지 않았다. 그녀는 메시지라도 남겨놓기 위해 손가락을 움직였다. 그때 직원이 복도 쪽을 가리키며 말했다.

"2층으로 올라가시면 됩니다."

"아, 감사합니다."

그렇게 세단은 엘리베이터를 기다리며 손으로는 계속 핸드폰을 만졌다. 운이 좋으면 2층에서 만날 수 있지 않을까? 그런데 대체 누구랑 같이 있는 거지?

"오빠, 아무리 그래도 이런 곳에서……. 으응……."

복도 끝에서 웬 여자의 야릇한 목소리가 흘러나왔다. 세단은 기가 막힌 표정으로 혀를 찼다.

"쯧쯧쯧. 세상 참 말세로다, 말세. 아무리 나라가 개방적이라지만, 이런 곳에서까지 저러고 싶어?"

문자를 보내고서 때마침 도착한 엘리베이터에 몸을 실으려는 순간, 뭔가 익숙한 목소리가 그녀의 발목을 붙잡았다.

"그럼 끝나고 바로 호텔 갈까?"

"근데 오빠, 내일 그 여자 만난다고 안 했어? 대체 언제 헤어지는 거야?"

"기다려. 곧 끝나. 좀만 구슬리면 저 낡아빠진 경차 팔아치우고 새 차 하나 받을 수 있을 것 같아."

세단은 휴대폰을 꽉 움켜쥐었다. 그러곤 복도 끝을 향해 천천히 걸음을 옮겼다. 아닐 테지만, 그럴 리가 없겠지만, 목소리가 너무 비슷했다. 게다가 저 대화 내용은 대체…….

모퉁이를 바로 앞에 두고 세단은 우뚝 걸음을 멈췄다. 세단은 심호흡을 하고서 다시 그에게 전화를 걸었다. 그러자 상대방의 휴대폰이 울렸다.

띠리링!

"에이씨, 왜 자꾸 전화하고 난리야. 분명 오늘 바쁘다고 말했는데."

복도를 가득 메우던 벨소리가 멈추는 것과 동시에 세단의 휴대폰에서 통화 연결음도 뚝 끊겼다. 전화를 받을 수 없다는 차가운 메시지만이 귓가에 남았다.

"얼른 차 받고 끝내야지 안 되겠어. 완전 또라이라니까? 나보고 건강검진기록부를 가져오래. 미친 거 아니야? 누굴 환자 취급해. 지가 의사면 다냐고."

"어머, 진짜? 대박이다."

"처음엔 의사 여친 생겼다고 완전 좋아했는데, 아니야. 연애 못 해본 티내는 것도 아니고. 맨날 저를 사랑하는지 안 하는지 확인하려 들고, 그러면서 은근슬쩍 밀어내는 것 같기도 하고. 피곤해 죽겠어. 완전 질린다니까? 그래도 사달라는 건 다 사주니까 완전 땡큐긴 하지만."

남자의 불평불만은 이내 사라지고 여자의 꺄르르 웃음소리와 함께 살이 부딪치는 젖은 소리로 변했다. 아주 19금을 찍고 앉아 있다. 원하는 게 이거였냐? 신체만 멀쩡하지, 머릿속이 저렇게 병신인 줄은 꿈에도 몰랐네. 정말 다행이다, 저런 새끼랑 끝까지 가지 않아서.

'오늘 아주 운이 좋네, 정말.'

세단은 아주 매너 좋게 키스가 끝날 때까지 기다렸다. 내 평생 사랑과 전쟁의 주인공이 되어볼 줄 누가 알았겠는가?

"세, 세단아."

"경식 씨, 여기서 뭐해?"

세단은 아주 천진난만하게 물었다. 사색이 된 남자의 얼굴을 들여다보다가 시선을 돌려 어쩔 줄 몰라 하고 있는 여자를 향해 역시나 환한 미소를 지으며 물었다.

"어머, 이 여잔 누구? 친구?"

"어? 어! 응. 친구야, 친구! 여자 사람 친구!"

"바쁘다면서 친구랑 마사지숍 올 시간은 있었나 보네?"

"일이 좀 빨리 끝나서……. 내일 너 만나잖아? 그래서 마사지 좀 받으려고."

"아아, 나도 그런데. 그래서 이 여자 사람 친구랑 같이 온 거야?"

"그래! 너 바쁠 것 같아서, 같이 온 거야."

"내가 두 번 전화했는데. 그것도 이 여자 사람 친구 때문에 끊은 거야?"

"응?"

현장을 딱 걸린 주제에 둘러대는 것도 못해요. 어쩜 저렇게 머리 나쁜 티를 내는지. 지금껏 저런 놈을 만났다는 사실에 세단은 그 시간이 아까워 눈물이 날 것 같았다.

그래, 지금 이놈이랑 이렇게 말장난하고 있는 시간도 아깝지, 아까워.

"경식 씨, 차 갖고 싶다고?"

세단의 입에서 바로 돌직구가 터져 나오자 경식의 표정이 하얗게 변했다. 얼른 그녀에게 다가오려고 하자 세단은 재빨리 뒷걸음질 쳤다.

"세, 세단아, 네가 뭘 들었는지는 모르겠지만, 그게 아니라……."

하지만 이미 그녀의 입가에 억지로 그려졌던 미소는 사라졌다.

"미안한데, 그 같잖은 말장난은 좀 닥쳐. 나 다 들었거든? 그러니까 그

차는 네 여자 사람 친구인지 뭔지한테 사달라고 해. 내가 새 차 가질 수 있게 해줄 테니까."

"뭐?"

세단은 그대로 돌아서서 복도를 걸어나갔다. 입구를 향해 성큼성큼 걷는 모양새에 경식이 그녀를 잡으려고 뒤쫓았지만 세단은 단호하게 외쳤다.

"지금부터 나 잡으면 너 성희롱으로 처넣을 테니까, 절대로 만지지 마!"

"무슨 말이야. 우리 애인 사이잖아!"

"하? 눈치가 그렇게 없니? 아니면 내가 눈치가 없는 진짜 또라이이길 바라는 거야? 네 입으로 직접 말한 여자 친구 뒤에 있잖아!"

"박세단!"

"내 이름도 함부로 부르지 마!"

마사지숍을 나온 세단은 경식의 차 주변을 둘러보다 커다란 화분 하나를 발견하고는 그걸 번쩍 들어 올렸다. 경식은 설마하며 말을 더듬었다.

"세, 세단아, 아니지? 이성이 있는 사람이라면 좀 더 대화로……"

"왜 그래? 나 또라이잖아. 그래서 또라이 짓 좀 제대로 해보려고. 그럼 설마 바람피운 남자 친구를 앞에 두고 아무 짓도 안 하고 보내줄 거라 생각했어? 미안한데, 나 그렇게 쿨한 여자 아니야."

"안 돼!"

세단은 그대로 화분을 그의 차를 향해 던졌다.

쾅! 앞 유리창이 그대로 금이 갔다. 그것도 모자라 화단에 있던 돌까지 모조리 던지고 나니 속이 좀 후련해지는 기분이 들었다.

세단은 경악을 금치 못하고 있는 그의 앞으로 다가섰다. 입술에 한가득 묻어 있는 핑크색 립스틱에 눈살을 찌푸리며 혀를 찼다.

"이제 새 여자 친구한테 제대로 바꿔 달라고 해. 그리고 앞으로 또 양다리 걸칠 때는 입에 문 립스틱이나 좀 지우고 변명하고. 넌 신체는 건강한데 머리통이 건강하지 못해서 아웃이야. 다시는 보지 말자."

그렇게 세단은 돌아섰다. 미련조차 없었다. 그저 오늘 저 자식의 실체를 낱낱이 알게 되어서 얼마나 감사한지, 운이 좋은 날이라고 미친 듯이 할렐루야를 외치고 싶을 뿐이었다. 안 그래도 피곤했는데 집에 가서 발이나 닦고 잠이나 자야지!

뒤에서 발악에 가까운 목소리가 들려왔다.

"나만 잘못한 줄 알아? 너 역시 마찬가지였어! 우리가 하는 게 연애였냐! 한쪽만 미친 듯이 사랑해 주길 바라는 게 무슨 연애야! 넌 항상 헤어질 틈을 주고 있었다고! 언제든지 발을 빼고 도망칠 틈! 솔직히 너 지금 하나도 안 슬프잖아!"

그의 발악은 점점 멀어져서 희미하게 들렸다. 어느새 날이 어두워지기 시작했다. 하지만 워낙 번화가라 그런지 네온사인 불빛 때문에 여전히 대낮 같았다. 그 어지러운 불빛 속에서 세단은 마치 담배 연기를 내뱉듯 긴 숨을 내쉬었다. 사실, 내 잘못도 어느 정도 있는 것 같기는 했다.

상대방에게 완전한 사랑을 원한다. 정말로, 절대로 나 아니면 안 된다고, 오직 나만 사랑해 주길 바란다. 죽어서도 헤어질 수 없다는 집착을 해줬으면 좋겠다.

그렇지 않으면 언제 버림받을지 몰라 무서우니까. 그게 언제 깨질지 모른다는 두려움이 항상 존재했다. 그래서 나를 온전히 사랑한다는 확신이 들 때까지는 마음을 주지 못했다.

아빠를 눈앞에서 잃고, 엄마는 자신을 떠났다. 가장 완전한 사랑의 관계인 부모님을 잃은 그 트라우마는 생각보다 너무 깊었다.

트라우마는 결국 애정 결핍이 되었다. 세상에 태어나 부모님에게 가장 많은 사랑을 받아야 하지만, 그 사랑을 받지 못해서 채 자라지 못한 마음에 사랑을 갈구하고 애원하게 되는 안타까운 병.

"술이나 한잔할까? 내일 오프니까 맘껏 마시고 뒹굴뒹굴 해야지."

하지만 딱 한 번. 제 자신을 허락할 뻔했던 순간. 그런 순간이 있었다.

정말로 이 남자가 나를 원하고 있다는 걸 아주 절실하게 느꼈던 단 한 번의 순간.

'하지만 떠나 버렸지, 아주 바람처럼 휙. 나쁜 놈. 나쁜 새끼.'

"갑자기 언제 적 옛날 생각을……. 마시자, 마시고 풀자고!"

그렇게 세단은 스스로에게 기합을 넣었다. 하지만 적당한 술집을 찾아 발을 내디딘 순간, 발아래 중심이 무너지면서 그대로 삐끗하고 말았다.

"윽! 아오, 젠장!"

멀쩡하던 구두 뒷굽이 갑자기 부러졌다.

믿었던 남자친구의 외도. 아무렇지 않은 척해도, 괜찮은 척해도, 그래도 화가 난다. 열 받는다. 그래서…… 그래서 지금 울고 있는 거다, 열 받아서!

"흐흐흑! 오늘 운 지지리도 좋네, 진짜! 흐흐흡!"

세단은 신고 있던 신발을 벗어던지고 전화번호를 더듬었다. 그런데 지금 바로 달려와 줄 만한 마땅한 사람이 없었다. 인맥이 전부 다 한가하지 않은 사람들이니까.

"애정이한테 전화하면 분명히 한소리 들을 테고."

전화번호를 쭉쭉 넘기던 그녀의 손가락이 한 이름에서 멈칫했다. 바로 천재현.

초등학교부터 동창이었던 그는 한국대 프린스라고 불릴 만큼 성격도, 외모도 끝내줬다. 하지만 자칭 프린스가 아닌 진짜 프린스. 한국재단 이사장님이 그의 아버지였다.

아빠가 심장 발작으로 쓰러지신 뒤 엄마는 하필이면 재현의 집에서 가정부 일을 했고, 세단은 그 집안의 후원을 받았다. 다 갚지 못할 만큼의 큰 은혜였다. 자신이 의사로서의 길을 갈 수 있도록 도와주신 고마운 분. 좋으신 분이었다. 하지만 딱 거기까지였다.

"우리 재현이가 널 많이 좋아하는 거 안다. 어린놈이 뭘 안다고 그러는지는 모르겠지만, 세단이 넌 똑똑하니까, 알아서 잘 생각하리라 믿는다."

세단은 엄마를 따라 재현의 집에 자주 드나들었다. 심장이 약해 거의 매일 집에만 있었던 재현은 세단이 집에 오는 걸 반겼고, 항상 세단의 주위를 맴돌았다. 세단이 정신을 차리고 보면 눈 닿는 곳에 항상 재현이 있을 정도였다. 어릴 때는 재현이 세단에게 의지했지만 시간이 지나면서 재현은 세단에게 큰 버팀목이 되어주었다. 부모님 일로 힘들어 주저앉고 싶을 땐 재현이 손을 잡아주었다. 그렇게 재현에 대한 마음이 커지고 있을 때, 이사장님께서 이런 말을 하셨었다.

"잘, 알고 있습니다. 재현이는 그냥 제게 좋은 친구입니다."
"그래, 고맙다. 세단이 널 믿는다. 넌 정말 좋은 의사가 될 거다. 내가 끝까지 널 도와주마."

세단은 드라마에서나 보았던 장면을 몸소 겪었다. 끝까지 좋으신 분이었다. 그래도 물을 퍼부으면서 '내 아들한테서 떨어져!' 하지는 않으셨으니까. 그냥 좋은 친구로 있는 건 상관없다고 하셨으니까. 그때 나는 현실과 감정 사이에서 현실을 택해야 했다. 세상에 동화는 없으니까.

그래서 재현의 고백을 장난처럼 치부하고 완강히 벽을 친 뒤 아프리카로 떠났고 지금에 이르렀다. 여전히 재현은 제 곁에 있었지만, 자신의 마음은 예전과 달랐다.

"……."

예전처럼 가슴이 뛰거나 심장이 두근거리지 않았다. 정말로 좋은 친구. 재현은 제게 그런 존재가 되어버렸다. 자신이 아프리카로 떠나기로 하고 재현도 곧장 미국으로 가서 공부에 매달렸다. 그리고 돌아온 지금, 서로가 서로를 어린 시절의 첫사랑으로 잘 정리한 것 같았다. 참으로 다행스럽게도.

잠시 망설였던 세단은 이내 태연하게 재현에게 문자를 보냈고, 이내 기다렸다는 듯이 전화가 걸려왔다.

"어, 재현아. 나야. 응? 나 안 울었어. 진짜야. 정말이라니까. 나랑 술 한잔할래? 여기가 어디냐면……."

그녀는 재현에게 위치를 가르쳐 주었다. 오려면 시간이 좀 걸릴 테니까, 먼저 좀 마시고 있을까?

고요한 밤. 윤성이 천천히 눈을 떴다. 비행기 창문 너머로 그 넓이를 가름할 수 없을 만큼의 까만 하늘이 공허하게 펼쳐졌다. 하지만 그의 시선은 점점 보이기 시작하는 서울의 밤 풍경에 사로잡혀 있었다.

입국 예정일은 내일이었지만, 윤성은 시간을 조금 앞당겨 오늘 저녁에 도착했다. 아프리카에서 서울까지, 너무나도 먼 거리에 피로가 깊게 내려앉은 그의 회색빛 눈동자가 알 수 없는 감정으로 꿈틀거렸다.

날카롭게 뻗었던 눈매가 조금 차분하게 풀어졌고, 강인한 턱 선 위로 굳게 다물어진 입술이 묵직한 숨을 내쉬었다. 거의 10년 만에 돌아온 한국 땅. 잊히길 바랐던 기억이 다시금 꿈틀거렸지만 윤성은 애써 그것을 무시하고 내리눌렀다.

드디어 한국 땅을 밟은 윤성은 게이트를 빠져나왔다. 떠들썩한 목소리가 귓가에 메아리쳤다. 아프리카에선 이렇게까지 소란스럽지 않았는데.

그는 미간을 찡그리며 귀를 닫고서 캐리어를 끌었다. 표정엔 지친 기색이 역력했지만, 사람들이 한 번쯤 뒤돌아볼 만큼 그는 충분히 매력적인 모습이었다. 아마 아프리카에서 그를 알았던 사람이 우연히 윤성을 본다고 해도 제대로 알아보지 못할 만큼 분위기가 너무나도 달라졌다.

"마윤성 씨라고 했지? 오실 때가 됐는데⋯⋯."

그때, 귓가로 제 이름이 들렸다. 병원에서 누군가 나온다고 했었는데, 그 사람인가? 윤성은 목소리가 들린 방향으로 고개를 돌렸다. 그러자 한 남자가 그의 이름이 적힌 플래카드를 들고 있었다.

―한국대학병원. 마윤성 흉부외과 선생님을 환영합니다.

"⋯⋯유치하군."

윤성은 방향을 돌려 걸음을 옮겼다. 플래카드를 들고 있던 남자는 제 게로 다가오는 그의 모습에 살짝 의아해하다가 이내 윤성이 제 앞에 서자 조심스럽게 입을 열었다.

"마윤성 씨?"

"네."

"아! 맞군요. 천재현입니다. 어서 오세요. 좀 놀랐습니다. 모델이신 줄 알았어요!"

"감사합니다."

짧게 내뱉는 대답에 재현은 살짝 당황했지만, 이내 입가에 미소를 띠웠다.

'생각보다 만만치 않은 사람이네⋯⋯.'

그래도 아버지께서도 기대하고 계시는 사람이다. 병원에서 그를 스카우트하기 위해 접촉했던 것도 여러 번이라고 했다. 하지만 그런 것에 비해 그에 대해 알려진 것은 별로 없었다. 그저 하버드 의대 출신이라는 것밖에는. 일단 딱 봐도 한 성격 하게 보이긴 하는데⋯⋯.

'그래, 일단 잘 지내보자. 게다가 세단이 직속이잖아? 가까이해서 나쁠

건 없지.'

윤성은 빠르게 재현을 훑어보았다. 한국대병원 경영기획팀 실장이라고 자신을 소개한 그는 굉장히 젊었다. 게다가 겉으로 보이는 모습 역시 자유분방했다. 곱슬하게 내려온 노란 머리카락 사이로 피어싱의 흔적이 보였다. 전체적으로 서글서글한 인상도 썩 나쁘진 않았다.

"가도 되겠습니까? 좀 피곤해서."

"아, 네, 가시죠. 일단 오늘 하루 묵으실 호텔을 예약했습니다. 내일 오시는 줄 알고, 레지던스 마무리가 아직 덜 되었습니다. 죄송합니다."

"아닙니다. 제 변덕 때문이죠. 신경 쓰지 마십시오."

그렇게 윤성은 재현과 함께 차에 올라탔다.

한강을 지나면서 그는 너무나도 많이 변한 서울을 바라보았다. 이상하게 땅을 밟자마자 가슴이 답답하고 기분이 썩 좋지가 않았다. 고향이지만 단 한 번도 그를 반긴 적이 없는 고향. 얼른 일을 무사히 마치고 다시 아프리카로 돌아갔으면 했다. 어느새 그는 그곳이 더 편해졌다.

"내일도 제가 오도록 하겠습니다."

호텔 앞에 도착했고, 재현의 말에 윤성은 고개를 가로저었다.

"괜찮습니다. 병원까지 가는 길 정도는 알고 있습니다."

"그래도……."

순간 재현의 휴대폰이 짧게 울렸고, 그는 잠시 실례한다는 눈빛으로 문자를 보더니 갑자기 표정이 급속도로 굳어지기 시작했다.

"저기, 잠시만……."

"그러시죠."

다급한 발걸음. 재현은 조금 떨어진 곳에서 누군가에게 전화를 걸었다. 윤성은 잠시 시계를 보다가 굳이 기다릴 필요가 없을 것 같아 걸음을 옮기려 했다. 그 순간.

"너 왜 그래? 무슨 일이야? 왜 우는데. 안 울긴 뭘 안 울어. 내가 네 목소리 이상한 것도 눈치 못 챌까 봐? 대체 뭐야."

재현의 안절부절못하는 목소리가 들려왔다. 아무래도 여자 문제인 것 같아서 괜히 남의 애정사를 엿듣는 그런 변태는 되고 싶지 않아 서둘러 귀를 닫으려는 순간, 들려오는 이름에 그는 움직임을 멈추었다.

"박세단. 너 어디야. 지금 어디냐고!"

박세단. 분명 박세단이라고 했다.

윤성은 고개를 돌렸다.

"강남? 알았어. 기다려, 금방 갈 테니까."

'진짜, 그 꼴통인가?'

서울에 오자마자 저 이름을 듣게 될 줄이야. 윤성은 저도 모르게 허탈한 웃음을 지었다. 그리고 그토록 답답하게 조여오던 가슴이 조금씩 풀리는 듯한 기분을 느꼈다.

그런데 울었다고? 설마, 벌써 진행되기 시작한 건가?

통화를 끝낸 재현이 초조한 표정으로 윤성에게 다가왔다.

"그럼 마 선생님, 내일 뵙죠."

"사실 제가 오늘 들어온 이유는 약속이 있었기 때문입니다."

"네?"

"강남에서 사람을 만나기로 했습니다. 그런데 제가 한국이 오랜만이라. 괜찮으시면 강남까지 데려다 주실 수 있을까요?"

재현은 생각지도 못한 말에 조금 난처한 표정을 지었다.

"저도 강남으로 가긴 하지만, 같은 곳일지는 잘 모르겠습니다. 사실 시간이 있으면 목적지까지 직접 모셔다 드리고 싶은데, 일이 좀 있어서……."

"아니요. 그냥 가시는 곳까지만 데려다 주십시오. 그 뒤는 알아서 하겠습니다."

"그래도 괜찮으시면, 가시죠."

그렇게 윤성은 재현과 함께 세단이 있다는 강남으로 향했다. 재현은 운전 틈틈이 세단의 다른 지인에게 전화해서 그녀에게 무슨 일이 있었냐고 물었다. 조수석의 윤성은 재현과 휴대폰 너머 다른 누군가의 대화를 들으면서 그와 세단의 관계를 유추할 수 있었다. 사귀는 관계는 아닌 일단은 친한 친구 사이, 인가?

'일단은 가까운 관계인 건 확실하고.'

그렇다면 그가 주의 깊게 살펴야 할 사람이기도 했다.

강남 클럽 주변에 도착하자 하늘이 어스름이 내려와 있었다. 점점 화려하게 피어나는 네온사인과 시끄러운 음악 소리가 뒤엉켜 윤성은 머리가 지끈거렸다. 이렇게 소란스러운 것도 정말 오랜만이었다.

어떻게 된 일인지 재현은 더 이상 세단과 통화가 안 되는 모양이었다.

윤성은 여기저기를 둘러보다 미간을 찡그리며 눈을 감고 청각을 최대한으로 집중했다. 오직 한 목소리. 한 목소리만 들으면 된다. 이곳에 있다면 딱 한 마디만 들리면 되는데……. 대체 무슨 생각으로 이렇게 사람 많은 곳에 있는 거야!

그 순간, 그가 눈을 번쩍 떴다.

"재현 씨, 전 이만 가봐야 할 것 같습니다. 오늘 고마웠어요."

여전히 세단과 통화가 되지 않는지 잔뜩 찌푸린 얼굴이었던 재현은 휴대폰을 내려놓으며 굉장히 미안한 표정을 지었다. 사실 이런 곳까지 그를 데려올 생각은 없었는데…….

"죄송합니다. 제가 정신이 없어서……. 다음엔 정식으로 제대로 대접하도록 하겠습니다."

"아닙니다. 제법 즐거웠습니다. 찾으시는 분 꼭 찾길 바랍니다. 그럼 내일 뵙도록 하죠."

서로 인사를 한 후 재현은 휴대폰을 다시 귀에 가져다 대며 사람들 사이를 헤치고 지나갔고 윤성 역시 다른 쪽으로 향했다. 웅성거리는 사람들 속에서 세단의 목소리를 들었다. 이 귀로 아주 똑똑히. 그리고 그 목소리는 지금도 들리고 있었다.

세단은 근처 포장마차에서 소주와 어묵탕 하나를 시켜놓고서는 살짝 부어오른 발목을 매만지고 있었다.

"설마 제대로 삐어버린 건 아니겠지?"

그녀는 슬쩍 발을 굴러보았다. 약간의 통증이 느껴졌지만 걷지 못할 정도는 아니었다.

"그러고 보니 예전에 닥터가 응급처치를 했었는데."

제 발목을 잡고 요리조리 돌려보았지만, 자기가 하는 건 별 효과가 없었다.

"하긴, 그 사람은 정말 초천재였지."

오늘따라 새삼 왜 그 사람이 떠오르는지 모르겠다. 아프리카의 기억은 그녀에게 마법이었고 환상으로 남았다. 그리고 그 사람, 닥터 역시도.

"잘 살고 있나? 또 어디서 그 못된 성질부리면서 환자 살리는 데만 집중하고 있겠지."

살면서 한 번쯤은 보지 않을까. 그리고 한 번쯤은 보고 싶다고 그렇게 생각했다.

얼마쯤 지났을까. 혼자서 소주를 마시다 보니 슬슬 취기가 올랐다.

"아, 천재현 이 자식은 왜 이렇게 안 와. 혼자 다 취하겠네."

"살려주세요!"

슬슬 혼자 마시는 술에 질려갈 때쯤, 멀리서 다급한 목소리가 들려왔다. 세단은 웅성거리는 소리에 관심을 보였다가 표정이 굳어져서는 소리가 들린 방향으로 뛰어갔다.

"살려주세요! 사람이 쓰러졌어요! 누가 좀!"

"비켜보세요, 제가 의사예요!"

세단은 사람들 사이를 비집고 안쪽으로 들어가 의식을 잃고 쓰러진 사람을 보았다. 그녀는 재빨리 맥박부터 확인하며 떨고 있는 보호자에게 물었다.

"언제 쓰러진 거죠?"

"바, 방금이요."

"평소 안 좋은 곳이 있으신가요?"

"그건 잘……."

세단의 눈빛이 미세하게 흔들렸다. 맥이 없다. 심장이 멈춰 버렸다. 지금 당장 CPR을……. 하지만 아까 마신 술 때문에 손이 떨리고 힘을 줄 수가 없었다. 젠장! 이대로 지체할 시간이 없는데!

"비켜."

그때, 웅성거리는 사람들 너머로 누군가의 목소리가 뚜렷하게 들려왔다.

"당장 비켜."

그러곤 그녀를 밀치는 손길.

세단은 멍한 시선으로 덩치 큰 남자를 바라보았다. 그는 환자의 가슴을 더듬더니 곧장 CPR을 시작하며 외쳤다.

"당신은 당장 119나 불러! 지금 그 손은 119나 부를 손이야."

세단은 낯선 남자의 등장에 기가 막혔다. 그 사이 누군가 먼저 부른 앰뷸런스 사이렌 소리가 멀리서 들렸다.

네온사인 빛이 너무나 휘황찬란해 남자의 모습이 제대로 보이지 않았다. 게다가 취기로 가물가물해진 시야 역시 흐릿하기만 했다. 하지만 남자가 능숙하게 CPR을 하고 있다는 것만은 알 수 있었다.

'대체 누구지?'

"심방세동 시작. 제세동기 가동!"

구급차가 도착하고, 남자는 제세동기를 가동시켜 쓰러진 사람의 심장을 소생시켰다. 조금이라도 응급처치가 늦어졌다면, 제세동기가 제때 도착했어도 불가능했을 터. 사람들의 박수 소리와 함께 그 남자는, 아니 윤성은 세단을 빤히 바라보았다.

"……!"

여전히 얼굴은 제대로 보이지 않았지만 이 상황, 이 느낌이 낯설지가 않았다. 세단은 앞을 보려고 노력했다.

설마…… 아니, 그럴 리가 없는데. 그래도 설마…….

환자를 실은 앰뷸런스가 사라지고, 웅성거리던 사람들도 차츰 흩어지면서 시끄러운 소음도 잦아들기 시작했다.

세단은 그저 그 자리에 가만히 서 있었다. 윤성 역시 마찬가지였다.

그러다 세단의 바로 뒤로 오토바이가 빵 하고 지나가는 순간, 윤성이 그녀의 손목을 끌어당겨 안았다.

"하아!"

품 안에 감도는 따스한 온기에 세단은 혹시나, 설마 하는 마음으로 천천히 고개를 들었다. 그리고 네온사인 빛 아래 그의 얼굴이 희미하게 보였다. 단정하게 내려온 까만 머리카락이 바람에 흔들리고, 그 아래 굵은 선으로 이루어진 선명한 얼굴이 있었다. 세단은 저도 모르게 천천히 손을 뻗어 그의 뺨을 더듬었다. 빤히 내려다보는 눈동자는 짙은 까만색이었다.

'회색이, 아니야…….'

회색이 아닌 검은색. 그가 아닌 건가? 닥터가 아닌 거야? 순간 세단은 가슴 위로 뭔가가 쿵 내려앉는 느낌을 받았다.

'그래, 그 사람일 리가 없지. 그럴 수가 없는 거지.'

"이봐."

서 있던 다리에 힘이 풀렸다. 세단은 그대로 그의 가슴에 머리를 묻은 채 정신을 놓아버렸다.

윤성은 세단을 안으면서 짙은 한숨을 내쉬었다.

"내가 분명 가까이 다가오지 말라고 했지. 역시 금붕어 꼴통. 참 만나자마자 신경 쓰이게 하네."

그는 잠이 든 세단을 빤히 바라보았다.

1년이 지났지만 달라진 것이 거의 없었다. 이렇게 몸도 가누지 못할 정도로 진탕 취해서는 환자를 보겠다고 나서다니. 여전히 꼴통. 그리고 아무 남자한테나 이렇게 안겨서야. 3개월 동안은 조심, 또 조심해야 하는데.

조그만 숨소리가 그의 가슴을 맴돌았다. 아까 그녀가 얼굴을 만져왔을 때 심장이 빠르게 뛰었고 체온 역시 더 높게 올라갔다. 보름날이 아닌데도 이상한 느낌이었다. 하지만 윤성은 고개를 가로저었다. 그러다 문득, 그녀의 발목이 이상하다는 걸 알아챘다. 살짝 부어 있는 모양새에 신발은 왜 저 모양인지.

대체 남들처럼 평범하게 걸어 다니지 못하는 건가? 볼 때마다 왜 발목이 이 모양인 거지?

"파스 같은 걸 뿌려야 할 텐데……."

하지만 주변 어디에도 약국이 보이지 않았다. 그렇다고 술에 취해 인사불성인 여자를 혼자 둘 수도 없고.

그때, 세단이 취기에 술주정 같은 괴기한 소리를 내기 시작했다.

"왜 아…… 닝…… 뭐가. 아니…… 대체…… 어딜…… 간……."

혼자서는 제대로 몸도 가누지 못하는 상황이었다. 윤성은 또다시 한숨을 내쉬었다. 이 여자를 다시 만나고 그 짧은 사이에 벌써 몇 번째 한숨인지. 대체 감당도 못할 술을 왜 이렇게 마신 거야? 대체 정신이 있는 건지 없는 건지…….

난감했다. 이대로 호텔로 데려갈 수도 없고 그렇다고 집이 어디인 줄도 모르고.

그때, 세단을 찾는 재현의 목소리가 들렸다.

"박세단! 대체 어디 있는 거야, 근처에 있다면서. 진짜 전화도 안 되고!"

타닥타닥, 이쪽으로 다가오는 다급한 발걸음 소리에 윤성의 표정이 굳어졌다. 저 남자는 그녀의 집을 잘 알고 있을 텐데.

"……감당도 못할 정도로 술을 진탕 퍼마신 당신 탓이야."

윤성은 그녀를 안은 채로 걸음을 옮겨 큰길로 나갔다. 아직까진 저 남자를 믿을 수 없기에 그냥 호텔로 데려가는 게 나을 것 같았다. 하지만 몇 발자국 걷기도 전에 갑자기 세단이 눈을 번쩍 떴다. 윤성은 마주친 시선에 순간 당황해서는 저도 모르게 말을 더듬었다.

"어, 이, 이게 어떻게 된 거냐면……."

"집. 집에 가야지……. 내일 병원 가야 하는데……."

하지만 세단은 윤성이 보이지도 않는지 좀비처럼 그의 품에서 빠져나와 비틀비틀 도로변으로 걸어가기 시작했다. 위태롭기 짝이 없는 모습을 윤성은 한시도 시선을 떼지 않고 빤히 바라보았다.

그녀는 몇 번 손을 크게 팔랑거리며 택시를 잡았다. 그리고 안쪽으로 쓰러지듯 넘어가는 모습에 그는 신경질적으로 머리카락을 쓸어 올리며 재빨리 뒷좌석에 함께 올라탔다.

"일행이십니까?"

"네."

택시기사는 조금 미심쩍은 듯 윤성을 바라보았지만, 뒷좌석에 탄 세단이 별 반응을 보이지 않자 금세 의심을 거두고서 물었다.

"어디로 모실까요?"

'어쩔까? 이대로 진짜 호텔로 갈까?'

하지만 그런 윤성의 생각을 읽은 듯 세단이 손을 번쩍 들고서 경쾌하게 대답했다.

"삼성동 한국대병원 레지던스로 가주세요. 아저씨, 빨리요!"

그러고는 다시 쓰러지듯 눈을 감아버리는 세단. 윤성은 정말 기가 막혔다.

그렇게 택시는 출발했다. 윤성은 창문에 머리를 콩콩 박으면서도 잘만

자는 세단의 모습에 이젠 한숨조차 나오지 않았다. 아프리카에서의 첫 만남도 참 고약하더니, 한국에서의 첫 모습도 참 가관이었다.

그러다 연신 유리창에 콩콩 박아대는 소리가 거슬려서 윤성은 그녀의 머리를 제 어깨에 기대게 했다. 그러자 스르르 곡선을 이루는 그녀의 입매.

윤성은 조금 불편했다. 이 정도로 가까이 사람을 둔 적이 없어서. 이상하게 그녀와는 생각지도 못했던 경험들을 하게 되는 것 같다. 도로 위를 빠르게 지나는 차 소리도, 심야의 라디오 소리도 이제는 들리지 않았다. 그녀의 숨소리만 가득했다.

처음 그녀는 자신을 보자마자 눈동자를 빤히 바라보았다.

'기억하는 건가…….'

회색 눈동자를 찾다가 이내 실망하던 그 표정까지 모두 다 보았다. 지금 그는 렌즈로 눈동자 색을 숨기고 있었다. 이사장에게 부탁해서 아프리카에서 온 것도 비밀로 하고 자신의 모든 것을 감추었다. 그렇게 해야 그녀의 주변을 맴돌 수 있을 테니까. 그리고 찾을 수 있을 테니까. 그녀를 죽음으로 몰고 갈 그 사람을.

"당신 눈동자……."

그녀는 보름날 유일하게 자신의 모습을 똑바로 본 여자다. 윤성은 그때의 순간을 기억하고 있다. 본능에 잠식당해, 위험하고도 강렬한 느낌에 사로잡혀 그녀를 향한 갈증을 이기지 못하고 결국 손을 뻗었던 자신의 모습. 어쩌면 자신이 그녀에게 가장 위험한 존재인지도 모르지만, 그래도 그녀의 그 말도 안 되는 운명을 멈출 수 있는 사람은 자신밖에 없으니까. 그러니까 3개월 동안, 한국을 떠날 때까지 그녀가 자신의 정체를 알아선 안 된다. 아프리카에서 만났다는 사실도, 보름달 아래서 보았던 그 모습도 떠올려서는 안 된다. 그렇게 되면 그녀의 곁을 지키기도 전에 그녀가 먼저 도망쳐 버릴 테니까.

"도착했습니다."

택시가 서자 세단은 용케 또 잘 내려서 또다시 비틀비틀 걸었다.

윤성은 이젠 별로 놀랍지도 않았다. 어떤 의미에선 짐승 같은 본능이었다. 이것이 말로만 듣던 귀소본능인가? 물론 누가 자신을 따라오든지 말든지 앞만 보고 걷는 점은 마이너스였지만 말이다.

그렇게 집 앞에 도착해 세단은 비밀번호를 꾹꾹 눌렀다. 윤성은 그제야 안심해도 되겠지 싶어 돌아섰다.

쿵!

귓가를 울리는 불길한 소리에 윤성이 설마 하며 돌아서자 세단이 문틈에 다리가 걸린 채 쓰러져 있었다. 귀소본능은 집에만 도착하면 그만이라는 건가?

"정말 다채롭군, 다채로워."

윤성은 현관 앞에 엎어져서 잠이 든 세단을 마구 흔들어 깨웠지만 그녀는 꿈쩍도 하지 않았다.

"이봐, 꼴통, 꼴통, 일어나! 하……."

결국 윤성은 세단을 또다시 안아야만 했다. 집 안까지 들어가 소파에 거의 버리듯 내팽개치는데도 세단은 칭얼거리기만 할 뿐 절대 깨지는 않고 잘만 잤다. 대체 이게 뭐하는 짓인지!

"넌 당분간 절대로 술 금지야."

그는 시계를 확인하면서 주변을 둘러보았다. 여자 한 명이 살기엔 충분한 공간 같았다. 자신도 곧 이 건물에 들어와서 살게 된다. 3개월 동안 그녀에게서, 정확히 말하자면 그녀의 주변 사람들에게서 눈을 떼면 안 되기에 내린 결정이었다.

"이 여자를 살릴 수 있는 방법은 하나. 3개월 뒤 이 여자를 죽음으로 몰아갈 그 사람을 먼저 찾아 두 사람이 만나지 못하게 하면 돼. 그렇게 하면 이 여자의 운명도 바뀔 거야."

세단의 운명을 쥐고 있는 사람은 분명 그녀와 지독한 운명으로 엮인 아주 가까운 이라고 영감은 말했다. 그 사람을 찾아야 한다. 그리고 3개월 뒤 그날, 세단과 그 사람이 함께 있지 않아야 죽음에 휘말리지 않고 그녀가 살 수 있다고 했다. 윤성은 그 사람을 찾기 위해 그녀에게로 왔다. 그녀를 살리기 위한 일종의 주치의로서.

환한 빛이 느껴졌다. 세단은 단번에 이것이 꿈이라는 걸 알았다. 뜨겁게 이글거리는 공기와 미치도록 빠르게 뛰는 심장 소리까지. 그리고 저 멀리, 뭔가 선명하게 보이진 않지만 낯익은 그림자가 손에 잡힐 듯, 잡히지 않을 듯 간절했다.

세단은 손을 뻗었다. 하지만 손을 뻗을수록 그림자는 점점 사라졌다. 마음이 점점 더 공허하게 휘몰아치면서 갑자기 태양처럼 환한 눈동자가 보였다.

나는 이 사람을 기다리고 있는 건가? 이 사람…… 이 사람…….

"하아!"

세단은 짧은 숨과 함께 눈을 번쩍 떴다. 캄캄한 어둠. 여기가 어디지? 분명 술에 취해서 비틀거리다 환자를 보고……. 그 뒤로 기억이 안 나!

그녀는 자리에서 벌떡 일어섰다. 그러자 어둠이 익숙해지면서 낯익은 풍경이 보였다. 집이었다. 그래, 박세단. 그 정신으로 제대로 집으로 오긴 왔구나.

"잘했다, 잘했어. 그래, 내가 이 정신을 믿고 술을 퍼마실 수 있는 것이지."

세단은 도대체 간밤에 무슨 일이 있었나 고심했다. 환자가 쓰러졌고, 누군가 CPR을 했고, 구급차도 불렀고……. 그런데 그 누군가가 누구지? 의사였나?

"아으, 머리야. 분명 사람이 쓰러져서…… 누군가 왔는데. 누구지? 아, 기억 안 나……."

아주 제대로 필름이 끊겼구나. 나이를 먹은 것이 여기서 티가 난다. 예전에는 그래도 드문드문 기억이 났었는데.

밖을 보니 아직 깜깜했다. 휴대폰을 켜니 무려 몇 십 통의 부재중 전화가 그녀를 반겼다. 그게 모두 한 번호라는 사실에 그제야 재현의 존재를 떠올린 그녀는 울상을 지었다.

"미쳤구나, 미쳤어, 박세단! 재현이 불러놓고 넌 왜 여기 있는 거야!"

세단은 얼른 재현에게 전화를 걸었다. 하지만 휴대폰이 꺼져 있었다. 뭐야, 설마 배터리 나가도록 전화한 거야? 으아! 더 미안해지잖아. 진짜 내일 죽었다, 죽었어. 무릎 꿇고 빌어도 모자랄 판이다! 그래도 혹시 몰라 세단은 미친 듯이 문자를 남겼다.

"미안하다, 재현아. 미안하다. 미안하다. 정말로 미안하다. 내가 잠시 일이 생겨서. 너무 미안하다!"

술에 취해 마음대로 집에 왔다고는 할 수 없었다. 그럼 더 미안하니까!

그녀는 발을 동동 구르면서 시계를 보았다. 날이 밝기까지 앞으로 한다섯 시간 정도 남았다. 물론 오늘은 오프지만 세단은 오늘 오프를 다른 날로 미룰 작정이었다. 그 자식을 만나기로 했던 날에 혼자 집에 있으면 더 청승맞아 보일 것 같아서.

"그러고 보니, 나 깨졌지."

하도 정신이 없어서 잊고 있었다. 아니, 잊을 게 따로 있지. 그래도 연인

관계로 만났던 남자인데, 벌써부터 머릿속에서 희미해지고 있다. 정말로 그 자식 말처럼 헤어질 틈을 주고 있었나? 언제든지 발을 뺄 수 있는 틈을? 물론 내가 자기 방어가 심하긴 하지만 이 정도는 아니었는데……. 언제부터인가 남자들을 만날 때 뜨겁게 달아오르는 그 무언가가 사라졌다. 정확히 말하면.

"아프리카에 다녀온 이후인 것 같은데……. 아, 모르겠다. 어차피 좋은 일로 헤어진 것도 아니고."

이건 순전히 그쪽 잘못이니까. 내가 빨리 잊는다고 해서 나쁜 년인 것도 아니고. 어차피 그 자식은 아까 그 여자 만나서 잘 먹고 잘 살 거 아니야. 지금도 어디선가 불타는 밤을 보내고 있을지도 모르고.

"그래, 실연의 상처는 아까 그 소주로 다 날려 버린 거야. 끝!"

이럴 때는 그냥 무작정 닥치는 대로 일하면서 잡생각을 없애는 게 낫다. 게다가 재현에게도 미안하다고 손이 발이 되도록 싹싹 빌고, 맛있는 거라도 사줘서 달래야 할 것이 아닌가!

"그럼 다시 잘까. 아니면 정신을 차릴까."

일단 잘 때 자더라도 좀 씻고 옷도 갈아입을까? 머리가 울리는 게 지금 당장 다시 잠을 자긴 그른 것 같았다.

"일단 씻고, 정신 좀 차리자."

세단은 램프 불을 켜고서 원피스를 벗으려고 낑낑거렸다. 하지만 아무리 손을 뻗어도 등 뒤의 지퍼가 잡히질 않았다.

"망할!"

혼자 살면 이게 문제다. 그 누구도 이 지퍼를 내려주지 않는다는 거! 다음엔 지퍼 없는 원피스를 사든지 해야지!

그때, 누군가 지퍼를 슬쩍 내려주었고, 세단은 환하게 웃으면서 감사 인사를 했다.

"어머, 정말 고맙습니……."

잠깐! 지금 누가.

세단은 깜짝 놀라서 몸을 홱 돌렸다. 누군가 아주 태연하게 물을 마시고 있었다. 남자다, 남자! 그것도 덩치가 아주 큰 낯선 남자……

"누, 누구야! 누군데 남의 집에, 악!"

그때 남자가 거실 스위치를 켰다. 환한 빛과 더불어 남자의 모습이 선명하게 시야에 들어왔다. 그리고 세단은 저도 모르게 비명을 멈췄다. 눈빛이 흔들리고 놀란 가슴이 빠르게 뛰어올랐다.

얼핏 닮은 것도 같다. 아니, 전혀 안 닮았나? 그 사람은 저 사람처럼 멀끔하지도 않았고 오히려 야생의 늑대 소년 같았다. 까맣게 내려오는 머리카락, 살짝 그은 얼굴, 커다란 덩치에 서늘하게 빛나는 까만 눈동자.

"……!"

무엇보다 눈동자 색도 다르지만, 그래도…… 그래도 저도 모르게 그려지는 한 남자.

"닥터?"

그리고 굳게 닫혀 있던 남자에게서 대답이 흘러나왔다.

"……그래."

심장이 쿵 내려앉았다. 정말로 닥터인가? 아프리카에서 바람처럼 사라졌던 그 남자가 지금, 내 눈앞에 있는 거야? 믿을 수가 없었다. 정말 닥터인가? 정말로? 하지만 어떻게……

그때, 윤성이 말을 덧붙였다.

"아까 일, 기억 못 하는 건가?"

"네?"

"사람이 쓰러진 건 기억하나?"

"아, 거기까지는……"

"그럼 그 사람을 살린 사람은?"

세단은 잠시 멍하니 있다가 짧은 탄성과 함께 손가락으로 윤성을 가리켰다.

"그, 그럼 거기서……. 설마 의사세요?"

"눈치채고서 닥터라고 부른 거 아닌가? 물론 보통은 그냥 의사냐고 묻지만."

그럼 뭐야. 그 닥터가 아닌 거야? 하지만 닮았는데. 아니, 아닌 것 같기도 하고.

머리가 혼란스럽다. 솔직히 그 사람이 갑자기 서울에, 그것도 제 집에 있는 게 더 말이 안 되긴 하지만……. 그런데 뭐야. 저 남자는 대체 왜 제 집에 있는 거야!

"그럼 당신은 누구세요? 대체 왜 우리 집에 있는 거예요?"

세단은 혼란스러운 머리를 애써 정리하려고 했다. 윤성은 대수롭지 않은 척하며 대꾸했다.

"기억 안 나나 보군. 당신이 날 여기로 끌고 왔는데, 그것도 억지로."

"내, 내, 내가요?"

"내 손을 잡아끌어서 마음대로 택시에 태우고, 그것도 모자라 여기까지 데려왔지. 그러고는 엎어져서 자던데? 난 정말 어쩔 수 없이 끌려온 거야."

윤성은 아주 살짝 거짓말을 할 수밖에 없었다. 그리고 그 말을 곧이곧대로 믿은 세단의 얼굴빛이 흙빛으로 변했다.

'미친! 박세단! 네가 정말 그런 거야? 저 모르는 남자를? 아무리 옛 남친이 다른 여자랑 놀아나는 모습을 봤다곤 하지만, 너도 이렇게 바로 다른 남자를 만나선 안 되지!'

이래서 누굴 믿고 술을 마시겠냐고! 이젠 진짜 마시면 안 되겠다. 이거, 이거, 정말 큰일 날 상황이네!

세단은 기어들어 갈 것 같은 목소리로 사과했다.

"사실이면, 죄송합니다. 제가 오늘 좀 과하게 마셔서……."

"됐어. 그냥 똥 밟은 셈 치면 되니까. 물 한 잔 정도는 그냥 마셔도 되겠지?"

잠깐. 똥 밟은 셈? 하. 물론 자신이 실수해서 잘못한 거긴 했지만, 끌어당긴다고 끌려오냐? 게다가 왜 초반부터 너무 자연스럽게 반말이냐고!

"저기요, 제가 잘못한 건 잘못한 건데…… 근데 저 아세요? 왜 초반부터 반말을. 저도 나이 먹을 만큼은 먹었는데. 그리고 딱 봐도 덩치깨나 있어 보이시는데 제가 아무리 잡아끌었다고 하지만 왜 이렇게 순순히……."

그러면서 그녀는 저도 모르게 윤성을 빤히 바라보았다. 밝은 불빛 아래 그의 까만 눈동자가 더욱 선명하게 와 닿았다. 닮은 것 같은데. 너무 말끔해서 또 아닌 것 같기도 하고. 하긴, 정말 닥터가 맞는다면 날 모른 척할 리가 없잖아.

윤성은 대답 대신 세단을 향해 한 걸음 성큼 다가왔다. 그러자 세단은 흠칫 놀라며 뒤로 한 걸음 물러섰다. 하지만 그는 계속 다가왔고 그녀는 눈을 크게 뜨고서 뒷걸음질 치며 말을 더듬었다.

그래, 이 한밤에 남자가 나 같은 여자를 보고 가만히 있을 리가 없지! 그리고 순순히 끌려온 것도 역시 이상하다고!

"저, 저기요? 왜, 왜 오는 거예요. 오지 마요. 역시 흑심 품은 거죠? 신고할 거야. 저리 가! 꺄!"

세단은 식탁에 막혀 더 이상 뒤로 도망치지 못하고 눈을 질끈 감았다. 윤성은 그런 그녀를 무시하고서 컵을 식탁에 내려놓았다. 그러고는 여전히 눈을 감고 있는 세단을 향해 짧게 말했다.

"내가 반말하는 이유, 그건 내일이면 알게 될 거야. 아마 당신도 수긍할 거고."

"네, 네?"

"그리고 내가 순순히 끌려온 이유는, 당신이 내 재킷을 가져갔어. 그거 꽤 비싼 거야. 술 취한 여자한테 빼앗기기엔 너무 아까운 거라서. 그리고 난 내 물건을 남이 가지고 있는 거 진짜 싫어해."

"아……."

세단은 너무나도 심하게 쪽팔렸다. 남의 옷은 왜 가져온 거니? 대체 그 짧은 사이에 무슨 일이 벌어진 거야!

어느새 윤성은 그녀에게서 멀어져 소파에 걸쳐져 있던 재킷을 챙기곤 현관문 앞에 섰다. 그러고는 좌절하다 못해 절망하고 있는 그녀에게 기름을 부었다.

"그리고 남자라고 다 아무 여자나 막 건든다고 생각하지 마."

"뭐라고요?"

"술 좀 작작 마시고."

"하!"

"그리고 하나 더. 남자 보는 눈이 없는 것 같은데, 가능하면 당분간 남자는 만나지 마. 적어도 3개월 동안은."

"그게 무슨 말이에요?"

"남자 친구가 바람나서 헤어진 거 아니야? 그래서 진탕 마신 거고."

"그, 그걸 어떻게!"

세단이 놀라거나 말거나 윤성은 대답 없이 그곳을 빠져나갔다. 세단은 머리칼을 쥐어뜯으며 괴로워했다.

"나가 죽어라, 박세단! 대체 어쩌자고 저런 남자를 데려온 거야! 돌았지, 돌았어! 근데 내가 헤어진 건 어떻게……."

아! 그러고 보니 아까 혼잣말을 막 했지. 근데 내가 그렇게 구체적으로 자세하게 말했었나? 아닌 것 같은데.

"아윽, 어쨌든! 쪽팔려, 쪽팔려!"

그녀는 윤성이 내려놓은 컵조차 보기 싫어서 얼른 치우려고 했다. 그런데 식탁 위에 놓인 검은 봉지 하나. 봉지를 열어보자 파스가 여러 개 들어 있었다.

"이건 뭐야. 내가 샀나? 아니면 혹시……."

세단은 발목을 내려다보았다. 여전히 붓기는 조금 남아 있고, 찌릿한 통증이 느껴지긴 했지만 심하진 않았다. 설마 나 때문에 사온 건가?

"에이, 설마."

가까이 다가왔던 그의 모습이 너무나도 자연스럽게 머릿속을 맴돌았다.

왜 갑자기 그를 이렇게 계속 떠올리고 있는지 모르겠다. 물론 얼핏얼핏 생각나기는 했지만, 이렇게까지 심하게. 어쩐지 꿈에까지 나온 것 같고, 낯선 남자에게서도 그를 그릴 줄이야……. 물론 성격은 아주 똑같았다. 완전 개싸가지인 게 판박이야.

"아니야, 아니야. 그런 귀신같은 남자를 좋아해서, 내가 그 남자를 기다려서, 그래서 다른 남자에게 두근거림을 못 느끼는 그런 어이없는 상황은 절대로 아니야. 그래, 박세단! 네가 언제부터 그렇게 순애보였다고! 절대로 아니야!"

세단은 하도 쥐어뜯어서 이미 엉망이 된 머리를 다시 쥐어뜯으며 고개를 가로저었다. 그 남자 말대로 그냥 똥 밟은 거다. 그냥 오늘 운이 아주 아주 안 좋은 거야. 반신욕 좀 하고 정신줄 좀 챙기고 병원이나 가야겠다. 당분간 내 사전에 남자는 없다. 그냥 병원에 뼈를 묻으리라!

"내가 반말하는 이유, 그건 내일이면 알게 될 거야. 아마 당신도 수긍할 거고."

개뿔. 이건 마치 또 만나게 될 거라고 말하는 것 같은데, 웃기고 있네. 다시는 만날 일 없을 거다, 다시는!

"하아……."

레지던스를 빠져나온 윤성은 걸음을 멈추고 한숨을 내쉬었다. 부어오른 발목이 신경 쓰여서 근처 편의점에 다녀오기만 했을 뿐인데 그렇게 일찍 그녀가 정신을 차릴 줄은 몰랐다. 하지만 반응하진 말았어야 했는데.

"닥터?"

그녀의 작은 속삭임에 저도 모르게 대답을 하고 말았다. 들키지 않기 위해서 이것저것 다 숨기겠다고 하고서는 어째자고 대답을 해서 그런 말도 안 되는 궁색한 거짓말로 둘러댄 건지. 물론 속아 넘어가서 다행이지만.

윤성은 문득, 오늘 재현이 전화 너머의 그녀에게 물었던 말을 떠올렸다. 왜 우느냐고. 그래서 설마 무슨 일이 생긴 건가 싶어 달려왔더니, 남자 친구가 바람을 피워서 헤어진 모양이었다.

"뭐, 단단히 말해뒀으니까 적어도 3개월 동안 다른 남자를 만나진 않겠지."

그는 어쩐지 조금 가벼운 기분으로 발걸음을 옮겼다. 내일 병원에서 만나면 또 어떤 표정을 보여줄지 꽤 기대가 되기도 했다.

세단은 머리카락을 아주 야무지게 틀어 올렸다. 병원 복도를 가득 채우는 전투적인 발걸음 소리에 레지던트들과 인턴들이 발 빠르게 움직였다.

"마녀 떴다. 빡센 마녀가 떴어!"

"아씨, 오늘 오프 아니야? 갑자기 무슨 일이래!"

"나도 몰라!"

분명 오늘이 그녀의 오프임을 확인하고 좋아했는데. 뜻밖에 자신들의 목을 조르는 무서운 구두 소리에 레지던트들과 인턴들은 바짝 긴장한 자세로 허리를 꼿꼿이 세운 채 숨 쉬는 것도 조심스러웠다. 마침내 컨퍼런스 실의 문이 열리면서 세단이 덤덤한 표정으로 모습을 드러냈다. 레지던트 와 인턴들은 그녀를 향해 한목소리로 외쳤다.

"좋은 아침입니다, 박세단 선생님!"

"교수님은?"

"아직 안 오셨습니다!"

세단은 오늘 회진을 돌 환자 차트를 확인했다. 찰나의 침묵이 흐르던 중 휴대폰이 짧게 울렸다. 교수님이 조금 늦으신다는 문자였다. 먼저 컨퍼 런스를 시작해야 할 것 같았다.

"PPT 켜."

"네!"

그렇게 컨퍼런스가 시작됐다. 병실 회진을 돌기 전에 주치의들의 의견 을 듣는 아침 회의. 시간에 세단은 레지던트들에게 날카로운 질문을 날리 곤 했지만, 오늘은 제법 유하게 넘어가고 있었다.

"따라서 남경진 환자분의 경우 좀 더 경과를 지켜본 뒤 카테타 삽입을 결정할 것입니다."

"환자분 Anemia(빈혈) 증상 있네. 오늘 CBC(혈액 검사) 수치 다시 체크 해서 혹 관련 있는 증상인지 확인해."

"알겠습니다."

대충 필요한 건 다 끝냈고, 나머지는 회진을 돌면서 확인하면 될 것 같 았다.

"컨퍼런스 끝. 아, 오늘 새로 부교수님 오시는 거 다들 알고 있겠지? 잠 시 여기서 대기하도록."

"네, 알겠습니다."

"그런데 새 부교수님은 어떤 분이세요?"

누군가의 용기 있는 한마디에 다른 레지던트들도 눈을 빛내며 세단을 바라보았지만, 그녀 역시 고개를 저을 뿐이었다.

사실 그녀도 정말 아는 것이 없었다. 교수님께 슬쩍 물어도 그저 웃으면서 기대하라는 말씀뿐. 여전히 무성한 소문만 감도는 부교수에 대해 솔직히 무척 호기심이 동하긴 했다. 하버드 의대 출신이라는 것과 엄청난 스펙을 가지고 있다는 것만 알려져 있을 뿐 모든 것이 비밀에 싸여 있다. 그런데 왜 이곳에서 고작 부교수로 일하려는 건가 싶기도 했다.

그렇게 그녀가 컨퍼런스실을 빠져나와 스테이션을 지나치려는 순간, 애정이 그녀의 어깨를 덥석 붙잡았다.

"박세단 선생님, 바쁘지 않으시면 저랑 잠깐 얘기 좀 하실까요?"

목소리에서 스멀스멀 피어오르는 살기에 세단은 침을 꿀꺽 삼키고선 작은 소리로 속삭였다.

"제가 조금 바빠서……."

"잠깐이면 됩니다!"

애정은 세단을 붙잡고 억지로 아이컨택을 시도했다.

"너, 뭐야. 대체 어제 무슨 일이 있었기에 재현이가 계속 전화하고 난리였던 거야. 그리고 너, 오늘 경식 씨 만나기로 한 날 아니야?"

"깨졌어."

"아. 그래, 깨졌어……. 뭐라고? 아니, 왜!"

"그 새끼 양다리였어. 내가 마사지숍에서 그대로 현장을 목격했잖아. 아주 작살을 내줬지. 그리고 찼어."

세단은 아무렇지도 않게 말했고, 애정은 그야말로 경악을 금치 못했다. 양다리라니. 하필이면 배신이라니. 세단이가 제일 혐오하는 짓을!

"그런데 괜찮아? 그래서 재현이 불렀던 거야? 그런데 왜 재현이는 어제 널 못 만났지?"

"아, 그건 좀 사연이 길어."

그녀는 어제 일을 떠올리고서는 몸을 부르르 떨었다. 정말 생각하기도 싫었다. 아니, 쪽팔려서 어디 가서 절대 말도 못 할 일이었다.

"왜? 대체 뭔데?"

"나중에. 나중에 말해줄게. 나 지금 바빠."

세단은 일부러 차트를 확인하는 척을 했다. 어제는 그냥 내 인생에서 완전히 지워 버리고 싶은 날이었다, 아주 완전히!

"뭐, 그래. 말해주고 싶을 때 말해. 그나저나 그렇게 오늘을 위해서 죽어라 일만 하더니. 넌 일만 하다 늙어 죽을 팔자인가 보다."

"그것도 괜찮지."

"괜찮긴 뭐가 괜찮아! 잘 들어, 박세단. 이제부터는 그런 개똥만큼도 못한 남자 말고 제대로 된 남자를 만나서 폼 나게 살아."

"됐어. 당분간 연애 사업은 내 인생에서 아웃이야."

"그게 무슨 말이야! 그런 똥차 같은 남자 때문에 연애를 일시중지하다니! 보란 듯이 더 좋은 남자를 만나야지! 그런 의미에서 내가 선 자리 알아봐 줄까?"

갑자기 뚜쟁이처럼 구는 애정의 말에 세단은 혀를 차며 차트를 접었다.

"괜히 그런 식으로 위로 안 해줘도 돼. 나 정말 괜찮아. 나도 이상할 정도로 괜찮다고. 그러니까 걱정 말고 네 할 일……."

"박세단!"

그때, 병원이 떠나가라 들려오는 재현의 고함에 세단은 움찔했다. 지은 죄가 있으니 차마 피할 수가 없었다.

"어제 재현이가 진짜 많이 전화했어."

"나도 알아. 여기서 무릎 꿇어야 할까?"

"그걸로 될까?"

"박세단."

등 뒤에서 들려오는 재현의 험악한 목소리에 세단은 심호흡을 짧게 하고서 화사하게 웃으며 고개를 돌렸다.

"어머, 재현아, 안녕. 이렇게 아침부터 네 얼굴 보니까 참 좋다."

"어제 저녁부터 보여줄 수 있었는데. 너 어제 대체 뭐야. 불러놓고 없어지면 내가 걱정을 해, 안 해. 그리고 전화는 왜 안 받아! 너 설마 유경식 그 자식이랑 원나잇……."

이 자식이 지금 무슨 소리를 하는 거야!

"원나잇이라니! 지금 못 하는 소리가 없어! 그리고 나 경식 씨랑 헤어졌다고!"

재현은 헤어졌다는 말에 잠시 멍한 표정을 짓더니 이내 입꼬리가 조금 들썩였다. 하지만 겉으로 그렇게 티가 나지는 않았다.

"아, 아니, 왜! 그렇게 좋다면서."

"그 자식 얘기를 여기서 계속 생방송하고 싶지 않거든? 아무튼 어제는 진짜 미안했다. 열 받아서 먼저 한잔하고 있었는데, 술에 취해서 널 까먹고 그냥 집으로 가버렸어. 진짜 미안해. 대신 내가 저녁 살게. 아주 크게 살게."

재현은 커다란 눈망울을 반짝이며 두 손을 꼭 모으고 잘못했다고 비는 세단의 모습에 방금 전까지만 해도 답답하고 화났던 감정이 순식간에 녹아내리는 걸 느꼈다. 하기야 세단이한테 화를 내다니, 그건 절대로 상상도 할 수 없는 일이었다.

"괜찮냐고는 안 물어본다."

"묻지 마. 안 그래도 옆에서 애정이가 난리야. 난 진짜 아무렇지도 않은데."

"진짜 아무렇지도 않은지 않은 척하는 건지는 모르겠지만."

"야, 한애정!"

그때 재현이 한 걸음 성큼 다가와서는 슬쩍 고개를 내려 세단과 눈을 마주했다. 갑자기 가까워진 얼굴에 세단은 당황했지만, 재현은 아무렇지도 않게 그녀의 눈동자를 빤히 바라보더니 이내 피식 웃으며 단정하게 묶은 그녀의 머리카락을 흩뜨렸다.

"딱 보니까 진짜 괜찮네. 얘 거짓말하면 눈이 막 떨리고 흔들리거든."

"하아? 내가 언제! 그리고 머리 만지지 마, 헝클어져!"

세단은 그의 손을 치우려고 했지만, 재현은 장난기 가득한 표정으로 더욱 세게 눌렀다.

"어제 날 걱정시키고 고생시킨 벌이야. 이 정도는 각오하지 않았냐?"

"아오, 진짜! 그래서 밥 사준다고 했잖아!"

"밥은 밥이고 이건 이거고!"

스테이션 앞에서 아주 잘도 토닥거리며 노는 모습이 꼭 닭살 커플의 염장질 같았다. 애정이 보기엔 그랬다. 게다가 세단이 헤어졌다고 하는 말에 반응하던 재현이 심상치 않았다. 세단의 사소한 버릇 하나까지 기억하고 나름 위로해 주는 모습까지.

'딱 봐도 세단이한테는 재현이가 딱인데. 대체 뭐가 문제인 거야?'

세단은 재현과 토닥거리면서 벗어나기 위해 발버둥을 쳤다. 이렇게 여유롭게 놀고 있을 시간이 없다. 새 부교수님도 오신다고 했는데, 단정한 첫인상을 보여야 할 것이 아닌가!

"야, 이거 놔! 나 바쁘다고! 오늘 새 부교수님 오시잖……."

순간, 재현의 어깨 너머로 향한 세단의 눈빛이 미친 듯이 흔들리기 시작했다. 이쪽으로 다가오는 저 남자는, 병원 안 여자들의 시선을 한 몸에 받으며 유유히 걸어오는 저 남자는 어젯밤의 그 남자!

"……저 남자……."

넋이 나간 세단의 중얼거림에 애정과 재현의 고개가 동시에 돌아갔고, 애정 역시 탄성을 내질렀다.

"어머!"

그리고 이어지는 재현의 부름에 세단은 귀를 의심했다.

"어, 부교수님!"

부교수라니. 저 남자가 우리 병원 부교수라고? 설마…… 이번엔 온다고 했던 그 흉부외과 부교수가……. 순간, 세단은 어제 대수롭지 않게 넘겼던 남자의 말을 떠올렸다.

"이유는 내일이면 알게 될 거야. 아마 당신도 수긍할 거고."

말도 안 돼! 이건 말이 안 돼!

하지만 말도 안 되는 일이 세단의 눈앞에서 펼쳐지고 있었다. 어느새 재현은 바로 앞까지 온 윤성을 정식으로 소개했다.

"이번에 CS(흉부외과)에 새로 부임하신 부교수, 마윤성 교수님입니다. 그리고 이쪽은 CS 펠로우 박세단 선생입니다. 그리고."

"SA(Surgery Assistant) 간호사 한애정입니다. 만나서 정말 반갑습니다. 어쩜, 너무 멋있으시네요. 멀리서 오시는데 모델이 걸어오는 줄 알았어요!"

"그 얘긴 공항에서 내가 벌써 했어. 참고로 유부녀입니다."

"오호, 호호호. 얘는, 그런 얘기를 뭐하러!"

세단의 귀에는 아무 말도 들리지 않았다. 그저 눈앞에 서 있는 이 남자 때문에 기가 막힐 뿐! 마윤성이라고? 진짜 새로 오신 부교수님이라고?

"세단아?"

"어?"

"인사 안 해?"

옆구리를 꾹꾹 찌르는 애정 덕분에 세단은 그제야 저를 빤히 보는 윤성의 시선을 느낄 수 있었다. 어쩐지 여유가 넘치는 모습이 열 받는다. 그래도 일단 할 건 하자.

세단은 침착하게 웃으면서 그를 향해 손을 내밀었다.

"CS 펠로우 박세단입니다."

"마윤성입니다."

하지만 윤성은 그녀가 내민 손을 무시하고서 짤막하게 이름만 말했다. 어색한 공기가 흐르고 세단은 어이없다는 눈빛으로 그를 노려보았지만 윤성은 그녀를 완전히 무시했다.

'지금 저 태도는 뭐야, 대체!'

"아하하하, 아직 레지던트랑 인턴들이 컨퍼런스실에 있을 겁니다. 가서 인사할까요?"

재현은 어설픈 웃음을 지으며 윤성을 컨퍼런스실로 인도했다.

그렇게 두 사람이 멀어지자 애정은 신이 내린 완벽한 피조물이라며 혀를 내둘렀다.

"어쩜 저게 의사 비주얼이니? 이게 말이 되냐고."

"그래, 말이 안 되지. 아주 인간성이 개차반이잖아. 너도 봤지? 내 악수 완전 무시하는 거."

"남자가 저 정도 생겼으면 약간 무게감이 있어야지. 암!"

"그게 무게감이냐? 그냥 싸가지가 없는 거지? 설마 어제 일로 사람 개무시하는 거야, 지금?"

"무슨 소리야? 너, 부교수 알아? 야. 박세단. 야!"

세단은 그대로 성큼성큼 걸어가 윤성의 뒤에 서서는 그의 어깨를 잡으려던 그 순간, 그가 먼저 눈치채고선 고개를 돌렸다. 세단은 그 눈빛에 잠시 움찔했지만 당당하게 입을 열었다. 그래, 내가 지금 쫄 필요 없잖아!

"잠깐 저랑 얘기 좀 하실까요?"

"세단아, 왜 그래?"

재현은 어쩐지 조금 이상한 세단의 행동에 의아한 표정을 지었지만, 세단은 여전히 무표정한 윤성에게 단호하게 했다.

"아니, 꼭 얘기 좀 했으면 좋겠습니다. 실장님은 컨퍼런스실에서 애들한테 조금만 더 기다려 달라고 전해주시겠어요?"

공과 사는 구분하자는 무언의 뜻에 재현은 헛기침을 하고서 고개를 끄덕였다.

"아, 알겠습니다. 그럼 전 이만……."

그렇게 재현이 슬쩍 자리를 비켜줬고, 세단은 도전적인 눈빛으로 윤성을 응시했다.

"저 좀 따라오시죠?"

윤성은 순순히 그녀의 뒤를 따라 비상구 쪽으로 걸어갔다.


세단과 비상구 계단에 서서 윤성은 먼저 입을 열었다.

"대체 무슨 일이지?"

"이제야 아는 척하시는군요. 처음부터 이렇게 될 걸 알고 계셨던 건가요?"

"처음엔 몰랐지. 근데 한국대병원 레지던스에 들어가는 걸 보고 혹시나 한 거고."

"그럼 처음부터 말씀을 해주셨으면!"

세단은 끓어오르는 화를 애써 눌렀다. 그래, 일단 이건 내 잘못이야. 첫 만남부터 요상하게 꼬여 버린 거니까.

"그래요, 모든 게 제 잘못이니까, 제가 다시 한 번 사과드릴게요. 그리고 공과 사는 확실하게 구분해 주셨으면 좋겠어요."

"어제 일을 잊어달라?"

"그래 주시면 더더욱 좋죠."

"난 이미 그렇게 하고 있는 것 같은데? 오히려 찔려서 붙잡은 건 박세단 선생 아닌가?"

"이런 건 확실히 하면 좋으니까."

세단은 다시 정식으로 손을 내밀었다. 하지만 역시나 윤성은 그 손을 잡지 않았다.

"아까 통성명 다 끝난 거 아닌가?"

"악수는 안 했잖아요."

"난 원래 악수 안 해."

세단의 눈빛이 변했다. 닥터도 사람이 다가오는 걸 싫어했어. 만지는 것도 싫어했고. 왜 자꾸 이 사람에게서 닥터가 보이는 거지?

자꾸만 뭔가가 찜찜하고 수상했다. 좀 더 확실하게 확인할 수 있는 건.

'한 번 잡아보면 알 텐데……'

"그래도 첫 만남에서 이건 아니죠. 아니면 혹시 어제 일로 아직도 꿍해 있는 건 아닌가 싶어 제가 계속 미안해지잖아요."

그렇게 세단이 억지로 윤성의 손을 잡으려는 순간.


[TA(교통사고), TA, ER(응급실) Code Blue(긴급 상황) 발생. Code Blue 발생.]


젠장, 하필이면 이럴 때!

세단이 재빨리 비상구를 빠져나가려고 할 때, 윤성이 잠깐 움찔하더니 재빨리 그녀의 팔을 붙잡아 당겼다. 그리고 그 찰나에 비상구 문이 벌컥 열리면서 레지던트가 세단의 이름을 불렀다.

"박세단 선생님!"

"아……."

"정말 심각할 정도로 조심성이 없군."

하마터면 덜컥 열린 문에 부딪히거나 최악의 경우 계단 아래로 굴러 떨어질 뻔했다. 그런데 문이 열린다는 걸 어떻게 알았을까? 하지만 세단은 그것보다 그에게 붙잡힌 손목이 더 신경 쓰였다.

'손목이…… 뜨겁다……'

분명 닥터도 이렇게 체온이 높았었는데……. 대체 이 남자, 정체가 뭐야?

하지만 더 느낄 새도 없이 윤성이 세단의 팔을 놓았다. 그리고 어쩔 줄 몰라 하는 레지던트에게 일갈했다.

"TA, ER Code Blue 아닌가? 그렇게 정신 놓고 있어도 될 만큼 한가해?"

"아, 아닙니다! 그런데 누구신지⋯⋯?"

"CS에 새로 부교수가 온다는 소식 못 들었나?"

"아! 새로 오신 부교수님⋯⋯."

"ER로 앞장서."

"예!"

레지던트가 얼른 비상구를 빠져나갔고, 윤성은 그의 뒤를 따르며 그녀에게 말했다.

"너도 얼른 정신 차려."

세단은 붙잡혔던 손목을 바라보았다. 이미 열기는 사라졌지만 분명 뜨거웠었다. 그냥 내가 그렇게 느낀 걸까? 아니면 정말로 저 사람이⋯⋯. 하지만 이내 고개를 가로저었다. 이건 나중에 생각하자. 지금 비상 상황이잖아.

ER은 전쟁터를 방불케 했다. 졸음운전으로 버스가 인도를 덮쳐 꽤 많은 부상자가 발생한 것이다. 한국대병원으로 온 환자는 열다섯 명.

"선생님, 여기 좀, 여기!"

"아이고, 선생님!"

"으으윽!"

"엄마!"

응급실 특유의 소란스러움에 윤성은 혹시나 정신이 흐트러질까 봐 귀를 닫고서 환자에게만 집중했다. 손끝이 환자의 몸을 빠르게 스치며 정확히 치료 부위를 파악했다.

"버스 안에서 구르면서 골절이 일어났어. 다행히 동맥은 건드리지 않아서 출혈은 심하지 않지만, 혹시 모르니까 CT 준비해."

"네!"

"복부를 심하게 부딪치면서 파열이 일어났어. 당장 수술방 잡아."

윤성은 봉합사를 가지고 다니면서 약간의 찰과상 정도는 그 자리에서 바로 봉합을 하며 신속한 움직임을 보였다. 그때, 윤성을 찾는 다급한 목소리가 있었다.

"선생님, 이 환자분 쇼크가!"

담당하던 ER 레지던트가 재빨리 모니터를 확인하는 동안 윤성은 쓰러진 남자의 가슴을 움켜쥐었다. 가슴 바로 아래의 과다 출혈로 인한 쇼크. 게다가 철골에 찔리면서 체내로 그 조각이 파고들어 심장에 무리를 주고 있었다.

"당장 OR(수술실) 잡아."

"하지만 바이탈 수치가 너무 불안정한데, 수술을 견디지 못하면……."

윤성은 거즈를 이용해 손으로 직접 출혈을 틀어막았다. 물론 지금 개흉하여 수술을 하면 환자에게 부담이 컸다. 하지만 이대로 두었다간 즉시 사망이다.

"그럼 환자가 사망하는 걸 구경할 거야? 최대한 빨리 끝내면 돼. 당장 이동해!"

레지던트는 망설이다가 윤성의 날카로운 목소리에 수술방을 잡으러 달려갔다. 하지만 여전히 의문과 걱정은 남아 있었다. 과연 빨리 끝낼 수 있을까? 아직 원인도 제대로 파악하지 못했는데.

그는 곁눈질로 윤성을 살폈다. 새로 온 CS의 부교수는 겉으로 보기에는 그 실력을 가늠하기가 어려웠다. 그저 말끔하게 생겼다는 것 외에는.

윤성은 수술방으로 달려가면서 연신 환자의 심장 부분을 손으로 누르며 최대한 감각에 집중했다. 조금이라도 어긋난 심장의 반응을 찾으면 된다. 평소와 다른 불균형을 이루는 하나!

'찾았다!'

수술방 앞에서 윤성은 재빨리 손을 소독하고서 손끝으로 느낀 그 반응을 떠올렸다. 그리 어려운 수술이 되진 않을 듯싶었다.


"다리 골절과 함께 동맥혈을 건드렸어. 그래서 출혈이 쉽게 잡히지 않은 거야. OR 잡고 OS(정형외과) 선생님 콜해."

"알겠습니다."

이제 밀려든 환자들을 대충 다 본 것 같았다. 다행히 이쪽으로 넘어온 환자 중에 사망자는 없었다. 긴장이 풀리자 한숨이 새어 나왔다. 세단이 마지막 차트를 확인하려고 할 때, 여기저기 웅성거림이 커지더니 레지던트들이 일제히 한곳을 향해 달려갔다. 대부분 CS 레지던트들이었다.

대체 뭐야? 어딜 저렇게 가?

"어이! 너희, ER 환자는 어쩌고 어딜 그렇게 뛰어가!"

빡센 마녀의 목소리에 레지던트들은 바짝 긴장해서는 그 자리에서 멈춰 섰다. 무엇 때문인지 꽤나 상기된 표정들이었다.

"대부분 치료가 끝났습니다. 선생님께 넘겨 드린 차트가 다입니다."

"그래서 어딜 그렇게 가는 건데?"

"10번 수술방입니다. 지금 거기서 새로 오신 CS 부교수님이 집도하고 계시는데, 실력이 장난 아니라고……."

새로 온 CS 부교수라면 그 남자, 마윤성……. 상황이 상황인 만큼 벌써 집도를 하는 건가? 세단은 잠시 뭔가를 생각하다 이내 레지던트와 함께 모니터실로 달려갔다.


수술실 안에서 윤성은 이미 개흉기 세팅을 마친 상태였다. 환자는 그가 생각한 대로 철골 조각이 심장을 건드린 상태였다. 다행히 정확히 찌르진 않고 우심방을 살짝 건드린 상황이라 철골 조각을 꺼내고 바로 봉합을 하면 끝날 것 같았다.

"포셉."

포셉을 잡은 윤성이 한 치의 망설임도 없이 우심방 쪽 철골 조각을 빼냈다. 까딱 잘못해서 혈맥을 건드리게 되면 모든 것이 끝이다. 게다가 이 환자는 체력이 많이 떨어져 있어서 재빠르게 수술을 끝내야만 했다.

"철골 적출 끝. 봉합 시작. 지침기(봉합할 때 봉합 침을 지지하기 위해 사용하는 기계), 봉합사 준비."

걱정했던 것이 무색할 정도였다. 개흉하자마자 원인을 알아내고 철골을 꺼내는 데 걸린 시간은 그야말로 눈 깜짝할 사이였다.

"봉합 시작."

봉합하는 손놀림은 거의 예술적이었다.

모니터실에서 이를 지켜보던 세단은 주먹을 움켜쥐었다. 주변에 모인 레지던트와 다른 의사들의 감탄도 귀에 들리지 않았다.

자신보다 훨씬 빠른 속도다. 저런 속도와 정확성을 가진 남자를 그녀는 한 명 알고 있었다. 아프리카에서 만난 천재 외과의 닥터. 저런 실력을 가진 건 오직 그뿐이다.

하지만 세단이 기억하고 있는 닥터의 모습과 지금 수술방에 서 있는 그는 너무 달랐다. 특히 닥터와 마윤성은 눈동자 색이 달랐다.

'……하지만 왠지 눈빛이 비슷했어.'

처음엔 말도 안 된다고 생각했지만, 갈수록 커지는 의심은 점점 더 확신을 품었다. 자꾸만 머리가, 심장이 그를 닥터라고 했다.

"봉합 완료. 재기동 가동."

심장이 정상적으로 박동을 시작하면서 수술이 종료되었다. 아주 성공적인 수술이었다. 모두 그를 향해 박수를 쳤지만 윤성은 덤덤하게 마스크를 벗었다. 그리고 모니터실을 향해 고개를 돌렸다.

"……"

분명 낯익은 시선을 느꼈는데, 다 모르는 이들뿐이었다.


모니터실을 빠져나온 세단은 빠르게 걸음을 옮겼다.

마윤성. 그 남자에 대해 알아야겠다. 그가 진짜 닥터인지 아닌지. 만약 진짜라면 왜 모른 척하는지.

세단은 윤성에게 잡혔던 손목을 만졌다. 어쩐지 심장이 뜨겁게 두근거리기 시작했다. 아프리카에서 뭔가를 잃어버린 채 텅 비어 있던, 연애를 해도 전혀 설레거나 떨리지 않았던 가슴이, 아직은 스스로조차 알지 못하는 감정으로 조금씩, 조금씩 차오르기 시작했다.

거의 처음으로 직접 경영기획실을 찾은 세단은 마음의 준비를 단단히 하고서 안으로 들어갔다. 기획실 직원들에게 눈짓으로 인사를 건네고 그녀는 기획실장실 앞에 섰다.

"CS 펠로우 박세단입니다. 실장님 안에 계십니까?"

그리고 몇 초도 되지 않아 문이 벌컥 열리면서 굉장히 놀란 표정의 재현이 나왔다.

"세단아? 네가 웬일이야?"

"들어가도 되겠습니까?"

"어? 들어와, 들어와!"

재현은 의아해 하면서 그녀를 안으로 들였다. 병원에서 함께 근무하기 시작한 이래, 세단이 이곳을 찾은 것은 처음이었다.

"무슨 일이야? 안 좋은 일이야? 하긴, 오늘 TA 때문에 CS 쪽도 정신없었지?"

재현은 세단이 편하게 앉을 수 있도록 소파에 방석을 여러 장 깔고 창문을 열어 환기도 시켰다. 그리고 그녀가 제일 좋아하는 향의 원두커피도 손수 내렸다.

"이제는 진정됐어. 새로 오신 부교수님이 너무 일을 잘하셨거든."

"진짜? 정말 실력이 끝내주나 보네. 하긴, 그러니까 아버지가 그렇게 스카우트하려고 공을 들이셨겠지."

"정말로 이사장님께서 관여하신 거야? 그저 소문이 아니라?"

역시 이곳에 오니 조금씩 정보가 풀리기 시작한다.

"그래. 그래서 내가 직접 관리했잖아. 아주 정신없었어. 갑자기 입국 날짜를 바꾸는 바람에. 그런데 정말 그 정도란 말이지? 나도 직접 보고 싶은데. 너, 설탕 많이 넣지?"

"열 개. 혹시 그 사람에 대해서 좀 더 자세하게 알 수는 없을까?"

재현은 그녀 앞에 커피를 내려놓으며 의아한 표정을 지었다.

"자세한 거?"

"그래. 어디서 왔는지, 정확히 무얼 하다 온 사람인지."

세단은 눈을 반짝이며 대답을 기다렸지만 그는 고개를 가로저었다.

"나도 자세한 건 몰라. 그냥 하버드 의대 출신이라는 것밖에 들은 게 없어."

"혹시 아프리카 의료봉사를 했다거나, 그것도 아니면 아프리카에서……."

세단이 부교수에 대해서 꼬치꼬치 캐묻자 재현은 슬쩍 기분이 나빠졌다. 날 보러 여길 온 게 아니라 부교수 때문에 온 거야, 지금?

"진짜 더는 몰라. 근데 왜 이렇게 부교수한테 관심인데? 설마 너, 또 홀라당 반한 거야?"

"뭐?"

"물론 부교수가 잘생기긴 했지만, 그래도 그 자식이랑 헤어진 지 얼마되지도 않았는데 너무 빠른 거 아니야?"

"아, 그리고 하나 더. 남자 보는 눈이 없는 것 같은데, 가능하면 당분간 남자는 만나지 마. 적어도 3개월 동안은."

하? 갑자기 왜 그 말이 떠오르는 거야, 지금. 기분 나쁘게!

"그런 거 아니야. 좀 확인할 게 있어서 그래. 그리고 그 남자 완전 내가 싫어하는 스타일이야. 성격 이상하고, 완전 개인주의라니까."

"그래? 하긴, 성격이 좀 까다로워 보이긴 하더라."

재현은 은근슬쩍 입꼬리를 올렸지만 세단은 눈치채지 못한 채 코웃음을 쳤다.

"까다로워? 그게 그냥 까다로운 정도니? 아, 그런데 너 어제 그 사람 마중 나가지 않았어?"

어제 귀국했다는 사람이 대체 그 시간에 강남 클럽가엔 왜 온 거야?

"마중 나갔지. 그리고 호텔에 데려다주고 네 전화 받고 나가려는데 강남에서 만날 사람이 있다고 했어. 그 때문에 빨리 귀국한 거라고. 그래서 데려다주고 헤어졌는데?"

"강남에서? 만날 사람? 누구?"

재현은 다시금 기분이 나빠졌다. 불평을 하면서도 뭐가 그렇게 궁금한 건지 집요하게 파고드는 그녀가 영 수상했다.

"그건 나도 모르지."

세단은 커피를 홀짝이면서 어제 일어난 그 황당한 사건을 곱씹어보았다. 하지만 아무리 생각하려고 해도 필름이 끊긴 부분은 완전 블랙아웃이고, 기억나는 건 다시 떠올리고 싶지 않은 것뿐이었다.

"대충 알았어. 그리고 오해하지 마. 나 정말 그 사람한테 관심 없어. 그냥 외부에서, 그것도 엄청 공들여서 스카우트했다기에 궁금한 것뿐이야."

"오해 안 해. 너무 나한테 변명하지 마. 그게 더 이상하니까."

"커피 잘 마셨다. 아, 그리고 하령이도 곧 귀국한다고 안 했나? 같은 미국 땅에서 정말 한 번도 안 만난 거야?"

"응, 뭐, 돌아온다더라. 그리고 미국 땅이 얼마나 넓은데. 하령이랑 나는 정반대되는 주에 있었어."

"하긴, 아무튼 간만에 모두 모여서 치맥이나 해야겠네. 아참, 너 요즘 심장은 괜찮지?"

재현의 눈빛이 살짝 흔들렸다. 그는 이내 환하게 웃으며 장난스럽게 대꾸했다.

"괜찮은 지가 언제인데, 뭘 새삼스럽게."

재현이도 세단의 아버지처럼 선천성심장질환을 가지고 있었다. 오랫동안 병원 생활을 했기에 학교를 제대로 다닌 적이 없어 친구 역시 거의 없었다. 그에게 유일한 친구는 그의 집에서 신세를 지던 세단뿐이었다.

다행히 재현은 심장 공여자가 나타나 수술을 받고 새로운 삶을 찾을 수 있었다. 하지만 이 사실을 아는 사람은 그렇게 많지 않았다.

"그래도 정기검사 꼬박꼬박 받아. 그런데 그냥 여기에서 받으면 되지 뭐 하러 다른 병원을 가?"

"그냥. 이제 환자도 아닌데 환자 취급 받는 거 싫어. 너무 지겨워."

"무리하지 마. 누구는 원해도 받지 못한 소중한 심장이니까."

재현은 무겁게 고개를 끄덕였다. 세단의 아버지가 끝내 적합한 심장을 찾지 못해 돌아가셨다는 걸 알고 있었다. 자신이 수술을 받던 날. 세단의 아버지는 죽을 고비를 넘기고 있었고, 자신이 회복하던 중 돌아가시고 말았다. 세단이 제일 힘들 때 옆에 제대로 있어주지 못한 것이 그에게 가장 아픈 기억이었다.

"그럼 나 간다."

"너 진짜 부교수한테 흑심 품고 있는 건 아니지?"

"아니라니까!"

세단이 나가고, 재현은 그녀가 마신 빈 커피 잔을 치우면서 엷은 한숨을 내쉬었다. 그가 이 병원에서 심장 검사를 하지 않는 이유. 그 이유는 오직 그녀 때문이었다. 환자로 보이고 싶지 않았다. 신체 건강한 남자. 세단이 절대로 걱정하지 않을 만큼 건강한 남자로 보이고 싶었다. 그래야 다시 한 번 고백해 볼 수 있으니까.

그녀는 병으로 아버지를 잃은 트라우마 때문에 건강에 집착했고, 남자를 만날 때마다 여러 번 건강을 체크했다. 혹시나 자신을 두고 먼저 떠날까 봐, 또 다시 소중한 사람을 잃게 될까 봐.

재현은 세단이 자신의 고백을 장난으로 치부한 이유를, 자신이 그녀의 아버지와 똑같은 병이었기 때문이라고 생각했다. 병은 완치되었지만, 그녀에게 자신은 아직도 그 옛날의 허약했던 소년인 거라고. 그래서 절대로 그녀에게 더는 환자로 보이고 싶지 않았다.

미국까지 가서 공부를 한 것도 그 때문이었다. 멀리 떨어져 있다 만나면 조금은 자신을 다르게 볼지도 모르니까.

곁에서 기다리면서 세단이 더는 자신을 걱정하지 않게 되면, 자신이 영원히 곁에 있을 거라고, 절대 먼저 떠나지 않을 거라고 믿음을 주게 되면 그때 다시 고백할 거다.

"그러니까 이젠 다시는 딴 놈한테 넘어가지 마라, 박세단."

기획실을 나온 세단은 마윤성이란 이름을 되뇌었다. 대체 어디서부터 어떻게 파야 하는 걸까. 일단 아프리카 NGO 쪽에 연락해서 닥터의 이름이 혹시 무엇인지, 그리고 지금 닥터의 행방을 알 수 있는지부터 알아봐야겠다.

의국으로 돌아온 세단은 그제야 윤성을 레지던트와 인턴들에게 정식으로 소개했다.

"이쪽은 이번에 새로 CS 부교수님으로 오신 마윤성 교수님."

"마윤성입니다."

역시나 짤막한 인사에도 여자 레지던트들과 인턴들은 새삼 탄성을 지었다. 흰 가운이 저토록 근사해 보일 수 있단 말인가! 날카롭고 매서운 눈빛에, 한참 올려다봐야 하는 기럭지에, 딱 봐도 단단해 보이는 몸이 예술이었다. 게다가 수술방을 아우르던 카리스마까지! 다가가기 어려운 분위기를 풍겼지만, 그 모습 또한 굉장히 섹시한, 그야말로 마성의 부교수였다.

여러 가지 질문이 이어졌지만, 그의 대답은 한결같이 단답형이거나 아예 대답을 하지 않았다.

한편 세단은 딴생각에 사로잡혀 있었다.

'어떻게 해야 저 남자를 제대로 쑤셔볼 수 있을까? 아프리카에서 연락이 오기까지 꽤 시간이 걸릴 텐데……. 그렇다고 이사장님을 직접 찾아갈 수도 없고…….'

"선생님, 오늘 새로 오신 부교수님 환영회 같은 건 안 하나요?"

"네, 맞아요! 환영회 해요!"

후배들의 성화에 세단의 눈빛이 번뜩였다.

그래, 보통 술자리에서 술이 들어가면 말문이 터지게 마련이지. 물론 어제 술을 마셨는데 또 마시는 건 좀 그렇지만, 난 안 마시면 되잖아. 이 남자만 마시게 하면 되는 거 아니야?

"그래, 환영회 해야지. 오늘 당직 빼고 전부 새로 오신 부교수님 환영회식이나 하자. 내가 쏠게."

"와아아아!"

하지만 그 말에 윤성의 표정이 굳어졌다. 사람이 많이 모이는 곳은 딱 질색이다 게다가 술이 들어가면 사람들은 경계를 허물고 서슴없이 다가오게 마련이다. 윤성에겐 그야말로 딱 지옥 같은 시간이 될 터였다. 그렇지만 이곳 CS 인원이 거의 다 모일 테니까 박세단에 대한 정보를 모으기도 쉬울 텐데…….

"교수님도 가실 거죠? 교수님 환영회인데 빠지시면 서운하죠."

어느 순간 세단이 윤성의 옆에서 환하게 웃으며 속삭였다. 하지만 웃는 낯과 달리 속으로는 다른 생각을 하고 있었다. 이것도 일종의 찔러보기였다. 닥터는 사람 많은 곳을 아주 끔찍하게 싫어했지. 술자리라면 당연히 사람이 바글바글. 아까 다가가는 것도 은근슬쩍 피하는 것 같던데 이번에도 피할까?

윤성은 반달 웃음을 짓는 세단을 바라보았다. 어쩐지 다른 꿍꿍이가 느껴지는 눈빛이었지만 윤성은 결국 고개를 끄덕였다.

"내 환영회인데 빠질 순 없지."

"에? 정말요? 진짜 가시게요?"

"내 환영회라면서?"

"아, 물론 교수님 환영회죠."

긍정적인 대답에 다른 이들은 박수를 치며 좋아했다. 윤성은 이따 보자는 말을 남기고 먼저 의국을 빠져나갔다. 하지만 세단은 영 혼란스런 시선으로 그의 뒷모습을 좇았다.

"뭐야. 진짜 가는 거야? 대체 어떤 모습이 진짜야?"

의국을 나온 윤성은 세단의 속삭임을 듣고서 엷은 미소를 지었다. 역시 자신을 의심하고 있었다. 그렇다면 저 의심도 조금 풀어줄 필요가 있다. 내키지는 않는 자리지만, 참아보는 수밖에.

"꼴통이 생각보다 머리를 쓰는군."

하지만 이렇게까지 나올 줄이야. 1년이나 지났는데 잊지 않았다는 것일까? 물론 조금은 기억하고 있을지도 모른다고 생각하기는 했지만……. 과연 그녀가 기억하는 건 어떤 모습일까. 단순한 의사? 아니면 괴물?

세단과 윤성을 포함해서 당직을 제외한 CS 사람들이 다 같이 회식을 하러 걸음을 재촉했다. 세단은 뒤쪽에서 천천히 따라오는 윤성을 힐끔거렸다. 분명 사람들이랑 섞이는 걸 좋아하는 타입은 아니야. 그래, 술자리에서 한번 지켜보자고.

세단은 얼른 걸음을 멈춰 그를 기다렸다 옆에 서서는 친한 척 말을 걸었다.

"얼른 가시죠! 솔직히 배가 엄청 고프거든요."

윤성은 생글생글 웃는 얼굴에 괜한 불안감이 들었다. 대체 이 여자가 무슨 꿍꿍이 속이기에 저렇게 웃고 있는지.

그때, 그녀의 눈길이 정면을 향했다. 단번에 시선을 사로잡을 만큼의 화려한 미모의 여자가 마치 병원 로비가 런웨이라도 되는 듯 성큼성큼 걸어오고 있었다. 세단은 저도 모르게 누군가의 이름을 내뱉었다.

"하령이?"

세단을 주시하던 윤성은 그녀의 속삭임에 고개를 들었다. 주위의 웅성거림도 자연스럽게 들렸다.

"어머, 백하령 아니야?"

"대박! 완전 인형이다!"

"저 여자가 누군데?"

"어머, 몰라? J그룹 양녀잖아. 예전에 언론에서 엄청 떠들어댔던."

"아, 맞다! 완전 현대판 신데렐라? 근데 여긴 무슨 일이래?"

"천 실장님과 약혼 얘기가 오간다는데. 소문이 사실이었나?"

수군대는 소리 속에서 재현의 이름이 나왔고, 윤성은 천재현을 떠올렸다.

하령은 윤성을 지나쳐 멍하니 서 있는 세단의 앞에 섰다. 그녀는 환하게 웃으며 세단에게 인사했다.

"오랜만이다, 세단아."

"와! 진짜 내 눈앞에 있는 사람이 백하령 맞는 거야? 대체 뭐야. 귀국한다는 소리는 들었지만 이렇게 갑자기 오는 게 어디 있어. 마중도 못 나갔잖아."

반갑게 인사를 하는 두 사람, 특히나 세단이 무척이나 반가워하자 윤성은 백하령이라는 여자를 자세히 살폈다.

'박세단과 관계된 또 다른 사람인가……'

"나도 갑자기 오게 됐어. 일정이 좀 당겨져서. 그래도 이렇게 한국 오자마자 보는 얼굴이 너라서 좋다."

하령은 반가워 어쩔 줄 몰라 하는 세단을 꼭 껴안았다. 거의 3년 만인 것 같았다.

세단과 하령은 공통점이 많았다. 그래서 고등학생 때부터 지금까지, 사는 환경이 다르고 각자 가는 길이 달라도 쭉 절친으로 지낼 수 있었다.

"바쁜 것 같은데 내가 괜히 시간 빼앗았네."

"아니야. 오랜만에 만나서 정말 반가워. 많이 바쁠 텐데. 재현이 만나러 온 거야?"

"일 때문에. 나중에 다 같이 만나서 맥주 한잔하자."

"그래!"

세단과 하령을 둘러싸고 웅성거림이 커지자 하령은 살포시 눈웃음을 지으며 인사한 뒤 걸음을 옮겼다. 윤성은 그녀의 뒷모습을 빤히 바라보았다. 그러다 얼른 가자고 외치는 세단의 목소리에 그제야 고개를 돌렸다.

'어쩐지 뭔가…… 묘하군.'


재현은 책상 앞에 앉아 휴대폰만 빤히 쳐다보고 있었다. 오늘 분명 CS(흉부외과) 회식이라고 했는데. 부교수와 모르는 사이도 아니고, 세단과는 완전 친한 관계고, 그럼 나를 안 부를 리가 없는데.

"뭐야, 설마 진짜 지들끼리 간 거야? 와, 대박 치사해!"

배신감에 치를 떨며 세단에게 연락하려는 순간, 누군가 문을 두드리자 재현은 금세 환한 표정이 되어 문 쪽으로 달려갔다. 그럼 그렇지, 세단이가 날 빼놓을 리가 없지.

"박세단, 나 진짜 삐칠……."

"안녕."

하지만 앞에 서 있는 여자는 박세단이 아니었다.

"백하령?"

진심으로 놀란 재현의 반응에 하령은 그의 어깨를 툭 쳤다.

"진짜 놀란 거야? 아까 세단이도 그런 표정이더니."

"야, 그럼 당연히 놀라지! 미국에 있는 줄 알았던 애가 갑자기 눈앞에 나타났는데! 대체 뭐야. 언제 들어온 거야?"

"방금. 좀 들어가도 돼?"

재현은 얼른 그녀를 안으로 들였다. 하령은 소파에 앉아 우아하게 다리를 꼬고는 살포시 눈웃음을 지었다. 어떤 남자가 보아도 금방 반할 만큼 매혹적인 미소였다. 그녀가 바로 대한민국 젊은 여성들이 가장 닮고 싶어 하는 롤모델이자, 언제나 패셔너블한 모습으로 등장만으로도 실검에 오르는 화제의 경영인, 바로 백하령이었다.

재현이 그녀를 처음 알게 된 건 기업 간의 파티에서였다. 그러다 서로가 세단과 친구라는 걸 알고서 급속도로 가까워지게 됐다.

"귀국하자마자 나 보러 온 거야? 완전 영광이네."

"앞으로 일 때문에 자주 볼 거야. 오늘은 인사 겸 소꿉친구랑 밥도 좀 먹고."

일이라는 말에 재현은 설마 하는 표정을 지었다.

"설마, 네가 이번에 의료 관광 사업 맡게 된 거야?"

그러자 하령은 고개를 가로저었다.

"아니, 그런 큰 프로젝트를 쉽게 주실 리가 없잖아. 큰오빠와 경쟁을 붙이셨어. 그래서 제대로 도전하기 위해서 한국으로 온 거야."

현재 한국재단과 J그룹은 합동으로 글로벌 의료 관광 사업을 추진하려 하고 있었다. 이미 한국재단 측 책임자는 재현으로 결정되었지만 J그룹에선 아직이었다. 이번 일의 책임자가 앞으로 J그룹을 이끌 후계자가 될 가능성이 높았기 때문에 내부에서도 많은 얘기가 오가고 있는 탓이었다.

"하지만 조만간이야. 반드시 내가 하게 될 테니까, 미리 잘 부탁해."

"어련하겠어. 네가 이번 기회를 절대로 놓칠 리가 없지. 기대할게. 그럼 밥이나 먹으러 갈까?"

재현이 먼저 자리에서 일어났다. 뒤따라 일어난 하령은 잠시 주위를 둘러보다가 책상 위, 재현과 그의 부친이 함께 찍은 사진을 보고선 엷게 미소지었다.

"다들 그대로네. 천재현, 너도."

보통의 회식이라는 건 고깃집이나 주점에서 왁자지껄하게 떠들어대며 술을 마시기 마련이다. 세단이 의도한 것도 그런 분위기에서 마윤성이란 남자의 정체를 알아내고 싶었던 것이었다.

그런데 그 속내를 꿰뚫린 것인가? 갑자기 그가 술을 사겠다고 하더니 눈이 휘둥그레질 정도로 고급스런 일식집으로 그들을 데려갔다. 각자의 앞에 정갈하게 세팅된 1인분씩의 요리와 술잔이 놓였는데 이래서 부어라 마셔라가 나오겠냐고!

"부담 갖지 말고 먹어요, 오늘은 내가 살 테니까."

세단을 비롯한 레지던트들과 인턴들은 당황한 기색이 역력한 시선으로 눈앞에 펼쳐진 고급스런 음식들을 바라보았다. 고작 환영회 겸 회식에서 이런 최고급 음식을 맛보게 될 줄이야. 곧 정신을 차린 남자들은 신이 났지만, 여자들은 조금 울상이었다. 술을 핑계로 어떻게든 부교수님한테 다가가려고 했는데 완전 철벽을 세운 것이나 마찬가지인 것이다.

결국, 술자리는 세단의 예상과는 달리 조용히 이야기와 술을 나누는 분위기가 되고 말았다. 세단은 윤기가 자르르 흐르는 초밥을 입에 쏙쏙 집어넣으며 허탈한 웃음을 지었다.

이런 부르주아 같은 방법으로 빠져나가다니……. 하지만 이런다고 내가 포기할 줄 알고?

세단은 조그만 사케 병을 들고서 윤성의 옆으로 끼어들었다. 그는 살짝 움찔했지만 잘 참아내고선 뭐냐는 시선으로 그녀를 보았다.

"박 선생이 끼어 앉기엔 자리가 좀 좁은 것 같은데?"

"에이, 명색이 교수님 환영회인데 제가 대표로 술 한잔 따라 드려야죠."

세단은 결국 윤성의 옆에 앉았던 다른 인턴을 밀어내고서 그 자리를 차지했다. 그러고는 의기양양하게 웃으며 술병을 흔들었다. 윤성은 짧은 한숨을 삼키며 술잔을 내밀었다.

"이렇게 고급스러운 회식은 처음이에요. 교수님 덕분에 입이 호강하네요."

"그럼 많이 먹어둬. 이런 호사를 언제 또 누릴 줄 알고."

"교수님이 자주 사주시면 계속 호강하지 않을까요?"

술잔을 기울이고 다시 내려놓는 움직임도 부드럽고 깔끔했다. 솔직히 말해 외양 하나는 정말 잘났다. 그래서 그녀가 기억하는 닥터를 떠올리면 살짝 위화감이 생기기도 했다. 닥터는 머리도 덥수룩했고, 수염도 정리하지 않은 채로 다녔으니까.

"참 뻔뻔하군."

"네?"

"어제도 술 때문에 서로 얼굴 붉혔으면서 또 술자리를 마련한 걸 보면."

세단은 얼른 정신을 차리고서 닥터에 대한 생각을 지웠다. 지금은 이 남자에게 집중해야지!

"교수님 환영회라니까요. 그리고 전 오늘 안 마실 거예요."

그는 새삼스레 세단을 바라보았다. 그러고 보니 아까부터 계속 자신을 빤히 쳐다보는 시선이 뭔가를 꿰뚫어 보려는 듯 했지만 어설프기만 했다. 윤성은 저도 모르게 헛웃음이 나올 뻔했다. 특히 뒤이어 나오는 말이 가관이었다.

"교수님을 좀 마시게 하고 싶거든요."

"왜?"

"물어볼 게 있어서요."

"그렇게 대놓고?"

"내숭 떠는 것보다는 낫지 않나요? 아님 그쪽이 더 취향이신가? 그럼 그렇게 해드릴 수도 있고."

"됐어, 물어봐. 한번 들어나 보지."

아닌데. 이건 술이 좀 들어가야 술술 나올 얘기인데. 그래도 혹시 모르니까.

"정말 미국에서 오신 거예요?"

"왜? 학위 위조라도 했을까 봐?"

"그건 아니고. 혹시 아프리카에서 봉사 활동하신 적 없으세요? 아니면 잠깐이라도 있었다거나."

하지만 한 치의 망설임도 없이 그는 고개를 가로저었다.

"아니, 난 더운 나라 싫어해."

"진짜로? 진심으로? 정말로요?"

"그래. 대체 뭘 알고 싶은 거야?"

"……조금 닮아서요, 제가 아프리카에서 만난 사람이랑. 그 사람도 의사였거든요."

세단은 윤성의 까만 눈동자를 바라보았다. 색은 다르지만 역시나 느낌이 비슷하다. 이렇게 보고 있으면 그대로 빨려 들어갈 것 같은, 게다가 먼저 시선을 뗄 수도 없는 이 묘한 느낌. 휘말리고 휘말리면서 저도 모르게 함께 빠져드는…….

닥터의 회색빛 눈동자가 그랬다. 그래서 신기했고, 조금 무섭기도 했다.

"흠흠."

윤성이 헛기침을 하자 세단은 흠칫하며 눈을 깜빡였다.

뭐야, 술도 안 마셨는데, 왜 이렇게 정신없이!

"죄송합니다. 저도 모르게……."

"그 사람을 왜 그렇게 기억하는 거지?"

무심코 툭 던지는 그의 말에 세단은 잠시 고민하다 대답했다.

"사실 그 사람을 그렇게 좋아하진 않았어요."

"뭐?"

"정말 성격이 개싸가지였거든요. 전 그렇게 세상 혼자 사는 남자 별로 안 좋아해요. 독설을 밥 먹듯이 하고, 냉혈한에, 대인관계는 거의 엉망인 수준이었고."

아주 신이 나서 술술 말하는 세단의 모습에 윤성은 기가 막혔다. 대체 자신을 어떻게 생각하고 있었던 거야? 지금까지 저런 식으로 기억하고 있었던 거야?

'뭐, 괴물…… 그런 것보다는 낫나……'

아니면 다행히도 기억하지 못하는 건가? 그때 그 보름달 아래에서의 모습은…….

"진짜 살얼음 같은 사람이었는데, 참 따뜻했어요. 진짜 체온이 뜨거웠다고 해야 할까? 이건 아직도 설명을 잘 못하겠는데, 살짝 잡았던 손이 뜨겁고 미친 듯이 두근거렸다는 거. 그건 기억해요."

자신을 안고 달릴 때의 그 뜨거웠던 온기와 터질 듯한 심장 소리를 기억한다. 그건 절대로 잊지 못하니까. 그리고 그와 키, 키스했던 그 순간의 낯설고 강렬했던 느낌까지.

"게다가 어느 순간 닥터가 했던 독설도, 그 행동도 조금씩 이해가 가더라고요. 병원에서 지내면서 내 손에 환자들이 살아나고 죽어가는 걸 보게 되니까 책임감에 마음이 무거워졌어요. 내 자신에게 엄격하게 하다 보니 어느새 나도 그렇게 말하고 행동하면서 그 사람을 닮아가더라고요."

윤성은 저를 닮아가고 있다고 말하는 세단이 마음에 들지 않았다. 자신은 그렇게 되고 싶어서 된 것이 아니었다. 곁으로 사람을 두어서는 안 되기에 밀어냈고, 관계를 맺지 말아야 했기에 더욱 자신을 몰아세운 것일 뿐.

"그 사람 말이 맞기는 맞아. 하지만 닮아가지는 마."

세단은 생각지도 못한 말까지 하게 되어 살짝 당황한 참이었다. 그런데 그 말에 진지하게 답해주는 윤성의 모습 역시 낯설었다.

"스스로 그렇게 외로워질 필요는 없어. 당신은 당신답게 굴어. 웃는 게 더 잘 어울릴 것 같으니까."

그리고 이번엔 정말로 놀랐다. 심장이 마음대로 쿵쾅거리고 얼굴이 붉게 달아올랐다. 저도 모르게 딸꾹질이 나올 것 같았다.

대, 대체 무슨 말을 하는 거야, 이 남자? 내가 웃는 걸 언제 본 사람처럼!

'으아! 나는 또 왜 쓸데없는 말을 주절주절하는 거야. 아직 이 사람이 닥터인지 아닌지도 모르잖아! 왜 내가 술술 다 말해 버리냐고!'

하지만 정말로 닥터를 만나게 되면 하고 싶은 말이었다. 그리고 그때는 인정받지 못했지만 지금이라도 의사로서 인정받고 싶었다. 그에게 꼴통이 아닌, 의사 놀이가 아닌 제대로 흰 가운을 입을 자격이 있는 의사가 되고 싶었다.

'정말, 당신이 닥터 같아.'

"아까 그 여자."

"네? 누구요?"

"백하령."

갑자기 이야기의 주제가 다른 쪽으로 흘러갔다. 그것도 전혀 예상치 못한 방향으로.

"아…… 교수님도 아세요? 하긴 유명하니까."

"친구인가?"

"네, 고등학교 동창이에요."

"친해?"

꼭 집어 묻는 말에 세단은 잠시 움찔하다 이내 고개를 끄덕였다.

"친하죠. 사실 저도 가끔 놀라요. 그런 애가 내 친구라니. 하지만 생각보다 여리고, 상처도 많은 아이예요."

"백하령이라는 여자도 당신을 친한 친구로 생각하나?"

"네?"

"천 실장과도 그냥 친구? 천 실장과 백하령이 약혼한다는 소문이 있다던데."

갑자기 이건 뭐지? 어쩐지 내가 캐묻는 게 아니라 이쪽이 나를 캐묻는 것 같잖아.

"당연하죠. 물론 천 실장님과도 인연이 꽤 깊어요. 서로 친한 친구예요. 그리고 약혼은 그냥 소문이에요. 물론 가능성도 있긴 하겠지만."

하지만 윤성은 아주 찰나의 망설임을 놓치지 않았다. 분명 친구 이상의 뭔가가 있는 느낌. 그게 썩 마음에 들진 않았다.

"가까운 사람 너무 믿지 마."

"교수님도요?"

그냥 분위기를 풀어보려고 장난으로 한 말인데, 그는 너무나도 진지하게 대답했다.

"물론 날 제일 믿지 마."

세단은 순간 흠칫했다. 위험스럽게 빛나는 눈동자가 순간 회색빛으로 보였다.

아오! 정신 차려, 박세단. 왜 네가 술에 취한 것 같냐고!

"잠시 화장실 좀……."

이대로 계속 있다가는 더 쓸데없는 말도 해버릴 것 같아 세단은 자리에서 일어섰고, 윤성은 술잔을 내려놓았다. 그제야 다른 이들이 보였다. 삼삼오오 모여 대화를 나누는 사람들 중에 다행히 자신을 의식하는 사람은 없었다. 아무래도 박세단, 그녀가 제 옆에 있었기 때문인 듯싶었다.

1층 화장실로 갔다가 사람이 많은 걸 보고 2층으로 달려간 세단은 아무도 없는 걸 확인하고서는 마구 머리를 헝클며 거울 앞에 섰다.

"하아, 이건 완전 내가 말리든 기분이야."

술을 마시게 한 것까지는 좋은데, 왜 술술 불어야 할 입이 그 입이 아니고 요 입이 되었냐고! 완전 당했다. 다른 방법을 찾아야 하나……

"당신은 당신답게 굴어. 웃는 게 더 잘 어울릴 것 같으니까."

"물론 날 제일 믿지 마."

그의 목소리가 귓가에 울리면서 또다시 얼굴이 화르르 달아올랐다. 세단은 자신도 이해할 수 없는 제 반응에 가슴을 쾅쾅 두드렸다.

"정신 차려! 정체도 알 수 없는 놈한테 빠진 건 아니지? 넌 그자의 뒤를 캐야 한다고!"

일단 오늘은 틀렸다. 시간이 늦기도 했고, 내일이 오프도 아니니까. 얼른 애들 보내고 나도 정신 좀 차려야겠다.

찬물로 손을 씻고서 밖으로 나가기 위해 문고리를 돌린 순간 세단은 당황했다.

덜컹. 덜컹. 덜컹.

"이거 뭐야. 왜 안 열려. 고장 났나?"

문고리가 제대로 돌아가지 않고 뭔가에 걸린 채 움직이지 않았다. 세단은 문을 쾅쾅 두드렸지만 아무런 반응이 없었다.

"이봐요! 여기 사람 있어요! 문 좀 열어줘요! 아오, 진짜."

그녀는 신경질을 내며 휴대폰을 꺼내 들었다. 그런데 이건 뭐야.

"통화권 이탈? 서울 한복판에서 갑자기 무슨 통화권 이탈이야! 재수가 없으려니까. 이봐요! 여기 사람 있다니까! 이게 무슨 난리야!"

그때, 코끝으로 매캐한 냄새가 느껴졌다. 그리고 이내 발밑으로 스멀스 멀 피어오르는 검은 연기. 세단은 말도 안 된다는 어조로 속삭였다.

"설마. 설마, 지금 불난 거야?"


윤성은 연신 시계를 확인하며 세단의 빈자리를 노려보았다. 화장실 간 다던 여자가 너무 늦었다. 그만큼 계속 시간은 흘러가고 대체 어디서 뭘 하고 있는 거야? 그나마 술은 안 마셨으니까 어디서 뻗어 있지는 않겠지.

초조하게 숫자를 세던 윤성은 어쩐지 슬금슬금 저를 바라보며 다가오 려는 여자 레지던트들의 움직임에 자리에서 벌떡 일어섰다. 아무래도 직 접 찾는 게…….

일어서려는 그의 움직임이 멈칫했다. 공기가 이상했다. 뜨거운 열기를 품은 공기가 흔들리고 있었고, 매캐한 냄새도 났다. 다른 사람들은 전혀 눈치채지 못하는 것 같았지만……. 그때, 귓가로 파고드는 목소리.

"불이야! 지금 주방에서 불이 났어! 당장 손님들 대피시켜! 빨리!"

그러곤 문이 벌컥 열리면서 종업원이 다급한 목소리로 외쳤다.

"지금 주방에 잠깐 불이 났습니다. 큰불은 아니지만 그래도 비상구로 대피하셔야 합니다. 다시 한 번 말씀드리지만, 큰불은 아닙니다. 침착하게 저를 따라……."

종업원의 말이 채 끝나기도 전에 윤성이 밖으로 나왔다. 밖은 이미 아 수라장이었다. 큰불이 아니라고 말하고 있지만, 주변의 공기가 점점 더 뜨 거워지고 있었다. 얼마 지나지 않아 분명 걷잡을 수 없이 커질 것이다. 불 이 난 곳이 주방이라고 하니 이대로 가스라도 폭발한다면 위험해!

"이 여자, 대체 어디서 뭘 하는 거야!"

윤성은 1층 화장실로 달려갔다. 그러곤 여자화장실이라는 사실도 잊은 채 문을 벌컥 열며 외쳤다.

"박세단!"

하지만 그곳에 세단은 없었다. 그때 귓가로 기분 나쁜 폭발음이 울렸다.

쾅!

"악! 불이야! 불이야!"

결국 불이 커지고 말았다. 주방 쪽에서 시작된 불이 기름을 만나 삽시간에 커다란 화염으로 바뀌면서 점점 더 상황이 악화되었다. 그의 후각으로 기분 나쁜 냄새가 파고들었다.

'안 돼. 이대로 가스를 건드리면……'

"박세단! 대답해! 박세단!"

윤성은 눈을 질끈 감고서 모든 감각을 최대한 집중했다. 숨소리 하나라도, 그저 작은 목소리 하나만이라도! 제발!

그리고 수많은 사람들의 웅성거림 속에 뚜렷하게 들려오는 단 한 목소리.

"아오, 왜 이렇게 문이 안 열려! 이봐요! 여기 문 안 열려요! 나도 좀 꺼내달라고!"

그리고 그 단 한 목소리에 윤성은 한 치의 망설임도 없이 열기가 이글거리는 그곳을 향해 순식간에 몸을 날렸다.

## 3. 이웃집에 그 남자가 산다

　강남 어느 한적한 레스토랑으로 들어온 하령과 재현은 사람들의 눈을 피해 은밀한 방에 자리를 잡았다. 어딜 가든 사람들의 시선을 받는 데 익숙한 두 사람인지라 재현은 익숙하게 하령을 에스코트하며 안쪽으로 들어갔다. 하령이 피식 웃자 재현은 의아한 표정으로 그녀를 돌아보았다.
　"뭐야, 왜 웃어?"
　"네가 이렇게 얌전히 에스코트하는 거 신기해서. 예전엔 이런 닭살스러운 거 왜 하냐고 그랬잖아."
　"내가? 언제?"
　"기억 안 나? 너랑 나랑 처음 만난 그 파티."
　재현은 하령의 말에 고민하다 이내 뭔가가 떠오른 듯 박수를 쳤다.
　"아, 그 파티! 내가 너한테 손이 없냐고 했었지, 아마?"
　"엄청 건방졌지."
　처음 기업 간의 파티에서 만났을 때, 재현은 주변에서 자꾸만 하령에게 의자를 꺼내주라는 둥, 에스코트하지 않고 뭐하냐는 둥 참견이 많자 그녀에게 딱 잘라 말했었다.

"넌 손이 없어? 네가 직접 해. 닭살스럽게 이게 뭐하는 짓이야."

그때 그 첫인상을 하령은 절대로 잊을 수가 없었다.

"지금 생각해 보니 좀 미안하다."

"이제 와서?"

"그럼 넌 뭘 새삼스럽게 그때 얘기를 꺼내냐? 네 탓이야."

"하여튼."

그때 하령의 휴대폰이 짧게 울렸다. 화면을 확인하는 그녀의 시선이 살짝 흔들렸다. 하령이 이내 자리에서 일어섰다.

"나 잠깐만."

"그래."

그렇게 그녀가 잠시 자리를 비웠고, 재현은 세단을 떠올리고선 얼른 휴대폰으로 전화를 걸었다. 나 없이 희희낙락 잘 놀고 있는 건가? 어쩜 전화 한 통 없을 수가! 하지만 아무리 기다려도 연결음만 들릴 뿐, 목소리는 들리지 않았다.

"뭐야, 얼마나 재미있게 놀면 전화도 못 받는 거야."

그는 전화를 끊고서 얼른 다른 레지던트에게 연락했다. 세단이 CS에 있는 덕에 그쪽 의사들과는 고루고루 친한 편이어서 전화번호도 죄 알고 있었다. 그런데 뭔가 이상했다. 이쪽도 연결음이 상당히 긴데?

"진짜 다들 뭘 하기에……."

그때, 드디어 기다리던 목소리가 들렸다.

"아, 현우 씨! 무슨 일 있어? 얼마나 재미있게 놀기에 다들 전화를……."

[시, 실장님!]

하지만 휴대폰 너머는 그가 생각했던 분위기가 아니었다. 굉장히 다급한 목소리에 주변도 소란스럽자 뭔가 불길한 기분에 재현의 목소리도 차분하게 내려앉았다.

"무슨 일이야. 똑바로 말해봐."

[여기 강남 일식집인데요, 지금 불이 나서 아주 난리가!]

불이라고? 아니, 대체 회식한다면서 일식집은 또 뭐야!

"박 선생은? 박 선생은 무사해? 옆에 있으면 전화 좀……."

[아직…… 아직 안 나오셨어요. 마 교수님이 구하러 가셨는데 연락도 안 되고……]

재현은 말을 채 듣지도 않고 그대로 레스토랑을 빠져나왔다. 세단이가 나오지 않았다니. 그럼 불이 난 곳에 갇혀 있단 말이야?

"거기 어디야, 거기가 어디냐고!"


잠시 후 자리로 돌아온 하령은 재현이 있어야 할 자리가 텅 비어 있자 의아한 표정을 지었다. 그때 짧은 진동과 함께 그에게서 문자가 도착했다.

〈급한 일이 있어서 먼저 갈게. 진짜 미안하다. 밥은 나중에 먹자. 더 크게 쏠게. 진짜 미안!〉

대체 무슨 일이기에 이렇게 달랑 문자만 남기고 사라진 거지? 하지만 어차피 그녀도 지금 밥 먹을 기분이 아니었다. 그때, 종업원이 들어와서는 그녀를 향해 조심스럽게 입을 열었다.

"저기, 다른 손님분이 음식 값은 계산하셨는데, 어떻게 할까요?"

그러자 그녀는 망설임 없이 종업원을 향해 미소를 띠며 물었다.

"혹시 포장도 가능할까요?"

"예, 바로 준비해 드리겠습니다."

"네, 고맙습니다."

종업원은 가까이에서 본 하령의 미모에 살짝 움찔했다가 다정하게 속삭이는 목소리에 얼굴을 붉히고선 기분 좋게 방을 빠져나갔다. 종업원이

나가자마자 하령은 딱딱하게 굳은 얼굴로 초조한 듯 손가락을 까딱였다.

그녀는 속내를 숨기고 사람을 대하는 것에 너무나도 능숙했다. 한 그룹의 경영자라는 자리에 있기에 어쩔 수 없이 익혀야 하는 처세술이었다. 특히 그녀는 살아남기 위해 더더욱 철저히 모든 걸 숨겨야 했다.

"벌써 귀국했다라……. 뭐, 그래서 나도 서두른 거지만."

의료 관광 사업을 두고 가장 치열하게 경쟁해야 하는 라이벌이자 그녀의 큰오빠인 J그룹의 장남, 백영진이 돌아왔다. 아마 앞으로 무척이나 힘든 시간이 될 테지만 그녀는 절대로 이번 기회를 포기할 수 없었다.

회장님께 인정받기 위해서. 그래서 진정으로 J그룹의 일원이 되기 위해서. 왜냐면 그녀는 그들과 피 한 방울 섞이지 않은 입양아니까. 항상 입양아라는 꼬리표 때문에 가족이면서 가족이 될 수 없었으니까.

창밖으로 서울의 풍경이 보였다. 빛과 어둠이 공존하지만 묘하게 차가운 흑백 톤이었다. 유리창에 비치는 하령의 붉은 입술이 서늘하게 굳어져 있었다.


윤성은 목소리가 들린 2층으로 뛰어갔다. 누군가 그를 막으려고 했지만 그는 신경조차 쓰지 않았다. 그리고 2층에 도달했을 때, 그는 시야를 가로막는 엄청난 연기와 뜨거운 화마를 느낄 수 있었다.

"하……."

위로 치솟는 불길의 특성상 2층은 당연히 가장 열기가 뜨거운 곳이었다. 그리고 가장 위험한 곳이기도 했다.

도대체 이 여자는 왜 여기 있는 거야!

그나마 다행인 건 조금 멀기는 했지만 사이렌 소리가 들리고 있다는 거였다. 곧 있으면 119가 당도할 테니 일단 이곳을 빠져나가기만 하면 될 것 같았다.

"박 선생, 내 말 들려? 박 선생! 대답해!"

윤성이 크게 외쳤지만 돌아오는 대답이 없었다. 연기에 질식한 건 아닌가 하는 생각에 다시 발걸음을 움직이려는 순간, 끝에서 쿵쿵 울리는 소리가 들려왔다. 윤성은 소리가 나는 쪽으로 코를 막고 다가갔다. 시야를 가로막는 연기는 그에게 아무런 문제가 되지 않았다.

그렇게 소리가 난 쪽은 여자화장실 앞. 문에 붙어 있던 종이가 거의 떨어질 듯 덜렁이고 있었다. 그는 그것을 조심스럽게 떼어내어 확인했다.

―문고리 고장. 곧 수리 예정. 1층 화장실을 이용해 주십시오. 불편을 드려서 죄송합니다.

"교수님?"

문틈으로 새어 들어오는 연기는 이내 그리 크지 않은 화장실을 가득 메웠다. 바로 앞도 제대로 보이지 않을 정도로 꽉 들어찬 연기에 숨 쉬기가 답답해지면서 공포심이 밀려들었지만 세단은 꾹 참았다. 분명 자신이 없어진 걸 알면 누군가 반드시 구해주러 올 테니까. 그래서 연신 문을 두드리며 자신의 위치를 알리고 있을 때 들린 윤성의 목소리가 정말이지 구세주처럼 느껴졌다.

"교수님 맞으세요? 진짜요?"

"그래, 맞아."

그의 목소리가 울리자 불안했던 마음도 순식간에 편안해졌다. 그의 존재 자체만으로도 이렇게 안심이 될 줄이야……. 그런데 여긴 대체 어떻게 알고 찾아온 거지?

'지금 그게 문제야?'

"으어어엉! 교수님! 저 여기서 정말 죽는 줄 알았어요! 여기 문고리가, 문고리가……."

윤성은 기가 막힌다는 듯 한숨을 내쉬고서 문고리를 꽉 붙잡았다. 그러곤 짧게 숨을 내쉬며 문고리를 그대로 부숴 버렸다. 천천히 문을 열자 엉망이 된 세단의 모습을 볼 수 있었다. 머리카락은 산발이었고, 땀인지 눈물인지 모를 것으로 얼굴도 얼룩덜룩했다. 그래도 한 가지, 무사하다는 점. 윤성은 그녀의 모습을 보자 답답했던 가슴이 내려앉는 듯했다.

"대체 1층 화장실 놔두고 굳이 왜 2층까지 온 거야? 그리고 이 안내문은 못 본 거야?"

세단은 저를 구하러 와준 윤성을 그야말로 와락 끌어안고 싶을 만큼 반갑고, 고마웠다.

"으어어엉! 못 봤어요. 고장이면 잠가둬야죠! 그냥 열리기에 사람도 없고 해서. 정말 이대로 타 죽는 줄 알았다고요! 게다가 일이 이렇게 될 줄 알았나요?"

그녀는 눈물을 주르르 흘리면서도 주절대는 걸 멈추지 않았다. 눈물 콧물 다 흘리면서도 환하게 웃는 얼굴에 윤성은 저도 모르게 그 눈물을 닦아주고 싶었지만 이내 주먹을 꽉 붙잡고서 먼저 등을 돌렸다. 병원에서 빡센 마녀니 뭐니 하며 불린다는데, 역시 아프리카에서 보았던 그 모습 그대로 달라진 건 별로 없었다.

"얼른 나와. 최대한 연기 마시지 않게 숨 꾹 참고."

그가 먼저 걸음을 옮기자 세단은 살짝 서운한 마음이 들었다. 그래도 손이라도 좀 잡아줄 수 있지 않나? 하긴 뭘 바라. 이렇게 잊지 않고 구해주러 온 것도 감지덕지.

그녀는 손으로 코를 막고서 최대한 몸을 낮춰 윤성의 뒤를 따라갔다. 정말이지, 회식하러 왔다가 죽을 뻔한 경험은 아무나 하지 못할 것이다. 처음엔 정말 너무나도 무섭고 두렵기만 했는데, 그가 지나가는 발걸음을 그대로 따라가면서 세단은 오히려 더더욱 차분해질 수 있었다.

'이렇게 든든할 줄이야.'

비록 손을 잡아주거나 살갑게 챙기는 건 아니지만 그래도 자신을 배려

하는 좁은 보폭과 연신 조심하라고 툭툭 내뱉는 말에 세단은 주변의 열기도 참고 버틸 수 있었다.

예전에 아프리카에서 총을 든 괴한을 피해 도망칠 때도 닥터가 있어서 안심할 수 있었다. 그의 품 안에서 느꼈던 뜨거운 열기와 미치도록 두근거리던 심박 수. 그리고 낮게 속삭이던 목소리.

"조금만 참아, 조금만. 절대로 다치게 하지 않을 테니까."

"조금만 참아. 여기만 지나가면 좀 괜찮을 거야."
"걱정하지 말아요, 잘 따라가고 있으니까. 근데 교수님은 괜찮으세요?"
"네 걱정이나 해."

마윤성, 저 남자는 너무나도 묘했다. 그가 정말 닥터가 아니라면 세상에 도플갱어라는 것이 존재하는 것일까? 그렇지 않고서야 이렇게까지.

'그때처럼 똑같이 이렇게 두근거린다는 게 말이나 되느냐고……'

윤성은 앞서 걸으면서 뒤에 오는 세단의 움직임에 집중했다. 어떤 일이 벌어질지 모르니 자신이 앞장서며 조심하는 게 나을 듯싶었다. 그때, 그의 귓가로 여러 개의 발걸음 소리가 들려왔다.

"이쪽, 이쪽!"
"구조자들이 아직 이곳에 남아 있다! 신속하게 탈출시켜야 해!"
"나머지는 불길을 잡는다. 주방으로 인원 돌려!"

드디어 구조대가 도착한 모양이었다. 그제야 조금 안심이 되었다.

윤성은 고개를 돌려 세단을 보았다.

"비상계단을 이용해서 여기만 내려가면 돼. 구조대들이 오고 있어."
"진짜요? 근데 다른 애들은 무사한 거죠?"
"여기 당신이랑 나만 못 빠져나갔어."

세단은 숨을 참는다고 해도 연기를 완전히 막을 수는 없어서 잔기침을 해댔다.

"콜록, 콜록, 흠흠! 정말 이런 일이 생길 줄이야. 요즘 왜 이렇게 운이 없는지. 화장실 문은 왜 고장 났으며, 휴대폰은 왜 안 터지냐고!"

그녀의 휴대폰은 아직도 먹통이었다. 연기 때문에 그런가? 그런 거랑 관련이 있는 거야? 따지고 보면 부주의한 제 잘못이기도 했다. 수리 중이라는 경고문을 제대로 보지 못했으니.

"됐으니까, 얼른……."

하지만 그는 말을 채 끝내지 못한 채 그 자리에서 멈췄다. 이내 멀리서 커다란 폭발음이 연달아 울려왔다.

쾅, 쾅, 쾅!

"악!"

세단은 저도 모르게 소리를 지르며 그 자리에서 주저앉았다. 그 틈에 매운 연기를 그대로 들이마시고 말았다. 정신이 아찔할 만큼 숨을 쉴 수가 없었다.

'연기가 이렇게 독하다니.'

연신 기침과 함께 숨을 고르며 세단은 정신을 차리려고 노력했다. 그까지 위험하게 할 수는 없으니까. 그런데 대체 저 폭발음은 뭐야?

"대, 대체 뭐예요?"

"불길이 결국 이쪽으로 번지고 말았어."

연기가 시야를 가로막고 있었지만, 윤성은 그 연기 너머 먼 곳이 뚜렷하게 보였다. 멀리서 결국 불길이 2층 벽면을 타고서 빠르게 치솟고 있었다. 목재 벽면이며 인테리어 소품들까지 가득한 이곳에 이대로 있다가는 금방 불길에 휘말리게 될 것이다.

'시간이 없어.'

윤성은 여전히 주저앉아 있는 세단에게 다가가 그녀를 일으켜 세웠다.

"정신 바짝 차려. 이제 얼마 안 남았어."

"고마워요."

그렇게 그녀가 윤성을 의지해 일어선 순간, 뭔가 우지끈하는 불길한 소리가 들렸다. 두 사람의 바로 위에 있는 도자기 장식장의 고정 끈이 불길에 타버린 것이다. 윤성은 깊이 생각할 새도 없이 세단을 끌어안으며 몸을 날렸다. 날카로운 비명 소리와 함께 장식장이 그대로 윤성의 등으로 쏟아져 내렸다.

쿠쿵!

"하아, 하아⋯⋯."

그는 거친 숨을 몰아쉬며 몸을 일으켰다. 무게가 꽤 나가는 장식장에 그대로 얻어맞은 등이 욱신거렸지만 견딜 만했다. 하지만 그의 품에 안긴 세단은 정신을 잃은 듯싶었다.

"박 선생? 박 선생! 박세단!"

윤성은 그녀의 숨을 살폈다. 결국 독한 연기가 그녀의 숨통을 막아버렸다. 그는 그녀를 안고서 자리에서 일어섰다.

어느새 주변은 불길이 가득했고 앞도 보이지 않을 정도였지만 윤성은 세단을 안은 손에 힘을 주고 빠른 속도로 계단을 내려가기 시작했다.

'도대체 왜 이러는 거지?'

계단을 내려가면서 윤성은 세단의 상태를 살폈다. 아직 3개월이 지난 것도 아닌데 도대체 왜 이런 엄청난 사건이 벌어진 거지? 하마터면 그녀가 죽을 뻔했다. 그냥 그녀의 말처럼 단순히 운이 나쁜 건가?

어느새 주변 온도가 조금씩 낮아지고, 윤성은 그제야 걸음을 멈추었다. 막 계단으로 올라서던 구조대가 윤성을 발견하고서 안도의 한숨을 내쉬었다.

"괜찮으십니까?"

"저는 괜찮습니다. 그런데 이 사람이 지금 연기를 너무 많이 마셔서 호흡곤란입니다."

구조대는 얼른 그들을 밖으로 내보냈다. 나머지 인원은 불이 난 지점을 찾아내 빠른 속도로 진화에 나서고 있었다. 윤성은 살짝 눈을 감고서 귀에 집중했다.

"불길이 잡힙니다!"

"가스 확보했습니다!"

다행히 이 이상 큰 폭발로 이어지지는 않을 것 같았다. 여전히 정신을 잃은 세단을 안은 손끝에 힘이 들어갔다. 영감의 목소리가 떠오르면서 그의 눈빛이 흔들렸다.

"앞으로 3개월. 그 아가씨에겐 죽음에 가까운 시간이 될 거야. 아마 사소하게 다치는 일도 많아지고, 위험해지는 일도 생길 테지. 물론 그 일로 죽지는 않겠지만, 정말 죽지만 않을 정도가 될지도 몰라."

"그녀를 죽음으로 이끌 사람이 가까이 있기 때문에?"

"그래, 그 사람이 가까워졌기 때문에. 아마 남은 3개월이 그 아가씨에겐 무척이나 길고 힘든 시간이 될 거야."

밖으로 나가자 레지던트들이 울면서 달려왔다. 그들에게 의식을 잃은 세단을 맡기고서 윤성은 손톱 자국이 생길 만큼 주먹을 꽉 움켜쥐었다.

왜. 도대체 왜 그 중요한 사실을 잊고 있었을까. 도대체 왜!

"CPR(심폐소생술)을 해야 합니다!"

레지던트의 말에 윤성은 정신을 차리고서 세단의 앞에 앉았다.

"구급차는?"

"그게…… 부상자가 생각보다 많아서 전부 인근 병원으로 옮겨진 뒤 지금 되돌아오는 중이라……."

그는 그녀의 폐와 심장 쪽을 더듬었다. 연기를 좀 마시기는 했지만 그래도 속이 아주 많이 상한 것은 아니었다. 그저 잠깐 의식을 잃은 것. 그래도 당장 공기가 필요했다.

"박세단!"

그때 저 너머로 재현의 목소리가 들려왔다. 사이렌 소리와 뒤섞여 울리는 그 목소리가 귀를 자극했다. 윤성은 잠시 세단을 바라보았다. 그러다 이내 그녀의 가슴을 누르고서 망설임 없이 그녀의 입술을 삼킨 채 숨을 불어넣기 시작했다. 점차 주변의 소리가 사라지고, 윤성은 손끝으로 그녀의 심장을 느끼며 점점 더 뜨겁게 호흡을 나누었다. 가슴께를 꽉 누르던 무언가가 조금씩 풀려가는 이상한 느낌이 들었다.

그 모습을 재현이 격한 숨을 내쉬며 바라보고 있었다.

윤성의 깊은 숨결이 세단의 입을 타고 파고들었다. 뜨거운 무언가가 가슴을 강렬하게 휘젓는 느낌에 세단은 무의식중에 흐릿하게 눈을 깜빡였다. 누군가가 있었다. 괜찮다고 다독여 주는 따스한 숨결이 너무나도 익숙하고 그리운 느낌이다. 세단은 저도 모르게 손을 뻗어 그를 잡고 싶었다. 누군지 확인하고 싶었다.

'몸이, 말을 안 들어······.'

윤성은 사이렌 소리가 울리는 것을 듣고서 고개를 들었다. 그리고 웅성거리는 사람들 틈에서 무척이나 당혹스런 표정을 짓고 있는 재현을 볼 수 있었다. 어느새 구급차가 도착하고, 윤성은 세단을 가볍게 안아 들것에 눕혔다.

"호흡은 돌아왔습니다. 하지만 내상이 있을 수 있으니 서둘러야 합니다."

"예, 알겠습니다."

재현과 연락했던 레지던트가 그를 발견하고 황급히 달려왔다.

"일찍 오셨네요. 다행히 박 선생님은 괜찮으신 것 같아요."

"가까운 곳에 있었어. 다들 무사해?"

"네, 괜찮습니다."

재현은 그제야 정신을 차리고서 구급차로 달려가 윤성을 붙잡았다.

"제가 따라가겠습니다. 마 교수님은 다른 레지던트들을 부탁합니다."

그러곤 태연하게 구급차에 올라타는 모습에 윤성은 마음이 놓이진 않았지만, 이쪽도 마무리를 해야 할 상황이라 어쩔 수 없이 짧게 고개를 끄덕였다.

"그럼 부탁합니다."

그렇게 사이렌이 울리면서 구급차가 떠났다. 윤성은 그제야 피곤한 숨을 내쉬며 머리를 쓸어 올렸다. 주변 상황은 아직도 아수라장이었다. 화재 진압 마무리를 하는 구조대와 조사를 시작한 경찰들, 구경 나온 사람들이 뒤엉켜 온갖 소음이 귀를 자극했다. 윤성은 귀를 닫고서 그녀가 떠난 자리를 멍하니 바라보았다.

그녀를 죽음으로 이끌 사람이 역시나 가까이에 있다. 가깝게, 더 가깝게 갈수록 죽음의 운명은 그녀를 위험으로 빠뜨린다.

"······."

하지만 그 생각만큼이나 그의 머릿속을 채우고 있는 것은 하나. 윤성은 저도 모르게 입술을 쓸어내렸다. 살짝 와 닿은 순간, 그리고 숨결을 불어넣으며 더욱 가깝게 파고든 그 순간, 뭔가 뜨겁고 강렬한 것이 그의 심장을 꽉 움켜쥐며 온 감각이 찌릿하게 일렁였다. 보름달 아래 일렁였던 그때처럼. 하지만 윤성은 재빨리 고개를 가로저었다. 그때와는 다르다. 지금은 단순히, 그저 단순히.

"······CPR일 뿐이야."


"그저 CPR이었어."

구급차 안에서 재현은 세단의 손을 꽉 잡고서 속삭였다. 생각보다 많이 다친 건 아니라 다행이긴 했지만, 자꾸만 아까 그 모습이 떠올라서 감정이 혼란스러웠다. 그가 응급처치를 하지 않았다면 세단이 더 위험했을 수도 있다. 그런데 뭐랄까. 분명 CPR일 뿐인데 왜 그게 키스하는 것처럼 보였을까. 그의 손끝이 세단의 심장을 느끼고, 숨을 내쉬며 그녀에게 호흡을 되돌리던 모습.

"아니야, 내가 너무 과민 반응하는 거야."

하지만 썩 기분이 좋지는 않았다. 그 교수에 대해서 꼬치꼬치 캐묻던 세단의 얼굴도 다시 떠올랐다. 물론 그녀는 마 교수는 절대 자신의 이상형이 아니라고 펄쩍 뛰었었지만.

사실 그녀는 외로움이 많아서 사람을 만나는 걸 좋아했다. 물론 트라우마 때문에 사람을 쉽게 믿지 않고 헤어져도 자신이 상처 받지 않을 정도의 거리를 두고 있지만 그래도 사람을 만날 때는 항상 곁에 있으려고 노력하며 자신이 사랑받고 있다는 걸 느끼려고 했다. 그 순간만큼은 외롭거나 쓸쓸하지 않을 수 있으니까.

그건 재현도 마찬가지였다. 그래서 그 시절엔 서로가 서로의 손을 잡아주고 위로해 주곤 했다. 특히 재현에겐 그녀가 어린 시절의 전부였다.

'그런데 왜 거기서 한 발자국을 더 나가지 못하는 거야? 난 널 끝까지 사랑할 수 있는데. 다른 남자처럼 너 절대로 배신 안 하고, 너 혼자 두는 일도 절대로 없을 텐데. 아직도 네 눈엔 내 심장이 불안하니?'

그녀의 손을 붙잡은 손끝이 쿵쾅쿵쾅 울렸다. 하지만 이건 그녀의 심장 소리가 아닌 자신의 심장 소리…… 내가 그녀를 더 많이 좋아해서, 더 많이 사랑해서. 내 심장 소리밖에 들을 수가 없는 거다.

세단이는 어떨까. 내 심장 소리가 들릴까? 아니면 자신의 심장 소리를 들을까. 그것도 아니면.

"넌, 누구의 심장 소리를 듣고 있니?"

시간이 어느덧 새벽 2시를 향해 갔다. 손가락이 꿈틀거리더니 어느새 세단이 살며시 눈을 떴다. 한시도 그녀에게서 눈을 떼지 않고 있던 재현은 세단의 움직임에 흥분해서는 제대로 눈의 초점도 돌아오지 않은 그녀에게 말을 걸었다.

"세단아? 정신이 들어? 괜찮아? 나 알아보겠어?"

세단은 재현의 목소리에 현실감을 되찾고서 느리게 눈을 깜빡였다. 그러곤 천천히 고개를 끄덕였다.

"으, 응…… 여기 어디야?"

"응급실."

재현은 안 된다고 말렸지만 세단은 결국 억지로 일어나 앉아 주변을 살폈다. 아직도 머리가 울렸지만 그래도 상황을 판단할 정도는 되었다. 일단 한국대병원은 아니다.

"정말 괜찮아? 정밀 검사라도 받아볼까?"

"여기 담당의는 뭐라고 하던데?"

"연기를 좀 마셔서 의식을 잃었던 거라고, 초반 응급처치가 잘 되어서 속이 상하거나 하진 않았대."

"그럼 됐어. 그리고 검사를 받아도 우리 병원에서 받아야지."

"진짜 괜찮아?"

"머리가 좀 울리긴 하는데, 그것 빼고는 괜찮아. 그런데……."

세단은 주위를 둘러보며 누군가를 찾기 시작했다. 식당에서 불이 났고, 자신은 화장실에 갇혀 있었고, 마윤성, 그가 구해주었다. 그리고 함께 복도를 지나는데 뭔가가 머리 위에서 떨어져서……. 그 뒤로 아무런 기억이 나질 않았다.

재현은 세단이 누구를 찾는지 알아채고서는 잠시 망설였지만 이내 순순히 대답했다.

"마 교수님은 레지던트들을 인솔하고 가셨어. 널 구해준 건 교수님이야. 응급처치까지 아주 완벽하셨어."

"교수님은 괜찮아? 다치지 않으셨어? 다른 애들도 무사하지?"

"다들 괜찮아. 교수님도 약간 찰과상 정도."

"나 때문에 다친 거야. 기억은 안 나지만 그런 것 같아."

정확히 기억은 안 나지만 그가 자신을 감싸주었던 것 같다. 그럼 가벼운 찰과상 정도가 아닐 텐데⋯⋯.

고민하는 세단에게 재현은 차마 그가 인공호흡을 했다는 말은 할 수가 없었다. 그를 걱정하는 그녀를 보니 더욱 제 입으로는 말할 수가 없었다.

재현은 담당의를 부르기 위해 자리에서 일어섰다. 그녀는 괜찮다고 했지만 그래도 확인은 받아야 했다.

"좀 쉬고 있어. 담당의 데려올게."

"바로 퇴원할 수 있게 준비해줘."

"뭐? 그게 무슨 소리야."

"지금도 많이 늦었어. 내일 출근하려면 집에서 좀 쉬었다가 가는 게 나을 것 같아."

세단은 새벽 2시를 넘어가고 있는 시계를 확인했다. 하지만 재현은 말도 안 된다는 표정으로 펄쩍 뛰었다.

"넌 네 몸이 무슨 무쇠로 만들어진 줄 알아? 내일은 병원 쉬어. 그런다고 뭐라고 할 사람 없어. 어차피 너 오프도 취소했었잖아. 너 없다고 CS 안 돌아가는 것도 아니고."

"나 없으면 안 돌아가. 너 몰랐어? CS 빡센 마녀. 최강 에이스. 난 정말 괜찮아. 내가 불안해서 그래."

괜히 자리를 비우면 쉬어도 쉬는 게 아닐 것 같아서. 차라리 병원에서 쉬는 게 나았다. 그리고 부교수님의 얼굴도 좀 보고 고맙다고 인사도 해야겠다. 사실은 그게 가장 큰 이유 같았다. 왜 그러는지 모르겠지만.

'그를 봐야 안심이 될 것 같아.'

재현은 끝까지 만류했지만, 세단은 끝끝내 담당의에게 졸라서 퇴원 허락을 받아냈다.

"오늘 고마웠어. 네가 근처에 있었다니 다행이야. 혹시 하령이랑 있었던 거라면 미안해. 내가 하령이한테 직접 사과할게."

재현이 바로 달려와 준 건 고맙기는 했지만 하령이와 같이 있었던 걸 방해한 것 같아 조금 미안했다.

세단을 데리고 직접 레지던스까지 온 재현은 손수 그녀의 안전벨트를 풀어주고 문도 열어주면서 고개를 가로저었다.

"그런 말이 어디 있어. 하령이한테는 내가 사과하면 되고, 나중에 다같이 저녁 먹으면 돼. 그 상황에서 그깟 저녁이 문제야? 네가 많이 다칠 수도 있었잖아. 하령이는 잠시 자리를 비워서 미처 같이 못 왔어."

"괜찮아. 아무튼 고맙다, 친구."

"네가 집이 편하다고 해서 데려오기는 했는데, 안 되면 내일 쉬어. 내가 병원에 말해놓을 테니까."

"네 마음대로 행동하지 마. 내일 병원은 꼭 갈 테니까."

"불안한데, 오늘은 내가 같이 있어줄까?"

세단은 재현을 밉지 않게 노려보며 억지로 차에 태웠다.

"꿈도 꾸지 마. 너도 얼른 들어가서 쉬어. 내 핑계 대면서 병원 땡땡이치지 말고."

"무슨 일 있으면 바로 연락해. 알았지?"

"알았어, 알았어, 얼른 가!"

그렇게 억지로 재현을 보낸 뒤, 세단은 머리를 짚었다. 애써 웃고 있었지만 아직도 두통이 있었고, 온몸이 두들겨 맞은 것처럼 피곤했다. 고작 회식 한 번 한 것인데 이렇게 죽음의 문턱을 오갈 줄 누가 알았을까? 당분간은 정말 술 근처에도 가지 말아야 하나?

그나저나 마윤성, 그 남자가 걱정이다. 정말 괜찮은 거야? 그쪽도 꽤 다쳤을 것 같은데. 연기도 많이 마셨을 테고. 누가 돌봐줄 사람은 있나?

세단은 휴대폰을 꺼냈다. 드디어 통화권 이탈에서 벗어났지만 전화번호를 모르니 연락을 하고 싶어도 할 수가 없었다.

"다른 애들은 알려나? 한번 물어봐?"

하지만 시간이 너무 늦었다. 그런 일이 있었는데 진작 해산했겠지. 그리고 나도 모르는 번호를 걔들이라고 별수 있겠어?

"괜히 수상하게 생각하지."

그렇게 고민만 하다가 레지던스 안으로 들어간 세단은 제 집 앞에 서 있는 익숙한 인영에 저도 모르게 깜짝 놀랐다.

"교수님?"

어둠 속에서 윤성은 고개를 들고서 그녀를 바라보았다.

"벌써 퇴원한 거야?"

"어, 어떻게……."

어느새 윤성이 성큼성큼 다가왔다. 세단은 너무 놀라서 몸을 움직일 수가 없었다. 하지만 그보다 그를 보는 순간 설레는 자신의 모습에 더더욱 놀랐다.

그녀의 앞에 선 윤성은 세단을 빤히 바라보며 모습을 살폈다. 혈색이 완전히 돌아오진 않았지만 그래도 호흡은 정상적인 것 같았다. 미간을 찡그리며 머리 쪽을 더듬는 모습을 보니 두통도 남아 있는 듯싶었다.

"교수님, 괜찮으세요? 다치신 거 아니에요? 제가 기억이 잘 나지는 않지만, 그래도……."

세단은 애써 정신을 차리고서 윤성을 살폈지만 어두워서 그의 모습이 제대로 보이지 않았다.

"됐어, 신경 쓰지 마."

기억이 가물가물한 거라면 굳이 다시 상기시켜 줄 필요는 없었다. 세단이 한 발을 앞으로 내디디자 윤성은 본능적으로 뒷걸음질 쳤다.

"정말 괜찮아."

윤성은 순간 아차 했지만 세단은 더는 다가서지 않았다.

"정말 괜찮으시다면 다행이네요. 그리고 구해주셔서 감사합니다. 그런데 이렇게 찾아오실 필요는 없으셨는데, 저 정말 괜찮거든요."

"누가 널 찾아왔다는 거야?"

"네? 그럼 여긴 왜……."

누가 봐도 내가 걱정돼서 여기까지 온 거 아니야? 괜히 쑥스러워하기는. 사실 나도 이렇게까지 올 줄 몰라서 깜짝 놀라긴 했…….

하지만 윤성은 너무나도 태연하게 세단의 바로 옆집 문을 벌컥 열었다. 서, 설마!

"여기가 우리 집이야."

며칠 전 부인과 선생님께서 다른 곳으로 떠나셔서 빈집이었는데. 설마, 설마, 저 집으로 그가 들어와서 살게 될 줄이야!

'대체 이게 뭔 인연이야? 잠깐, 인연이라니. 박세단, 넌 또 왜 이렇게 들떠 있는 거냐고!'

세단은 겉으로 드러나지 않게 안간힘을 쓰면서 말을 이었다.

"오, 그럼 저희 이제 이웃인 거네요?"

"불행하게도."

"에이, 좋으시면서. 그럼 떡 돌리셔야죠."

그러고는 은근슬쩍 그의 집으로 들어가려고 하자 윤성이 재빨리 문을 닫으며 그녀를 노려보았다.

"뭐하는 짓이야?"

"떡 먹으려고요."

"그런 거 없어. 당장 네 집으로 돌아가. 지금 몇 시인 줄 알아?"

"흠, 3시 조금 넘었네요."

"그런데 이 야밤에 다 큰 여자가 남자 집에 불쑥 들어가겠다고?"

"교수님, 저 좋아하세요?"

돌직구로 던지는 말에 윤성은 기가 막히다 못해 어이가 없었다.

"뭐?"

"봐요, 아니잖아요. 그러니까 우린 그저 새 이웃일 뿐이에요. 떡이 없으면 그냥 물이라도 마실게요. 일종의 신고식? 교수님 집에 제가 처음 들어가는 손님 맞죠?"

세단은 다시 윤성의 집으로 들어가려고 했지만, 이번엔 그가 온몸으로 앞을 막아섰다.

그 와중에 둘 사이의 거리가 꽤 가까워졌다. 세단은 마른침을 꿀꺽 삼켰다. 사실 반은 장난이고 반은 진심이었다.

그때, 그의 낮은 목소리가 그녀의 귓가를 자극하며 내려앉았다.

"CPR이라서 그냥 아무렇지도 않은 건가? 그래도 조금은 민망할 것 같은데."

"뭐가요?"

"천 실장이 말 안 했어? 내가 널 어떻게 구했는지."

빤히 내려다보는 눈빛에 홀릴 뻔했던 세단은 재현의 이름이 거론되자 불길함에 몸을 떨었다. 뭐, 뭘…… 대체 어떻게 구했기에?

"뭐, 뭔데요?"

윤성은 세단의 당황한 표정을 보고 슬쩍 장난기가 발동했다. 그리고 이 여자의 이 해이한 사고방식을 고쳐주기로 마음먹었다.

'그래, 단지 그뿐이야.'

"내가 CPR했는데."

"CPR?"

"박 선생이 숨을 안 쉬기에."

'대체 뭔 소리야' 하고 되뇌던 세단의 얼굴이 순식간에 화르르 달아올랐다. CPR이라면 인공호흡을 했다는 건데, 그렇다는 건 지금 내 눈에 보이는 저 입술과 내 입술이 다, 닿았……!

"흡!"

세단은 곧장 윤성에게서 떨어져서는 자신의 입술을 가리고 섰다.

"그저 CPR일 뿐이야. 의사가 그걸 이상하게 생각하면 의사 자격 없는 거지. 그래도 조금 민망할 테니까, 난 먼저 들어가 보겠어. 그래도 정 들어오고 싶으면 들어오든가."

"내, 내일 뵙겠습니다!"

세단은 두말하지 않고 꽁지 빠지게 자신의 집으로 들어가 버렸다.

윤성은 저도 모르게 피식 웃었다. 멀리서 그녀의 목소리를 듣고 혹시나 해서 나와봤는데 무사해 보여서 다행이다. 앞으로도 저렇게 무사해야 하는데……. 남은 3개월 동안 무슨 일이 벌어질지.

"정말 한시도 눈을 뗄 수 없게 만드는군."


집으로 들어온 세단은 정말 미치고 팔짝 뛸 것 같았다. 천재현, 이 자식은 이 중요한 얘기를 왜 안 한 거냐고! 물론 정말 인공호흡이지만, 의사가 그런 걸 의식한다는 건 정말 말도 안 되지만!

세단은 슬그머니 제 입술을 만졌다. 떠오르지 않는 그 기억에 뭔가 아쉬우면서도…… 잠깐!

"뭐가 아쉬워! 아오, 박세단! 너 미쳤니? 미쳤어? 기억 안 나면 다행인 거지. 뭘 기억하려고 애쓰는 거야, 지금!"

이것 때문에 두통이 완전 날아가 버린 것 같았다. 또다시 머리를 쥐어뜯으며 난리를 피우던 그녀는 슬그머니 옆집 방향을 슬쩍 바라보았다. 마윤성, 그가 자신의 옆집에 산다. 그가 자신의 이웃……. 심장이 빠르게 뛰기 시작했다.

"그, 그냥 좀 더 확실하게 캘 수 있는 이유가 생겨서 그런 것 뿐이야."

세단은 고개를 푹 숙이고서 달아오른 얼굴을 감쌌다. 오늘 운이 안 좋은 줄 알았는데, 조금, 아주 조금 운이 좋은 것 같기도 했다.

세단은 일찍 일어나 출근할 준비를 완벽하게 끝낸 채 문에 귀를 바짝 대고 모든 감각을 청각에 집중시키고 있었다. 아직은 고요한 복도.

"대체 언제 나가는 거야."

그녀는 지금 자신의 이웃 주민이 된 마윤성을 기다리고 있었다. 어차피 방향도 같으니까 같이 가도 되잖아? 서로 이웃에다 직장도 같은데, 이럴 때 같이 가면 좋은 거지. 그래, 이런 식으로 자연스럽게 가까워져서 술의 힘을 빌리지 않아도 그의 입에서 비밀이 술술 나올 수 있게!

"그래, 박세단. 아주 나이스한 생각이야."

하지만 그저 그런 이유라기엔 그녀는 아침부터 너무 완벽한 모습이었다. 오늘은 제대로 드라이를 해 머리도 세팅했고, 깔끔한 셔츠에 몸매 라인이 제대로 드러나는 스키니 바지를 입었다. 심지어 잘 뿌리지도 않던 달콤한 향수까지 실컷 뿌린 참이었다. 그리고 마침내, 문이 덜컹거리는 소리가 들렸다.

'오케이! 나왔어. 그럼 하나, 둘, 셋!'

세단은 태연하게, 아주 우연히 같은 시간에 나온 것처럼 조금 놀란 척을 하며 윤성에게 인사했다.

"어머, 교수님. 이제 나가세요? 우연이네요! 저도 이제 나가는데. 이왕 이렇게 된 거 같이 가요."

윤성은 세단의 모습을 머리끝부터 발끝까지 살폈다. 평소와는 너무나 다른 차림새에 코끝으로 풍기는 낯선 향수 냄새까지. 그는 저도 모르게 헛웃음이 나올 뻔했다.

어쩜 저렇게 뻔뻔스러울 수가 있을까. 우연이라고? 그는 이 상황이 만들어진 상황이라는 걸 처음부터 알고 있었다. 아침부터 어찌나 부산스럽

던지. 보통은 의식적으로 소리를 듣지 않으려고 하지만 사실 그도 그녀와 같이 병원에 가기 위해 움직임을 살피고 있었던 터였다.

"따로 가."

겉으로는 아닌 척, 긴 다리로 성큼성큼 걸어가 버리는 그의 모습에 세단은 콧방귀를 뀌고서 그 뒤를 바짝 쫓아갔다. 이젠 이런 것에 상처 받지도 않는다. 원래 저런 성격이라는 걸 아니까. 괜히 상처 받으면 한도 끝도 없다. 어지간한 건 무시해야지, 그렇지 않으면 가까워질 수 없다고.

"에이, 목적지도 같은데 어떻게 따로 가요, 완전 정 없게. 뭐 타고 가세요? 버스? 지하철? 택시? 제가 어제 신세 졌으니까 택시비 낼 수도 있는데."

하지만 윤성은 옆에서 뭐라고 종알대도 들은 척도 하지 않았고, 세단도 포기하지 않고서 바짝 따라갔다. 그리고 마침내 지하주차장에 도착한 윤성은 꽤나 근사한 검은 차량 앞에 섰다. 세단은 생각지도 못한 상황에 살짝 당황한 기색으로 중얼거렸다.

"설마, 저 차……."

"내 거야."

"차를 가지고 계셨어요? 한국 오신 지 얼마 되지도 않으셨을 텐데……."

"한국 오기 전에."

그러곤 유유히 운전석에 오르자 세단은 속으로 주먹을 움켜쥐었다. 이럴 줄은 전혀 예상하지 못했다. 난 버스나 지하철, 아니면 택시를 탈 줄 알았다고! 이러면 막 탈 수가 없잖아!

'역시 만만치 않은 사람이야. 모든 걸 돈으로 해결하고 있잖아!'

그때, 망설이는 세단을 보던 윤성이 조수석 창문을 열고서 물었다.

"안 타?"

세단이 잠시 움찔했다.

설마 내가 제대로 들었나? 아니면 헛것을 들은 건가?

"안 탈 거냐고."

세상에. 헛것을 들은 게 아니다.

"타도 될까요?"

"병원 안 갈 거야?"

"가야죠!"

세단은 완전 땡 잡은 표정으로 혹시 그가 두말할까 봐 얼른 차에 올랐다. 그러자 윤성은 뒤를 가리키며 말했다.

"앞에 타라고는 말 안 했는데?"

"에이, 뭘 그런 사소한 걸 따지세요. 얼른 가요, 얼른. 이러다 늦겠어요. 우와! 새 차라서 그런지 엄청 깨끗하고 좋네요!"

그녀는 절대로 뒤로 가지 않겠다는 의지로 엉덩이를 꽉 붙였고, 윤성은 저도 모르게 옅게 웃으며 운전대를 잡았다.

"안전벨트 제대로 매."

"단단히 매었어요."

차는 부드럽게 출발했다. 출근 시각이라 그런지 도로는 조금 복잡했지만, 어차피 그리 멀지 않은 곳이기에 금방 도착할 것 같았다.

"몸은 어때?"

자신이 먼저 입을 열기 전까지는 정적일 거라 생각했는데, 뜻밖에 그가 먼저 말을 걸어주었다.

'출발이 꽤 괜찮은데?'

"교수님이 보기엔 어때요?"

"……괜찮아 보여."

아침에 그 난리를 피운 걸 보면 이제 완전히 몸을 회복한 것 같았다.

"네, 괜찮아요. 푹 자고 나니까 나아졌어요. 어제 일이 그냥 꿈같은 거 있죠? 사실 처음부터 현실감이 별로 없었지만. 교수님은 괜찮으세요?"

"보기에 어떤데?"

"뭐, 괜찮아 보이긴 하지만……."

"그럼 괜찮아."

사실 도자기며 장식장이 등으로 떨어지는 바람에 조금 다치긴 했지만 그 상처마저도 지금은 말끔히 사라진 상태였다.

그 대화를 끝으로 차 안엔 정적이 흘렀고, 세단은 창밖을 바라보는 척하면서 윤성의 모습을 힐끔힐끔 살폈다. 깔끔한 와이셔츠에 청바지. 생각보다 옆선이 굉장히 굵었고, 몸집도 상당히 좋아 보였다. 게다가 말은 저렇게 툭툭 내뱉어도 꽤 걱정을 해주는 것 같았다. 그래서 먼저 안부를 묻기도 하고, 이렇게 태워주기도 하고.

세단은 저도 모르게 슬쩍 기분이 좋아져서는 머리를 편안하게 기대고서 창문에 비치는 그의 모습을 원 없이 바라보았다. 간만에 심장이 두근거렸다. 게다가 저도 모르게 그의 입술을 자꾸 쳐다보게 되는…….

'헉! 지금 뭘 보는 거야. 정신 차려, 박세단! 의식하지 마. 의식하지 말라고!'

윤성 역시 운전에 집중하는 척하면서 세단의 모습을 바라보았다. 혼자서 다채롭게 표정이 변하는 모습이 재미있었다. 대체 저 조그만 머리로 또 무슨 엉뚱한 생각을 하고 있는지.

'부디 오늘 하루는 별일 없이 지나가야 할 텐데.'


병원에 도착한 세단과 윤성은 함께 로비로 들어섰다. 이른 아침이라 병원 로비는 한산했고, 세단은 컨퍼런스 시간에 늦지 않기 위해 부지런히 발을 놀렸다. 윤성 역시 그런 그녀의 뒤를 따라가다 귓가에 들리는 낯익은 발소리에 잠시 멈칫했다. 역시나 멀리서 재현이 이쪽으로 걸어오고 있었다.

"세단아!"

재현은 세단과 윤성이 함께 있는 모습에 살짝 움찔했지만 애써 그것을 무시하려고 했다.

"오, 빨리 왔네, 천재현."

"밥은 먹고 오는 거야? 쉬라니까 정말 말도 안 듣지."

"내가 안 쉰다고 했지?"

그는 세단에게 죽을 건네주면서 그제야 윤성에게 인사를 하며 손을 내밀었다.

"어제는 경황이 없어서 제대로 인사도 못 했네요. 우리 세단이 구해주셔서 정말 감사합니다, 마 교수님."

"우리 세단이는 무슨!"

세단은 낯간지러운 말에 재현을 노려보았지만, 그는 그저 윤성만 보고 있었다. 윤성은 그가 내민 손을 잡지 않고서 짧게 말했다.

"누구나 그 자리에 있었다면 그렇게 했을 겁니다."

"그런데 어떻게 같이…… 여기서 만난 거야?"

세단이 멋쩍게 웃으면서 입을 열려는 순간, 윤성이 먼저 말했다.

"같이 왔습니다, 집에서부터."

그리고 그 말에 재현과 세단은 서로 다른 의미로 당황했다.

집에서부터 같이 왔다는 그의 말에 재현은 아주 잠깐 표정 관리가 힘들 정도로 눈빛이 흔들렸다.

"같이요?"

"네. 어차피 같은 레지던스이고, 과도 같으니까요."

그 말에 재현의 표정이 눈에 띄게 굳어졌다.

"아. 그래서 같이……. 마 교수님, 굉장히 친절하시군요"

하지만 세단은 그런 분위기를 전혀 눈치채지 못했다. 집에서부터 같이 왔다고 먼저 말할 줄은 몰랐는데…….

"어제 내가 큰일을 당해서 도와주신 거야. 그래도 같은 과 선생님이 옆집이라서 완전 편하네. 이렇게 차도 얻어 타고."

"박 선생, 내 차에 계속 탈 생각인가?"

"계속은 아니지만 그래도 가끔은?"

"교수님 힘드시게. 정 그러면 내가 데리러……."

재현의 말이 끝나기도 전에 세단의 핸드폰이 울렸다. 그녀는 그제야 컨퍼런스 시간이 거의 다 되었다는 걸 깨닫고서 황급히 손을 흔들었다.

"미안, 나 먼저 가볼게. 죽은 잘 먹을게. 땡큐! 교수님도 얼른 오세요. 곧 컨퍼런스 시작해요!"

그렇게 세단이 먼저 자리를 뜨고 재현과 윤성만 어색한 공기 속에 남겨지게 되었다. 재현이 뭔가 할 말이 있는 것처럼 우물쭈물하던 때 윤성이 먼저 입을 열었다.

"박 선생은 정말 괜찮아 보이던데. 어제 병원에서도 그렇게 말했습니까?"

"담당의가 응급처치가 잘된 덕분이라고 말했습니다. 교수님 덕분입니다."

"그저 CPR을 조금 한 것입니다."

상당히 껄끄러운 주제였지만 재현은 티 내지 않고서 끄덕였다.

"그래도 교수님이 침착하게 잘해주셨죠."

"그런데 박 선생은 조금 신경 쓰는 것 같더군요. 그래도 의사가 그래서는 안 될 텐데. 자질이 조금 의심스럽군요."

"아…… 세단이도 알고 있습니까?"

"네, 어쩌다가. 그럼 이만."

윤성이 떠난 자리에서 재현은 그의 뒷모습을 바라보며 묵직한 한숨을 내쉬었다.

가슴이 답답하고 기분이 좋지 않았다. 유치하게도, 일부러 그에게 우리 세단이라고 하면서 괜한 질투심을 보였다. 하지만 맞받아치는 윤성의 말도 이상했다. 설마…….

"하, 괜히 오버하지 말자, 천재현. 두 사람은 병원에서 이제 겨우 몇 번

만났어. 무슨 생각 하는 거야."

하지만 대체 왜 이런 기분이 드는 걸까. 심지어 세단이가 남자 친구라며 다른 남자를 소개해 줄 때도 이런 기분이 든 적은 없었다.

저도 모르게 저 남자를 신경 쓰게 되는 그런 불쾌하고 불안한 느낌에 재현은 입술을 깨물었다.

윤성은 재현이 멀리 떨어지고 나서야 잠시 걸음을 멈추었다.

천재현, 그가 박세단의 가장 가까운 주변 인물이라 경계해야 하는 건 맞는데 솔직히 조금 오버한 것 같았다.

"유치하게 대체 뭐하는 거야."

하지만 기분이 썩 좋지는 않았다. 분명 천재현은 박세단을 좋아한다. 하지만 지금은 어떻게든 친구 관계를 유지하려고 하고 있다. 그렇다면 박세단은 천재현을 어떻게 생각할까. 친구라고 말하고는 있지만, 지난날 잠시 움찔했던 그녀를 떠올렸다. 아프리카 이전에는 분명 어떤 감정이 있었을 것 같은데…….

컨퍼런스실 앞에 당도한 윤성은 창문 너머로 환하게 웃는 세단을 볼 수 있었다. 그러다 문득 서로 눈이 마주쳤고, 세단이 입모양으로 얼른 오라고 속삭였다. 윤성은 그 모습을 잠시 바라보다 저도 모르게 입가에 번지는 미소를 꾹 누르고 컨퍼런스실로 들어갔다.

그녀의 주변에 누가 있든, 무엇이 되었든.

'난 그저 3개월 동안 지켜보면서 지켜주면 돼. 그러면 되는 거야.'

어제 그 엄청난 사건에도 불구하고 세단은 평소처럼 컨퍼런스를 마쳤다. 레지던트들은 그 모습에 역시 독하고 빡센 마녀라며 혀를 내둘렀다.

"회진 돌기 전에 안내 사항. 다음 주에 인천 육도로 정기 의료봉사 가는 거 알지? 이번엔 우리 CS에서도 가야 하니까 인원 뽑아서 내일 아침까지 말해. 내일 아침이라고 분명히 말했다!"

한국대병원에서는 사회 공헌차 의료봉사로 병원이 없는 섬으로 왕진을 하고 있었다. 보통은 MED(내과)에서 많이 갔지만, 이번엔 좀 더 정밀한 검사를 위해 CS에서도 함께하기로 했다. 세단의 엄포에 레지던트들의 표정이 썩 좋지가 않았다.

전문의 시험이 얼마 남지 않아 하루 한 시간이 소중한데, 섬에 들어가면 꼬박 1박 2일, 많게는 2박 3일을 갇혀 있어야만 했다.

윤성 역시 섬이라는 말이 살짝 마음에 걸렸다. 안 그래도 위험에 노출되어 있는데.

'섬, 섬이라……. 어떻게든 못 가게 하는 수밖에.'


회진을 돌고 난 후 세단은 애정에게 붙잡혀 또다시 죽을 받았다.

"내가 무슨 환자냐? 재현이도 아침에 죽 갖다 주던데. 난 죽 싫어. 먹은 것 같지가 않아."

"너 어제 죽을 뻔했다며. 그런데도 이렇게 나와서 뽈뽈 돌아다녀? 하여튼 나중에 CS에서 뼈를 묻고 죽을 년."

"야, 무슨 말을 해도 그렇게 섬뜩하게. 그저 직업 정신이 투철하다고 말해줘."

세단은 애정이 준 도시락의 뚜껑을 열어 안을 확인했다. 통통한 전복살이 군데군데 보이는 전복죽이었다. 아마도 애정이 직접 만든 것이리라.

"그나저나 널 이렇게 숨 쉬게 만든 사람이 마 교수님이라면서?"

"응?"

"완전 끝내줬다던데? 키스까지 하면서."

세단은 애정의 말에 헛기침을 하면서 그녀를 노려보았다. 대체 소문이 어떻게 이렇게 순식간에! 그것도 저렇게 과장되어서는!

"키스는 무슨 키스! CPR이지!"

"그래도 입술이 닿은 건 사실이지. 교수님의 숨결이 여기."

애정은 장난치듯 세단의 가슴을 눌렀다.

"여기에 들어가서 널 깨웠다는 건데. 우와! 완전 동화 속 공주님이네!"

"지랄한다."

동화 속 공주님은 얼어 죽을. 안 그래도 괜히 신경 쓰이는데, 애써 잊고 있었는데 이렇게 상기시키면 어쩌자는 거야!

"뭐야, 너도 은근 신경 쓰이는구나? 하긴 마성의 부교수인데, 여자라면 당연히 신경 쓰이겠지. 나도 한번 교수님 앞에서 쓰러져 봐?"

"이봐요, 유부녀 한씨 아줌마. 남편이 아직 두 눈 시퍼렇게 뜨고 잘 살아 있답니다. 게다가 마성의 부교수? 그 낯간지러운 말은 또 뭐야?"

"벌써 여의사들이랑 간호사들 사이에서 난리야. 보기만 해도 빠져든다고. 근데 완전 철벽 친다더라. 가까이 오지도 못하게 한대. 근데 그게 또 매력이지. 나쁜 남자. 밀당의 정석. 물론 당기지는 않지만."

그때, 저 멀리서 윤성이 등장하자 아니나 다를까, 간호사들이 흥분한 목소리로 수군거리기 시작했다. 의사라면 누구나 입는 평범한 흰 가운이 그가 입으면 오직 한 사람만을 위한 맞춤옷인 것처럼 근사하게 느껴졌다.

윤성은 환자의 차트를 살피고 있었다. 어쩐지 살짝 굳어진 표정에 세단은 왠지 모르게 긴장되었다.

그때, CS의 한 여자 레지던트가 온갖 눈웃음을 치며 그에게 다가갔다.

"교수님! 저 이 환자, 이 부분이 조금 애매한데요. 교수님이 가르쳐 주시면 안 될까요?"

그 모습을 발견한 세단이 도끼눈을 떴다. 실력도 있고 얼굴도 반반해서 병원 내 남자들 사이에는 여신으로 통하는 이였다. 하지만 여자들 사이에서의 평가는 정반대였다.

"저 여우! 꼬리 살랑살랑 흔드는 것 봐라. 대박이네."

"뭐, 그럴 수도 있지."

아니꼬운 게 사실이면서 입으로는 두둔하는 척한 세단은 저도 모르게 주먹을 꽉 움켜쥐었다. 이제 보니 애들이 완전 정신이 빠져 있네. 언제 한 번 제대로 정신 단련 좀 해줘?

"교수님?"

"길 방해 말고 비켜."

여자 레지던트의 애교 넘치는 목소리에도 불구하고 윤성의 대꾸는 싸늘하기 그지없었다. 하지만 요즘 애들은 당돌하다고 하던가!

"저기, 이것만 잠깐 봐주시면 되는데……."

"네 눈에는 내가 놀고 있는 걸로 보여?"

"네?"

"그리고 여기가 학교야? 초짜 의대생도 아니면서 레지던트 2년차가 그걸 몰라서 바쁜 교수 앞을 가로막나?"

순식간에 분위기가 살벌해졌다. 남자에게 이런 대접을 한 번도 받아본 적이 없는 여자 레지던트의 눈빛이 한없이 흔들리기 시작했다.

"역시 마성의 부교수님."

뒤에서 지켜보던 애정은 엄지손가락을 치켜 올렸다.

"정말 모른다면 스스로 실력 없음을 반성해. 그리고 끝까지 파서라도 원인을 찾아봐. 그것도 공부야. 의사 놀이 하면서 다른 의사 방해하지 말고."

의사 놀이라는 말에 세단은 흠칫했다. 분명 예전에 닥터도 제게……

"그래, 되지도 않는 의사 놀이에 아이가 죽을 뻔했지. 그러니까 조용히 해."

결국 그 레지던트는 금방이라도 울 것 같은 표정으로 다른 동료들과 사라져 버렸다. 그럼에도 불구하고 그 모습을 지켜보던 다른 여자들의 눈빛은 반짝거렸다. 본디 꺾지 못할 꽃이 더 아름다운 법. 특히나 저렇게 잘나고 고고한 꽃이라면 더더욱!

"저런 남자가 한 여자한테는 그야말로 진국이지. 누군지 궁금하네. 마 교수님이 당길 그 여자."

"난 싫어. 저렇게 정 없이 세상 혼자 사는 남자."

세단은 애써 싫은 척을 했지만, 자꾸만 속으로 배시시 미소가 나왔다.

"박 선생."

그런데 갑자기 윤성이 세단을 불렀다. 그녀는 마른침을 꿀꺽 삼키고서 손가락으로 저를 가리켰다.

"저요?"

"그래, 박 선생. 내 연구실로 따라와."

세단은 의아한 표정을 지었다. 대체 왜 부르는 거지? 그러고 보니 회진 때부터, 그리고 지금도 좀 표정이 이상한데…….

"오, 그래도 마 교수님이 넌 좀 괜찮게 보는가 보다."

"뭐?"

"교수님이 직접 부르잖아. 연구실에도 데려가고. 아마 교수님이 직접 부른 사람은 네가 처음일걸? 다른 레지던트는 말도 못 붙이게 하잖아."

"에이, 그냥 할 말이 있는가 보지. 차트가 뭐 잘못됐나…….."

"서로 키스도 한 마당에 정분 좀 쌓아봐. 내가 보기엔 네가 만난 남자 백 트럭을 데려와도 마 교수님한테는 어림도 없어."

"그 키스 소리 한 번만 더 하면 죽어."

세단은 애정을 향해 주먹을 불끈 쥐어 보이고는 서둘러 연구실로 향했다. 왜 쓸데없는 소리를 해서 괜히 사람 신경 쓰이게. 그나저나 진짜 왜 부르는 거지?

세단은 자꾸만 입가로 늘어지는 웃음을 꾹 참고서 연구실로 들어섰다. 그러나 안으로 들어서자마자 왠지 모를 싸한 분위기에 들떴던 기분이 삽 시간에 사라지고 말았다. 윤성은 다소 지저분한 연구실에 앉아 아까부터 확인하던 차트를 내려놓으며 그녀를 바라보았다.

"부르셔서……."

"나도 알아. 네가 오늘 아침에 회진 돈 이 환자. 이상한 거 못 느꼈어?"

윤성은 그녀에게 차트를 던져 주었다. 그녀는 그걸 받아 들었지만 대체 뭐가 잘못인지 알 수가 없었다.

"솔직히 잘……."

"이걸 봐도?"

그는 환자의 CT가 담긴 모니터까지 보여주었다. 하지만 역시나 세단은 잘 모르겠다는 표정을 지었다. 이 환자는 확장성 심근증이라 한순간도 방심해서는 안 되기에 매번 꼼꼼히 살피고 있는데, 무슨 문제가 있는 건가? 겉으로 보기에는 잘 모르겠는데…….

"역시 잘……."

기어들어 가는 목소리에 윤성은 정확하게 작은 점을 찍으며 말했다.

"출혈 가능성이 있는 부위가 보여."

"출혈이요? 하지만 그럴 리가 없는데……."

"아직 출혈이 시작된 건 아니지만 안심할 수는 없지. 당장 개흉해야 해. 수술방 잡아. 네가 주치의니까 네 허락이 필요해서 말이야."

윤성은 자리에서 일어섰다. 하지만 세단은 꼼짝도 하지 않고서 모니터만 뚫어지게 쳐다봤다. 대체 저기가 왜 출혈 예상 부위라는 거야? 어떻게 눈으로 봐서 그걸 판단하냐고. 만약 잘못 개흉해서 의료사고라도 난다면.

'환자는 물론이고, 그 역시 위험해져.'

"뭐해. 안 움직여?"

"어떻게 그렇게 확신할 수 있으세요? 전 아무리 봐도 모르겠는데……."

"개흉하면 보일 거야."

"그럼 교수님은요? 이건 감으로 판단할 문제가 아니에요."

"내가 언제 감으로 판단했다고 했지? 이 눈과 손으로 판단한 거야."

"그건 더더욱 말이 되지 않아요. 그러다 잘못되면 환자도 위험하고 교수님도 위험해진다고요."

고작 눈과 손가락이라니. 그걸 이유랍시고 개흉할 수는 없다, 절대로. 물론 그가 뛰어난 외과의라는 건 잘 알지만 그렇다고 해도 이건, 이건.

"이건 아닌 것 같습니다."

윤성은 저를 걱정스럽게 바라보는 세단에게 처음으로 먼저 손을 뻗어 그녀의 어깨를 두드렸다.

"주치의라면 환자 걱정을 먼저 해. 이대로 출혈이 시작되면 환자는 더 위험해져. 만약 내가 잘못 판단한 거라면 다행이지. 그냥 나 혼자 감당하면 그만이니까. 하지만 내 생각이 맞으면? 그럼 환자는 목숨이 날아가. 어느 쪽이 감당하기 더 힘들 것 같아?"

"그건……."

"얼른 수술방 잡아. CS 부교수로서 하는 말이야."

그의 단호한 확신에 세단은 어쩔 수 없이 그를 믿기로 했다.

급하게 보호자 동의를 받고 수술이 시작되었다. 세단은 환자의 주치의로서 임시로 그의 퍼스트가 되어 수술대 앞에 섰다. 갑작스러운 수술 소식에 많은 의사들이 모니터방으로 몰려들었다.

"수술 준비 완료입니다."

수술실의 불이 꺼지고, 심장이 뛰고 있음을 알리는 기계음만이 수술실 가득 울렸다.

"메스."

윤성은 차분하게 개흉을 시작했다. 마치 부드러운 두부를 자르듯, 깔끔하고 여유 있는 손짓에 심장이 보였다. 겉으로 보기엔 아직 무엇이 문제인지 여기 있는 그 누구도 알지 못했다.

"온 비트(심정지약을 쓰지 않고 심장을 움직인 채로 수술)로 간다. 그래야 심장의 이상을 더 잘 느낄 수 있어. 지금부터 출혈 가능성이 있는 부위를 촉진으로 확인한다."

그는 손으로 심장을 차분하게 살폈다. 모든 이들의 시선이 오직 그의 손가락을 따라 움직이고 있었다. 윤성은 숨을 깊게 참고서 평소보다 더 손끝에 감각을 집중했다. 조그만 움직임도, 거대한 심박 수도, 심장이 내뿜고 있는 생명의 숨결에서 어딘가 잘못된 단 하나를.

"여기."

그리고 마침내 그의 손가락이 멈춘 곳에서 출혈의 기미가 보이는 맥을 찾을 수 있었다.

"쿠퍼(수술용 가위)."

원인을 찾아낸 뒤, 그의 움직임은 더더욱 빨랐다. 온 비트는 무척이나 까다롭고 어려운 수술인데도 불구하고 그의 손은 한순간도 망설이는 법이 없었다. 심박 수의 미묘한 변화까지 한발 먼저 느끼며 빠르게 대처하는 이런 귀신같은 수술을 세단은 딱 한 번 본 적이 있다.

'닥터……'

"봉합, 수술 종료."

"수고하셨습니다."

세단은 가쁜 숨을 몰아쉬며 마스크를 벗었다. 역시나 그는 당연한 일을 했다는 듯 너무나도 태연했다.

순간 세단의 표정이 어두워졌다. 만약 그가 없었더라면, 출혈이 생긴 후에야 알게 되었더라면 수술은 무척이나 어려워졌을 것이고 환자의 생명도 장담할 수 없었을 것이다. 그녀는 잠시 자신의 손을 바라보았다. 지금의 실력으로 충분하다고 자만했던 걸까.

'뛰는 놈 위에 나는 놈 있다더니. 완벽한 패배다.'

"어이, 거기."

세단은 슬그머니 빠져나가려는 레지던트와 인턴들을 따로 붙잡았다. 그러자 그들은 흠칫 놀라며 고개를 숙였다.

"죄송합니다!"

"내가 수술방에서 넋 놓지 말라고 그렇게 말했지? 그런 정신으로 수술방 들어올 거면 차라리 저기 모니터실에 틀어박혀 있어."

"죄송합니다, 죄송합니다!"

한참 잔소리를 하고 있는데 수술방을 나가려던 윤성이 몸을 돌리고는 정확히 세단의 이마에 꿀밤을 먹였다.

탁!

"아! 교, 교수님?"

순간, 레지던트와 인턴들은 물론이고 세단 역시 황당한 표정으로 그를 보았다. 대체 이게 무슨 난리야?

"내 수술 실력을 보고 넋이 나가는 건 당연해. 너도 마찬가지잖아."

"하지만 레지던트들이 수술방에서 정신이 나가는 건!"

"그러니까 눈에 그렇게 힘주고 다니지 마. 안 어울려. 괜히 남 따라 하지 말고 넌 너대로 의사 놀이 해."

또 닥터와 똑같은 말. '의사 놀이'라는 말이 마음에 크게 박혔다. 그에게 인정받지 못한다는 뜻인 것 같아 분했다. 하긴, 난 끝까지 출혈 예상 부위를 보지 못했으니까.

'다 맞는 말이야.'

세단은 윤성의 뒷모습을 바라보았다. 임시가 아니라 그의 진정한 퍼스트가 되고 싶었다. 그의 바로 옆에서, 그가 믿고 의지할 수 있는 눈과 손이 되어서 그의 모든 걸 배우고 마지막에는,

'인정받고 싶어. 저 사람한테, 외과의로서 인정받고 싶어.'

아프리카에서 이곳 서울까지. 세단은 아직 진실을 알지 못하면서도, 무의식적으로 한 사람에게 똑같은 감정을 느끼며 똑같이, 인정받고 싶어 하고 있었다.

✦

J그룹 관광, 홍보 기획 이사를 맡게 된 하령은 사무실에 들렀다가 곧장 오피스텔로 들어왔다. 해외에서 돌아온 그녀의 큰오빠가 이곳의 키를 주면서 한 말이 있었다.

"너랑 한시도 같은 공간에 있고 싶지 않으니까, 네가 나가서 살아. 회장님께도 내가 알아서 말씀드릴 테니까."

현재 아버지이자 J그룹의 회장님은 한국에 계시지 않아 결국 그녀는 군말하지 않고 쫓겨나듯 본가를 나왔다. 어차피 본가에선 마음 편히 지낼 수가 없다. 항상 그녀를 쫓아다니는 시선이 싫었으니까. 그게 동정이든 미움이든.

"하아…… 너무 넓네."

고요하다. 하령이 소리를 내지 않으면 이 집에선 아무런 소리도 들리지 않았다. 그녀는 저도 모르게 몸을 웅크렸다. 그러곤 멍하니 눈을 깜빡이다가 휴대폰을 집었다. 문득, 재현이 보고 싶었다.

"밥 사준다고 했던 거 오늘 사달라고 할까. 그날 왜 그냥 갔는지 물어보기도 하고."

하령은 재현에게 전화를 걸었다. 신호음이 이어지고, 그녀의 심장도 조금씩 빠르게 뛰었다. 재현의 첫인상은 솔직히 다소 무례했지만 의외의 인연으로 가까워졌고, 지금껏 친구로 지내고 있었다. 그래, 친구. 하지만 그녀는 더 이상 친구이고 싶지 않았다.

[어, 하령아.]

"바빠?"

[아니, 좀 있다가 퇴근할 거야. 왜 그래? 무슨 일 있어?]

휴대폰 너머의 다정한 목소리에 하령은 금세 피곤을 잊었다.

"나 오늘 아무것도 못 먹었어. 밥 좀 사줘."

[이사씩이나 하면서 밥도 못 먹고 사냐? 불쌍하다, 불쌍해.]

"그러니까 얼른 사줘. 지금 사줘야 내가 아주 많이 뜯어먹지. 그때보다 더 비싼 거 많이 먹을 거다."

[알았어. 아, 세단이랑 애정이도 부를까? 세단이가 너랑 치맥 하고 싶다고 난리던데.]

순간, 휴대폰을 움켜쥔 그녀의 손끝이 가볍게 떨렸다.

"아, 그래. 그럼, 다 같이 얼굴 보자. 나도 세단이 잠깐밖에 못 봤어."

[그래. 병원 앞으로 와.]

몇 마디를 더 나눈 뒤 전화가 끊어졌다. 하령은 다시금 공허해진 마음에 휴대폰을 물끄러미 바라봤다.

그녀는 더 이상 친구이고 싶지 않았다. 그를 보는 시간이 길어질수록 그가 궁금해지고, 어느 순간 그를 좋아한다는 걸 깨달았지만, 재현은 그때나 지금이나 세단을 좋아했다. 마음을 놓지 못하고 그녀가 그를 보고만 있는 것처럼 그 역시도 마찬가지였다.


수술실을 빠져나온 세단은 지친 기색이 역력했다. 어제 큰일을 당하기도 했고, 오늘 또 의사로서의 자존심에도 약간 금이 갔고.

'좀 일찍 들어갈까.'

"박 선생."

윤성이 벽에 몸을 기댄 채 그녀를 기다리고 있었다. 뭐지?

"환자는 아직 의식이 깨어나지 않았습니다. 하지만 심박은 안정적입니다."

"누가 물어봤어?"

"아, 아니요. 그럼 왜……? 설마 저를 기다리신 거예요?"

윤성은 대답하지 않는 걸로 긍정을 대신했다. 세단은 더더욱 의아해졌다.

왜지? 왜 기다린 거지?

"퇴근이지?"

"물론, 퇴근이죠."

그때 휴대폰이 울렸고, 윤성이 받으라는 손짓을 했다.

"괜찮아, 받아."

"그렇게 급한 전화 아닐 거예요. 재현이, 아니, 실장님이거든요."

"괜찮으니까 그냥 받아."

세단은 얼른 전화를 받았다. 타이밍도 참 죽이지. 하필 이럴 때!

"여보세요? 나 급하니까 용건만 간단히 해."

[하령이가 오늘 치맥 하재. 애정이도 오늘 당번 아니지? 같이 로비에서 기다려.]

"하령이가? 알았어."

좀 피곤하긴 했지만, 치맥이라는데 그냥 지나칠 수는 없지. 게다가 하령이도 온다니까.

세단은 전화를 끊고서 아직도 기다리고 있는 윤성을 보았다.

"저기, 다 됐어요, 교수님."

윤성은 아까보다 좀 더 굳은 표정으로 얼굴을 가까이 들이밀었다.

뭐, 뭐야, 왜 갑자기 다가오는 거야, 불길하게!

주춤주춤 뒤로 물러나던 세단은 결국 벽에 부딪쳤고, 윤성은 그 앞에 버티고 서서 세단을 빤히 쳐다보았다.

그는 세단이 재현과 나눈 대화를 다 듣고 말았다. 그가 가장 신경 쓰이는 사람들이 전부 모이는 자리. 게다가 이 여자는 또 술을 마시겠단다.

"교수님?"

"박 선생, 요즘 들어 참 운이 나빠. 그렇지?"

"네?"

"스스로도 그렇게 느꼈잖아. 만약 아까 그 환자도 내가 제대로 살피지 않았다면 박 선생이 곤란했을 거고. 어제 일도 그렇고 말이야."

"그건 그렇죠."

사실 윤성이 세단을 퍼스트로 세우면서 일부러 이번 일을 크게 만든 이유도 이걸 위해서였다. 조금 겁을 줄 필요가 있다고 판단한 것이다. 그 래야 앞으로 하는 말에 설득력이 있을 테니까.

"그러니까 몸조심해. 낯선 곳에 절대로 가지 말고. 사람 너무 믿지 말 고. 특히 술!"

"술이요?"

"술 마시고 나랑 민망한 첫 만남을 가졌고, 술자리에서 황천길 갈 뻔했 고."

세단은 갑자기 뜬금없는 소리를 하는 그의 말에 의아한 표정을 지었다. 대체 이 남자가 무슨 소리를 하는 거야?

"설마 운세 같은 거예요? 교수님, 그런 걸 믿으세요?"

에이, 설마 하는 시선으로 여러 번 되물었지만, 그는 꽤나 단호하고 진 지하게 경고했다.

"조심해서 나쁠 건 없지. 사실 불나고 죽을 뻔한 경험을 하는 게 흔치 는 않잖아."

"그렇긴 한데……."

하긴 요즘 좀 이상하긴 했어. 불도 불이지만, 하필 그때 휴대폰이 갑자 기 먹통이 되기도 했고. 만약 이 남자가 없었다면 정말 황천길 갈 뻔했어. 정말 요번 달 운세가 꽝인가? 점이라도 봐야 하나.

"다시 한 번 말하지만, 몸조심해. 낯선 곳에 절대로 가지 말고, 사람 너 무 믿지 말고, 특히 술자리 조심해."

그러자 이번엔 세단이 윤성을 향해 성큼 다가섰다. 너무 가까워진 거리에 이번엔 윤성이 움찔하며 한 발 뒤로 물러났다.

"뭐, 뭐야."

"신기해서요. 절 되게 걱정해 주시네요."

"하? 이건 걱정이 아니라……."

"아무튼, 조심하겠습니다. 걱정해 주셔서 너무 감사해요."

"걱정이 아니라니까!"

"에이, 설사 아니더라도 걱정이라고 하면 기분 좋잖아요."

세단은 기분 좋게 웃었고, 윤성은 헛기침을 하면서 시선을 돌렸다.

의외로 귀엽게 고집부릴 때가 있다니까. 어쩐지 기분이 조금 좋아진 세단은 윤성에게 인사를 한 뒤 의국으로 뛰어갔다.

뒤에 남은 윤성은 한숨을 내쉬었다. 설마 이렇게까지 말했는데 의료봉사를 하러 섬에 들어가진 않겠지. 하지만 오늘 술자리는 걱정되었다. 게다가 전부 다 모이는 자리라면, 어쩌면 그녀를 죽음으로 이끌 그 운명의 사람을 찾을 수 있을지도 모르고.


애정과 재현, 세단은 예전부터 자주 가던 치킨집에 일찍 자리를 잡았다. 원래는 병원에서 하령과도 만나서 함께 움직이기로 했지만, 차가 막혀서 조금 늦는다는 연락을 받았다.

애정은 먼저 받은 생맥주를 시원하게 들이켰다.

"너희는 하령이 얼굴 먼저 봤다며? 기집애, 병원에 왔으면 나도 보고 가지."

"일 때문에 왔다던데."

세단이 재현을 바라보자 그가 고개를 끄덕였다.

"더 예뻐졌니? 하긴 인터넷에 자주 올라오니까. 아직도 난 신기하다, 인터넷 실검에 오르는 애가 내 친구라는 게."

그때 입구 쪽에서 웅성거리는 소리가 들려왔다. 애정은 피식 웃으며 속삭였다.

"양반은 못 되네. 왔나 보다."

그리고 그 말대로 하령이 모습을 드러냈다. 단순히 티셔츠와 청바지만 입어도 다른 사람의 이목을 사로잡는 화려한 매력이 그녀에겐 있었다.

"여기야, 여기!"

애정이 가볍게 손을 흔들자, 하령은 그제야 그들을 발견하고선 환하게 웃으며 다가왔다.

"잘 지냈어? 한애정, 넌 유부녀라면서 더 예뻐진다."

"유부녀니까 더 예뻐져야지. 그래야 남편이 집에 일찍 들어와. 긴장감을 줘야 한다니깐?"

"세단이도 안녕. 그때는 잠깐밖에 얼굴 못 봤지? 미안해."

"아니야. 서로 바빴잖아. 우리가 괜히 여기서 보자고 했나? 불편해?"

어느새 사람들의 시선이 하령에게 몰렸다. 하지만 그녀는 별로 신경 쓰지 않았다.

"괜찮아. 곧 시들해질 거야."

잠시 후 주문했던 치킨이 등장했고, 정말로 하령의 말처럼 시간이 지날수록 사람들은 다시 저마다의 대화에 열중했다.

"자, 자, 오랜만에 만났으니까 건배 한번 해야지!"

재현이 맥주잔을 높게 들었다. 세단 역시 환호하면서 맥주잔을 들었다가 순간 귓가를 스치는 누군가의 목소리에 움찔하곤 슬며시 잔을 내려놓았다.


"특히 술자리 조심해."


"뭐해, 박세단. 안 들어? 팔 빠지겠다!"

애정의 투덜거림에 세단은 슬그머니 잔에서 손을 뗐다.

"나 내일 오프 아닌데."

"그럼 난 오프냐? 이런 자리에선 빼는 거 아니야. 한국인은 술심으로 사는 거라고. 자, 달려!"

분위기 메이커답게 애정이 맥주잔을 들어 올리며 외치자 하령과 재현 역시 그녀에게 눈짓을 하며 맥주잔을 더 높이 들었다.

그래, 이런 분위기에 안 마시는 건 매너가 아니야. 게다가 치킨에 대한 예의도 아니지.

"그래, 마시자. 마셔! 달리자고!"

그야말로 술이 술술 넘어갔다. 술자리의 시작은 첫 잔이 좌우하는 법! 입에 착착 감기는 것이 오늘 아주 끝장을 보겠구나.

"넌 미국에서 잘 지냈어?"

애정이 묻는 말에 하령은 피식 웃으면서 대꾸했다.

"궁금한 건 그게 아니잖아. 한애정답지 않게 왜 그래?"

"쿡, 그래. 남자는 사귀고 있어? 미국에 엄청 오래 있었잖아."

"아니. 미국엔 순전히 공부하러 간 거야."

"공부하면서 사귈 수도 있지. 진짜 공부만 했다고? 긴긴밤이 외롭지 않던? 아니면 너도 세단이처럼 차인 거야?"

"왜 날 끌어들여!"

"한애정, 유부녀가 못 하는 말이 없다."

재현이 옆에서 적당히 붙잡자 애정이 코웃음을 쳤다.

"웃기네. 우리가 무슨 초딩이니? 이런 말도 못 하게? 그럼 이 나이에 첫사랑 얘기를 하리?"

"너, 유부녀 되더니 말투가 아주 거칠어졌다?"

"거칠어진 게 아니라 아주 솔직해진 거지. 그리고 병원에서 여린 감성으로 살아남겠냐?"

애정과 재현이 투닥거리자 세단은 어쩔 수 없다는 듯 고개를 흔들었다.

"남자 친구 있었어?"

하령이 놀란 얼굴로 묻자, 세단은 허탈한 표정이 되어서는 대답했다.

"드라마틱한 연애사야. 묻지 말아줄래?"

"차인 듯 찼단다."

"야, 한애정!"

"후훗, 역시 너희들 만나니까 너무 좋다."

"여자밖에 없는데 뭐가 좋아. 여기 잘생긴 놈이 몇 끼어야지. 도대체 여기 솔로가 몇 명이냐?"

"여자밖에 없다고? 그럼 난 뭐냐! 남자 아니야? 그리고 넌 유부녀라는 애가, 네 남편은 아냐? 네가 이러고 있는 거?"

"남의 남편에 관심 꺼줄래? 그리고 우리 남편은 이런 내 모습마저도 사랑스러워 죽겠다고 하거든?"

"아, 진짜 소름 돋았어!"

"천재현, 오늘 아주 겁이 없네?"

어느새 술자리는 이십대, 놀기 좋아하고 철없던 그 시절로 돌아갔다. 삼십대가 되어도, 각자 직업적으로 성공을 해도, 서로 삶의 방식과 환경이 달라졌어도, 친구이기에 스스럼없이 망가질 수 있는 이런 자리가 마냥 좋았다.

"나 잠깐 화장실 좀."

"맥주는 이게 안 좋아. 배에 물만 차는 느낌이라니까. 얼른 갔다 와."

애정이 손을 휘휘 내젓자 세단은 얼른 자리에서 일어섰다.

외진 곳에 있는 화장실로 향하는 동안 세단은 벽에 손을 대고 비틀비틀 걸었다.

"아으, 머리야. 너무 마셨나? 술자리 조심하라고 했는데……."

술에 취한 와중에도 그의 말은 또렷하게 기억났다. 지금이라도 그만 마실까?

세단은 걸음을 멈추었다. 웬 술 취한 남자가 복도 한가운데에 떡 버티고 서 있었다.

"저기요, 잠깐 길 좀 비켜주세요."

"뭐어?"

"아저씨가 지금 화장실 가는 길을 막고 계시는데……."

세단은 최대한 상냥하게 부탁했다. 물론 누가 봐도 이 아저씨가 잘못한 거지만, 어른들 말씀에 술 취한 사람은 건드는 것이 아니라고 했다.

"네가 뭔데 나보고 비켜라 마라야!"

역시, 어른들 말씀은 틀린 말이 없다.

"그러니까 지금 아저씨가……."

그때 남자가 비틀비틀 걸어오자 세단은 두려운 마음에 저도 모르게 뒷걸음질 치기 시작했다. 그러자 남자는 미간을 찡그리며 버럭 화를 냈다.

"왜 도망가. 길 비키라며! 딱 봐도 나이도 얼마 먹지도 않은 게. 그래, 그년도 어린놈이랑 바람이 났지. 어린것들이 문제야, 어린것들이!"

황당하다 못해 어이가 없었다. 대체 누구한테 술주정이야? 역시 그의 말처럼 술자리를 조심했어야 했는데. 아무래도 내 이번 달 운세에 마가 낀 것이 확실해!

어느새 세단은 술이 확 깨는 듯 밟았다고 생각하며 고개를 돌렸다.

화장실 안 가고 만다!

그런데 갑자기 그 남자가 세단의 손목을 확 잡아끌었다.

"뭐, 뭐하시는 거예요! 이거 놔요!"

"길 비켜줬잖아! 근데 왜 안 가! 너도 나 무시하냐? 엉! 무시하냐고!"

술 취한 남자의 힘을 이길 수 있을 리가 없었다. 남자에게 붙잡힌 채 끌려가게 되자 세단은 왈칵 겁이 나 손을 빼려고 안간힘을 썼다.

"이거 놔요! 놓으라고! 소리 지르기 전에 놔!"

눈을 질끈 감고 팔을 마구 흔들던 세단은 순간 손목에서 느껴지는 또 다른 체온에 움찔했다. 무척이나 뜨겁고 익숙한 느낌이었다.

세단은 설마 하는 마음으로 눈을 떴다. 그러자 시야에 들어온 건, 제 손목을 붙잡은 차가운 표정의 남자, 마윤성이었다.

윤성은 술 취한 남자가 세단의 손목을 붙잡은 순간, 저도 모르게 앞으로 나서고 말았다.

"놓으시죠."

세단은 두려움에 어찌할 줄 모르던 상황은 잊고 그를 힐끔힐끔 쳐다보았다. 어쩐지 그의 표정이 굉장히 무서워서 저도 모르게 오금이 저렸지만, 그래도 그에게 잡힌 손목에서부터 퍼지는 뜨거운 체온에 안심이 되는 것 같았다.

"넌 또 뭐야!"

상황 파악을 하지 못한 남자는 욕을 지껄이며 세단을 끌어당기려고 했다. 그러자 윤성이 이번엔 다른 손으로 남자 쪽 손목을 붙잡고 차갑게 노려보았다.

술 취한 남자는 윤성의 시선에 저도 모르게 흠칫했다. 살벌한 시선에 묘한 위압감이 온몸을 짓눌렀다. 그리고 이내 들려오는 나지막한 경고.

"좋게, 놓고 말씀하시죠."

남자는 꼼짝도 하지 않았다. 겁에 질려 그대로 얼어버린 듯싶었다. 윤성은 한숨을 삼키며 그대로 잡고 있던 손목을 거칠게 털어냈다. 그러자 휘청이면서 떨어진 남자가 그제야 정신을 차리고선 떨리는 목소리를 애써 감추며 크게 외쳤다.

"너, 너희들, 운 좋은 줄 알아!"

누가 잡을세라 남자가 후다닥 달아났고, 윤성은 껄끄러운 표정을 지은 채 남자의 손을 잡았던 제 손을 내려다보았다. 잡았던 손에서 느껴지던 맥이……

'불안불안했는데…….'

"저기, 교수님?"

기어드는 목소리에 윤성은 고개를 돌려 그녀를 확인했다. 겉으로는 멀쩡해 보이지만 그녀의 주변으로 진동하는 술 냄새에 윤성은 저도 모르게 버럭 화를 내고 말았다.

"너 벙어리야? 소리를 지를 거였으면 처음부터 질렀어야지. 그 상황에서 대체 뭐하고 있는 거야!"

"아, 아니, 그게 너무 갑작스러워서⋯⋯."

세단은 버럭 화를 내는 그의 모습에 당황하여 횡설수설했다. 아니, 근데 나는 왜 지금 갑자기 나타난 이 남자한테 꾸중을 들어야 하는 거지?

윤성은 속으로 한숨만 푹푹 내쉬었다. 당최 한시도 눈을 뗄 수가 없으니⋯⋯. 솔직히 조금 신경 쓰이는 마음에 그들을 따라온 참이었다. 가게 밖, 조금 떨어진 곳에서 귀 기울여 그들의 이야기를 듣다가 별 문제 없을 것 같아 그만 가려던 차에 다급한 목소리를 듣고 달려온 것이다.

윤성은 그제야 아직도 그녀의 손목을 잡고 있다는 걸 깨닫고서 얼른 손을 뗐다.

"위험했잖아."

세단은 순간 심장이 미쳤나 싶을 정도로 빠르게 뛰는 걸 느꼈다. 지금 저 사람이 날 걱정하는 건가? 진짜로?

"저기, 저 걱정해 주신 거예요?"

보통 이렇게 물으면 '걱정은 무슨 걱정!' 하면서 소리를 대뜸 지를 게 충분히 예상되었기에 세단은 저도 모르게 눈을 꾹 감고 고개를 숙였다.

"그럼 그 상황에서 걱정도 안 하고 구해줬겠어?"

그런데 순순히 돌아오는 대답에 세단은 고개를 번쩍 들었다. 목소리에 가득 담겨 있는 염려에 세단은 윤성을 빤히 바라보다가 이내 다시 고개를 푹 숙여 버렸다.

'뭐, 뭐야, 갑자기 이렇게 훅 들어오는 법이 어디 있어!'

손끝이 파르르 떨렸다. 하지만 이건 방금 전 겁을 먹고 떨던 것과는 달랐다. 괜스레 그에게 잡혔던 손목이 의식되면서 온몸 전체가 붉게 타들어 가는 것 같았다.

'정신 차려, 박세단!'

윤성은 어쩐지 말이 없이 고개만 숙이고 있는 세단의 모습에 살짝 당황했다. 너무 심하게 몰아붙였나? 사실 이게 그녀 잘못은 아닌데 말이다.

그는 슬그머니 손을 뻗었다가, 갑자기 세단이 고개를 번쩍 들자 어정쩡하게 멈췄다.

"근데 교수님은 어떻게 여기 계시는 거예요?"

"뭐? 뭐?"

"여기 왜 계시냐고요. 교수님도 치맥 하러 오신 거예요? 설마 혼자서?"

낭패였다. 애초에 몰래 따라온 것이기에 들키지 않으려고 가게 밖에서 상황을 살피던 것이 아니었던가.

"만날 사람이 있어서 온 것뿐이야. 그리고 이제 가려던 길이었고."

너무나도 천연덕스럽게 거짓말이 나왔다.

"아니, 왜 그냥 가세요? 교수님 퇴근 시간으로 미루어볼 때, 여기 오신 지 얼마 안 됐을 것 같은데."

"약속이 취소됐어."

거짓말이 티가 날까 봐 윤성은 얼른 이 자리를 빠져나가고 싶었다. 하지만 세단은 어쩐지 그를 이대로 그냥 보내고 싶지 않았다.

"저는 아직 계속 여기 있을 거예요."

"그런데?"

대체 이 여자가 무슨 말을 하려고 이렇게 뜬금없는 소리를 하면서 뜸을 들이는 거지?

"그런데 오늘 교수님이 저보고 술자리 조심하라고 하셨잖아요. 그런데 정말로 이렇게 큰일이 생겨 버렸으니. 솔직히 조금 무서워요. 그러니까 교수님이 같이 계셔주시면 안 돼요?"

"뭐?"

세단은 이 기회를 놓치지 않고 윤성을 향해 최대한 애처로운 표정으로 애원했다.

"또 그런 일이 생기면 어떡해요? 아무래도 이번 달 제 운세는 꽝인 것 같은데."

"그럼 그냥 집에 가!"

"안 돼요! 전에 교수님도 보셨죠? 하령이, 진짜 오랜만에 만나는 친구인데 없는 시간 쪼개서 절 만나주는 거라고요. 오늘 이렇게 헤어지면 언제 또 볼지 모르는데, 그건 친구에 대한 예의가 아니죠!"

"그럼 나에 대한 예의는?"

"어차피 교수님은 지금 집에 가서 할 일도 없으시잖아요. 그리고 교수님도 이대로 집에 가시면 제가 무척이나 걱정되실걸요?"

"착각하지 마."

"에이, 분명 걱정되실 거예요. 네? 네?"

거리가 순식간에 가까워졌다. 이 여자는 가끔 정말 겁도 없고 굉장히 뻔뻔했다. 하기야 아프리카에서도 무대포이긴 했지.

윤성은 미간을 찡그리며 한 손으로 그녀의 이마에 꿀밤을 먹였다.

"아악!"

"떨어져."

윤성은 미련 없이 뒤로 돌았다. 세단은 복도 너머로 멀어지는 그의 뒷모습을 보면서 이마를 문질렀다. 역시 고집을 피운다고 될 일이 아닌가. 하긴, 그 성격이 어딜 가겠어. 오늘 너무 이상하게 다정했던 거지. 근데, 이게 다정한 건가? 다정한 거라고 봐줘야 하는 건가?

"안 와?"

그런데 가버린 줄 알았던 그가 복도 끝에서 그녀를 향해 외쳤다.

"네?"

"안 갈 거냐고."

세단은 머뭇거리다가 이내 환하게 웃으면서 그를 향해 달려갔다. 그러자 윤성은 다시 한 걸음 뒤로 물러나면서 그녀를 저지했다.

"가까이 오지 마."

"같이 있어주실 거예요?"

"말은 똑바로 해. 너랑 같이 있는 게 아니라, 그냥 저 자리에 앉아 있는 거야."

세단은 피식 미소를 지었다. 하여튼 다정한 건지 아닌 건지 모르겠다. 뭐, 아무려면 어때. 어쩐지 오늘이 썩 운이 나쁜 날만은 아닌 것 같았다. 그를 이렇게 만났으니까.


한창 맥주를 물처럼 들이켜며 달리던 애정은 그제야 화장실에서 돌아온 세단을 밉지 않게 노려보았다.

"변기에 빠졌다 나왔냐? 왜 이렇게 늦……."

애정은 말을 끝까지 맺을 수가 없었다. 세단의 옆으로 불쑥 나타난 남자, 바로 마윤성 부교수! 생각지도 못한 그의 등장에 재현은 움찔했고, 하령 또한 묘한 시선으로 그를 바라보았다.

"어머, 교수님!"

본능적으로 간드러지게 변한 애정의 목소리에 세단은 기가 막혔다.

"교수님도 여기서 약속 있으셨대. 재수 없게도 내가 화장실 복도에서 술 취한 남자랑 실랑이가 좀 생겼는데 교수님이 구해주셨어. 같이 합석해도 되지?"

애정은 없는 자리도 만들 기세로 윤성을 반갑게 맞이했지만, 그는 덤덤한 표정으로 아무 자리에 앉았다.

"실랑이라고? 날 부르지."

재현은 자신이 모르는 새에 그녀에게 일이 생겼다는 게 마음에 걸렸다. 그리고 우연찮게 그 자리에 또 마윤성, 저 남자가 있었다는 것도.

"부를 겨를도 없었어. 그리고 교수님이 구해줬는데, 뭐."

"이상하게 매번 이런 일에 교수님이 있으시네요."

어쩐지 재현의 어조가 삐딱했지만, 윤성은 대수롭지 않게 받아넘겼다.

"별로 그렇게 생각해 본 적 없는데, 천 실장이 그렇게 말하니 또 그런 것 같군요. 우연이 계속 반복되는."

"그러게. 두 사람 뭐 있는 거 아니야?"

애정은 묘하게 흘러가는 분위기가 재미있어서 맞장구쳤지만, 재현은 평소답지 않게 버럭 하며 부정했다.

"있긴 뭐가 있어!"

애정은 술을 벌컥벌컥 마시는 재현이 안쓰러우면서도 한편으로는 재밌기도 했다. 하령은 어쩐지 싸한 공기가 흐르는 재현과 윤성의 모습을 번갈아 바라보았다.

"아, 그리고 저쪽은 백하령, 제 친구예요. 서로 잠깐이지만 본 적 있죠? 하령아, 이쪽은 이번에 우리 CS에 새로 오신 마윤성 부교수님."

윤성과 하령은 그제야 서로를 보았다. 하령은 그가 먼저 손을 내밀어주길 기다렸지만, 그는 악수 대신 고개를 까딱했다.

"마윤성입니다."

"백하령입니다."

그래서 그녀 역시 고갯짓으로 인사를 대신했다. 어쩐지 저쪽에서 딱 선을 긋는데 굳이 그 선을 넘고 싶지는 않았다.

분위기가 어색해지나 싶었지만 애정이 분위기를 자연스럽게 이끌었다. 세단은 어쩐지 기분이 좋아졌지만 그가 신경 쓰여서 아까처럼 마실 수가 없었다.

"교수님도 한잔하시겠어요?"

그냥 한번 해본 말이었는데 윤성은 세단이 건네는 맥주잔을 들었다. 그러자 둘이 나란히 앉은 걸 내내 아니꼽게 쳐다보던 재현이 흠칫했다. 그도 그럴 것이, 저 잔은 이제껏 세단이 계속 들고 마셨던 그 맥주잔이었으니까. 만약 저 잔으로 마시면 가, 간접 키스잖아!

"교수님! 제가 새로 드릴게요."

세단 역시 당황하여 맥주잔을 돌려받으려고 했지만 윤성이 들고 있는 걸 힘으로 뺏을 수는 없었다.

"넌 이제 그만 마셔."

짧은 한 마디와 함께 윤성이 잔을 입으로 가져가는 순간이었다.

"그 새끼 어디 갔어! 감히 날 무시하고 우습게 여겨? 내가 내 마누라한테 버림받았다고, 그런 어린 새끼한테까지 무시당하는 그런 사람이 아니라고!"

멀리서 들리는 날카로운 목소리에 윤성은 살짝 미간을 찌푸렸다. 그래, 아까 화장실 복도에서 부딪쳤던 그 남자의 목소리였다.

"저기, 교수님?"

맥주잔을 들고서 그대로 얼음이 되어버린 모양에 세단은 조심스럽게 그를 불렀다. 뭐야. 이제야 나랑 간접 키스할 뻔한 사실을 깨달은 거야? 그래서 민망해서 그런가?

"이 새끼 어디 있어!"

소리가 더 가까워졌다. 윤성은 세단의 손을 잡고선 제 등 뒤로 오게 했다.

"내 뒤에 바짝 붙어 있어. 고개 숙이고."

"네?"

세단이 당황하거나 말거나 윤성은 그녀를 뒤에 숨기고 고개를 돌렸다. 그리고 들리는 사람들의 비명 소리.

"악!"

"뭐, 뭐야!"

쾅!

"이 새끼, 어디 있냐고!"

누군가 고래고래 소리를 지르고 있었다. 치킨집은 금세 아수라장이 되었다. 사람들은 비명을 지르며 밖으로 나가려고 했지만, 입구에 버티고 선 남자가 깨진 맥주병을 흉기처럼 휘두르는 탓에 안에 꼼짝없이 갇힌 셈이 되고 말았다.

"그 연놈들을 그냥!"

세단은 어디선가 들은 것 같은 목소리에 안색이 점점 흙빛으로 변해갔다.

"저 남자……."

"왜 그래? 너 아는 사람이야?"

애정이 놀라는 것과 동시에 재현이 세단의 옆으로 다가가려고 했지만 하령이 뒤에서 그의 손을 잡았다.

"가지 마."

"어?"

"여기 있어. 나, 무서우니까."

하령이 무섭다며 붙잡자 재현은 차마 세단의 곁으로 갈 수가 없었다. 하지만 자연스럽게 세단의 앞에서 그녀를 지키듯 선 윤성의 모습이 너무나도 거슬렸다.

'대체, 왜 자꾸 저 남자가 세단이를 지켜주게 되는 거지?'

세단은 제 앞을 막고 선 윤성의 등을 두드리며 물었다.

"저 사람 아까 그 남자 맞죠? 설마 우리 찾는 거예요?"

"뭐야. 그럼 아까 그 일이……."

"그러니까 넌 여기 가만히 있어, 다치기 싫으면."

윤성이 자리에서 일어나려고 하자, 세단이 놀라서는 그의 손을 덥석 잡았다.

"어딜 가려고요. 설마 저 남자한테 갈 건 아니죠? 지금 엄청 위험해 보인다고요! 곧 경찰 올 테니까."

하지만 윤성은 몸도 제대로 가누지 못하고 비틀거리는 남자에게서 시선을 떼지 않은 채 대꾸했다.

"경찰 올 때까지 기다리기엔 너무 늦어."

"뭐가 늦어요!"

"저 남자, 지금 위험해."

"당연히 위험하죠! 미친 사람처럼 날뛰는데 그럼 안전하겠어요?! 그러다 교수님이 잘못되면……."

"내 말은 그게 아니라……."

그때, 쿵 소리가 나면서 아까와는 다른 웅성거림이 시작됐다.

"쓰, 쓰러졌어! 어떡해!"

"죽은 거 아니야? 갑자기 왜 쓰러져!"

잠깐, 쓰러졌다고?

윤성은 미간을 찡그리며 세단의 손을 거칠게 떼어내고선 사람들이 모여 있는 곳으로 달려갔다. 남자는 쓰러진 채로 숨을 헐떡이고 있었다. 윤성은 남자의 몸 여기저기를 더듬으며 이상 징후를 잡아내려고 신경을 집중했다. 아까도 어딘가 이상하다고 느끼긴 했지만.

'혈압이 높아. 혈류도 느려. 몸이 차갑고.'

복부에 손을 올린 순간, 윤성의 표정이 딱딱하게 굳어졌다. 그때 사람들을 헤치고 달려온 세단이 무슨 일이냐고 물었다.

"교수님?"

"복부대동맥류."

그의 속삭임에 세단과 애정도 놀란 표정을 지었다. 복부대동맥류라면 복부 내에 큰 혈관인 대동맥 벽이 정상보다 늘어지면서 생기는 병인데, 시기를 놓치면 쇼크는 물론 사망까지 이를 수 있는 위험한 증상이었다. 아니, 그보다 그걸 어떻게 촉진으로……

"정확한 거예요? 하지만 복부대동맥류는 그렇게 간단히 알아차릴 수 있는 게 아닌데."

"당장 구급차 불러."

그의 손이 정확히 맥을 짚었다.

"혈압도 큰 폭으로 차이 나고."

그리고 이어서 흉부 쪽, 심장.

"동맥색전증 증상도 보여. 늦어지면 목숨이 위험해, 어서!"

말이 안 되는 진단이지만, 만약 그의 말이 맞다면 시간이 없었다.

"알았어요."

"한 선생은 나 좀 도와줘요."

"아, 네!"

애정은 윤성을 도와 응급처치를 했다. 윤성이 환자를 평평한 곳에 눕히고 혈압을 살피는 사이 세단은 구급차를 불렀다. 웅성이는 사람들 사이에서 집중력이 흐트러질 법도 했지만, 윤성은 한시도 남자에게서 눈을 떼지 않았다.

그 모습을 한 걸음 뒤에서 하령과 재현이 지켜보고 있었다. 어차피 두 사람 역시 지금 여기 구경하고 있는 사람들과 다를 바가 없었다.

"대단하네."

하령의 한마디에 재현은 대답 없이 윤성을 바라보기만 했다. 같은 남자가 봐도 너무 대단하고, 너무 멋있었다. 결국 한마디 하지 않을 수가 없었다.

"진짜 대단해, 짜증 날 정도로."

하령은 재현을 묘한 시선으로 바라보았다. 저렇게 불안해하는 모습은 거의 처음 보는 것 같았다. 마윤성이라고 했던가. 하령은 저 남자의 등장이 과연 자신에게 유리한 것인지 생각했다. 저 사람이 널 박세단에게서 멀어지게 할 수 있을까?

얼마 지나지 않아 바깥에 있던 사람이 외치는 소리가 들렸다.

"구급차, 구급차 왔어요!"

윤성은 환자를 태우고 병원에 도착할 때까지, 수술방에 들어가는 순간까지도 긴장을 늦추지 않았다. CT 결과, 그가 말한 그대로였다. 침착하고 빠르게 개복을 하는 그의 모습을 모니터실에서 지켜보면서 세단은 혀를 내둘렀다.

'어떻게 알았냐고 물어보면 또 보면 안다고 하겠지. 저건 천재가 아니라 괴물이야, 괴물. 내가 무슨 수로 저 남자를 따라가냐고.'


수술은 늦은 밤이 되어서야 끝났다. 세단은 자양강장제 한 병을 들고 그의 연구실로 향했다. 복부대동맥류 수술은 무척이나 까다롭고 고도의 집중력을 요하는 수술이었다. 아무리 괴물 같은 실력의 소유자라지만 그런 수술을 준비할 새도 없이 갑자기 하게 되었으니.

'피곤하지 않다면 진짜로 사람도 아닌 거지.'

그의 연구실 앞에 선 세단은 심호흡을 길게 했다. 그러고 보니 연구실에 이렇게 개인적인 용무로 온 건 처음인데. 막 쫓아내려나?

"저기, 교……."

하지만 의외로 문이 열려 있었다. 세단은 그래도 노크를 할까 망설이다가 입으로 슬쩍 말했다.

"똑똑. 전 노크했습니다."

세단은 조심스럽게 그의 연구실에 발을 들였다. 어쩐지 나쁜 짓을 하는 것처럼 심장이 콩닥콩닥 뛰었다.

연구실에는 스탠드 하나만 켜져 있어서 다소 어두웠다. 세단은 소파에 죽은 듯이 누워 있는 그를 발견하고선 잠시 망설이다 조심스럽게 그의 곁으로 다가갔다.

"교수님, 이것 좀 드세요."

물론 대답할 리 없었다. 그래도 예의상 여기 온 목적을 얘기하고서 세단은 가만히 서서 그의 얼굴을 바라보았다. 그의 얼굴 위로 제 그림자가 드리워져 선명하게 보이진 않았지만 세단은 거기서 시선을 뗄 수가 없었다.

흐트러진 머리카락 아래로 조각 같이 잘생긴 얼굴이 옅은 불빛에 아른거렸다. 이렇게 가까이에서 보니까 좀 다른 것 같기도 하고…….

갑자기 나타난 이 남자. 그리고 바람처럼 나타났다 사라진 닥터. 그와 비슷하면서도 다른 듯한 이 남자도 어느 날 갑자기 훌쩍 없어지는 걸까? 닥터처럼?

세단은 그의 가슴을 향해 천천히, 아주 천천히 손을 뻗었다. 그의 심장 소리를 듣기 위해서. 그녀가 기억하고 있는 그 강렬했던 심박 수. 누구보다 빠르게 휘몰아치며 자신을 향해 뜨겁게 울리던 그 소리! 그때, 감고 있던 그가 눈을 번쩍 뜨고서 세단을 똑바로 바라보았다.

"아!"

아주 찰나의 순간, 시간이 멈춘 것 같았다. 그리고 어둠 속에서 보이는 그의 눈동자가 순간 회색빛인 것 같아서, 세단은 과감하게 그의 얼굴을 붙잡으려고 했지만 그가 몸을 벌떡 일으킨 탓에 휘청이고 말았다.

'넘어진다!'

무의식중에 눈을 질끈 감아버렸다. 하지만 단단한 손길이 허리를 순식간에 끌어당겼다. 쿵 소리가 들리고, 세단은 짧은 숨을 내쉬며 천천히 눈을 떴다. 그리고 눈앞에, 그가 있었다. 숨결이 닿을 만큼 무척이나 가까운 거리. 하지만 더 큰 문제는,

'내, 내가 꼭 덮친 것 같잖아!'

난감하고, 민망하고, 지나치게 야릇한 분위기였다. 게다가 불빛까지 왜 저래! 왜 저렇게 희미하게 흔들리는 거야!

이젠 불빛마저 신경 쓰일 만큼 세단과 윤성의 자세는 부적절했다. 넘어지는 사람을 붙잡는 바람에 세단이 윤성의 위로 내려앉아 있어서 완전히 그를 덮치는 것 같은 모습이 된 것이다. 누가 보게 되면 완전 스캔들감인데!

윤성도 상황이 이렇게 될 줄은 몰라 당황하는 중이었다. 그저 휘청이는 걸 붙잡으려던 것뿐이었는데 함께 넘어지고 말았다.

'내 부주의야.'

치킨집에서의 일도 있고, 계획에 없던 수술까지 한 탓에 솔직히 조금 피곤했다. 워낙 늦은 밤이라 겁도 없이 부교수의 연구실에 함부로 찾아올 사람도 없을 거라 생각해 잠깐 귀를 닫고 눈을 붙이고 있었던 것이다. 그런데 이 여자는 정말……. 상식을 깨고서 주인 있는 방에 불쑥 들어온 것도 모자라 대담하게 제 가슴에 손까지 올리려고 했다.

그는 묵직한 숨을 속으로 삼키며 자신의 위에서 어쩔 줄 몰라 하는 세단을 바라보았다. 이렇게 보고 있으니 아프리카 때의 기억이 꿈틀거렸다. 보름달이 뜬 것도 아닌데 왜 이러지? 몸이, 자꾸만 뜨거워진다.

세단은 쥐구멍이라도 있으면 들어가고 싶을 정도였다. 얼른 일어났어야 했는데 타이밍을 놓치고 말았다. 지금이라도 아무렇지도 않은 척 움직이려는데 자신을 빤히 바라보는 그의 시선에 그대로 몸이 굳어지고 말았다. 게다가 평소 같았으면 당장 떨어지라고 날벼락이 떨어져도 열두 번은 더 떨어졌을 텐데 아무런 말도 하지 않는 게 더 불안했다. 세단은 자꾸만 회색으로 보이는 그의 눈동자를 바라보며 결국 앉은 자세 그대로 과감하게 입을 열었다.

"그 눈동자 색, 진짜예요? 렌즈 같은 거 낀 거 아니에요?"

"이 상황에서 그게 중요한가?"

낮게 울리는 목소리에 온몸으로 전율이 일어났다. 이건 이거대로 기분이 너무나도 묘했다. 주변은 어둡고 적막하고, 오직 그의 높낮이 없는 깊은 목소리만이 청각을 예민하게 자극했다.

"이 야심한 시각에, 그것도 남자 혼자 있는 공간에 다 큰 여자가 함부로 들어와서는. 게다가 지금 이 자세, 너무 위험한 거 아닌가?"

"저한테 손 안 대실 거잖아요."

"그걸 대체 어떻게 장담하지? 날 그렇게 잘 알아?"

"잘 몰라요. 진짜 아무것도 몰라서 솔직히 너무 혼란스러워요. 그래서 교수님을 더 잘 알고 싶어요. 마윤성이라는 남자가 진짜 누구인지."

진심이었다. 그에게서 왜 자꾸 닥터를 보는지. 그가 정말로 누구인지 궁금했다. 마윤성, 이 남자가 자꾸만 머릿속으로 파고들었다.

"그 말, 몹시 위험한데."

윤성은 몸을 일으켰다. 그러자 두 사람의 사이는 더더욱 가까워졌다. 금방이라도 입술이 닿을 듯, 위태롭고 아슬아슬한 분위기. 하지만 두 사람은 서로에게서 시선을 떼지 않았다.

세단은 천천히 손을 뻗었다. 듣고 싶었다. 지금 그의 심장은 어떻게 울리고 있는지. 지금은 제 심장 소리밖에 들리지 않았으니까. 빠르고 위태롭게 쿵쾅거리는 제 심장 소리만큼, 당신도 그런지. 당신은 대체 누구인지!

"여기까지. 지금도 도가 지나쳐."

하지만 윤성은 세단의 손을 잡고서 몸을 일으켜 세웠다. 팽팽하게 당겨졌던 공기가 흐트러지면서 모든 것이 현실로 돌아왔다.

세단은 꽤 오래 참았던 숨을 내쉬었다. 윤성이 연구실 불을 켜자 마치 꿈에서 깨어난 듯한 기분이 들었다.

"내가 예전에 말했지. 누구든 믿지 말라고 했어. 나도 믿지 말라고 했고. 그런데 이젠 나도 박 선생 믿으면 안 될 것 같네."

"네?"

세단은 고개를 휙 돌렸다. 윤성이 벽에 몸을 기댄 채 여유로운 손짓으로 흐트러진 셔츠를 매만지고 있었다.

"순간 박 선생한테 내가 당할 뻔했잖아. 난 박 선생이 위험한 줄 알았더니, 아니었어. 위험한 건 나였어."

"그, 그게 무슨 말씀이세요!"

너무 기가 막혀 세단의 얼굴이 벌겋게 달아올랐다. 저렇게 말하니까, 진심 내가 무슨 변태라도 된 것 같잖아!

"그런 거 아니에요! 아니라는 거 아시잖아요! 이건 전부 사고예요, 사고!"

잔뜩 흥분해서는 어떻게든 해명하려고 다가오는 세단을 윤성이 손을 뻗어 저지했다.

"더 이상 다가오지 마. 또 희롱할 셈이야? 이런 식으로 내 순결을 잃을 순 없지."

"지, 지금 그 무슨 말도 안 되는! 아니에요. 절대로 아니라고요!"

으아, 쪽팔린다. 쪽팔림이 이루 말할 수 없이 밀려든다! 아무리 아니라고, 사고라고 외쳐도 솔직히 객관적으로 봤을 때 내가 이상한 짓을 하려던 게 맞긴 하잖아? 대체 왜 그런 거지? 단순히 자양강장제 하나 건네주러 왔다가 이게 무슨 난리야! 뭔가에 홀린 건가? 진심 내가 무슨 짓을 한 거야!

"저, 전 이만 가볼게요. 제가 여기 온 건 그저 이걸 드리려던 거였어요. 아시겠죠? 지금 일어난 일은 단순한, 그냥 단순한 사고였다고요!"

막무가내로 외치고서 세단이 연구실을 뛰쳐나가려고 할 때, 그의 목소리가 아주 잠깐 그녀의 움직임을 잡았다.

"다른 남자였다면 박 선생, 이대로 안 보냈을지도 몰라. 여기 있던 남자가 나였다는 것에 감사하고, 제발 조심하도록 해."

세단은 연구실을 빠져나왔다. 누가 볼세라 미친 듯이 복도를 뛰어가면서 제 발소리보다 더 쿵쾅거리는 심장에 미칠 것만 같았다. 대체 왜 이러지? 내가 왜 이러는 거지? 이렇게 남자에게 먼저, 이런 식으로 집착해 본 건 처음이다. 계속 다가가고, 다가가고, 또 다가가는! 이런 제 모습이 낯설어서 무서울 지경이다. 대체 저 남자 뭐야. 뭐냔 말이야!

"다른 남자였다면 박 선생, 이대로 안 보냈을지도 몰라. 여기 있던 남자가 나였다는 것에 감사하고, 제발 조심하도록 해."

문득 세단은 걸음을 멈추었다. 야심한 밤. 남자와 여자밖에 없었던 데다 그런 야릇한 분위기에서 그는 너무나도 무덤덤했다. 단 한 순간도 내게 흔들리지 않았다는 건가? 나 혼자 막 의식했던 거야?
"하? 이건 이거대로 좀 열 받네."
쿵쾅거리던 심장 너머로 아릿한 통증이 느껴졌다.

윤성은 그제야 머리를 쓸어 올리며 묵직한 숨을 내쉬었다. 하지만 손안으로는 여전히 그녀에게 닿았던 곳에서 미세하게 열기가 피어올랐다. 보름도 아닌데 자꾸만 그녀를 의식하고 흔들렸다. 만약 보름달이 뜬 밤이었다면, 정말 위험했을 것이다.
자꾸만 제 심장 소리를 들으려고 하는 그녀는 이제 점점 더 위험해졌다. 더 의심하기 시작한 건가?
"더 조심해야지. 더, 더 조심해야 해."
윤성은 차가운 물을 마시며 머리를 식혔다. 하지만 오늘 밤은, 잠을 제대로 이루지 못할 것 같았다.

## 4. 마녀, 저주에 빠지다

아침, 컨퍼런스 시간. 어쩐지 분위기가 심상치가 않았다.

"그래서 육도에 갈 인원 정해졌어?"

하지만 레지던트들은 묵묵부답이었다. 우물쭈물, 다들 눈치만 살피는 태도에 윤성은 미간을 찡그렸다. 뭔가 또 불길한 예감이 들었다. 그래, 이걸 생각하지 못하고 있었다, 이걸! 이러다가 정말로 설마.

"하아. 그래, 이해는 간다. 전문 의 시험이 얼마 남지 않았으니까."

"그게……."

"그러니까……."

선뜻 나서지 못하는 그들을 보면서 세단은 고민했다. 하지만 역시 이 방법밖엔 없었다.

"그럼 이번 한 번만 내가 간다! 다음엔 국물도 없어."

"감사합니다, 선생님!"

"정말 죄송합니다, 고맙습니다!"

안도의 한숨을 쉬며 감사하다고 말하는 레지던트들 사이에서 윤성의 표정은 흙빛으로 물들었다. 대체 일이 왜 이렇게 흘러가는 거야. 어쩜 타이밍도 기가 막히게 저 여자가 그 섬에 가야 할 수밖에 없게 되고 있냐고! 어제부터 일진도 사나운데!

"그나저나 그래도 한 명은 더 가야 하는데……."

그냥 인턴 중 한 명을 데려갈까 고민하던 세단의 눈빛이 믿을 수 없다는 듯 커졌다. 다른 레지던트들도 마찬가지였다. 바로 마윤성, 그가 손을 살짝 들고 있었던 것!

"교수님?"

그녀는 혹시나 해서 불렀지만, 윤성은 한숨이 뒤섞인 어조로 짧게 말했다.

"나도 간다."

그리고 설마가 사실로 나타나는 순간이었다.

컨퍼런스실을 빠져나온 세단은 윤성을 쫓아갔다. 그가 눈치채고 걸음을 멈추었다.

"뭐지?"

"아니, 그게……. 육도 말이에요. 굳이 교수님이 갈 필요는 없으세요. 제가 그냥 인턴 몇 명 인솔해서 데려가면 되니까."

어젯밤 일이 정말로 그는 아무렇지도 않은 모양이었다. 자신은 아침에 그를 보는 것도 조금 껄끄러웠는데, 정작 이 남자는 같이 섬에 가서 하루를 지내는 건데도 아무렇지 않은지 태연하게 자발적으로 손을 들다니. 또다시 기분이 슬슬 나빠졌다. 나도 그냥 막 무시해 버려?

"인턴이 뭘 안다고 거기까지 가. 그냥 짐만 되지. 우리가 지금 의료봉사 하러 가지, 애들 교육하러 가?"

"그건 아니지만……."

"어리바리한 인턴 여럿 있는 것보다 나 한 명 가는 게 훨씬 나아. 됐지?"

그 말을 끝으로 윤성은 걸음을 옮겼다. 그러다 문득 멈춰 서서는 그녀를 돌아보곤 짧게 말했다.

"어제 일, 너무 신경 쓰지 마. 박 선생 말처럼 사고였어."

"무, 물론이죠! 전 전혀 신경 안 써요."

"그리고 내가 전에 했던 말. 낯선 곳 조심하는 거, 그거 잊지 마. 요즘 박 선생 운이 엄청나게 사납잖아?"

아, 맞다. 그 말도 있었지. 요즘 정말 운세가 사나워. 어제 치킨집에서부터 밤에 그런 민망한 일까지! 정말 굿이라도 해야 하나? 하지만 다르게 생각하면…….

"그래도 오히려 그렇게 죽을 뻔한 상황에서 이렇게 멀쩡하게 살아 있는 것이 더 운 좋은 일 아닐까요?"

하지만 그 말 한마디에 윤성은 세단을 매섭게 노려보았고, 그녀는 숨을 꿀꺽 삼키고서 고개를 푹 숙였다.

"아닙니다, 아니에요."

"하아……. 하여튼 저 오지랖."

그렇게 그는 다시 걸음을 옮겼다. 그런데 저 걸음이 굉장히 무거워 보이는 건 자신의 착각일까?

그러고 보니 자신의 운 나빴던 모든 순간에 그가 있었다. 이번 치킨집도 그렇고, 불났을 때도 그렇고. 그가 옆에 있어서 모든 위험한 순간을 잘 넘긴 것 같은 기분.

"교수님이 내 행운의 아이템인가? 이번에도 교수님이 와주시면 완전 땡큐지."

이상하게 그가 옆에 있으면 마음이 편안해지고 모든 일이 잘될 거라는 묘한 믿음이 있었다. 이게 좋아해야 할 일일까, 싫어해야 할 일일까? 하지만 마음은 거짓말을 못 한다. 왠지, 기분이 좋아지고 있다는 걸. 오히려 육도로 가는 길이 기다려지고 있다는 작은 설렘 말이다.

"그래, 어젯밤 일은 잊자. 그냥 사고였어, 사고였다고."

CS에 새로 온 부교수가 육도로 의료봉사를 간다는 소문이 병원 내로 삽시간에 퍼지면서 재현의 귀에도 들어오게 되었다. 그는 괜찮은 척, 태연한 척했지만 저도 모르게 애꿎은 볼펜만 만지작거렸다.

"하아……."

깊게도 나오는 한숨. 이번 육도 의료봉사에 CS에서는 마 교수와 세단, 이렇게 단둘이 가게 되었다고 했다. 사정을 들어보니 그 이유가 이해가 되지 않는 것도 아니지만 왜 하필이면 두 사람일까. 불안하고 초조했다. 우연이든 뭐든 자꾸 둘이 이렇게 엮이는 것이 그로서는 마음이 썩 좋지가 않았다.

그는 천천히 서랍을 열었다. 그 안에 들어 있는 액자에 고등학생 시절 세단과 그가 같이 손을 잡고서 환하게 웃고 있는 모습이 담겨 있었다.

"이때가 좋았는데. 이렇게 막 손잡아도 네가 먼저 뿌리치는 일도 없었고."

그때도 친구였고 지금도 마찬가지지만 지금은 의미가 많이 달랐다. 지금의 나와 그때의 내가 다른 것처럼. 감정적으로 더 이상은 순수할 수가 없으니까.

"마윤성……."

세단은 지금껏 다른 남자들과 연애를 했다. 재현은 그럴 때마다 그저 묵묵히 뒤에서 그녀를 기다렸다. 그녀가 돌아올 것이라 믿으면서. 누구도 그녀의 외로움을 채워주지 못할 테니까. 이해하지 못할 테니까. 자신을 제외하고는.

그런데 이번엔 기분이 좋지 않았다. 두 사람 사이에 뭔가가 있는 것도 아닌데, 더 불안하고 초조했다. 우연을 가장하여 계속해서 엮이는 이 운명 같은 끈이 더더욱 싫었다.

대체 왜 그럴까. 마윤성, 그는 절대로 세단이의 옆에 있어줄 수 있는 사람이 아닌데. 세단이의 외로움을 채워줄 따뜻한 사람, 영원히 그 곁을 지켜줄 사람은 절대로 아닌데…….

솔직한 심정으로는 그도 의료봉사에 따라가고 싶었다. 하지만 그럴 명분이 없다는 게 문제였다. 게다가 곧.

띠리링.

"네."

[실장님, 이사장님께서 내일모레 입국하신다고 연락이 왔습니다.]

"미리 들었어요. 그날 스케줄 좀 빼줘요."

[네, 알겠습니다.]

곧 아버지가 돌아오신다. 오랜만에 나선 긴 출장길에서 돌아오시는 거라 마중을 나가지 않을 수가 없었다.

재현은 다시 한 번 액자를 바라보곤 서랍을 닫았다. 설사 정말로 이 모든 것이 우연이 아닌 운명이라고 하더라도 포기하지 않을 것이다. 그녀가 쉽게 이 손을 잡으러 오지 않는다면…….

'내가 잡으러 갈 거야.'

그녀가 먼저, 다른 누군가를 보며 그녀 자신의 심장 소리를 듣기 전에.

드디어 의료봉사를 떠나는 당일. 인천항에서 한국대병원 의료봉사단은 기념촬영을 마치고 육도로 떠나는 배 위에 올랐다. 육도는 배로 1시간 넘게 들어가야 나오는 작은 섬이었다.

윤성은 거칠게 밀려드는 비릿한 바닷바람을 맞으며 난간을 잡고 서 있었다. 처음엔 귀찮은 일에 휘말렸다고 생각했는데, 사람 많고 복잡한 곳에서 떠나 그저 들리는 거라곤 파도 소리뿐인 이런 곳도 나쁘진 않은 것 같았다. 문제는 자신이 주시해야 할 박세단, 이 여자가 가만히 있지 않고 분주하게 움직이고 있다는 거지만.

윤성은 멀리서 움직이는 세단의 움직임을 놓치지 않고 주시했다. 다른 곳을 바라보고 있지만 작은 소리 하나 놓치지 않기 위해 귀를 기울이고 있는 그를 다른 과 여의사들이 멀리서 지켜보면서 감탄을 금치 못했다.

소문으로만 들었던 CS에 새로 온 부교수는 이렇게 보니 정말 그림이 따로 없었다. 쭉 뻗은 다리에 균형 잡힌 몸매 하며 얼굴도 끝내주게 잘생긴데다 서늘한 눈빛이 일품이었다. 하지만 주위에 벽을 치는 분위기 때문에 친해지고 싶어도 말 한 번 붙이기가 어려웠다.

"저, 저! 하아. 좀 조심!"

그는 사방팔방 뛰어다니면서 흔들리는 파도 탓에 휘청거리는 세단의 모습이 불안하기 짝이 없었다. 대체 혼자 뭐가 저렇게 바쁜 거야? 결국, 윤성은 그녀의 이름을 불렀다.

"박 선생."

세단은 그제야 걸음을 멈추고 윤성을 바라보았다.

"무슨 일 있으세요? 혹시 멀미?"

"왜 그렇게 촐싹거리는 거야? 배 위에서 떨어지고 싶어?"

"에이, 무슨 배 위에서 떨어진다고. 제가 한두 살 먹은 어린애인가요? 섬에 도착하기 전에 물품 정리 끝내야 해서요. CS는 장비가 생명이니까. 가서 못 써먹으면 말짱 꽝인데."

윤성은 세단의 목덜미의 옷깃을 잡고서 제 옆으로 잡아끌었다. 섬에 도착해서 땅을 밟을 때까지는 이렇게 눈에 보이는 곳에 두어야 안심할 것 같았다.

"어, 어, 어!"

"그런 건 미리미리 점검해야지, 지금 한다고 달라져?"

세단은 늘어진 옷깃을 매만지며 퉁명스럽게 말했다.

"물론 점검했죠. 하지만 혹시 모르니까."

"됐으니까 여기 얌전히 있어. 정신 사나워."

"설마 교수님은 정말로 제가 바다에 빠질까 봐 걱정하시는 거예요?"

윤성의 솔직한 속내는 그랬다. 3개월 동안 이 여자에게 무슨 일이 어떻게 벌어질지 누가 안단 말인가? 요 며칠 쭉 지켜본 결과, 그녀는 정말이지 운이 더럽게도 없는데.

"불에도 휘말리는 판에 물에 휘말리지 않는다고 누가 장담해?"

"에이, 그건 진짜 오버다."

그래도 세단은 그의 사소한 걱정이 영 싫지가 않았다. 그래서 슬쩍, 아주 슬쩍 그의 옆으로 다가서자 윤성은 귀신같이 눈치채고는 딱 잘라냈다.

"너무 붙지 마."

"그럼 저기로 갈까요?"

세단이 조금 먼 곳을 가리키자, 윤성은 잠시 망설이다 이내 한숨을 쉬었다.

"……그냥 있어."

"헤헤."

이 정 없는 남자의 모습이 조금씩 귀엽다고 느껴진다면 정녕 내 눈이 미친 걸까? 그래도 지금은 진짜 그렇게 느껴지는데.

세단은 난간에 턱을 괴고서 윤성의 얼굴을 마음껏 바라보았다. 바다 향이 진하게 밀려든다. 병원이 아닌 이렇게 뻥 뚫린 곳으로 가는 것도 기분 전환되는 것 같아서 나쁘지 않았다. 게다가 그녀의 옆에 마윤성, 그가 있다. 처음엔 그가 닥터인지 아닌지 필사적으로 알아내려고 했는데. 지금은……

'그가 누구든 별로 상관없는 것 같아. 그냥 단지……'

쿵쾅쿵쾅, 심장이 울리는 것으로 그녀의 감정을 대신하고 있었다.

육도에 도착한 그들은 제일 먼저 부스를 차리고 장비부터 살폈다. 꼼꼼하게 살핀 덕분에 기기는 아무 문제 없이 제대로 돌아가고 있었다. 사실 이런 의료봉사에서 가장 바쁜 것은 내과였다. 그래서 일손이 부족하면 그쪽으로도 손을 빌려줘야만 했다.

"교수님, 파이팅이요!"

"네 일이나 잘해."

그리고 기다리던 환자들이 밀려들기 시작했다. 작은 섬이었지만 제법 환자들이 많았다. CS의 부스도 꽤 북적거렸으나 윤성이 특유의 감각으로 기계를 이용하지 않고서도 환자의 상태를 정확하게 판단하고 진료하는 덕분에 속도가 굉장히 빨랐다.

"요즘 가슴이 답답하고, 조금만 움직여도 숨 쉬는 게 어려워. 통증도 심하고."

"잠깐 볼게요."

윤성은 환자의 가슴을 더듬고서 심장의 움직임을 살폈다.

"흡연 많이 하시죠?"

"여기 뱃사람들이라면 안 하는 사람이 거의 없지."

"고혈압도 있으시고."

"가족력이라서……."

"협심증 증상이 보입니다. 이대로 흉통이 계속되면 심근경색으로 이어질 수 있습니다."

"그럼 어떻게 해야 하나?"

"여기서는 치료를 할 수가 없습니다. 큰 병원에서 정밀 검사를 받는 게 좋습니다."

그는 일단 약을 처방하고 지금 환자가 취할 수 있는 예방법을 알려주고는 환자들을 돌려보냈다. 반드시 병원에 가야 한다는 말도 잊지 않고. 섬의 주민들은 대부분 뱃사람과 해녀라서 그런지 심장이나 폐에 질환을 가진 사람이 많았다. 여기서 완벽하게 치료를 할 수는 없지만, 병을 미리 알고 초기에 빨리 병원을 찾아 치료를 한다면 회복 가능성이 높았다.

세단 역시 한 사람, 한 사람 세심하게 환자를 살폈다. 모든 게 부족했던 아프리카 때를 생각하면 여기는 거의 천국이라 할 수 있었다. 그때, 그녀의 앞으로 여덟 살 정도 되어 보이는 소녀가 엄마의 손을 잡고서 찾아왔다.

"꼬마 환자네. 어디가 아파서 왔을까?"

"제가 아니라, 우리 엄마요."

그녀는 고개를 들었다. 소녀의 어머니는 딱 봐도 안색이 굉장히 나빠 보였다.

"어디가 안 좋으세요?"

그러자 그녀는 조금 불안한 기색으로 가슴을 매만지며 말했다.

"요즘 잠수를 할 때마다 숨이 빨리 차고, 심장이 너무 빨리 뛰어서 통증을 느낄 때도 있어요. 많이 피곤할 때는 팔다리도 좀 붓는 것 같기도 하고."

"잠깐 소리 좀 들어볼게요."

세단은 청진기를 대고 심장을 살폈다. 순간 표정이 살짝 굳어진 세단이 다시 귀를 기울여 소리를 들었다. 잡음이 느껴진다.

"많이 안 좋은가요?"

세단의 불안함이 전해졌는지 그녀가 딸의 손을 꼭 붙잡으며 조심스럽게 물었다. 세단은 침착하게 입을 열었다.

"정밀 검사를 받아봐야겠지만, 아무래도 심장판막 질환이 의심됩니다. 게다가 지금 흉부 쪽도 너무 안 좋으세요."

수년 동안의 고된 물질 끝에 얻은 만성 심장병과 폐병.

"지금까지는 몰라도 앞으로 계속 해녀 일을 하신다면 심장과 폐가 버티지 못할 겁니다. 그러니까 지금이라도 다른 일을 하시는 게……."

세단의 조심스러운 말에 그녀는 서글픈 표정을 지으며 딸의 손을 만지작거렸다.

"하지만 제가 할 줄 아는 게 그것뿐인데. 애 아빠는 바다에서 행방불명되었고, 애도 아직 어려요. 같이 살려면, 먹고살려면, 아직은 몸이 버텨줘야 하는데……."

"일단 내일 저희와 같이 병원으로 가시죠. 거기서 정밀 검사를 받으셔야 합니다. 상태가 어느 정도인지에 따라 치료의 정도가 달라지니까요."

"비용이 많이 들지 않을까요?"

"저희 병원에서 행하는 의료봉사입니다. 제가 알아보고 방법을 마련하도록 하겠습니다."

"감사합니다, 선생님."

그렇게 그녀는 딸의 손을 잡고 일어섰다. 소녀가 잠시 망설이다 이내 세단에게 뭔가를 쥐어주었다. 아주 작고 매끄러운 조약돌이었다.

"선물이에요."

"우와, 진짜 예쁘다. 너 이름이 뭐야?"

"양언주요."

"이름도 예쁘네. 내일 엄마 잘 모시고 와야 해. 알았지?"

"네!"

그렇게 소녀는 엄마의 손을 잡고 멀어졌다. 세단은 그 모습을 살짝 불안하게 바라보았다. 이건 그냥 느낌이지만, 판막과 더불어 심박 수가 불안정했다. 여러 가지 합병증도 같이 있을 가능성도 컸다.

"자세한 건 내일 검사를 해봐야 알겠지만……."

부디 심장이식까지는 가지 않았으면 좋겠는데…….


어느새 어스름이 감돌고, 진료도 대충 마무리되었다. 세단은 뒷정리를 마치고 주변을 둘러보았지만 윤성의 모습은 보이지 않았다.

"어디 가셨지? 분명 아까까지 있었는데……."

"박 선생님, 식사하세요!"

"아, 네!"

점심도 부실하게 먹어서 그런지 위장에서 아주 밥을 달라고 난리였다. 교수님도 배고플 텐데. 늦게 가면 남는 것도 없다고.

"진짜 어디 가신 거야? 연락을…… 아……."

그러고 보니 아직 휴대폰 번호를 모른다. 이번에 생각난 김에 꼭 물어봐야지. 같은 직장에, 같은 과에, 게다가 이웃이면서 번호도 모른다는 게 말이 되냐고!

밥을 먹는 내내 세단은 윤성이 어디서 나타나지 않을까 싶어 신경을 곤두세웠다. 하지만 그는 통 모습을 보이지 않았다. 밥을 다 먹은 후 혹시 몰라 찐 감자 몇 개를 챙긴 세단은 조심스럽게 그를 찾아 나섰다.

"교수님! 교수님!"

섬이라서 그런지 어둠이 빨리 몰려왔다.

도대체 어디로 간 거야! 도통 찾을 수가 없자 슬쩍 짜증이 밀려왔다.

어쩌면 일행이 있는 곳에 이미 돌아갔을지도 모른다고 생각하면서 발걸음을 돌리려고 했지만, 귓가에 나지막이 울리는 파도 소리가 그녀의 발목을 붙잡았다.

"……예쁘다."

조그만 섬의 아주 작은 해변. 짙은 밤빛을 담은 파도가 출렁이며 그 위로 무수한 별이 흩날렸다. 서울에서는 절대로 느낄 수 없는 고요함과 여유로움.

"잠깐 걸어볼까."

어차피 지금쯤이면 동네 사람들과 어울려 술판이 벌어졌을 텐데 딱히 거기 끼고 싶진 않았다. 이제 술과는 살짝 이별하고 싶었으니까.

그렇게 해변을 따라 걸음을 옮기려는 순간, 익숙한 목소리가 그녀의 옆으로 들려왔다.

"어디 가?"

"교수님? 교수님이야말로 대체 어디 계셨던 거예요? 배 안 고프세요?"

그렇게 찾아 헤매던 그가 어느 순간 바로 옆에 서 있었다. 대체 어떻게 나타난 거야? 기척도 안 들렸는데.

"안 고파. 북적거리는 것도 싫고."

조그만 공간에서 여러 사람들이 북적이는 모습에 윤성은 혀를 내두르며 자리를 피했다. 차라리 밥을 안 먹고 말지.

오랜만에 귀가 조용했고, 눈이 편안했다. 일부러 귀를 닫지 않아도 들려오는 소리는 오직 파도 소리와 바람 소리뿐. 어쩐지 아프리카에서 느낄 수 있었던 그런 고요함이라고 할까. 물론 세단이 신경 쓰여서 그녀의 근처에서 맴돌고 있었지만.

"감자 냄새 나는데?"

"배 안 고프시다면서요."

"냄새를 풍기질 말던가."

"코도 좋으시네요."

세단은 피식 웃으면서 윤성에게 가져온 감자를 건네주었다.

"바다 볼 건데, 같이 가실래요? 어차피 노는 데 끼진 않으실 거 아니에요."

"혼자 겁도 없이 이 야밤에? 내가 낯선 곳 조심하라고 말했지?"

"제 운세가 나빠서요? 괜찮아요. 제 행운의 아이템이 옆에 있으니까."

윤성은 세단의 말에 의아한 표정으로 되물었다.

"행운의 아이템?"

"네, 교수님이요."

그녀는 윤성을 바라보았다. 밤바다에 너무나도 잘 어울리는 눈동자가 그녀를 천천히 끌어당기고 있었다.

"무슨 헛소리야."

"생각해 보니까 제가 위험했던 때마다 교수님이 옆에 계셨잖아요. 그 모든 순간, 순간에 교수님이 계셨어요. 그러니까 교수님은 제 행운의 아이템이 확실해요."

윤성은 이 말도 안 되는 생각을 대체 어떻게 해야 할지 난감했다. 행운의 아이템? 어쩌면 그 반대일 수도 있다. 나라는 괴물을 만나고 엮인 게, 딱히 좋을 게 없으니까.

'3개월. 그래, 딱 3개월만 기다리면 돼.'

윤성은 말없이 먼저 해변으로 걸음을 옮겼다. 그리고 세단도 자연스럽게 그의 뒤를 밟았다. 다른 사람은 냉정할 정도로 밀어내면서, 이상하게 자신은 그렇게 밀어내진 않았다. 물론 친절하지도 않았지만. 게다가 애정이 한 괜한 소리도 떠올랐다.


"마 교수님이 넌 좀 괜찮게 보는가 보다."


그리고 모르는 척해도 들리는 교수님과 자신에 관한 소문들. 이 모든 것들이 괜한 마음을 품게 한다. 내가, 저 사람에게 조금은 특별한 사람이 아닐까 하는 괜한 기대감.

세단은 어느새 그의 옆으로 섰다.

"옆에 서라고 한 적은 없는데?"

"아까도 그러시더니 또 그러신다. 솔직히 말해보세요. 교수님도 제가 아주 싫진 않죠? 그렇죠?"

"뭐?"

"사실 조금 좋죠?"

가끔씩 아닌 척하면서도 저렇게 말을 돌직구로 던져올 때가 있었다.

윤성은 헛웃음이 담긴 시선으로 그녀를 빤히 바라보았다. 대체 뭐라고 말을 해줘야 할까, 이 뻔뻔한 여자한테.

"또 날 희롱하려는 거야?"

"희, 희롱이라니요!"

"박 선생, 진짜 위험한 사람이었네. 가까이 붙지 마. 마음대로 막 만질 생각도 하지 말고."

농담이 아니라 진심이 담긴 단호한 말에 세단은 기가 막히다 못해 어이가 없었다.

"누가 만진다는 거예요! 그리고 저보단 교수님이 만질 거 다 만졌잖아요! 맘대로 손도 잡고, 내 허리도 막 껴안고, 그리고 입……."

세상에, 지금 무슨 소리를 하는 거야! 제 말에 제가 민망해져서 세단은 고개를 획 돌려 버렸다. 그런데 이상하게 그가 말이 없었다. 원래라면 버럭 해야 하는 거 아닌가?

그녀는 슬그머니 시선을 돌렸다. 그런데 그가 말없이 자신을 빤히 바라보고 있었다. 밤이라서 그런가. 외딴 섬, 오직 두 사람뿐인 묘한 분위기에 취해서 세단은 자꾸만 마음이 용감해지고 있었다.

"보통 남자가 나를 그렇게 빤히 보면…… 아, 이 남자가 날 좋아하나 보다 생각하게 되는데."

"그런데?"

"교수님은 아닌 것 같아요."

두 사람은 제자리에 서서는 서로의 눈을 바라보며 낮게 섞이는 목소리에 귀를 기울이고 있었다.

"왜?"

"교수님이 누굴 좋아하고 사랑한다는 거, 별로 상상이 안 돼서요. 그래도 만약 그럴 수 있다면……."

자신을 끌어당기는 저 강렬한 눈빛에 휘말려서, 그녀는 저도 모르게 낯부끄러운 말을 내뱉을 뻔했다.

'정말로 내게 관심이 있어서, 날 좋아해서, 그래서 그런 눈빛으로 날 보

는 거라고······.'

"박 선생?"

"아, 아니에요!"

세단은 결국 누르던 마음이 생각으로 새어 나오자 얼굴이 화르르 달아올라 얼른 고개를 돌려 버렸다.

세상에, 박세단. 너 정말로 저 남자 좋아하는 거야? 진심으로······.

'좋아지게 된 거야?'

윤성은 혼자 어쩔 줄 몰라 하는 그녀를 바라보다 낮게 가라앉은 목소리로 속삭였다.

"당신 생각이 맞아."

"네?"

"누굴 좋아하고 사랑하는 감정, 난 단 한 번도 느껴본 적이 없어."

"······."

"내가 언젠가 박 선생한테 말한 적 있지? 남을 믿지 말라고. 특히 나를 절대 믿지 말라고."

화르르 달아올랐던 감정이 삽시간에 가라앉았다. 차가운 목소리가 그녀의 심장을 움켜쥐었다.

"······네."

"그거 절대로 잊지 마. 내게 가까이 다가오지 말란 말이야."

그 말을 끝으로 윤성은 먼저 돌아섰다. 세단은 두근거리는 만큼 찌릿하게 파고드는 통증에 자꾸만 눈물이 핑 돌려고 했다.

"하아, 미쳤니? 지금 이게 뭐하는 거야. 실연이라도 당했어? 혼자 뭐하는 거야, 박세단."

하지만 고백을 하기도 전에 완벽하게 차인 기분이다. 한 발자국도 다가오지 말라고 딱 선을 그었다.

누구에게나 철벽을 치지만, 그래도 제겐 조금 특별하다고, 곁을 내주었다고 지금껏 믿고 있었던 모든 것이 착각이었다. 그것도 아주 오만한 착각. 쥐구멍에라도 숨고 싶을 만큼 너무나도 부끄럽다.

"그래, 나도 착각이었어. 저런 남자가 뭐가 좋다고. 그냥 외모에 흔들린 거야. 그래! 하지만 이젠 아니야. 완전히 아니라고. 나도, 나도!"

하지만 결코 심장은 거짓말을 하지 않는다. 심장은 여전히 아프면서도 그를 향해 뜨겁게 두근거리고 있었다. 모든 소리가 사라지고 오직 심장 소리만이 빠르게 들렸다. 야속하게도, 너무나도 밉게도 이미 마녀는 저주에 걸려 버렸다. 아주 끔찍한 저주에……

"……왜 절대로 없다고 저렇게 단정 짓는 거야. 사람 일은 모르는 거잖아. 그리고 아직 난 고백도 안 했어. 아직 끝난 거 아니라고."

그래, 나도 의외로 볼수록 매력 만점이야. 볼매라고, 볼매. 저 남자의 철벽을 무너뜨려 주겠어! 시작도 안 하고 끝내는 건 박세단이 아니지. 빡센 마녀를 우습게 보지 말라고.

처음으로 누군가를 먼저 좋아하게 됐다. 이토록 가지고 싶다는 마음이 든 것도 역시나 처음이다. 날 좋아해 줄지, 날 떠나지 않을지 그런 것에 관계없이 내가 저 남자의 옆에 있고 싶어졌다.

"……당신이 좋아. 좋으니까, 이 심장이 시키는 대로 한번 가볼 거야."

이젠 그가 닥터든 아니든 상관없이, 그저 마윤성, 그라는 남자만 보였다.


윤성은 멀리서 세단을 지켜보았다. 하지만 그의 귀엔 아무런 소리도 들리지 않았다. 일부러 귀를 닫았다. 지금 그녀가 하는 말을 듣게 되면 위험할 것 같아서. 정말로, 위험할 것 같아서……


"누가 만진다는 거예요! 그리고 저보단 교수님이 만질 거 다 만졌잖아요! 맘대로 손도 잡고, 내 허리도 막 껴안고, 그리고 입……."

그는 저도 모르게 제 입술을 쓸어내렸다. 환자가 아닌 이상 남들과 필요 이상으로 접촉해 본 적은 단 한 번도 없었는데, 저 여자와는 그 모든 경계가 무너지고 말았다. 제 몸이 그녀를 기억하고 있으니까. 너무 깊게 그녀와 뒤엉키고 있으니까. 이대로 정말 각인이라도 나타난다면.

순간, 윤성의 얼굴이 창백하게 질렸다. 파르르 떨리는 손. 애써 누르고 있던 과거의 기억이 그의 목을 조여 숨이 턱 막혔다. 다른 건 몰라도 절대로 각인은, 그것만은 안 된다.

그의 시선이 하늘을 향했다. 점점 차오르고 있는 달.

"절대로 믿지 말고, 흔들리지도 마. 어차피 곧 헤어질 테고, 잊힐 관계야."

마치 제 자신에게 새기듯, 윤성은 한동안 그렇게 그 자리에 서서 연신 같은 말을 속삭이고 있었다.


세단은 피곤한 몸을 이끌고 하룻밤 묵게 될 집으로 향했다. 다른 선생님이 약도를 문자로 보내주었지만, 섬이라 그런지 가로등도 별로 없어서 주변이 너무 어두웠다.

"아는 길도 잃어버리겠는데?"

그래도 대충 감을 믿고 걸음을 옮기던 세단은 멀리서 흔들리는 불빛을 발견했다. 이쪽으로 성큼성큼 다가오는 불빛은 알고 보니 누군가 손전등을 들고서 이쪽으로 뛰어오는 것이었다. 그 누군가는 그녀도 잘 알고 있는 사람이었다.

"언주야."

"선생님!"

세단은 달려오는 언주를 안아주었다.

"어쩐 일이야? 이렇게 늦게. 설마 내가 묵을 집이……."

"예, 저희 집이에요, 선생님."

어느새 언주의 어머니가 다가와 대신 답을 해주었다. 세단은 고개를 들어 인사를 했다.

"아, 죄송해요. 제가 좀 늦었죠?"

"아니요. 괜찮습니다."

"얼른 가요, 선생님."

언주가 세단의 손을 잡아끌었다. 워낙 찾아오는 이가 별로 없는 섬이라 따로 숙박 시설이 없었다. 그래서 마을 사람들이 잘 곳을 하루 빌려주는 것이었다. 그런데 이렇게 우연하게 언주네 집이 걸리다니. 솔직히 남의 집에서 신세를 지는 게 미안해서 마음이 불편했는데, 한결 나은 것 같았다.

그렇게 언주네 집에 도착한 세단은 얼른 눈을 붙이고 싶다는 생각을 했다.

"식사는 하셨어요?"

"어우, 그럼요. 그런데 저 때문에 지금까지 못 쉬고 계셨어요? 정말 죄송합니다."

"아니에요, 아니에요."

"선생님, 이거요."

언주는 부엌에서 찐 고구마를 몇 개 가져왔다. 세단은 그것을 받고서 언주의 머리카락을 가볍게 쓰다듬어 주었다.

"고맙다, 언주야. 이렇게 환대해 줘서 너무 고마워."

"아니에요, 선생님."

언주 어머니가 세단을 얼른 방으로 안내했다. 작지만 깔끔하고 온기가 느껴지는 방이었다.

"여기예요, 선생님. 방이 너무 좁아서 어쩌나……."

"괜찮아요. 잠만 술술 잘 오면 되죠. 게다가 저 잠자리 가리거나 하지 않아요. 땅에 머리만 대면 자는걸요. 이 정도면 충분해요. 그리고 내일 아

침에는 저랑 같이 병원 꼭 가셔야 해요. 정밀 검사를 받아야 치료를 서두
를 수 있어요."

밝은 형광등 불빛 아래에서 보니 역시나 안색이 많이 안 좋았다. 저건
혈액순환이 제대로 안 된다는 것이고, 이는 즉 심장이 제 기능을 하지 못
하고 있다는 것을 의미했다.

"예, 감사합니다. 그나저나 그래도 방이 너무 좁은데. 한 분 더 오셔야
하잖아요."

세단은 의아한 표정을 지었다.

"여기서 자는 사람이 또 있어요?"

"네. 선생님이랑 같이 오셨다던데……."

그녀의 말에 세단은 설마 하는 표정으로 입을 떡 벌렸다. 자, 잠깐!

"저랑 같이 왔다니요. 설마 마윤성 교수님……."

"이름까진 모르고, 아무튼 선생님이랑 같이 오신 분이라고 들었는데
요."

그럼 확실하다. 마윤성, 그 사람이랑 같은 방을 쓰는 거야? 그게 말이
되냐고!

"설마 여기 방 하나뿐인 건 아니죠? 그렇죠?"

"하, 하나뿐인데. 여자분 아니세요?"

"남자예요……."

세단은 거의 무너질 듯한 표정으로 속삭였고, 그녀는 난감한 표정을 지
었다.

"어머, 어떡해."

"괜찮아요. 일단 제가 교수님 오시면 잘 말씀드려서 다른 곳으로 가시
도록 할게요."

"미안해요. 난 그냥 여자 선생님인 줄 알았네. 다른 의사선생님도 방이
두 개인 줄 아셨나 봐요."

"아니에요. 신경 쓰지 마세요. 늦었는데, 들어가 보세요. 내일 먼 길 가셔야 하는데."

세단은 미안해서 어쩔 줄 몰라 하는 그녀와 언주를 보낸 뒤 절망에 찬 표정으로 그제야 방을 살살이 둘러보았다. 아까는 적당했던 방이 지금은 쥐구멍만 하게 보였다. 게다가 전등 불빛도 아까와 달리 너무 어두운 것 같고. 누가 봐도 너무나도 야릇한 공간! 이제 겨우 지난번 일을 잊고 있었는데, 왜 이런 데자뷔 같은 일이!

대체 누가 이런 식으로 방을 짠 거야! 나랑 교수님 둘밖에 없다는 거 뻔히 알면서! 하긴, 어머님은 여자인 줄 알고 승낙하셨을 것이고, 방을 부탁한 선생님도 설마 방이 하나라고 생각하진 않았겠지.

"그래, 내보내면 돼. 집이 여기뿐인 것도 아니고. 어떻게 남녀가 한방에!"

지금 기분으로는 도저히 무리야. 진짜로, 내가 덮칠 것 같다고! 그런 망측한 짓을! 난 절대로 못 해. 게다가 이제 막 좋아하는 마음을 품은 남자를 앞에 두고 어떻게 편하게 자냐! 내가 이 방에서 나가는 한이 있더라도 절대로 안 된다. 물론 교수님의 잠자는 모습이 조금 궁금하긴……

"그런 게 뭐가 궁금해, 너 변태니, 박세단! 진짜 교수님 희롱하는 거냐고!"

세단은 벌렁거리는 심장을 꾹 눌렀지만 좀처럼 진정이 되질 않았다. 그러다 문득 거울 앞에 다가가서는 얼굴을 살폈다.

"세상에! 요 다크서클 어쩌나. 얼굴색 칙칙한 것 좀 봐. 원래는 자체발광 물광피부인데. 화장 지우면 완전 너 누구니 할 판이잖아."

화장을 지우고 잠들어야 깔끔한데, 절대로 그에게 민낯을 보일 수는 없다.

"아니지. 왜 자꾸 교수님이랑 같이 자는 걸로 결론 나는 건데!"

그나저나 그는 여기서 자는 걸 알고 있을까? 그렇게 헤어지고 대체 어딜 간 거야? 나보고 낯선 곳을 조심하라고 했으면서.

"뭐, 어디 가서 위험한 일 당할 덩치는 아니지."

세단은 문지방에 앉아 벽에 머리를 기댄 채, 마당 입구 쪽을 바라보며 자연스럽게 그를 기다렸다. 번호 물어보는 걸 또 잊었다. 하긴, 아깐 그럴 정신이 없었지.

주변이 너무나도 캄캄했다. 불빛이 거의 없는 어둠은 마치 자신의 마음을 보는 것 같았다. 빛이 제대로 깜빡이지 않는다. 언제쯤 그 빛을 온전히 볼 수 있을지도 모르겠다. 아까는 자신 있다고 큰소리 빵빵 쳤지만, 글쎄.

세단은 천천히 고개를 올렸다. 그러다 저도 모르게 피식 웃었다.

"빛이 저기 있었네."

하늘을 보니 땅에 있는 빛보다 더 밝은 별들이 무수히 박혀 있었다. 게다가 달도 조금씩 차오르고 있었다.

달을 보면 희미하게 떠오르는 환상 같은 기억이 있다. 아프리카에서의, 믿을 수 없었던 그 밤의 환상. 신비롭게 쏟아지는 은빛 머리카락 사이로 기묘하게 빛나던 황금빛 눈동자. 그 밤 이후, 사실 그게 현실이었는지 꿈이었는지 아직도 확실하지 않았다. 그 뒤로 닥터가 사라졌으니까. 그것도 아주 감쪽같이.

'디으분 인싼'. 닥터를 쫓던 이가 내뱉던 그 절규. 세단은 아직도 그게 무슨 말인지 모른다. 그냥 고함지르는 걸 잘못 들은 걸지도 모르고. 처음엔 마 교수님이 닥터와 닮아서, 그일지도 모른다고 생각했는데 언젠가부터 아닐 거라는 생각이 들었다. 닥터는 정말 귀신같은 사람이니까. 내 머릿속의 환상 같은 그런 사람.

"그나저나 왜 이렇게 안 와. 진짜 모르는 거 아니야? 하으음."

턱이 빠질 정도로 하품을 하자 졸음이 물밀 듯 밀려들었다. 아침 일찍부터 배를 타고, 하루 종일 환자를 보느라 동동거렸더니 잠이 쏟아지다 못해 짓누르는 기분이었다. 이렇게 눈을 뜨고 있는 게 용하다.

그녀는 눈을 느리게 깜박거렸다.

"······아직 자면 안 돼. 자면 안 돼. 하아암! 근데 진짜 졸린데······. 그래도 자면 안 되는데······."

꾸벅꾸벅 졸던 그녀는 그대로 벽에 머리를 박은 채 잠들고 말았다.

그리고 잠시 후, 그녀의 얼굴 위로 그림자가 서리면서 윤성이 나타났다. 멀리서 지켜보면서 그녀가 잠들기를 기다리고 있었다. 그래야 조금 안심할 수 있을 것 같아서. 그런데.

"늦게도 잔다. 졸리면 그냥 자면 되지, 뭐하러 기다려."

윤성은 세단을 바라보며 한숨을 쉬다가 그녀를 가볍게 안아 들었다. 품 안으로 뜨겁게 차오르는 온기. 그는 재빨리 방에 그녀를 눕혔다.

"내가 이런 것까지 해줘야 하는 거야? 진짜 이렇게 손 많이 가는 여자는 네가 처음이다."

이렇게까지 가까이에서 오랫동안 바라본 여자는 세단이 처음이었다. 그저 자신을 살려준 빚. 그게 마음에 걸렸다. 게다가 괜히 이 여자의 운명을 들어서는. 의사로서 사람이 죽는다는데 모른 척할 수도 없었다. 그런데, 정말 그뿐일까?

"이 여자가 신경 쓰이나 보지?"

"그래, 그랬지. 그런데 진짜로 이렇게까지 네가 신경 쓸 줄은 몰랐다. 그렇게 돌아가기 싫어하던 한국으로 다시 돌아가면서까지 말이야."

영감의 목소리가 떠오른다. 사실 의사라는 이유로 이 여자를 살리기 위해 이런 짓까지 한다기엔 자신이 직업의식이 그렇게 투철한 건 아니었다. 의사가 모든 환자를 살릴 수는 없다고 말하며 그 어떤 희망적인 말도 하지 않는다. 그런데 그런 자신이 도대체 왜 병에 걸린 것도 아닌 이 여자한 명을 살리겠다고.

"흐으음……"

그때 세단의 손가락이 움찔하더니 피할 새도 없이 그의 손을 붙잡았다. 윤성은 놀랐지만 그 손을 떼어내진 않았다. 오히려 그녀의 보드라운 손을 살며시 움켜쥐었다. 맥박이 빠르게 느껴진다. 그 옛날, 아프리카에서 그녀를 안고 달렸을 때 느꼈던 그 심장 소리.

천천히 그녀의 손끝을 매만지던 윤성이 그 끝에 조심스럽게 제 입술을 묻었다.

뜨겁게 휘몰아친다. 머릿속이, 아주 강렬하게 휘몰아치고 있었다. 보름도 아닌데, 너무나도 묘한 느낌. 그래서 더 확실히 느낄 수 있었다. 그녀와 자신이 다르다는 걸.

"하아……"

윤성은 이내 손을 놓고 재빨리 등을 돌렸다. 어느새 눈빛이 차갑게 가라앉았다. 이성이 냉정하게 그를 붙잡았다.

'기억해라, 마윤성. 넌 인간이 아니다. 늑대고, 괴물이고, 이곳에서 평생, 죽어서도 섞이지 못할 이방인이다.'

절대로 저 여자 곁에 있을 수 없는, 어쩌면 저 여자를 불행하게 만들지도 모르는……. 넌 그녀에게 빚을 갚기 위해 잠시 이곳에 있는 거야. 여기서 더 욕심내면 그녀의 목숨을 위험하게 만드는 사람은 바로…….

'어쩌면 내가 될지도 몰라.'

그리고 만약 그렇게 되면, 아마 견딜 수 없을 것 같았다.

일그러지는 눈빛 위로 누군가의 모습이 스친다. 어머니…….

그는 방을 빠져나갔다. 하지만 멀리 가지 못한 채 주변을 서성이며 그녀의 숨소리를 듣고, 또 듣고 들었다.


이른 아침. 세단은 무겁게 눈을 깜빡이다 이내 벌떡 일어났다.

세상에. 언제 이렇게 잠들어 버린 거야! 그나저나 교수님은?

세단은 얼른 주변을 살폈지만 그의 모습은 보이지 않았다. 어쩐지 조금 실망해서 어깨가 축 늘어졌다. 어느새 새벽 기운이 조금씩 사라지고 있는 바깥을 바라보았다.

"안 오신 건가? 그럼 대체 어디로……."

그러다 문득, 자신이 방에 들어와서 이불을 덮고 잤다는 걸 깨달았다. 마지막 기억은 분명 방문 앞에 앉아서 윤성을 기다리던 것인데, 언제 이렇게 들어온 거지? 잠결에 들어왔나? 아님 설마 누가 이불을 덮어줬나?

"통 기억이 안 나!"

술 마신 것도 아니고 대체 왜 이러니! 그러다 저도 모르게 혹시나 하는 마음이 들었다. 차마 입 밖으로 내뱉는 것도 조심스러운 이름.

"교수님인가."

하지만 곧장 부끄러워하며 머릿속에서 지워 버렸다. 그일 리가 없지. 그가 이렇게 친절한 일까지 해줬을 리가 없어. 물론 그렇게 믿고 싶기는 하지만. 그럼 정말로 날 싫어하는 건 아닐 테니까.

박세단, 너무 착각 속에서 살지 말자. 벌써 한 번 그랬었잖아.

세단은 얼굴을 매만졌다. 화장을 안 지우고 자서 아주 얼굴이 엉망진창이다. 일단 세수부터 해야겠다. 그나저나 이 사람은 정말 어디서 잔 거야?

대충 이불을 정리하고 나갈 준비를 하는데 갑자기 방문이 벌컥 열리면서 눈물로 범벅이 된 언주의 얼굴이 나타났다.

"선생님! 선생님!"

"언주야, 너 왜 그래? 무슨 일 있어?"

언주는 다급하게 세단의 손을 잡아당기며 외쳤다.

"엄마가, 엄마가 안 일어나요……. 엄마가!"

세단은 굳어진 낯빛으로 건넛방을 향해 달렸다. 어제부터 조금 불안하긴 했지만 그래도 며칠은 버틸 수 있을 거라 생각했는데. 내가 잘못 판단한 건가? 너무 안심하고 있었던 내 탓인가?

건넛방 문을 벌컥 열자 쓰러진 여인 앞에 윤성이 있었다. 그는 그녀의 윗옷을 올리고 심장제세동기를 가동하려 하고 있었다.

"교수님……."

"뭘 보고만 있어!"

"아, 네!"

세단은 얼른 패드를 쇄골 좌우에 부착했다. 경련의 흔적이 보이는 창백한 얼굴에 말이 나오지 않았다.

박세단, 넌 대체 뭘 보고 뭘 했던 거야!

"물러나."

제세동기가 작동하며 쿵 하는 소리가 울렸다. 그리고 한 번 더 쿵. 언주는 멀리서 소리도 내지 못한 채 끅끅거리며 입을 틀어막고 있었다. 몸이 몇 번 튀어오르고 난 후에 윤성의 손끝이 꿈틀거렸다. 심박이 돌아왔다.

"하아……."

세단은 그제야 안도의 숨을 내뱉었지만, 윤성의 표정은 좋지 않았다.

"지금 당장 병원으로 가야 해. 넌 뛰어가서 선생님들께 알리고 배를 띄워, 어서!"

"예!"

그녀는 바들바들 떨고 있는 언주를 안쓰러운 시선으로 한번 바라보곤 얼른 집을 빠져나갔다.

윤성은 다시 여인의 심장을 누르며 손끝에 감각을 집중했다. 이 환자의 심장은 상상 이상으로 망가져 있었다. 이렇게 다시 뛰는 것이 기적일 정도로. 만약 환자가 잘못된다면 박세단, 그 여자도 견디기 힘들겠지? 아프리카에서도 환자와의 라포를 중요하게 생각했던 여자다. 그런 감정적인 부분이 언젠가 큰 해가 될지도 모른다고 생각했을 정도로.

"조금만 더 버텨주십시오."

윤성은 아직 의식이 없는 그녀를 향해 속삭였다. 이렇게 어렵사리 심박이 되돌아온 것은 아직 환자가 살려는 의지가 강하다는 것. 방 바깥에서 굵은 눈물만 뚝뚝 떨어뜨리고 있는 어린아이가 보였다.

"그러니 조금만, 조금만 더."

세단은 젖 먹던 힘을 다해서 뛰었다. 섬에 계신 선생님들께는 휴대폰으로 사실을 알리고 항구로 달려가 응급 상황이라고 말한 뒤 배를 띄우게 했다. 하지만 배를 띄운다고 해도 곧바로 병원으로 이송되지 못하면 끝이다. 그런데 대체 무슨 일인지 응급실이 계속 통화 중이었다. 정말로 이번 달은 재수가 옴 붙은 건지!

"망할! 아, 그래, 재현이! 그래!"

그녀는 서둘러 재현에게 전화를 했다. 신호음이 이어지는 그 짧은 순간에도 그녀는 초조하게 발을 구르며 속삭였다.

"재현아, 제발. 제발. 제발!"

그리고 마침내 통화가 연결됐다.

[세단아! 이 시간에 무슨 일이야? 아직 섬…….]

"재현아, 시간 없어! 지금 바로 항구 쪽에 헬기를 대기시켜 줘. 응급 환자야. 어서 빨리!"

시간이 없어, 시간이!

이른 아침. 재현은 거울 앞에 서서 묵직한 한숨을 내쉬었다. 곧 아버지가 도착하신다는 전화를 받았다. 원래 가벼운 캐주얼 슈트를 입고 다니는데 오늘은 그래도 먼 길 오시는 아버지께 예를 갖춰야 해 마음먹고 차려입었더니 몸이 갑갑했다. 결국 셔츠 단추 몇 개를 풀고서 넥타이는 하지 않은 채 집을 나섰다.

"시간이 좀 남으려나."

차에 오른 재현은 살짝 피곤한 눈을 깜빡였다. 세단이 섬으로 떠난 지 하루가 지났다. 마 교수와 함께하는 일정. 재현은 세단이 돌아오면 꼭 안아주고 싶었다. 하루 동안 불안했던 자신의 마음을 달랠 수 있도록.

그때 전화벨이 울렸고, 재현은 아무 생각 없이 발신인을 확인했다. 그런데 전화를 한 사람은 세단이었다.

"세단아! 이 시간에 무슨 일이야? 아직 섬……."

하지만 휴대폰 너머로 세단은 다급하게 도움을 청했다.

"알았어. 서두를게."

그는 재빨리 전화를 끊고서 서둘러 병원으로 향했다.


인천국제공항.

게이트가 열리면서 꽤 풍채 좋고 중후한 인상의 남자가 걸어 나왔다. 바로 한국재단의 이사장이자 재현의 아버지인 천강진 이사장이었다. 그는 비서에게서 전화를 건네받고는 살짝 미간을 찡그리며 짧게 답했다.

"알았다."

그러곤 전화를 다시 비서에게 돌려주며 투덜거렸다.

"재현이가 오지 못한다고 하는군."

"네?"

"병원에 긴급 환자가 생겨서 오지 못한대. 지가 무슨 의사야? 긴급 환자인데 왜 그 녀석이 더 난리야."

"하하하."

비서는 겸연쩍은 미소를 지었다. 세간에 꽤 냉정한 사람으로 알려져 있지만, 그는 하나뿐인 외동아들에게는 그저 한없이 풀어지고 작은 일에도 서운해하는 아버지였다.

"이사장님."

멀리서 누군가 그를 부르며 다가왔다. 선글라스로 얼굴을 가린 그녀는 바로 백하령이었다. 그녀는 강진의 앞에 서서 선글라스를 벗고 인사를 했다.

"먼 길 오시느라 수고하셨습니다."

뜻밖의 등장에 강진은 의아해하면서도 반가워했다.

"아니, 이게 누구야. 미국에 있다고 들었는데, 언제 귀국한 거니? 백 회장이 딸 하나는 정말 잘 키웠군. 아주 예뻐졌어."

"감사합니다."

"바쁠 텐데, 일부러 어쩐 일이니?"

"이사장님을 제가 제일 먼저 뵙고 싶었으니까요."

"너도 그 사업에 끼어드는 거냐?"

강진은 걱정스러운 눈빛으로 물었고 하령은 고개를 끄덕였다.

"제겐 무척이나 중요한 기회입니다. 그러니 이사장님, 저를 먼저 봐주세요."

하령은 고개를 숙였다. 한국에 돌아와 뭔가 해보기도 전에 백영진, 그가 너무 일찍 귀국해서 주주들의 마음을 뒤흔들고 있었다. 차기 후계자로 오르내리고 있는 그와 고작해야 입양아인 자신의 입지는 너무나도 달랐다. 그러니 실질적으로 의료 관광 사업의 키를 쥐고 있는 한국재단 천강진 이사장의 힘이 절실하게 필요했다.

강진은 의중을 알 수 없는 눈으로 그녀를 바라보았다. 그녀는 백 회장이 공개 입양으로 거두어들인 딸이었다. 개인적으로 백 회장과 친분이 있었던 그는 백 회장이 입양을 하겠다고 했을 때 많이 의아해했었다. 솔직히 그는 그럴 성품이 아니었으니까.

"사실은 백영진 이사를 먼저 만나기로 했는데……."

"……."

"좋다. 재현이 친구인 너를 먼저 보도록 하지. 조용한 곳으로 가자."

그 말에 그제야 하령은 고개를 들고서 입술을 부드럽게 올리며 환하게 미소 지었다.

"감사합니다, 이사장님. 오랜만에 오셨으니까 제가 좋은 곳으로 안내하겠습니다."

강진은 그 모습을 묘한 시선으로 바라보다 이내 함께 걸음을 옮겼다.

언주의 어머니를 태운 배가 출발했다. 급하게 준비한 출항이라 모두 다 떠나기엔 배가 작아, 언주를 데리고 윤성과 세단만 먼저 섬을 떠났다.

윤성은 산소호흡기를 낀 언주 어머니의 호흡을 살피며 계속해서 심장을 손끝으로 느꼈다. 몇 번을 확인해도 그의 표정은 딱딱하게 굳어진 채 풀리지 않았다. 제세동기를 이용해 심박은 돌아왔지만 불안정하기 짝이 없었다. 게다가 아직 의식도 돌아오지 않았다.

'이렇게 잠깐 보는데도 심장의 상태가 말이 아니야. 지금은 간신히 심박이 돌아왔지만, 다시 한 번 쇼크 상태가 오면 장담할 수 없어.'

세단은 불안해하는 언주를 꼭 안고서 윤성을 바라보았다. 지금 이 순간, 마윤성이라는 남자가 이곳에 있다는 것이 얼마나 큰 위안인지 몰랐다. 만약 그가 없었다면, 저 사람처럼 저렇게 냉정하고 침착하게 응급처치를 할 수 있었을까?

정말로 그는 자신의 행운의 아이템인 모양이다. 힘들고 위험한 순간마다 자신을 지켜주고 지탱해 주는 그런 사람.

드디어 배가 육지에 당도했다. 재현이 발 빠르게 대처한 덕분에 응급의료 전용 헬기가 바로 기다리고 있었다.

"서두르세요, 빨리!"

윤성은 끝까지 침착하게 환자를 살피며 함께 헬기에 올라탔고, 세단은 언주의 손을 잡고서 그 뒤를 따랐다. 아무것도 할 수 없었던 배 안에서보다는 환경이 나았지만, 그래도 서둘러 병원에 도착하는 것이 급선무였다.

"맥박 계속 살펴. 절대로 방심해선 안 돼."

윤성은 환자에게서 단 한 순간도 시선을 떼지 않았다. 세단도 잔뜩 긴장해서는 모니터를 뚫어져라 살폈다. 괜히 방해가 될까 봐 아무 말도 하지 못하고 있던 언주는 불안하게 울리는 날카로운 소음에 파드득 놀라고는 입을 열었다.

"선생님, 우리 엄마 괜찮은 거죠? 지금 잠깐, 잠깐 자고 있는 거죠? 그렇죠?"

세단은 언주의 손을 더욱 세게 잡아주었다. 낯선 헬기의 소음과 생전 처음 보는 기계에 이상한 소리도 들리니 언주는 지금 아주 많이 무서울 거다.

'내가 그랬으니까.'

아빠가 쓰러져서 실려 가던 응급차 안. 어린 세단에겐 너무나 무서운 곳이었다.

윤성 역시 잠시 언주와 세단을 바라보았다.

그때 그녀가 슬쩍 입꼬리를 올리면서 엷은 미소를 지었다.

"괜찮아. 엄마는 무사할 거야. 저기 저 선생님이 우리 병원에서 캡짱 선생님이야. 그러니까 하나도 무서워하지 마, 언주야."

강한 믿음의 속삭임. 하지만 윤성은 그 한마디에 얼굴빛이 차갑게 가라앉았다.

마침내 병원에 도착한 헬기는 환자를 ER로 옮겼다. 하지만 윤성은 지금 ER에서 하는 검사는 무의미하다고 생각했다. 당장 개흉을 해야 한다. 그리고 촉진이 아니라 눈으로 직접 심장을 봐야만 했다.

"교수님! 선생님!"

대기하고 있던 CS 레지던트와 인턴들이 긴장한 기색이 역력한 얼굴로 바라보았다. 윤성이 그들을 향해 짧게 말했다.

"수술방 잡고, 너, 너. 어시로 들어오고. 박 선생, 퍼스트로 들어와."

"알겠습니다!"

"네."

서둘러 수술방으로 가려던 찰나, 언주가 애써 겁먹은 표정을 지우고서 세단을 붙들었다.

"선생님, 엄마를, 엄마를 꼭 살려주세요. 꼭 살려주세요!"

"꼭 지켜줄게. 그러니까 너무 걱정하지 말고 있어."

세단은 인턴에게 언주를 부탁했다. 그리고 당장 수술방으로 향했다. 하지만 왠지 발걸음이 무거웠다. 마 교수님이 계시는데, 천재 외과의가 계시는데 뭐가 이렇게 불안하지? 환자의 심장을 보는 게 왜 이렇게 두려운 거지?

'아니야. 걱정할 필요 없어. 마 교수님이 계시잖아. 고쳐 주실 거야. 살려 주실 거야!'

그녀는 재빨리 수술방으로 들어섰다. 그곳엔 이미 윤성이 모든 준비를 마치고 마취의와 뭔가 상의 중이었다. 그의 시선이 세단에게 향했다.

"시간 없어."

"알고 있습니다."

수술방의 불이 꺼지고, 기계 돌아가는 소리가 크게 울려 퍼졌다. 어시로 들어온 레지던트는 바짝 긴장한 표정으로 윤성의 움직임 하나하나를 바라보았다.

"개흉을 하고, 환자의 심장을 살핀다. 하지만 어느 정도 각오해야 할 거다."

그의 입에서 각오라는 말이 나오자 세단의 가슴이 철렁했다. 물론 환자의 상태가 나쁘다는 것은 얼추 느끼고 있었다. 하지만 개흉을 하기도 진에 그가 먼저 저런 불길한 암시를 하다니.

"메스."

가슴이 열리고 위태롭게 뛰는 검붉은 심장이 드러났다. 심장을 본 윤성의 얼굴이 심각하게 굳어졌다. 세단 역시 마찬가지로 살짝 호흡을 삼켰다. 수술방 안에 침묵이 감돌았다. 레지던트들이 그냥 눈으로 확인해도 알 만큼, 심장은 아주 심각한 상태였다.

"혈전에 심근경색, 관상동맥도 엉망이고, 심장 전체가 부어 있는데다가 근육 일부는 굳어 있고⋯⋯."

말 그대로 아주 위험했다. 이 상태에서 심박 정지가 한 번 더 오면 되살리기도 전에 쇼크로 목숨을 잃게 된다. 그 말은 즉,

"이 심장은 더 이상 제 기능을 할 수가 없다."

윤성은 손을 아래로 내렸다. 지금 상태에서 할 수 있는 조치는 거의 없었다. 할 수 있는 방법은 오직 하나. 하지만 세단은 저도 모르게 주먹을 움켜쥐며 억눌린 목소리로 속삭였다.

"그럼⋯⋯ 이식, 뿐인가요?"

"그 방법이 최선이겠지. 아니, 그 방법뿐이야."

"다른 방법을 찾을 수는 없을까요?"

방 안의 레지던트들은 세단의 말에 움찔했다. 이제 남은 방법은 심장이식뿐이라는 건 자신들도 안다. 그걸 모를 리가 없을 텐데 왜 저런 말을.

윤성은 세단의 손을 붙잡고 옆으로 바짝 당겼다. 그녀가 환자의 심장을 제대로 볼 수 있게 했다.

"똑똑히 봐. 흉부외과의로서 네가 지금 어떤 판단을 내릴 수 있지?"

"물론 심장이식이 가장 최선의 방법입니다."

지금으로서 할 수 있는 방법은 오직 심장이식뿐이라는 것을 세단도 잘 알고 있었다. 하지만 알면서도 어쩔 수 없었다. 그 진단을 차마 내릴 수가 없었다. 지금 가슴을 닫으면 어떻게 되는지 잘 알고 있으니까. 환자가, 그

녀의 어린 딸이 어떻게 될지 잘 알고 있으니까. 자신과 너무, 닮아 있으니까.

"선생님, 우리 아빠. 아빠 살리실 수 있는 거죠? 그런 거죠? 꼭 살려주세요! 살려주세요."

자신의 어린 시절 모습과 너무나도 똑같은 그 아이의 얼굴이 머릿속에서 떠나질 않았다.

누구 하나 기댈 곳 없는 병원에서 의사선생님만을 간절히 붙잡고 할 수 있는 말은 오직 그것뿐. 의사선생님은 꼭 살려주실 거라고 믿는다. 사실은 의사의 능력보다 더 중요한 것은 따로 있는데. 세단은 주먹을 더더욱 꽉 움켜쥐었다.

윤성은 그제야 그녀의 상태가 뭔가 이상하다는 걸 느꼈다.

"하지만 환자와 보호자가 감당할 수 있을까요? 특히 언주는 혼자 견디기엔 너무 어린데."

심장이식은 돈이 없고 시간이 없는 사람에겐 그저 희망 고문 같은 것이었다. 언제 공여자가 나타날지 모르고, 수술비가 얼마나 들지 모르며, 설사 공여자가 나타났다고 해도 그 심장이 맞지 않으면 모든 것이 허사인. 그럼에도 불구하고 놓을 수 없는, 끝이 보이지 않는 희망 고문.

현재 환자분의 다른 가족들과 연락을 하려고 했지만 소용이 없었다. 그 말은 즉, 지금 환자의 유일한 보호자는 언주, 그 어린아이 혼자다. 심지어 그때의 자신보다 더 어린 아이. 그때의 나도 감당하기 힘들었는데. 그보다 더 어린 언주에게 감당해 내라고 말할 수가, 그럴 수가……

이내 세단은 고개를 가로저었다. 그리고 윤성을 향해 고개를 숙였다.

"죄송합니다. 지금 한 말은 못 들은 걸로 해주십시오. 수술 계속 진행하겠습니다."

세단은 마음을 굳게 먹었다. 하지만 윤성은 그런 그녀를 잠시 바라보다 문을 가리켰다.

"나가."

"네?"

그는 세단의 손을 억지로 폈다. 그제야 세단은 자신이 얼마나 주먹을 꽉 움켜쥐고 있었는지 깨달았다. 손에서 피가 흐르고 있었다.

"이 손으로 무슨 수술을 계속한다는 거야. 이 선생이랑 퍼스트 바꿔."

제 손에서 흐르는 피를 본 순간, 이상하게 몸에서 모든 힘이 빠져나간 것처럼 걸음을 뗄 수가 없었다. 결국 옆에 있던 레지던트가 세단을 부축해 수술방 밖으로 내보냈다. 등 뒤로 문이 쿵 닫히자 세단은 무겁게 눈을 감으며 입술을 깨물었다.

"최악이다. 박세단. 너 진짜 최악이야."


세단이 수술방에서 아웃된 이후, 수술방의 분위기는 극도로 싸늘해 숨 쉬는 것조차도 두려울 지경이었다. 윤성은 환자의 심박이 좀 더 버텨주길 바라면서 응급처치를 시작했다. 처음 이 환자의 상태를 보았을 대부터 기분이 묘했다. 그리고 박세단, 그 여자가 걱정스러웠다. 심장이식 진단에 그렇게 동요할 줄이야. 그것도 수술방에서.


"하지만 환자와 보호자가 감당할 수 있을까요? 특히 언주는 혼자 견디기엔 너무 어린데."


도대체 뭐지? 왜 그런 말을 한 거지? 평소 환자에게 감정적이라고 생각하긴 했지만, 저렇게 상황 파악 못 할 정도로 환자에게 이입될 정도는 아니었다. 설마 가족 중에 누군가 심장이식에 실패한 경험이 있나? 물론 심장 공여자를 기다리는 게 힘든 일이긴 하지만, 특히나 다른 장기도 아닌 심장은 더더욱 힘들지만.

'그러고 보니 예전에 아프리카에서도, 그때도 심장이 문제였지.'

윤성의 손이 멈췄고, 환자의 호흡은 일단 정상으로 돌아왔다. 그는 환자의 가는 생명선을 바라보며 그녀의 마른 손을 살짝 잡았다.

"당신을 어떻게 해야 할까요."

이것도 그녀에게 오는 불행 중 하나인 걸까.

수술방을 나오자 바로 눈앞에 세단이 서 있었다. 수술방에서 쫓겨난 그 모습 그대로 그를 기다리고 있었던 모양이다.

"교수님."

손도 치료하지 않았다. 저러고 있을 줄 알았다는 듯, 윤성은 성큼 다가와 그녀의 손을 붙잡았다.

"정말 꼴통이군. 대체 어떤 써전이 자기 손을 이렇게 함부로 다루지?"

"수술방에서 그런 모습 보인 점, 정말 죄송합니다."

윤성은 그녀의 손바닥에 약을 발라주었다. 손톱자국이 깊이 남은 손바닥을 바라보는 그의 시선이 묘해졌다. 그만큼 그녀는 수술방에서 흔들리는 감정을 필사적으로 누르고 있었던 거다.

"의사라면 감정에 휩쓸리지 마. 안타까워하는 마음, 안쓰러워하는 마음, 그건 누구나 쉽게 가질 수 있어. 하지만 외과의는 그러면 안 돼."

"……."

"의사는 신이 아니야. 아무리 나라도 다 살릴 수 있는 게 아니라고. 그럼에도 난 사람을 살리는 사람이니까, 가장 최선의 선택을 하는 거야. 지금 가장 최고의 선택은 심장이식이고, 난 그 방법에 최선을 다할 거야."

스쳐가는 윤성의 낮은 목소리에 세단은 또 다른 목소리를 듣고 있었다. 아프리카에서 닥터가 했던 말과 똑같다. 의사는 신이 아니다. 알량한 감정으론 사람을 살릴 수 없다.

그때나 지금이나 자신은 달라진 게 없는 건가? 저런 소리를 또 들어야 할 만큼. 그래도 조금은 성장했다고 생각했는데, 아니었던 거야? 트라우마 하나 이겨내지 못해서 수술방에서 그렇게 감정적이었나? 하지만 이번엔 그때와 조금 다르다.

"하지만 그 최선의 방법이라는 것을 환자가 버틸 수 없게 되면요?"

윤성은 고개를 들었다.

"이제 저는 환자분과 언주에게 말해줘야 해요. 심장이식은 수술비용이 만만치 않습니다. 게다가 얼마나 입원을 해야 할지도 모르고, 수술이 성공한다고 해도 장기적인 치료가 필요합니다. 그 비용까지 더한다면 마음의 준비를 단단히 하셔야 할 겁니다. 하지만 가장 문제인 건 공여자를 찾는 것입니다. 매일매일, 희망 고문을 받으며 공여자를 기다려야 할 겁니다. 설령 기적처럼 찾았다고 하더라도, 조직적합성 검사가 맞지 않으면 그 기적은 순식간에 허사가 될 수도 있습니다. 그래도 하시겠습니까? 아니, 하실 수 있으십니까?"

그때 세단 역시 똑같은 질문을 받았고, 그 질문에 대답하는 건 어머니의 몫이었다. 어머니는 남의 집 가정부로 들어가 정말 악착같이 돈을 모으셨다. 그런데도 결국 아빠를 살리지 못하셨지만.

"그 방법이 의사에겐 최선의 방법이겠지만, 살릴 수 있는 유일한 방법이겠지만, 어쩌면 환자는 그 방법을 선택하지 못할지도 몰라요. 이런 경우에 저는, 어떻게 해야 하는 거죠?"

그는 그녀의 손바닥에 반창고를 붙여주고선 손을 놓았다.

"그 말을 전하는 것도 의사가 감당해야 할 일이야."

역시, 이 사람은 강하다. 너무나도 강해. 마치 예전의 닥터처럼.


복도를 빠져나오자마자 세단은 언주를 발견했다. 그녀는 저도 모르게 그 자리에 멈춰 섰고 같이 나왔던 윤성은 아무렇지 않게 언주를 향해 걸어갔다. 그리고는 무릎을 꿇고 언주와 눈을 맞췄다.

세단은 차마 언주와 마주할 자신이 없었다. 자신은 이제 언주에게 더 이상 어머니를 살려줄 은인이 아닐 테니까.

'나는 아직, 당신처럼 그렇게 강하지 못해.'

도망치고 싶다. 여기서, 도망치고 싶다.

"세단아."

복도 끝에서 들리는 재현의 목소리에 세단은 고개를 들었다.

윤성은 언주를 신경 쓰는 척하면서 이쪽으로 다가오는 재현의 발걸음 소리와 세단의 떨리는 숨소리까지 전부 느낄 수 있었다.

"재현아."

"왜 그래? 무슨 일 있어? 너 왜 이렇게 아파 보여."

가까이 다가온 재현이 어쩐지 창백한 그녀의 얼굴을 보고 놀라서 다그쳤다.

"재현아, 나 좀……."

세단은 저도 모르게 그의 옷자락을 붙잡았다. 윤성은 듣지 말아야 한다고 생각하면서도 그러지 못하고 그녀의 말에 귀를 기울였다.

"세단아?"

"나 좀, 나 좀 병원 밖으로 데리고 나가 줘."

"뭐?"

"나 지금 여기 못 있을 것 같아. 그러니까 나가자. 어디든 나 좀 데리고 가."

재현은 평소와 다른 세단의 모습에 놀라 그녀의 어깨를 감싸 안았다. 그리고 그 모든 말을 들은 윤성의 움직임도 한순간 멎어버리고 말았다.

"마 교수님."

재현은 윤성을 불렀다. 윤성은 간호사에게 언주를 부탁하고서 그제야 고개를 들어 그에게 안긴 세단을 바라보았다.

"예."

"세단이가 몸이 많이 안 좋은 것 같습니다. 오늘은 이만 퇴근해도 되겠습니까? 섬에서도 많이 고생한 것 같은데……."

세단은 차마 고개를 들지 못했다. 지금 그에게 자신의 초라한 모습을 보이고 싶지 않았다.

"……그러시죠. 어차피 지금 박 선생은 여기서 아무런 도움도 되지 않을 테니까."

냉정한 한마디에 세단은 저도 모르게 몸을 움찔했다. 재현 역시 그것을 느끼고 세단을 안은 팔에 힘을 주었다. 두 사람이 지나가고, 윤성은 귀를 닫았다. 더는 두 사람이 무슨 말을 하는지 듣고 싶지 않았다. 들으면 들을수록 짜증이 밀려들었다. 알 수 없는 감정의 소용돌이가 그를 뒤흔들며 화를 불러일으켰다.

세단의 곁을 떠나선 안 되는데. 붙잡아야 하는데 잡을 수가 없었다.

윤성은 그녀가 서 있던 자리를 바라보다 고개를 가로저으며 무겁게 걸음을 옮겼다.

병원을 빠져나온 세단은 애써 정신을 차리고서 재현에게서 벗어났다.

"좀 더 기대도 돼."

"아니야. 이제 괜찮아."

세단은 다리에 힘을 주고 똑바로 섰다. 어쩔 수 없이 재현을 붙잡게 되어 너무 미안했다. 재현도 그런 세단의 속내를 얼추 깨닫고선 엷은 미소를 지었다.

"친구끼리 이 정도는 해줄 수 있지. 너도 힘들면 애정이한테 안기고 그러잖아."

"미안해, 재현아. 한 번만 봐줘."

"너야말로 신경 쓰지 마. 친구잖아, 친구."

재현은 자연스럽게 그녀의 머리카락을 쓰다듬어 주었다. 다정하게 쏟아지는 온기에 세단은 차츰 마음에 여유를 찾았다.

"기다려, 차 가져올게."

잠시 후 두 사람은 차에 올랐고, 재현은 세단이 부담 느끼지 않도록 애써 밝은 목소리로 말했다.

"자, 그럼 땡땡이치는 의사선생님, 어디로 모실까요?"

"땡땡이라니. 교수님한테 허락 받았잖아."

"그래도 의사가 이렇게 벌건 대낮에 퇴근한다는 게 말이 되냐?"

"그건 그러네. 정말 최악이네."

"야, 또 그렇게까지 말할 필요는 없지. 의사가 건강해야 환자도 살리는 법. 아무튼 어디 갈래? 가고 싶은 데 있어?"

세단은 잠시 멍하니 밖을 바라보다 가장 생각나는 사람의 이름을 속삭였다.

"아빠……."

"……."

"아빠 보고 싶어. 아빠 보러 가자."

재현은 정말 오늘 무슨 일이 있긴 했구나 생각했다. 웬만해선 저렇게 먼저 아버지를 보러 가자고 말하지 않는 아이인데 오늘 정말 이상했다.

"오케이. 안 그래도 뵈러 간 지 꽤 됐지? 얼른 가자, 얼른."

세단은 눈을 감았다. 그런데 애써 잊고 싶었던 그 사람이 떠오른다.

마 교수, 마윤성. 머릿속을 마구 휘젓는 사람. 때론 다정하게, 때론 차갑게 제 심장을 마구 움켜쥐는, 얄밉지만 그래도 너무 좋은 사람. 그에게 인정받고 싶었는데. 그리고 사랑도 받고 싶었는데……. 많이 실망했겠지? 난 아직 멀었다, 아직 멀었어. 이런 마음가짐으로 무슨 그의 퍼스트가 된다는 거야.

세단의 마음이 어지럽듯, 윤성의 마음 역시 마찬가지였다. 그리고 이스름이 내린 저녁, 윤성은 돌아오지 않은 세단의 텅 빈 집 앞에 한참 동안 서 있었다.

결국 그날 밤, 그녀는 돌아오지 않았다. 세단의 집 앞을 서성이면서 모든 감각을 집중해도, 그 어디에서도 그녀의 흔적을 느낄 수 없었다. 아주 먼 곳, 서울이 아닌 곳에 있다는 뜻이었다.

"대체 어디까지 간 거야!"

초조해진 윤성은 눈을 질끈 감고서 다시 세단을 찾았다. 혹, 무슨 일이 생긴 걸까? 괜히 화를 내서는. 잡지도 않고, 따라가지도 않아서는!

결국 그는 주먹을 움켜쥐고서 제 집으로 들어갔다. 불을 켠 방 안은 깨끗했다. 윤성은 괜히 물건들을 하나씩 바닥에 내려놓으며 방을 어지럽히기 시작했다.

"하아!"

점점 손놀림이 빨라지면서 그의 주변으로 물건들이 쌓이기 시작했다. 아프리카 때도 그랬지만 그가 정리정돈을 하지 않는 것은 귀찮아서가 아니었다. 그 누구에게도 말하지 않았고, 또한 알리려고 하지도 않았던 그의 외로움을 달래는 방법이었다. 항상 혼자였기에, 곁에 아무도 없었기에, 그는 외로울 때면 이렇게 물건을 하나둘 제 곁에 두었다. 여기저기 흩어진 물건들을 보면 그래도 누군가 있는 것 같은 기분이 들었으니까. 너무 깨끗하고 적막한 공간은 오히려 그를 고독하게 만들었다.

"저리 가! 싫어! 저리 가라고! 악!"

어린 시절, 아직은 감각을 컨트롤하지 못하던 그의 귓가를 항상 맴돌았던 것은 다름 아닌 어머니의 비명 소리였다. 다정했던 순간도 있었지만, 그건 정말로 순간이었다. 고통스럽게 절규하던 목소리만이 그가 기억하는 어머니에 대한 전부였다. 어머니가 집에 들어오지 않을 때마다 윤성은 잔

뚝 어질러진 물건들 틈에서 홀로 웅크리며 온기를 찾고, 외로움을 달래곤 했었다.

밀치기도 하고, 제게 원망만 퍼붓던 어머니였지만 그래도 옆에 있어주는 것이 좋았다. 그렇게 소리라도 듣고 싶어서 매번 어머니를 기다렸었다.

그리고 지금 윤성은 그때처럼 엉망이 된 공간에서 그녀를 기다리고 있었다. 잠시 잊고 있었던 외로움과 불안함이 다시 그에게로 깊숙이 파고들었다.

저녁이 다 되어서야 세단은 경기도 외곽에 위치한 납골당에 도착할 수 있었다. 이곳에 그녀의 아빠가 있었다. 한평생 나약한 심장을 달고서 언제 어떻게 될지 모르는 상황에서 매번 강하게 제 앞을 든든하게 지켜주셨고, 마지막 가던 그 순간까지도 괜찮다며 미소를 보내주셨던, 누구보다 힘세고 강하셨던 아빠. 그런 아빠가 이곳에 잠들어 계신다.

"너 먼저 들어가 있어. 여태 아무것도 못 먹었지? 뭐 좀 사올게."

재현은 세단이 아버지와 단둘이 있을 수 있도록 자리를 비켜주었다.

"고마워, 재현아."

"얼른 가봐."

세단은 심호흡하고서 오랜만에 아빠를 만나러 안으로 들어섰다. 매번 바쁘다는 핑계로 자주 오지 못했다. 정갈하게 정리된 납골당 안, 그 조그만 창 안에 아빠의 웃는 얼굴이 담긴 사진이 있었다.

세단은 오는 길에 산 국화를 조심스럽게 내려놓았다. 항상 이 앞에 서면 저도 모르게 긴장이 된다. 바쁘다는 핑계는 거짓말. 그저 이 긴장감이 익숙하지 않아서 외면하고 있었다. 아직까지도 그때의 순간이 무섭고, 마음이 아프기 때문에.

"아빠."

이 한마디를 내뱉는데도 가슴속에 뭔가 울컥 지나간다.

세단은 천천히 손을 뻗어 아빠의 사진을 쓰다듬었다. 부드럽게 휘늘어진 눈가에 눈물이 고였다.

"아빠, 나 왔어. 세단이 왔어요. 너무 못난 딸이 왔어."

대답 없는 메아리가 공허하게 울린다. 이제 다시는 돌아오지 않을 대답. 마음이 싸해지면서 외로움이 밀려들었다.

"엄마랑 같이 와야 하는데…… 자꾸 나 혼자 와서 미안해요."

세단은 엄마가 가출했다는 사실을 이곳에 와 아빠에게 말하지 않았다. 누군가 엄마를 원망하지 않느냐고 물으면 지금은 아니라고 대답한다. 아빠가 쓰러진 순간부터 돌아가시는 순간까지, 엄마는 아빠를 정말 헌신적으로 사랑하셨다. 어떻게든 일어날 수 있다고 믿으면서 온갖 힘든 일도 묵묵히 이겨내셨다. 그렇기에 아빠가 떠났을 때의 상실감은 그 누구도 감히 상상할 수 없었을 것이다.

홀로 감당할 수 없었던 슬픔. 제 옆에서 아무렇지도 않은 척할 수 없었을 테지. 버텨야 했는데, 그 버틸 힘마저 없었을 테지. 그래서 엄마는 살기 위해서 내 옆을 떠났을 거라고, 아빠의 흔적이 없는 곳으로 그렇게 도망칠 수밖에 없었던 거라고. 세단은 그렇게 엄마를 이해하기로 했다. 하지만 그렇게 머리로는 이해를 해도 외로움에 생긴 상처까지 달랠 수는 없었다.

"아빠한테 이런 모습 안 보이고 싶은데. 씩씩하게 잘 사는 모습만 보이고 싶은데. 근데 나 오늘은 너무 힘들어. 그래서 못난 딸이 아빠 찾아온 거야. 갈 곳이 없었거든……."

말문이 길어질수록 목소리가 가냘프게 떨려왔다. 애써 누르고 있었던 순간들이 폭풍처럼 몰려들었다. 강해졌다고 생각했는데. 의대, 인턴, 레지던트 생활을 견뎌내고 어엿한 의사가 되었을 때, 아빠의 일은 완전히 떨쳐냈다고 그렇게 생각했는데.

"아닌가 봐. 아직도 멀었나 봐. 그래서 내가 너무 못난 짓을 해버렸어."

일부러 괜찮다고, 괜찮다고 겉으로는 그렇게 말했다. 그래서 정말 괜찮다고 생각했는데, 착각이었나 보다. 나 자신도 속을 만큼.

"의사라면 감정에 휩쓸리지 마. 안타까워하는 마음, 안쓰러워하는 마음, 그건 누구나 쉽게 가질 수 있어. 하지만 외과의는 그러면 안 돼."

의사가 자기감정에 빠지면 위험하다는 걸 아프리카에서 수없이 배웠다. 그래서 독하게 환자와의 관계에서 한 걸음 뒤로 물러서는 법도 철저히 새겼는데. 나도 모르게 과거에 사로잡혀서는 그에게 어설픈 모습을 보이고 말았다.

"그 사람, 많이 실망했겠지? 내가 이런 꼴통이라서."

결국 참고 또 참아왔던 눈물이 투둑 떨어졌다. 그가 붙여준 반창고 위로 스며든 눈물이 아프다.

"그 사람을 왜 그렇게 기억하는 거지?"

그가 물었던 말에 세단은 정확히 대답하지 않았다. 하지만 이젠 확실히 알 것 같았다. 내가 왜 자꾸 그에게서 닥터를 떠올리는지. 그가 왜 닥터인지 아닌지 필사적으로 알려고 했는지. 지금껏 알게 모르게 닥터를 닮아가면서 닥터를 기억한 이유.

"……보고 싶어서."

엄마를 이해해도 아프고 외로웠던 건, 그래도 엄마가 내 옆에 있어주었으면 좋겠다고 생각해서. 보고 싶고 그리워서. 그가 아무 말 없이 그렇게 사라진 그 순간부터, 가슴이 텅 빈 것처럼 느껴진 건 그래서였다.

그를 좋아해서. 아주 많이 좋아져 버려서. 그런 그에게 꼴통이 아니라 의사로서 인정받고 싶었는데. 그렇게 무의식적으로 생각했던 내가 마운성, 그를 보자마자 닥터를 떠올린 것은 본능이었다. 알아본 거야. 그때와 많이 달라지기는 했지만, 그때 느꼈던 모든 감정이 그를 보면서 똑같이 울렸다. 심장이 같은 반응으로 두근거렸다.

어느새 세단은 한결 차분해진 얼굴로 웃고 있는 아빠를 바라보았다. 마치 어리광은 이 정도면 충분하다고 말하는 것 같았다. 그래서 그녀는 저도 모르게 피식 웃고 말았다.

"역시 오길 잘했어. 이렇게 울고만 있는 건 아빠 딸답지 않잖아. 그렇죠? 맞아요. 나 그 사람, 닥터를 찾은 것 같아요. 자꾸만 숨으려고 하는데, 이젠 제대로 찾아야겠어."

그녀는 제 손바닥에 붙은 반창고를 바라보았다. 아직까지도 그의 뜨거운 온기가 남아 있는 것 같았다. 자꾸만 아닌 척, 모르는 척 숨기고 있지만 절대로 숨기지 못하는 것. 그리고 그녀가 절대로 잊지 않고 있는 그것.

"그리고 보여줘야지."

히포크라테스의 선서 중 가장 중요하다고 생각하는 구절.

'나의 환자의 건강과 생명을 첫째로 생각하겠노라.'

의사가 감당해야 하는 일. 그렇다면 나는 나대로 환자의 편에서 감당하리라. 그게 내가 의사가 된 가장 큰 이유이기도 하니까.

세단은 밖으로 나왔다. 그리고 로비로 걸어가자 의자에 앉아 있는 재현이 보였다.

"벌써 나왔어? 뭐 좀 먹을래?"

세단은 고개를 가로저으며 한 번 더 미안한 부탁을 했다.

"기다리게 해서 미안해. 그런데 한 번 더 부탁하자. 나 지금 병원으로 돌아가고 싶어."

"지금 바로? 하루만 쉬고 내일 가지. 너 아직도 몸 안 좋은 것 같은데."

"아니야, 괜찮아. 괜찮아졌어. 용기도 생겼고, 확인할 것도 있고, 찾아야 할 것도 있어."

이른 아침. 피곤한 눈으로 윤성은 세단의 집 앞을 바라보고 있었다. 어젯밤, 온갖 악몽에 시달렸다. 어머니가 제 목을 조르며 원망에 찬 눈동자로 울부짖는 모습. 차라리 그런 모습만 보였다면 괜찮았을 텐데, 마지막은 항상 그의 눈앞에서 목숨을 끊는 장면으로 이어졌다. 단순한 악몽이길 바라는 환상. 하지만 거짓이 아닌 잔상. 그가 한국에 절대로 오고 싶지 않았던 이유.

"하아……."

그는 짙은 숨을 내쉬며 떨리는 손을 꽉 붙잡았다. 한국에 돌아와서 한 번도 악몽을 꾼 적이 없었는데. 너무 불안해서 그런 건가? 그래서 마음이 약해진 건가?

꼬박 밤을 새워서 기다렸지만, 결국 돌아오지 않았다. 들리는 것도, 보이는 것도, 느껴지는 것도 없었다. 이토록 불안하고 초조한 건 처음이다.

박세단. 온갖 불행이 죽음으로 이끌려고 할 그녀를 지키려고 그렇게 오기 싫었던 한국에 온 거면서. 지켜주려고 왔다는 놈이 한낱 감정에 흔들려서는!

움켜쥔 주먹이 하얗게 떨렸다. 뜨겁게 달아오른 그의 눈동자는 어느새 짙은 회색빛을 띠고 있었다. 그는 휴대폰을 들었지만 세단의 번호도, 그렇다고 재현의 번호도 알지 못한다는 사실을 떠올리고 저도 모르게 욕설을 내뱉었다.

"젠장!"

이 사소한 것 하나도 신경 쓰지 않고 있었다니!

윤성은 마음을 가다듬고 빠르게 걸음을 옮겼다. 어쩌면 병원으로 바로 갔을지도 모른다. 하지만 로비에 들어선 순간 윤성은 여기에도 세단이 없다는 걸 바로 알아챘다. 온갖 다양한 소리가 그의 귀를 자극하고 있었지만, 그 속에 세단의 소리는 존재하지 않았다.

'도대체 어디 있는 거야. 어디서 뭘 하고 있는 거냐고!'

어제 집안 사정으로 결근했던 애정은 이른 아침에 출근해서는 어제 하지 못한 일을 정리하고 있었다. 고작 하루 빠진 건데, 일은 아주 산더미였다.

"망할. 오늘 야근해야겠네. 그나저나 박세단 요 계집애는 어제부터 왜 연락이 안 돼?"

문자에 답장도 없고 휴대폰도 꺼져 있었다. 아직 출근도 안 한 것 같은데, 무슨 일 있나? 그때 이쪽으로 몰려오는 CS 레지던트들의 대화 중 세단의 이름이 언급되었다.

"어제 빡센 마녀 그렇게 수술방에서 나가고 아직 출근 안 했어."

"아무렇지도 않게 출근하면 그게 더 이상하지. 근데 왜 그런 거야? 그것도 자기가 맨날 강조하는 수술방에서?"

"모르지. 근데 마 교수님 수술방에서 잘린 거야? 마녀 완전 자존심 상했겠네."

"자기도 그렇잖아. 왠지 좀 고소하기도 하고."

"그런데 어제 마녀 데려간 사람이 천 실장님이었다며?"

애정은 입술을 깨물었다. 대체 저게 다 무슨 소리야? 세단이가 마 교수님 수술방에서 잘렸다니. 수술방에서 무슨 일이 있었기에?

"천재현이랑 같이 있는 건가?"

애정은 얼른 재현에게 연락하려고 했다. 그때, 낯익은 목소리가 애정을 불렀다.

"한 선생님."

"아, 교수님. 무슨 일 있으세요?"

애정은 생각지도 못한 윤성의 부름에 휴대폰을 내려놓았다. 어느새 그녀의 앞으로 다가온 윤성은 잠시 머뭇거리다가 입을 열었다.

"박 선생 휴대폰 번호 좀 알 수 있을까요?"

애정은 본능적으로 둘 사이에 무슨 일이 있었음을 알아차렸다.

"그럼 제가 먼저."

"……"

"어제 박 선생님, 아니, 세단이한테 무슨 일이 있었던 거죠?"

윤성은 망설이다가 그래도 이 병원에서 애정은 세단과 가장 친한 친구라는 걸 확신했기에 수술방에서의 일을 전부 말해주었다. 물론 수술방 밖에서의 일은 말하지 않았지만.

"그래서 제가 수술방에서 내보냈습니다. 그 상태로 계속 진행하는 건 무리였으니까."

"하아. 그렇군요."

애정은 짙은 한숨을 내쉬며 스테이션에 몸을 기대었다. 이젠 좀 괜찮아졌다고 생각했는데.

"박 선생 어디 있는지 알고 계십니까? 아니면 짐작 가는 곳이라도……"

"너무 걱정 마세요. 아마 아빠한테 갔을 거예요."

"박 선생, 아버지?"

"세단이가 수술방에서 그랬던 거, 이유가 있어요. 물론 어떤 이유든 좀 더 침착했어야 했지만."

"물어봐도 되겠습니까?"

"아니요. 제 입으로 말하는 건 아닌 것 같아요. 개인적인 사정이니까요. 하지만 너무 걱정 마세요. 시간 맞춰서 올 거예요. 그렇게 무책임하지는 않으니까. 아무쪼록 이번 일은 교수님이 잘 이해해 주시고 넘어가 주세요. 주제넘었다면 죄송하고요."

"아닙니다."

"아, 근데 교수님."

"네?"

"아니, 아니에요."

윤성이 자리를 뜨고 애정은 잠시 고개를 갸웃했다. 처음엔 긴가민가했는데 자세히 보니 확실했다.

'오늘은 눈동자가 회색이네. 렌즈 낀 건가? 근데 나름 잘 어울리잖아.'

윤성은 낮은 한숨을 내쉬었다. 대체 그녀에게 또 무슨 비밀이 있는 걸까.

불안하게 까딱거리던 손가락이 순간 움찔하면서 멈췄다. 윤성은 주먹을 꽉 움켜쥐고서 자신의 연구실을 향해 달리기 시작했다. 가까이 다가갈수록 심장이 빠르게 뛰었다. 하지만 막상 연구실 앞에 서서 그는 선뜻 안으로 들어가지 못하고 망설였다.

세단의 목소리가 들려왔다.

"침착하자, 박세단. 침착해야 해. 무조건 그대로 확!"

돌아왔다, 그녀가.

마침내 윤성은 문고리를 꽉 붙잡고서 벌컥 열었다. 그리고 그곳엔 세단이 서 있었다. 윤성은 그녀의 무사한 모습을 보자마자 자신도 모르게 성큼성큼 다가가서는 그녀의 눈앞에서 휴대폰을 흔들며 외쳤다.

"번호 내놔! 답답해서 미치겠어. 어디서 또 무슨 일이 생긴 건 아닌지, 내가 정말로 너 때문에 돌겠다고!"

그 순간 세단이 손을 뻗어 윤성을 확 끌어안았다. 그는 숨을 삼키고선 눈을 크게 떴다. 정신을 차리곤 그녀를 밀어내려고 했지만, 세단은 더더욱 그를 꽉 끌어안으며 속삭였다.

"닥터."

"……."

"닥터 맞죠? 그렇죠!"

윤성은 주먹을 움켜쥐며 세단의 어깨를 붙잡았다.

"무슨 말이야. 내가 분명 아니라고!"

"닥터 맞잖아요! 내가 다른 건 몰라도 이건 기억해요. 이 뜨거운 체온 하며."

그러곤 천천히 손을 뻗는다. 그 손이 어디로 갈지 알면서도 윤성은 그녀를 말릴 수 없었다. 몸이 그대로 묶여 버린 것 같았다.

세단의 손이 그의 가슴, 정확히 심장에 와 닿았다.

세단은 떨리는 숨을 내쉬며 제 손바닥 가득 울려 퍼지는 그를 느끼며 속삭였다.

"빠르게 뛰는 심장. 단 한 순간도 잊은 적 없어요. 뚜렷하게 기억한다고 요. 닥터 맞잖아요. 그렇죠?"

세단은 천천히 고개를 들었다. 그리고 윤성 역시 저도 모르게 그런 그녀의 시선에 이끌려 눈을 마주했다. 순간, 그녀의 눈빛이 흔들리더니 이내 환하게 피어났다.

"회색 눈동자."

"……."

"거봐, 맞잖아. 맞잖아요……."

밀쳐내야 하는데. 아니라고 말해야 하는데. 몸이, 움직이질 않았다. 도 대체 뭘 기대하고 있는 걸까. 설마 알아봐 주길 바란 거야?

"도대체. 왜 그렇게 찾으려고 하는 거야. 왜 그렇게까지 못 찾아서 안달 이냐고."

그러자 세단이 엷은 미소를 지었다. 천천히, 천천히 손을 뻗은 그녀가 그의 뺨을 지나 눈가를 더듬었다. 단 한 번도 잊은 적 없는 아름다운 회 색 눈동자. 아프리카에서 내내 저 눈동자에 사로잡혀 있었다. 저 눈동자에 갇혀서 내내 하지 못했던 말.

"그리워서요."

그리고 다시 한 번.

"당신이, 아주 많이 보고 싶었어요."

좋아한다는 말보다 더한 진심. 자기 자신조차 모르고 있었고, 얼핏 알면서도 외면하고 있었고, 그러다 결국 인정하게 되면서 마윤성 교수에게서 진짜 닥터의 모습을 이렇게 찾게 되었다. 말도 없이 사라진 그를 한 번만 더 보고 싶다고 생각했다. 그래서 한순간도 잊을 수가 없었다. 그래서 필사적으로 찾고 싶었던 거야. 그를 이미 가슴에 가득 담아버려서, 그 누구도 대신할 수 없기 때문에. 그래서 그렇게 내내 공허했던 거야.

그녀는 윤성의 회색빛 눈동자를 빤히 바라보았다. 저 묘하고 아름다운 눈동자에.

'완전히 걸려 버리고 말았어.'

생각지도 못한 그녀의 말에 윤성은 저도 모르게 얼어버리고 말았다. 생각이란 걸 할 수가 없었다. 아니, 제대로 들은 게 맞는 건가?

그가 본능적으로 그녀를 밀어냈고, 세단은 살짝 움찔하며 그에게서 멀어졌다.

"닥터……."

"……."

"정말 끝까지 아니라고 할 거예요?"

"하아, 그래, 맞아."

이렇게 된 상황에서 계속 숨길 수는 없었다. 이미 결정적인 게 들통나 버렸으니까. 하지만 윤성의 표정은 냉담했다. 그 속이 어떻든, 일단 겉으로는 그랬다.

"그럼 내가 곁으로 다가오지 말라고 한 말도 기억하겠지? 물론 꼴통 금붕어에 뭘 바라겠어. 그건 지금도 별로 달라지지 않은 것 같군."

"뭐, 뭐라고요?"

하지만 그래도 세단은 좋았다. 그가 닥터라고 인정했으니까. 그래, 닥터다. 진짜 닥터다. 사막의 신기루처럼 사라져 버린 남자가, 다시는 만날 수 없다고 생각했던 남자가 이렇게 지금 제 눈앞에 다시 나타났다.

"대체 지금까지 왜 숨긴 거예요? 그것도 눈동자 색까지 가리면서."

"별로 아는 척하고 싶지 않았으니까. 그리고 서로 아는 관계가 되고 싶지도 않았고."

차갑게 쏟아지는 목소리에 세단은 더는 그에게 다가갈 수 없었다. 그저 조금 흔들리는 시선으로 그를 바라볼 뿐. 하지만 그의 회색빛 눈동자는 무서울 정도로 고요하기만 했다.

"닥터……."

"컨퍼런스 시간이야. 먼저 나가지."

그는 감격의 재회의 여운을 느끼기는커녕 그녀의 고백 비슷한 말 자체를 듣지도 않은 것처럼 그렇게 연구실을 빠져나가 버렸다.

홀로 남겨진 세단은 욱신거리는 가슴을 붙잡고서 황당한 듯 헛숨을 내쉬었다.

"하! 대체 뭐야? 만나자마자 저 남자 대체 나한테 왜 저러는 건데? 그리고 나, 아까 고백한 거 아니야?"

물론 좋아한다고 직접적으로 한 고백은 아니지만, 여자가 보고 싶었다고 간절하게 말했는데. 그게 고백한 거지. 게다가 나름 용기 내서 한 말이었는데! 근데 무슨 반응이 저래? 왜 저렇게 화가 난 것 같은데.

"설마 못 알아차린 건 아니지? 아무리 눈치를 안드로메다로 날려 버렸다고 해도 이걸 못 알아듣는 건. 그리고 그런 둔한 남자 아니잖아."

설마, 내가 싫은 건가? 내가 싫어서, 그래서 지금껏 정체도 숨기고, 말도 안 하고, 그렇게 다른 사람처럼 행동했던 건가?

"별로 아는 척하고 싶지 않았으니까. 그리고 서로 아는 관계가 되고
싶지도 않았고."

날카로운 목소리가 머릿속을 맴돌았다.

세단은 이내 고개를 가로저었다. 아직 확실한 건 아무것도 없다. 괜히
지레짐작하면서 혼자 이상한 상상하지 말자. 다시 제대로 얘기를 들어봐
야 해.

'정신 차리자, 박세단!'

연구실을 빠져나온 윤성은 참았던 숨을 헐떡이며 벽에 몸을 기대었다.
머릿속을 휘젓고 있는 감정은 오직 하나.

'두렵다.'

천하의 마윤성이 두려움을 느끼고 있었다. 겁이 났다.

그녀의 속삭임. 손길, 눈길, 자신을 향하고 있는 그 모든 뜨겁고 미묘
한 감각…… 못 알아차릴 리가 없다. 그럴 수가 없지. 그 누구보다 생생하
게 와 닿았으니까.

그 모든 걸 가장 예민하게 느낄 수 있었으니까.

윤성은 느리게 눈을 깜빡이며 유리창에 비친 제 모습을 바라보았다. 미
처 알아차리지 못했다. 오직 그녀를 찾아야겠다는 생각에 사로잡혀서, 렌
즈에 문제가 생겼다는 사실 자체를 인지하지 못했다. 부주의했던 제 잘못
이다.

은근히 자신을 알아봐 주길 바랐던 그 마음. 그런 자신의 마음.

윤성은 손으로 얼굴을 가렸다. 자꾸만 넘지 말아야 할 선을 넘을 것 같
은 기분.

게다가 그녀는 이제 완전히 제게로 다가오기 시작했다. 그런 그녀를 밀
어낼 수 있을까? 다가오지 말라고 예전처럼 그럴 수 있을까?

두려워지기 시작했다. 내 마음이, 지금 뛰고 있는 이 낯선 심장이…….

컨퍼런스실로 들어오는 윤성은 다시 렌즈를 낀 까만 눈동자로 평소보다 더욱 침착하고 냉정한 모습을 보이고 있었다. 세단은 그런 그를 빤히 바라보았다. 행여나 눈이라도 마주칠까 기대했지만, 택도 없었다. 오히려 의도적으로 제 쪽은 피하는 것 같아 처음엔 황당했다가 이젠 조금 화가 나기까지 했다.

'진짜 내 말을 휴지통에 휴지처럼 휙 버려 버린 거야? 설사 그렇다고 하더라도 무슨 말이 있어야 할 거 아니야!'

그래, 좋다. 컨퍼런스 끝나면 단도직입적으로 물어봐야겠어. 계속 저렇게 아닌 척 딴청 부리지 못하게 할 거라고. 물어보고 싶은 것도 많고, 알고 싶은 것도 많다. 절대로 이대로는 못 넘어가!

이미 세단의 귀엔 컨퍼런스 내용이고 뭐고 아무것도 들어오지 않았다. 눈에 보이는 건 오직 그의 얼굴이고 들리는 것 역시 그의 목소리뿐이었다. 그때 드디어 윤성이 세단을 바라보았다. 세단이 조금 밝아진 얼굴로 미소를 지으려는 순간, 그가 먼저 입을 열었다.

"어제 박 선생이 수술방에서 보여준 행동에 대해서 너희들에게 할 말이 있다더군."

레지던트와 인턴들의 시선이 세단에게로 향했다. 안 그래도 서로 눈치를 보면서 힐끔힐끔 쳐다보고 있던 그들이었다.

세단은 침착하게 마음을 정리했다.

'그래, 지금은 이게 더 급한 문제지.'

세단은 앞으로 천천히 걸어 나갔다. 그러고는 레지던트와 인턴들을 향해 망설임 없이 고개를 숙여 보였다. 그 모습에 당황한 건 지켜보고 있던 그들이었다.

"흉부의로서 수술방에서 하지 밀아야 할 실수를 한 점, 깊이 반성하고 사과한다. 항상 너희들에게 수술방에서 넋 놓지 말라고, 수술방에서는 절대로 실수해서는 안 된다고 그렇게 신신당부를 했는데, 정작 내가 그런 실수를 해버려서 면목이 없다."

당황한 레지던트와 인턴들은 괜찮으니 얼른 고개를 들라고 아우성이었다. 세단은 다시 한 번 사과를 하고서 이번엔 윤성을 향했다.

"정말 죄송합니다, 마 교수님."

윤성은 여전히 고개를 들지 못하는 세단에게 짧게 말했다.

"이번 한 번은 그냥 넘어가도록 하겠어. 그러니까 다시 정신 똑바로 챙기고 수술방 퍼스트를……."

"아니오. 아닙니다."

세단은 얼른 고개를 들고서 그의 말에 고개를 가로저었다.

"교수님의 퍼스트가 되기에는 제가 많이 부족합니다. 이번 기회에 더 배우도록 하겠습니다. 이민준 선생님."

"아, 네!"

"현재 2년 차 펠로우 중 가장 실력이 뛰어납니다. 교수님도 지켜봐서 아실 테지만요. 이 선생님이라면 교수님의 퍼스트로 부족함이 없을 것입니다."

컨퍼런스가 끝나고, 레지던트와 인턴들이 빠져나간 뒤로 윤성은 돌아서는 세단을 붙잡았다.

"대체 뭐하는 거지?"

세단은 이제야 윤성이 저를 제대로 보자 피식 웃었다.

"이제야 절 보시네요."

"뭐하는 거냐고 물었잖아."

"말 그대로예요. 아직은 닥터의 퍼스트를 할 수가 없어요. 정식으로 퍼스트를 했던 것도 아니고, 제가 그나마 CS에서 실력이 좋아서 그걸 당연하게 여겼는데, 아직 제가 부족하다는 거 닥터가 더 잘 알고 계시잖아요."

처음엔 그저 막연하게 그의 옆에 있고 싶다고 생각했다. 그의 퍼스트가 될 자격이 충분하다고 생각했다. 하지만 아직 내 트라우마도 제대로 견뎌내질 못했는데, 아직은 아니다.

"닥터에게 제가 꼴통이 아니라 진짜 의사로 보일 때, 정말 제가 아니면 안 된다는 생각이 들 때, 그때 저를 다시 퍼스트로 세워주세요. 그때까지 저 죽어라 노력할게요. 아, 그래도 박은숙 환자의 심장이식은 제가 도울 수 있게 해주세요. 반드시 수술할 수 있도록, 제가 그 방법을 찾겠습니다."

당신을 찾아서 가장 먼저 든 생각은 '그때의 나랑 지금의 내가 달라졌을까', '같은 의사로서 인정받았을까'였는데. 아니었다. 솔직히 아주 많이 부끄러웠다.

윤성은 세단을 잠시 바라보았다.

"그게 네 의사로서의 결론인가?"

"네."

확고한 의지를 담은 눈빛이 흔들림 없이 빛나고 있었다. 아무래도 나름대로의 답을 내린 모양이었다.

"그럼 네 마음대로 해."

"교수님."

이번에는 세단이 그를 붙잡았다.

"교수님과 저의 얘기는 끝났지만, 닥터와 제 얘기는 아직 다 안 끝났어요. 퇴근 시간에 맞춰서 연구실 앞에 가 있을게요. 도망치지 마요. 어차피 옆집에 살잖아요?"

당당하게 돌아서는 뒷모습을 바라보며 윤성은 묵직한 숨을 내쉬었다. 마음이 어지럽다. 도대체 저 여자, 제게 무슨 짓을 하고 만 걸까.

세단이 문득 걸음을 멈추고서 뒤를 돌아보았다. 윤성은 아직 컨퍼런스실에서 나오지 않았다. 너무 멍하니 보고 있어서 옆으로 누가 오는지도 전혀 눈치채지를 못했다.

"빡센!"

"악! 놀랐잖아!"

"대체 왜 이렇게 멍 때리고 있어?"

애정은 한 손 가득 차트를 들고 서 있었다.

"뭔 차트가 이렇게 많아?"

"윤 교수님 곧 수술 들어가시는 데 필요한 거. 그나저나 넌 어떻게 된 거야? CS에서 사고 쳤다며."

세단은 애정의 손에서 차트를 조금 덜어서는 함께 연구실로 향했다.

"순전히 내 잘못이라서 쪽팔려. 그러니까 다시 쪽팔리게 하지 말아줘."

평소 같으면 계속 캐물었을 테지만 애정은 더는 묻지 않았다. 세단은 그런 애정이 고마웠다. 게다가 지금 그녀의 머릿속은 다른 일로 더 복잡하니까.

'잠깐. 한애정 요 기지배라면 해결할 수 있지 않을까? 다른 건 몰라도 남녀 관계에선 아주 기가 막히니까.'

괜히 제 얘기라고는 할 수 없으니 세단은 슬그머니 친구 얘기라며 먼저 운을 띄웠다.

"저기 애정아, 이건 내 아는 친구 얘기인데."

"남녀 관계냐?"

역시 이 방면에선 아주 돗자리를 깔았다.

"뭐, 그렇지? 아무튼 친구가 예전에 한 남자를 만났다가 헤어졌는데, 얼마 지나서 이 남자가 같은 회사에 들어온 거야. 친구는 너무 반갑고 그리웠던 마음에 남자한테 정말 많이 보고 싶었다고 말했다?"

"그래서?"

"근데 남자는 아무런 반응이 없어. 오히려 친구를 처음엔 모른 척했다니까? 대체 왜 그러는 거지?"

애정은 대수롭지 않은 어투로 대꾸했다.

"여자는 남자를 좋아하고? 좋아해서 보고 싶었다고 말한 거야?"

"그렇지! 그것도 엄청 티 나게. 그럼 당연히 눈치채야 하는 거 아니야? 그리고 뭔 반응을 해야 하는 거 아니냐고!"

"눈치가 없으면 그럴 수도 있지."

"아니야. 그렇게 눈치 없는 남자는 아니야."

문득, 아무런 반응을 하지 않은 것이 그의 대답은 아닐까 하는 생각이 들었다. 나한테 정말로 털끝만큼의 관심도 없어서, 내가 여자라는 생각 자체를 안 해서.

'그건 너무 우울한데……'

물론 그 남자가 누군가를 좋아한다는 게 상상이 되지는 않지만. 예전에 육도에서 했던 말도 그렇고.

저만치 연구실이 눈에 보였다.

"한번 고백해 봐, 직접적으로."

"싫어. 만약 정말로 관심 없는 거라면. 그럼 보나마나 차이는 거잖아."

이미 육도에서 한 번 그런 기분을 맛보았는데. 이번엔 기분만 느끼는 게 아니라 완전히 차여 버리면. 그렇게 되면, 더 견딜 수 없을 것 같았다.

"예상은 했지만, 마 교수님 역시 어려운 남자네. 천하의 박세단이 이렇게 매달리면서 쩔쩔매고."

"아니, 그게…… 잠깐. 무슨 소리를 하는 거야. 내 얘기 아니야. 친구, 친구 얘기라니까?"

"난 귀가 없고 눈이 없냐? 지금 네 입으로 네 얘기다 하고 있으면서. 그리고 보통 '내 친구 얘기인데' 하고 남녀 관계 들어가면 100% 자기 얘기야. 난 뭐 안 해본 줄 알아? 어디서 선수한테 구라를."

그랬나? 너무 티를 냈나? 그렇게 내가 흥분하고 있었던 거야?

세단은 저도 모르게 헛웃음을 흘렸다.

"내가 정말 그렇게 매력 없어?"

이젠 아예 단도직입적으로 물었다. 그러자 애정은 세단이 들어준 차트를 챙기며 말했다.

"네 매력의 문제가 아니라 마 교수님이 정말로 여자에게 관심 없는 거 아닐까? 내가 전에 말했잖아. 미는 건 있어도 당기는 건 없다고. 그런데 의외다. 너랑 마 교수님이 예전에도 관계가 있었다는 것도 놀랍지만."

"⋯⋯."

"네가 이렇게 먼저 관계에 집착하고 매달리는 거 처음인데."

그러고 보니 정말이다. 한 번도 내가 먼저 고백하고 이렇게 좋아한 적은 없었는데. 매번 남자가 날 사랑해 주길 바라고, 오로지 받는 사랑만을 간절하게 원했었는데.

"건강이니 뭐니, 날 어떻게 생각하는지 그런 것도 상관없을 만큼 지금 나는 그 남자밖에 안 보여. 그냥 이 남자가 나를 좀 여자로 보고 떨렸으면 좋겠어. 지금은 딱 그래."

생각지도 못한 솔직한 고백에 애정은 겉으로는 태연한 척했지만 속으로는 많이 놀라고 있었다.

"곧 단합회잖아. 거기서 한번 잘해봐. 그런 남자가 한번 당기기 시작하면 정말이지 끝도 없다니까?"

"아! 단합회! 그래서 아까 교수님이 보자고 연락하셨는데. 미안, 나 먼저 가볼게!"

세단이 허겁지겁 달려가자 애정은 피식 웃었다. 어쩌면 좋은 기회일지도 모른다. 매번 받고만 싶어 하던 사랑을 이제 조금씩 주기 시작한 거니까. 믿음을 갖고 먼저 손을 내밀기 시작한 거니까.

물론 걱정도 된다. 이제껏 꽉 묶어두었던 마음이 우르르 무너지면 얼마나 지독하고 강렬하게 빠져들지. 그러다가 상처 받으면 이젠 정말로 마음을 꽁꽁 닫아버리는 건 아닐지. 사실 그래서 한결같았던 재현이가 딱이라고 생각했는데. 역시 사람 일은 정말 알다가도 모를 일이었다.

"참 어려운 남자를 선택했네."

윤성이 세단을 찾으며 안절부절못하던 모습을 떠올렸다. 그러자 애정의 입꼬리가 슬쩍 올라갔다.

"뭐, 그리 어렵지만은 않으려나."

"이사장님, 병원에 도착했습니다."

강진은 창문 너머로 보이기 시작한 한국대학병원을 바라보았다. 자신이 평생을 바쳐서 품어온 병원. 오직 환자를 위하는 마음으로 길러온 병원.

마침내 차가 멈춰 섰고, 이미 그를 기다리고 있던 병원장과 직원들이 나와 그를 반겼다.

"이사장님, 어서 오십시오."

"출장은 잘 다녀오셨습니까? 많이 피곤하실 텐데."

강진은 부산스러운 환대에 미간을 찡그리며 짧게 말했다.

"로비에서 소란 떨지 마, 환자들이 놀라니까. 난 잠시 아들 녀석 보고 돌아갈 테니까 긴장하지 말고."

"하지만……."

"김 원장."

"예, 이사장님."

강진은 잠시 걸음을 멈추고서 뭔가가 생각난 듯 입을 열었다.

"CS에 새로 온 마윤성 교수를 좀 보고 싶은데."

"아마 연구실에 있을 겁니다."

"그래? 그럼 그쪽으로 안내 좀 해주게. 아, 그런데 실력은 어떤가? 괜찮던가?"

"물론입니다. 천재 외과의라는 소문이 허언은 아니더군요. 아주 유능한 인재입니다."

"그래, 그럴 거라고 생각했지. 그래서 좀 더 확실하게 이곳에 두고 싶은 건데……."

스카우트 전부터 이사장이 직접 공을 들여서 부교수를 데려왔다는 소문이 돌았었다. 원래는 교수직에 올리고 싶어 했는데 본인이 거부했다고. 처음엔 긴가민가하던 사람들도 이사장이 직접 그를 찾자 모두 사실이었다는 것을 알게 되었다.


윤성은 언주 어머니 차트를 살폈다. 이름 박은숙, 나이 48세. 당장 심장이식이 필요한 상황. 다른 방법이 있진 않을까. 혹시나, 어쩌면 하는 바람으로 샅샅이 검사 기록을 살폈지만, 답은 없었다. 심장이식, 오직 그것뿐.

지금 환자의 상태도 하루하루 장담할 수가 없는 상황이었다. 세단의 말처럼 심장이식이라는 것은 어마어마한 비용도 비용이지만 심장 공여자를 찾기도 어렵고, 설사 찾았다고 해도 부작용 없이 딱 맞아떨어질지도 알수가 없었다. 기나긴 시간 싸움. 그걸 그 어린아이가 감당할 수 있을까.

그때, 연구실 앞에 도착한 윤성의 발걸음이 멈췄다.

누군가 안에 있었다. 그 사람은 윤성도 아는 사람이었다. 장기 출장을 나가셨다더니, 이제 완전히 들어오신 건가?

윤성이 연구실 안으로 들어가자 강진이 환하게 웃으며 그를 반겼다.

"어서 오세요, 마 닥터."

"오랜만입니다, 이사장님."

윤성은 강진에게 형식적인 인사를 하며 자리에 앉았다. 아프리카로 자신을 직접 찾아와 이곳까지 데려온 사람. 사실 세단을 만나기 전부터 그는 계속 자신을 스카우트하기 위해 노력했고, 윤성은 한국으로 들어올 생각이 전혀 없었기에 매번 거절했었다. 그러다 세단을 구하기 위해 생각을 바꾸면서 그의 손을 잡은 것이었다.

"지낼 만합니까? 연구실이 너무 좁지는 않고?"

강진이 어수선한 연구실을 둘러보며 묻자 윤성은 고개를 가로저었다.

"더 넓었다면 넓은 대로 어지럽혀져 있었을 겁니다."

"하긴, 마 닥터를 처음 만났을 때도 그랬지요. 이제 와 말하지만 첫인상은 정말 의사 같지 않았어요. 그래도 그 실력만큼은 놀라웠어요."

강진은 아직도 제 눈앞에, 그리고 이곳에 윤성이 있다는 것이 믿어지지가 않았다. 우연하게 아프리카에서 만난 이 남자. 사람이 아닌 것 같은 솜씨와 존경할 만한 의사 멘탈에 강진은 수년 동안 그에게 공을 들였다. 절대로 안 될 것만 같았던 그가 갑자기 제 손을 잡은 이유. 자신이 아프리카에서 왔다는 사실과 더불어 모든 걸 비밀로 해달라고 부탁한 것에 그 이유가 있을 거라고 생각했다.

'그리고 그게 어쩌면 영원히 그를 이곳에 두게 할 방법이 될 수도 있겠지.'

"정말로 3개월 뒤에 돌아갈 겁니까?"

"제 생각은 변함이 없습니다."

"알았습니다. 여전히 까칠하시군요. 잘 지내는 것을 보았으니 되었습니다. 나도 잠깐 아들을 보러 온 거라서. 천재현 실장 알지요? 그 녀석이 내 아들입니다."

윤성은 뜻밖의 사실에 움찔했다. 관계가 또 이렇게도 엮이게 되는 건가?

"그럼 어려운 일 있으면 언제든지 연락해요. 다음에 정식으로 밥 한번 같이 먹고."

"이사장님."

강진이 자리에서 일어나려고 하자 윤성이 그를 불렀다.

"무슨 일이라도?"

"……부탁드릴 것이 있습니다."

강진은 윤성이 부탁이라는 말을 입에 담자 의아한 표정을 지었다. 알고 지낸 이후 한 번도 남에게 부탁이라는 말을 하지 않은 사람인데, 한국에서는 벌써 두 번이나 제게 부탁을 하고 있었다.

"무슨 부탁인가요? 닥터의 부탁이라면 뭐든지 들어주고 싶은데."

윤성은 박은숙 환자의 차트를 그에게 내밀었다.

"이건?"

"심장이식 수술이 아주 급한 환자입니다. 하지만 보시다시피 형편이 좋지 않죠."

강진은 차트를 천천히 살펴보았다. 하지만 그보단 심장이식이라는 단어에 그의 눈빛이 살짝 흔들렸다.

"그렇군요. 그래서요?"

"이 환자는 이번 한국대병원 의료봉사에서 만난 환자입니다. 저는 이 환자를 무슨 일이 있어도 살리고 싶습니다. 그러니 심장이식에 관한 모든 치료비를 제가 후원하고 싶습니다."

이사장은 가느스름하게 뜬 눈으로 그를 바라보았다. 그의 의사 멘탈을 존중하긴 했지만 이렇게 감정적인 사람은 아니었다. 그가 환자들을 대할 때 지독할 만큼 냉정하고 단호하게 선을 긋는 모습을 종종 본 적 있었다. 그런데 어째서 이 환자는…….

'뭔가가 당신을 변하게 한 건가? 그게, 한국으로 온 이유이기도 한 거고?'

"하지만 보호자나 주변에는 병원에서 치료비를 부담하였다고 말해주십시오."

"들을수록 놀라운 말만 하는군요, 닥터. 심장이식의 수술비는 어마어마합니다. 거기다 회복부터 완치 판정을 받을 때까지라면 기간과 더불어 비용이 늘어날 텐데…….”

“비용적인 면은 걱정 마십시오. 문제는 심장을 얼마나 빨리 구할 수 있느냐, 이 문제겠지요.”

윤성은 어떻게든 그녀를 살릴 작정이었다. 어쩌면 박세단의 주변 누군가가 외부적인 문제로 심장이식을 받지 못한 채 사망해서, 그것이 트라우마가 된 것이라면. 그는 이렇게라도 조금씩 그녀의 트라우마를 벗겨내고 싶었다.

‘내가 잘못 생각한 거라면 상관없지만. 그래도 마음에 걸려.’

“집도의는 닥터로 하는 거고?”

“예.”

“훗, 그런 거라면 그냥 우리 병원에서 의료봉사 차원으로 비용을 감당하지요.”

“하지만?”

“무슨 이유가 있든, 의사가 환자를 살리려고 하는데 이사장인 내가 다른 건 도움이 되지 못해도 이런 것이라도 할 수 있으면 도와야지요.”

“감사합니다.”

“아, 그리고 곧 단합회가 있는 거 알고 있죠?”

“단합회요?”

“매년 열리는 일종의 친목회지요. 병원은 의사들 간에 팀워크가 중요하니까. 보통은 한 부서씩 가게 되어 있는데, 이번엔 CS와 MED(내과)가 같이 가게 되었어요. CS 책임자는 당연히 부교수가 하셔야 할 테고.”

“최 교수님이 계시지 않던가요?”

단합회라니. 사람이 바글바글 모여서 친목이라니! 정말이지 딱 질색이다. 뒤이은 이사장의 말에 윤성의 표정은 굳어지고 말았다.

“최 교수님께서는 저랑 따로 해야 할 일이 있어서 이번엔 힘듭니다. 걱정 마세요, 박 선생이 옆에서 잘 도와줄 테니까."

젠장. 잊고 있었다. 박세단, 그녀가 이런 일에 빠질 리가 없지. 그녀가 간다면 자신도 무조건 따라가야 하고.

"……어쩔 수 없군요."

"아무리 3개월 뒤에 떠나신다고 하지만, 그래도 그동안은 우리 병원 식구니 조금이라도 정을 붙이고 잘 지내셨으면 좋겠습니다."

"배려 감사합니다."


윤성을 만나고 나온 이사장은 복도를 걸으며 생각에 빠졌다.

심장이식이라……. 끊임없이 기다려야 하는 싸움. 그도 그 싸움을 겪어 본 적이 있었다. 먼 과거의 일이라지만 그래도 떠올리고 싶지 않은 힘든 기억.

"이사장님."

비서가 가까이 다가와 속삭였다.

"백하령 씨에게 연락이 왔었습니다. 다음 주쯤에 시간 괜찮으시냐고."

"아, 그러고 보니 J그룹 주총 전 모임이 얼마 남지 않았군."

"그렇습니다."

곧 J그룹에서 주주총회가 열린다. 의료 관광 사업을 맡게 될 책임자를 뽑는 1차 투표를 위한 것이었다. 그 투표 전 J그룹과 더불어 관련된 기업들과 협력체들이 모여 간단한 모임을 갖게 되는데 이는 단순한 모임이 아니었다. 주주들이 어느 쪽 손을 들어줄지 가늠할 수 있는 시간이 될 터. 강진은 잠시 고민하다가 이내 입을 열었다.

"약속 잡고, 재현이 스케줄도 빼놔."

"알겠습니다."

강진은 순간 딱딱해진 시선으로 한곳을 응시했다. 그리고 그의 시선 끝에 세단이 들어왔다. 그녀 역시 강진을 발견하고선 엷은 미소를 지으며 먼저 다가왔다.

"이사장님."

깍듯한 목소리에 강진 역시 살짝 굳어졌던 표정을 지우고선 환하게 웃으며 그녀의 어깨를 가볍게 두드렸다.

"오랜만이구나, 세단아."

"잘 지내셨어요? 출장 가셨다는 얘기는 들었었는데."

"어제 귀국했단다."

"많이 피곤하시겠어요. 재현이 만나러 오신 거예요?"

"그래. 녀석이 그 잘난 얼굴 코빼기도 보이지 않으니, 아쉬운 내가 와야지. 너는 재현이와 여전하지?"

환하게 웃던 강진이 갑자기 세단을 똑바로 바라보며 묻자, 그녀는 저도 모르게 몸을 움찔했다. 잘 참고 있던 눈빛이 조금 흔들리는 것 같았다.

"여전히 친구로서 말이다. 그렇지?"

그의 말에 뼈가 있었다. 그리고 그 속내를 꿰뚫은 세단은 자연스럽게 고개를 끄덕였다.

"물론이죠. 친구로서 아주 잘 지내고 있어요."

"고맙다. 그럼 다음에 제대로 식사라도 한번 하자꾸나."

"네."

그렇게 강진은 세단을 스쳐 지나갔다. 세단은 그의 뒷모습이 완전히 사라질 때까지 바라보았다. 예전엔 그의 말에 마음이 너무나도 아프고 무거웠다. 친딸처럼 보살펴 준다고 해도 선을 넘지 말라고 확실하게 그었기에 재현을 포기해야 했고, 자신의 처지를 확실히 알 수 있었다. 하지만 지금은 다르다. 마음의 무게가 달라졌으니까. 이젠 정말 재현은 친구일 뿐이고, 훨씬 더 큰 마음이 다른 사람에게로 향하고 있었다. 지금은 그 때문에 강진의 말이 아프지 않았다.

세단은 윤성의 연구실 앞에 섰다. 그에게 단합회에 참여할 레지던트들의 명단을 건네줘야 했다. 하지만 문고리를 잡은 손끝이 묘하게 떨렸다. 한밤중에도 겁도 없이 불쑥불쑥 들어간 적도 있는데 의식하기 시작하니 좀처럼 마음이 진정되질 않았다.

'진정해, 박세단. 넌 지금 일하러 온 거야, 일하러!'

몇 번이고 문고리를 쥐었다 놓았다 하고 있을 때, 문이 벌컥 열리면서 윤성이 모습을 드러냈다.

처음엔 엿들을 생각이 없었는데, 이사장과 세단이 생각보다 가까운 관계인 것 같아 그러지 않을 수가 없었다. 처음엔 천재현과 그녀가 친구이니 그 아버지와도 아는 사이인 게 당연하다고 생각했는데.

'어쩐지 이사장의 어조가 조금 날카로웠어. 뭔가 다른 연결고리가 있는 건가?'

그보단…….

"문 앞에서 뭐 마려운 개처럼 뭐 하는 거야?"

"개라니요! 같은 의미라도 강아지가 더 좋잖아요!"

"뭐?"

으아, 지금 무슨 헛소리를 하고 있는 거야!

"이, 이거 단합회 참석자 명단이에요. 교수님이 책임자시니까."

윤성은 벌써부터 머리가 지끈거려 왔다. 어쩔 수 없이 서류를 받으니 세단이 그 모습을 빤히 바라보다 슬그머니 입을 열었다.

"오늘 하기로 한 얘기 말이에요."

"무슨 얘기?"

"닥터와 저의 개인적인 얘기……."

윤성은 뜬금없는 소리에 잠시 의아해 하다가 이내 오전에 있었던 일을 떠올렸다.

그의 표정이 어둡게 가라앉았다. 사실 그 얘기라면 윤성은 그녀에게 해 줄 말이 없었다.

"그건 네 마음대로 잡은 거야. 난 이미 할 말 다 했다고 생각하는데?"

"별로 아는 척하고 싶지 않았다는 말이요? 굳이 서로 아는 관계가 되고 싶지 않았다고 한 거요?"

"그래, 잘 알아들었네."

보고 싶었다고 한 말. 그 말을, 그는 정말 못 알아들은 걸까, 못 알아들은 척하고 있는 걸까. 그래, 좋다. 정말 못 알아들은 거라면 알아듣게 만들면 되니까.

"좋아요. 별로 아는 척하고 싶지 않았다는 것도 이해하고, 굳이 아는 관계가 되고 싶지 않았다는 것도 이해할게요. 원래 닥터 성격이 그랬으니까. 솔직히 만나서 반갑다고 인사했으면 더더욱 닥터답지 않았겠죠. 하지만 이젠 아는 척해야 하는 사이가 됐잖아요. 같은 직장에, 같은 과에, 게다가 집도 옆집이니까. 앞으로가 중요하지 과거가 중요한 건 아니잖아요? 제가 교수님께, 아니, 마윤성이라는 남자한테 알아듣게 하고 싶은 말은 따로 있어요."

세단이 윤성의 눈을 똑바로 바라보았다. 그 눈빛에 윤성은 어딘지 모르게 가슴 한구석이 묘하게 찌릿한 느낌이 들었다.

세단은 피식 웃으며 고개를 가로저었다.

"하지만 그 말은 좀 더 나중에. 그 개인적인 얘기, 그거 오늘 말고 다음으로 미뤄달라고 말하려고 한 거예요."

"……."

"그럼 저는 먼저 가보겠습니다."

윤성은 걸음을 돌린 세단의 뒷모습을 가만히 바라보았다. 지금 그녀에게선 묘한 두려움이 느껴졌다. 자신 역시 세단의 한마디 한마디가 날카롭게 파고들면서 자꾸만 이상한 기분이 들었다.

두려움과 동시에 생겨난 이 낯선 감정의 울렁임은 대체 뭘까. 그녀가 두려워하듯, 윤성 자신도 피하고 싶었다. 할 수 있다면 계속 피하고 싶은데.

그는 머리를 붙잡았다. 심장이 평소보다 빠르게 뛰며 그의 이성을 흔들고 있었다. 하지만 한 가지 확실한 건, 다음에 그녀의 입에서 나올 그 말에 분명 상처 받는 건 자신과 그녀, 둘 모두가 될 것이란 것.

❖

며칠이 지났다. 그날 이후 윤성과 세단과의 사이에서 달라진 건 없었다. 그는 평소와 너무 똑같아서 세단은 오히려 기가 막혔다. 정체가 밝혀진 후에도 그는 여전히 렌즈로 회색 눈동자를 가리고 있었다. 더 시선을 받을까 봐 귀찮아서 그럴지도 모르지. 그 남자 성격이라면 충분히 가능성이 있어.

세단은 박은숙 환자를 찾았다. 그 수술 다음 날, 세단은 그녀와 언주에게 최대한 침착하고 정확하게 심장이식에 관해서 설명해 줬다. 세단은 그녀의 손을 꼭 잡고서 어떻게든 함께 방법을 찾아보자고 말했다. 그리고 혹시 도움을 줄 수 있는 단체를 찾는 일에도 신경을 쏟았다. 그런데 생각보다 너무나도 가까운 곳에서 도움의 손길이 있었다.

은숙은 세단을 보자마자 환하게 웃으며 그녀를 반겼다.

"선생님, 왜 이제야 오셨어요. 언주가 엄청 보고 싶어 했는데."

"언주는요?"

"잠시 간호사 언니 따라 나갔어요."

세단은 심박수를 확인하며 그녀의 안색을 살폈다. 상태는 여전했다. 역시나 이식만이 유일한 방법이었다.

"좀 괜찮으세요?"

"마 선생님이 너무 잘 보살펴 주세요."

"교수님이요?"

그건 또 예상 밖이다. 환자와 의사와의 관계에 절대로 온정은 없는 사람인데, 친절하게 대해준다고? 잘 보살펴 줘? 진짜 의외인데······.

"게다가 치료비뿐만 아니라 입원비도 모두 병원에서 지원해 주신다고 해서 한시름 놓았어요. 정말 감사하고 또 감사합니다."

어느새 그녀의 눈가가 촉촉이 젖었다. 세단은 말라서 뼈밖에 남지 않은 손을 꼭 붙잡고서 다정하게 속삭였다.

"그러니까 힘내셔야 해요. 얼른 나아서 언주랑 같이 집으로 돌아가셔야죠."

"네, 네. 감사합니다, 감사합니다, 선생님."

세단도 언주 어머니의 치료비용을 전부 재단에서 지원한다는 말을 들었다. 모두 다 이사장님의 결정이라고. 역시 대단하신 분이다. 비록 재현이에 대한 문제가 있었지만, 그전에도 제게 많은 도움과 아낌없는 후원을 해주셨고, 아버지가 돌아가셨을 때도, 어머니가 집을 나가신 뒤 혼자서 막막했을 때도 많은 위로와 힘을 주셨던 분이다.

'그래, 정말 고맙고 감사한 분이야.'

입원실을 나와 의국으로 향하던 세단은 마침 반대편에서 걸어오는 윤성을 볼 수 있었다. 윤성은 덤덤한 얼굴이었지만 세단은 아니었다. 매 순간순간 그가 의식돼 진정할 수가 없었다. 세단은 마음을 다잡고 내색하지 않으려고 애썼다.

단합회. 그녀는 그곳에서 제대로 분위기를 잡고 고백이라는 걸 할 작정이었다. 그러니까 그때까지는 최대한 조신하게.

"박은숙 환자에 관한 소식은 들었어요. 한국재단에서 후원해 주기로 했다고. 참 잘됐어요."

"기증센터에도 이름을 올렸어. 그나마 다행인 건, 응급도가 나쁘지 않아. 우선순위를 받을 수 있을지도 몰······."

하지만 윤성은 끝까지 말을 잇지 못했다. 세단의 표정이 밝지 않았다.

"왜 그래?"

그녀는 그제야 정신을 차리고서 그를 똑바로 바라보았다. 그리고 저도 모르게 차갑게 떨어지는 한마디.

"아직 확실한 건 아니니까 환자분께 거기에 관해선 알려 드리지 않는 게 좋을 것 같아요."

의사로서 신중한 태도를 보이는 건 좋은 모습이다. 하지만 뭐랄까. 지금 세단은 어딘지 모르게 핀트가 어긋난 듯 보였다.

결국 그는 그녀의 어깨를 붙잡았다. 그리고 자꾸만 피하려고 하는 시선을 억지로 맞추고서 낮게 속삭였다.

"도대체 이번 일에 뭐가 걸려 있는 거야? 처음부터 끝까지, 너 좀 이상해."

"……."

"박세단."

그의 목소리가 그녀를 붙잡았다. 빠져나가지 못하게. 어딘지 모르게 달래듯이. 이것도 착각일까?

"……제 아버지가, 그랬으니까요."

그리고 결국 세단은 아빠를 입에 담았다.

"제 아버지가…… 수술을 바로 코앞에 두고 돌아가셨어요. 뒤늦게 부적합 판정을 받아서. 검사가 잘못되었다고……."

세단은 남에게는 거의 한 적이 없는 아빠에 대한 이야기를 털어놓았다. 벌써 몇 년이나 지난 일이지만 아직도 어제 일처럼 너무나도 또렷하고 선명한 기억.

"그래서 공여자가 나타나고 적합검사까지 완벽히 끝날 때까지, 방심하고 싶지 않아요."

그러나 윤성의 머릿속에 떠오른 것은 단 하나. 물음표였다. 다른 수술도 아니고 심장이식 수술은 굉장히 까다롭고 위험한 수술이다. 그렇기에 사전에 심장이 환자에게 적합한지, 부작용이 일어나진 않을지 꼼꼼한 적합검사를 거치게 되어 있다. 만약 심장이 맞지 않는다면 그건 치명적이니까. 그런데 거의 확정 단계에서 수술 날짜를 받아놓고 병원 측에서 번복을 했다? 이건 의료사고와도 같다.

"그 병원이 대체 어디였어?"

"네?"

"아버님이 입원하셨던 곳. 심장이식 검사를 받았던 병원 말이야."

그러자 세단은 이곳을 가리켰다.

"한국대병원이에요."

"여기서?"

"네. 이사장님이 직접 제게 사과하셨어요. 의료진의 불찰이라고. 모든 뒷수습을 해주시겠다고……. 물론 아버지는 더는 견디지 못하신 채 돌아가셨지만."

윤성은 망치로 머리를 한 대 맞은 기분이었다. 그런데도 이곳에서 일하고 있는 건가? 그 정도라면 잊고 싶어서 이 병원에서만큼은 일하지 못할 텐데.

세단은 윤성의 얼굴을 살폈다. 그가 지금 무슨 생각을 하는지 알 것 같았다. 물론 그녀 역시 처음엔 이 병원에서 제대로 일할 자신이 없었다. 하지만 피하기만 할 수는 없었다. 게다가 흉부외과는 한국대병원이 제일 알아주기도 했고.

"이사장님이 저를 후원해 주셨어요. 그래서 여기까지 오게 된 거예요. 정말로 고맙고 감사한 분이죠. 그래서 이곳에서 견딜 수 있었어요. 가끔 아버지 생각이 날 때도 있지만, 이젠 괜찮아요."

"이사장님이랑 잘 아는 사이야?"

물론 천재현과 친구 사이라면 알 수도 있겠지만.

"어머니가 이사장님 댁에서 일을 하셨어요. 그래서 이사장님도, 재현이도 알게 됐고. 제겐 행운이었죠."

하지만 윤성의 의심은 더 깊어졌다. 지난번 이사장이 세단과 만났을 때, 그는 단순히 호의만 가지고 있는 건 아닌 듯했다. 그건 그녀 역시 마찬가지였고.

세단은 애써 웃었다.

"제가 운이 나빴던 거예요. 하지만 언주라면 괜찮아요. 이사장님께서 도와주시고 닥터가 계시잖아요. 잘될 거예요. 그렇게 믿어요."

때마침 세단에게 콜이 떨어졌다. 그녀는 서둘러 뛰어갔고, 윤성은 가만히 서서 그녀가 했던 말을 되뇌었다. 이사장이 직접 사건을 수습해야 했다면 정말로 병원 측의 실수가 확실한 건데. 아무리 십 몇 년 전이라고 해도 한국대병원의 CS 기술은 뛰어났다. 장비도 최신형이었고.

"관련된 기록을 좀 찾아봐야겠어."

아무래도 마음에 걸렸다. 그게 뭔지는 잘 모르겠지만, 직접 보게 된다면 뭔가가 풀리지 않을까 싶었다.

## 5. 당신이 있어주어서 다행이다

급하게 수술이 필요한 환자로 인해 윤성에게 콜이 들어왔다. 그는 왠지 우울해 보이는 그녀를 혼자 내버려둘 수가 없었기에 어시로 세워 수술실로 데려갔다. 그렇게 몇 시간 뒤, 급하게 시작된 수술이었지만 역시나 성공적이었다.

수술방을 나온 세단은 마스크를 벗고 그제야 제대로 숨을 쉬었다. 수술방 안에서는 원래 다들 긴장하기 마련이지만 윤성이 집도하는 수술일 때는 그의 기운 때문에 한층 더 긴장하게 됐다. 게다가 그 괴물 같은 솜씨를 다시 보고 있자니, 그에게 인정받고 싶다고 말한 제 자신이 조금 초라하게 느껴질 지경이었다.

"대체 어떻게 그렇게 빠르고 정확하게……."

"꼴통으로서는 감히 상상도 할 수 없는 실력이지."

어느새 나온 윤성이 세단의 옆에 섰다. 그녀는 저도 모르게 흠칫하면서 입을 막았다.

"다 들었어요?"

"들으라고 그렇게 크게 말한 거 아닌가?"

"귀는 엄청 밝아서는……."

"뭐?"

"아, 아니에요."

윤성은 슬쩍 세단의 안색을 살폈다. 아까보단 그렇게 우울해 보이진 않았다. 다행이라고 해야 하나.

"수술도 성공했는데, 밥이나 먹으러 가지."

"네?"

"밥 먹자고, 밥. 새벽부터 하루 종일 뭘 제대로 먹었는지 기억도 안 나는데."

어느덧 시계는 6시를 달려가고 있었다. 그런데 진짜로 저 사람이 나한테 밥 먹자고 한 거야? 진짜?

"진짜요? 다 같이?"

"아니, 우리 둘이."

세단은 저도 모르게 입을 두 손으로 틀어막았다. 단둘이서 밥을 먹는다고? 그럼 이건,

'데이트!'

물론 절대로 아니겠지만. 그래도 제겐 데이트며 기회였다.

"퇴근이지? 바로 갈까?"

윤성은 시계를 확인하면서 말했다. 하지만 세단은 필사의 표정으로 고개를 가로저었다.

"안 돼요!"

"뭐?"

"이 모습으로는 절대로 안 돼요!"

"그 모습이 뭐."

세단은 조금 울고 싶었다. 저는 이미 화장도 다 날아가서 피부도 푸석

하고 하루 종일 묶어 놓은 머리카락은 땀에 찌들어 눈 뜨고 못 봐줄 정도인데 저 남자는 대체 왜 저렇게 완벽한 거야! 분명 하루 종일 일한 건 마찬가지인데 그는 머리만 조금 헝클어져 있을 뿐, 겉으로 보기엔 너무나도 멀쩡해 보였다.

'적어도 얼굴에 로션은 찍어 발라야 할 거 아니야!'

"어떻게 여자가 이 꼴로 밥을 먹어요! 절대로 안 돼. 조금만 기다려 주세요, 조금만!"

그러고는 뭐라 대꾸하기도 전에 쌩하니 사라지는 모양새에 윤성은 기가 막혔다. 아니, 그럼 여자는 대체 무슨 꼴로 밥을 먹어야 한다는 거야? 집도의보다 더 긴장해서는 하루 종일 아무것도 먹지 못한 것 같아 정말로 밥만 먹으려고 하는 건데.

윤성은 저도 모르게 허탈하게 웃어버렸다.

"하여튼 오버는."


"한 선생님, 오늘 당번이시죠? 저녁 뭐 드실래요?"

"글쎄, 간단하게 초밥이나……."

"한애정!"

어디선가 바람처럼 나타난 세단의 모습에 애정은 저도 모르게 흠칫하고 말았다. 미친년 꽃다발처럼 머리까지 휘날리며 얘는 또 왜 이러는 거야?

"뭐야? 너 꼴이 왜 그래?"

세단은 애정의 두 손을 꼭 잡고서 절박하게 외쳤다.

"애정아, 내 사랑스러운 친구야, 부탁이다! 화장품 좀 빌려줘. 옷도 빌려주면 더더욱 땡큐고."

"뭐?"

"제발, 제발!"

이 상황에서 믿을 건 애정뿐이었다. 예전부터 여자의 변신은 무죄라고 외치면서 청순부터 섹시까지 그녀가 가보지 못한 변신은 없었으니까.

결국 애정은 세단의 옆구리를 쑤셔 앞뒤 사정을 듣고야 말았다.

"단합회까지 꾹 참는다면서?"

"그렇다고 넝쿨째 굴러들어온 데이트를 버리냐? 단합회 전 워밍업이야."

애정은 그녀의 헝클어진 머리부터 빗어주고서 피부 톤을 정리하기 시작했다.

"너 혼자 김칫국 마시는 거 아니야?"

"당연히 김칫국이지. 그래도 단둘이 밥 먹는 기회가 흔하냐고. 나 혼자 데이트라 생각할래."

"대박. 박세단 너 진짜 밸도 없다."

"그럼 어떡해! 내가 밀당을 할 상황이 아니잖아! 내가 밀어내면 정말로 안 올 것 같다고!"

솔직히 아주 내가 싫은 건 아니지 않을까? 아는 척, 친한 관계가 되기 싫다고 하더니만 그럼 밥 먹으러 가자고는 왜 해? 이건 공적인 건가? 사적인 거 아닌가? 다 같이 밥 먹는 게 아니고 남녀가 단둘이면.

'데이트잖아.'

"하긴 박세단, 넌 밸이란 말 자체를 모르지. 그나마 유경식 그 개자식한테 차 사주기 전에 끝난 게 다행이다, 다행이야."

"여기서 왜 그 자식 얘기가 나와!"

"다 됐어."

애정이의 손길에 그나마 여자 꼴은 갖추게 되자 세단은 만족스런 표정을 지었다. 하지만 어느덧 시간은 30분이나 지나 버렸다.

"젠장, 늦었잖아. 미안, 나 갈게!"

허겁지겁 나가는 세단의 뒤로 애정은 어쩔 수 없다는 듯 혀를 찼다. 원래 여자는 적당히 튕기면서 남자의 애간장을 녹일 줄 알아야 하는데, 지금 저 상태에선 애간장은커녕 간이고 쓸개고 다 주지나 않으면 다행이었다. 하긴, 상대가 마 교수라면 뭐.

"노력해 볼 만하지."

게다가 이번엔 뭔가가 달라 보였다. 세단이도, 그리고 마 교수님까지도.


애정이에게 빌린 원피스를 입고 머리도 깔끔하게 정리하고, 응급처치로 화장도 다시 했다. 그러니까 분위기 좋은 곳에 가서 밥 먹을 정도로 꾸몄는데, 윤성이 그녀를 데려간 곳은 병원 바로 근처의 선지해장국집이었다.

"진짜로 여기서 먹는다고요?"

"뭘 기대한 거야? 밥만 먹으면 됐지."

윤성은 허탈해하는 세단을 내버려 두고서 식당으로 들어가 버렸다.

그래, 그냥 밥만 먹자고 했지 어딜 간다고는 안 했지. 장소가 중요해? 일단 같이 먹는 게 중요하잖아?

그래도 왠지 모르게 밀려드는 허탈감은 어쩔 수가 없었다. 윤성을 따라 식당 안으로 들어서자 꽤 많은 사람들이 선짓국을 맛있게도 먹고 있었다. 윤성은 창가에 자리를 잡고서 그녀를 불렀다.

"선짓국 먹을 수 있지?"

"빨리도 물어보시네요. 그리고 제가 무슨 첫 집도한 의사예요?"

"그게 무슨 말이야?"

세단은 주위를 빙 둘러보았다. 이곳은 그녀에게도 낯설지 않았다.

"외과에서 처음으로 집도한 후에 항상 회식으로 선짓국 먹였거든요, 바로 여기서."

"왜?"

"골려주려는 것도 있고, 수술방에서의 긴장과 첫 집도의 떨림을 간직하라는 거죠. 특히 피처럼 붉은 선짓국을 보면 그때의 기억이 아주 생생하게 떠올라서 대부분은 절대로 못 먹어요."

어느새 두 사람 사이로 선짓국 두 개가 놓였다. 윤성은 처음엔 툴툴거리더니 이내 맛있게 먹는 세단을 보면서 입을 열었다.

"그래서 넌 어땠는데? 못 먹었어?"

"전 먹었어요."

세단은 뜨끈한 국물을 한껏 삼켰다. 그러자 몸 안에 남아 있던 긴장이 풀리는 느낌이었다. 그러고는 첫 집도하던 그때를 떠올려 보았다. 물론 무척 떨렸지만 겁에 질려 아무것도 먹지 못할 정도의 두려움은 아니었다.

힘없이 떨어지는 아빠의 손을 잡았을 때, 차갑고 딱딱한 그 손을 저도 모르게 놓쳐 버렸던 그때, 그 순간이 인생에서 가장 무서웠던 순간이었다.

"떨리긴 했지만, 그때가 제 첫 집도는 아니었던 것 같아요. 제 첫 집도는 이 손에 처음으로 환자가 사망하던 그때예요. 그 순간은 죽어서도 잊지 못할 것 같아요."

자신만만했다고 할까? 의대에서도 수석을 놓친 적이 없었고, 실습 성적도 우수했으며, 첫 집도도 완벽하게 성공해서 자만심이 넘쳤었다. 그리고 다음 집도에서 환자가 테이블 데스로 사망하고, 그제야 그녀는 자신이 아무것도 아니라는 걸 알게 되었다.

"그때는 정말 선짓국을 먹을 수가 없었어요. 이 붉은색이 심장 같아서. 내 손 아래에서 멈춰 버렸던 그 심장 같아서. 그때가 저의 진정한 첫 집도였다고 생각해요."

윤성은 세단을 물끄러미 바라보았다. 그녀는 자신이 생각하는 것보다 훨씬 더 강한 것 같았다. 아버지를 잃은 곳에서 어떻게든 견뎌내고 있었고, 자신의 실수도, 잘못된 점도 제대로 받아들이고 이해하려 했다. 가끔 환자와의 관계에서 너무 감정적으로 무너지지만 않는다면 충분히 의사라는 이름이 어울릴 사람이었다.

'꼴통이라는 말, 취소해야겠네.'

"의사는 사람을 살리는 사람인데, 참 아이러니하게도 외과의는 사람을 죽인 만큼 명의가 된다고 하지."

창문 너머로 노을이 지면서 붉은빛이 그의 얼굴을 가렸다.

"사람을 칼로 찌르는 사람은 딱 둘이야. 하나는 살인마, 다른 하나는 의사. 둘 다 까딱하면 사망이지. 하지만 결정적인 차이는 하나. 살인마는 사람을 죽이고도 아무렇지도 않지만 의사는 달라. 내 손에 사람이 죽었을 때는 똑같이 두렵고, 괴롭고, 미칠 것 같지. 그렇게 평생을 가는 거고. 하지만 그걸 견뎌내면 네 손은 달라져. 멘탈도 달라지고. 더 많은 생명이 살아나는 거지."

세단은 그의 손이 새삼 제대로 보였다. 크고 투박한 손. 가끔은 저 손은 정말 신의 손이 아닌가 싶기도 했지만, 그는 그만큼 저 손에 피를 묻혔고, 그 만큼 두려움의 무게를 견뎌내야만 했다. 이제는 그가 왜 이렇게 냉정해야 하는지 조금은 알 것 같았다. 남보다 뛰어난 실력이 있기에 자기 자신을 더욱 가혹하게 다스려야 하는 것이다.

"의사는 신이 아니야."

그가 항상 하던 말. 하지만 수술대 위에서 환자에게 그는 신이다. 기적을 가져다줄 신. 세단은 환자에게 그런 믿음을 주는 건 중요하다고 생각했다. 그가 환자 간의 라포는 명확하고 냉정해야 한다고 하지만 내가 보기엔…….

'그 라포가 가장 끈끈한 건 닥터 같아.'

물론 이 말을 입 밖으로는 절대로 못 내뱉는다. 분명 '꼴통 주제에 어디서 건방지게'라는 말이 나올 게 뻔하다.

"아무리 실패한 수술이라도 네가 뭔가를 느끼고 얻었다면, 완전히 실패한 수술은 아닌 거야."

"확실히 저번 수술은 제게 준 게 많아요. 어떤 걸 감당하는 의사가 되어야 하는지 조금은 알 것 같으니까요. 그리고……."

닥터, 당신을 찾게 되었지.

세단은 턱을 괴고서 윤성을 빤히 쳐다보았다. 그러자 그는 미간을 찡그렸다.

"뭘 그렇게 빤히 봐? 내가 전에도 말했지? 가까이 오지 말라고."

"보지 말라고는 안 했잖아요."

"뭐?"

"가끔 보면 정말로 혼자 살지 못해서 안달 난 사람 같아요, 진짜."

"정말 혼자 살고 싶어, 앞으로도 계속."

"그래도 전 그런 닥터가 싫진 않아요."

아무렇지도 않게 툭 던져진 말에 윤성은 잡고 있던 숟가락을 놓쳐 버릴 뻔했다. 황당한 얼굴로 세단을 봤지만, 그녀는 다시 선짓국에 집중하고 있었다.

"예전엔 엄청 싫다고 그 입으로 말하지 않았나?"

세단은 순간 움찔했다. 그러고 보니 첫 회식 때 그런 말을 하긴 했지.

"그래서 상처 받았어요? 저한테 미움 받아서?"

"대체 왜 그런 결론이 나오는 거지?"

'그거야 내가 당신을 좋아하니까.'

하지만 차마 마지막 말은 할 수가 없었다.

어느새 선짓국이 바닥을 드러냈다. 결국 로맨틱한 분위기도 아니고, 로맨틱한 이야기를 하는 것도 아니었다. 들려오는 소리 역시 사람들의 왁자지껄한 목소리뿐. 그런데,

"뭘 또 그렇게 봐?"

윤성은 다시금 저를 빤히 바라보는 시선에 투덜거렸다. 세단은 피식 웃으면서 그의 입가에 묻은 밥알을 떼어주었다.

"은근히 저 의식하는 거 맞죠? 그러니까 내가 이렇게 보는 것도 금방 알아차리지."

"꼴통에 뻔뻔하기까지 하군."

"닥터한테 상처 안 받으려면 이 정도는 뻔뻔해져야죠. 아, 그리고 내일 단합회인 거 잊지 않으셨죠? 병원에 오셔서 처음으로 다 같이 하는 행사니까, 이왕 이렇게 된 거 즐기세요."

"퍽이나."

그러고 보니 그 망할 행사가 바로 내일이었다. 잊고 있었는데. 어느새 표정이 일그러진 그가 먼저 자리에서 일어나 버렸다.

"어디 가세요? 저 아직 다 안 먹었는데?"

"화장실! 그러니까 천천히 먹어. 급하게 먹다가 체하지 말고."

세단은 그 말에 저도 모르게 피식 웃어버렸다.

처음엔 그가 먼저 밥 먹자고 해서 놀랐지만, 이젠 알 것 같다. 나름대로 자신을 위로해 주려고 이런 자리를 마련했다는 걸. 생각했던 데이트는 아니었지만 그래도 좋다.

이 순간순간이 마냥 좋기만 하다. 자연스럽게 대화도 할 수 있고, 서로 나누는 대화에 그가 하나하나 반응하는 것도, 사소한 것에 행복해지고 설레는 것도. 진짜 너무나도 오랜만에 가져보는 감정. 물론 그의 속내를 알지 못해 답답하긴 했지만 그래도 마냥 좋기만 한 건, 내가 정말로 이 남자를 사랑하고 있는 거다.

그리고 드디어 내일이 대망의 단합회.

그녀는 얼마 남지 않은 선짓국을 원샷하고 단단히 기합을 넣었다.

J그룹 의료 관광 사업 책임자를 뽑기 위한 첫 번째 투표가 열리기 전,

관련 사람들이 모이는 파티가 열렸다. 규모는 그렇게 크지 않았으나 모인 사람들과 더불어 오가는 얘기는 결코 가볍지 않았다.

한쪽에서 재현이 다소 답답한 표정으로 와인 잔을 움켜쥐고 있었다. 이런 모임을 썩 좋아하진 않았지만, 하령에겐 중요한 자리이고 아버지가 마음대로 스케줄을 빼가면서 가라고 등을 떠민 탓에 마음대로 빠질 수가 없었다.

'하지만 역시 이런 파티는 나한테 안 맞아.'

다른 사람들과 인사를 나눈 뒤 재현에게 다가온 하령은 지루해하는 모습이 역력한 그의 얼굴을 보고 피식 웃었다. 하긴 지금까지 버티고 있는 것도 용했다. 그가 자신을 위해서 여기에 있다는 걸 알기에 하령은 너무 고맙고, 너무 좋았다.

"피곤하지?"

"응? 아, 아니!"

"그만 가봐. 이 정도면 충분해. 넌 네 역할 다한 거야."

"아니야. 끝까지 있어줄게. 예전에 너 에스코트 안 해준 거 퉁치는 셈치고. 게다가 여기 너 혼자 두는 거 마음에 안 놓여."

여기저기서 하령을 바라보는 시선이 매섭기 그지없었다. 한낱 양녀가 감히 장남을 제치고 기업의 후계자 자리를 노리는 모양새이니 그럴 수밖에. 하지만 그녀는 J그룹의 후계자 자리는 관심 없었다. 그저 이번 프로젝트를 제대로 성공시켜서 회장님께 인정받고 싶을 뿐. 그래서 정말로 그들의 가족이 되고 싶을 뿐이었다.

"신경 쓰지 마. 난 괜찮아. 그냥 남의 말 좋아하는 사람들뿐이잖아. 익숙해."

재현은 어쩐지 조금 씁쓸한 기분이 들었다.

"네가 사업을 따낼 가능성은 있어?"

"네 덕분에 아주 많이. 네가 여기 와준 덕분에, 그리고 나랑 같이 있어준 덕분에 사람들은 나와 천 이사장님 사이에 많은 얘기가 오간 걸로 착각할 거야. 하지만 그 착각은 내게 도움이 되지. 내게 표를 던지겠다는 주주들도 많아질 테고."

"또 다른 주인공이 늦네."

재현의 말 대로였다. J그룹의 장남 백영진이 여지껏 모습을 드러내지 않았고, 그뿐만 아니라 중요한 주주들 역시 나타나지 않자 하령은 그게 몹시도 불안했다.

하지만 그래도 겉으로는 괜찮은 척, 다른 이들의 날카로운 시선도, 말투도 전부 다 태연하게 웃으며 넘길 수 있는 가장 큰 이유는 하나. 천재현, 그가 지금 제 옆에 있어주기 때문이다.

"난 정말 괜찮으니까. 이만 돌아가. 게다가 지금부터는 나 혼자 있어야 할 것 같고."

재현은 하령이 하도 등을 밀어대는 통에 어쩔 수 없이 회장을 빠져나왔다.

"무슨 일 있으면 연락해. 능력 있는 친구 있다는 게 뭐냐? 내가 빽을 써서라도 도와줄게."

"나도 은근 빽 있어. 그래도 말만으로도 고맙다. 집으로 갈 거야?"

"아니. 나도 바빠. 병원에 갈 거야."

"오, 천재현. 진짜 미국 갔다 오더니 완전 사람이 변했네."

"변해야지."

재현은 하령에게 인사를 하고서 홀가분한 마음으로 걸음을 옮겼다. 하령은 그의 뒷모습을 바라보며 사실은 붙잡고 싶었던 속마음을 슬쩍 내비쳤다.

"사실 네가 쭉 내 옆에 있었으면 했어."

솔직히 조금 무서우니까. 오빠를, 만나는 게.

"백하령."

지금 이렇게 떨고 있는 것처럼.

하령은 고개를 돌렸다. 그러자 그곳엔 드디어 모습을 드러낸 백영진이 서늘한 시선으로 그녀를 바라보고 있었다. 빈틈 하나 없이 너무나도 완벽한, 항상 하령을 두렵게 하던 그 모습 그대로였다.

"오셨어요, 백 이사님."

영진은 위압감을 드러내며 하령의 앞에 섰다. 그러곤 그녀를 쳐다보지도 않고서 짧게 말했다.

"이 파티에 와서 눈으로 보고도 아무것도 못 느끼는 거냐?"

"그게 무슨?"

"혹시 그럴까 봐 천천히 와준 건데. 괜한 배려였나."

대체 무슨 말을 하는 거지?

하령은 고개를 들었다. 영진은 그런 그녀를 바라보며 똑똑히 말했다.

"네가 가진 걸 모두 **빼앗을** 생각은 없어. 그래도 하나 정도는 남겨줄 생각이야. 그러니까 좋은 말로 할 때, 그냥 네가 하던 일로 돌아가. 괜한 일에 힘쓰지 말고."

"……"

"파티에, 주주들이 아무도 오지 않았지? 그게 무슨 의미라고 생각하지?"

그의 말에 순간 손끝이 떨렸다. 혹시나 했고 설마 했다. 그런데 정말로, 정말로.

"백 이사님, 때문인가요?"

"천 이사장님께서 널 먼저 만나주셨다고 네가 뭐라도 된 것처럼 굴지마라. 주주총회에서 그 어떤 주주들도 너에게 표를 던지지 않을 테니까. 창피하게 질질 끌려서 밀려나지 말고, 그냥 네 발로 네가 나가. 그 정도 배려는 한 번 더 해줄 수 있으니까."

영진은 넋을 잃은 하령을 밀치고서 회장으로 들어가 버렸다. 박수 소리와 함께 그를 반기는 목소리가 울려 퍼진다. 그리고 홀로 남은 하령은 입술을 깨물고서 가까스로 버텼다.

'무너지지 마. 절대로, 여기서 무너지지 마.'

익숙하잖아. 이젠 정말로 익숙해질 때도 됐잖아!

하지만 하령은 이 자리에 버티고 있을 자신이 없었다. 거의 뛰다시피 복도를 헤매며 하령은 재현을 찾았다. 조금 전에 사라진 그는 이미 모습이 보이지 않았다.

호텔 밖으로 나온 하령은 택시를 잡아 타고서 눈을 감았다. 도망치는 건가? 그래, 그냥 오늘 하루만, 하루만 더 너한테 도망치게 해줘.


윤성은 하늘을 바라보았다. 해가 완전히 저물어가고 있었다. 곧 달이 떠오른다. 보름이 코앞으로 닥친 걸 알려주듯 충분히 둥근 달이었다.

"어디 가서 아이스크림 먹을까요? 이번엔 제가 살게요."

하지만 윤성은 병원 쪽으로 향하며 그녀를 돌아보지도 않았다.

"가다가 사 먹어."

"닥터는요?"

"오늘 바빠. 집에도 못 들어가."

집에도 못 들어온다는 말에 세단은 저도 모르게 발끈하고 말았다.

"왜요! 멀쩡하게 집도 있는 남자가 외박이라니, 그러면 안 되죠! 설마, 다른 여자 있어요? 그런 거예요?"

"지금 무슨 말도 안 되는……."

"그럼 어디 계실 건데요! 내일이 단합회인데, 설마 단합회 가기 싫어서 땡땡이치려고……."

"박 선생은 1박 2일 동안 자리를 비워도 전혀 아쉬울 게 없을지도 모르지만, 난 1박 2일 동안 자리를 비우면 그 빈자리가 굉장히 아쉬운 사람이라서 말이지."

"아, 연구실에 계실 거구나."

"단합회 말이 나와서 말인데, 내가 전에 한 말 안 잊고 있지?"

"뭐요?"

"낯선 곳 조심하기. 아무나 막 믿지 말고, 특히나 술. 술 조심하기."

"아! 그거. 안 잊고 있어요. 그래도 뭐, 조금은 안심이에요. 저의 행운의 아이템인 닥터가 같이 가니까."

"그 말도 안 되는 행운의 아이템 소리 좀 작작……."

순간, 윤성은 누군가 이쪽으로 다가오는 걸 알아채고서 저도 모르게 세단의 앞을 가로막았다. 익숙한 발소리, 묘하게 신경이 쓰이는 여자.

"하령아!"

세단은 윤성의 어깨 너머로 하령을 발견하고선 손을 흔들었고, 하령 역시 세단과 윤성을 발견하고선 곧장 다가왔다.

"요즘 자주 본다, 세단아. 또 뵙네요, 마 교수님."

하령은 윤성에게 손을 내밀지 않았다. 눈치가 빠르다고 해야 할까, 악수를 싫어한다는 것을 알아챌 만큼 남을 살피는 것이 능숙하단 생각에 윤성은 이상하게 하령이 자꾸만 마음에 걸렸다. 물론 좋지 않은 쪽으로.

'대체 왜 이런 느낌이 드는 거지?'

세단은 그녀의 안색을 살피며 좀 더 가까이 다가섰다.

"너 무슨 일 있어? 안색이 너무 안 좋아. 어디 아픈 거야? 아파서 병원 온 거니?"

세단이 능숙하게 체온과 맥박을 짚었지만 딱히 이상한 점은 없었다. 윤성도 그녀를 빠르게 훑었지만 딱히 아파 보이진 않았다. 그저 심리적으로 조금 불안해 보이는 정도?

"아니야. 그냥 잠깐 너 보려고 온 거야. 시간 괜찮아?"

하령은 슬쩍 윤성을 살폈다. 그러자 세단은 괜찮다며 고개를 끄덕였다.

"교수님, 저 먼저 가볼게요. 단합회 절대로 땡땡이치시면 안 돼요!"

"안 쳐. 그리고 너무 늦게까지 돌아다니지 마."

"에이, 제가 무슨 한두 살 먹은 어린애도 아니고. 그럼."

세단은 하령의 손을 잡고 걸음을 옮겼다. 윤성은 두 사람의 뒷모습을 불안하게 바라보다 이내 무겁게 걸음을 뒤로 돌렸다. 귀를 열고 듣는다면 들을 수도 있겠지만, 그렇게까지 하고 싶지는 않았다. 이건 그녀의 사생활이니까.

세단과 하령은 병원 근처의 작은 공원 벤치에 앉았다. 사실 하령은 재현을 만나려고 했지만 무슨 일인지 도통 연락이 닿지 않았다.

'어쩔 수 없지.'

세단이 캔커피 하나를 건네주었다.

"자, 마셔."

"고마워."

"역시 너 이상해. 얼른 다 말해봐. 나한테는 절대 못 숨기는 거 알지?"

세단은 하령의 옆에 철썩 붙어 앉았다. 그러곤 그녀가 말해주기를 기다렸다. 그러고 보니 이런 것도 참 오랜만이다. 어릴 때는 항상 이렇게 앉아서 이야기를 나누곤 했었다.

두 사람이 처음 만난 건 고1 때였다. 하령은 항상 쓸쓸하고 외로웠다. 그 모습이 자신과 너무 닮아 있어서 세단은 자연스럽게 그녀에게 끌렸다.

"기억나? 처음에 내가 너한테 못된 말 많이 한 거."

"알지. 너 진짜 싸가지 없었어. 내가 성격이 좋아서 꾹 참고 있었던 거야."

"너도 내 뒷배경이 탐나서 인맥 좀 쌓고, 줄 좀 대보려고 내 옆에 붙으려 하는 거 아니야? 그런데 내가 양녀라니까 우스워 보이니? 신데렐라니 뭐니 하면서 속으로 비웃고 있지?"

J그룹의 양녀. 그것도 언론에 의해 대대적으로 입양 사실이 알려진, 현대판 신데렐라. 하령의 뒤로 꼬리표처럼 따라다니던 수식어였다. 그 때문에 고등학생 시절의 하령은 굉장히 엇나가 있었다. 섬세한 사춘기 소녀에게 주변의 따가운 시선은 견디기 벅찬 것이었으니까. 그런 말을 하는 하령에게 세단은 아주 제대로 머리를 쥐어박으며 말했었다.

　"어린애가 못하는 소리가 없네. 너, 드라마나 영화를 너무 많이 봤구나."
　"뭐?"
　"난 그냥 네 옆에 앉으려는 거야. 그러다가 친구 되면 좋은 거고, 싫으면 마는 거고. 그런데 생각했던 것보다 너 훨씬 더 외롭구나."

　외로운 사람은 외로운 사람을 알아본다고 했던가. 하령은 세단이 저만큼이나 고단하고 쓸쓸해 보인다는 걸 알게 되었고, 그렇게 친구가 되어 지금까지 왔다.
　유일하게 제 약한 모습을 본 사람. 그래서 유일하게 그 모습을 보일 수 있는 사람. 그런데 그렇게 소중한 친구가, 내가 처음으로 좋아하는 남자의 마음을 가지고 있다.
　"마 교수님이랑은 굉장히 친한가 봐?"
　생각지도 못한 말에 세단은 저도 모르게 당황하고 말았다.
　"으, 응?"
　"혹시 좋아하니?"
　젠장. 이렇게 티가 많이 나나? 그런데 정작 본인은 왜 이렇게 모르는 척하는 건데!
　"……응, 좋아해. 그 사람에겐 상처 받는 것도 두렵지 않을 정도로. 나한테 그냥 확 미쳐 버렸으면 좋겠다고 생각할 정도로, 아주 많이."

하령은 세단의 진심에 살짝 놀랐다. 그러고는 마음속으로 점점 커지는 기대 하나.

"망설이고 있는 거야? 이미 상처 받을 각오가 되어 있다면서."

"안 그래도 내일 단합회에서 저질러 볼 생각이야. 어차피 한 번으론 안 될 테지만, 될 때까지 해봐야지. 그나저나 넌 그런 사람 없어?"

하령은 엷은 미소를 지었다. 그리고 점점 커져가는 기대, 욕심을 슬쩍 내보였다.

"있어, 나도. 하지만 난 조금만 더 기다려 보려고."

"응?"

"될 것 같거든, 조금만 더 기다리면. 고마워. 덕분에 기분이 나아졌어."

하령은 자리에서 일어섰다. 그러자 세단이 의아한 표정을 지었다.

"정말 괜찮아? 더 말할 거 없어?"

"진짜 괜찮아. 계속 풀죽어 있을 순 없잖아. 할 일이 태산인데. 너도 들어가 봐. 마윤성 교수님이랑 꼭 잘됐으면 좋겠다."

하령은 세단에게 인사를 하고서 걸음을 뒤로 돌렸다. 그녀의 뒷모습이 어쩐지 조금 들떠 보였다.

잘된 거겠지? 세단은 뭔가 찜찜하긴 했지만 아까보다 표정도 나아 보이고 본인도 괜찮다고 하니 그냥 넘어가기로 했다.

하령과 헤어져 집으로 향하던 세단은 집에 가까워질수록 왠지 기분이 이상해졌다. 오늘은 그가 옆집에 없을 텐데. 그럴 텐데.

망설이고 있는 건가. 상처 받을 각오가 되어 있다고 말은 하지만 쉽지는 않다. 솔직히 무서워서 단합회를 핑계로 시간을 벌고 있는 건지도 모른다.

세단은 엘리베이터 앞에 멈춰 섰다. 그리고 절대로 일어나지 않을 일을 생각했다.

"혹시, 아주 만약에. 닥터가 지금 집에 있으면. 그러면, 한번 용기 내보는 거야."

분명 오늘은 집에 못 들어온다고 했다. 자기가 하는 말은 칼같이 지키는 사람이니까 있을 가능성이 거의 없지. 그리고 결국 난 이런 식으로 또 핑계를 대고 도망치는 중인가?

엘리베이터가 멈췄다. 세단은 떨리는 숨을 내쉬며 천천히 걸음을 옮겼다. 마침내 문 앞에 멈춰 선 세단은 바짝 귀를 기울였지만 안에선 아무런 소리도 들리지 않았다.

"역시, 없나?"

세단은 슬그머니 걸음을 돌렸다. 그러다가 눈을 질끈 감고서 비명을 질렀다.

"악!"

그리고 정말 거짓말처럼, 1초의 망설임도 없이 벌컥 문이 열림과 동시에 마윤성, 그가 나타났다.

없을 거라고 확신했는데, 거짓말처럼 그가 눈앞에 나타났다. 이건 용기를 내보라는 하늘의 계시인 건가?

윤성은 갑작스런 세단의 비명 소리에 한 번 놀라고, 넋을 잃고 있는 그녀의 모습에 두 번 놀라 눈으로 빠르게 그녀를 훑었다.

"왜 그래? 무슨 일 있어?"

"······집에 계셨네요. 오늘 연구실에 있을 거라고 하셨잖아요."

"그게 중요해? 뭐야, 다쳤어? 누가 쫓아와? 왜 소리를 지른 거야?"

아니면 정말로 운명인가. 내가 그런 걸 믿는 감성적인 사람이었나. 하지만 심장이 빠르게 뛴다. 어떻게 보면 아무것도 아닐지도 모르지만, 세단은 이 순간이 영화 같다고 생각하면서 그의 집으로 쏙 들어가 버렸다.

윤성은 순식간에 벌어진 일을 말리지 못했다. 그는 미간을 찡그리며 얼른 뒤따라 들어와 그녀의 어깨를 잡고 돌렸다.

"지금 장난하나? 무슨 일이냐고 내가 몇 번을 물었잖아!"

"집에 바퀴벌레가 나와서요."

"뭐?"

"저 진짜 벌레 싫어하거든요. 특히 바퀴벌레는 더더욱! 그래서 저도 모르게 소리친 거예요. 닥터 집은 깨끗…… 할 줄 알았는데."

아무리 뻔뻔스럽게 거짓말을 한다고 해도 도저히 그의 집 안 꼴이 깨끗하다고 말할 수는 없었다. 여기저기 널브러진 물건들과 발 디딜 곳 없이 흩어진 책 더미들.

예전부터 생각했지만 이 남자, 안 어울리게 대체 왜 이렇게 정리정돈을 안 하는 거야?

"되게 지저분하시네요. 혹시 바퀴벌레 안 나와요?"

윤성은 세단을 노려보더니, 그녀의 등을 밀쳐 내며 사납게 말했다.

"나가, 당장."

하지만 세단은 벽을 꽉 잡고서 나갈 생각을 하지 않았다.

"그래도 지금은 바퀴벌레 안 나왔으니까, 조금만 있다가 갈게요!"

"대체 뭐하는 거야!"

분명 뭔가 숨기는 것이 있다. 아니면 제게 하려는 말이 있거나. 그렇지 않으면 바퀴벌레라니, 그런 말도 안 되는 핑계로 이러고 있을 리가 없다.

윤성의 눈빛이 사나워지자 세단도 더는 버틸 수가 없었다. 운명이 등을 떠밀었다. 그래, 이미 엎어진 물. 용기를 내볼 수밖에.

"닥터와 나의 얘기, 지금 하려고요."

윤성의 시선이 움찔했다.

"그 얘기하려고 온 거예요."

"내가 분명 이미 다 했다고 말했을 텐데?"

"제가 다 안 했어요. 솔직히 말해서 교수님도 알고 계신 거죠? 제가, 제가."

사람이 이렇게 심장이 빠르게 뛸 수도 있을까? 다리가 후들거려서 금방이라도 쓰러질 것만 같다. 하지만 모든 감각이 오로지 눈앞에 있는 남자를 향해 달콤하고 애틋하게 속삭이고 있었다. 이내 가슴에서만 연신 되뇌던 목소리가 흘러나왔다.

"당신 좋아한다는 거."

"……."

"몰랐다면, 지금 들으세요. 저 닥터 좋아해요."

그리고 다시 한 번.

"내가 당신, 아주 많이 좋아한다고요."

모든 열기가 얼굴로 쏠린 것 같았다. 얼굴은 금방이라도 터질 것 같고, 파르르 떨리는 시야가 정신없이 흔들리고, 그의 표정을 보려고 해도 자꾸만 고개가 아래로 떨어진다. 그래도 이미 모든 건 시작되고 말았다.

지금 세단의 귀에는 오로지 제 심장 소리밖에 들리지 않았다. 저 남자를 향해서, 저 남자를 원한다고 외치는 심장 소리뿐이었다.

하지만 세단과는 달리 윤성은 차가운 시선으로 그녀를 바라보았다. 시간이 흐를수록 그의 마음은 더 차분해지고, 머릿속은 더 냉정해졌다.

세단은 침묵이 두려워 아주 조심스럽게 고개를 들었다. 그러다 저를 빤히 쳐다보고 있는 차가운 시선에 싸한 통증을 느꼈다. 그는 고백을 받은 남자라고 하기엔 지나치게 아무렇지 않아 보였다. 당황한 기색조차 없이, 오히려 너무 차가웠다.

"닥터……."

윤성이 한 걸음 다가섰다. 그러자 그녀는 저도 모르게 뒷걸음질 쳤지만, 윤성이 그녀의 손목을 탁 붙잡고서 낮게 읊조렸다.

"그 얘기를 그렇게 끝내고 싶어?"

"……."

"아무래도 박 선생과 나의 관계를 명확하게 하고 싶은가 본데, 박 선생은 날 그렇게 생각해? 하지만 난 아니야."

차가운 목소리. 싸늘한 눈빛. 손끝으로 파고드는 그 서늘함에 세단은 움찔했다. 심장이 한없이 아프게 가라앉았다. 하지만 피하고 싶진 않았다. 피하고만 있을 순 없었다.

윤성은 묵직한 한숨을 내쉬며 피하고만 싶었던 말을 내뱉었다. 돌이킬 수 없다면, 과감히. 과감히 밀어내야 한다.

"잘 들어. 난 박 선생, 단 한 번도 여자로 본 적 없어. 아무런 감정이 없다고. 지금 박 선생이 한 고백에 난 정말 아무렇지도 않아. 이런 고백을 할 줄도 정말 몰랐고."

"……"

"솔직히 말하면 지금까지 날 이렇게까지 기억하고 있을 줄 몰랐어. 설마 내가 박 선생과 조금 가깝게 지냈다는 이유로 박 선생한테 다른 마음 있었다고 착각하고 있었던 거야? 박 선생 보기보단 참 순진하구나."

잔인한 말들이 쏟아져 나온다. 거절을 예상하기는 했지만, 이런 식으로 지독하게는 아니었다.

"그래도 그 고백에 대해서 내가 제대로 말해주길 바란다면, 이미 난 했어. 전에도 말했지? 사랑이니 뭐니 하는 감정 같은 거 나한테 무의미하다고. 그러니까 내가 박 선생 좋아할 일은 지금도, 앞으로도 절대로 없을 거야. 오히려 박 선생이 나 좋아하는 거 되게 불편해. 그러니까 서로 동료 그 이상의 관계를 만들지 말았으면 좋겠어."

차가운 말이 이어지고, 세단은 애써 스스로를 꽉 붙잡았다. 조금만 더, 조금만 더 견뎌보자. 아직 제대로 시작도 못 해봤잖아?

"남을 믿지 말라고, 특히 나를 절대 믿지 말라고 내가 몇 번이나 말했었잖아."

그런 말을 하긴 했지. 하지만 그 말 한마디에 '아, 절대로 저 사람 믿지 말아야겠다. 사랑하면 안 되겠다' 그렇게 마음먹은 대로 할 수 있다면 그건 더 이상 사람이 아니지. 기계가 아닌 이상 그렇게 내 마음대로 할 수 있는 게 아니잖아. 항상, 내 곁에 당신이 있었잖아. 당신을 믿을 수밖에 없는 이유를 주었잖아.

윤성은 세단이 아무 말도 않자 속이 까맣게 타들어갔다. 차라리 화를 냈으면 했다. 천하의 못된 놈이라고 욕을 하든가, 때리기라도 하든가. 그런데 왜 가만히 듣고만 있는 거야. 대체 왜!

"지금은 이렇게 못되게 말해도 내가 완전히 싫은 건 아니라고 생각해요."

그리고 드디어 입을 연 그녀는 그가 원하는 대답을 내놓지 않았다.

"아프리카에서부터 지금까지, 남들보단 대단한 인연이라고 생각해요. 당신은 몰랐을지도 모르지만, 당신이 다른 의사들과 저를 대하는 태도가 조금은 다르거든요. 그걸 남들도 느끼고요. 특별함까지는 아니더라도 조금 더 친한 관계. 지금은 거기서부터 시작할래요."

결국 포기하지 않겠다는 말에 윤성은 저도 모르게 화가 났다.

"대체 내가 어떻게 말해야 할까? 어떻게 해야 말귀를 알아먹을 거야! 특별함? 조금 더 친한 관계? 그렇게 느꼈다면 정말 미안하군. 난 정말로 그런 의도는 하나도 없었으니까!"

잘 참고 있던 세단도 결국엔 그를 노려보았다. 아무리 먼저 사랑하는 사람이 약자라고 하지만, 듣자듣자 하니까 자꾸만 내 감정을 왜 마음대로 컨트롤하려고 하는 건데!

"당신이 나 싫어하는 건 당신 마음이지만, 내가 당신 좋아하는 건 내 마음이에요."

"뭐?"

"내가 지금 아무렇지도 않아 보여요? 아니! 내 마음 깨닫기 시작한 순간부터 이렇게 고백하기까지 얼마나 떨렸는데. 지금도 얼마나 무서운데! 그래도 좋으니까, 처음으로 내가 먼저 용기 내고 싶었으니까! 그래서 말도 안 되는 핑계까지 들먹이면서 지금 이렇게 당신 앞에 있는 거야."

윤성은 그제야 세단을 제대로 보았다. 먼저 좋아한다고 고백하고, 싫다는 남자한테 매달리고, 떨면서도 자신의 감정을 솔직하게 보인다. 그런 그녀에게 비겁하게 구는 건 오히려 자신이다. 그녀를 비난할 자격 없다. 오히려 멍청한 건 자신이지. 그녀는 자신보다 지나치게 용감한 거고.

"저 지금껏 연애하면서, 심지어 그냥 사람을 만나면서도 누구한테도 쉽게 마음 준 적 없고, 믿어본 적도 없어요. 그래서 항상 제가 하는 사랑은 불안정했어요. 남을 너무 쉽게 믿는다는 말, 당신한테 처음 들었어요. 당신이라서 그런 거예요. 이상하게 난 당신만 보면 믿고 싶어지니까. 그냥 믿어버리게 되니까. 내가 당신 좋아하는 거, 절대로 가벼운 마음 아니에요. 당신이 좋아하지 말라고 한다고 쉽게 버릴 수 있을 만큼 그런 가벼운 감정이 아니라고요!"

세단은 재빨리 뒤돌아섰다. 계속 그를 보고 있으면 애써 참고 있던 눈물이 쏟아질 것 같았다. 그것만큼은 어떻게든 참고 싶었다. 여기서 눈물까지 보이면 너무 자존심 상하니까.

"이번 얘기, 여기서 새드엔딩 아니에요. 이제 겨우 에피소드 하나가 끝난 거야. 하지만 반드시 해피엔딩으로 만들 거니까, 각오해요."

쾅 닫히는 문소리에 윤성은 한숨을 내쉬며 머리카락을 거칠게 쓸어 올렸다. 순간 그의 눈동자가 차갑게 굳어졌다. 그의 귓가에 세단의 울음소리가 날카롭게 울렸다. 참고 참다가 터뜨린 모양이었다. 흐느끼는 소리가 칼날이 되어 그의 심장을 찔러왔다.

윤성은 무겁게 고개를 숙였다.

"너한테 날 감당해 달라는 말, 난 절대로 못 해."


모든 걸 쏟아내고 집으로 들어온 세단은 닭똥 같은 눈물을 뚝뚝 떨어뜨렸다. 각오는 했었지만, 각오했다고 아프지 않은 건 아니다.

"운명은 개뿔, 영화 같은 소리 하네. 우어어어엉!"

애처롭게 흐느끼는 것이 아니라 대성통곡하기 시작하는 그녀의 얼굴은 그야말로 처참했다. 그래, 그래도 그 사람 앞에서 안 운 게 어디야? 여기 서 실컷 울자고. 일단 실연당한 거잖아!

"우어어엉! 으흐흑! 아무리 그래도 그렇지, 그렇게 면전에 대고 싫다고 바로 독설을 하냐? 우어어어어! 그래, 내가 잠시 잊고 있었지, 잊고 있었 어. 원래 그런 성격인 걸!"

한번 울음이 터지자 멈출 수가 없었다. 차가운 목소리. 차가운 시선. 냉 정하기 그지없는 태도까지 나쁜 놈 그 자체였다. 하긴 원래부터 다정한 성 격은 아니었다. 개싸가지에 독설 작렬이었지. 내가 잠시 눈에 콩깍지가 씌 어서 잊고 있었다.

"그런데도 난 왜 아직도 저런 놈이 좋은 건데. 왜 이렇게 좋아 죽겠는 데. 어어엉!"

문제는 그것이었다. 그래도 좋다는 거. 심장은 계속 뛰고, 혹시 이번 고 백 때문에 저를 멀리할까 봐, 그게 더 두렵다. 사랑을 하면 바보가 된다더 니. 그것도 더 많이 사랑하면 머저리가 된다더니!

박세단, 네 남자 인생은 왜 이렇게 비비 꼬여 있냐. 원하는 건 단 하나. 날 좋아해 주는 남자 만나는 거. 서로서로 사랑하고 받으면서 그렇게 사 는 건데.

"도대체 난 그게 왜 이렇게 어렵냐고. 왜 단 한 번을 허락하지 않는 거 냐고!"

팔자에 사랑이 없는 걸까? 혼자 노처녀로 늙어 죽을 박복한 팔자인 걸 까? 심지어는 부모님의 사랑도 끝까지 받지 못하고 자라서는……

결국 눈이 퉁퉁 부을 때까지 울던 세단은 배에서 울리는 꼬르륵 소리 에 헛웃음을 지었다.

"하. 이 상황에서도 배가 고프긴 고프구나."

그녀는 그제야 눈물 범벅인 얼굴을 추스르고서 자리에서 일어섰다. 그래, 안 되면 쟁취해야지. 남들처럼 기다리면 오는 사랑이 아니라는데 노력하는 수밖에. 아주 죽어라 당길 수밖에!

하지만 타이밍이 너무 안 좋다. 내일은 단합회. 껄끄러운 상황에 그와 하루를 같이 보내야 한다니. 아무리 그래도 실연은 실연인데 상처를 추스를 시간은 줘야 하는 거 아닌가?

그토록 기다렸던 단합회가 정말이지 최악이 되는 순간이었다.

자다가 지붕킥하고, 다시 자다가 지붕킥하면서 결국 날밤을 새고 단합회의 아침이 밝았다.

세단은 평소보다 빠르게 준비를 하고서 모자로 얼굴을 가린 채 몰래 집을 빠져나갔다. 윤성과 마주치지 않기 위한 최선의 방법이었다. 물론 오늘이 단합회이니 어떻게든 부딪치게 되겠지만, 그래도 최대한 그 시간을 늦추고 싶었다.

'게다가 지금은 얼굴이 호빵맨이라고! 적어도 지금은 마주치면 안 돼, 지금은!'

그때, 끼익 하는 소리와 함께 낯익은 차가 그녀의 앞을 가로막았다. 움찔한 세단이 얼른 등을 돌렸지만, 어느새 차에서 내린 윤성이 그녀의 목덜미를 낚아챘다.

"놔주세요!"

그녀는 모자를 붙잡고서 고개를 푹 숙였다. 절대로 얼굴을 보일 수는 없어! 그럴 수는 없다고!

윤성은 그녀가 하는 말을 싹 무시하고선 질질 잡아끌었다. 그러고는 뒷좌석에 그녀를 던져 넣었다. 세단은 어이없는 표정으로 재빨리 운전석에 오른 그를 노려보았다.

"이게 뭐하는 짓이에요?"

"납치. 어제 일 쪽팔려서 병원 안 갈까 봐."

"뭐라고요?"

"평소라면 신경 안 쓸 텐데, 오늘 귀찮은 일 있잖아. 내가 다 떠맡을 수는 없어."

참 말도 예쁘게 한다, 예쁘게 해. 그냥 조금은 신경이 쓰여서, 걱정돼서 데려다 주는 거라고 말하면 고 뚫린 입이 어디 삐뚤어지기라도 해?

세단은 뭐라 더 대구를 하지 않고 그대로 고개를 돌려 버렸다. 그런데도 요 미련하고 자존심 없는 심장은 그를 향해 움직이기 시작한다. 그래도 바로 옆자리가 아니라서 다행이다. 이렇게 훔쳐봐도 그는 눈치 못 챌 테니까.

평소엔 항상 슈트를 입었는데 오늘은 단합회라서 그런지 니트에 청바지를 입은 모습이 또 새롭게 다가왔다. 뭘 해도 잘난 사람. 그래서 너무 얄밉고 미워죽겠는데, 요 자존심을 상실한 눈동자는 자꾸만 그를 좇았다.

"내가 앞으로 박 선생을 어떻게 대해줄까?"

윤성은 백미러를 통해 저를 힐끔힐끔 훔쳐보는 세단을 바라보았다. 모자로 가리고 있었지만 통통 부은 얼굴은 그대로 다 보였다. 특히 붉게 충혈된 눈동자가 자꾸만 신경 쓰였다. 안 그래도 어젯밤 내내 그녀의 울음소리가 끊이질 않아 덕분에 그 역시 한숨도 잘 수가 없었다.

"어떻게 대하고 싶은데요?"

"원래대로. 평소처럼. 그 이상은 안 돼."

그 이상은 안 된다는 말보다 평소처럼 원래대로 하겠다는 말이 더 아프다. 내가 한 고백에 정말 전혀 신경 쓰지 않는다는 거니까. 물론 의식해서 멀어지는 것보단 낫지만.

"그럼 그렇게 해주세요. 하지만 잊지 마세요. 어젯밤 일, 절대 그대로 끝난 거 아니에요."

신호에 걸리면서 차가 멈춰 섰다. 그리고 윤성이 갑자기 고개를 돌려 세단을 바라보았다. 그녀는 어떻게든 시선을 돌리려고 했지만 갑자기 그가 손을 뻗어 모자를 빼앗고선 부어오른 그녀의 눈을 살짝 쓸어내렸다.

"그럼 괜히 의식하면서 피하지 말고, 도망치지 말고, 절대로 울지 마."

다시 신호가 바뀌었다. 차는 출발했고, 두 사람은 서로 다른 곳을 바라보았다. 하지만 공기가 달라졌다. 세단은 입술을 꽉 깨물고서 눈을 질끈 감았다. 대체 저 남자의 진심은 뭘까? 이번에도 내가 착각하는 걸까? 하지만, 하지만.

옆에 있어도 된다는 말로 들렸어. 계속 옆에 있으라고 하는 것처럼 들렸다고. 이건 무슨 고도의 어장 관리야? 아니면 선수? 난 진짜 나쁜 남자한테 걸려든 건가?

병원에 도착해서 윤성과 함께 차에서 내린 세단이 뭔가를 결심하고선 그의 앞을 가로막았다.

"뭐야."

"피하지도 않고 도망치지도 않아요. 하지만 오늘 하루는 좀 봐주세요. 그래도 실연은 실연인데 하루 정도는 마음을 추슬러야 하잖아요. 그러니까 오늘 하루는 교수님 피하고 다녀도 신경 쓰지 마세요. 내일부터는 다시 죽자고 붙어 다닐 테니까. 자아, 얼른 가볼까요? 인원 체크해야 하는데, 늦으면 안 되잖아요."

그렇게 세단은 애써 씩씩한 미소를 짓고서 걸음을 돌렸다.

윤성은 저도 모르게 피식 웃었다. 대체 어떤 여자가 실연당했으니 오늘 하루는 봐달라고, 그래도 내일은 각오하라고 저렇게 당돌하고 뻔뻔하게 말할 수 있을까. 그것도 저를 매몰차게 찬 남자한테.

'아니면 내가 생각하는 것보다 훨씬 더, 강한 건지도.'


이번 단합회 장소는 강원도의 한 리조트였다. 얼핏 듣자 하니 뭔가 여러 가지 이벤트가 준비되어 있다고 했지만, 그런 거 신경 쓸 새도 없이 세단은 그저 열심히 인원수를 체크하고 있었다. 4년차 레지던트들은 다가오는 전문의 시험 때문에 모두 참석을 하지 못했고, 당직을 서지 않는 몇몇 레지던트들이 고속버스에 올라탔다.

"인원 체크 끝냈습니다."

단합회에서 임시로 장을 맡은 레지던트가 출발 준비 완료 사인을 보내왔다. 세단이 버스에 올라탔을 때 윤성의 옆자리가 비어 있는 것이 보였다. 아무래도 세단과 윤성이 책임자이니 함께 앉을 수 있도록 한 모양인데.

세단은 마른침을 꿀꺽 삼키며 윤성을 살폈다. 그는 두 눈을 감고서 미동도 없이 창가에 머리를 기대고 있었다.

"거기 앉으시면 돼요."

레지던트가 윤성의 옆자리를 권했지만 세단은 어색하게 웃으면서 슬금슬금 뒤로 걸음을 옮겼다.

"책임자가 앞자리에만 몰려 있으면 안 되지. 그렇잖아? 그리고 나도 뒤에서 좀 놀고 싶고. 난 맨 뒤에 앉을게."

"아, 그러세요."

그렇게 세단이 멀어지고 자는 줄만 알았던 윤성이 천천히 눈을 떴다. 그러곤 그녀의 목소리를 들으며 살짝 굳어진 시선으로 아침에 그녀가 했던 말을 떠올렸다.

그 말의 뜻이 바로 이건가? 이렇게 대놓고 피하는 거? 하. 뭐, 알아서 하라지.

윤성은 다시 눈을 질끈 감으며 세단을 무시하려고 했다. 하지만 어쩐지 기분이 썩 좋지는 않았다.

두 시간 정도 달렸을까. 드디어 리조트에 도착했다. 강원도라서 그런지 산도 많고, 리조트 바로 앞에 강도 있어서 불어오는 공기가 서울과는 확연하게 달랐다.

"공기 좋네, 진짜."

짐은 대충 정리하고 리조트 뒤편에 있는 커다란 운동장으로 나왔다. 처음엔 귀찮은 기색이 역력하던 녀석들도 제법 분위기가 마음에 드는지 조금씩 상기된 표정을 짓기 시작했다. 잠시 후, 단상으로 이번 단합회 총책임을 맡은 내과 교수님과 마윤성 부교수가 함께 올라섰다.

세단은 맨 앞에 서서 그를 힐끔 쳐다보며 속으로 피식 웃었다. 저 남자 성격에 저 자리에 저러고 서 있는 것도 무척이나 싫을 것이다. 표정이 아주 썩었네, 썩었어.

그때 윤성의 시선이 정확히 세단에게로 향했고, 그녀는 마치 훔쳐보다 걸린 사람처럼 흠칫 놀라서는 고개를 돌려 버렸다. 그런데 어쩐지 뒤통수가 화끈거렸다. 뭐야. 계속 쳐다보고 있는 건 아니지?

"이처럼 좋은 자리에 여러분과 함께하게 되어서 좋습니다. 이사장님께서도 이번 단합회가 무사히, 그리고 즐겁게 마무리되었으면 하는 바람으로 어마어마한 금일봉을 주셨습니다."

"우와아아아!"

"이 금일봉은 체육대회에서 우승한 과에 모두 드리도록 하겠습니다. 내과와 흉부외과 여러분의 열정을 보여주십시오!"


매번 단합회에서 하는 일은 단순했다. 체육대회와 마지막에 밤새 달리는 술판. 하지만 이번엔 내과와 흉부외과가 함께 진행해서 그런지 금일봉이 꽤 셌다. 평소 같았으면 돈이 적든 말든 신경도 안 쓰고 뒤에서 감독만 했을 테지만, 이번엔 다르다.

"다들 들었지! 저 금일봉을 절대로 내과에 빼앗겨선 안 돼!"

모조리 이겨 버리겠다는 불타는 의지와 함께 세단이 발 벗고 나섰다. 왜냐면, 감독으로 남게 되면 분명 저 남자와 하루 종일 꼼짝 없이 붙어 있어야 하잖아! 오늘 하루 정도는 차인 상처를 달랠 필요가 있는데 그걸 그 사람 얼굴 보면서 할 수는 없지.

'이렇게 운동에 집중하면 생각이 좀 덜 나겠지.'

세단은 머리카락을 다시 질끈 묶고서 온몸으로 투지를 불태웠다.

"무조건 1등 해야 해, 1등! 너희들 설렁설렁하다가 금일봉 못 가져오면, 앞으로 컨퍼런스 시간에 각오들 해라! 엉!"

누구도 예상치 못한 빡센 마녀의 강렬한 기합에 레지던트들은 바들바들 떨면서 살기 위해 승부욕을 불태우기 시작했다.

"교수님, 교수님은 참가 안 하세요?"

"교수님도 참가하세요! 이왕 오신 단합회인데 같이 하시면 좋잖아요!"

한쪽 구석에선 여자 레지던트들이 윤성의 근처에 모여 되지도 않을 말로 괜히 힘을 빼고 있었다.

"교수님? 네에? 교수니임!"

무표정과 무시로 일관하던 윤성은 도통 떨어질 생각을 않는 그녀들에게 딱 잘라 말했다.

"여기서 힘 빼지 말고 가서 박 선생이나 도와. 괜히 져서 컨퍼런스 시간에 징징대지 말고."

냉정한 거부에 여자 레지던트들은 하는 수 없이 걸음을 뒤로 돌렸다.

윤성은 감독관이라는 이름으로 홀로 뚝 떨어져 세단을 바라보았다. 누구보다 조심해야 하는데, 오버할 정도로 기합을 넣으며 나서는 세단의 모습이 영 불안했다.

그때, 그의 표정이 사납게 일그러졌다.

"뭐야. 빡센 마녀, 빡센 마녀 하기에 얼마나 성깔 있나 했더니 얼굴은 완전 괜찮은데? 몸매도 저 정도면 땡큐고."

"뭐야. 네놈은 여기서도 여자 밝히냐? 아서라. 같은 직장 여자는 건드는 게 아니야."

"어차피 과가 다른데 무슨 상관이야? 그리고 남자가 여자 보고 두근거리는 건 본능이야. 안 그러는 놈이 이상한 거지."

윤성은 목소리가 들린 쪽으로 고개를 돌렸다. 내과 쪽 남자 둘이 세단을 보며 입을 놀리고 있었다. 그중 한 녀석이 기분 나쁜 시선으로 그녀를 훑어보자 그는 애써 차가운 숨을 삼키며 화를 눌렀다. 당장이라도 세단의 이름을 들먹이는 저 입을 막아버리고 싶었지만 지금은 이성적으로 생각해야 할 때였다. 낯선 남자를 조심하라고 그렇게 당부하기도 했고.

'저런 말도 안 되는 놈한테 흔들릴 이유도 없으니까.'

체육대회라고 이름만 거창하게 붙었지, 그 종목은 단순하기 그지없었다. 닭싸움부터 시작해서 체육대회의 꽃이라 할 수 있는 달리기, 여자들과 남자들이 은근 썸을 이룰 수 있는 풍선 터뜨리기를 비롯해 줄다리기 등, 코웃음만 나오는 종목들이었지만 세단의 불타는 승부욕을 무너뜨릴 수는 없었다.

결국 세단은 거의 모든 종목을 완벽하게 접수했다. 오히려 그런 그녀의 에너지를 따라가지 못하는 건 흉부외과 레지던트들이었다.

"너희들, 왜 이렇게 빌빌거려? 의사는 체력도 경쟁력인 거 몰라? 이것들이 빠져서는. 100일 에당 뛰고 싶어?"

일명 '에당(에브리데이 당직)'으로 불리는 100일 당직! 그것은 감옥 아닌 감옥에 갇혀 사람이 사람임을 포기하게 하는 지옥과도 같은 시간이었다.

도대체 무엇이 저 마녀를 저리 불타게 하는 것인가. 정녕 저 금일봉 때문인가? 처음엔 금일봉을 내려주신 이사장님께 감사했지만, 이젠 그런 이사장님을 원망할 정도로 레지던트들은 죽을힘을 다해 기합을 넣었다. 누가 보면 체육대회가 아니라 지옥훈련이라고 착각할 듯싶었다.

"승리가 멀지 않았어! 악으로! 깡으로 버티란 말이야!"

"우아, 아아아!"

줄다리기 시작되고 세단이 선두에서 '악으로! 깡으로!'를 외치면 뒤에서 레지던트들이 손바닥에 불날 정도로 잡아당기며 거의 땅과 몸이 하나가 되어 어우러지는 어처구니없는 장관을 연출하고 있었다.

"좀 더 잡아당겨! 악으로! 깡으로!"

"악! 깡!"

윤성은 파라솔 밑에서 그 광경을 지켜보며 혀를 내둘렀다. 에너지가 넘쳐흐르다 못해 주체를 못 하는군. 하지만 그는 모르고 있었다. 체육대회가 시작된 순간부터 지금까지 그의 시선은 오직 그녀를 향해 움직이고 있음을. 게다가 저도 모르게 얼핏얼핏 웃고 있다는 사실조차도.

마침내 쉬는 시간이 찾아왔다. 그야말로 몸을 하얗게 불사른 세단은 움직일 기력도 없는 듯 의자에 늘어져 눈만 끔뻑이고 있었다. 만약 체육대회에도 MVP를 선정할 수 있었다면 당연 그녀가 됐을 것이다.

"으아, 삭신이야. 이젠 나이를 생각해서 좀 적당히 했어야 했는데. 아으, 으으으."

그녀는 연신 앓는 소리를 내면서 슬쩍 주위를 둘러보았다. 하지만 그 어디에도 윤성의 모습은 보이지 않았다. 아무리 내가 오늘 하루 종일 피해 다닌다고 말했다지만 그래도 쌍방으로 피해 다닐 필요는 없잖아.

"아니면 내가 너무 대놓고 피했나?"

살짝 시무룩해진 세단은 어렵게 몸을 일으켜 세웠다. 밥맛은 없고 물이라도 좀 마셔야겠다고 생각할 찰나에 누군가 그녀에게 물을 쓱 내밀었다.

"드세요."

"아, 감사합니다. 그런데 누구?"

"MED(내과) 1년 차 펠로우 강성준입니다. 오늘 정말 대단하셔서 눈을 뗄 수가 없더라고요. 물론 그게 다는 아니었지만."

피식 눈웃음을 짓는 얼굴에 세단은 속으로 이놈은 뭐지 싶었지만 겉으로는 화사하게 웃어주었다.

"하하, 감사합니다."

얼른 물 마시고 피하자며 뚜껑을 열려고 했지만 이미 열려 있었다. 그리고 꽉 채워져 있지 않은 물. 뭐야. 설마 마시던 거 준 거야? 이 자식, 진짜 뭐하는 자식이야?

"CS에서도 유명하시다고 들었어요. 실력이 상당하시다면서. 제가 이런 분을 지금껏 못 알아 뵈었네요. 하지만 뭐, 오늘에서 안 것도 인연은 인연이죠."

성준은 스리슬쩍 세단에게 가까이 다가섰다. 그녀 역시 그것을 눈치챘지만 아직은 아무렇지 않은 듯 웃어 보였다. 그래, 대체 뭔 짓을 하려는지 한번 보자고.

"한국의대 나오신 거예요?"

"아, 네."

"근데 왜 내가 몰랐지? 학교에서도 꽤 유명했을 것 같은데. 몇 학번? 근데 목 안 말라? 왜 안 마셔?"

하? 이 미친놈이 은근슬쩍 말을 까? 나이가 몇이든, 몇 학번이든, 그건 지금 중요하지 않았다. 이 자식은 1년 차, 난 3년 차. 어디서 건방지게!

세단이 더는 참지 못하고서 입을 열려는 순간, 누군가 그녀가 들고 있던 물병을 잡아챘다.

"뿔난 망아지처럼 뛰어다녔으면서 물로 수분 보충이 되겠어? 이거 마셔."

윤성이 내미는 이온음료를 세단은 잠시 멍한 시선으로 바라만 보고 있었다. 그러자 윤성이 직접 손에 이온음료를 쥐어주며 그녀를 살짝 제 쪽으로 당겼다.

"뭐해? 안 마셔? 아니면 오늘은 내가 준 음료도 무시하는 건가?"

"아, 아니에요!"

세단은 그제야 정신을 번쩍 차리고서 윤성이 준 음료를 벌컥벌컥 들이켰다. 하지만 음료를 다 마셨는데도 갈증이 사라지지 않았다. 오히려 속이 바싹바싹 타들어갔다. 설마 다 본 건 아니지? 그래서 뭔가 오해라도 하고 있는 건 아니겠지!

성준은 갑자기 나타나 훼방을 놓는 윤성을 노려보았지만, 오히려 그의 싸늘한 시선에 흠칫하고선 슬그머니 사라져 버렸다.

"저, 저기, 교수님? 뭔가 오해 같은 거 하신 거라면……."

하지만 윤성은 세단의 말을 들은 척도 하지 않고 다시 원래 있던 자리로 성큼성큼 가버렸다. 남겨진 세단은 황당해졌지만 그는 이미 그녀의 시야에서 완전히 멀어지고 있었다. 대체 뭐야!

한참을 걸어간 후에야 윤성은 걸음을 멈추었다. 그러다 무표정이던 그의 표정이 서서히 일그러지더니 움켜쥐고 있던 물병을 우그러뜨리고 말았다. 하지만 그런 자신의 모습을 자각하지 못한 채, 윤성은 조금 전 일을 떠올리며 결국 화를 내뱉고 말았다.

"대체 눈은 장식이야? 저렇게 속이 뻔히 보이는데도 휘둘리고 있냐고!"

정말이지 빈틈이 너무 많다. 제 옆에 꽁꽁 묶어두든가, 아니면 어딘가에 가둬두고 싶을 만큼 불안해서 견딜 수가 없었다.

쉬는 시간이 끝나고 드디어 마지막 스케줄이자 체육대회의 마지막 구기 종목인 피구가 시작됐다. 하지만 이미 체육대회 우승은 흉부외과로 결정된 것이나 마찬가지라 세단도 오전처럼 의욕에 불타오르진 않았다. 사실 그것보다는 아까 전 그 남자의 행동이 너무 신경 쓰인 탓도 있었다.

'대체 사람 말을 왜 무시하냐고! 내가 뭐 잘못했나? 진짜 내가 대놓고 피해 다녀서 화난 거야? 지금이라도 잘못했다고 말할까?'

차여도 매달릴 거지만 그래도 최소한의 자존심을 지키겠다고 맹세했으면서, 세단은 어쩐지 냉랭하기만 한 그의 모습에 자존심이고 나발이고 점점 마음이 약해지고 있었다.

그때, 이 문제의 장본인인 녀석이 손을 들고 나섰다.

"쌤! 어차피 이번 경기 저희가 이겨도 흉부외과가 최종 우승이잖아요. 이번엔 그냥 사이좋게 섞어서 보디가드 피구를 하는 게 어때요? 여성분들도 많이 지치신 것 같고, 내과랑 흉부외과랑 이렇게 연합해서 단합회 오는 것도 쉽지 않은 일이잖아요."

세단은 성준을 노려보았다. 대체 저놈은 아까부터 왜 이렇게 나서는 거야?

"네, 쌤. 그렇게 해요!"

"그렇게 합시다!"

지칠 대로 지친 흉부외과 레지던트들은 쌍수를 들고 환영했고, 심판을 맡고 있던 사람도 흔쾌히 고개를 끄덕였다.

"뭐, 그럼 그렇게 하자."

세단은 일이 이렇게 된 거, 자신은 그냥 빠지려고 했다. 솔직히 몸이 힘들기도 했고 저 녀석이랑 더 이상 엮이는 건 사양하고 싶었다. 그런데 그런 그녀의 손목을 성준이 덥석 붙잡았다.

"나랑 같이 할래요? 아니, 나랑 같이 해요. 같이 하고 싶어서 제안한 거니까."

"뭐라고요?"

"그나마 여기서 내가 제일 편하지 않나?"

지가 뭔데 나랑 편하다는 거야?

세단은 그의 손을 떼어내며 정중히 거절하려고 했다.

"근데 저는 이만 쉬고 싶어서……."

"설마 안 하려고요? 에이, 그럼 나만 짝이 없는데……."

그러고 보니 다들 짝을 맞추고 이쪽만 기다리고 있는 눈치였다. 제기랄.

"딱, 한 판만 해요."

결국 세단은 성준과 함께 피구장으로 들어갔다. 그리고 멀리서 지켜보고만 있던 윤성은 저도 모르게 자리에서 벌떡 일어섰다.

정말 저놈이랑 하는 거야? 도대체 저 여자 머릿속엔 진짜 뭐가 들어 있는 거지? 바보가 아닌 이상 저 자식이 무슨 흑심을 품고 있는지 뻔히 알고 있으면서. 설마하니 그 흑심에 넘어간 건 아닐 테고. 어제까지만 해도 제게 좋아…….

'하…….'

거기서 윤성은 생각을 멈췄다. 자신답지 않게 핀트가 나가면서 이성보단 본능이 앞섰다. 불쾌하게 맴도는 감정. 제겐 너무나도 낯선 감정이었다.

피구가 시작되면서 윤성은 자꾸만 움찔움찔하는 주먹을 꾹 쥐고 참아내야만 했다. 피구장 위에 선 성준과 세단 사이에 쓸데없는 스킨십이 잦아지고 있었다. 성준의 옷자락을 잡은 손. 공을 피한답시고 안겨드는 모습까지.

"걱정 마요. 내가 제대로 지켜줄 테니까, 우리 끝까지 살아남자고요."

"그러시든가요."

둘의 목소리가 뒤섞이는 것조차 거슬렀다.

그때, 윤성을 향해 공이 날아왔고, 그는 공을 정확히 잡아냈다.

"아, 교수님, 죄송합니다!"

잘못 날아온 공을 잡고서, 윤성은 여전히 세단에게 치근거리고 있는 성준을 보다가 결국 천천히 경기장 쪽으로 걸음을 옮겼다.

"교수님?"

세단도 그제야 윤성을 향해 고개를 돌렸다. 그는 정확히 이쪽을 향해 걸어오고 있었다. 뭐지? 무슨 일이야?

"공 받아."

"네?"

윤성은 성준을 향해 공을 던졌다. 성준은 날아오는 공을 쉽게 받았지만, 안으로 파고드는 공의 힘이 어마어마해서 저도 모르게 신음 소리를 내야만 했다.

"윽!"

윤성은 서늘한 시선으로 성준을 노려보며 말했다.

"다음 판은 나도 한번 해보지. 명색이 단합회인데 아무것도 안 할 수는 없잖아?"

절대로 일어날 수 없는 일이 일어났다. 천하의 마윤성이 직접 피구에 끼어들겠다고 하다니! 북적거리는 곳, 특히나 사람들과 뒤섞이는 것은 죽어라 싫어하면서. 대체 뭐지? 뭐 때문이지?

윤성이 게임에 참가한다는 말이 떨어지기가 무섭게, 쉬고 있던 여자 레지던트들이 눈에 불을 켜며 끼어들어서는 윤성의 옆자리를 노렸다.

'저것들이 지금 감히 누굴 넘봐!'

"하려고 하는 인원이 많으니까, 보디가드니 뭐니 다 필요 없이 그냥 다 섞어서 해. 한판승으로 가자고."

세단의 말에 여자 레지던트들은 무척이나 아쉬운 표정을 지었지만 누구 하나 싫다고 용감하게 말하는 이는 없었다. 가위바위보로 아주 공정하게 팀을 나누고, 어쩌다 보니 윤성과 세단은 같은 팀, 성준은 다른 팀이 되었다.

성준은 반대편에 홀로 군계일학처럼 서 있는 윤성이 아까부터 무척이나 거슬렸다. 듣자 하니 이번 CS에 새로 오신 부교수. 실력 좋은 건 기본이고 외모도 출중하여 여러 가지 소문이 많이 도는 모양이었다.

'잘생기면 다야? 왜 자꾸 남의 작업에 초를 쳐?'

같은 남자로서의 질투심과 열등감에 더불어 아까부터 자꾸만 박 선생과 자신의 사이에서 알짱대는 것도 마음에 안 들었다. 이왕 이렇게 된 거, 아주 제대로 박살을 내주지!

윤성은 가볍게 공을 몇 번 튕겼다. 세단이 그의 옆으로 접근하려는 여자 레지던트들을 노려보며 그의 옆에 바짝 붙어선 채 입을 열었다.

"이런 거 싫어하지 않으세요? 갑자기 무슨 바람이 불어서."

윤성은 그런 세단의 옆에서 몇 걸음 뒤로 물러섰다.

"오늘 나한테 신경 끄는 날 아닌가?"

"하지만!"

"그러니까 끝까지 신경 꺼."

그러고는 스스로 다른 여자 레지던트들 사이로 들어가자 세단은 그야 말로 속이 부글부글 끓어올랐다. 괜한 말을 했다. 그렇다고 지금 당장 도로 주워 넣을 수도 없고!

"자아, 경기 시작합니다!"

호루라기 소리와 함께 경기가 시작됐다. 윤성에겐 그야말로 식은 죽 먹기보다 더 쉬운 경기였다. 공이 어디서, 어떻게 날아올지 다 보이는데다 날아오는 속도가 얼마나 빠르든가 말든가 그런 것 역시 무의미했다.

"악! 교수님 멋져요!"

윤성이 어떤 공이든 다 받아내자 여자 레지던트들은 환호성을 질렀고, 성준은 그 모습이 더더욱 재수 없게만 느껴졌다.

'지금까지는 봐준 거야. 이젠 절대로 안 봐줘!'

윤성은 방해되는 상대팀 여자들을 먼저 아웃시켰다. 어차피 그가 이 경기에 끼어든 이유는 오직 한 사람이었다. 순간 그의 눈빛이 성준을 매섭게 바라보았다. 세단을 잡았던 손도 마음에 안 들고, 치근대던 저 입도 마음에 안 들지만, 가장 마음에 안 드는 건 그녀를 안았던 저 가슴.

그는 공을 한 번 꽉 쥐고서는 그대로 성준을 향해 날렸다. 보기에는 그 저 평범하게 던진 것 같았다. 그래서 성준 역시 별거 아니네 하고 가볍게 피했지만, 그의 곁을 스쳐 지나간 공은 바람 소리마저 날 정도로 어마어마한 속도를 자랑했다. 성준은 살짝 겁에 질린 표정으로 태연하게 서 있는 윤성을 바라보았다.

'저 자식, 대체 뭐야. 설마 날 죽일 셈이야?'

"우와, 교수님, 공 진짜 잘 던지시네요!"

"어이, 얼른 가서 주워와!"

남들은 그저 윤성이 조금 세게 던진 거라고 생각했지만, 공의 속도와 파워를 바로 옆에서 느낀 성준은 마른침을 꿀꺽 삼키며 애써 태연하게 말했다.

"교수님, 살살 하시죠? 너무 센데요. 맞으면 진짜 다칠 것 같은데……."

하지만 윤성은 주워온 공을 다시 받으며 대수롭지 않게 대꾸했다.

"뭔 상관이야. 여기 널린 게 의사인데. 그리고 설마하니 공에 맞고 죽기야 하겠나?"

"에이, 맞아요. 던지면 얼마나 세게 던진다고."

다들 성준이 엄살을 피운다고 여겼지만 당사자인 성준은 장난이 아니었다.

윤성은 계속해서 성준을 향해서만 공을 아슬아슬하게 던지면서 무언의 경고를 주고 있었다. 다시는 박세단, 그녀 옆에서 알짱거리지 말라는 경고.

이미 아웃된 여자들은 상대팀이든 말든 오직 윤성만 응원했다. 세단은 그런 그녀들이 무척이나 거슬렸다. 차라리 그냥 감독관으로 가만히 앉아 있는 것이 훨씬 낫겠다. 내 눈에만 멋있게 보이면 되는 거잖아. 가만히 서 있기만 해도 눈이 가는 사람인데, 대체 왜 저렇게 나서는 거냐고!

이미 공은 윤성이 혼자 가지고 노는 수준이라서 세단은 경기 중이라는 것도 잊고 그만 홀린 듯 바라보았다. 잘나긴 잘난 사람이다. 숨 한 번 흐트러지지 않고 공을 던지고 있었다. 그리고 꽤나 집중하는 검은 눈동자. 하지만 그에게 검은 눈동자보단 회색 눈동자가 더 잘 어울린다는 사실을 아는 사람은 나밖에 없지. 암!

"박세단! 피해!"

넋을 놓고 있던 세단은 그의 고함 소리에 정신을 차렸다. 하지만 그럴 틈도 없이 다시금 정신이 혼미해졌다. 윤성이 순식간에 세단을 끌어안은 것이다. 세단을 감싸 안은 윤성의 등 위로 공이 날아와 부딪혔다.

"교수님, 괜찮으세요?"

"박 선생님!"

"미친놈아, 공을 그렇게 던지면 어떡해! 진짜 사람 다치게 할 일 있냐?"

공을 던진 성준은 오히려 당황스런 표정을 지었다. 윤성에게 던지려던 공이 그쪽으로 갈 줄은 몰랐다.

세단은 그대로 굳어진 채로 윤성의 품에 갇혀 있었다. 주변의 소리가 사라지고, 오직 그의 심장에서 뜨겁게 두근거리는 소리만이 귓가에 가득 울렸다.

'역시, 그대로다.'

미치도록 빠르게 울리는 그의 심장 소리는 아프리카에서처럼 변한 것이 없었다. 하지만 그보단 미동조차 없는 그가 슬슬 걱정되었다.

"저기, 교수님?"

대체 정신을 어디다가 두고 있냐면서 또 한 소리 들을 게 분명했기에 세단은 살짝 겁을 먹은 채로 그를 불렀다. 경기 중에 넋이 나간 건 사실이니까 둘러댈 말이 없었다.

"닥터?"

"……괜찮아?"

부드럽게 울리는 목소리에 세단은 저도 모르게 고개를 번쩍 들었다. 그는 세단을 빤히 바라보고 있었다. 싸늘한 시선도 아니고, 그렇다고 화내는 목소리도 아니다.

"아, 네……."

결국 윤성은 그녀 대신 공에 맞아 아웃되고 말았고, 말없이 경기장을 빠져나갔다. 그 뒤로 성준 역시 아웃되면서 경기는 종료됐다. 어느새 세단의 주변으로 사람들이 몰려들었다.

"괜찮으세요? 많이 놀라셨죠?"

"어머, 선생님 얼굴이……."

"나, 나 괜찮아. 뒷정리하고 다음 스케줄 준비해. 나 잠깐 화장실."

세단은 횡설수설하며 자리를 피했다. 아마 다들 이상하게 볼 테지만 그런 거 따질 겨를이 없었다.

'미쳤어, 미쳤어, 미쳤어!'

대체 뭐야. 그 목소리는 뭐냐고. 그 눈빛은 또 뭔데!

물론 남들이 봤을 땐 그냥 괜찮냐고 물은 것뿐이다. 나 혼자 또 김칫국 마시고 있는지도 모르고. 하지만 분명 평소와 달랐다. 정신 차리라고 타박하지는 않고 어쩐지 다정한 음색에 떨리던 그 눈동자.

그녀는 이내 손으로 얼굴을 가렸다. 얼굴이 화끈거린다. 막 가슴속이 간질간질하면서도 심장이 붕 떴다가 또 꽉 조이는 이상한 느낌.

"으아, 진짜. 정말이지 잠시라도 피할 틈을 안 주는구나."

사람을 아주 제대로 들었다 놨다. 피할 틈도 없이, 내내 저 남자에게 휘말리기만 하는 게 너무 분하지만. 그래도 나는 저 남자가 너무, 좋다.

결국 피하는 건 무리라고 판단. 세단은 하루도 안 돼서 마윤성, 그 마성의 부교수에게 KO 당하고 말았다.


체육대회의 우승과 함께 금일봉은 CS에서 가져가게 되었고, 단합회의 꽃인 캠프파이어가 시작되었다. 한바탕 바비큐 파티가 벌어진 리조트 마당에선 거대한 모닥불이 설익은 계절 속에 별이 쏟아지는 하늘 위로 붉게 타들어갔다.

고기 냄새가 코끝을 찌르자 뱃속에서 천둥번개가 치면서 식욕을 자극했다. 안 그래도 체육대회에 온갖 에너지를 쏟았던 터라 세단은 배가 고파 죽을 것 같았다. 점심때도 뭘 제대로 못 먹었으니.

"고기, 고기, 고기! 오랜만에 배에 기름칠 좀 제대로 해볼까요? 고기,

고기, 고기!"

세단은 접시 하나를 들고서 고기를 외치다가 저도 모르게 우뚝 멈춰 섰다. 바비큐 그릴 앞에 윤성이 서 있었다. 꽤 어정쩡한 자세로 고기를 굽는 모습이 어찌나 어색해 보이던지 그녀는 배가 고프다는 사실도 잊은 채, 한 걸음 뒤에서 그의 모습을 빤히 바라보았다.

"교수님, 많이 힘드시죠?"

"저희가 구울게요, 교수님 좀 쉬세요."

"어머, 여기 땀 좀 봐!"

감상도 잠시였다. 호시탐탐 기회를 노리는 여자 레지던트들이 온갖 아양을 떨다가 땀을 핑계로 그에게 바짝 다가서는 모습에 세단의 눈동자에 불길이 일었다.

"박 선생."

"아, 네!"

뭐라고 하려던 순간 윤성이 부르자 세단은 깜짝 놀라서 대답했다.

"고기, 고기 노래 부르지 않았나? 그렇게 서 있으면 하늘에서 고기가 떨어져?"

"제가 언제 노래를 불렀다고!"

물론 고기, 고기, 하긴 했지만. 그걸 또 언제 듣고 있었지? 하여튼 귀는 엄청 밝아요.

세단은 얼른 그에게 접시를 내밀었다. 그러자 그는 알맞게 익은 고기를 수북하게 담아주었다.

"이렇게 많이는 못 먹어요!"

"아마 들어갈걸. 내숭 떨지 말고 그냥 먹어."

"하?"

"교수님, 저희도 고기 좀……."

하지만 윤성은 이내 집게를 다른 레지던트에게 넘겨 버렸다.

"알아서 먹어."

세단은 제 접시 위에 수북하게 담긴 고기를 바라보다 이내 저도 모르게 배실배실 웃으며 고기를 입안으로 쏙 집어넣었다.

그 어떤 고기보다 더 달콤하게 넘어가는 건 내 착각이려나?

얼추 고기로 배를 채우니, 이젠 술로 입가심을 하자며 달려든다. 아마 가장 기다리고 있었던 시간, 그렇게 술판이 벌어졌다.

세단은 종이컵을 들고서 여기저기 돌아다니며 술을 받아 마셨다. 거절할 수 없는 술도 많았기에 얼마 지나지도 않아서 벌써 두 병은 마신 것 같았다. 그러면서도 시선은 윤성을 찾았지만, 대체 어디로 사라진 건지 모습이 보이지가 않았다.

"선생님! 여기 오세요!"

멀리서 CS 레지던트가 부르자, 세단은 윤성을 찾는 걸 포기하고 그들 틈으로 끼어들었다. 하긴 이렇게 사람이 많은데, 같이 어울려서 술을 마실 사람은 절대로 아니지.

"자, 자, 선생님, 드세요, 드세요!"

"야, 야, 살살 좀 달려. 나 아까 박 교수님한테 많이 받아 마셨어."

"그건 그거고, 이건 이거죠!"

"오호, 오랜만에 뛰느라 녹다운된 줄 알았더니 아직 에너지가 넘친다 이거지? 좋아. 누가 먼저 쓰러지나 보자고!"

세단은 레지던트들과 농담을 주고받으며 맥주를 시원하게 들이켰다. 아, 그래도 이렇게 대책 없이 쭉 마시다간 금방 필름이 끊길 텐데.

그때, 오라는 사람은 안 보이고 영 반갑지 않은 손님이 찾아왔다.

"박 선생님, 아까는 정말 죄송했습니다."

"아니에요. 실수였잖아요. 다치지도 않았고."

어느새 성준이 잽싸게 그녀의 옆을 차지하고 앉아 술을 건네주었다. 뭔가 껄끄럽기는 했지만 그래도 미안하다고 하는 낯짝에 침을 뱉을 수는 없으니 세단은 그냥 웃어주었다.

"그럼 화해의 의미로 원샷!"

"하하하, 원샷."

결국 술이 또 한 번 들어간다. 이젠 정말 자제를 해야 할 것 같은데.

"어머, 교수님!"

그때, 누군가의 반가운 목소리에 세단은 저도 모르게 고개를 휙 돌렸다. 그가 돌아왔다.

윤성은 정확히 세단의 맞은편에 자리를 잡고서 술잔을 들어 올렸다. 방법을 바꾸기로 했다. 술 마시지 말라고 해도 들을 여자가 아니라는 걸 알기에 그냥 제가 한시도 눈을 떼지 않고 보고 있는 게 낫겠다고 생각한 것이다. 그게 마음도 편할 것 같았다.

또다시 저 녀석이 붙어 있는 건 상당히 거슬리지만, 윤성은 그냥 참았다. 아까처럼 감정이 앞서서 그녀가 위험해지는 일이 생기면 안 되니까.

그는 술을 마시는 척하면서 온 신경은 그녀에게 집중한 상태였다. 살짝 달아오른 분위기에 취해 그녀는 붉어진 두 볼 가득 미소를 담고 있었다. 불어오는 바람에 실린 그녀의 향기가 그를 자극했다. 아직 보름달도 아닌데, 기분이 이상했다.

그의 시선이 그녀의 둥근 이마를 타고 코끝을 지나 살짝 벌어진 입술 끝에 가 닿았다.


"당신이, 아주 많이 보고 싶었어요."

"내가 당신, 아주 많이 좋아해요."


솔직하게 제게 다가왔던 그 모습이 떠오를 때마다 낯선 떨림이 느껴지고, 심장이 가쁘게 뛰어올랐다. 그래서 그저 마시는 시늉만 하려고 했는데, 갑자기 타오르는 갈증에 윤성은 맥주를 한입에 털어 넣었다. 오늘은 왠지 스스로가 너무 낯설게 느껴졌다.

어느새 술자리 게임이 시작됐다. 웬일인지 자꾸만 세단이 꽝에 걸려 벌주를 마셨다.

"마셔라, 마셔라, 마셔라, 마셔라, 술이 들어간다, 쭉쭉쭉! 언제까지 어깨춤을 추게 할 거야!"

밑 빠진 독에 물을 붓는 것도 아니고, 끊임없이 술이 들어간다. 이것들이 체육대회에서는 그렇게 비리비리했으면서, 지금은 또 왜 저렇게 쌩쌩한 거야! 술에 약이라도 탄 거 아니야? 그리고 왜 자꾸 나만 걸려!

"야, 나 이제 그만! 그만!"

"에이! 박 선생님, 어디서 그런 약한 모습! 술이 들어간다, 쭉쭉쭉!"

"우리 계속 어깨춤 추게 하실 건가요!"

"너희들 지금 체육대회에서 갈군 거 보복하는 거냐? 엉? 무슨 반칙 있는 거 아니야? 왜 계속 나만 걸려!"

"술 게임에 무슨 반칙이에요! 어서요, 선생님! 저희 팔 떨어져요!"

"정 못 마실 것 같으면 제가 흑기사 해드릴까요?"

속셈이 뻔히 보이는 성준의 말에 세단은 속으로 코웃음을 치며 연거푸 맥주를 원샷했다. 우욱, 진짜 뱃속이 요동친다.

"자아, 이제 좀 화끈하게 게임할까요? 러브샷 내기 게임!"

"오오오오!"

쯧쯧, 아직 나이가 어려서 그런지 러브샷 하나에 혈기왕성해지는구나.

세단은 설마하니 이번에도 걸릴까 싶어서 패를 뽑았다. 하지만 역시나 꽝. 대체 이번 달 운세는 어떻게 돼 먹은 거야?

"꽝 누구예요? 꽝!"

그런데 아뿔싸. 상대는 하필이면 강성준 자식이었다.

'젠장!'

성준은 의기양양하게 꽝이 적힌 패를 흔들면서 새로 채운 맥주잔을 내밀었다.

"역시 박 선생과 나는 인연이 있나 봐. 그렇지?"

'어디서 또 은근슬쩍 반말! 게다가 인연은 무슨 얼어 죽을.'

"얼른얼른 끝내죠?"

세단은 빨리 끝내고 싶은 마음뿐이었고, 성준은 묘한 미소를 띠곤 그녀와 팔을 엮고서 필요 이상으로 바짝 다가섰다.

"오오오오! 세다, 세!"

거리가 지나치게 가까웠다. 금방이라도 얼굴과 얼굴이 닿을 것처럼. 세단은 생각 같아서는 러브샷이고 나발이고 맥주잔으로 한 대 쳐버리고 싶었지만, 한껏 달아오른 분위기에 초를 칠 수는 없었다. 그냥 얼른 마시자, 얼른!

그때 윤성이 그녀의 맥주잔을 낚아챘다. 그러고는 뭐라 말할 틈도 없이 순식간에 그대로 원샷을 하고선 그녀의 손목을 잡고 일으켜 세웠다. 다들 당황한 기색이 역력한 얼굴을 둘러보고서 그가 짧게 말했다.

"박 선생 흑기사야. 여기서 더 마시면 너희들이 감당 못 해."

"네?"

"너희들도 적당히 마셔. 아무리 사방이 의사라고 하지만 고급 인력이 술병을 고쳐야겠나?"

"아…… 네……."

그는 세단을 거의 질질 끌고서 술자리를 빠져나갔다. 남겨진 사람들은 여전히 황당한 표정이었다.

"뭐야. 감당 못 하다니. 그걸 교수님이 어떻게 아는 거야?"

"설마 박 선생님이랑 교수님, 뭐 있는 거 아니야?"

윤성은 세단의 손목을 잡고서 계속 걸었다. 주변의 소리가 멀어질 때까지. 이 불쾌하고 불쾌한 감정이 사그라질 때까지. 하지만 자꾸만 그 자식과 그녀가 가까이 붙어 있던 모습이 떠올라서 화가 수그러들지 않았다.

세단은 그에게 손이 붙잡힌 채 거의 질질 끌려가면서도 정신이 하나도 없었다. 대체 뭐야. 갑자기 왜 이러는 건데. 그리고 어디 가는 거냐고!

점점 리조트와 멀어지고, 불빛도 소리도 사라져 간다. 들리는 거라곤 풀벌레 소리와 함께 적막하게 흘러가는 강물 소리뿐. 결국, 세단은 억지로 그에게 손을 빼며 외쳤다.

"대체 어디 가시는 거예요! 애들이 이상하게 생각하면 어떡해요!"

"그 자식이랑 이상하게 엮이는 건 상관없나?"

"네?"

윤성은 그제야 몸을 돌려 그녀를 바라보았다. 달빛이 제법 환했다. 그리고 그 달빛에 드러난 그의 표정은 너무나도 시리고 차가웠다.

"내가 술 조심하라고 했지? 특히 낯선 남자 조심하라고 하지 않았나?"

"아니, 그건 자리가 그런 거니까. 그리고 낯선 남자라니, 대체 누굴 말하는 거예요? 설마 그 내과 펠로우 말하는 거예요?"

"오늘 날 피한다면서, 날 피하는 대신 다른 남자를 만나기로 한 건가 봐. 그래?"

"뭐라고요?"

"아무리 그래도 어제 분명 나한테 고백하지 않았나? 좋아한다고? 그런데 지금 박 선생 태도는 상식적으로 이해할 수가 없군."

듣자듣자 하니까 기가 막히다 못해 어이가 없었다. 내가 오늘 누구 때문에 그렇게 미친년처럼 뛰어다녔는데. 누구 때문에 그런 거였는데. 그런데 뭐? 뭐라고?

화르르 달아오르던 열기가 차갑게 가라앉으면서 세단은 복받치는 감정을 억지로 억눌렀다.

"내가 누굴 조심하던, 누구랑 뭘 하던 무슨 상관인데요? 막말로 내가 다른 남자를 만나든, 그 남자랑 키스를 하든 말든, 교수님 아니, 마윤성

당신이랑 상관없는 일이잖아. 아니면 다른 남자가 나한테 작업 거니까 신기해요? 내가 당신한테만 여자가 아닌 거지, 다른 남자한테까지 여자가 아닌 건 아니에요!"

"박세단."

"그래요, 나 어제 당신한테 고백했어요. 내가 한 게 고백이라는 걸 알긴 아나 봐요? 하도 아무렇지 않아 보이기에 정말 신경도 안 쓴다고 혼자 상처 받았었는데. 그래도 신경을 쓰고 있긴 했나 봐."

점차 오늘 아침 제대로 말하지 못한 감정의 잔재들이 밀려들기 시작했다. 자제할 수가 없다. 술을 마셔서 그런지, 세단은 감정에 휘말려 도저히 자신을 누를 수가 없었다.

"당신이란 남자 진짜 이상해. 나한테 잘해주는 것 같으면서도 아니라고 하고. 날 보는 것 같은데도 아니라고 해. 그리고 지금도! 설마 밀당하는 거예요?"

눈물이 차올랐다. 젠장, 이렇게까지 말하고 싶지 않은데. 지금은 그가 너무너무 밉다. 아무리 더 좋아하는 사람이 약자라고 하지만 도대체 나는 왜 저런 남자한테 이렇게까지 빠져들고 만 걸까. 왜 지금도 이 빌어먹을 심장은 그의 행동 하나하나에 죄다 반응하고 있는 거냐고!

"난 내가 사랑하는 것보다 사랑을 받고 싶었어요. 그래야 나중에 덜 아프니까. 상처도 덜 받으니까. 그런데 지금 완전 엉망이 되어버렸어. 벌써부터 이렇게 상처 받고 있는데, 그래도 당신이 좋은 걸 어떡해. 지금도 진짜 어이없게, 그래도 당신이 나한테 완전 무반응은 아니구나, 다른 남자 때문에 질투도 하는구나, 그러면서 좋아하고 있는 내가 진짜 미친 것 같아."

윤성은 아무것도 생각할 수가 없었다. 눈물을 억누르는 그녀의 모습이 너무 아프다. 뒷걸음질 치는 그녀를 잡고 싶었다. 어젯밤, 홀로 삼켰을 그녀의 진심. 그리고 오늘 아침에도 웃는 얼굴로 감추었을 그 마음. 그녀의 고통이 그대로 전해져 윤성은 자꾸만 숨이 막혀왔다.

"자존심 때문에 안 물어봤는데 하나만 더 물어볼게요."

이왕 이렇게 된 거, 정말 바닥까지 가보자. 어쩌면 내일 아침에 엄청 후회할지도 모르겠지만, 그래도 끝까지 가보자고.

"정말로 단 한 순간도 나 좋아한 적 없어요? 나, 정말 조금도 여자로 안 보여요? 내가 고백했을 때, 한순간도 떨리지 않았어요?"

"……."

"그때는 나한테 왜 키스했어요? 나한테 왜 그렇게 심장이 뛰었는데. 왜 그랬는데……."

그녀의 입에서 그날 밤의 일이 흘러나오자 윤성은 저도 모르게 움찔하고 말았다.

"그걸 아직도 기억하고 있나?"

구름이 달을 가려 그의 얼굴이 제대로 보이지가 않았다. 여전히 너무나 태연한 그의 목소리에 심장이 아렸다.

"남녀가 밤에, 그것도 단둘이 있는데 아무 일도 일어나지 않는 게 이상한 거야. 그래서 누구든 믿지 말라고 했지?"

"거짓말. 정말 끝까지 거짓말만 하네요. 그게 사실이라면, 닥터는 그날 연구실에서도, 육도에서의 그 밤도 날 봤어야 했어요. 그런데 여자로 본 적 없다면서요. 지금도 당신을 좋아한다고 고백하는 여자한테 이렇게 아무렇지도 않……."

순간, 숨이 사라졌다.

몇 걸음 떨어져 있던 거리를 그가 성큼성큼 없애 버리더니, 그대로 그녀의 얼굴을 붙잡고서 모든 말을 삼켜 버렸다. 그와 동시에 그토록 감추고 있던 그의 감정이 그렇게 새어 나오고 말았다.

그는 그대로 그녀의 입술을 집어삼켰다. 남녀의 숨결이 갈망으로 바뀌면서, 여린 입술을 짓이기며 들어선 그의 혀가 숨 가쁘게 그녀를 빨아 당겼다. 숨을 쉴 수가 없었다. 숨을 쉬는 것조차 아까웠다. 두 사람은 서로의 모든 것을 삼키려는 듯 거칠게 호흡을 토해냈다.

그의 손이 부드럽게 그녀의 얼굴을 감싸고, 세단은 떨리는 손길로 그의 옷깃을 움켜쥐었다. 한 치의 빈틈도 없었다. 점점 더 머릿속이 멍해지면서 서로의 향으로 중독되어 갈 뿐, 멈출 수 없는 늪에 빠져드는 것 같았다.

윤성이 살짝 눈을 뜨니, 다시 드러난 환한 달빛에 그녀의 얼굴이 유독 새하얗게 보였다. 그녀의 입술에선 독한 술이 느껴졌다. 그래서 그런 건가. 자꾸만 취해가는 이 기분. 하지만 세단의 입술은 다디달았다. 머금는 순간, 순간 머릿속이 마비될 정도로 달콤해서 계속 이대로 손을 떼고 싶지 않았다.

순간, 세단이 감고 있던 눈을 떴다. 서로의 입술이 살짝 멀어지고 떨리듯 내뱉는 호흡 끝에 아직 채우지 못한 열망이 넘실거렸다.

그녀는 붉게 달아오른 시선으로 그를 바라보았다. 까만 눈동자에 자신의 모습이 가득 담겨 있다. 그런데 분명 까만 눈동자인데, 이상하게 황금빛으로 보였다. 아프리카에서 보았던 그때처럼. 제 얼굴에 닿은 그의 손길은 여전히 뜨거웠다.

지금, 내 귓가에 울리는 이 강렬한 심장 소리는 내 심장 소리일까? 아니면 그의 심장 소리일까.

"혹시, 이거 장난이에요?"

그녀는 물음에 윤성은 이내 손을 스르르 풀었다.

"아니. 하지만 잊어줬으면 좋겠어."

낮게 울리는 진심에 그녀는 다시 물었다.

"대체 왜요?"

그는 말이 없었다. 하지만 이상하게 불안하지가 않다. 그의 눈동자에 담긴 제 모습이 너무나도 단단해서. 그렇게, 그에게 깊숙이 새겨지는 것 같아서. 그래서 더는 묻지 않았다. 하지만 그래도 알고 싶은 단 하나.

"내가 조금은, 여자로 보여요? 나한테 조금은, 떨렸어요?"

윤성은 차마 아니라고 부정할 수가 없었다. 그렇게 처음으로 내보이는 자신의 마음 한 자락.

"여자로 본 적 없다고 한 거, 그거 거짓말이야."

세단은 엷은 미소를 지었다. 그래, 지금은 이거면 됐다. 두 번째 에피소드의 결말은 조금은 희망적이야.

"지금은, 그걸로 됐어요. 오늘은 더 많이 욕심 내지 않을래요. 지금 이 기분까지 망치고 싶지 않으니까."

그녀는 약간 망설이는 손길로 그의 얼굴을 가볍게 쓸어내렸다. 그러곤 영원히 끝나지 않았으면 하는 시간을 스스로 벗어나면서 그렇게 먼저 돌아섰다.

윤성은 점점 멀어지는 그녀의 발소리를 들었다. 그녀가 가는 길을 함께 가는 것처럼. 소리가 사라지고, 그는 눈을 질끈 감으며 혼란스러운 머릿속을 진정시키려 애썼다. 보름달이 뜬 것도 아니었는데, 이성을 붙잡고 있을 수가 없었다. 거침없이 솔직하게 마음을 드러내는 그녀를 외면하지 못해 이렇게까지 당기게 될 줄은 몰랐다. 그녀의 입에서 다른 남자의 존재가 언급되자 온종일 휘몰아치고 있던 불쾌한 감정이 결국 폭발했다. 이 낯선 감정을 그는 이제야 뭔지 깨닫게 되었다.

질투.

그녀의 곁을 떠나야 하는 자신이 질투라니. 난생처음 느껴보는 위험한 감정에 그저 한숨만 나왔다.

"하아……."

묵직한 한숨이 조각처럼 흩어진다. 그는 제 입술에 남은 그녀의 흔적을 더듬었다. 그녀에게 키스한 이유. 이것저것 따질 것도 없이 그냥 한 가지 생각뿐이었다.

'그냥, 키스하고 싶었어.'

몇 걸음 떨어진 그 거리가 너무나도 허하고 쓸쓸했고, 멀어지는 그녀가 싫었다. 자기 자신이 더 아플 거면서 그런 아픈 말을 내뱉는 그녀를 멈추게 하고 싶었다. 아니 그것보다도 그냥 그녀에게 키스하고 싶었다. 아프리카 때의 일을 떠올리는 그녀의 속삭임에 매혹되었다. 그날의 강렬했던 기억을 애써 억누르고 있었지만, 마치 금단의 열매를 갈구하듯, 그녀의 입술을 짓누르고 제 호흡으로 채워 그녀를 남김없이 취하고 싶다는 생각만이 머릿속을 지배했다.

윤성은 고개를 들어 달을 바라보았다. 이제 보름이다. 그녀 근처에도 있어선 안 되는 날이 가까워졌다. 지금으로선 자기 자신이 그녀에게 가장 위험할 것 같았다.

늦은 저녁, 재현은 그제야 퇴근 준비를 했다. 요즘 의료 관광 사업과 더불어 학술 대회 준비를 맡은 바람에 정신이 없었다. 하지만 일하는 것이 힘들지만은 않았다. 이 모든 것이 세단에게 어울리는 남자가 되기 위한 준비 과정이니까.

"그나저나 박세단은 가서 잘 놀고 있나? 얼마나 재미있으면 문자 한 통 없어."

재현은 자신이 보낸 메시지를 물끄러미 바라보았다. 재미있냐? 재미있어? 얼마나 재미있기에 답장도 없냐? 세 개나 메시지를 보냈건만 읽지도 않았다. 약간 서운한 마음이 들었다. 이럴 줄 알았으면 같이 의대에 갈걸. 같은 직장이라도 얼굴 볼 일이 거의 없으니.

"내일 아침에 내려오려나, 아니면 늦게 오나?"

재현은 사무실을 나서면서 전화를 할까 말까 망설였다. 아직 늦은 시간은 아닌데 한창 술판이 벌어졌을 게 분명해 전화를 못 받을 것 같기도 했다.

그때 문득 재현은 걸음을 멈췄다. 그러고는 자신이 지금 어디에 도착했는지 깨닫고선 허탈하게 웃었다.

"하, 천재현. 그렇게 보고 싶냐?"

CS 의국 앞에서 다시 돌아서며 재현은 미국에선 어떻게 버텼는지 스스로가 신기할 정도였다. 하긴, 원래 가까울수록 참기가 힘든 법이지. 재현은 휴대폰을 다시 쳐다보다가 주머니에 집어넣었다. 그래도 너무 매달리지는 말자. 세단이한테 부담이 될 수는 없으니까.

그렇게 슬쩍 걸음을 뒤로 돌린 순간, 의국에서 말소리가 흘러나왔다. 전문의 시험을 앞둔 레지던트들의 대화 소리였다.

"어머, 진짜? 웬일이야. 이번 단합회 완전 끝내주네."

"에이, 그냥 무슨 일이 있었겠지."

어쩐지 의미심장한 대화에 재현은 저도 모르게 슬쩍 귀를 기울였다. 남의 말을 엿듣는 건 매너에 어긋나는 일이지만 어쩌면 세단의 소식을 알수 있지 않을까 해서였다. 하지만 이어지는 얘기에 그의 눈빛이 흔들렸다. 세단이 얘기에 왜 마윤성, 그 사람이 함께 나오는 걸까.

"무슨 일이 있었는지는 몰라도 일단 박 선생님이랑 마 교수님이 같이 사라진 건 확실하잖아. 그것도 마 교수님이 박 선생님 손잡고 사라졌대."

"조금 쇼킹하긴 하다. 박 선생님 흑기사도 해주고. 마 교수님이 그렇게 친절한 성격은 아니잖아? 소문 퍼지면 장난 아니겠네."

"말도 안 돼! 마성의 부교수님이 어딜 빡센 마녀랑! 안 그래도 천 실장님이랑 친구인 것도 부러워 죽겠는데."

"그렇게 부러우면 너도 마 교수님 앞에서 미친 척 마셔봐. 그럼 흑기사해주실지도 모르잖아?"

"그보단 '술도 혼자 제대로 못 마시나?' 하면서 노려보실지도."

"푸하하하하!"

재현은 천천히 걸음을 돌리며 다시 휴대폰을 꺼내 세단에게 전화를 걸었다. 하지만 신호음만 갈 뿐, 기다리던 그녀의 목소리는 들리지 않았다. 흔들리는 눈동자 위로 초조함과 불안함이 엄습했다.

강원도, 가볼까? 지금이라도 밤새 달리면 다녀올 수 있지 않을까?

"하아, 하하하하."

이내 허탈한 웃음이 새어 나왔다. 그렇게 갔다가 아무 일도 아니면. 괜히 오버해서 세단이 이런 내 마음을 눈치채 버리면? 이렇게 다시 친구가 되는 데에 1년이 넘게 걸렸다. 서로가 미국으로, 아프리카로 멀리 떨어져서 그렇게 1년이란 시간이 걸렸다. 그런데 그 일을 다시 반복할 순 없어. 아직은, 아직은 안 돼. 분명 이 얼굴로 세단이 앞에 서면 들켜 버릴 거야.

발걸음이 무거웠다. 아직은 아니라고 생각하면서도 혹시 너무 늦어버린 건 아닌지 두려움이 앞선다. 1년 전, 성급하게 한 고백이 둘 사이를 이토록 위태롭게 만들어 버렸다. 하지만 그럼에도 그녀를 놓을 수 없을 정도로 재현은 진심이었다. 그녀만이 자신의 모든 것이라고 생각했다.

주소록 위의 세단의 이름만 뚫어져라 응시하던 재현은 그 위로 보이는 또 다른 사람의 이름에 잠시 멈칫했다. 문득 날짜를 확인한 재현은 병원을 급하게 빠져나갔다.


스탠드의 희미한 불빛 아래에서 하령은 통 잠을 이루지 못한 채 노트북만 보고 또 보다가 결국에는 덮어버렸다.

요 며칠 불면증과 함께 두통이 계속 그녀를 괴롭혔다. 극심한 스트레스가 원인이라는 것을 알면서도 방법이 없었다. 며칠 뒤면 주총 첫 번째 투표가 있다. 그리고 곧 회장님도 돌아오시고. 백영진이 한 말 때문인지 이상하게 자꾸만 불안한 마음이 들어 태연한 척하려고 해도 쉽지 않았다.

파티 이후로 자신을 지지해 주는 주주들과 꾸준히 연락을 하며 확실한 약속을 받았다. 하지만 지금껏 백영진이 조용한 것이 이상했다.

띵똥!

초인종 소리에 하령은 의아한 표정으로 시계를 확인했다. 이 시각에, 그것도 이 집을 아는 사람은 거의 없는데. 대체 누구지?

그녀는 경계를 늦추지 않고 인터폰을 확인했다. 그리고 곧 화면에서 환한 표정으로 손을 흔들고 있는 재현을 발견하고는 그녀답지 않게 당황했다.

"재현이?"

떨리는 손으로 인터폰을 눌렀다. 그러자 정말로 재현의 목소리가 반갑게 들려왔다.

[야, 백하령. 얼른 문 열어! 설마 문전박대하는 거야?]

"너, 여길 어떻게……."

[네 비서한테 슬쩍 물어봤어. 완전 서프라이즈지? 감동했냐?]

하령은 문을 열어주었다. 그러곤 저도 모르게 우왕좌왕해서는 거울 앞에서 얼른 머리를 매만졌다. 하필 이렇게 준비도 안 되어 있을 때……. 하령은 울상을 하고선 문을 열었다.

"헤이!"

"무슨 일이야? 이 시각에, 그것도 서프라이즈라니……."

"너 떨고 있을까 봐. 그리고 잠도 안 와서 말이야. 왜? 싫어?"

"아니! 얼른 들어와."

하령은 얼른 그를 안으로 초대했다. 재현은 마치 제집에 온 것처럼 넉살 좋게 들어와서는 어두운 거실 스위치를 켰다.

"전기 절약 실천해? 왜 이렇게 어둡게 있어?"

"그냥, 이게 편해서."

재현은 하령에게 성큼성큼 다가왔다. 하령은 저도 모르게 손끝을 꽉 움켜쥐었다. 자신의 공간에, 그것도 한밤에 그와 단둘이 있게 될 줄이야.

하지만 재현은 전혀 어색하지 않은지 하령의 눈을 빤히 바라본 뒤 피식 웃었다.

"주총 때문에 풀 죽어 있을 줄 알았는데, 역시 백하령. 괜찮아 보이네. 내가 괜히 왔나?"

"아니야! 나도 좀 심란했어. 잘됐다. 한잔할 거지?"

"빈손으로 오기 뭐해서, 맥주 사왔어."

"그래도 전화를 하고 오지. 그럼 옷이라도 딴 거 입고 있었을 텐데."

"옷?"

재현은 테이블 정리를 하는 하령의 뒷모습을 바라보았다. 평범한 티셔츠에 바지. 평소의 화려한 패션에 비하면 너무 수수했지만 오히려 청순해 보이기도 했다.

"넌 뭘 입어도 예쁘니까 괜찮아. 괜히 다른 여자들 앞에서 그런 얘기 하지 마라. 너 안티 완전 늘어난다."

접시를 내려놓는 하령의 손끝이 움찔했다. 왠지 귀 끝이 조금 붉어진 것 같기도 했다.

잠시 후 두 사람은 마주 앉아 맥주캔을 들었다. 당황했던 마음을 진정시키고 하령은 새삼 재현을 보았다. 다시 보니 재현의 표정이 평소와 조금 달라 보였다.

"무슨 일인데 잠을 못 자서 여기까지 온 거야? 날 위로하러 왔다는 건 핑계 같은데."

눈치 빠른 하령의 말에 재현은 피식 웃으며 맥주캔을 들었다 놓았다.

"핫, 진짜 귀신이네. 사실 세단이 때문에."

"……"

"넌 알지? 내가 세단이 많이 좋아하는 거."

하령의 숨결이 조금 거칠어졌다. 순식간에 기분이 바닥으로 떨어진다.

"……알지."

"사실 너 미국 가고 없었을 때 세단이한테 고백한 적 있었어. 바로 차였지만. 그다음에 미국 간 거야, 나."

몰랐던 이야기. 그리고 별로 알고 싶지도 않았던 이야기. 그 순간, 꿈이 끝나고 현실이 밀려들었다.

정말로 넌 내가 보이지 않는구나. 그래서 그런 말을 이토록 쉽게, 가볍게 말할 수 있는 거구나.

"미국 가서도 잊히지 않았어?"

"잊으려고 간 게 아니야. 날 좀 제대로 봐달라고 간 거지. 내가 세단이한테 확신을 주지 못했으니까."

"그게 무슨 말이야?"

재현은 고개를 들어 하령을 바라보았다. 곧 무겁게 가라앉은 목소리 끝에 흘러나온 말에 하령은 저도 모르게 숨을 멈추었다.

"나 사실 어릴 적에 심장이 많이 아팠어. 지금 이렇게 숨 쉬고 있는 것도 신기할 만큼. "

"……."

"아주 운이 좋게 심장이식을 받아서 지금껏 감사하게도 숨을 쉬고 있는 거지. 물론 수술 후에도 오랫동안 치료를 받아야 했지만."

생전 처음 듣는 소리에 하령은 할 말을 잃었다.

"세단이 아버지가 심장 때문에 돌아가신 거 알지? 나도 똑같은 병이었어. 세단이는 그 병으로 가족을 모두 잃었어. 그래서 남자를 만날 때 건강부터 보는 건지도 몰라. 그 남자가 먼저 떠나지 않을까, 그때와 똑같은 일을 또 겪게 되는 건 아닐까. 그렇게 불안해하고 있는데, 세단이가 어떻게 날 믿을 수 있겠어."

"몰랐어. 네가, 그렇게 아팠다는 거."

"사실 이거 비밀이야. 이미 충분히 환자 취급당했고 동정도 많이 받았어. 그게 싫어서 지금껏 숨기고 있었던 거야. 심장 수술도 다른 병원에서 받고, 정기 검사도 다른 병원에서 받고. 넌 친구니까, 특별히 알려주는 거다."

"재현아."

그는 약간 홀가분한 표정을 지었다.

"끝까지 노력해 볼 거야. 내가 일에 매달리는 것도 그거 때문이고. 다시 멋있게 고백할 거야. 세단이가 원하는 사랑, 원하는 믿음, 내가 줄 수 있어. 세단이가 절대로 외롭지 않게. 내가 그 옆에서 평생 그렇게 있어줄 거라고."

그의 눈동자가 아련하게 떨려왔다. 새로운 심장을 받아 새 생명을 얻은 그 순간부터 이 심장은 오직 그녀를 향해 뛰었다. 살고 싶다고 생각한 그 이유 역시, 박세단이다.

한동안 재현은 말이 없었다. 그가 지금 누구를 떠올리고 있는지 잘 아는 하령은 그의 시선 끝에 세단이가 보이는 것 같았다.

나 때문에 와줬다고 생각했는데, 결국 나는 세단이의 대용이었다. 항상 그랬듯이.

"근데 지금은 조금 불안해."

"……"

"세단이 옆으로 다른 사람이 갈까 봐. 세단이가 다른 사람을, 볼까 봐."

재현이가 불안해하는 이유가 누구 때문인지 하령은 단번에 알 수 있었다. 하지만 그녀는 아무 말도 하지 않았다. 이 상황에서 그녀가 할 수 있는 말은 없었다.

맥주캔이 점점 늘고, 어느 순간 재현은 술에 취해선 테이블에 엎드려 잠들어 버렸다. 하령은 그에게 담요를 덮어주고선 헝클어진 그의 머리카락을 쓰다듬었다.

"내 생각대로 마윤성이라는 남자가 널 아프게 하는구나."

하지만 난 기뻐, 이 상황이…… . 네가 세단이 때문에 가슴이 빠르게 뛰면, 나는 너로 인해 가슴이 아파. 그래서 나는 널 지금 위로해 줄 수가 없어. 거기까진 내가 못 하겠어. 솔직히 지금도 세단이가 조금 미워. 네 고백을 이미 거절했다면 완전히 떠났어야지. 네 눈앞에서 완전히 사라졌어야지. 그런데도 네 주변에서 널 흔들고 있는 세단이가 미워. 그래서 난 세단이의 사랑을 응원해. 얼른 깨닫기를 바라. 그래서 네가 아파서 무너지면, 그때 내가 널 위로해 줄게. 내가, 네 옆에 있어줄게.

하령은 그렇게 재현을 다독거리며 점점 깊어가는 밤, 차갑게 가라앉은 눈동자를 천천히 감았다.

이른 아침, 난리도 이런 난리가 없었다. 다들 술에 찌들어서 사경을 헤매는 사람들 사이를 헤치고 돌아다니며 세단은 냄비를 마구 두들겼다.

"당장 기상하지 못해! 이것들이 빠져서는! 그러게 감당하지도 못할 술을 왜 그렇게 퍼마셔! 당장 일어나! 아니면 내일부터 100일 에당이다!"

100일 에당이라는 모닝콜이 강렬하긴 했는지, CS 레지던트들이 허겁지겁 일어나기 시작했다. 세단은 그 모습을 흡족하게 바라보았다.

"얼른 밖으로 나와, 얼른!"

밖으로 나온 레지던트들은 하나같이 얼굴이 퉁퉁 붓고 눈동자엔 전날밤의 광기가 고스란히 남아 있어, 보고만 있어도 다시 취할 것 같았다. 여기서 가장 멀쩡하고 쌩쌩한 건 오직 박세단 그녀뿐이었다.

"아침 식사하기 전, 술도 깨고 잠도 깰 겸 가볍게 산행을 한다."

"허얼!"

"말도 안 돼요!"

"헐은 무슨! 말이 안 되긴 뭐가 안 돼! 이 좋은 곳에서 술에만 찌들었다가 갈 수는 없잖아! 아침 공기에도 좀 찌들어서 가라고! 이제 병원 가면 말짱 끝이야, 끝! 이 좋은 공기를 놓치다니, 그게 진정 말이 안 되는 소리지! 암!"

세단을 제외한 모두의 표정이 썩어갔다. 대체 마녀의 기분이 아침부터 왜 저렇게 좋은 것인가! 왜 기운이 넘치다 못해 저렇게 날아갈 것 같냐고!

"자, 출발! 하나 둘 셋, 하나 둘 셋! 기운차게!"

세단은 직접 앞장서서 뛰다시피 걸었다. 말 그대로 날아갈 듯한 발걸음이었다. 세상이 이렇게 아름다울 수가 없다. 여전히 어제의 기억으로 입술은 뜨거웠고, 심장은 터질 듯이 쿵쾅거렸다. 하지만 무엇보다 중요한 건!

"여자로 본 적 없다고 한 거, 그거 거짓말이야."

그가 날 여자로 생각하고 있다. 나처럼 떨리고, 흔들리고 있다. 절대로 당기지 않을 그 남자가 어젠 분명 나를 당긴 거야! 그것도 아주 저돌적으로! 아우!

'은근 상남자네, 상남자야. 하긴 아프리카 때도 장난 아니긴 했지.'

그러면서 왜 더 다가오지 못하는지는 알 수가 없다. 잊어줬으면 좋겠다고 말할 때조차 눈빛은 분명 엄청 복잡한 빛으로 망설이고 있었으니까.

'설마, 어디 아픈 건가? 불치병? 비운의 남주인공이야? 그건 진짜 곤란한데.'

그때 가벼운 티셔츠에 트레이닝 바지 차림의 윤성이 나타났다. 얼굴에 맺힌 땀을 보니 새벽 조깅이라도 한 듯 보였다. 마치 주인을 기다리고 있던 강아지라도 된 듯 세단은 보이지 않는 꼬리를 흔들면서 그에게 다가갔다. 윤성은 본능적으로 세단을 피하려고 했지만 이미 그녀가 옷깃을 움켜쥔 후였다.

"어디 가세요, 교수님?"

"놔."

"에이, 뭘 이런 걸로 부끄러워하세요. 어젠 더한 것도 한 사이인데."

"컥! 뭐?"

윤성은 기가 막힌 표정으로 세단을 바라보았다. 대체 무슨 여자가 부끄러움도 없이!

"저희 산행할 건데, 같이 가요. 안 그래도 레지던트들이 어젯밤에 저희 둘이 훌쩍 사라진 걸로 이상한 소설 쓰고 있으니까, 교수님이 그 오해도 좀 풀어주고요. 그리고 어제 일은 일단 잊을게요."

윤성은 움찔했지만 그녀는 태연하게 잡고 있던 그의 옷깃을 놓았다.

"잊어달라고 하셨으니까 이번엔 잊는다고요. 하지만 다음엔 안 될 거예요. 완전 나한테 푹 빠져서 반대로 닥터가 절대로 잊지 못하게, 그렇게 만들 테니까."

도발적인 미소를 남긴 채, 세단은 윤성에게서 멀어졌다. 그는 잠시 황당한 표정을 짓다 이내 고개를 숙여 버렸다. 어젯밤의 취기가 남아 있는 걸까. 뭔가에 홀린 듯, 저도 모르게 웃음이 새어 나왔다. 박세단, 저 어디로 튈지 모르는 여자를 대체 어떻게 하면 좋은 걸까.

다시 서울로 돌아가는 버스. 여전히 윤성의 옆자리는 비워져 있었다.

"쌤, 이번에도 뒤에 앉으실 거예요?"

"아니, 이번엔 앞에 앉을 거다. 내 욕하고 싶으면 뒤에서 마음껏 해."

레지던트들과 농담을 하고서 세단은 윤성의 옆자리에 엉덩이를 붙이고는 창가에 기댄 채 눈을 감고 있는 그를 빤히 바라보았다. 보고만 있어도 웃음이 절로 새어 나왔다. 누군가를 이렇게 보는 것만으로도 설레고 떨리기는 처음이다. 잊어주겠다고 했지만, 어찌 잊을 수 있을까. 어젯밤의 그 깊고 달콤했던 키스를.

세단은 홀린 듯 윤성의 입술을 빤히 바라보다가 자꾸만 얼굴이 화끈거리는 기분이 들어 얼른 고개를 돌린 채 눈을 꽉 감았다.

'참자, 참아, 박세단! 여기서 덮쳐 버리면 곤란하지!'

마침내 버스가 출발했다. 얼마 지나지 않아 올 때와 달리 모두들 피곤에 찌들어 곯아떨어졌고, 세단도 예외는 아니었다. 특히나 더 피곤했을 그녀가 아닌가.

자는 줄 알았던 윤성이 눈을 뜬 것은 그때였다. 머리를 이리저리 움직이며 위태롭게 자는 세단을 빤히 보던 그는 슬쩍 손을 뻗어 제 어깨에 머리를 기댈 수 있게 하고서 다시금 모른 척 창밖으로 시선을 돌렸다. 하지만 어깨 너머로 따스하게 번지는 그녀의 체온에 저도 모르게 엷은 미소를 지었다.

그렇게 파란만장했던 단합회가 끝나가고 있었다.


서울에 도착하자마자 윤성과 세단은 병원으로 복귀했다. 1박 2일 자리를 비우는 동안 쌓인 일을 하느라 눈코 뜰 새 없이 하루가 훌쩍 지났다.

"어차피 가는 방향이니까 태워 달라고 해야지. 버스 타고 가기엔 너무 피곤하니까."

물론 이는 그의 얼굴을 보기 위한 핑계에 불과했다. 오늘은 서로가 어찌나 바빴는지 하루 종일 코빼기도 보지 못했다.

세단은 그의 연구실 앞에 섰다. 문을 두드렸지만 돌아오는 대답이 없었다.

"마 교수님? 교수님? 들어가도 될까요?"

하지만 역시나 답이 없다. 하긴 순순히 대답해 주면 닥터가 아니지.

"저 들어갑니다!"

문고리를 당겼지만 문이 열리질 않았다. 그러고 보니 보안 불이······.

"잠김······. 젠장. 벌써 퇴근한 거야? 이 인간, 이렇게 칼퇴근하는 사람 아니잖아!"

너무 피곤해서 빨리 간 건가?

"설마, 어디 아픈가?"

세단은 살짝 걱정되는 마음에 피곤함도 싹 잊고서 레지던스로 향했다.

하지만 집에도 윤성은 없었다. 문은 잠겨 있고, 불도 꺼져 있다. 대체 어딜 간 거지?

그녀는 한참동안 복도를 서성였다. 바깥쪽으로 난 창문을 들여다보기도 하고, 문 위로 귀를 쫑긋 세워보기도 했지만 헛수고였다. 닥터는 내가 언제 오는지 잘도 알아차리던데.

결국, 집에 들어온 세단은 대충 씻고, 옷도 대충 갈아입은 채 바깥쪽만 신경 썼다. 혹시 발소리가 들리지 않을까, 혹시 전화라도 하지 않을까. 그러다 결국 제풀에 지쳐 버리고 말았다.

"연락 안 돼서 돌아버리겠다고 한 주제에. 정작 지금 어디 있는 거냐고. 나도 진짜 돌겠다고!"

왠지 그날 닥터의 심정이 이해될 것 같았다. 그도 이랬을까? 답답하고 초조해서 한시도 가만히 있지 못하고 돌 것 같은…….

그녀는 무심코 고개를 돌렸다가 구름 한 점 없는 하늘 위에 뜬 달을 바라보았다.

"벌써 보름인가……."

유난히 밝고 커다란 달에서 세단은 마치 홀린 사람처럼 시선을 떼지 못했다.

보름달. 기억이 희미하긴 하지만 그날도 보름달이 떴었다. 그리고 달 아래에서 그의 모습은 너무나도 기묘했다. 황금빛 눈동자와 휘날리던 은빛 머리카락. 너무 현실 같지가 않아서, 지금껏 제대로 물어보지도 못하고 그저 막연하게 꿈이라 여기고 있던 그때의 기억. 그러고 보니 그렇게 사라졌었지, 닥터.

세단은 불안한 기분에 억지로 고개를 가로저었다.

"이번에도 그런 건 아니겠지. 진짜 불안한데……. 도대체 어디 있는 건데……."

마치 어제 일이 꿈만 같고, 아침에 그와 있었던 순간이 신기루 같다.

'아니야. 그럴 리가 없어. 그냥 무슨 일이 있는 거겠지. 그래서 조금 늦는 거야.'

세단은 두 손을 꽉 쥐고서 마치 엄마를 잃은 아이처럼 불안해하며 눈을 감았다. 어쩐지 먼 기억 속에서 떠오르는 목소리가 있다.

'디으분 인싼'. 아프리카의 열기가 차갑게 가라앉았던 그 밤, 닥터를 향해 외치던 의미를 알 수 없는 말. 마치 신기루 속 환상처럼 닥터의 모습은 너무나도 신비했다. 그리고 정말로.

'아름다웠어.'

윤성은 레지던스와 조금 떨어진 호텔 방에 홀로 있었다. 불도 켜지 않은 방. 창문 너머로 새어드는 네온사인의 불빛만이 일렁였다. 유난히 새하얀 보름달 아래, 황금빛 눈동자가 번뜩였다. 평소 그가 그저 삭막하고 차갑기만 했다면, 보름달이 뜨는 밤의 그는 무척이나 뜨겁고 위험했다.

감각을, 그리고 본능을 잠재울 수 없는 밤. 그렇기에 보름달이 뜨는 밤엔 결코 누구와도 만나지 않고 홀로 견뎌왔었다. 1년 전 이맘때 쯤, 딱 한 번을 제외하고서. 그때부터 뭔가가 단단히 잘못 꼬인 것이다.

"하아……."

묵직한 한숨이 새어 나왔다. 분명 세단과 몸은 떨어져 있는데, 모든 감각은 그녀와 함께하고 있었다. 평소보다 감각이 몇 배는 발달하기 때문에 이렇게 떨어져 있는데도 그녀의 목소리가 들렸다. 그녀가 제 이름을 부르면서 불안해하면 당장이라도 뛰쳐나가 그녀에게로 달려가고 싶은 충동이 이는 것을 억지로 잡아 눌렀다. 그나마 다행인 것은 이만큼이라도 떨어져 있기에 조금이나마 자제가 된다는 것이다. 만약 정말 옆에 있었다면.

'절대, 못 참았을 거야.'

바로 옆에 있는 것도 아닌데 이렇게 그녀를 갈망하게 된다. 그러니 눈앞에 보이면 정말 자신이 무슨 짓을 할지 장담할 수가 없었다.

그녀 앞에서만큼은 괴물이 되고 싶지 않았다. 마지막까지 그냥 존경받는 닥터로 남고 싶을 뿐이다.

"그래, 그것뿐이야."

절대로 어머니와 같은 여자를 더는 만들고 싶지 않았다.

어머니는 아버지를 만나 첫눈에 사랑에 빠졌다. 아버지는 자신의 처지를 생각해서 필사적으로 어머니를 밀어냈지만, 그래도 어머니는 아버지를 포기하지 않으셨다. 마치 지금의 박세단, 그녀처럼.

결국, 아버지는 어머니를 사랑하게 되면서 각인되고 말았다. 각인이 되는 순간부터 죽을 때까지 상대를 떠날 수 없고, 그 대상이 없이는 숨조차 제대로 쉴 수 없는 존재가 된 것이다. 하지만 서로를 깊이 사랑했기에 상관없다고 생각했다. 정체를 들키지만 않는다면 그 순간이 영원히 지속될 것이라고 믿었다. 아니, 설사 정체를 들킨다고 해도 끝까지 자신을 사랑해줄 것이라고 믿었다.

그리고 아버지의 바람대로 어머니는 아버지가 늑대인간이라는 사실을 알게 된 후에도 너무 사랑했기에 모두 받아들였다. 그래서 이젠 정말 앞으로 행복한 날만 계속될 것이라고 믿었다. 하지만 아버지가 모르는 것이 하나 있었다. 늑대인간은 죽을 때까지 한 여자만을 바라보며 결코 변하지 않을 사랑을 속삭이지만, 인간은 그렇지 않다는 것.

사랑이라는 알량한 감정이 천천히 식기 시작하면서 어머니는 아버지의 존재를 조금씩 무서워하기 시작했고, 불안해했으며, 결국 미쳐갔다. 아버지에게서 떨어지려고 해도 아버지는 어머니와 멀어질 수가 없었다.

각인이란 그런 것이다. 누구 한 명이 죽을 때까지 결코 벗어날 수 없는 것. 비록 어머니의 마음은 이미 완전히 사라졌다고 하지만, 아버지는 끝까지 어머니만을 바라보고 사랑하였기에.

결국 그 불안하고 위태로운 관계는 어머니가 윤성을 품고 낳았을 때 모두 부서지고 말았다.

"아아, 저거 치워! 내가 낳은 거 아니야! 내가 낳은 거 아니라고! 내가 저런 괴물을 낳았을 리 없어! 저리 치워!"

결국, 어머니는 망가졌다. 아버지 또한 망가지고 말았다.

윤성은 그 모든 광경을 기억했다. 어머니가 제 눈앞에서 스스로 목숨을 끊던 순간도, 아버지 역시 그 뒤를 따라가던 순간도. 마지막까지 놓을 수 없었기에, 죽음조차 함께해야 했기에 아버지는 웃고 있었던 것 같았다.

"미안해…… 내가 당신 앞에 나타나서. 내가 당신을, 사랑해 버려서."

한쪽의 마음이 영원하지 않은데, 다른 한쪽이 영원하다고 해서 무슨 소용이 있을까. 그렇게 벌어진 너무나도 끔찍한 비극. 결코 반복하고 싶지 않은 운명.

윤성은 그 순간을 한시도 잊어본 적이 없었다. 매번 반복되는 악몽에 미쳐 버릴 것 같았다. 그래서 도망친 거였는데. 그래서 다시는 한국으로 돌아오지 않으려고 했던 건데.

윤성은 세단의 모습을 머릿속 가득 채우며 속삭였다.

"너 역시 미쳐 버릴 거야. 내가 널 그렇게 만들 수는 없잖아. 박세단, 그러니까 내게 다가오지 마. 절대로."

나랑 엮이지 않는 게 당신이 행복해지는 길이야. 난 아버지처럼 살지 않을 거야. 끝까지 널, 사랑하지 않겠어.

다음 날 아침. 결국 윤성은 돌아오지 않았다. 세단은 출근 준비를 완벽하게 마치고 손가락을 까딱이며 현관문을 노려보고 있었다.

"진짜, 설마 했는데. 외박한 거야? 집 놔두고 대체 어디서 잔 거냐고!"

혹시나 무슨 일이 생긴 건 아닐까 하는 불안감에 세단은 곧장 병원으로 향했다. 레지던트들의 인사를 받는 둥 마는 둥 그의 연구실로 달려간 세단은 문의 보안 상태를 먼저 확인했다.

"초록불. 병원에는 왔구나!"

문을 벌컥 열자, 지난밤 자신의 걱정이 너무나도 무색하게 윤성은 아주 멀쩡한 모습으로 커피를 마시고 있었다.

"하아……."

"뭐야, 아침부터."

"멀쩡하네요."

"그럼?"

어제 그토록 불안하고 초조해하면서 걱정한 것이 너무 억울할 지경이었다. 혹시 안 보이는 곳을 다친 건 아닌지, 어디가 불편하진 않은지 그를 샅샅이 살펴보았지만 딱히 이상한 점은 보이지 않았다.

"대체 뭐야?"

"어제 왜 집에 안 들어온 거예요?"

"그게 너랑 무슨 상관이야?"

짜증이 묻어나는 목소리에도 세단은 기죽지 않았다.

"상관은…… 아직 없지만. 그래도! 나 없어졌을 때 그렇게 돌겠네 어쩌네 했으면서 닥터가 이러면 안 되죠. 내가 어젯밤에 얼마나 잠도 못 자고 기다렸는데!"

억울함이 울컥 밀려들었다. 혼자 바보가 된 기분이었다.

커피 잔을 내려놓은 윤성이 성큼성큼 다가왔다. 마치 속을 꿰뚫는 듯한 강렬한 눈빛에 세단은 저도 모르게 뒷걸음질 칠 뻔했다.

윤성은 그녀의 머리카락을 짧게 쓰다듬고서 말했다.

"아무 일 없었으니까 신경 쓰지 말고, 남의 연구실에 불쑥불쑥 들어오지 마."

그는 그대로 연구실을 빠져나갔다. 그가 가까이 다가올 때부터 살짝 굳어 있던 세단은 그제야 온몸에 힘이 쭉 빠지는 기분이었다.

"고작 눈앞에 보이는 걸로 안심하고 좋아하다니. 박세단, 대체 너 왜 이렇게 바보가 된 거니."

그래도 어쩌랴. 이제야 제대로 하루가 시작된 것 같고, 마음도 한결 가벼워지는 것을.

의국으로 들어온 세단은 옷을 갈아입으면서 메일을 확인했다.

요즘 그녀는 학술 대회 준비로 인해 연구 논문을 작성하고 있었다. 그것에 대한 조언이나 뒷받침 자료를 여러 교수님이나 관계자분들께 부탁해 놓은 터라, 시시때때로 메일을 확인해야 했다.

"보자, 보자. 김 교수님, 최 교수님. 어?"

다양한 메일 속에서 영문으로 된 메일이 눈에 띄었다.

"레나잖아."

아프리카 의료봉사 시절, 같은 수술방 스태프로 친해진 간호사 레나였다. 그리고 보니 윤성이 닥터인지 아닌지 확인하겠답시고 메일을 보내놓고 까먹고 있었네. 뭐, 이젠 물어볼 필요도 없지만.

"그래도 일단 확인해 볼까."

세단은 레나에게서 온 메일을 확인했다. 역시나 닥터의 이름도, 행방도 알 수 없다는 말이 적혀 있었다. 하긴, 그때의 닥터는 너무나도 바람 같은 사람이었으니까. 어느 날 갑자기 나타나서, 어느 날 갑자기 사라져 버린. 그런 사람이 지금 한국에, 그것도 이 병원에 같이 있다는 것이 신기할 뿐이었다.

"응?"

메일을 쭉 읽어 내려가던 세단의 시선이 한 문장에 멈췄다. 아프리카에 있는 줄 알았는데, 지금 일본에 들어와 있다고. 곧 한국에도 갈 예정이니 한번 만났으면 좋겠다는 말이었다.

"잠깐. 얼마 안 남았잖아! 우와. 진짜 오랜만이네. 너무 늦진 않았겠지?"

그녀는 기대에 부풀어 서둘러 답장을 보냈다. 오래 만나지는 못해도 잠깐 정도는 시간이 될 수도 있으니까. 오랜만에 아프리카에서의 그 뜨거운 시간을 다시 기억하고 싶었다.


윤성은 박은숙 환자의 상태를 매일 꼼꼼히 확인했다. 아직까지는 안정적이나 그렇다고 안심할 수는 없었다. 공여자가 나타날 때까지, 심장이식 수술을 받을 때까지 방심은 금물이었다.

그는 잠들어 있는 그녀를 깨우지 않고서 조심스럽게 병실을 나왔다. 복도에선 간호사들과 어울려 놀고 있는 언주가 보였다.

"잘 지내나?"

윤성의 말에 옆에 있던 레지던트들은 무슨 소리인가 하다가 그의 시선 끝에 언주가 있는 것을 보고선 웃으면서 고개를 끄덕였다.

"아이가 너무 밝아요. 아직 어린데도 전부 이해하는 것 같더라고요."

"그래."

회진을 마치고 그는 발걸음을 돌렸다. 연구실로 향하는 그의 감각에 누군가가 들어왔다. 바로 이사장이었다.

'무슨 일이지?'

윤성은 태연한 표정으로 연구실 문을 열었다. 그러자 안에 있던 강진이 미안한 표정으로 그를 반겼다.

"이렇게 불쑥 찾아와서 미안해요."

"아닙니다, 이사장님."

"닥터가 후원하고 있는 환자는 좀 어떻습니까? 빨리 공여자를 찾아야 할 텐데."

"아직까진 괜찮지만 방심할 순 없지요. 그래도 이사장님의 지원 덕분에 환자분의 심리 상태는 안정적입니다."

"전부 마 닥터가 각별히 신경 쓴 덕분이죠. 앞으로도 너무 걱정 말아요. 반드시 공여자가 나타날 테니까."

"감사합니다."

형식적인 인사가 오갔다. 고작 이런 말 주고받으려고 바쁜 이사장이 이렇게 직접 연구실로 찾아왔을 리는 없을 터. 슬슬 본론을 말했으면 했다.

"그런데 오늘은 무슨 일이십니까?"

강진은 윤성이 슬슬 본론으로 들어갔으면 한다는 걸 눈치채고 조심스럽게 입을 열었다.

"곧 학술 대회가 열립니다. 외과, 특히 CS에서는 무척이나 중요한 대회입니다. 이번 의료 관광 사업에 가장 중요한 발판이 CS가 될 테니까요. 그래서 CS 교수님들과 전임의, 전문의들까지 모두 학술 대회에서 선보일 연구 논문을 준비 중입니다."

들어본 것 같기는 했다. 물론 별로 관심이 없어서 주의 깊게 듣지는 않았지만.

"이번 학술 대회에서 제대로 성과만 내어준다면 우리 병원 CS의 위상도 한층 확고해질 것이고, 한국대병원의 큰 발판이 될 것입니다. 그래서 그 책임자로 마 닥터를 추천하고 싶습니다."

이거였나. 역시, 세상에 공짜는 없지. 특히 이사장같이 세상 돌아가는 수를 가장 빨리 읽는 사람이 아무런 이득 없이 제게 도움을 줄 리는 절대로 없는 것이었다.

'내 실수다. 하지만 이곳에 그렇게 오래 남아 있을 수는 없어.'

"죄송하지만, 저는 여길 떠날 겁니다. 이미 처음부터 말씀드린 사항이고요. 그러니 그런 자리를 맡을 수는 없습니다."

단호한 목소리에도 강진은 포기하지 않았다.

"정말 떠날 겁니까? 이대로 다시 아프리카로?"

"아프리카가 될지, 다른 곳이 될지는 모릅니다. 아무튼 한국에 머물러 있을 생각은 없습니다."

"그래도 닥터가 조직에 속한 건 처음이기에 뭔가 기대를 했습니다. 게다가 환자의 일에 이토록 열의를 보이면서 관계를 맺고 계시니까요."

그런가. 너무 깊게 개입하고 있었나? 어차피 전부 끝날 관계인데. 다시 혼자로 돌아가야만 하는데. 순간, 혼자라는 단어에 왠지 모를 텁텁함이 느껴졌다.

"하나만 물어보고 싶습니다. 한국에 오신 이유가 있습니까?"

윤성은 잠시 망설이다 입을 열었다.

"만날 사람이 있습니다. 그 사람의 주치의로서 지켜줘야 했기 때문에 온 것입니다."

강진은 의아한 표정을 지었다. 주치의라고? 게다가 지켜줘야 할 사람?

"닥터가 그렇게까지 귀하게 여기는 사람이라니 대단하군요. 우리 병원의 환자입니까?"

"그건 아닙니다. 하지만 더는 말씀드릴 수가 없군요."

윤성은 이사장에게 모든 걸 밝힐 생각은 전혀 없었다. 일단 이사장도 그녀와 연관되어 있고, 게다가 결코 믿을 수가 없는 사람이다.

"아, 미안합니다. 내가 너무 깊게 물었군요. 그래도 닥터가 주치의라니, 정말 복이 많은 환자로군요."

"정말 그러면 좋을 텐데요."

그답지 않은 모습에 강진의 눈빛이 묘하게 번뜩였다. 주머니 속 휴대폰이 짧게 울리자 강진은 문자를 확인하고선 자리에서 일어났다.

"그래도 한 번만 더 생각해 주길 바랍니다."

"아마 제 대답은 변함이 없을 겁니다. 그런데 박 선생과 잘 아시는 사이라고 들었습니다."

"박 선생? 아, 박세단 선생. 아들 녀석이랑 친구라서 조금 알고 있지요. 저희 재단 특별 장학생이기도 했고. 조금 인연이 있습니다. 실력이 좋은 의사일 텐데, 뭔가 문제라도?"

"아닙니다. 조금 알고 싶은 게 있어서요."

그가 세단에게 관심을 가지자 강진은 괜한 호기심이 피어올랐다.

"어떤 것을?"

"박 선생의 아버지가 이곳에서 선천성심장질환으로 장기 치료를 받았다고 들었습니다."

순간 강진의 어깨가 떨렸다. 그는 주먹을 살짝 움켜쥐고는 다음 말을 기다렸다.

"확인하고 싶은 것이 있어서 그런데, 그때 관련된 일지를 볼 수 있도록 허가를 해주셨으면 합니다."

지난번 그녀의 얘기를 듣고 관련 일지를 확인해 보려고 했지만 보안 구역에 있어서 확인할 수가 없었다.

"아, 당연히 허가해 드리지요. 관련 부서에 말을 해놓겠습니다. 그런데 무엇을 확인하려고……?"

"참고할 만한 것이 있을 것 같아서입니다."

윤성은 은근슬쩍 말을 돌렸다. 다행히도 강진은 그것을 눈치채지 못했다.

"그렇군요. 박 선생 아버지라면 저도 조금 알고 있습니다. 심장이식이 확정되었는데 그만 저희 측의 오류로 무산되고 말았지요. 지금 생각해도 박 선생에겐 미안한 마음입니다."

"네. 그래서 지금껏 후원을 해주셨다고 들었습니다."

"그런 말까지 하던가요? 박 선생과 친한 모양이군요."

윤성은 잠시 망설이다가 고개를 끄덕였다.

"제가 퍼스트로 삼고 싶은 동료입니다."

"아……. 박 선생을 굉장히 신뢰하고 계시는군요. 저도 앞으로의 의료 관광 사업에 박 선생에게 거는 기대가 큽니다."

강진의 휴대폰이 다시 울렸다. 더는 지체하고 있을 시간이 없었다. 강진은 윤성에게 조만간 다시 보자는 말을 남기고서 연구실을 빠져나갔다.

윤성은 강진의 빈자리를 잠시 바라보았다. 가장 높은 사람의 허가를 받았으니 다른 번거로운 절차 없이 일지를 확인할 수 있을 것이다. 단순한 실수였을지도 모르는데 이상하게 뭔가가 자꾸 마음에 걸렸다. 윤성은 일지를 다시 살피면 그 뭔가를 찾을 수 있을지도 모른다고 생각했다. 그 기록에서 그녀의 죽음을 막을 수 있는 단서를 발견하게 될지도 모른다. 아직까진 대체 누가 그녀를 죽음으로 이끌 존재인지 전혀 감조차 잡지 못한 윤성으로서는 이런 지푸라기라도 잡는 수밖에 없었다.

연구실을 빠져나온 강진은 연신 울리는 휴대폰을 꺼버렸다. 그새 호흡이 거칠어지고 가슴이 두근거렸지만 그는 능숙하게 자신을 다잡고서 머릿속을 정리하기 시작했다. 마윤성과 박세단. 두 사람이 그토록 가까운 사이인 건가? 아무리 직속이라지만 그런 인간관계에 신경 쓸 사람이 절대로 아닌데. 게다가 대체 뭘 알려고 그때의 자료를……. 아니다. 괜히 신경 쓰지 말자. 이미 그때 다 끝난 일이야. 잘못된 건 아무것도 없어, 아무것도!

이제 곧 백 회장이 돌아오고 주총이 열릴 것이다. 그러면 모든 것이 잘될 것이다, 모든 것이.

## 6. ……늑대, 인간?

세단은 조금 전 급하게 들어온 응급실 환자의 상태를 직접 살피고 검사했다. 피검사, 심전도와 초음파 검사 결과로는 역시나 협심증이었다. 뿐만 아니라, 고혈압에 잦은 흡연으로 폐에도 이상이 있는 듯싶었다. 이대로 두었다가는 여러 가지 합병증이 발병할 게 분명해 일단 가장 급한 협심증 치료를 위해 입원과 더불어 수술 날짜를 잡았다.

"아으, 삭신이 쑤시네."

어느새 해가 저무는 하늘을 바라보면서, 세단은 퇴근을 준비하기 위해 의국으로 향했다. 의국 안에는 전문의 시험을 준비하는 레지던트들이 눈에 불을 켜고 공부를 하고 있었다. 그러고 보니 진짜 얼마 안 남았네.

"나도 진짜 죽어라고 했었는데."

세단은 문밖에서 그들의 모습을 지켜보며 아련한 미소를 지었다. 하지만 그러한 힘든 시간이 있었기에 지금껏 버틸 수 있었던 것 같다. 남들이 의사가 되려는 이유는 다양하겠지만, 그녀가 의사가 되고 싶었던 이유는 그 당시 하나였다.

살아야 했다. 다른 어떤 이유도 없이, 살고 싶어서 의사가 되었다. 아빠와 엄마를 한꺼번에 잃은 뒤 한순간에 혼자가 되고, 그 슬픔과 공포에 짓눌려 스스로를 놓아버리고 싶었을 때, 의사라는 목적을 붙잡고 필사적으로 버틸 수 있었다. 다른 생각은 하지 못할 정도로 정말 공부에만 매달렸던 덕분에 학과 수석을 놓친 적이 없었지만. 게다가 워낙 정신없는 직업이라 혼자 슬퍼하는 시간도 짧아졌다.

"힘내라고 먹을 거라도 사다 줄까?"

세단은 로비로 향했다. 병원의 외래 진료 시간은 마감되어 로비는 한산했다. 병원 밖으로 나온 세단은 서늘한 공기에 몸을 부르르 떨었다. 아직 한낮에는 더웠지만 해가 저물기 시작하니 금세 싸늘한 바람이 불었다.

"아, 그렇다고 다시 들어가기도 귀찮고."

근처 빵집에 가서 샌드위치 몇 개 사서 들어가야겠다.

종종걸음을 치는데 저 앞으로 윤성이 보였다. 세단은 반가운 마음에 그에게 뛰어가려다가 불쑥 올라오는 장난기에 고양이처럼 아주 천천히, 조심스럽게 그의 뒤로 다가갔다.

'놀래켜 줘야지! 닥터가 놀라는 표정은 어떠려나!'

눈치채지 못하게, 최대한 조심스럽게 다가가서는 그대로 덮치려는 순간!

"뭐하는 거야?"

윤성이 고개를 휙 돌렸고, 그녀는 두 손을 번쩍 든 채 그대로 굳고 말았다.

"하하, 교수님, 퇴근하세요?"

하지만 그녀는 아무 일 없었다는 듯 슬그머니 손을 내리면서 태연하게 말을 이었다.

"보면 몰라?"

하여튼 까칠하지. 사람 맘을 들었다 났다, 아주 선수야, 선수. 그런데 생각보다 퇴근이 이르다.

"근데 벌써 퇴근하세요?"

"그래."

"약속 있는 거 아니고요?"

"뭘 알고 싶은 거야?"

그래, 그냥 단순히 퇴근을 하는 길이라 이거지?

세단은 야릇한 미소를 짓더니 윤성의 팔을 덥석 잡았다. 그는 미간을 찌푸리고서 그녀를 떼어내려고 했지만, 세단은 그에게 꽉 매달려 떨어지지 않으려고 했다.

"저 지금 애들 야식 사러 가는데 같이 가주세요. 네?"

"뭐?"

"요즘 해도 점점 짧아지는데, 여자 혼자 가면 무섭잖아요! 교수님도 걱정되시죠? 그러실 거예요. 그러니까 같이 가요. 네?"

되지도 않게 애처로운 눈빛을 보내는 모양에 윤성은 헛웃음이 나올 뻔했다. 하여튼 저 뻔뻔함. 거기에 능청스러움마저 늘어난 것 같았다.

윤성은 고민하지 않았다. 오히려 먼저 같이 가자고 해서 다행이었다. 처음부터 같이 가려고 기다리고 있었으니까. 보름은 지났지만 아직 보름달의 기운이 남아 있었기에 그 영향을 받는 중이었다. 때문에 조금 더 레지던스를 비워야 하는데 집으로 들어가는 모습이라도 봐야 안심을 할 것 같았다. 물론 곧 해가 완전히 저물고 달이 뜨면 곤란하기에 서둘러야 했지만.

"……아무 데나 가서 대충 사."

"물론이죠!"

"그리고 이 손은 놓고."

"잠깐만 잡고 가면 안 돼요? 교수님 완전 따뜻해서 기분 좋은데."

윤성은 세단의 얇은 옷차림에 못마땅한 표정을 지었다.

"이 날씨에 그 옷차림은 대체 뭐야?"

"걱정해 주시는 거예요?"

"의사는 함부로 아파선 안 돼. 그러다 환자한테 옮기기라도 하면 큰일이니까. 자기 관리도 스스로 알아서."

그러더니 자신이 입고 있던 재킷을 벗어서 세단의 어깨에 걸쳐 주었다.

"똑바로 하란 말이야."

겉보기엔 나무라는 것처럼 보였지만, 다정한 염려고, 걱정이었다.

세단은 어깨를 덮은 옷자락을 꼭 붙잡았다. 재킷에선 그의 체취와 따뜻한 온기가 함께 묻어났다. 마치 그가 자신을 꼭 안아주는 것 같은 느낌이 들었다. 어느새 윤성이 앞장서서 걷자 세단은 그 뒤를 쪼르르 따라 갔다. 이런 생각을 알면 그가 화낼 테지만, 가운을 벗고 나와서 참 다행이다.

근처 빵집에서 샌드위치와 음료를 잔뜩 사들고 병원으로 돌아가는 길. 싫다는 윤성에게 억지로 아이스크림도 쥐어준 세단은 기분 좋게 콧노래를 흥얼거렸다.

"역시 이런 날씨엔 아이스크림이에요. 그렇죠?"

갑자기 고개를 돌린 바람에 줄곧 그녀를 보고 있던 윤성은 움찔했지만 태연하게 넘겼다.

"방금 전에 내가 자기 관리 똑바로 하라고 한 것 같은데."

"아이스크림 하나 먹는다고 감기 걸리겠어요? 그리고 먹고 싶은 거 참으면 병나요."

"그래도 조심해."

윤성은 벌어진 단추를 직접 잠가주었다. 바람이 더 차가워진 것 같았다. 곧 달이 떠오를 것을 알기에 그는 조바심을 느끼며 손을 빠르게 움직였고, 세단은 순간 숨을 꾹 참았다. 그의 시선이 오롯이 저를 향하고 있었다. 그와 있으면 언제나 심장이 엉망진창으로 뛰었지만 그 기분이 싫지는 않았다. 누군가에게 진심으로 제 모든 것을 주고 싶고, 그 무엇을 주어도 아깝지 않고, 오히려 절실하고 간절한 마음만 가득했다.

어느새 아이스크림이 녹아 손 위로 흐르자 윤성은 넋을 잃은 세단을 깨웠다.

"뭐하는 거야? 아이스크림 다 녹잖아."

"좋아해요."

녹아내린 아이스크림만큼이나 달달하게 스미는 속삭임에 윤성의 시선이 순간 어지럽게 흐려졌다. 위험하다. 주변의 공기가 뜨겁게 일렁이면서 보이지 않는 무언가가 자꾸만 그를 그녀에게로 이끌었다. 달콤하게 속삭이는 저 입술을 삼키고, 탐스런 머리카락을 한껏 움켜쥐며 그대로 그녀를 취하고 싶었다. 타들어갈 듯한 찌릿한 갈증에 그는 금방이라도 무너질 것만 같았다.

"닥터?"

안 그래도 저도 모르게 나온 말에 부끄러워 죽겠는데, 그에게선 아무런 반응이 없자 세단은 더 민망해졌다.

아무 말 없이 바라보기만 하는 윤성에게 세단은 한 걸음 더 다가섰다. 하지만 그와 동시에 윤성이 한 걸음 물러나며 억눌린 목소리로 속삭였다.

"박 선생은 좋아한다는 말이 그렇게 쉽게 나와?"

"절대로 아니죠. 하지만 좋아하는 사람이니까 계속 말해주고 싶은 거예요. 전 좋아한다는 표현은 적극적으로 많이 해야 한다고 생각하거든요. 말하지 않으면 어떻게 알겠어요? 그리고 그걸 모르면 외로워지잖아요."

밀어내는 그에게 상처 받지 않는다고 하면 거짓말이고, 쪽팔리지 않는다고 하면 또 거짓말이다. 이대로 무뎌지게 될까 봐 겁도 나고. 하지만 백 번 찍어서 안 넘어가는 나무 없다고, 이 고백이 결코 장난이 아닌 진심이라는 것을 그가 느끼게 된다면.

'그때는 결국 날 받아주지 않을까? 설마 이렇게까지 했는데 다른 여자

한테 눈 돌리면 정말 당신 죽고 나 죽고야.'

어느새 병원 앞에 도착한 윤성은 들고 있던 봉지를 그녀에게 쥐어주고선 등을 떠밀었다.

"뻔뻔함도 넘치면 병이야. 얼른 들어가."

"조금만 기다려 주세요! 애들한테 이거만 전해주고 저도 바로 집에 갈 거예요."

"레지던스 안 가."

윤성은 불안하게 하늘을 힐끔거렸다. 집 앞까지 데려다주려고 했는데 아무래도 안 되겠다. 이대로 가면 정말 큰일을 낼 것 같았다.

"왜요! 왜 또 안 가요! 어제도 안 들어오셨잖아요! 이렇게 외박을 밥 먹듯이 하면 습관 돼요! 그것도 아주 나쁜 습관! 설마 밖에 다른 여자를…… 악!"

윤성은 세단의 이마에 꿀밤을 먹이며 혀를 찼다.

"헛소리하지 말고 일찍 들어가. 딴 데로 새지 말고, 곧장!"

"흥! 나도 딴 데 갈 거예요! 밤늦게까지 놀 거라고!"

"그러시든가. 내일 수술 스케줄이 꽤 있는 걸로 알고 있는데, 혼자 죽어 나가면 되겠네."

윤성은 그대로 돌아섰다. 세단은 손에 든 봉지 때문에 이러지도, 저러지도 못하고 발만 동동 굴렀다.

"진짜 오늘도 안 들어와요? 진짜? 진짜로?"

하지만 그는 대답이 없었고 세단은 인상을 팍 찡그리면서 툴툴거렸다.

"대체 뭐야. 뭔데 자꾸 외박이야. 이대로 뒤를 밟아? 그건 너무 스토커 같잖아!"

그리고 어쩐지 몇 걸음 안 가서 그에게 들킬 것 같았다. 눈치는 정말 귀신보다 무서운 사람이니.

무심코 하늘을 보니 서서히 달이 제 빛을 찾아가고 있었다. 여전히 달은 크고 환했다.


『디으분 인싼!』


환상처럼 귓가에 맴도는 목소리. 달이 뜰 때마다 떠오르는 결코 잊을 수 없는 기억.

세단은 찜찜한 마음이 들었지만 이내 고개를 가로저었다.

그래, 그냥 고함 소리였을 거야. 내가 너무 과민 반응하는 거고.

그때, 휴대폰이 짧게 깜빡였다. 무심코 화면을 확인한 그녀는 순간 너무 놀라서 휴대폰을 그대로 놓쳐 버릴 뻔했다.

〈수고했어, 오늘. 그리고 일찍 들어가.〉

이모티콘 하나 없는 짧은 문자. 그런데 이 문자를 보낸 사람이…….

"다, 닥터?"

세단은 처음엔 얼떨떨했지만 이내 입꼬리를 늘어뜨리고서 환한 미소를 지었다.

"이게 뭐야. 문자에서도 성격 나오잖아. 더 길게 보내도 되는데."

세단은 얼른 그의 역사적인 첫 문자를 소중하게 저장했다. 언제 불안했냐는 듯 기분이 너무 좋아졌다. 얼른 내일의 태양이 떴으면 했다.

"그래, 아무것도 아니야. 내일 닥터한테 확실히 물어보지 뭐."

조금 마음에 걸리는 거, 그래, 그뿐이야.

이른 새벽. 달이 사라지고, 윤성의 눈동자가 다시 삭막한 회색빛으로 물들었다. 그는 피곤한 숨을 내쉰 채 창가에 머리를 기대고 있었다. 세단을 레지던스에 데려다주지 못한 것이 영 마음에 걸려서 병원 가까운 곳에 호텔을 잡고, 그녀가 무사히 병원을 나서는 것까지 확인했다. 하지만 더 이상은 자기 자신을 믿을 수가 없었다.

그 뒤로 윤성은 병원 연구실에 숨어 있었다. 계속 호텔에 있는 것도 불편했고, 어차피 자신의 연구실엔 사람들이 거의 얼씬도 안 하니 오히려 더 안전하기도 했다. 그래도 혹시 몰라 모자를 푹 눌러쓰고 있던 터라 머리카락이 엉망으로 눌려 있었다.

숨고, 피하고, 감추는 것이 성가시면서도 그녀가 걱정되었다. 그래도 다행스럽게 오늘 밤이 마지막이다. 보름달의 기운이 완전히 사라지는 마지막 밤. 하루만, 하루만 더 버티면 된다.

"하아……."

윤성은 묵직한 숨을 내쉬고서 연구실에 딸린 작은 화장실로 들어갔다. 차가운 물로 세수를 한 뒤 뿌옇게 김이 서린 거울을 바라보았다. 까칠하게 올라온 수염 사이로 회색빛 눈동자가 제일 먼저 보였다. 그는 렌즈로 다시 눈동자 색을 감추고 대충 면도를 하고 머리도 감았다.

동이 트는 새벽. 보름달의 기운이 남아 있는 동안 그저 홀로 은둔하기만 하면 아무런 문제가 없었다. 그런데 한국으로 온 뒤로 뭔가가 이상했다. 혼자 있는데도 불안하고 초조하고, 자꾸만 딴 사람이 되어버릴 것 같은 기분이 들었다. 특히 어젯밤은 더더욱 그랬다.

어제에 이어 어머니가 나오는 악몽을 계속 꿨다. 언제나 똑같은 장면이 되풀이됐다. 그 장면이 자신의 발목을 붙잡고 끝없이 나락으로 떨어뜨렸다. 박세단, 그녀의 옆집에 있을 때는 단 한 번을 제외하고는 악몽을 꾸지 않았다. 그래서 괜찮아진 줄 알았는데, 그녀가 없으면 악몽을 꾸는 것 같다. 지난번, 그녀가 말없이 집에 돌아오지 않았을 때도 악몽을 꾸었던 것을 떠올리니 생각에 확신이 들었다.

"하. 설마 내가 그녀를 의지하고 있는 건가?"

말도 안 돼. 누군가에게 의지라니. 그것도 그녀를? 아니다. 그건 절대로 아니야.

"절대 아니야. 그럴 리가 없어."

설마 이대로 각인이라도 나타나는 날에는…….

딩동!

윤성은 휴대폰을 들여다봤다가 저도 모르게 실소를 지었다. 화면 가득 떠오른 세단의 얼굴. 손으로 브이를 그리고 앙증맞게 웃고 있는 모습이었다. 그러고는 뻔뻔스런 한마디.

〈닥터, 아침부터 내 얼굴 보니까 너무 좋죠? 잠시 후에 실물로 보여줄게요!〉

"하아?"

대체 머릿속에 뭐가 들어 있으면 이토록 뻔뻔하고 당당할 수 있을까? 이런 여자가 죽을 운명이라니. 밀어내고 또 밀어내도 넉살 좋게 문을 두드린다. 한 발, 그리고 또 한 발. 하지만 윤성은 그것이 더 두려웠다. 그녀는 어머니를 닮았다. 그러다가 결국엔 어머니처럼 망가지고 말 테지.

그는 문자를 지우려다가 결국 저장 버튼을 누르고 말았다. 곧 그녀가 온다. 온몸의 감각이 그녀가 가까워짐을 알고서 아우성을 쳤다.


아침부터 풀 세팅을 한 뒤 만족스럽게 셀카를 찍어 윤성에게 보낸 세단은 만족스러운 미소를 지었다.

"크, 오늘 화장발 죽이네. 각도 하며 조명까지, 사진 한번 끝내주는구만!"

이렇게 매번 얼굴을 보여줘야 정이 들지. 그래야 마음이 흔들릴 테고. 그러다가 넘어오면 확 잡아당겨도 난 상관없는데.

세단은 아침부터 별생각을 다 했다. 혹시 몰라 옆집 문도 두드려봤지만 역시나 빈 것만 재차 확인한 뒤 서둘러 병원으로 향했다.

로비로 들어서자 여기저기서 인사를 건네는 것에 성의 없이 대꾸하며 세단은 휴대폰만 뚫어져라 바라보았다.

"왜 답장이 없지? 안 본 건가? 문자라서 읽었는지 안 읽었는지 알 수가 없잖아!"

"박세단."

"읽었는데 무시하고 있는 거 아니야? 그 성격상 충분히 그럴 가능성은 있지."

"박세단! 야, 빡센!"

애정이 부르는 소리에도 답장 없는 휴대폰에 정신 팔린 세단은 대답이 없었다. 결국 애정이 옆으로 쓱 다가와 팔을 휘두르고 나서야 세단은 고개를 들었다.

"아욱! 아프잖아, 이 기지배야!"

"아침부터 어디에 그렇게 넋을 놓고 다니냐? 응? 온리 마 교수님 생각뿐?"

"시끄러."

"단합회의 거사는 성공적으로 치렀어? 성공해서 지금 이렇게 실실거리는 거야? CS 쪽 소문 들어보니 장난 아니던데. 교수님이 너 손잡고 끌고 갔다며. 그것도 한밤중에! 뜨거운 베드신이라도 찍으셨나? 이제 사내 커플로 아무 데서나 막 쪽쪽거리는 거야?"

쪽쪽은 개뿔. 했던 키스도 잊어달라고 하는 판국에. 아침부터 낯부끄러운 소리를 잘도 재잘대는 애정 덕에 세단은 정신이 번쩍 들었다.

"이 아줌마가 아주 못 하는 소리가 없어!"

"그러니까 얼른 불어, 어떻게 됐어? 고백을 하긴 했어?"

그러고 보니 어제는 하루종일 바빠 애정이와 못 만났으니 궁금해 죽을 만도 했다.

"고백은, 단합회 전날 했어."

"뭐? 진짜? 박세단 대박이네. 아주 몸이 달았구만."

"얘기 여기서 그만 듣고 싶냐?"

"미안, 미안! 그래서 어떻게 됐는데?"

애정은 눈을 반짝거렸지만, 세단은 한숨을 내쉬며 짤막하게 대꾸했다.

"차였어."

"뭐, 예상은 했어. 그럼 넌 그렇게 차이고 단합회 가서 아무렇지도 않게 하하호호 하고 왔던 거야? 그럼 교수님이 너 손잡고 나갔다는 건 대체 무슨 소문이야?"

"개소문이야. 그리고 내가 포기 안 했으니까, 아직 엔딩을 본 건 아니야. 될 때까지 돌진이라고."

그래, 아직 끝난 건 아니다. 날 여자로 보긴 한다는 것도 확인했고, 키스도 했고. 물론 잊어달라고는 했지만. 분명 뭔가 숨기는 것이 있다. 내가 사람을 잘 믿지 못하는 것처럼, 그에게도 그런 뭔가가 있는 것이 분명해. 그게 뭘까. 혹시 아프리카에서 보았던 그 이상한 모습과 관련이 있는 걸까?

"박세단? 야, 박세단?"

"어? 어, 미안."

"뭔 생각을 그렇게 해. 설마 내가 실연의 상처를 건드린 거야? 어차피 앞으론 그런 상처도 적응되지 않을까?"

"하, 아주 악담을 퍼부어라. 아, 그런데 요즘 재현이가 안 보인다?"

워낙 정신이 없어서 재현이 보낸 메시지도 제때 확인하지 못했었다. 병원으로 돌아온 후에도 얼굴을 보지 못했고. 무슨 일이 있는 건가?

"재현이 요즘 바빠. 의료 관광 사업인가, 그거 때문에 오늘도 외근 나갔대."

"그래? 그래서 이렇게 연락이 없는 건가. 그래도 문자 정도는 남겼을 텐데."

제가 보낸 메시지를 확인하니 아직 읽지 않은 상태였다.

"너 피곤할까 봐 배려하는 거겠지."

애정은 재현이 병원에서 떠도는 소문을 못 들어서 다행이라고 생각했다. 아니면 이미 들었을까. 그래서 일부러 밖으로 나돌고 있는 건가.

애정은 휴대폰에 코를 박을 기세인 세단에게 다시 한 번 돌직구를 날렸다.

"박세단."

"응?"

"너 솔직히 말해봐. 재현이가 너 좋아하는 거 알고 있지?"

크게 움찔한 세단이 그제야 휴대폰을 완전히 내려놓았다.

"갑자기 그게 무슨 말이야?"

"너도 재현이도 내 친구니까, 그동안은 그냥 모른 척 넘어갔어. 특히나 난 너랑 재현이가 잘될 거라고 생각해서 더더욱 모른 척하는 게 나은 거라고 생각했어. 원래 친한 사이의 썸일수록 제삼자가 끼어들면 오히려 흐지부지되거든. 그런데 네가 마 교수님 좋아하니까, 그것도 보통 좋아하는 것도 아니고 아주 많이 좋아하고 있으니까 묻는 거야."

"……."

"네가 아프리카로 의료봉사 가기 전에, 그리고 재현이가 미국으로 유학 가기 전에 무슨 일이 있었던 거지? 재현이가 너한테 고백했니?"

역시 애정이는 눈치가 빠르다. 연애사에 있어선 작두를 탄 게 분명해. 연애사에 빠삭한 만큼 애정은 적당히 끼어들고, 적당히 모른 척하는 것에도 도가 텄다. 그런데도 이렇게 대놓고 물어보는 건, 나와 재현의 관계가 아슬아슬해 보인다는 걸까? 그럴 리가 없는데. 이젠 정말 친구로 잘 지내고 있는데.

"……맞아. 하지만 서로 잘 끝냈어. 지금도 친구로 잘 지내고 있고."

애정은 세단과 중학교 때 처음 만났다. 처음엔 세단과 친구가 되는 것이 무척이나 어려웠다. 그녀는 관계를 맺는 것에 신중한 성격이라 쉽게 틈을 내주지 않았다. 하지만 한번 맺은 관계는 그녀에게 몹시나 소중한 것이 되어서 그 관계가 무너지는 걸 누구보다 견딜 수 없어 하는 것이 세단이었다. 그렇기에 설사 재현의 고백을 거절했어도 끝까지 친구로 남고 싶어 하는 거겠지.

세단에게 재현은 사랑의 감정은 아니더라도 다른 좋아하는 감정을 가지고 있으니까. 어릴 적 재현에게 도움도 많이 받고, 외로울 때 그녀의 곁에 있어준 것도 재현이었고.

'물론 그 감정이 어째서 사랑으로 가지 못했는지는 의문이지만.'

그렇게 관계를 소중하게 여기지만 그래도 완전히 끊어내기로 마음먹는다면 정말 지독히도 냉정하게 관계를 끊어냈다. 끊어낸 관계에는 미련조차 없다. 절대로 돌아보지도 않고, 철저히 끝내 버린다. 그게 그녀가 상처받지 않고 스스로를 보호하는 방법이었다. 그 사실을 너무나도 잘 알고 있는 재현은 한 번 고백에 실패했다고 세단을 포기하지 않을 거다. 그래서 세단이 친구로나마 남아 있으려는 걸 밀어낼 수 없었다.

'오히려 재현이가 세단이를 친구라는 명분으로 묶어두고 있는 건지도 몰라.'

만약 그런 거라면, 세단이와 마 교수님의 마음이 통해서 두 사람이 맺어지게 되면, 대체 재현이는 어떻게 되는 걸까?

애정은 고개를 가로저었다. 이이상은 자신이 관여할 일이 아니다. 물론 두 사람 다 전부 상처 받지 않았으면 하는 게 그녀의 바람이었지만 설사 누군가 상처 받는다고 할지라도 그것은 온전히 세단과 재현의 문제였다.

애정은 살짝 어두워진 낯빛을 지우며 세단의 어깨를 툭 쳤다.

"그냥 궁금해서 물어본 거니까 신경 쓰지 마. 너도 재현이도 잘 지내면 된 거지. 난 너희 둘 다 잃고 싶지 않다. 우정보단 사랑이지만, 난 이미 사랑을 쟁취했으니 우정이 먼저야. 너도 우정을 우선순위로 넣어줘."

"헐, 그 발언 상당히 이기적으로 들린다?"

"가진 자의 여유지. 아, 나 콜 들어왔다. 나중에 또 한 번 뭉치자."

애정은 서둘러 스테이션으로 뛰어갔고, 세단은 다시 휴대폰을 들었다. 하지만 이번엔 윤성의 문자를 기다리는 것이 아니었다. 재현에게 보낸 아직 확인되지 않은 메시지를 바라보았다.

'그래, 친구야. 좋은 친구. 재현이 너도, 그렇게 생각하고 있는 거 맞지?'

"저번에 밥 못 사줬으니까, 조만간 사줘야겠다."

윤성은 컨퍼런스실로 가기 직전, 기록 일지를 보기 위해 병원 자료실을 찾았다. 그는 연도별로 정리된 자료를 더듬어 올라가다가 마침내 세단 아버지의 기록을 확인할 수 있었다.

이름 박일준, 나이 46세. 선천성심장질환으로 폐동맥과 대동맥이 안 좋아 급하게 심장이식이 필요했던 상황. 기다림 끝에 적합한 심장을 찾았지만, 수술 직전 부적합 판정. 결국 며칠을 버티지 못하고 사망하고 말았다.

기록에는 별다른 이상한 점은 없었다. 오히려 병원 측에서 깨끗하게 실수를 인정했고, 모든 입원비와 치료비는 물론 훗날 환자가 사망했을 때 장례비용까지 책임졌다. 이사장은 따로 고인의 딸인 세단을 후원하기까지 했고. 이 정도로 당사자와 원만하게 해결을 했으니. 설사 의료사고라고 해도 언론에 새어 나가지 않았을 터였다.

윤성은 기록을 더 살폈다. 부적합 판정을 받은 심장에 대한 세세한 기록이 남아 있었다. 24세 뇌사 환자의 심장. 혈액과 초음파 사진, 남겨진 기록을 읽으면서 윤성은 눈을 감고 당시 이 심장이 어떠했을지 머릿속으로 생생하게 떠올렸다. 이것 역시 그의 능력이었다. 수많은 이들의 심장을 보고 느꼈기에 기록만 봐도 완벽하진 않지만 얼추 어떤 상태였을지 유추할 수 있는 능력.

"보존 상태가 굉장히 좋았었군. 이 심장이 적합했다면, 지금쯤 환자는

80% 정도 생존 가능성이 있었을 텐데."

부적합 판정을 받은 심장은 다른 환자에게 이식되어야 했기에 곧장 다른 병원으로 이송되었다. 어디로 이송되었는지는 기록에 남아 있지 않았다. 더 볼 것이 없었기에 윤성은 자료실을 빠져나왔다. 이상할 것은 전혀 없었다. 그런데도 대체 뭐가 이렇게 찜찜한 거지?

한참 생각에 잠겨 걸어가던 윤성은 귓가에 자연스럽게 들리는 세단의 목소리에 걸음을 멈춰 섰다.

"하, 아주 악담을 퍼부어라. 아, 그런데 요즘 재현이가 안 보인다?"

애정과 세단의 목소리가 뒤섞였다. 윤성은 세단의 입에서 나오는 천재현의 이름이 영 못마땅했다. 곧 컨퍼런스인데 저렇게 노닥거릴 시간이 있는 건가?

윤성이 시계를 확인하며 걸음을 옮기려는 순간.

"너 솔직히 말해봐. 재현이가 너 좋아하는 거 알고 있지?"

좀 더 날카롭게 파고드는 목소리. 이대로 귀를 닫고 듣지 않으려고 해도 몸이 말을 듣지 않았다. 좀 더 생생하게. 좀 더 또렷하게. 보름달이 뜬 것도 아닌데, 감각을 컨트롤할 수가 없었다. 그리고 마침내.

"네가 아프리카로 의료봉사 가기 전에, 재현이가 너한테 고백했니?"

고백이라는 단어에 그의 눈빛이 흔들리면서 저도 모르게 주먹을 꽉 움켜쥐었다. 역시, 보통 사이는 아닐 거라 처음부터 예상하고 있었지만, 그녀가 아프리카에 온 이유에 그 녀석도 있는 건가? 일종의 도피였던 거야?

윤성은 걸음을 옮겼다. 그녀의 목소리가 들리는 방향을 향해. 그리고 돌아서는 그녀의 앞을 가로막아 섰다.

"어, 교수님. 컨퍼런스실은 이쪽 방향이 아닌데요?"

"......"

"아침에 제 문자는 받으셨어요? 설마 바로 지우고 그런 건 아니죠?"

그녀는 천재현의 고백을 거절했고, 친구라는 이름으로 맺음 지었다. 하지만 다른 건 몰라도 천재현, 그는 아직 그녀를 좋아한다.

그는 지금 그녀의 주변 인물 중에 가장 관계가 깊은 사람이다. 이사장의 아들인 것도 그렇고, 백하령이라는 여자와 친구라는 것도 그렇고. 그러니 3개월 뒤, 그가 그녀를 죽음으로 이끌 사람일 수도 있다. 그것이 자의일지 타의일지는 모르나 가능성을 배제할 수는 없는 법.

하지만 그보다 먼저 든 생각은……

그저 마음껏 그녀를 좋아할 수 있다는 게 부럽다.

순간 그의 호흡이 낮게 흔들렸다. 말도 안 되는 생각.

'지금, 내가 무슨 생각을……'

"교수님?"

세단은 갑자기 제 앞에 나타난 그가 왠지 조금 혼란스러워 보이자 살짝 걱정이 됐다. 요즘 들어 계속 이상하긴 했다. 퇴근 시간도 빨라졌고, 안색도 안 좋아 보이고. 전부 다 보름달이 뜬 이후부터.

'좀 이상해……'

"교수님, 물어보고 싶은 게 있는데요."

윤성은 세단의 조심스런 어조에 그제야 정신을 차렸다.

"뭘?"

'디으븐 인싼'. 그리고 그 말도 안 되는 기억. 꼭 물어보고 싶었다. 하지만 아프리카에선 물어볼 새도 없이 사라졌었고, 지금은 그저 환상처럼 아득하게만 느껴졌다. 게다가 물어봐도 되는지 확신이 서질 않는다.

"뭐야. 무슨 일 있어?"

혹시 내가 이걸 물어보면 그는 또 사라지려나? 혹시 물어보면 안 되는 건가? 하지만, 하지만…….

"박 선생."

윤성은 세단이 뭔가를 망설이자 무슨 일인가 싶었지만 이내 그녀는 고개를 가로저으며 미소를 지었다.

"혹시 레나 아세요?"

"뭐?"

"아프리카에서 같이 일했던 간호사 레나 말이에요. 오늘 그녀가 한국에 잠시 방문한다고 했거든요. 그래서 만나기로 했는데, 같이 가실래요?"

"됐어. 별로 친하지도 않고, 오늘도 바빠."

하긴 그렇지. 그는 다른 의사들과 거의 교류하지 않았으니.

아프리카를 생각하자 또다시 그날의 기억이 떠올랐다. 날카로운 총성. 그때 쫓아오던 사람은 분명 이 사람을 죽이려고 했어. 어깨에 총상도 한 번이 아니었고. 이 남자한테 뭔가 비밀이 있는 건가? 그리고 그것이 내게 다가오지 못하는 이유인 걸까?

"컨퍼런스 늦었어. 정신 차리고 일할 생각해."

"……절대 그때처럼 마음대로 사라지면 안 돼요."

먼저 등을 돌린 윤성을 향해 세단이 조용히 속삭였다. 평소 당돌하고 뻔뻔하기까지 한 어조가 아닌, 조금 두려움에 찬 목소리였다.

"만약 떠나야 하면, 나한테는 꼭 말해줘요. 그때처럼 또 말도 없이 사라지면 나 바보같이 하염없이 기다릴지도 모르니까. 당신을 좋아하는 여자로서, 그 정도는 요구할 수 있다고 생각해요."

멀어지는 발소리에 윤성은 재빨리 몸을 돌렸다가 그 자리에 멈춰 섰다.

왜 또 그때 일을 떠올린 거지? 뭔가 눈치를 챈 건가? 아니, 그럴 리가 없어. 상식적으로 말이 안 되는 일이니까 그냥 잊었다고 생각했는데…….

"말해달라니……."

점점 떠날 시간이 다가온다. 처음 한국으로 들어올 때는 3개월이 그저 빨리 지나가기를 바랐는데, 어쩐지 마음이 공허했다. 그녀를 마주 보면서 작별을 고하고 제대로 떠날 수 있을까.

윤성은 애써 마음을 독하게 먹고서 그녀와 정반대 방향으로 걸음을 옮겼다.

유난히 힘들었던 수술 일정을 끝내고, 세단은 오후에 짧은 오프를 받고서 외출 준비를 위해 잠시 의국에 들렀다. 윤성에게 그런 말을 한 이후 기분이 꿀꿀하고 우울했다. 왜 그가 떠날지도 모른다고 생각한 걸까. 아프리카에서는 워낙 바람 같은 사람이었지만 이젠 아니잖아. 부교수라는 직책도 있고, 이렇게 버젓이 머무는 곳도 있는데.

틀어 올렸던 머리카락을 자연스럽게 늘어뜨리면서 세단은 거울을 바라보았다. 불안한 눈동자. 복잡한 머릿속.

두려운 거다. 그가 정말로 사라져 버리면, 곁에서 없어져 버리면, 정말 감당할 수 없는 상처를 받게 될 테니까. 스스로 어떻게 버틸 수 없을 만큼, 진짜 많이 아플 테니까. 아빠가 더 이상 이 세상에 없다는 것을 처음 자각했던 그때처럼. 엄마마저 제 곁을 떠나서, 텅 빈 집에 홀로 서 있던 그때처럼.

"괜찮아. 괜한 생각이야. 닥터가 어딜 간다고. 쓸데없는 걱정 하지 말자."

세단은 억지로 미소를 짓고서 예쁘게 옷을 차려입고 가방을 들었다. 레나를 만나러 가는 길, 오랜만에 만나는 소중한 인연이기에 그녀는 애써 불안한 마음을 털어냈다.

세단은 병원 근처에 있는 패밀리 레스토랑에서 설레는 마음으로 레나를 기다렸다. 아프리카에서는 무척이나 바쁘고, 정신없고, 힘들었던 기억이 절반이었지만, 거기에서 의사로서 가져야 할 책임감, 무게감, 진정한 봉사 정신을 얻었다. 또한 너무나도 무력했던 자신을 느끼며 성장할 수 있었다. 그런 그녀의 곁에서 때론 다정한, 때론 엄한 친구이자 동료가 되어준 레나. 가끔 메일은 주고받았지만, 그조차도 바빠지면서 뜸해졌었는데. 이렇게 한국에서 얼굴을 마주할 수 있게 될 줄은 몰랐다.

「세단!」

멀리서 저를 부르는 익숙한 목소리에 세단은 얼른 고개를 돌렸다.

「레나!」

레나는 세단을 보자마자 꺄아 소리를 지르며 달려와서는 그녀를 꼭 끌어안았다. 다소 풍만한 체형인 그녀에게 세단은 폭 안겨서 인사를 나눴다.

「정말 놀랐어요, 이렇게 한국에서 보게 될 줄은 몰랐는데!」

「나도 시간이 날 줄 몰랐는데, 잠깐이라도 보고 가게 돼서 다행이야.」

워낙 시간이 없어서 점심밖에 먹을 수 없지만 그래도 짧게나마 얼굴을 볼 수 있어 세단은 무척이나 행복했다.

「아프리카 때와는 또 다르네? 완전 예뻐졌어.」

「괜히 띄워주지 마요. 정말 그런 줄 아니까.」

왠지 쑥스러워졌다. 예뻐졌나? 하긴 후줄근한 차림으로 가운만 걸치고 다녔던 아프리카 때와는 달라야 하는 게 당연할지도 몰랐다. 게다가 요즘 닥터의 눈에 띄려고 나름대로 신경을 쓰며 없는 시간도 쪼개 팩도 하고 마사지도 하고 있는 참이었다.

'그럼 뭐해, 이렇게 노력하는데도 꿈쩍도 안 하니.'

「그런데 한국엔 어쩐 일이에요?」

「학술 대회 준비로 오게 됐어. 하지만 곧 아프리카로 다시 갈 거야.」

「아프리카가 마음에 드나 봐요. 꽤 오래 계시네요.」

「난 이상하게 거기가 좋아. 마음이 편하거든. 세단은 다시 올 생각 없는 거야? 세단 같은 인력이라면 언제든지 환영인데.」

「글쎄요. 아직은 여기서 해야 할 일이 있어요. 그래도 가끔 그 강렬한 태양이 그립기는 하네요.」

아프리카는 의료봉사는 재현이를 잊기 위해서 시작한 도피였지만, 지금은 그녀의 인생에서 가장 큰 터닝포인트가 되었다.

'닥터를, 만난 것까지……'

「아, 그러고 보니 닥터에 대해선 왜 갑자기 물어본 거야?」

레나의 말에 세단은 그제야 자신이 그녀에게 닥터에 대해서 물었던 것을 기억해 냈다.

'그래, 그녀가 내게 메일을 보낸 것도 그 이유였지.'

「사실, 닥터가 지금 이곳에 있어요.」

「어머, 정말? 같은 병원에?」

「네. 처음엔 모르는 척하더라고요. 그래서 혹시나 해서 물어본 거예요.」

「세상에! 닥터 이름도 모르고 있었네. 사실 병원에 있다는 것도 놀라워. 그는 한곳에 매어 있을 사람이 아닌데. 시간만 되면 정말 만나고 싶다.」

아프리카에 있을 적, 흉부외과의 사이에서 그는 동경과 존경의 대상이었다. 닥터가 바람처럼 사라진 이후에도 그의 이야기가 많이 거론되었으며, 그렇게 사라진 것이 당연한 것처럼 여겨졌었다. 그는 절대로 한 곳에 머물지 않는 사람이었으니까.

'바람 같은 사람이라…….'

또다시 불안감이 스멀스멀 피어올랐다. 솔직히 그가 절대로 떠나지 않을 거라는 확신이 없었다. 그래서 그 불안감에 횡설수설했다.

「사실 저도 놀랐어요. 이렇게 다시 만나게 될 줄은 몰랐거든요. 아프리카에서 그렇게 사라진 뒤로 걱정도 많이 했었고, 어쩌면 한 번은 다시 만나게 되지 않을까 했었는데…….」

레나는 뭔가 할 말이 있는 듯 머뭇거리며 입을 열었다.

「세단, 아직도 닥터가 사라진 그날에 총격이 있었다고 생각해?」

「당연하죠. 분명 총격이 있었어요. 닥터는 어깨에 총상을 입었고, 저 역시 당황하긴 했지만…….」

그래, 믿기 힘든 일들이 벌어지긴 했었지만 절대로 없는 일은 아니었다. 꿈이 아니라 현실이야. 하지만 레나는 고개를 가로저었다.

「하지만 말했잖아, 그날 총격은 없었다고. 닥터도 어딜 다치기는커녕 아주 멀쩡한 모습으로 세단이 그 동굴에 있다는 말만 전하고 떠났어.」

세단의 눈앞이 흐려졌다. 분명 제 눈앞에서 생생하게 벌어진 일인데 아무도 그 사건에 대해서 몰랐다. 그들은 총성도 듣지 못했다고 했고 닥터를 마지막으로 본 레나도 그에게서 상처를 발견하지 못했다고 했다. 옷에 피가 묻은 흔적조차 없었다고.

「그날은 세단이 너무 정신이 없었고, 길을 잃었던 두려움에 헛것을 봤던 거야.」

아니, 절대로 헛것은 아니야. 신비로운 은빛 머리카락이 찬란하게 부서지며, 그 사이로 뜨겁게 일렁이던 황금빛 눈동자가 나를 바라보았던 그 순간이, 나를 향해 미친 듯이 타오르던 열망과 갈망에 가득 찼던 그 눈동자가 이렇게 선명한데. 한 번도 잊어본 적이 없는데.

「레나, 나 물어볼 게 있어요.」

세단은 천천히 심호흡을 했다. 차마 입 밖으로 내뱉기가 망설여지고 두려웠지만.

「혹시 '디으분 인싼'이라는 말 알아요?」

입 밖에 내뱉는 순간, 심장이 불안하게 뛰어올랐다. 찰나의 시간이 이토록 초조하고 길게 느껴질 줄이야. 레나의 표정이 의아하게 변했다.

「아랍어 같은데…….」

「아랍어요?」

「세단이 정확히 말했다면 그 단어는 늑대인간이라는 뜻이야.」

늑대, 인간?


레나와 헤어지고 돌아가는 길, 지금 세단의 머릿속은 다른 생각으로 복잡했다.

세상에. 늑대인간이라니. 예전에 송중기가 연기했던 그 늑대 소년 같은 거? 아니면 트와일라잇에 나오는 그 늑대인간?

"말도 안 되지. 말도 안 돼."

그냥 무슨 비유 같은 건가? 하긴, 그때 닥터 모습이 영 늑대 소년 같기는 했지. 머리는 산발에 수염도 덥수룩하고, 눈빛도 매서웠고. 그래서 그렇게 부른 건가? 욕했던 거야? 그게 아니면 그 사람이 닥터를 왜 그렇게 불렀겠어. 말이 안 되지.

"아니면 내가 진짜 잘못 들었나……."

아오! 왜 다른 사람들은 총성을 못 들어서 이게 꿈인지 생시인지 더 헷갈리게 하느냐고! 분명 실제로 있었던 일인데!

"아으, 진짜 모르겠다! 더 복잡해졌어!"

뭐가 뭔지 알 수가 없게 되었다. 세단은 걸음을 멈추고 하늘을 올려다보았다. 아직 파란 하늘 위로 새하얀 달이 얼핏 보였다.

보통 영화나 소설 같은 거 보면 늑대인간은 보름달이 뜨면 변하지 않나? 털도 막 자라고, 팔다리도 길어지고……. 하지만 그때 닥터는 그런 괴물은 아니었는데. 은빛 머리카락 너머 환하게 빛나던 황금빛 눈동자. 흡사 맹수를 보는 것처럼 날카로운 분위기이기는 했지만…….

"허, 미쳤네. 미쳤어. 박세단, 너 지금 무슨 생각 하니? 그래서 닥터가 늑대인간이라도 된다는 거야? 세상에 그런 게 어디 있어. 하아."

세단은 고개를 저으며 헛웃음을 지었다. 아무래도 기가 허해졌나 보다. 그런 헛소리에 혹하다니. 하지만 세단은 좀처럼 달에서 시선을 뗄 수가 없었다.

세단은 무심코 휴대폰을 꺼내 그에게 짧게 문자를 넣었다.

〈닥터, 오늘도 외박하세요?〉

하지만 역시나 답장이 없다. 그래, 어차피 대답해 줄 거라 생각하지도 않았다. 이런 정신 빠진 소리 닥터한테 하지는 말자. 괜히 이상한 소리만 듣지. 그냥 내가 잘못 들은 거고 잘못 본 거야. 그래, 그런 거야.

그렇게 휴대폰을 다시 집어넣으려는데 딩동 소리와 함께 문자가 도착했다. 그렇게 기다리고 기다리던 답장인데, 세단은 기쁘기보다는 그 내용 때문에 마음이 더 복잡했다.

〈외박하긴 하는데 박 선생이 신경 쓸 일은 아닌 것 같은데? 박 선생은 어디야? 오프 내고 이대로 퇴근이야?〉

또, 외박을 한단 말이지.

〈아니요. 다른 일 보고 다시 복귀합니다.〉

그녀는 답장을 보낸 뒤에도 한동안 멍하니 휴대폰 화면을 바라보았다. 생각하지 않으려고 해도 '디으분 인싼'이란 말이 머릿속을 맴돌며 자꾸만 그 보름달 아래 닥터의 모습이 아른거렸다.


잦은 외근 덕분에 요즘 재현은 피로가 배는 쌓인 상태였다. 일부러 이렇게 몸을 굴리는 이유는 바로 병원에 돌고 있는 뒤숭숭한 소문 때문이었다. 흉부외과 마 교수와 박 선생에 대한 소문이 지금 병원 내에서의 뜨거운 화젯거리였다. 괜히 가만히 있으면 더 신경 쓰게 될 것 같아서 일부러 일에 더 매달렸는데 이젠 그조차도 할 수 없게 되었다. 어떻게 아셨는지, 지금부터 3일 동안 푹 쉬라는 아버지의 명이 떨어진 것이다. 하지만 또 집에 박혀 있으려니 마음이 초조했다. 소문을 믿는 것은 아니지만 두 사람이 함께 얽힌 소문 자체가 불쾌하고 불안했다.

결국, 소문의 진상을 본인에게 직접 듣기 위해서 재현은 병원으로 향했다. 어느새 날이 점점 저물어가고 있었다. 이 시각쯤이면 퇴근했으려나. 아니면 당직인가?

병원 앞에 도착한 재현은 세단에게 전화를 걸기 위해 휴대폰을 꺼내들었다. 그러다 백미러 너머로 세단을 발견하고는 반색했다.

"박세단!"

세단은 저를 부르는 익숙한 목소리에 고개를 들었다. 재현이 멀리서 손을 흔들고 있었다.

"와, 천재현. 너 진짜 오랜만에 얼굴 보여준다."

어느새 다가온 재현은 특유의 눈웃음을 지으며 장난스럽게 입을 열었다.

"이렇게 뜸하게 보여줘야 네가 날 보고 싶어 하지 않겠냐?"

"하여튼 고 입만 살았어, 입만."

"어디 갔다 와?"

"잠시 만날 사람도 있었고, 일도 있었고."

레나와 헤어진 뒤, 논문 때문에 다른 병원 교수님까지 뵙고 돌아오니 어느새 시간이 이렇게 되어버렸다.

"이제 퇴근할 거지? 나 맛있는 거 사줘라. 너 나 밥 사준다 해놓고선 아직도 안 사줬다. 이대로 입 싹 닦으려고 하는 건 아니지?"

"하여튼. 안 그래도 그 생각하고 있었어. 그런데 한 시간 정도만 기다릴래? 나 논문 좀 정리해야 할 것 같아서."

"알았어. 여기서 기다릴게."

"추우니까 차 안에서 기다려. 알겠지? 어쩌면 더 걸릴지도 몰라."

"알았어, 알았어."

세단은 병원으로 들어가고, 재현은 밖에서 그녀를 기다렸다. 점점 바람이 차가워지고 있었다. 이러다가 금방 겨울이 올 것이고 크리스마스가 될 텐데 이번 크리스마스엔 단둘이 있을 수 있으려나. 아니면 또 친구들 핑계로 다 함께 있어야 하나.

"말이나 꺼낼 수 있을지 모르겠다."

그녀를 기다리는 이 순간순간의 시간마저 재현에겐 너무나도 소중하고 행복했다.

그렇게 얼마나 지났을까. 세단이 들어간 지 한 시간 하고도 조금 넘었을 때 그녀가 다시 모습을 드러냈다.

"조심, 조심. 거참, 넘어지겠다."

숨을 헐떡이며 재현의 앞에 선 세단이 매서운 눈빛으로 노려보자 그는 그 시선에 저도 모르게 마른침을 꿀꺽 삼켰다.

"왜, 왜 그렇게 노려봐?"

"내가 차 안에서 기다리라고 했지?"

"안에서 기다렸어."

그러자 세단이 재현의 손을 휙 잡아챘다. 그는 흠칫 놀라며 손을 빼려고 했지만 세단이 세게 붙들고 있어서 그러지 못했다. 손이 추워서 빨갛게 변해 있었고, 얼음장처럼 차가웠다.

"이래도 뻥 칠래?"

"하하하."

"이게 진짜 사람 완전 미안하게 만들려고!"

"미안하면 엄청 맛있는 거 사."

"미친놈."

세단은 재현의 손을 꼭 붙잡았다. 차가운 손에 온기를 더하며 계속 구시렁거렸다.

"너 바보냐? 내가 차 안에서 기다리라고 했잖아! 내가 진짜 더 늦게 왔으면 어쩔 뻔했어! 그러다가 감기라도 걸리면……. 하긴 자업자득이지. 넌 네 몸 귀한 줄 알면서 왜 이렇게 미련을 떨어?"

재현은 이 상황에서 웃으면 안 된다는 걸 잘 알면서도 자꾸만 입꼬리가 부드럽게 늘어졌다. 세단이 이렇게 두 손을 꼭 잡아주는 것이 기분 좋았다. 바보냐고? 바보긴 바보지. 저 잔소리마저 듣기 좋으니.

하지만 몰래 웃는 걸 그녀에게 들키고 말았고, 점점 더 험악해지는 눈빛에 그는 꼬리를 내렸다.

"왜 웃어?"

"네가 걱정해 주니까 엄청 좋아서."

"진짜 죽고 싶냐?"

세단은 이제 됐다 싶어 재현의 손을 놓으려고 했지만 이번엔 그가 그녀의 손을 덥석 붙잡았다.

"왜 그래?"

"좀 더 녹여줘. 아직 덜 녹았단 말이야."

"뭐어?"

"얼른, 얼른!"

"하, 천재현. 나는 네놈이 드디어 철이라는 게 들었다고 생각했는데, 아니구나. 아직 멀었어."

헛웃음을 치면서도 세단은 어쩔 수 없이 재현의 손을 조금 더 꼭 잡아주었다. 그리고 그런 두 사람의 모습을 멀리서 윤성이 바라보고 있었다.

병원으로 복귀한다는 문자에 이번엔 집까지 데려다주려고 기다리고 있었다. 보름달의 기운으로 매번 외박을 하는 것을 은근히 신경 쓰고 걱정하는 것 같아서 조금 미안했으니까. 그런데 천재현, 그가 이렇게 나타날 줄은 몰랐다.

그의 시선이 두 사람이 서로 붙잡고 있는 손으로 향했다. 기분이 순식간에 불쾌해지고 신경에 거슬렸다. 귀를 닫고 모른 척하려고 해도 자꾸만 두 사람의 다정한 대화가 뒤섞여 흐른다.

윤성은 재현을 바라보았다. 그가 세단을 바라보는 시선은 항상 한결같았다. 늘 따뜻하고 다정한, 너무나도 사랑스러워 미치겠다는 시선.

그는 그녀에게 고백했고, 차였다. 지금은 친구라는 관계를 붙잡고 있지만, 저 눈빛은 절대로 친구를 바라보는 눈빛이 아니었다. 언제 어떻게 그 선을 넘을지 모르는 아슬아슬한 긴장감이 윤성은 마음에 들지 않았다.

솔직히 그녀가 왜 천재현의 고백을 받아들이지 않았는지 그 이유를 알수가 없었다. 그녀가 원하는, 그야말로 완벽한 이상형이 아니던가? 훗날이라도 자신이 사라지면, 그녀의 옆에는 천재현이 항상 있을 것이고, 그렇게 되면…….

'아니, 그건 아니야.'

가슴속 깊숙한 곳에서 우러나오는 본심. 그녀의 옆에 천재현이 있는 것이 싫다. 아니, 다른 누구라도 그녀의 옆을 차지한다는 게 싫다.

세단이 재현의 차에 오르자 윤성은 저도 모르게 낮은 목소리로 속삭였다.

"가지 마……."

그 말을 내뱉는 순간, 시간이 멈춰 버린 것 같았다. 머릿속을 가득 채우는 혼란. 그리고 그녀를 향해 빠르게 휘몰아치는 다정하고 따스한 감정, 하지만 결코 용서받지 못할…….

이내 병원을 빠져나간 그녀의 빈자리를 바라보는 그의 눈빛이 공허하게 가라앉았다.

내가, 결코 가져선 안 되는 맘을 품었구나. 결코, 갖지 말아야 할 맘을 가지고 말았구나. 절대로 내겐 일어나지 않을 것이라 믿었던, 그리고 절대 일어나지 말아야 했던.

만약 이대로, 이대로 그녀에게 각인이라도 된다면…….

공허했던 그의 눈빛이 일그러졌다. 그는 뭔가를 결심한 표정으로 무섭게 걸음을 돌렸다.

어느새 노을빛이 붉게 타들어가고, 새하얀 달이 서서히 제 빛을 찾아가기 시작했다.


고슬고슬한 밥에 뜨끈한 국물이 먹고 싶다는 재현의 의견을 적극 수렴하여 세단은 한정식집에 자리를 잡았다. 잠시 후, 상다리가 휘어질 것 같은 음식들이 정갈하게 놓였고, 세단은 맛있어 보이는 음식에 한껏 기분이 좋아져서는 바쁘게 젓가락을 놀렸다. 밥을 사주러 왔으면서, 당사자보다 더 잘 먹는 모습에 재현은 피식 웃으며 조기의 살을 발라 세단의 밥 위에 올려주었다.

"천천히 먹어라. 그러다 체한다."

"너도 얼른 먹어. 안 그럼 내가 다 먹는다."

"안 그래도 그래야겠다. 너한테 다 뺏길까 봐."

말은 그렇게 해도 재현은 여전히 느리게 수저질을 하면서 세단을 세심하게 챙겼다. 그렇게 어느 정도 식사 자리가 무르익어 갈 때, 재현은 아주 조심스럽게 마윤성의 이야기를 꺼냈다.

"요즘 병원에서 소문 하나 돌던데."

"무슨 소문? 병원에서 소문이 한두 개냐?"

"너랑 마 교수님 소문 말이야. 단합회에서 손잡고 갑자기 사라졌다고."

"아, 그거. 진짜 별거 아닌데. 그냥 내가 술게임에서 계속 지니까, 교수님이 흑기사 한번 해주고 술자리에서 꺼내준 거야. 그날 너무 많이 마셨거든."

"그렇지? 나도 별거 아니라고 생각했어. 너도 마 교수님도 많이 곤란하겠다. 하지만 그만큼 친해졌다는 거네. 마 교수님이랑 너랑 친해지는 거 어려울 줄 알았는데. 네가 참 다가가기 어려운 타입이잖아."

세단은 젓가락질을 멈추고서 재현을 바라보았다. 그러자 저도 모르게 애정이 했던 말이 떠올랐다.


"재현이가 너한테 고백했니?"


그 말의 뜻은 재현이 고백을 했냐는 것이 중요한 것이 아니었다. 제대로 끝맺음을 했냐고 하는 것처럼 들렸으니까. 그리고 지금 재현이 교수님과 자신과의 소문을 입에 담은 것은 절대로 그 소문이 궁금해서가 아니라는 것을 알아챘다.

"그 소문이 신경 쓰였어?"

"어? 아니. 그냥 너랑 마 교수님이랑 겨우 친해졌는데 그 소문 때문에 어색해질까 봐 그래서 그런 거지."

혹시, 재현이 아직까지 조금이라도 제게 미련이 있는 것이라면? 정말 그런 거라면?

세단은 쥐고 있던 젓가락에 살짝 힘을 주고선 단호하게 입을 열었다.

"아주 헛소문은 아니야."

"응?"

"교수님이 내 손을 잡고 나갔을 때, 교수님은 단순히 흑기사를 해줬을지도 모르지만 난 떨렸어. 그리고 좋았고."

"……."

"나 마 교수님이 좋아. 좋아져 버렸어."

재현은 생각하는 법을 잊어버렸다. 아무것도 떠오르지 않았다. 하지만 충격을 받거나 그런 건 아니었다. 마치 이 순간을 예상이라도 했던 것처럼 머리가 그것을 받아들였다. 재현은 재빨리 아무렇지 않은 척 미소를 지었다.

"그런 거야? 그렇게 아니라고 하더니. 하긴 마 교수님 같은 남자, 같은 남자가 봐도 굉장히 근사하고 멋지지."

태연하게 내뱉는 말, 오히려 그것이 더 어긋나게 들렸고 모순적으로 느껴졌다. 하지만 지금 재현의 가슴을 강하게 후려치는 것은 세단이 다른 남자를 좋아한다고 말한 것에 대한 아픔보다는, 이대로 자신과의 친구 관계를 놓아버릴까 봐, 그래서 모든 기회가 끝나 버릴까 봐, 그것에 대한 두려움이 먼저였다.

"싸우다가 정드는 게 더 무섭다고 하더니."

그래서 그는 정말로 필사적으로 웃었다. 괜찮은 척, 아무렇지 않은 척. 친구로서 응원해 주는 척, 그렇게 필사적으로.

"재현아."

"이번에도 친구로서 응원해 줄게. 저번처럼 이상한 남자는 아닌 것 같아서 안심이다. 밥 다 먹었어? 그럼 식혜 마실까? 여기 후식으로 나오는 떡도 괜찮아. 내가 시키고 올게."

굳이 직접 나가서 시킬 필요는 없었다. 그냥 벨을 누르면 그만이니까. 하지만 그는 순식간에 그녀의 입을 막고서 같이 있던 시간을 깨뜨리려고 했다. 그리고 그런 재현에게 세단은 짧게 속삭였다.

"고마워, 재현아. 역시 넌 좋은 친구야."

그리고 그 말 한마디에 재현은 처음으로 모순된 감정을 거둬내고 진심을 짧게 내뱉었다.

"세단아, 지금 넌 누구의 심장 소리가 들려?"

그 진심에 세단 역시 진심으로 답했다.

"내 심장 소리. 그 사람 때문에 뛰는 내 심장 소리밖에 안 들려."

간신히 방을 빠져나온 재현은 엉망이 된 표정으로 고개를 숙였다. 평소 그녀가 만났던 남자와 다르고 그녀의 태도 역시 다르다. 세단이 연애를 할 때 가끔 장난 식으로 누구의 심장 소리가 들리냐고 하면 세단은 항상 똑같이 말했다.

"당연히 그이의 심장 소리지! 날 향해서 두근두근 뛰고 있는!"

그 말 한마디에 항상 재현은 안심했다. 그녀가 더 좋아하는 게 아니니까. 오히려 세단은 한 번도 그 남자를 위해 심장이 뛴 적이 없었던 거니까. 하지만 이번엔 다르다. 처음으로 자신의 심장 소리가 들린다고 말했다. 자신의 심장 소리밖에 들리지 않는다고 말했다. 그렇다는 건…….

'아니야. 아직 끝난 게 아니야. 아무것도 끝난 건 없어.'

재현은 모든 것을 부정해 버렸다. 인정할 수 없었다. 그렇지 않으면 정말 이 사랑을 끝내야 하는데. 수년 동안 간직한 마음을 이대로 끝내기엔 그 아픔을 감당할 자신이 없었다. 게다가 아직도 그의 심장은 여전히 그녀를 향해 움직이고 있었으니까.

재현은 그녀를 레지던스 앞까지 데려다주었다.

"오늘 완전 잘 먹었다. 담엔 내가 한턱 쏘마."

"난 술술술로 부탁하마."

"훗, 알았어. 조심해서 들어가."

세단은 재현이 완전히 멀어질 때까지 손을 흔들어주었다. 처음엔 웃었지만, 그가 멀어질수록 그녀의 얼굴 위로 복잡한 감정이 서렸다. 지금 잘하는 행동일까. 좀 더 단호하게, 확실하게 재현의 손을 놓아야 하는 건 아닐까? 어쩌면 우리는 억지로 손가락 하나를 붙잡고 친구라는 거짓된 관계로 아슬아슬한 줄을 타고 있는지도 모른다. 하지만 만약 그런 거라면, 그녀는 솔직히 조금 기다려 주고 싶었다. 재현이 스스로 정리할 수 있을 때까지. 지금 억지로 그 손가락마저 떼어버리면, 어쩌면 재현이는 망가져 버릴지도 모른다.

오래전부터 그녀는 재현과 함께 있었다. 그 어린 나이에 너무나도 아프고 괴로운 병원 생활을 하면서도 겉으로는 웃었지만 혼자 몰래 울었다는 것도 알았고, 태연한 척했지만 사실은 엄청 살고 싶어 했고, 남들에겐 당연하게 오는 매일매일이 오지 않을까 봐 무서워했다는 것도 알았다.

자신은 가족들을 전부 잃어서 외로웠지만 재현은 자신이 죽어서 혼자가 될까 봐, 아무도 없는 곳으로 혼자 떠나게 될까 봐 그것을 외로워했다. 서로가 서로의 외로움을 알고, 달래고, 보듬어주는 유일한 존재. 그녀는 그에게 첫 번째 친구이자 유일한 친구였다. 그런데 여기서 예전의 관계까지 전부 끊어내 버리면, 아마 재현은 자신처럼 크게 상처 받게 될 것이다.

'그러니까 기다리자. 기다려 주는 거야. 재현이한테 더 좋은 사랑이 올때까지. 그 곁에 나 대신, 나보다 더 소중한 사람이 생길 때까지. 그리고

그때 정말로 친구가 되는 거야.'

세단은 묵직한 숨을 삼키며 레지던스로 올라갔다. 그리고 저도 모르게 윤성의 집 앞에 멈춰 섰다. 혹시나 했지만 역시나 그는 집에 없는 것 같았다.

그녀의 시선이 복도 창 너머 둥근 달에 멈춰 섰다. 오늘따라 유난히 구름 한 점 없이 달만이 그림처럼 떠 있었다. 늑대인간이라는 말도 안 되는 이야기를 쉽사리 떨쳐내지 못하는 건, 아프리카 때의 그 기억이 너무나도 강렬해서. 너무나 생생해서…….

세단은 굳게 닫혀 있는 문을 빤히 바라보다 천천히, 아주 천천히 속삭였다.

"닥터?"

하지만 미동조차 없는 문. 그녀는 헛웃음을 지으며 제 머리를 쥐어박았다.

"미쳤지, 미쳤어. 내가 지금 빈집 앞에서 뭐하는 거야? 정신 차려라. 닥터가 알면 진짜 놀리고 웃을 일이야. 완전 쪽팔리는 일이라고!"

세단이 미련 없이 뒤돌아서려는 차, 끼익 하는 소리와 함께 굳게 닫혀 있던 문이 스르르 열리고 있었다. 순간 등줄기로 소름이 쫙 끼쳤다. 그녀는 떨리는 시선으로 열린 문틈을 바라보았다. 어둠, 지독한 어둠뿐이었다.

분명 자신 때문에 열린 것 같았지만, 이성은 냉정하게 절대로 들어가선 안 된다고 외치고 있었다. 그런데 시선을 뗄 수가 없다. 저 안에서 뭔가가 자신을 끌어당기는 기분이 들었다. 그리고 왠지 저곳에 그가 있을 것 같았다.

세단은 뭔가에 홀린 듯이 문고리를 꽉 잡고서 이내 조금 더 당겨서는 천천히 안으로 발걸음을 옮겼다.

앞이 보이지 않을 정도로 캄캄한 어둠. 주변을 더듬거리며 안으로 들어서자, 문이 쾅 닫히더니 갑자기 주변이 환해졌다. 커다란 창문 너머로 달빛이 차갑게 서리고, 그 빛 아래 한 남자가 있었다.

세단은 헛숨을 들이켰다.

마윤성, 그 사람이다. 하지만 평소와 다른 모습. 달에 비친 그의 모습은 아프리카, 그 말도 안 되는 기억 속의 모습과 똑같았다.

신비롭게 휘날리는 은빛 머리카락과 그 속에서 휘몰아치는 황금빛 눈동자. 그 눈동자는 오로지 그녀를 담고서 뜨겁게 일렁였다.

그가 천천히 다가왔다. 세단은 저도 모르게 뒷걸음질치고 말았고, 그에 윤성의 눈빛이 딱딱하게 굳어지는가 싶더니, 순식간에 그녀의 손목을 붙잡아 그대로 끌어당겼다.

팽팽하게 쏟아지는 공기. 그에게 닿은 손목이 화끈거릴 정도로 뜨거웠다. 하지만 그보다 지금 제 눈앞에 있는 이 남자가 이젠 정말 환상도, 꿈도 아닌 현실이라는 것.

닥터, 마윤성. 이 남자가, 변했다.

가까이 파고든 모습은 더더욱 위험스러웠다.

정말로, 늑대인간이라는 거야?

윤성은 아무 말 없이 세단을 내려다보았다. 그녀의 눈동자가 불안으로 흔들리고 있었다. 그럼에도 불구하고 저를 똑바로 보려고 하는 모습에 그는 느릿하게 손을 뻗어 그녀의 머리카락을 쓸어내리며 한껏 움켜쥐었다. 그녀에게 닿으면 닿을수록, 온몸이 타들어갈 듯한 갈증과 갈망이 휘몰아쳤다. 지금 눈앞의 이 여자를 남김없이 삼켜 버리고 싶은 욕망.

"닥터……."

그녀의 목소리가 가냘프게 울렸다. 그리고 윤성은 여전히 그녀의 손목을 꽉 붙잡고서 지독히도 낮은 목소리로 읊조렸다.

"이 모습, 잊지 않았지? 내가 그렇게 잊어달라고, 잊어주었으면 좋겠다고 말했는데."

그때도 얼핏 느꼈지만, 그는 겉모습뿐만 아니라 그 속까지 변한 것 같았다. 전혀 다른 사람이 된 것 같았다. 평소의 닥터가 모든 걸 숨기려고만 한다면 지금의 닥터는 모든 걸 과감하게 드러낸다. 낮은 목소리는 굉장히 위험스러웠고, 시선까지도 굉장히 자극적이었다. 그로 인해 서서히 그에게 빨려드는 느낌.

윤성은 입을 굳게 다문 그녀를 더 사납게 몰아붙였다.

"두려운가? 무서워? 하지만 이게 나야. 진짜 내 모습."

그러곤 세단의 허리를 부드럽게 끌어안으며 함께 바닥으로 내려앉았다. 그 손길에 묶여서 세단은 꼼짝 없이 그대로 온몸이 무너지고 말았다. 마침내 윤성은 그녀의 위에서 잔뜩 억눌린 목소리로 속삭였다.

"늑대인간. 이 괴물이, 바로 나야."

그리고 그녀는 마치 악마의 속삭임을 들은 것처럼 아무 생각도 할 수가 없었다. 그저 그렇게 내뱉는 그의 모습은 미치도록 떨렸고, 처연히도 슬펐으며, 고고하게도 아름다웠다.

윤성은 세단을 빤히 바라보았다. 서로가 맞닿은 손이 미세하게 떨리고 있었지만, 결코 피하지 않고 저를 똑바로 바라보는 시선이 두려웠다. 게다가 그 시선에 매 순간순간 피가 끓어오르며 아슬아슬한 욕망이 금방이라도 그녀를 집어삼킬 듯 일렁였지만, 이를 악물고 어떻게든 버티고 있었다.

이런 위험한 짓까지 하면서 직접 정체를 밝히는 이유는, 이제 그녀가 자신을 피한다고 해도 상관이 없었다. 아니, 피해주길 바랐다. 완강하게 자신을 밀어내고 도망치길 바랐다. 괴물이라고 소리치고 무서워하면서 완전히 떠나기를.

처음부터 이랬어야 했다. 가까워져서는 안 되는 거였다. 몰래 지켜보면서 그림자처럼 지켰어야 했는데. 너무 깊은 연으로 엮어서 말도 안 되는 관계를 맺어 그녀는 자신에게 너무 스스럼없이 다가왔고, 그 걸음에 제 주제를 잊고 끌려갈 뻔했다.

그러니 여기서 그만해야 해. 내 마음이 커지기 전에. 이 말도 안 되는 두근거림이, 이 이기적인 울림이 더 큰 욕심을 내기 전에.

그녀가 자신을 밀어내고 떠난다면 상처는 받겠지만, 어차피 익숙한 상처였다. 매번 그랬듯 혼자 견디고 버티면 그만이다.

윤성은 세단에게 다가가는 제 마음을 멈추기 위해, 어느새 스스로 멈출 수는 없게 된 미련을 버리기 위해 피를 토하는 심정으로 외쳤다.

"그러니까 도망가. 날 좋아한다는 그런 말도 안 되는 소리 하지 말고 이제라도 늦지 않았으니까, 내 곁에서 완전히 도망치라고."

스스로 상처 입히고, 억지로 무릎 꿇는 방법을 선택했다.

세단은 잠시 머릿속이 하얗게 변해서 그 어떤 생각도 할 수가 없었다. 그런데 정작 그가 도망치라고, 달아나라고 말을 내뱉는 순간, 새하얀 머릿속으로 오직 그의 존재가 스며들면서 윤성이 더욱 또렷하게 보였다. 처음엔 그저 아름답다고만 생각했던 황금빛 눈동자가 이제 보니 상처투성이로 흔들리고 있었다. 회색빛 눈동자보다 더욱 공허해 보이고, 더 외로워 보인다.

"그 닥터라는 사람, 닮아가지는 마. 스스로 그렇게 고립되면서 외로워질 필요는 없어."
"아니, 하지만 잊어줬으면 좋겠어."

이제야 그가 한 모든 말과 행동이 이해가 간다. 그는 항상 쫓겨야만 했고, 피해야만 했고, 다쳐야만 했다. 그래서 처음부터 곁에 사람을 두지 않고 스스로 고립되고 외로워져야만 했던 사람. 잊으라고, 아닌 척 밀어내고 그것이 너무나도 당연해야 했던 이 사람. 태어난 순간부터 혼자인 기분. 철저히 이방인으로, 평생을 원치 않게 외로워했을 이 남자.

말로는 밀어내고 있지만, 이 슬픈 눈동자는 나를 향해 말하고 있다.

와달라고. 나를 잡아달라고. 도망가지 말라고.

세단은 저도 모르게 손을 뻗었다. 그 손길을 윤성은 피하지 못했다. 그녀의 손길이 그의 은빛 머리카락을 아주 조심스럽게 쓸어내렸다. 손가락 사이로 부드럽게 쏟아지는 머리카락은 마치 제 손 가득 새하얀 달빛이 녹아내리는 것 같았다.

느릿하게 움직이던 손이 이내 그의 뒷목을 부드럽게 감싸고선 바짝 끌어당겼다. 윤성은 흔들리는 시선으로 그녀를 바라보았다. 어느새 입술과 입술이 닿을 듯한 거리에서 세단이 나지막이 속삭였다.

"이거 때문에 나한테 다가오지 못한 거예요? 난 또 혹시 닥터가 불치병 같은 게 있는 건가 하고 이번에도 내가 많이 아프게 될까 봐, 내가 아프게 기억해야 할 사람이 또 늘어날까 봐 진짜 걱정했었는데. 다행이다. 괜한 걱정이었어."

윤성의 눈이 커다래졌다. 놀라야 하는데, 겁을 먹어야 하는데. 그것도 아니라면 적어도 소리라도 질러야 하는데, 이 여자는 지금 너무나도 덤덤하게 말도 안 되는 소리를 지껄였다.

"평생 숨기고 싶었을 정체를 나한테 밝힌 거, 날 좋아하게 된 거죠? 그래서 억지로 밀어내려고 그러는 거죠? 그렇죠?"

한순간에 모든 걸 꿰뚫은 그녀의 눈동자 앞에 완전히 벌거벗겨진 것 같은 기분에, 윤성은 그제야 정신을 차리고서 세단에게서 벗어나려고 했지만, 그녀는 순식간에 그의 입술을 짧게 머금었다. 찰나의 찌릿한 감각에 윤성은 그대로 온몸이 묶여 버리고 말았다.

"……지금 뭐 하는 거야."

잇새로 거칠어진 어조가 흘러나왔다. 그의 자제력은 점점 한계에 다다르고 있었다. 가만히 있어도 모자랄 판국에 점점 자신을 자극하는 그녀의 움직임은 그야말로 독약과도 같았다.

"내가 상관없다고 말하면 어떡할래요?"

"……뭐?"

"당신이 늑대인간이라도 내가 좋다고 하면?"

일그러진 얼굴을 하고서 윤성은 그녀의 두 손을 거칠게 붙잡았다. 사나운 눈빛이 그녀를 휘감았지만, 이제 세단은 그가 무섭지 않았다.

"박세단, 너 정말 단단히 미쳤구나. 난 인간이 아니라고. 어떤 이들은 저주받은 괴물이라고 말한다고! 그 조그만 목, 내가 조금만 움켜쥐어도 부서질 거야. 네 몸을 갈기갈기 찢어 죽일 수도 있어! 난 그런 존재야. 네가 생각하는 그 이상으로 인간이 아닌 존재라고! 그런 날 감당해? 상관없어? 쉽게 말하지 마! 그렇게 쉽게 말하지 말고 다가오지도 말라고!"

심장이, 마음이 꿈틀거리기 시작한다. 헛된 희망. 감히 가져서도 안 될 욕심. 어머니가 어떤 식으로 미쳐 갔는지, 아버지는 또 어떤 식으로 무너져 내렸는지, 결국 그 끝이 어떻게 되었는지 똑똑히 보았다.

마윤성, 설마 사랑이란 알량한 감정을 믿으려는 건 아니겠지? 눈에 뻔히 보이는 불행 속으로 그녀를 밀어뜨릴 생각은 아니겠지!

"나 안 죽일 거잖아요. 죽일 거였으면 진작 죽였지. 그리고 당신, 사람 죽이거나 그러지 않잖아. 매일매일, 사람 한 명이라도 더 살리려고 하는 사람인데!"

"……."

"당신이 지금 이렇게까지 하는 이유, 나 때문인 거죠? 나한테 흔들리고 있어서. 단합회에서 여자로 보인다고 했던 그 순간부터, 아니면 더 이전부터. 그래서 잊어달라고 했지만 정작 당신도 잊지 못하고 있는 거고. 내 말 틀려요?"

아니, 틀리지 않았다.

그녀의 목소리가 흔들리는 마음으로 조금씩, 조금씩 스며들기 시작했다. 점점 더 다정하게. 그리고 절박하게. 그녀는 연신 그에게 손을 내밀고 있었다.

"쉽게 말하는 거 아니에요. 나한테 사랑, 그거 절대로 쉬운 거 아니라고. 예전에 말했죠? 나 누구 믿는 거 쉽지 않다고. 내가 사랑하는 사람은 다 떠나가니까, 그게 너무 무서워서 내가 하는 모든 관계는 너무나도 불안정하다고. 그런 내가 처음으로 당신을 믿고 있어요. 이런 상황에서도 믿고 있다고. 사람이든, 사람이 아니든, 난 그냥 마윤성이란 당신이 좋은 거예요."

"……"

"지금껏 나는 오직 사랑 받기만을 원했는데. 그래서 항상 다른 사람의 심장 소리밖에 듣지 못했어요. 내 마음은 닫아버리고 오직 다른 사람의 심장 소리만 들으려고 했다고요! 그런데 그런 내가 지금 어떤지 알아요?"

지금도 들리는 소리는 오직 하나였다. 지금 내 눈앞에 있는 한 사람. 그가 늑대인간이든 뭐든 상관없이 그저,

"내 심장 소리밖에 안 들려. 당신을 좋아한다고, 너무너무 좋아한다고 외치는 내 심장 소리밖에 안 들린다고!"

그저, 내가 사랑하는 단 한 사람.

세단은 윤성의 손을 잡고서 제 가슴으로 이끌었다. 그리고 끊임없이 그를 향해 고백했다.

"내가 만약 당신을 정말로 무서워했다면, 내 심장이 이렇게 뛰면 안 되는 거잖아요. 비명을 지르고, 당신 뜻대로 도망쳐야 하는 거잖아요. 그러니까 나를 똑똑히 봐요. 당신 마음대로 판단하지 말고 날 그대로 보라고요!"

그녀는 윤성의 손을 더더욱 꽉 붙잡았다. 오히려 그가 이대로 도망쳐 버릴까 봐 겁을 냈다.

윤성은 반대가 되어버린 상황에 헛웃음이 나올 것 같았다. 게다가 그녀에게 직접 닿지 않아도 느낄 수 있었다. 박세단, 그녀의 심장이 점점 더 빨리 뛰는 것을. 보름달의 기운이 지배하는 지금, 그녀의 미세한 변화 하나하나를 느끼지 못할 리가 없었다. 그래서 더 미칠 것 같았다.

도대체 왜 갑자기 너 같은 여자가 내 운명으로 뛰어든 거지? 나는 지금껏 내가 이 여자의 운명에 휩쓸렸다고 생각했는데. 완전히, 틀려 버렸다.

윤성은 잡고 있던 세단의 손을 스르르 풀었다. 그러자 세단은 천천히 몸을 일으켜 세워서는 같은 눈높이에서 그를 마주 보았다. 너무나도 멋지고 아름다운 이 남자를. 그 때문에 지금까지 많은 상처를 받았을 이 남자를 당장에라도 안아주고 싶었다.

세단은 손을 뻗었다. 윤성은 그 손길을 차마 피할 수가 없었다. 그녀의 부드러운 손길이 그의 가슴에 와 닿으며 손바닥 가득 그의 심장 소리가 울리는 것을 느꼈다. 타오를 듯 뜨겁고 강렬하게 뛰어오르는 심장. 아프리카에서 느꼈던 그 떨림. 오직 나를 위해, 나를 원해서 내 이름을 뜨겁게 부르고 있는 그의 심장.

"내가 아프리카에서 당신을 허락했던 건, 절대로 그냥 허락했던 게 아니에요. 이 심장 소리. 나를 원한다고 간절히 외치는 이 심장 소리에 끌려서 나를 당신에게 허락해도 좋다고 느꼈어요."

서로의 호흡이 어지럽게 흐트러지고, 그녀의 손이 와 닿는 순간, 윤성은 자신의 모든 것이 그녀의 앞에 묶여 버린 것 같았다. 그녀라는 독에 그대로 중독되어 버린 것처럼.

"태어나서 처음 느껴보는 감정이었으니까. 간절히 나만 바라보는 그 느낌이 잊히지가 않아요. 그래서 지금껏 잊지 못한 거예요. 나는, 그렇게 계속 당신을 기다렸어요."

그리고 그는 제 가슴 깊숙한 곳에서 무언가가 그대로 툭 하고 끊기는 느낌을 받았다.

윤성은 여전히 제 가슴에 닿은 그녀의 손을 붙잡았다. 떼어내야 하는데, 떼어낼 수가 없었다. 마주 잡은 손끝에서 흘러드는 그녀의 온기에 점점 취해간다. 그때처럼. 이미, 이 손을 스스로 놓는 것은 불가능한 일.

세단은 나지막한 목소리로 천천히 그를 끌어당겼다.

"지금 이 소리, 날 위해서 뛰는 거 맞죠? 지금 닥터, 누구의 심장 소리가 들려요?"

분명 모든 감각이 그녀를 향하고 있었다. 그래서 그녀의 심장 소리가 더 자세히 들려야 하는데, 이상하게 그는 지금 자신의 심장 소리가 더 또렷하게 들렸다. 아니, 오직 그 소리만이 가득 차올라 미치도록 그를 뒤흔들고 있었다. 그녀를 향해 가파르게 뛰고 있는.

"······내 심장 소리······."

그리고 결국 새어 나온 그의 감정. 그 속삭임에 세단은 엷은 미소를 지으며 그에게 좀 더 바짝 다가갔다. 그의 목덜미를 부드럽게 감싸고 살포시 끌어당겼다. 그리고 그 움직임에 윤성은 저항조차 하지 못한 채 끌려 들어갔다.

"말해봐요. 당신이 늑대인간이고 인간이 아니라는 거 잊고, 그냥 나만 보고 말해줘요. 날 좋아하죠? 지금 날 좋아하는 거죠?"

금방이라도 닿을 듯한 거리에서 서로 시선을 맞추고, 호흡을 좇으며 결국 윤성은 그토록 억눌렀던 그녀를 향한 진심을 내뱉었다.

"······그래."

짧고도 간절한 대답과 함께 윤성은 그대로 세단의 입술을 머금었다. 처음으로 서로의 마음이 닿아 맺어진 지금이 그 어떤 순간보다 떨렸고 들떴다.

그가 그녀의 허리를 끌어당겼고, 세단은 그가 주는 열기에 취해서 모든 걸 내던진 채 그에게 안겼다. 한 치의 빈틈도 없이 서로의 심장과 심장이 맞닿아 그대로 터질 것만 같았다. 서로를 향해 억눌려 있던 감정이 봇물 터지듯 터지면서 두 사람의 숨결이 그렇게 흠뻑 쏟아져 내렸다.

그녀를 향해 미쳐 날뛰던 본능은 오히려 그녀를 받아들이면서 점점 가라앉았다. 이제 남은 것은 오직 순수하게 박세단, 그녀를 원하는 마음뿐이었다. 보름달의 기운과 상관없이, 그냥 제 눈앞에 있는 너무나도 사랑스러운 그녀를…….

어느새 두 사람은 함께 바닥으로 쓰러졌다. 하지만 단 한 순간도 서로를 놓지 않고서 입술 끝에서 연신 차마 말로 할 수 없는 감정을 속삭이고 또 속삭였다.

세단은 가쁜 숨을 내쉬며 천천히 제 눈동자 가득 그를 담아 올렸다. 찬란한 은빛이 쏟아져 내린다. 마치, 차가운 달빛을 가득 끌어안은 것처럼. 하지만 그의 눈동자는 뜨거운 태양과도 같다. 숨이 멎을 것 같다는 느낌이 바로 이런 걸까?

"아직, 늦지 않았어."

아직도 불안과 두려움에 찬 그의 목소리에 세단은 단호한 손길로 그의 얼굴을 쓸어내리며 속삭였다.

"처음 한 대답과 지금만 믿어요. 어차피 당신도 이제 내 손 못 놓을걸? 예전에도 내가 한 번 말했잖아요, 내가 은근 볼매라고. 볼수록 매력만점."

"하아, 뭐?"

이 상황에서도 저런 말이 나올 수 있을까. 겁이 없는 건지, 아니면 정말로 자신만을 바라보고 있는 건지.

그때, 그녀의 목소리가 한층 더 진지하게 그를 바라보게 하였다.

"나 바라는 거 없어요. 날 사랑해 줘요. 나만 사랑해 주세요. 그럼 돼요. 오랫동안 곁에서 서로 사랑을 주고받으면서 그렇게만 살았으면 좋겠어요. 그냥 계속 내 곁에 있어줘요."

그녀의 간절하고도 간절한 속삭임에 윤성은 떨리는 숨을 내쉬었다.

이미 돌이킬 수 없다. 지금 여기서 그녀를 놓아줄 용기는 그에게 남아 있지 않았다.

윤성은 세단을 꼭 안아주고선 등을 토닥거렸다.

"많이 피곤할 테니까, 좀 자……."

세단은 갑자기 뜬금없이 자라는 그의 말에 눈을 크게 떴다. 자라고? 그냥 자? 잠만, 자?

"자라고요? 진짜? 그냥? 잠을 자?"

"그래, 자라고. 뭘 상상하는 거야? 역시나 박 선생, 그 머릿속이 참 엉큼해. 앞으로 조심해야겠어. 언제 어떻게 내 순결이……."

"됐어요! 무슨 말 같지도 않은! 그리고 내가 무슨 상상을 했다고. 오히려 닥터가 지금 너무 앞서 나가네요!"

쪽팔림이 밀려들자 세단은 얼굴을 휙 돌려 버렸다. 아니, 솔직히 이 상황에서 남자가 그냥 잠만 자라고 하는 게 더 이상한 거 아니야? 아니면 진짜 내가 이상한 거야? 내가 엉큼한 거냐고!

"하긴, 박 선생이 굳이 여기서 잘 필요는 없지. 집이 바로 코앞인데, 집놔두고 그럴 필요는 없지. 안 그래?"

"그, 그렇긴 하지만……."

그래서 나가라고? 그, 그건 싫은데……. 물론 그의 말이 맞기는 하지만, 그래도. 그래도.

'오늘은, 같이 있고 싶은데…….'

그걸 어떻게 내 입으로 말하냐고!

윤성은 세단의 토라진 뒤통수에 대고 피식 웃었다. 그러곤 좀 더 가까이 그녀를 끌어당겨서는 뒤에서 허리를 꼭 감아 안았다. 그의 손길에 세단의 심장이 달뜬 숨을 머금고서 뛰어올랐다. 등 뒤에서 느껴지는 그의 다정한 온기.

"데려다주기 귀찮으니까, 오늘만 그냥 자. 내일 오프도 아니잖아."

낮게 들리는 그 울림을 따라서 세단은 눈을 스르르 감았다. 편안하다. 어쩌면 그는 지금 이 순간에도 저를 배려하고 있는 건지 모른다. 사랑한다고 입 밖으로 말하지는 않지만, 이 남자 나름의 표현 방식인지도.

"내 옆에 있을 거죠?"

"……있을게."

지금은 이 대답 하나로 충분하다.

세단은 고개를 돌려 그의 가슴에 귀를 대고 심장 소리를 느끼며 눈을 감았다. 윤성은 그런 그녀를 다독였다.

몇 시간이 지나고, 창문 너머로 서서히 새벽이 밝아오면서 윤성의 눈동자는 어느새 회색빛이 되어 여전히 그녀를 담고 있었다. 그는 단 한숨도 자지 않고 제 품에 안겨 곤히 잠든 그녀를 쭉 지켜보았다. 혼자서 여러 가지 생각을 하고, 주저하고, 갈망하고, 다시 주저앉으면서 결국 그는 혼자 이기적인 욕심을 품었다.

"……앞으로 남은 시간까지. 그 시간까지만."

처음으로 욕심내고 싶어졌지만, 영원할 순 없었다. 사랑이란 감정이 영원하지 않다는 걸 누구보다 잘 알고 있으니까. 다행히 아직 각인까진 아니니까. 거기까진 절대로 안 되니까. 원래 계획한 시간까지, 그때까지만 그녀가 원하는 모습으로, 그녀의 옆에서. 또한 자신 역시도 마지막 그 순간까지만 그녀를 가지리라.

서로를 향한 마음이 망가지기 전에. 지금은 미칠 것 같고, 너무나도 간절한 이 두근거림도 결국에는 잦아들게 될 것이다. 서로를 향하던 심장 소리가 점차 차갑게 식어가고, 그렇게 완전히 멎어버리게 되면서 끝나게 될 것이다.

그렇게 되기 전에 아름다운 꿈처럼 머물다 가리라.

"그게 너와 내가 끝까지 행복할 수 있는 방법이야."


"흐응, 눈부셔……."

세단은 눈을 찡그리며 퍽퍽한 눈꺼풀을 깜빡였다. 그러다가 뭔가 낯설면서도 익숙한 풍경에 잠시 멍했다가 이내 어젯밤의 일이 떠오르자 몸을 벌떡 일으켜 세웠다.

"하! 닥터?"

세단은 불안한 시선으로 주변을 둘러보았다. 하지만 옆에 있어야 할 온기는 텅 비어 있었고, 얇은 담요 하나만이 자리를 대신했다. 설마, 꿈은 아니지? 어제 일이 전부 다 꿈이었다면 나 진짜 울어버린다. 그게 아니면, 아프리카 때처럼 또 그러고 사라져 버린 건……

"닥터. 닥터!"

아닐 거라고. 절대로 그럴 리 없다고 생각하며 대답 없는 그만 부르던 순간, 뭔가가 툭 떨어졌다. 작은 쪽지. 그리고 거기 쓰인 그의 깔끔한 필체.

―먼저 병원 간다. 넌 밥 먹고 와.

"꿈, 아닌 거지?"

세단은 떨리는 눈으로 쪽지를 보고 또 보았다. 분명 닥터의 필체. 닥터가 준 쪽지. 꿈이 아니다. 꿈이 아니야. 그리고 그가 떠난 것도 아니야!

그제야 입가로 환한 미소가 그려졌다. 세단은 몸을 배배 꼬며 어쩔 줄 몰라 했다. 이렇게 슬쩍 가버리는 건 또 뭐야? 어차피 직장도 같은데 같이 가면 되지. 설마 부끄러워서 그런 건가?

그때 코끝을 파고드는 맛있는 냄새에 고개를 드니 식탁 위에 먹기 좋게 놓인 토스트가 그녀를 반기고 있었다. 세단은 그가 준비해 둔 아침에 피식 웃었다. 토스트를 오물오물 삼키며 여전히 달뜬 감정으로 제 입술을 가만히 쓸어내렸다.

진짜 꿈 아니지? 아닌 거지? 정말 그 사람이 이제 내 남자가 된 거지? 내 남자. 아으! 속이 간질간질하고 부끄럽지만 너무 듣기 좋다!

"헉, 이러고 있을 때가 아니지. 늦겠다. 늦겠어!"

늦기는커녕 아직 출근하려면 한 시간도 더 남았지만, 세단은 토스트를 얼른 쑤셔 넣고서 얼른 제 집으로 건너갔다.

"뭐부터 하지? 그래, 일단 씻자! 그리고 뭐 입고 가야 하지? 머리 모양은 또 어떻게 해야 하나. 화장은? 화장은 또 어떻게 해야 하는 거냐고!"

처음 연애를 시작하는 여자처럼, 세단은 거울 앞에서 떨어질 줄을 몰랐다. 그에게 예쁜 모습만 보이고 싶으니까. 그 남자한테 가장 사랑스럽게 보이고 싶으니까. 지금 그녀는 그렇게 가장 설레고 행복한 사랑을 시작하려 하고 있었다.

출근 시간 20분 전, 병원에 도착한 세단은 휴대폰만 뚫어져라 쳐다보고 있었다. 분명 문자를 여러 번 보냈는데도 소식이 없다. 못 본 게 아니야. 이건 분명 씹힌 거지. 그래, 사람이 그렇게 쉽게 변하진 않지. 변하면 그게 이상한 거야.

"좋은 아침입니다, 박 선생님. 그런데 어딘가 달라 보이시네요."

"어머, 선생님. 오늘 너무 예쁘세요!"

"에이, 예쁘긴 뭘. 평소 그대로지. 하하."

지나가는 간호사들과 레지던트들이 입을 모아 세단의 달라진 모습에 한마디씩 칭찬을 던지자 그녀는 덤덤한 척하면서도 속으로는 날아갈 듯했다. 새벽부터 쇼를 한 보람이 있구나. 머리카락에 굵은 웨이브도 줘봤고, 러블리한 느낌의 화장에 나름 샤랄라 원피스도 꺼내 입었다. 물론 다리밑이 좀 춥기는 했지만, 이깟 추위가 무슨 대수랴! 지금 그녀는 고목나무에도 꽃피게 만든다는 연애질을 이제 막 시작한 여자였다.

그런데 정작 보여줘야 할 남자는 대체 어디 틀어박혀 있는 거야!

"연구실에 있나? 전화는 왜 또 안 받아!"

세단이 발만 동동 구르고 있던 그때, 멀리서 그런 그녀를 수상하게 보던 애정이 성큼성큼 다가와서는 어깨를 낚아챘다.

"아침부터 왜 이렇게 때 빼고 광냈어? 완전 혼자 봄이네."

"나 지금 바빠. 나중에 얘기하자."

"뭐가 그렇게 바쁜데? 왜? 도저히 마 교수님이 안 넘어올 것 같아서 그냥 선이라도 보게?"

세단은 갑자기 입꼬리에 힘이 풀려서는 헤벌쭉 웃기 시작했고, 애정은 마치 머리에 꽃 단 여자처럼 굴기 시작하는 세단에게서 저도 모르게 슬쩍 뒷걸음질을 쳤다.

"너, 너, 뭐야. 뭐 잘못 먹었어? 아니면 마 교수님한테 또 한 소리……."

"노노노. 드디어 내가 교수님과의 밀당을 끝냈다, 이거야."

그녀는 승자의 눈빛으로 거만하게 손가락을 좌우로 흔들었다. 이것이 바로 가진 자의 여유. 승자의 미소! 올레!

"뭐?"

"해피엔딩을 맞았다고."

"대체 뭔 소리……. 서, 설마."

애정은 믿어지지 않는다는 시선으로 세단의 손을 꽉 붙잡고서 바짝 끌어당겼다.

"마 교수님이랑 사귀는 거야?"

세단은 온몸을 배배 꼬면서 어쩔 줄을 몰라 하며 쑥스럽게 고개를 끄덕였다.

"응……."

꺄아! 이렇게 내 입으로 직접 말하는 순간이 오다니! 세상이 이토록 찬란하고 아름다웠단 말인가!

애정은 그제야 세단의 모습을 제대로 보았다. 아침부터 봄바람이 느껴지는 게 아니라 정말로 봄바람을 폴폴 풍기고 있었다. 저것은 진정 연애를 시작한 여자에게서만 느낄 수 있는 온갖 염장질의 기운! '나 지금 혼자 행복해 죽겠어요!'의 아우라!

"도대체 어떻게 이렇게 순식간에……. 어젯밤에 무슨 일이 있었던 거야? 응? 이 기지배야, 바른대로 고하지 못할까!"

바른대로 말할 수는 없지. 닥터의 정체는 끝까지 비밀이니까. 그 멋지고 근사한 모습을 오직 나만 볼 수 있고, 나만 알 수 있다는 사실에 세단은 묘한 쾌감을 느꼈다.

"그냥 내 진심과 정성이 통한 거지. 또한 내 볼매에 결국 빠져들고 만 거고."

"너, 어제 술 마셨지?"

"뭐?"

"그래서 뻗어가지고 지금 막 꿈꾼 거 현실인 양 말하는 거 아니야? 그러니까 상상임신처럼 너무 간절하게 원해가지고 막, 막!"

"미쳤냐?"

"아니면 술김에 교수님 확 덮쳤니? 빼도 박도 못하게? 그래서 교수님이 네 인생에 꼬여서……."

"너 친구 맞냐? 날 그렇게도 몰라? 교수님이 어제 나한테 좋아……."

그때 애정이 급하게 세단의 옆구리를 꾹 찔렀고, 그녀는 움찔하며 고개를 돌렸다. 저쪽에서 재현이 걸어오고 있었다.

"세단아!"

재현이 세단을 발견하고선 곧장 달려오자 애정은 그런 그를 향해 밉지 않게 눈을 흘기며 말했다.

"넌 내 얼굴은 안 보이냐? 엉?"

"하하하, 애정이도 있었네. 오늘 세단이가 너무 예쁘게 입어서 옆에 있는 줄 몰랐다."

"얼씨구?"

"근데 오늘 무슨 약속 있어? 세단이 너, 엄청 힘줬는데? 아니면 무슨 재미있는 일이라도 있는 거야?"

세단은 잠시 재현을 바라보았다. 그러곤 입을 열려는 순간, 애정이 먼저 불쑥 끼어들어선 화제를 돌려 버렸다.

"재미있는 일은 무슨. 그나저나 넌 요즘 얼굴 보기가 왜 이렇게 어려워? 스케줄만 보면 아주 톱스타 뺨치겠다?"

"사인 받아 놓을래?"

재현은 애정이와 자연스럽게 대화를 나누면서도 세단을 신경 쓰고 있었다. 오늘따라 유난히도 예뻐 보였다. 하지만 저 예쁜 모습이 왜 이렇게 눈에 아프게 와 닿는 걸까. 그냥 마냥 웃으면서 볼 수 없는 이 느낌은 뭘까.

세단은 자꾸만 애정과 시답지 않은 얘기를 하고 있는 재현을 보면서 더는 망설이고 있을 수 없었다. 그래서 그녀는 애정을 향해 미처 하지 못했던 말을 맺었다.

"교수님이 어제 나한테 좋아한다고 말해줬어."

정확히 그렇게 말한 건 아니지만 어쨌든 그런 의미나 마찬가지지. 게다가 지금은 이런 거짓말이 필요하다, 재현이를 위해서.

재현은 속으로 허한 웃음을 지었다. 역시, 안 좋은 예감은 절대 빗나가지 않는다.

애정은 결국 터져 버린 상황에 더는 끼어들어 말릴 수가 없었다. 세단이 눈치가 없는 애도 아니고, 이렇게 강하게 밀고 나가는 걸 보니 알고 있는 거다.

재현에게 아직 미련이 남아 있다는 거. 그래서 그 미련을 스스로 정리할 수 있도록, 세단은 이렇게 선택한 거다. 하지만 이 바보는…….

재현은 한 치의 망설임조차 없이 바로 환하게 웃었다.

"뭐야. 마 교수님이 너한테 고백한 거야? 대박. 그래서 오늘 네가 이렇게 예뻤구나. 이거 알면 우리 병원 여자들 다 울겠네."

"일단 비밀로 해줘."

"대단하다, 박세단. 천하의 마 교수님을 다 흔들고. 아무튼 오늘 진짜 예쁘다."

"고마워."

그때 세단에게 콜이 들어왔고, 그녀는 자연스럽게 자리를 떠났다.

애정은 여전히 웃고 있는 재현의 어깨를 툭 쳤다.

"억지로 웃지 마. 적어도 내 앞에선 그냥 있어."

재현은 그제야 웃음기 사라진 얼굴로 세단의 빈자리를 멍하니 바라보았다.

"티 나진 않았지?"

"그래도 세단이는 알고 있는 것 같아. 그러니까 그만 포기하는 게 어때? 너도 느꼈잖아. 세단이, 이전과는 달라. 이번엔 진심이라고."

알고 있다. 다른 누구도 아닌 자신이 가장 뼈저리게 알고 있는 사실이다. 그래서 오히려 더 절박하고 간절하다.

"마 교수님 좋은 사람인 거 알잖아. 지금까지 세단이가 만난 다른 남자와는 달라. 난 솔직히 잘됐다고도 생각해. 처음으로 누군가에게 먼저 틈을 주기 시작했고, 먼저 믿음을 주기 시작했어. 세단이가 드디어 과거에서 나아가기 시작한 거라고. 마 교수님, 세단이 행복하게 해줄 것 같다는 느낌도 들어."

"그래서? 좋은 사람이니까 그냥 보내주라고?"

"재현아, 내 말은 너도 이제!"

"있지, 내가 사랑하는 여자의 옆에 가장 좋은 남자는 오직 나뿐이야. 다른 남자가 얼마나 멋지고 근사하든 말든, 오직 내가 그 옆에 있고 싶은 거라고. 그리고 난 그 마윤성이라는 남자, 뭔가 마음에 걸려. 너무 완벽해서 더 수상하다고."

애정은 차마 더는 말을 잇지 못했다. 좋아하는 여자가 다른 남자를 위해 예쁘게 차려입은 모습을 보면서 예쁘다고, 근사하다고 웃어주는 이 남자. 그 정도로 놓을 수가 없는 거겠지. 그래, 남이 몇 천 번을 말해봤자 소용없는 짓이다.

"아직 끝난 거 없어. 끝난 거 아니야."

정작 본인이 아직 끝을 생각하지 않는데.

"너무 내 걱정하지 마."

재현은 먼저 발걸음을 돌렸다. 멀어지는 재현의 뒷모습과 이미 먼저 사라진 세단을 생각하며 애정은 한숨을 내쉬었다.

"네가 생각하는 끝은 어딘데. 그 끝이 있긴 한 거니?"

아마 세단이는 재현이가 스스로 놓아주길, 스스로 마무리하길 기다리는 것 같은데. 그게 생각만큼 쉽지가 않을 것 같다. 누구 하나 상처 받지 않고 끝나기를 바라는 건 너무 이기적인 바람일까.


세단은 환자 차트를 들고 컨퍼런스실로 향했다. 조금 전만 해도 가벼웠던 몸과 마음이 무겁다. 그렇게까지 할 필요는 없었을지도 모르지만, 그래도 재현에게 숨기는 것 없이 모든 것을 명확하게 하는 것이 낫다고 생각했다. 특히나 감정적인 일에서는 더더욱.

"닥터를 보면 좀 괜찮아질 거야."

지금 그가 무척이나 보고 싶었다. 그의 얼굴을 마주 보고 웃으면 무거운 마음이 조금은 다독여질 것 같았다. 컨퍼런스 시간엔 볼 수 있겠지. 비밀스럽게 눈빛 교환도 좀 하면서. 그게 아슬아슬한 사내 연애의 묘미 아니겠어?

잔뜩 기대를 하고서 컨퍼런스실에 들어간 세단은 그토록 찾아 헤매던 윤성을 바로 발견할 수 있었다. 여전히 멀끔하고 잘생긴 모습 그대로. 물론 어젯밤 보름달 아래에서의 모습도 무척이나 떨렸지만.

'여기, 여기 좀 봐요. 여기!'

아주 간절한 마음을 담아 윤성을 뚫어져라 쳐다보았지만, 그는 컨퍼런스 내내 단 한 번도 그녀를 보지 않았다. 눈을 맞추기는커녕 고개조차 돌리지 않았다.

눈빛 교환은 개뿔. 아슬아슬한 사내 연애? 그런 건 다 드라마였던 거야!

'그래, 오늘 워낙 회의할 게 많으니까. 공과 사는 확실하게 구별해야지. 암!'

컨퍼런스가 끝이 나고 세단은 재빨리 윤성에게 다가가려고 했지만, 그는 레지던트에게 받은 차트에서 시선을 떼지 않은 채 짧게 외쳤다.

"남강호 환자 심낭염부터 확인해야 하니까 빨리빨리 움직여."

뭐라 말을 걸기도 전에 순식간에 사라지는 뒷모습을 잠시 넋을 잃고 바라보다 세단은 고개를 마구 휘저었다.

"뭐, 뭐야, 대체. 이거 나 피하는 거 아니지?"

아니면 진짜로 꿈인 거야? 애정이 말처럼 상상임신 그런!

"에이, 아니지. 그럴 리가 없지. 정말 그런 거라면 나 진짜 정신과 찾아가야 해."

하지만 피하는 건 맞는 것 같았다. 대체 뭘까. 설마 어젯밤의 일, 이대로 또 잊어주길 바라는 걸까?

결국 오후가 다 지나도록 컨퍼런스를 제외하면 윤성을 코빼기도 볼 수 없었다. 오히려 평소보다 더 못 만나는 것 같은 느낌.

"마윤성. 또 이런 식으로 나오겠다 이거지? 날 아주 물로 보고 있어."

이제는 정면 돌파다. 세단은 주먹을 꽉 쥐고서 윤성의 연구실로 직접 찾아갔다. 그리고 안에 있는지 없는지 확인조차 하지 않고서 눈에 힘을 빡 준 채 벌컥 문을 열었다.

"교, 수, 님!'"

한 자, 한 자 아주 정성스럽게 씹어 내뱉듯 그를 불렀지만, 윤성은 그녀에게 관심조차 주지 않고 책상에 앉아 무언가를 열심히 읽고 있었다. 태연하다 못해 느긋하기까지 한 모습에 세단은 부아가 치밀었다. 난 오늘 하루 종일 내가 정말 미친 건가 싶어 얼마나 치열하게 고민했는데!

"급한 일인가? 하긴 급한 일도 아니라면 이렇게 연구실 문을 함부로 벌컥 열었을 리도 없겠지."

세단은 점점 끓어올랐던 감정이 차분해졌다. 그리고 계속해서 의심했던 질문에 확답을 내렸다. 그는 오늘 하루 종일 자신을 의도적으로 피한 거라고.

그녀는 윤성을 바라보다가 제 볼을 막 꼬집기 시작했다. 윤성은 그제야 고개를 들고서 세단을 바라보더니 이내 미간을 찡그리며 성큼 다가와서는 그녀의 손을 붙잡았다.

"뭐하는 거야?"

"확인해 보는 거예요. 지금 내가 꿈을 꾸고 있는지. 근데 아픈 걸 보니 꿈은 아닌 것 같고. 그럼 어제 일이 꿈이었나요?"

"……."

"그 반응을 보니 닥터도 기억하고 있네요? 그럼 어제 일도 꿈은 아니고. 아침부터 지금까지 계속 나 피하고 있는 거 맞죠? 뭐예요? 설마 어제 일, 잊어줬으면 하는 거예요? 그럼, 잊어줄까요?"

"잊어달라고 하면 잊어줄 거야?"

"글쎄, 하지만 오히려 당신이 못 잊을 텐데?"

세단은 윤성을 와락 끌어안았다. 갑작스럽게 파고드는 익숙한 온기에 윤성은 움찔했다. 아직은 이런 스킨십이 익숙하지 않았지만 예전처럼 매몰차게 밀어내진 않았다. 품 안에서 점점 진하게 퍼지는 온기에 오히려 마음이 차분해지면서도 묘한 두근거림이 시작되고 있었으니까.

"봐요. 심장이 이렇게 빠르게 뛰잖아. 내가 말했죠? 언젠가 당신이 절대로 잊지 못하게 만들 거라고."

세단은 귓가에서 빠르게 울리는 그의 심장 소리에 하루 종일 안절부절 못했던 불안감이 몽땅 사라지는 걸 느꼈다.

결국, 그는 졌다는 듯 피식 웃으며 한 손으로 그녀의 머리카락을 매만졌다.

"가끔 보면 참 뻔뻔해."

그녀는 여전히 그를 꼭 안은 채 빠끔히 고개를 들었다.

"근데 왜 피한 거예요?"

"널 배려한 거야. 아침에 내 얼굴 제대로 봤으면 분명 쑥스러웠을 테니까. 민망했을지도 모르고. 내가 괜한 일을 한 건가? 하긴, 박 선생은 워낙 얼굴의 철판이 두꺼우니까."

"그럼 왜 그 뒤로도 계속!"

"그 뒤로는 진짜로 내가 바빴어. 난 박 선생처럼 그렇게 한가한 사람이 아니야."

물론 자신도 마음의 준비가 필요했다. 아침에 그녀의 마음이 어떻게 바뀌었을지 모르니까. 조금이라도 저를 평소와 달리 이상하게 볼지도 모르니까. 하지만 그건 괜한 걱정이었던 것 같다. 박세단, 이 여자는 정말로.

'너무 이상해.'

그렇다고 그녀를 불안하게 하거나 초조하게 할 생각은 없었는데…….

"당분간은 우리 사귀는 거 비밀로 해요. 괜히 알려지면 다른 여자들이 닥터한테 막 다가갈지도 모르잖아요. 연애의 '연' 자도 모르는 줄 알았는데 교수님도 남자였네 하면서. 그럼 닥터도 싫을 테고, 나도 엄청 싫으니까. 지금처럼 완전 차갑게 철벽 딱 치는 거예요. 하지만 단둘이 있을 땐 아주 많이 사랑해 줘요. 나도 계속 닥터한테 다가가고 표현할 테니까."

세단은 윤성의 눈동자를 응시했다. 그의 눈동자 속에 특별하게 담겨 있는 제 모습이 너무나도 좋았다.

"난 사랑하는 사람한테는 사랑한다는 말 아끼는 거 싫어요. 아무리 해도 질리지 않고, 아무리 해도 부족한데. 만약 그게 질리고 싫어지면, 그건 이미 사랑이 끝난 거지. 그렇게 상대방을 외롭게 하고 싶지 않아요."

"……."

"내가 이렇게 닥터 계속 안아줄게요. 절대로 혼자라고 생각하지 마요. 이젠 내가 이 옆에 꼭 있을 테니까. 당신도 날 떠나면 안 돼요."

떠나지 말라는 말에 윤성은 그 어떤 대답도 하지 않고서 그저 그녀를 꼭 안아주었다. 세단은 점점 더 뜨겁게 휘몰아치는 그의 심장 소리를 들으며 이번엔 호기심 가득한 어조로 물었다.

"그런데 나 하나만 물어봐도 돼요?"

"뭔지 모르지만 굉장히 불길하군."

"이건 진짜 순수한 호기심에 묻는 건데."

"질질 끄니까 더 수상해."

세단은 혹시나 누가 들을까 봐 한층 목소리를 낮췄다.

"늑대인간이라서 이렇게 체온이 높은 거예요? 심장도 배는 빠르게 뛰는 거고?"

"그래."

"그래서 처음 만났을 때 그렇게 만지지 말라고 한 거구나. 남들과 다른 걸 들킬까 봐."

세단은 뭔가 의미심장한 시선으로 그의 가슴을 빤히 바라보았다. 윤성은 그 눈빛이 왠지 모르게 불길했다.

"뭘 그렇게 빤히 보는 거야?"

"그런데 지금은 평소보다 배는 빠르게 뛰는 거죠?"

"뭐?"

그때, 그녀가 갑자기 까치발을 들더니 가까이 쑥 다가와서는 볼에 쪽 소리가 나게 뽀뽀를 했다. 그러고는 싱긋 웃으며,

"내가 뽀뽀해 줘서."

윤성은 순간 말문이 막혔다. 지금, 대체 뭘…….

"그럼 저 갈게요!"

세단은 밀려드는 부끄러움을 꾹 누르며 그에게서 멀어졌다. 자신한테 이런 뻔뻔스런 용기가 있을 줄은 꿈에도 몰랐다.

윤성은 한쪽 볼에 뜨겁게 남아 있는 그녀의 온기를 손으로 매만지며 결국 웃고 말았다. 마구마구 표현한다는 말이 이런 뜻이었어? 정말이지 심장이 남아나질 않을 것 같다. 그녀의 말대로 평소보다 훨씬 더 빠르게 심장이 쿵쾅거렸다.

그는 막 문을 열고 나가려는 세단에게 짧게 말했다.

"오늘 저녁이나 같이 먹지."

"또 선짓국이요?"

"아니, 네가 먹고 싶은 거."

세단은 당장에라도 어깨춤을 추고 싶었지만, 애써 꾹 누르며 도도하게 대답했다.

"뭐, 그러죠."

하지만 연구실을 나서자마자 가만히 서 있질 못하고 호들갑을 떨어댔다.

"이번엔 진짜 데이트야, 데이트! 절대로 나 혼자 김칫국 마시는 거 아니라고!"

윤성은 안에서 세단의 그 호들갑을 다 듣고 있었다. 아무래도 귀가 좋다는 말은 비밀로 하는 게 나을 것 같았다. 안 그러면 이런 소소한 재미를 들켜 버리고 말 테니.

그는 슬쩍 달력을 보았다. 시간이 빠르게도 흘러간다. 그녀와 관련된 사람들 중 가장 유력한 사람은 아무리 생각해도 천재현이었다. 물론 그녀와 정확히 어떤 식으로 얽힌 건지 자세히 알아볼 필요가 있다. 그런데 이상하게 그만큼이나 거슬리는 사람이 있었다. 천재현보다 연결고리가 턱없이 부족한데도 이상하게 목구멍에 박힌 가시처럼 신경 쓰이는 사람. 바로, 백하령이었다.

하령은 평소와 달리 격식 있는 정장을 차려입고 몇 시간째 거울 앞에서 억지로라도 웃어보려고 노력하고 있었다. 하지만 거울에 비친 표정은 한결같았다. 어떻게 해도 어색해 보이는 입꼬리. 두려운 기색이 역력한 표정.

　　바로 오늘, 백 회장이 돌아온다. 그와 동시에 주주총회에서 1차 투표까지 열린다. 지금껏 백영진이 가만히 있는 것이 마음에 걸렸지만, 일단 여기서 나가게 되면 절대로 그런 흔들리는 모습을 들켜서는 안 된다.

　　하령은 잔뜩 경직된 숨을 길게 내쉬며 스스로에게 되뇌었다.

　　"무슨 일이 벌어져도 절대로 빈틈을 보여선 안 돼. 여러 개의 가면을 쓰는 한이 있더라도 책임자는 약한 모습을 보여선 안 돼."

　　어릴 적부터 백 회장이 하령에게 항상 하던 말이었다. 남들은 그녀를 신데렐라라고 불렀지만 그녀는 절대로 그런 공주 같은 삶을 살지 않았다. 신데렐라의 원래 의미가 재투성이인 것처럼, 강하게 더 독하게. 그녀는 지금껏 이 세계에서 그렇게 버텨왔다.

　　하령은 마지막으로 제 자신을 독하게 다독이고서 회사로 향했다. 회사 입구에서부터 기자들의 플래시 세례가 쏟아졌다. 하령은 침착하게 그저 웃고 또 웃었다.

　　이건 전쟁이다. 누구의 칼에 누가 떨어져 나갈지 모르는 전쟁. 그 전쟁속에서 하령은 벌써부터 여러 개의 가면을 꺼내 들고 있었다.

　　J그룹 대강당, 주주들과 임원들이 모두 모인 자리에 하령은 심호흡을 깊게 하고서 태연한 표정으로 당당하게 들어섰다. 모든 이들의 시선이 하령에게로 향했고, 그녀는 마치 칼날과도 같은 시선을 묵묵히 견뎌내며 자리에 앉았다.

　　하령은 자신을 지지하는 주주들과 눈으로 인사를 하며 다시 한 번 마음을 다잡았다. 아주 승산이 없는 것은 아니다. 자신에게 표를 던지겠다고 말한 이들이 전부 약속만 제대로 지켜준다면 백영진과 비등한 표수가 나오게 될 터. 그렇게만 된다면 만약 오늘 진다고 해도 최종 투표에서 역전을 꾀할 수 있다.

하령은 비어 있는 백영진의 자리를 떨리는 시선으로 바라보았다. 그때, 그녀의 호흡이 한순간 흐트러졌다.

"회장님 들어오십니다."

대강당이 술렁이기 시작하면서 모든 이들이 자리에서 일어섰다. 하령은 후들거리는 다리를 꽉 붙잡고서 문 쪽으로 시선을 돌렸다. 마침내 문이 열리고, 백건 회장이 백영진과 함께 안으로 들어섰다.

그는 다소 왜소한 몸집이지만 풍기는 아우라와 위압감은 어느 누구 못지않았다. 살짝 다리를 절뚝거리긴 했지만, 트레이드마크처럼 쥐고 있는 황금 지팡이가 지면을 디딜 때면 모든 이들이 바짝 긴장하며 숨을 죽이곤 했다. 꽤 고령이긴 해도, 재계에서의 힘은 결코 무시할 수 없는 J그룹의 대호(大虎)였다.

백 회장은 천천히 하령에게로 걸어왔고, 그녀는 고개를 숙이며 바짝 마른 입술을 달싹였다.

"오셨습니까, 회장님."

"……그래."

백 회장은 영진의 도움을 받아 천천히 자리에 앉았다. 3개월 동안이나 한국을 떠나 있었던 꽤 긴 출장이었지만, 조금 전에 막 도착한 사람이라고 할 수 없을 정도로 백 회장의 표정에는 피곤한 기색이 전혀 보이지 않았다. 그저 덤덤하게 단상을 바라보며 시작하라는 손짓을 했고, 그렇게 투표가 시작되었다.

하령은 떨리는 손을 꽉 움켜쥐었다. 아무리 괜찮은 척, 태연한 척 가면을 쓰려고 해도 주체 없이 밀려드는 긴장감과 떨림을 막을 방법이 없었다.

모든 주주들이 투표를 마치고, 하령과 영진을 마지막으로 투표가 종료 됐다.

하령은 너무나도 여유로워 보이는 영진을 힐끔 쳐다보며 단상을 내려가 려고 했다. 그 순간, 귓가로 스치는 짧은 목소리.

"기대해라."

그 한마디에 심장이 덜컥 떨어져 내리는 기분이었다. 하령은 흔들리는 시선으로 영진과 더불어 대강당 전체를 바라보았다. 이 거대한 공간에 홀 로 뚝 떨어진 느낌. 왠지 모를 불안감이 온몸을 엄습하면서 이상하게 한 기가 느껴졌다.

하령은 말없이 백 회장 옆에 앉았다. 백 회장은 대강당에 들어온 이후 그녀의 얼굴을 한 번도 제대로 보지 않았다. 하지만 그것은 너무나도 익 숙한 일이었다. 그는 단 한 번도 살가운 아버지인 적이 없었다. 뼛속까지 그는 그저 J그룹의 회장일 뿐이었다.

"그럼 지금부터 한국재단과 함께하는 국제 의료 관광 사업의 총책임자 를 결정할 1차 투표의 결과를 발표하도록 하겠습니다."

1분이 한 시간 같았던 순간이 지나가고 있었다. 하령은 오직 화면만을 응시하며 손등이 새하얗게 변할 정도로 주먹을 꽉 움켜쥐었다. 그리고 마 침내,

"투표의 결과입니다."

우렁찬 함성 소리가 대강당을 울렸다. 그 소리는 하령의 숨통을 조이며 그녀를 한껏 옥죄었다. 눈에 보이는 숫자를 믿을 수가 없었다. 아니, 아무 런 현실감도 느껴지지 않았다.

백영진의 압도적인 승리였다. 그녀에게 던져진 표는 고작해야 5표. 하 령은 하얗게 타들어간 시선으로 자신을 지지하겠다고 나섰던 주주들을 바라보았지만, 그들은 이미 백영진과 함께 웃고 있었다.

'하, 말도 안 돼. 이건 말도 안 돼.'

이거였나. 그래서 지금껏 얌전히 있었던 것인가. 아니, 얌전히 있었던 것이 아니다. 나보다 높은 곳에서, 내가 보이지 않는 그곳에서 여유롭게 나의 눈을 멀게 하고, 귀를 닫게 하여 이곳에서 나를 조롱거리로 만든 것이다. 처음부터 이럴 작정으로, 이럴 의도로!

하령은 서슬 퍼런 눈으로 영진을 바라보았지만, 그는 그 시선을 받으며 그저 비릿한 조소를 지을 뿐이었다.

'그러게 쥐 죽은 듯이 있었으면 이런 꼴을 당하진 않지.'

하령은 떨리는 숨을 삼키고서 재빨리 백 회장을 바라보았다. 하지만 그는 천천히 자리에서 일어나서는 하령을 쳐다보지도 않고서 걸음을 옮겼다.

"회, 회장님!"

"여기서 더 우스운 꼴 보이지 마라."

이미 전쟁에서 진 패자에게 백 회장은 자비를 보이지 않았다.

그녀는 후들거리는 다리에 억지로 힘을 주었다. 숨을 내쉴수록 점점 더 땅으로 꺼져 가는 느낌을 받았다. 이대로, 이대로 무너질 수는 없다. 어떻게 여기까지 왔는데. 이런 기회가 언제 또다시 올지 모르는데.

'안 돼. 이렇게, 이렇게 무너지면 안 돼. 이렇게 무너질 수는 없어!'

백 회장이 대강당을 나감과 동시에 영진 역시 그 뒤를 따라나섰다. 하령은 지푸라기라도 붙잡는 심정으로, 마지막 간절함으로 백영진을 붙잡아 세웠다.

"백 이사님!"

하령이 그의 어깨를 붙잡았지만 영진은 냉정할 정도로 그 손을 거세게 뿌리쳤다 그는 경멸에 찬 시선으로 그녀를 노려보았다.

"이게 지금 뭐하는 짓이지?"

"잠깐만 제게 시간을 주십시오."

"보는 눈이 많아. 더 비참한 꼴 당하기 싫으면 이쯤에서 물러나."

"지금 전 더한 짓도 할 수 있습니다!"

독기에 받친 그녀의 목소리가 마지막 발악처럼 영진을 붙잡았다. 여기서 그 어떤 험한 꼴을 당한다 할지라도, 하령은 결코 물러설 수가 없었다.

영진은 잔뜩 굳은 시선으로 짧게 외쳤다.

"……따라와."

그가 먼저 걸음을 옮겼고, 하령은 그를 따라 한 발을 당겼다. 지금부터 무슨 일이 어떻게 벌어질지 모르지만, 그에게 무릎을 꿇고 애원을 해서라도 되돌려야 한다. 반드시 되돌려야 해!

영진은 텅 빈 방 안으로 들어섰다. 하령이 조용히 문을 닫자, 그제야 그는 꽉 조인 넥타이를 거칠게 풀어헤치며 그녀를 바라보았다.

"그래도 사리분별은 하는 아이라고 생각했는데. 보는 눈이 그렇게 많은 곳에서 감히 나를 붙잡아?"

"제가 다 갖겠다는 것이 아니었습니다."

"뭐?"

"이번 일. 이번 의료 관광 사업만 제가 맡고 싶었습니다. 제가 이사님의 자리를 갖겠다는 것도 아니고, 후계자 자리를 욕심낸 것도 아니었습니다. 그저, 그저 이번 사업만 제 손으로 성공시키고, 회장님께, 회장님께 인정받고 가족이 되고 싶었을 뿐입니다!"

그래, 오직 그뿐이었다. 다른 건 언감생심 욕심조차 내지 않았다. 그저 하나. 이번 일만 제대로 성공해서 회장님께 인정받고 가족이 되는 것. 오직 그 하나만을 원했다.

"원하신다면 제가 맡고 있는 사업도, 가지고 있는 주식도 전부 이사님께 드릴 수 있습니다. 그러니까 부디 이번 일만 제게 주세요. 이번 일만 제게 주시고, 저를 가족으로 받아주세요. 저는 그 정도도 욕심내면 안 되는 건가요?"

"하, 가족? 가족? 하하하하!"

그에게 가족으로서의 연민을 원했고, 감정적으로 호소했다. 하지만 영진은 그 모든 것을 무참히 짓밟았다.

"그래, 넌 그 정도도 욕심내서는 안 돼. 넌 우리 집안에서 숨소리조차 내지 말고 가만히, 그저 가만히 없는 듯 있어야 할 존재야. 넌 우리 집안의 수치니까."

비릿한 냉소와 더불어 잔인하게 쏟아지는 말에 하령은 눈앞이 아찔해졌다. 물론 백영진의 눈에 자신이 달가운 존재일 리는 없었다. 하지만 이 정도일 줄은 몰랐다. 집안의 수치라고? 어떻게, 어떻게.

"어떻게 그런⋯⋯. 아무리 제가 입양되었다고 하지만 그래도 조금은, 조금은 저를 동생으로⋯⋯."

"네가 입양아라서 내가 이런다고 생각해?"

입양이 문제가 아니라면, 대체 무엇이⋯⋯.

"그래, 차라리 네가 정말로 입양된 아이라면 오히려 나았겠지. 회장님의 도덕적 인품이 사람들의 입에 오르내리고 회사 이미지 역시 좋아졌을 테니까. 나 역시 봉사의 의미로 생각해서 조금이라도 널 곱게 받아들였을 테고."

그가 하령을 향해 한 발자국 다가왔고, 하령은 온몸이 묶여 버린 것처럼 그 자리에서 꼼짝도 할 수가 없었다. 앞으로 듣게 될 말이 뭔지는 모르겠지만 너무나도 불길했다. 들어서는 안 될 말 같은. 결코 듣지 말아야 할 말 같은.

마침내 영진이 하령의 어깨를 움켜쥐곤 낮은 목소리로 속삭였다.

"하지만 네가 어떤 존재인지 세상에 밝혀지면, 우린 모두 끝장이야. 회장님께 향하던 존경의 시선은 악의와 적의, 그리고 경멸과 조롱으로 바뀌게 되겠지. 고작 너 같은 것 때문에 J그룹의 꼴이 우스워지게 된다고!"

내가 대체 어떤 존재이기에⋯⋯. 하령은 도저히 그가 무슨 말을 하는지 이해할 수가 없었다.

"⋯⋯도대체 무슨 말을 하시는 건지 저는⋯⋯."

"하, 그래. 차라리 네가 알고 있는 편이 나을지도 모르지."

영진은 불안하게 흔들리는 하령의 시선을 똑바로 바라보며 지독히도 차가운 어조로 한마디를 내뱉었다.

"사생아."

"⋯⋯."

"넌 회장님이 밖에서 데려온, 사생아야."

위태롭게 서 있던 바닥이 그대로 무너지는 듯한 느낌이 들었다.

"넌 백하령이 아니야. 그 이름을 가질 자격조차 없는 사생아일 뿐이지."

심장 한가운데로 파고든 말은 날카로운 섬광처럼 번뜩이며 총알이 박히듯, 그녀를 산산조각 내버렸다.

헛숨이 새어 나온다. 지독한 통증에 가슴이 꽉 막혀서 아무 말도 내뱉을 수가 없었다. 아니, 믿을 수가 없었다.

대체 내가 무슨 소리를 들은 거지? 사생아? 그러니까 내가⋯⋯. 회장님, 딸이라고? 입양아가 아니라⋯⋯.

"그러니까, 그러니까⋯⋯."

영진은 제 앞에서 초라하게 떨고 있는 하령의 모습에 냉소를 머금었다.

"이제 왜 네가 안 되는지 알겠어? 아무것도 모르고 지금처럼 날뛰는 것보다는 차라리 네 주제를 철저히 깨닫고 처신하는 것이 더 낫겠군."

"⋯⋯."

"나대지 말고 죽은 듯이 지내. 평생 그림자처럼 살라고. 이 사실이 알려지면 회장님은 여론의 비난을 피해갈 수 없어. 그래도 너를 J그룹의 신데렐라로 만들어주신 분인데, 은혜는 갚아야 하지 않아?"

제 할 말만 하고서 그는 그녀의 곁을 스쳐 지나갔다. 쾅 하고 문이 닫힘과 동시에 찾아온 캄캄한 어둠 속에서 모든 소리가 사라지고 조금 전들었던 그 말도 안 되는 목소리가 뒤엉켜 울렸다.

온몸에 떨림이 그치지 않았다. 머릿속을 지배한 공포와 절망감이 그녀를 자꾸만 수렁으로 빠뜨렸다. 이내 비틀린 입술 사이로 섬뜩한 웃음소리가 흘러나왔다.

"하, 하하하, 하하하하!"

지독히도 메마른 음성. 하령은 한 손으로 제 얼굴을 꽉 움켜쥐고서 입술을 한껏 깨물었다. 지난날의 기억이 속절없이 발목을 잡고 늘어진다.

항상 이상했던, 뭔가 모르게 너무나도 이상했던 과거의 퍼즐이 이제야 완성됐다.

"그래, 그랬구나. 그래서 내가 아무리 발버둥 쳐도 똑같았던 거야. 아무리 노력해도, 난 미운 오리 새끼였던 거지."

처음 보육원에서 입양이 결정되었을 때, 하령은 그곳에 있는 모든 아이들에게서 부러움을 받았다. 어릴 땐 그저 굉장한 부잣집의 공주님이 되었다는 사실에 기쁘고 설렜다. 엄마와 아빠, 그리고 오빠와 언니라고 부를 수 있는 가족이 생긴다는 사실에 가장 행복했다. 하지만 그 행복은 그 순간이 마지막이었다.

몰려든 기자들의 플래시 세례를 받으며 커다란 저택에 도착했을 때, 하령은 이곳이 동화 속에 나오는 성이 아니란 사실을 금방 깨달았다.

그 저택에 가족은 없었다. 엄마도, 아빠도, 언니, 오빠 역시도. 가장 먼저 배운 말은 회장님, 이사님이었다. 그조차도 제대로 부를 수 없고, 볼 수 없는 얼굴들. 지금 생각해 보니, 결국 자신은 그 거대한 저택에 갇힌 것이었다. 허튼 짓 할 수 없게. 삐뚤어진 진실이 결코 세상 밖에 드러나지 않도록. 백하령이라는 잘 만들어진 인형을 연기해야 했던 거다.

하지만 그 사실을 몰랐던 아이는 어른들에게 사랑받기 위해서 노력했다. 작은 칭찬이라도 들을까 항상 웃는 얼굴을 하고 예쁘게 있으려고 했다. 다른 아이들이 1등을 하면 엄마, 아빠가 좋아해 주는 것을 보고 하령은 뭐든지 1등을 놓친 적이 없었다. 그리고 정말로 회장님은 처음으로 제 눈을 바라보면서 말해주셨다.

"그 정도에 만족하지 마라. 남한테 절대로 지거나 조금이라도 뒤처져선 안 돼. 조금이라도 뒤처지면 네 발밑은, 바로 벼랑 끝이다."

결코 칭찬이 아니었는데도 저를 봐주었다는 사실이 너무 좋아서 그 뒤로도 죽어라 노력했다. 오직 회장님께 다시 한 번 그 칭찬 같지 않은 칭찬을 받기 위해서. 그리고 인정받기 위해서. 진짜, 가족이 되기 위해서.

'그런데, 전부 소용없는 짓이었네.'

이제야 납득했다. 그래서 백영진은 자신을 여동생으로 절대 받아들일수 없었던 것이다. J그룹의 수치니까. 결코 끼지 말아야 할 이방인이니까. 아마 이 사실이 알려지면 J그룹의 이미지는 한순간에 곤두박질 칠 게 분명하다. 시한폭탄을 안고 있는 기분이었겠지. 하지만 그렇다고 놓을 수도없는, 말도 안 되는 골칫덩어리. 그걸 어떻게 가족으로 받아들이고 싶겠어. 차라리 생판 남이라면 또 몰라도. 아버지의 부적절한 허물의 결정체인데.

얼굴을 붙잡고 있는 손끝에 힘이 들어갔다.

"지금껏 난 뭘 한 거지. 난 이제 뭘 해야 하지. 대체, 대체!"

아, 아, 아⋯⋯.

울음을 터뜨리고 싶은데, 누구라도 원망하면서 미친 듯이 울고 소리 지르고 싶은데⋯⋯. 그조차도 할 수가 없다. 제대로 우는 법을, 배운 적이없으니까.

울면 제 자신이 더 비참해져서, 그리고 미움받을까 봐. 그렇게 버림받을까 봐 제대로 울어본 적이 한 번도 없었다.

"아⋯⋯ 아⋯⋯ 아⋯⋯ 아!"

하령은 그저 허망하게 악을 썼다. 텅 빈 소리를 쓰디쓰게 내뱉으며 눈을 질끈 감았다.

생판 모르는 남도 아니고, 핏줄이라는데 더 멀어진 느낌이다. 이젠 노력조차 할 수 없이 영원히 가족이 될 수 없다고, 넌 백하령이 아니라고 존재 자체를 부정당하고 말았다.

무릎이 바닥 끝에 닿고, 절망이 짓누르는, 더 이상 떨어질 곳 없는 맨바닥 아래에서 철저히 깨닫고 또 깨달았다.

'나한테는 이제 아무것도 없어. 아무것도⋯⋯.'

그때 문이 열리면서 빛이 깜빡였다. 하지만 그 빛은 더없이 차가웠다. 문을 열고 들어온 사람은 다름 아닌 백건 회장이었다. 하령은 마른 눈물이 가득한 눈으로 그를 올려다보았다.

백 회장은 무너진 하령의 앞으로 태연하게 걸어와 섰다. 그러곤 소름 끼칠 정도로 차분한 목소리로 말했다.

"결국 터지고 말았군. 하긴 영진이 그 아이가 지금껏 잘 참고 있었지."

"⋯⋯회장님⋯⋯."

그는 지독히도 무미건조한 시선으로 하령을 바라보았다.

"고작 이렇게 무너진 거냐? 더 악착같이 버텨야지. 내가 말하지 않았나? 뒤처지면 바로 벼랑 끝이라고."

"⋯⋯."

"자, 이제 어쩔 테냐. 이제 진짜 넌 네 손에 아무것도 쥐면 안 되는데. 하지만 아무것도 쥐지 못한다면 넌 이대로 끝이다. 차라리 네가 진짜 입양된 내 딸이라면 오히려 동정의 시선이라도 받겠지만, 사생아라는 게 알려지면 네겐 아무것도 없어."

하령은 마치 벼랑 끝에 서 있는 기분이었다. 백건 회장이, 백영진 이사가 저를 밀어뜨리려고 하고 있었다. 여기서 떨어지지 않으려면 어떻게 해야 하지? 그의 바짓가랑이라도 붙잡고 매달려야 하는 건가?

"그래서 나는 네가 무슨 수를 써서라도 악착같이 살아남기를 바랐는데. 그 어떤 짓을 해서라도 말이야."

그 어떤 짓?

하령은 천천히 고개를 들었다. 잔뜩 그늘이 진 그의 얼굴은 수라와도 같았다. 자신을 밀어뜨릴 수도, 혹은 살릴 수도 있는.

그래도 한때는 양아버지라고 생각하며 진짜 가족이 되고 싶었지만, 자신의 몸 안에 그의 피가 흐르고 있다는 사실에 소름이 돋았다.

"난 네게 시간을 오래 줄 수 없다."

사형선고처럼 떨어지는 목소리에 하령은 그의 앞에 무릎을 꿇고서 고개를 숙였다. 입술이 하얗게 부서지고, 바닥에 떨어진 손등이 터질 듯이 떨려왔다. 이제는 더 이상 방법이 없다. 그가 내미는 일말의 자비라도 붙들어야 한다. 지금 자신에게 내려온 이 동아줄이 반대로 제 목을 조르는 올가미가 될지라도!

"도와주십시오."

"……."

"제가 할 수 있는 게 무엇인지, 회장님은 알고 계시지 않습니까. 그래서 지금 제 앞에 계시는 것이 아닙니까? 괜한 시간 낭비를 하실 분이 아니십니다."

백 회장은 여전히 무심한 시선으로 하령을 응시했다.

"비참한 길이 될 게다. 네가 지금껏 걸어온 길과는 차원이 다른."

"전 이미 떨어질 데까지 떨어졌습니다. 이 이상 비참할 것도 없지요. 아니, 더 비참해야 한다고 해도 살 수만 있다면. 예, 저도 이젠 무슨 짓을 해서라도 살아야겠습니다."

지렁이도 밟으면 꿈틀한다고 했다. 이미 모든 것을 잃었는데, 여기서 무엇이 더 두려울까. 어느새 살아야겠다는 독기가 차오른 눈으로 하령은 백 회장을 똑바로 바라보았다. 그리고 그 모습에 백 회장은 속으로 만족스런 미소를 띠며 속삭였다.

"이제야 네가 이곳에서 살아남는 법을 제대로 깨달은 것 같구나. 정정당당하게 해서는 이 바닥에서 절대로 버틸 수 없지. 특히 너는 더더욱. 네가 할 수 있는 모든 것을 이용해서 전부 다 가져보거라. 네가 감히 욕심내지 못했던 것조차도 전부! 난 네가 빼앗은 것을 다시 뺏을 생각은 없다. 그걸 다른 사람에게 줄 생각도 없어."

하령은 백 회장의 말에 부들부들 떨었다. 지금 그는 J그룹 후계자 자리를 두고 말하고 있었다. 백영진을 두고 제게도 기회가 있다고. 너 역시 그자리를 욕심낼 수 있다고. 그럴 수 있다고······.

"그게 내가 네 친아버지로서 해줄 수 있는 전부다. 그리고 약간의 도움은 주지. 이걸 사용할지 말지는 네 자유야."

백 회장은 USB 하나를 건네주었다. 그걸 보는 순간 불길한 느낌이 자신의 손목을 붙잡는 기분이었지만 하령은 고개를 가로저으며 그것을 움켜쥐었다.

"어쩌면 그것이 널 살릴 수도 있겠지만, 반대로 죽일 수도 있어. 그걸 어떻게 사용할지는 온전히 너에게 달려 있다. 난 여기까지다."

그는 그대로 방을 빠져나갔다. 나지막이 울리는 지팡이 소리가 멀어지고, 하령은 손에 쥔 작은 USB를 뚫어져라 바라보며 마른침을 삼켰다. 대체 이게 뭘까. 이게 무엇이기에 나를 살릴 수도, 죽일 수도 있다는 거지?

알 수 없는 두려움이 엄습했지만 하령은 억지로 그것을 꽉 움켜쥐었다. 그렇다고 이걸 놓을 수는 없다.

'더 이상 나는 물러날 곳이 없어!'

## 7. 드러난 과거의 조각

데이트. 역사적인 첫 데이트! 세단은 들뜨고 설레는 마음을 진정시키기 위해 애를 쓰며 병원 밖으로 나와 윤성을 찾기 시작했다.

"어디 있는 거야? 분명 병원 밖에서 만나자고 했는데……."

개미 새끼 한 마리도 보이지 않자 세단이 휴대폰을 들어 올린 순간, 그녀의 앞으로 익숙한 차 한 대가 멈춰 섰다. 세단은 얼른 자연스럽게 앞좌석에 올라탔다. 그러고 보니 예전에 여기 앉았다고 막 뭐라고 했는데 이젠 여자 친구니까 상관없겠지?

'여자 친구. 꺄아!'

그야말로 낯간지러우면서도 듣기 좋은 말! 그런데 뭔가 이상했다.

'왜 아무 말이 없지?'

세단이 고개를 휙 돌리자, 윤성은 그녀를 빤히 쳐다보고 있었다. 왠지 모르게 야릇한 분위기에 세단은 저도 모르게 마른침을 꿀꺽 삼켰다.

'뭐, 뭐야. 왜 저렇게 빤히 쳐다봐? 설마 짐승의 본능이 막 깨어나는 건가? 이제야 예쁘게 꾸민 내 모습이 제대로 보이는 거야? 그래서 막 키스

하고 싶은…….'

자신이 생각해도 참 얼토당토않은 상상이었다. 그런데 상상이 끝나기도 전에 윤성이 천천히 그녀를 향해 다가오기 시작했다. 세단은 눈을 휘둥그 렇게 뜨고서 상상이 현실이 되는 이 엄청난 광경을 보고만 있었다.

'설마 진짜야? 그래도 벌써부터 이러면 안 되는데……. 안 되긴 뭐가 안 돼! 다 큰 성인인데. 이보다 더한 것도 할 나이지, 암!'

세단은 점점 다가오는 그의 뜨거운 시선에 살며시 눈을 감고서 입술을 슬쩍 내밀었다. 심장이 쿵쾅거리다 못해 터질 것만 같았고, 기다리는 1분 1초가 그렇게 느릴 수가 없었다. 아니, 잠깐, 이건 너무 느린데?

그때, 윤성이 안전벨트를 잡아당기면서 어느새 눈을 말똥말똥 뜨고 있는 세단에게 짧게 말했다.

"뭐하는 거야? 안전벨트 안 매?"

"아, 아니에요! 지금 막 하려고 했는데!"

세단은 벌게진 얼굴을 감추며 그의 손에서 억지로 안전벨트를 빼앗았다.

젠장, 이렇게 쪽팔릴 수가! 이렇게 민망할 수가!

'그래도 눈치 못 챘겠지? 그렇겠지! 나만 자연스럽게, 아무렇지도 않게 행동하면!'

하지만 그런 그녀의 바람은 그저 바람일 뿐. 그는 웃음기가 묻어나는 목소리로 속삭였다.

"엉큼하긴."

"아니에요! 아니에요! 그런 이상한 맘 품은 거 절대로 아니라고요!"

세단은 금방이라도 울 것 같은 표정으로 윤성을 향해 손까지 휘저으며 변명했다.

눈치는 더럽게 빨라요! 아니, 그래도 이런 건 그냥 모른 척 넘어가 줄 수도 있는 거잖아! 아니면 내가 정말로 엉큼한 건가? 그런 거야? 내 머릿속은 정말로 그렇게 음란마귀만 가득한 거냐고!

결국, 세단은 체념하듯 한숨을 내쉬며 인정하고 말았다.

"그래요, 했어요. 키스해 줄까 싶어 기대했어요! 좋아하는 남자한테 그 정도는 바랄 수도 있잖아요! 내가 무슨 풋풋한 첫사랑을 하는 어린애도 아니고, 연애 처음 하는 풋내기도 아니고, 이보다 더한 것도 바랄 수 있는 나이지! 이건 자연스러운 거예요. 내가 절대로 엉큼한 게 아니라…… 읍!"

세단은 말을 끝까지 맺을 수가 없었다. 순식간에 윤성의 입술이 그녀의 입술을 스쳐 지나간 것이다. 입맞춤이라 부르기도 민망할 정도로 짧은 찰 나였지만 입술에 남은 그의 온기는 결코 가볍지 않았다.

"어디 갈 거야?"

그는 너무나도 태연하게 운전대를 잡고 있었다. 세단은 놀라 벌렁거리 는 가슴을 붙잡은 채 윤성을 보았다. 그 시선에 결국 태연한 척하던 그의 표정도 무너지면서 귓불이 살짝 빨갛게 달아올랐다.

"그렇게 구구절절 키스해 달라고 하더니, 그렇게 얼어버리면 어떡해?"

"이건 키스가 아니라 뽀뽀죠."

"뭐?"

"솔직히 닥터도 나랑 같은 생각한 거죠? 그렇죠?"

"됐고. 어디로 갈 거야?"

세단은 고작 짧은 뽀뽀 하나에 미친 듯이 동요하는 자신을 들키고 싶 지 않았다.

'그건 더 부끄럽다고!'

그녀는 애써 침착하게 내비게이션을 찍었다.

"이대로 가주세요."

윤성은 괜히 아무렇지 않은 척하는 그녀를 힐긋 보며 저도 모르게 옅 은 미소를 지었다. 스스로 이렇게 잘 웃는 사람이었나 싶을 정도였다. 그 녀와 함께하면서 조금씩 자신도 몰랐던 감정들을 하나둘 배워가는 것 같았다. 그녀가 얼마나 동요하고 있는지, 저로 인해 심장이 두근거리는 것까지 전부 느낄 수 있었으니까. 그 모습이 무척이나 사랑스러웠지만 그는 절대로 내색하진 않았다. 아직은 그녀처럼 겉으로 표현하는 것이 서툴렀으니까.

사실 짧은 뽀뽀가 아니라 더한 걸 하고 싶었지만 그는 억지로 속내를 꾹 누르고서 그녀가 원하는 곳으로 부드럽게 차를 움직였다.

세단이 찍어준 주소에 도착한 윤성은 기가 막혔다. 반면 그녀는 무척이나 흥겹게 콧노래까지 불러가며 안전벨트를 풀었다.

"얼른 가요, 나 배고파요."

"어쩐지 가는 길이 너무 익숙하다 싶었지. 배고프다면서 대체 왜 집으로 온 거야?"

그들이 도착한 곳은 바로 레지던스였다.

"각자 집에서 밥 먹자 이건가?"

"아니죠! 닥터 집에서 같이 먹자 이거죠."

"뭐?"

"닥터 집에서 같이 먹고 싶다고요. 사실 사람들 바글바글 있는 곳에 가는 것보다는 집에서 이렇게 먹는 게 더 편하지 않아요? 나 나름 닥터 배려해 준 건데."

사실 사심과 흑심도 한가득 있었다. 이런 식으로 그의 집에 계속 들락날락하면서 박세단이라는 여자를 그의 개인 공간에 팍 새기고 싶다고나 할까?

윤성은 생글생글 웃고 있는 세단을 을 향해 역시나 날카로운 한마디를 던졌다.

"뭔가 딴 맘도 있는 것 같지만."

"그, 그런 거 없어요!"

"나도 이게 편하니까, 그냥 넘어가도록 하지."

"그런 거 없다니까! 그런데 늑대인간 능력 중에 막 다른 사람 마음 읽고 그런 것도 있어요?"

"없어. 역시 딴 맘 있었군."

"없다니까요!"

하여튼 눈치는 엄청 빨라요. 그냥 저 눈을 마주하면 속내가 막 꿰뚫리는 것 같아. 늑대인간은 다 그런가? 하긴, 다른 늑대인간을 만나봤어야 알지.

윤성이 먼저 차에서 내렸고, 세단도 그 뒤를 따랐다.

세단은 윤성의 옆으로 쪼르르 달려가서는 그의 손을 꼭 쥐었다. 이젠 제법 익숙하게 느껴지는 그의 뜨거운 체온이 너무 기분 좋았다. 물론 그는 아직까지 이런 스킨십을 영 어색해하고 낯설어했지만, 예전처럼 매몰차게 뿌리치거나 밀어내진 않았다. 대신 아주 천천히, 그녀의 작은 손을 마주잡았다.

너무나도 부드러운 그녀의 손이 손바닥 가득 느껴지면서, 찌릿한 무언가가 심장을 자극했다. 평소보다 예민하게 반응하는 감각 덕에 윤성은 그녀의 움직임 하나하나가 더욱 선명하게 와 닿는 느낌이었다. 하지만 그러한 느낌이 결코 싫지는 않았다.

세단은 그의 조그만 변화를 알아채고 서서히 제게 다가오는 움직임에 손끝을 타고 흐르는 두근거림을 느끼며 미소를 지었다.

"닥터 손 진짜 따뜻해서 너무 기분이 좋아요. 사실 제가 손이 좀 차갑거든요. 겨울에는 계속 옆에 꼭 붙어 있고 싶다."

"이상한 말 하지 마."

"우리 크리스마스 때 광화문 광장에 가요. 거기에 아주 큰 트리를 세우는데, 같이 보면 좋을 것 같아요. 거기다가 소망 편지도 써보고, 소원도 빌고. 나 그런 거 진짜 좋아하거든요! 사랑하는 사람이랑 꼭 한번 같이 해보고 싶었어요."

"그런 거 미신이야. 게다가 날 배려해 준다며? 그런데 사람 바글바글한 곳에 가자고?"

"미신이라도 이건 달라요! 이번 크리스마스가 아니더라도 상관없어요. 다음 크리스마스도 있고, 또 그다음 크리스마스도 있고. 그때쯤엔 닥터도 사람들과 어울리는 게 조금은 더 익숙해지지 않을까요?"

순간 그의 표정이 살짝 어둡게 가라앉았다.

"나는 닥터가 앞으로는 절대로 외롭지 않았으면 좋겠어요. 물론 내가 계속 옆에 있을 테지만, 다른 사람들과도 어울리면서 그렇게……."

"괜한 데에 힘 빼지 마."

"뭐라고요? 아……."

손을 잡고 있던 손이 어느새 그녀의 어깨를 감싸 안았다. 세단은 살짝 놀라 말끝을 흐렸고, 윤성은 그 상태 그대로 태연하게 걸음을 옮겼다.

"가서 밥이나 먹자. 그 뱃속에서 아까부터 계속 꼬르륵거려."

"아, 아니에요!"

물론 좀 꼬르륵거리긴 했지만, 아주 살짝이었는데 설마 그걸 들은 거야?

"근데 집에 먹을 게 있을지 모르겠네. 그냥 대충 나가서 먹을까? 예쁘게 차려입었는데 안 아까워?"

"그냥 아무거나 대충 먹……."

잠깐. 예쁘다고?

세단은 고개를 번쩍 들었지만 윤성은 그 시선을 무시했다. 세단의 눈이 샐쭉해졌다. 분명 들었다. 예쁘게 차려입었다고. 그 말은 즉, 내가 오늘 예쁘다는 거잖아! 신경 안 쓰는 줄 알았는데.

순간 얼굴이 화르르 달아올랐다. 세단은 눈을 질끈 감은 채 터져 나오려는 환호를 꾹 눌렀다. 뭐지, 뭐지! 키스해 준 것만큼이나 기분 좋아!

애써 달뜬 표정을 감추려고 하는 세단을 윤성은 가만히 바라보았다. 자연스럽게 화제를 돌릴 수 있어서 다행이었다. 그녀가 말하는 미래에 대해 윤성은 어느 것 하나 약속해 줄 수 없었으니까. 그가 그녀에게 약속해 줄 수 있는 것은 미래가 아닌, 지금 이 순간뿐이었으니까.

윤성의 집으로 온 세단은 식탁에 앉아서는 손에 턱을 괴고서 요리하는 그의 뒷모습을 흐뭇하게 바라보았다.

어쩜, 뭘 해도 저렇게 멋질까. 하얀 셔츠 소매를 살짝 걷고서 여유로운 움직임으로 가스 불을 켜는 저 남자. 다른 누구도 아닌 사랑하는 여자를 위해서 손수 요리를 하는! 물론 드라마에선 이럴 때 남자가 칼도 멋있게 잡고, 화려한 불쇼도 선보이지만, 현실에서는 그저 라면 봉지를 뜯고 라면 물을 계량컵으로 재고 있다. 그렇다. 지금 그는 어느 누구라도 쉽게 할 수 있는 한국인의 친근한 친구, 라면을 끓이고 있었다. 그것도 굉장히 진지하고도 신중한 표정으로. 그 모습만 보면 일류 셰프 뺨을 후려치고도 남을 정도였다.

"진짜 라면이에요?"

"말했잖아, 먹을 거 없다고."

"아무리 그래도 저 큰 냉장고가 그렇게 텅텅 비어 있을 줄이야······."

솔직히 볶음밥이라도 할 수 있는 재료는 있을 줄 알았다. 그런데 정말로 냉장고는 텅텅 비어 있었다. 그 안에 있는 거라곤 고작 생수 몇 병이 전부. 전기 돌아가는 값이 아깝다, 정말.

그러면서 온도계는 어디서 났는지 라면 물의 온도를 재던 윤성이 한마디를 던졌다.

"지금이라도 안 늦었어. 집에 가서 혼자 먹어."

"아니에요! 라면도 먹는 거죠! 한국인의 영원한 베스트 프렌드! 저 라면 완전 좋아해요. 엄청 좋아해요. 일주일 내내 라면만 먹은 적도 있어요! 라면을 발명한 사람은 노벨상을 받아야 한다니까요! 매번 먹어도 어쩜 그렇게 질리지 않고 맛있는지."

마침내 적당한 온도가 됐는지 라면을 물에 집어넣으며 스프까지 알맞은 양으로 조절해서 넣는 그의 손놀림은 무척이나 섬세했다.

"의사는 자기 몸 관리 알아서 철저히 해야 한다고 했지? 그런데 일주일 내내 라면만 먹은 게 자랑이야?"

이번엔 초시계를 들고서 라면을 휘젓는 그의 눈빛은 무척이나 진지했다. 0.1초라도 틀리지 않고 조리법대로 끓여내겠다는 의지에 찬 눈빛. 그리고 마침내 그의 입술이 엷은 곡선을 이루었다. 윤성은 제대로 끓은 라면을 세단의 앞에 내려놓았다.

"밥 좀 챙겨 먹어."

세단은 식욕을 자극하는 라면의 짜릿한 향기에 군침을 삼키며 얼른 젓가락을 들었다.

"라면을 이렇게 정성껏 끓여주시는 마 교수님이 하실 말씀은 아닐 텐데요? 그런데 같이 안 드세요?"

"별로 식욕 없어."

"나보고는 건강관리 철저하게 해야 한다고 해놓고선."

"장담하건대 내가 박 선생보다 100배는 건강할걸?"

세단은 라면을 입안으로 호로록 집어넣었다.

"그런 말이 나와서 말인데요, 이건 진짜 순수한 호기심인데."

윤성은 세단의 맞은편에 앉아서는 그녀가 마실 물을 챙겨주었다.

"또 무슨 순수한 호기심?"

"물어봐도 돼요?"

젓가락질까지 멈추고서 눈을 반짝이자 윤성은 그녀의 손을 잡고서 다시 젓가락질을 하게 만들었다.

"내가 안 된다고 해서 안 할 것도 아니잖아?"

거의 반쯤은 체념한 상태라고 할까? 솔직히 지금껏 아무것도 묻지 않고 있는 게 더 이상했다. 늑대인간에 관해서······.

"기본 예의를 지키는 거죠. 그리고 싫다고 하시면 안 물어볼 거예요."

"뭐가 궁금한데?"

그의 목소리가 한층 부드럽게 울렸다. 세단은 그런 그의 모습에 용기를 내고서 조심스럽게 입을 열었다.

"뭐 다른 능력은 없어요?"

"다른 능력?"

젓가락을 다시 쥐어준 것이 무색하게 세단은 오직 그에게 집중하며 더욱 눈을 반짝였다.

"보름달이 뜨면 모습이 바뀌던데, 그거 말고 다른 능력이요! 영화나 드라마 보면, 그래, 초능력! 막 날아다니거나, 물건을 둥둥 띄우거나! 순.간.이.동."

왠지 모르게 굉장히 기대에 찬 눈동자에 윤성은 실소를 머금었다.

"네가 본 늑대인간은 그래? 내가 본 늑대인간은 늑대의 모습을 한 괴물로 변하던데."

"벼, 변해요? 하지만 보름달 떴을 때 그런 무서운 모습은 아니던데."

사실 좀 의아하긴 했다. 영화에 나오는 늑대인간은 결코 잘생기거나 근사한 모습은 아니었으니까. 하지만 그는 굉장히 신비스러웠는데…….

"머리에 귀가 솟아요? 털도 온몸에 막 북실북실 생기고? 굉장히 무서운 모습으로 변하기도 하는 거예요?"

"왜? 싫어? 이제야 내가 무서워진 건가?"

하지만 세단은 고개를 마구 가로저었다.

"천만에요! 나 맹수 엄청 좋아해요. 그런 거에 겁먹지 않는다고요. 내가 잘 조련하면 되죠, 뭐."

그가 어떤 모습으로 바뀔지라도 전부 끌어안아 주리라. 그 모습조차도 사랑해 주리라!

세단은 두 팔을 활짝 펼치고서 외쳤다.

"그러니까 걱정하지 말고 내 앞에서 그냥 편하게 변해요! 난 전부 다 받아줄 테니까! 악!"

점점 오버가 심해지자 윤성은 결국 가볍게 꿀밤을 먹였고, 세단은 새된 비명을 지르며 그를 노려보았다.

"뭐예요!"

"그런 영화들 때문에 늑대인간에 대해 괜한 오해와 선입견이 생기는 거야. 그렇게 안 변하니까 걱정하지 마. 그리고 초능력, 순간이동 그런 능력도 없어. 그냥 남들보다 감각이 배는 발달해서 외과의로서는 최고일 뿐이지."

"헐. 그럼 보고 만지면 안다는 의미가 그런 의미였어요?"

"맞아. 보기만 해도 남들이 보지 못하는 것을 보고, 만지기만 해도 남들이 느끼지 못하는 걸 느끼니까."

"대박. 그런 편법을 쓰고 있었다니. 난 그런 줄도 모르고 어떻게든 닥터를 쫓아가려고 했는데, 백날 천날 해도 안 되는 거였네. 타고난 걸 어떻게 이겨."

"그래서 말했잖아, 넌 죽어도 나 못 따라온다고."

"뭔가 엄청 억울하네요."

"억울할 필요 없어. 남들이 가지지 못하는 걸 하나 가진 대신, 남들이 가진 더 많은 걸 가지지 못했으니까."

남들에겐 너무나도 당연한 평범함을 자신은 가지지 못했다. 그래서 지금껏 혼자였고 앞으로도 혼자여야 한다. 게다가 난생처음으로 욕심이라는 걸 갖게 만든 이 여자를 위해서, 자신은 또 혼자가 되어야만 한다.

왠지 모를 쓸쓸한 말을 너무나도 무덤덤하게 내뱉는 그의 모습에 세단은 마음이 싸해져 얼른 말머리를 돌렸다.

"닥터한테 내가 첫사랑이죠?"

"왜 그렇게 단정해?"

"그럼 아니에요?"

당연하다고 생각한 데서 부정적인 반응이 돌아오자 세단은 살짝 충격을 받았다. 설마, 다른 여자가 있었나? 다른 사람들 옆엔 얼씬도 안 하면서. 가까이 오지도 못하게 해놓고선 대체 다른 어떤 여자를 옆에 두고 있었는데!

"그냥 떠보는 거죠? 내가 첫사랑 맞잖아. 그렇죠?"

"아니, 그건 아닌데."

헉! 그녀는 쥐고 있던 젓가락을 놓쳐 버리고 말았다.

젠장, 이건 내 무덤을 판 거야. 사귀는 남자한테 과거를 묻다니. 박세단, 너 정신 나갔니? 이 연애고자야!

얼굴색이 흙빛으로 굳어져선 이내 잔뜩 울상이 된 세단을 윤성은 지그시 바라보며 피식 웃었다. 다른 여자라니. 그럴 리가 있겠는가. 지금껏 그의 세계에 아무렇지도 않게 성큼성큼 걸어온 여자는 박세단, 오직 그녀뿐이었다. 자신에겐 결코 있을 수 없는 것이라 여겼던 감정을 일깨운 여자. 반드시 지키고 싶다는 생각을 하게 한 것도, 처음으로 누군가를 향한 간절한 그리움을 느끼게 해준 것도, 지독히도 뜨거운 열망과 전부를 가지고 싶다는 욕심까지 품게 만든, 모든 것이 제겐 처음인 사랑이자,

"좋아요! 다 괜찮아요. 나 그런 일로 삐치거나 마음에 품는 그런 속 좁은 여자 아니에요. 그래도 닥터 옆에 앞으로 평생 있을 여자는 내가 유일할 테니까, 그럼 됐어요."

아마도 평생을 그리워하게 될 마지막 사랑.

그의 눈빛이 한순간 슬프게 흔들렸지만, 아주 찰나의 순간이었다.

"그럼 박 선생은 내가 첫사랑이야?"

뜬금없이 나온 한마디에 세단은 저도 모르게 움찔했다.

이거, 대답을 어떻게 해야 하는 거지?

"아, 첫사랑은 아니지. 박 선생 남자 친구한테 차이고 펑펑 울었잖아."

"그건 차인 게 아니고 제가 찬 거예요!"

"아무튼 내가 첫사랑은 아닌 거잖아."

아, 내 최근의 과거를 너무 잘 알고 있어!

"하하, 당연히! 첫사랑은 아니죠. 하지만 그게 그렇게 중요해요? 난 있죠. 지금껏 만난 남자들에게 전부 다 다른 사랑을 느꼈고, 다른 사랑을 줬어요. 그럼 결국 다 첫사랑 아닌가?"

"아하, 결국 첫사랑이 그렇게 무수히 많다? 만난 남자들이 많아서?"

"아니, 그게…… 그렇게 많지도 않아요!"

뭐야, 말을 하면 할수록 내가 불리해지고 있는 것 같은 이 느낌은!

"그래도, 내가 먼저 이렇게 안절부절못한 건 닥터가 처음이에요."

"……"

세단은 애꿎은 젓가락을 빙빙 돌리면서 작게 속삭였다.

"내가 먼저 좋아했고, 더 많이 좋아하고, 앞으로 더 많이 좋아해 주고 싶고, 귀찮고 낯간지럽기만 했던 연인들끼리의 닭살스러운 기념일도 하나하나 다 챙기고 싶고. 온몸이 간질간질한 제대로 된 연애를 해보고 싶다고 느낀 건, 정말로 당신이 처음이에요."

말을 하면 할수록 온몸에 열이 오르고 심장 주변이 간질간질해지면서 쑥스러워 미칠 것 같았다. 그래도 그에겐 제 감정을 있는 그대로 솔직하게 말하고 싶었다. 평생을 외로웠던 사람이니까, 이젠 절대로 외롭지 않게. 당신은 사랑받고 있다고. 아주 많이 사랑받고 있다고.

하지만 정작 윤성의 표정은 밝아지지 않았다. 크리스마스 얘기부터 지금까지. 미래를 꿈꾸는 세단의 말에 자꾸만 묵직한 통증이 일었다. 그녀가 말하는 미래에 자신은 없을 테니까. 끝까지, 함께할 수 없을 테니까.

"이제 다 먹었지? 궁금한 것도 대충 다 물은 것 같고, 얼른 집에 가. 늦었어."

다 먹은 그릇을 얼른 뺏어 개수대에 넣고서 설거지를 하기 시작했다.

평소 정리정돈도 잘 안 하는 사람이 저렇게 손수 뒷정리를 하는 걸 보니, 아무래도 얼른 가라는 무언의 압박 같았지만 세단은 그에게 꼭 물어보고 싶은 것이 한 가지 더 있었다.

그녀는 윤성의 옆으로 조심스럽게 다가가 비장한 표정으로 입을 열었다.

"닥터."

그를 부르는 목소리 역시 어딘지 모르게 의미심장했다. 어쩐지 불안하면서도 초조한 시선에 윤성이 그녀에게로 시선을 돌렸다.

"한 가지, 아주 중요하게 물어볼 게 있어요. 이건 진짜 아주아주 중요한 거예요."

"그게 뭔데?"

세단은 입만 달싹이면서 쉬이 말을 꺼내지 못했다. 그만큼 물어보기 어려운 말이라는 건데. 대체 뭐지? 무슨 일로 이러는 거지?

윤성은 슬쩍 자세를 낮추고서 세단과 눈을 마주했다.

"대체 뭔데."

"혹시나 말이에요."

"그래."

"혹시, 나보다 오래 살아요?"

"……뭐?"

"아니, 제가 그래도 조금 알아봤거든요! 판타지 소설이나 영화 같은 거. 근데 그런 거 보니까 닥터 같은 존재들은 전부 다 수명이 장난 아니던데! 막 몇 백 년은 훌쩍 넘기기도 하고. 닥터, 지금 몇 살이에요? 100살은 넘었어요? 하긴 넘었겠지. 그럼 1,000살?"

그녀는 굉장히 진지했지만 윤성은 그녀의 질문이 하도 어이가 없어서 헛웃음을 내지었다. 그런 질문을 이렇게 심각한 표정으로 물어야 하는 거야?

"고작 그거야?"

"고작이라니요! 이건 엄청 중요한 문제라고요!"

"내가 너보다 오래 살까 봐? 그래서 너 혼자 할머니 될까 봐?"

이래서 영화나 소설이 문제다. 불멸의 사랑이니 뭐니 쓸데없는 설정을 만들어서는.

하지만 세단의 반응은 윤성이 생각한 것과 달랐다.

"나보다 오래 살면, 참 다행이다 싶어서요."

"……."

"내가 너무 이기적일지도 모르겠지만, 그래도 솔직히 안심이에요. 절대로 닥터가 나보다 먼저 죽는 일은 없을 거 아니에요. 난 이제 더 이상 소중한 사람이 나보다 먼저 떠나는 거, 그거 너무 싫거든요. 그런데 닥터는 내가 죽을 때까지 쭉 내 옆에 있어줄 거 아니에요."

윤성은 그녀의 손을 마주잡았다. 어느새 부들부들 떠는 손이 애처로웠다.

"시간이 다르게 흘러가는 건? 나는 변하지 않는데, 넌 변해 버리잖아."

"나 변하면 사랑하지 않을 거예요? 나 늙으면 싫어할 거예요?"

"아니."

"거봐요. 마지막까지 닥터 옆에 있을 여자는 나라니까. 그럼 상관없어요. 설사 나 혼자 늙어버린다고 해도, 닥터는 지금 모습 그대로 절대 나보다 먼저 죽지 않을 거잖아요."

"……."

"만약에 내가 먼저 죽는 순간이 오게 되면, 내 옆에 있어줘요. 지금처럼 이렇게 내 손 꼭 잡고서."

그녀의 입에서 나오는 죽음이라는 단어에 윤성은 세단의 손을 더더욱 꽉 쥐었다.

이 세상에 그녀가 없다는 상상만 해도 끔찍한 상실감이 밀려들었다.

"진짜 이기적인 부탁이네."

"미안해요, 이렇게 못된 부탁해서."

"근데 미안하지만 수명은 너랑 나랑 비슷해. 시간도 똑같이 흘러가. 네가 늙으면 나도 늙을 거야."

"진짜요? 헐. 늑대인간 맞아요? 영화랑 완전 다른데?"

"그런 거 너무 믿지 마. 다 틀리니까. 그래도 너 먼저 죽지는 않을 거야."

그의 커다란 손이 그녀의 손을 폭 감싸며 뜨거운 온기를 나누었다.

"너보다 내가 훨씬 건강하니까. 다쳐도 금방 낫고. 스스로 회복이 가능하거든. 물론 너무 심하게 다치면 더뎌지긴 하지만."

"하아…… 다행이다."

그녀는 자기 자신의 변화와 죽음보다 자신에게 소중한 사람의 죽음을 훨씬 견디지 못했다. 그만큼 과거, 아버지의 죽음이 생각보다 깊게 그녀를 붙잡고 있다는 뜻이고 지금의 그녀에게 가장 큰 영향을 미치고 있기도 하다. 그렇다면 그 과거 속에 그녀를 죽음으로 이끌 사람에 관한 단서도 있지 않을까?

윤성은 처음으로 세단에게 제대로 물었다.

"당신 아버지."

"……."

"어떤 분이셨어?"

윤성의 입에서 아빠에 대한 얘기가 나오자 세단은 쓴웃음을 지었다. 아직까진 가슴 한구석이 아픈 기억이다. 아무리 시간이 흐르고 흘러도 결코 웃을 수만은 없는 그리운 순간들.

"좋은 분이셨어요. 항상 힘들어도 내색하지 않으셨죠. 그래서 난 아빠가 세상에서 가장 크고 힘센 사람인 줄 알았어요. 그런 분이 쓰러지셨을 때, 순식간에 작아진 아빠의 손을 잡았을 때, 정말로 너무 무서웠어요."

세단은 싱크대에 천천히 몸을 기댔고, 윤성은 그녀를 위해 커피를 타주었다.

"아, 설탕은 많이 넣어주세요, 아주 많이."

"몸에 안 좋은 것만 좋아하는군."

윤성은 설탕을 듬뿍 탄 커피를 건넸다.

"헤헤, 고마워요."

커피의 진한 향을 머금으니 그나마 조금 떨림이 진정되는 것 같았다. 물론 그의 이런 세세한 배려 때문에 더 그럴지도 모르지만.

그 역시 커피 한 잔을 들고서 그녀의 옆에 섰고, 세단은 자연스럽게 그의 팔에 머리를 기대었다. 또 다른 온기가 채워졌다. 아주 기분 좋게. 그래서 그 어느 때보다 편안한 마음으로 예전의 기억을 더듬었다.

이런 적은 정말 처음인 것 같았다. 예전 일을 떠올리면 아빠와 엄마한테는 미안하지만 너무 아프면서도 그립고, 보고 싶어서 한없이 외로워졌는데 지금은 옆에 그가 있어 아무렇지 않았다.

"하지만 그래도 다시 일어나실 거라고 생각했어요. 너무 말라서 작아진 손도 다시 금방 커질 테고, 예전처럼 다시 내 곁에 서실 거라고 생각했는데. 다시 아빠의 손을 잡았을 때는 이미 너무 차갑고 싸늘했죠. 이식 수술에 대한 희망이 절망이 되던 순간, 나조차도 견디기 힘들었는데 엄마는 더 감당 못 했을 거예요. 나는 아빠를 좋아했지만, 엄마는 아빠를 너무 사랑했으니까."

그렇게 엄마가 자신을 떠난 얘기까지 마쳤을 때 윤성은 제게 기댄 그녀의 어깨를 한 팔로 감싸주었다. 무섭지 않도록, 자신이 지금 옆에 있다는 걸 느끼게 해주고 싶었다.

"어머니를 찾고 싶진 않아?"

"엄마가 날 찾고 싶었다면 아마 진작 찾았을 거예요. 내가 찾지 못할 곳에 있는 것도 아니고. 그런데도 소식이 없는 걸 보니까, 엄마도 엄마 나름대로 잘 살고 있는 거겠죠. 나도 마찬가지고. 이젠 어른이잖아요. 엄마가 절실히 필요했던 나이는 이미 지났어요."

"……그렇군."

윤성도 세단과 같은 감정을 느꼈었다. 자신을 미워해도, 원망하고 증오해도 엄마가 곁에 있었으면 좋겠다고, 그래도 제 눈앞에 있었으면 좋겠다고 간절히 바라던 때가 있었다. 하지만 그 나이는 이미 지나 버렸고, 아이는 그렇게 혼자 커버렸다.

"그 순간을 원망하지 않아? 아무리 보상을 해줬다고 하지만 결코 해서는 안 되는 실수였어. 그 병원에서 계속 지내기 힘들었을 텐데. 물론 한국대병원 CS가 좋은 조건이기는 하지만."

세단은 엷은 미소를 지으며 제 어깨에 와 닿은 그의 손을 살포시 붙잡았다.

"물론 병원에 있으면 아빠 생각이 더 많이 나요. 하지만 정말 아이러니하게 그만큼 아빠와 많은 시간을 같이 보내고, 추억이 있는 곳도 병원이에요. 엄마와도 마찬가지고. 가족이 다 함께, 가장 오랜 시간을 보낸 곳이라 그런지 가끔 집 같다는 느낌도 들어요. 그래서 진짜 외롭고 힘들 땐 그냥 병원에서 하루 종일 있기도 했어요. 그 기억이라도 더듬고 싶어서."

아빠는 쓰러지기 직전까지 여러 지방을 오가며 일을 많이 했었다. 그만큼 집을 비우는 일도 많았고, 그래서 아빠가 병원에 있고난 후부터는 하루 종일 얼굴을 보고, 많은 얘기를 나누었다.

"처음엔 원망도 했지만, 이사장님께서 충분히 제게 사과와 용서를 구하셨어요. 그리고 엄마까지 떠난 뒤에도 내가 무너지지 않게 붙잡아주셨고, 도와주셨어요. 원망보다 고마움이 더 커질 때까지."

그런 이사장님도 재현과 관련된 일에서는 냉정해지기도 하셨지만 세단은 점점 시간이 지나면서 그런 이사장님을 어느 정도 이해할 수 있게 되었다. 그래서 미워지진 않는다. 가끔은 정말로 제게 남아 있는 마지막 가족 같다는 생각을 하고 있었으니까.

세단의 말을 듣는 내내 윤성은 천재현과 천강진 이사장을 떠올렸다. 그녀의 힘들고 외로웠던 과거에 빠지지 않는 존재들.

그는 천재현에 대해 묻고 싶은 게 많았지만 입을 열진 않았다. 자신이 모르는 시간을 그 녀석이 함께 공유하고 있다는 사실이 별로 마음에 들지 않았으니까. 그래서 다른 사람의 이름을 담았다.

"백하령이라고 했던가? 서로 가는 길이 너무 다르던데, 대체 어떻게 친구가 된 거야?"

"고등학교 때 내가 먼저 다가갔어요. 하령이가 겉으로는 차갑고 센 캐릭터처럼 보이지만 나랑 비슷해요. 외로움을 참 많이 타거든요. 더 자세한 건 하령이 개인사라서 말 못 하지만 이거 하나는 확실해요. 하령이, 너무너무 착하고 좋은 친구예요."

그녀는 백하령이라는 여자를 굉장히 신뢰하고 믿고 있는 것 같았다. 사실 딱히 이상한 점도 별로 없었다. 그런데 윤성은 이상하게 자꾸만 백하령이라는 여자가 거슬렸다. 처음 본 순간부터 묘하게 느낌이 껄끄러웠다.

"근데 저번부터 하령이한테 엄청 관심 갖네요. 설마 예뻐서 넘어간 거예요?"

"뭐?"

세단은 매서운 시선으로 윤성을 빤히 바라보았다.

"수상하다, 수상해. 물론 하령이가 나보다 조금, 아주 조금 더 예쁘긴 하지만! 역시 닥터가 늑대라서……."

"늑대에 관해서 이상한 오해하지 마. 그리고 이제 그만 집에 가고. 이렇게 늦은 시간까지 남자 집에서 너무 태연한 거 아니야? 아니면 역시 그런 사심이었나?"

"설마, 저 의식하시는 거예요?"

그저 가볍게 웃으며 한 말이었다. 그런데 윤성은 몸을 휙 돌려서는 한 팔로 그녀를 가두곤 낮게 가라앉은 시선으로 빤히 바라보았다. 세단은 저도 모르게 살짝 긴장해서는 마른 숨을 삼켰다.

저 시선은 언제 보아도 적응이 되질 않는다. 분명 렌즈로 눈동자를 가리고 있는데도, 회색빛이 일렁이며 자신을 꼼짝도 못하게 묶어두니……

"그래, 의식해. 나한테 어제 같은 배려를 또 바라지 마."

"……"

"날 너무 믿지 말라고."

"그럼 지금 이건……"

"겁주는 거야. 과연 먹혔을지는 모르지만."

"그런 거 안 통해요. 내가 닥터를 믿고 있으니까. 그런데 렌즈는 언제까지 낄 거예요?"

"왜?"

"회색이 더 예쁜 것 같아서. 답답하지 않아요? 나도 예전에 렌즈 껴봤는데, 그거 엄청 귀찮던데."

세단은 조심스럽게 손을 뻗어 그의 얼굴을 매만졌고, 윤성 역시 잠시 주춤하다 이내 그녀의 머리카락을 장난스럽게 헝클이고서 몸을 떼어냈다. 참고 있던 숨을 그제야 한꺼번에 토해내면서 세단은 쿵쾅거리는 가슴을 움켜쥐었다. 겁을 먹진 않았지만, 한 가지는 먹혔다.

'심장에, 심장에 안 좋아. 완전 안 좋아!'

하지만 기분은 좋다. 예전에는 너무 태연해서 여자로서 자존심도 좀 상했는데. 이제 그가 나를 의식하고 제대로 여자로 본다는 거잖아. 날 진심으로 좋아하는 느낌도 들고.

'집에서 하는 첫 데이트, 완전 성공이야!'

겨우 정신을 차리고 보니 오피스텔이었다. 시간이 지날수록 머릿속은 점점 더 냉정해졌다. 하령은 망설이던 마음을 다잡고서 USB를 노트북에 꽂았다. 파일은 딱 둘뿐이었다. 떨리는 손으로 마우스를 쥐고서 그것을 막 열려는 순간이었다.

휴대폰 불빛이 깜빡이는 게 그제야 눈에 보였다. 화면을 확인하자 익숙한 이름이 떠올랐다. 바로 재현이었다.

순간, 하령의 눈가가 뜨겁게 달아올랐다. 그녀는 저도 모르게 입술을 한껏 깨물었다. 두려웠다. 이 파일의 내용을 본 순간부터 닥칠 일들을 예상할 수 없어서 더 무섭고 떨렸다. 애써 아무렇지 않은 척하고 있었는데. 재현의 이름을 본 순간 그 모든 것들이 터져 나와 주체할 수가 없었다. 위로 받고 싶었다. 오늘 자신에게 일어났던 이 엄청난 일들을 누군가에게 털어놓고 위로받고 싶었다. 자신이 가장 사랑하는 남자에게…….

"……재현아……. 나 솔직히, 너무 무섭고 힘들어……."

하령은 문자를 확인했다. 꽤 시간이 흐른 문자였다. 아마 너무 정신이 없어서 보지 못했나 보다. 오늘 수고했다는 짧은 문자에 결과를 묻는 내용은 없었다. 그저 힘내라고 다독여 주는 그의 목소리가 들리는 듯했다. 결국 하령은 그에게 전화를 걸었다. 그녀는 어느새 그에게로 달려가고 있었다.

재현은 혼자 바에서 술을 마시고 있었다. 아무리 독한 위스키를 마셔도 자꾸만 머릿속으로 세단이의 목소리가 선명하게 떠오른다.

"교수님이 어제 나한테 좋아한다고 말해줬어."

애정이에게 말을 했지만 사실은 저에게 하는 말이었다. 그를 좋아한다고. 아주 많이 좋아한다고. 그러니까 너도, 이제 그만하라고.

"하아……."

희미한 불빛이 자꾸만 눈앞에서 깜빡였다. 오래된 재즈 음악이 귀에 거슬렸다. 전부 다 사랑을 노래하는 멜로디. 자신을 제외하곤 전부 다 누군가와 행복한 사랑을 하고 있는 걸까? 누구나 다 하는 걸 나는 대체 왜 할 수가 없는 걸까. 심장을 누군가 바늘로 찔러대는 것 같았다. 아무래도 심장이 또 아픈 모양이다. 아니, 이게 정상인 건가? 그래. 아닌 척, 괜찮은 척해도 괜찮을 리가 없다. 괜찮으면 그게 더 병신인 거지.

"빌어먹을……."

마 교수, 마윤성. 처음 만났을 때부터 기분이 좋지 않더라니. 자꾸만 세단이와 엮이는 모습이 계속 거슬리더라니. 밀어낼 작정이었으면 끝까지 밀어냈어야지 왜 갑자기…….

"하아, 천재현. 너 지금 진짜, 엄청 못났다."

재현은 술을 들이켰다. 취하고 싶은데 정신은 더 말짱해졌다. 그래서 정말 딱 미칠 것 같다. 정말, 미치겠다…….

그 순간, 제 옆으로 익숙한 온기가 느껴지자 재현은 흔들리는 시선으로 고개를 들었다. 그의 입가가 엷은 곡선을 그리며 입안으로 내내 간절히 맴돌던 이름을 내뱉었다.

"세단아……."

세단이, 세단이, 사랑하는 세단이가 눈앞에 있다. 평소와 똑같은 모습으로. 예쁘게 웃으면서.

그래, 꿈인 거야. 세단이가 마윤성, 그 남자를 좋아하다니. 세단이가 그럴 리가 없지. 내가 아주 나쁜 꿈을 꿨던 거야.

눈가가 파르르 떨리면서 한줄기 눈물이 주르르 흘러내렸다. 그러곤 하루 종일 참고 있던 진심을 취기에 섞어 조금씩 흘려보내기 시작했다.

"세단아, 박세단……. 나 사실, 하나도 안 괜찮아. 하나도 안 괜찮다고. 나, 너무 아파. 너무너무 아프다……. 네가, 마윤성 그 남자 좋아한다고 말했을 때 제대로 웃고 있는 것도 괴로웠어. 친구로서 응원해 준다는 말도 전부 다 거짓말이야. 그러니까 세단아."

그는 그녀를 향해 간절하게 애원했다.

"그냥 그 자리에 있으면 안 돼? 나한테 오라고 안 할 테니까. 그 남자한테 가지 말고, 아무 데도 가지 말고. 그냥, 그냥……."

손에 잡힐 듯 잡히지 않고, 눈에 보일 듯 보이지 않는다. 이제야 취해가는 걸까.

"대체 왜 나는 안 되는 건데. 왜 나는, 나는 왜 안 되는 거야. 내가 훨씬 더 많이 널 좋아하는데. 나 이제 하나도 안 아파. 너 때문에 건강해지려고 엄청 노력했다고. 널 엄청 좋아하니까, 되게 많이 좋아하니까. 절대로 네 옆에서 멀어질 수가 없으니까. 그러니까 세단아, 나 좀 좋아해 주라. 응? 나 좀 봐줘……."

되돌아오지 않을 이를 향해서 끊임없이 속삭이는 목소리가 공허하게 맴돌았다. 세상에서 가장 아름다운 말이 그에겐 너무나도 아프기만 했다. 끝내 손에 닿지 못한 채 쓰러지면서도 그가 눈에 담는 여자는 오직 세단이었다.

전해지지 못할 고백 끝에 닿은 여자는 세단이 아닌 하령이었다. 누군가를 향해 간절하게 외치는 고백은 그녀에겐 무참한 가시가 되어 채 아물지도 않은 상처를 또다시 쑤셨다.

저를 보자마자 내뱉는 다른 사람의 이름. 좋아한다고, 가지 말라고 붙잡는 잔인한 손길.

하령은 지난번처럼 제 앞에 쓰러진 재현을 서글프게 바라보다 차가운 숨을 내쉬었다.

"나는 왜 항상 네 앞에서 세단이가 되어야 하는 거니? 나는 보이지도 않아? 매번 날 붙잡고 세단이를 부르고, 세단이 앞에서 하지 못할 말들을 그렇게 하면서, 내가 정말 널 위로해 줘야 하는 거니?"

흔들리던 그녀의 시선이 차갑게 가라앉았다. 모든 것이 엉망이 되어 무너졌다.

그저 위로받고 싶었다. 너랑 같이 술 한잔하면서 넌 내게 괜찮냐고 묻고, 나는 그저 괜찮다고 하면서 한순간이나마 숨을 쉬고 싶었다. 그런데, 그런데…….

"나는 오늘 내가 백하령이 아니라는 소리를 들었어. 영원히 가족이 될 수 없다는 소리를 들었다고. 그런데 사랑하는 남자한테조차 나는 다른 여자가 되어야 하는 거니? 박세단, 박세단, 박세단! 대체 내가 언제까지 너한테 박세단으로 보여야 하는 건데!"

억눌린 감정이 그대로 터져 나오면서 일말의 기대조차 사라지고, 모든 것을 철저히 깨닫고 말았다. 기다리기만 하다가는 아무것도 가질 수가 없다는 걸. 하나가 아니라 두 개, 세 개, 아니, 전부를 가져야만 온전히 하나를 얻을 수 있다는 걸.

하령은 천천히 손을 뻗어 재현의 눈가에 메마른 눈물 자국을 쓸어내렸다.

"그래, 네가 그렇게 괴롭다면 내가 끊어줄게. 더 이상 네가 오기만을 기다리지 않을 거야. 세단이가 멀어지기를 기다리지도 않을래. 내가 너를 세단이에게서, 떼어놓을 테니까."

수치도, 허물도 아닌 J그룹의 후계자, 난 그렇게 위로 올라갈 거야. 숨어야만 하는 사람이 아니라 진짜 백하령이 될 거라고!

"그렇게 내가 너를 위로해 줄게. 더 이상, 아프지 않게……."


오피스텔로 되돌아온 하령은 더 이상 망설이지 않고 USB의 파일을 열었다. 그런데 뭔가가 이상했다. 두 개 중 하나는 누군가의 심장 수술 기록의 사본, 그리고 또 하나는 음성파일이었다.

"대체, 이게 뭐지?"

하령은 먼저 심장 수술 기록이라고 적힌 파일을 열었다. 그리고 제일 위에 뜬 이름에 그녀의 눈이 크게 뜨였다.

"강준석?"

하지만 낯선 이름 위에 붙어 있는 사진의 주인은 분명 재현이었다.

대체 이게 뭐야. 왜 재현이 이름이 아닌 다른 사람 이름이 있는 거지? 도대체 이건…….

파일의 내용은 재현이가 우신 종합 병원에서 심장이식 수술을 받은 기록이었다.

"아주 운이 좋게 심장이식을 받아서 지금껏 감사하게도 숨을 쉬고 있는 거지. 물론 수술 후에도 오랫동안 치료를 받아야 했지만."

심장이 약해서 이식 수술을 받았다고 들었다. 그런데 왜 이름이 다르지? 아니, 그보단 어째서 이게 회장님 손에……. 이 기록이 대체 왜 날 죽일 수도 살릴 수도 있다는 거야.

음성파일을 앞에 두고 하령은 머뭇거렸다. 생각지도 못한 내용이라서, 이 음성 파일에 무엇이 들어 있을지 겁부터 덜컥 났다.

하지만 망설일 시간이 없었다. 결국 그녀는 음성 파일을 열었다. 잡음 사이로 두 사람의 목소리가 들렸다. 바로 회장님과 천강진 이사장이었다.

[재현이 상태가 많이 안 좋아졌어. 그래서 혹시나 해서 검사를 해봤는데, 일치했어. 하필이면 그 심장이 일치했다고!]

[뭐가 문제야? 이건 천금 같은 기회야!]

[하지만 그 환자 역시 그 심장이 필요한데……. 게다가 아직 재현이 순서가 아니야.]

[벌써 몇 년 동안 재현이한테 적합한 심장을 찾아 헤맸잖나. 국내뿐만 아니라 해

외까지. 그렇게 해도 찾을 수 없었던 심장이 지금 나타났다는데 뭘 망설여. 이번 기회를 놓친다면 언제 또 기회가 올지 모르고, 그사이에 재현이가 죽을 수도 있어. 그러니까 그냥 가져. 순서 같은 건 앞당기면 돼.]

[……뭐?]

[내가 모든 건 알아서 처리할 테니까, 자넨 그냥 그 심장을 재현이한테 이식해. 어차피 그 환자 식구들, 자네 집에서 자네 돈을 받고 있는 거잖아. 병원 측의 실수라고 깔끔하게 인정하고 충분히 보상해 줘. 그럼 수상하게 생각하지 않을 거야. 나머진 내가 알아서 하지.]

[하지만 재현이 녀석 유일한 친구야. 만약 이 사실을 알게 된다면……]

[그딴 것에 마음 흔들리지 마. 네 자식이 먼저잖아. 재현이는 앞으로 더 살아야 하고, 살아서 해야 할 일도 많아. 그 환자보다 더 가치 있는 목숨이야. 성인군자처럼 굴지 마. 악마가 되어서라도 자식부터 챙겨. 걱정 마. 자넨 그냥 떳떳하고, 깨끗하게 고개만 숙여. 나머지 뒷일은 내 손으로 할 테니까. 절대 이 진실이 밝혀지는 일은 없을 거야.]


하령은 한동안 아무 말도 하지 못한 채 이미 끝나 버린 음성파일의 끝부분을 멍하니 바라보았다. 온몸이 주체할 수 없을 만큼 떨려오면서 바싹 마른 입술 너머로 가쁜 호흡이 흩어졌다. 재현이 심장이, 그러니까 그 심장이……


"세단이 아버지가 심장 때문에 돌아가신 거 알지? 나도 똑같은 병이었어."


세단이 아버지에게 이식될 심장이었어? 그 심장을 이사장님과 회장님이 가로챈 거야?

그래서 결국 세단이는 아버지를……

"세단이는 그 병으로 가족을 모두 잃었어. 아마 그게 깊게 남아 있을 거야."

아버지뿐만 아니라 가족 전부를…….

"하아…… 하하…….."

처음엔 둔탁한 충격이 밀려들더니, 이내 하령의 머릿속이 빠르게 돌아가기 시작했다. 결국 그들은 지독한 악연으로 얽혀 있었던 거네. 결코 이루어질 수 없는, 절대로 이루어져서는 안 되는 아주아주 끔찍한 악연.

하령은 재현의 수술 기록을 다시 살폈다. 아마도 강준석이라는 이름으로 재현의 존재를 숨기려고 한 듯 싶었다. 재현이조차 모르게. 절대로 세상에 드러나선 안 되는 진실이니까. 그리고 이 진실이 지금 제 손안에 있는 이유는, 아마도.

하령은 백 회장에게 전화를 걸었다. 늦은 시각이지만 그가 자신의 전화를 기다리고 있을 거란 느낌이 들었다. 몇 번의 신호음이 갈 새도 없이 백 회장의 목소리가 나지막이 들려왔다.

[이 시각에 전화를 한 걸 보니, 파일을 열었나 보구나.]

"이번 국제 의료 관광 사업 협약을 한국재단과 별다른 마찰 없이 원활하게 체결할 수 있었던 것은, 이것 때문입니까?"

[그래. 향후 한국재단은 우리 J그룹과 끝까지 손을 잡을 거다. 내가 천강진 이사장을 대신해서 한 그 일 때문에.]

역시 그런 건가. 겉으로 보기엔 깨끗한 비즈니스 동맹이라고 생각했는데. 생각지도 못한 엄청난 진실을 숨기는 대가로 맺어진 부당거래였단 말인가.

"절대로 밝혀져서는 안 되는 이 중요한 사실을 제게 알려주신 것은 이걸로 판을 흔들어 보라는 겁니까?"

[그래, 그걸로 천강진 이사장과 직접 거래를 해봐라. 그는 내게 마지막으로 갚아야 할 빚이 있어. 그걸 너에게 주마. 그로 인해 앞으로 네가 더 높은 곳으로 갈 수도, 아니면 추락할 수도 있겠지만. 모두 다 네가 감당해야 할 몫이지.]

"……알겠습니다. 감사합니다, 회장님."

하령은 USB를 손에 꽉 움켜쥐었다. 이미 지나간 일이다. 결코 해서는 안 될 일이었고, 용서받을 수 없는 일이지만, 그래도 이미 과거의 일이다. 이제와 돌이킬 수 없어. 사실이 밝혀진들 이미 돌아가신 분이 살아서 돌아오진 않아. 하지만 살아 있는 사람은 무척이나 곤란해지지. 한국재단과 J그룹이 동시에 흔들리면 무수한 사람들이 힘들어져. 그러니 이건 그냥 묻어두는 것이 좋아. 이미 이사장님은 세단이에게 할 수 있는 모든 보상을 해준 거야. 한국대병원에서 인정받는 최고의 흉부외과의가 되었잖아. 그녀의 아버지가 살아 계셨다면 누리지 못했을 것들을 전부 누렸어. 그럼 된 거야.

"재현이와 세단이를 위해서야. 이미 지나간 일에 얽매여서 다시 상처받을 필요는 없어. 묻어두는 것이 서로에게 좋은 일이야. 끝까지 모르는 편이 나아."

그들은 몰라야 하고, 결코 알아서도 안 되는 이 진실이 그녀에겐 천금 같은 기회가 되어줄 것이다.

하령은 마음을 독하게 먹고서 천강진 이사장에게 전화를 걸었다. 그리고 가장 차가운 가면으로 제 자신을 모조리 숨긴 채, 입을 열었다.

"이사장님, 백하령입니다. 늦은 시간에 죄송합니다만, 긴히 드릴 말씀이 있습니다."


이른 아침. 컨퍼런스까지 빠지고 최 교수님께 불려간 세단은 저도 모르게 환호성을 지를 뻔했다.

"정말 제가 협력팀에 들어가게 된 건가요?"

"여러 교수님들의 의견도 그렇고, 박 선생이 지금 준비하고 있는 논문도 좋게 봤나 봐. 순환기내과, 영상의학과, 마취과 교수님들 전부가 이번 협력팀 CS 대표 써전으로 박 선생을 지목했어."

현재 한국대병원에서는 의료 관광 사업의 일환으로 여러 분야의 전문의들이 협력팀을 만들어 수술과 시술을 통한 환자별 맞춤 접근을 꾀하고 있었다. 그 협력팀의 CS 대표 써전으로 세단이 지목된 것.

"완전히 통과한 건 아니야. 테스트를 거쳐야 해. 며칠 후에 경피적 대동맥판막 치환술이 필요한 환자가 도착할 거야. 그 시술을 네가 맡는다. 공개적으로 진행되는 시술이니 병원장님과 주요 임원들도 참석할 거야."

"네, 교수님."

"무척이나 중요한 일이야. 이사장님도 박 선생에게 거는 기대가 크다는 거 알고 있지? 나 역시도 마찬가지고. 박 선생에겐 무척이나 좋은 기회가 될 거야."

"네, 감사합니다. 정말 열심히 하겠습니다!"

세단은 마음껏 기뻐했다. CS 내에서도 그 자리를 탐내는 사람들이 많았다. 최고의 전문의들이 모이는 자리에 써전으로 들어갈 수만 있다면 큰 배움이 될 것이다. 그렇게 교수실을 빠져나온 세단은 곧장 윤성의 연구실로 달려갔다.

윤성은 연구실 안에서 차트를 보다가 그녀가 오는 소리를 듣고 기다리고 있었다. 노크도 없이 문을 열고 들어온 세단이 달려와 와락 안겼다.

"교수님! 저 격려해 주세요! 네? 얼른요!"

"뭐야. 무슨 일인데 이렇게 호들갑이야. 최 교수님이 뭐라고 하셨는데?"

"이번에 협력팀 써전으로 들어갈 것 같아요! 물론 경피적 대동맥판막 치환술 환자를 무사히 시술해야 하지만. 그러니까 성공할 수 있도록 얼른 격려해 주세요!"

세단은 윤성을 꼭 안은 채 그의 두근거리는 심장 소리를 들으며 환하게 웃었고, 윤성은 마치 강아지 같다고 생각하며 그녀의 머리카락을 매만져 주었다.

"너무 붕 떠 있는 거 아니야? 경피적 대동맥판막 치환술이라면 박 선생은 경험이 없잖아. 엄청나게 공부해야 할 텐데."

"밤을 새서라도 완벽하게 공부할 거예요. 그러니까 기를 팍팍 넣어주세요. 교수님은 특별하시니까, 그 기도 엄청 용할 거예요. 아니면 진짜로 기를 넣어주는 능력 같은 건 없어요?"

"그런 거 없어."

"그래도 괜찮아요. 교수님은 제 행운의 아이템이니까! 존재 자체만으로도 엄청난 기를 받는걸요! 틀림없이 다 잘될 거예요."

그때, 세단의 시선이 아침 신문의 헤드라인에 박혀들었다.

"어, 백 회장님 한국 들어오셨네."

"백 회장님?"

세단은 그제야 윤성의 품에서 빠져나와 신문을 유심히 살펴보았다.

"네. 하령이 양아버지세요. 몇 달 동안 한국에 없으셨는데, 이번에 들어오셨나 봐요. 하령이 좋아하겠다."

보다 자세한 기사를 읽기 위해 휴대폰으로 인터넷 검색을 시도한 세단의 표정이 굳어졌다. 윤성도 그런 그녀의 반응에 왜 그러나 싶어 화면을 바라봤다.

"왜 그래? 무슨 일 있어?"

화면을 확인한 윤성 역시 눈빛이 한층 낮게 가라앉았다.


—J그룹, 한국재단과 의료 사업 파트너에서 사돈지간으로? J그룹 막내딸 백하령 이사와 한국재단 장남 천재현 실장의 약혼 발표

"하령이랑 재현이가, 약혼……."

윤성은 곧 임시 기자회견을 한다는 소식에 실시간 중계를 켰다. 세단은 예상치 못한 상황에 혼란스러워 같은 말만 계속 되뇌였다. 분명 축하해 줄 일인데, 그럴 일인데, 어쩐지 평범한 친구들의 결혼 소식처럼 마음껏 박수를 칠 수 없는 이유는 이 약혼이 평범한 사람들의 약혼과는 다르다는 것을 알기 때문이었다.


재현 역시 아침 뉴스 기사를 보고 또 보았다. 아무리 봐도 제 눈을 믿을 수가 없었다. 그게 아니라면 저 기사가 정말로 사실이라는 건데. 누구랑 누가 약혼을 한다고? 자신과 하령이? 당사자도 모르는 약혼이 있나?

"누가 저따위 찌라시를! 반드시 찾아서 고소해 버릴 거야! 젠장!"

하지만 기사 내용에 든 임시 기자 회견이라는 단어가 걸린다. 저 기사가 정말로, 만에 하나 사실이라면 대체 이게 무슨 날벼락이냐고! 자고 일어났더니 약혼이라니!

일단 상황을 똑바로 파악해야 한다. 저 기사가 거짓인지 진실인지부터.

재현은 아버지에게 전화를 걸었지만 연결되지 않았다. 비서에게 연락을 했지만 역시나 먹통이다. 아무래도 저쪽도 여기저기서 전화를 받느라 난리인 모양이었다. 그렇다면 직접 찾아가는 수밖에.

재현이 오피스텔을 빠져나오려는 순간, 한발 먼저 벌컥 문이 열리면서 검은 정장 차림의 경호원들이 들이닥쳤다. 재현은 차갑게 굳은 시선으로 그들을 노려보았다.

"뭐야? 뭐하는 거야, 지금."

"이사장님이 안전하게 모셔오라고 하셨습니다. 지금 밖에 기자들이 몰려와 있습니다."

"하아, 빌어먹을."

그래, 기자들. 이 좋은 먹잇감을 그냥 놓치고 있을 작자들이 아니지.

그 생각을 못 했다.

"좋아, 그래. 나도 기다렸어. 어디 한번 가보자고."

그렇게 재현은 경호원들의 가드를 받으며 어렵게 오피스텔을 빠져나왔다. 도착한 곳은 보안이 철저하기로 유명한 호텔이었다.

"아버지가 여기 계신다고?"

어느새 재현은 경호원들에게 거의 끌려가듯 걸어가고 있었다. 무슨 질문에도 답이 없는 그들을 노려보다가 답답한 마음에 다시 입을 열려고 할 때, 어느 방 앞에 도착한 그들이 고개를 숙였다.

"잠시 이곳에서 머무르며 기다려 주십시오."

"뭐? 아버지는!"

하지만 경호원들은 재현의 말을 철저히 무시하고서 그를 방 안으로 밀어 넣고 문을 닫아버렸다. 재현은 황당한 표정으로 문을 열려고 했지만 꼼짝을 하지 않았다.

하? 뭐야, 이거 대체!

"이거 열어! 뭐하는 짓이야. 열라고!"

미친 듯이 문을 쾅쾅 두드린 결과, 굳게 닫혀 있던 문이 살짝 열리면서 뜻밖의 인물이 모습을 드러냈다.

"하령아?"

백하령, 그녀였다. 그녀는 굉장히 차분한 표정이었다. 안으로 들어와 문을 닫고 서는 그녀를 보고 뒤늦게 정신을 차린 재현이 다급하게 물었다.

"대체 뭐야. 너랑 나랑 약혼이라니. 아니지? 말도 안 되는 말이야. 그렇지? 너도 지금 기자들 피해서 여기로……."

아니지. 기자들을 피해서 여기로 올 필요는 없지. 오히려 자신과 한 공간에 있으면 그들에게 빌미만 줄 뿐인데!

하령은 뭐라 말을 하는 대신 TV를 켰다. 그러자 TV 화면에 임시 기자회견이라는 자막과 함께 천강진 이사장의 얼굴이 보였다. 재현은 떨리는 시선으로 TV를 주시했다. 그리고 마침내.

[아침에 갑작스럽게 터진 약혼설에 대해서 말씀해 주십시오. 전부 사실입니까?]

[……예, 사실입니다. 곧 약혼식을 올릴 예정입니다.]

다른 질문, 다른 대답은 다 필요 없었다. 전부 무의미했다. 지금 재현에게 가장 어이가 없고 황당한 말은 단 하나. 그는 천천히 고개를 돌려 이모든 상황을 그저 덤덤하게 지켜보고 있는 하령을 보았다.

"이게, 대체 뭐야."

그러자 지금껏 굳게 닫혀 있던 그녀의 붉은 입술이 엷은 곡선을 이루며 서서히 벌어졌다.

"너 나랑 약혼해. 이제 내가 네 약혼녀야. 그리고 곧 네 아내가 될 테고."

꽝!

"이, 이사님!"

백영진은 유리컵을 집어 던지고서 파르르 떨리는 주먹을 움켜쥐었다. 그걸로도 분이 풀리지 않아 책상을 쾅쾅 쳤다. 살기 어린 시선 위로 백하령의 모습이 떠오른다. 만약 제 눈앞에 있었다면 당장에라도 갈기갈기 찢어버리고 싶을 만큼 엄청난 분노가 휘몰아쳤다. 진실을 알았으면 납작 엎드려 있을 일이지. 감히, 감히 제 까짓게 나랑 끝까지 해보자는 거야?

임시 기자 회견을 바라보는 백 회장의 입가로 진한 미소가 스쳤다. 속전속결이군. 하지만 결과가 나쁘지 않다.

"제법이군, 아주 제법이야."

이로써 승부는 알 수 없게 되었다. 한국재단의 이사장이 하령에게 강력한 힘을 실어줄 테니, 주주들도 더 이상 영진에게 흔들리지 않을 터. 지금부터는 정말로 실력과 실력의 승부다. 계속해서 서로를 물고 뜯으면서 결국에 살아남는 자만이 이곳으로 오겠지.

백 회장은 그 순간이 참으로 기다려졌다.


세단과 윤성은 인터넷으로 함께 실시간 뉴스를 쭉 지켜보았다. 처음엔 너무 놀라서 아무 생각조차 들지 않았는데, 차츰차츰 놀란 기분이 가라앉으면서 그녀는 살며시 입을 열었다.

"이거 분명, 축하해 줘야 하는 일인 거죠?"

윤성은 세단을 바라보았다.

"원래라면 축하해 줄 일이지. 그런데 지금 넌 그렇지 않지? 뭐가 마음에 걸리는 건가?"

"……두 사람이 원하던 일일까요?"

그는 다시 화면으로 고개를 돌렸다. 그의 눈빛이 더 매섭게 빛났다. 뭔가 심상치 않았다. 가장 의심하고 마음에 걸려 하던 두 사람이 이런 식으로 맺어진다니.

'절대로 우연은 아니야.'


"지금, 뭐라고? 누가 누구랑 뭘 한다고? 백하령, 너 지금!"

"나갈 준비해. 지금 바로 이사장님 만나러 가야 하니까."

"하령아! 야, 백하령!"

하령은 그대로 방을 나갔고, 재현은 답답해서 돌아버릴 것 같았다. 게다가 왠지 모르게 변한 듯한 그녀의 태도에 정말 이게 꿈인가 현실인가 싶었다.

"정신 바짝 차리자, 천재현. 꿈이라고 믿고 싶지만, 아니잖아. 일단 아버지를 만나야 해."

재현은 냉정하게 생각하려고 노력했다. 그리고 이해할 수 없는 하령이의 태도도 이해하려고 노력했다.

그래, 분명 하령이도 당황스러운 거야. 백 회장님과 아버지 사이에 무슨 얘기가 어떻게 오갔는지는 모르겠지만 이건 아니야. 절대 이건 아니라고.

잠시 후 재현은 아버지를 만나기 위해 움직였다.

호텔 최상층, VVIP룸에서 아버지를 기다리며 재현은 초조하게 입술만 물어뜯었다. 옆에 앉은 하령을 힐끔힐끔 보았지만 그녀는 대체 무슨 생각을 하는지 표정 변화조차 없었다. 그리고 잠시 후, 드디어 강진이 안으로 들어왔고 재현은 그 자리에서 벌떡 일어나서는 대뜸 목소리를 높였다.

"아버지, 대체 이게 어떻게 된 일이에요. 대체 내가 모르는 내 약혼이라니요!"

"오셨습니까, 이사장님."

흥분을 감추지 못하는 재현과 달리 하령은 무서울 정도로 침착했다. 강진은 그런 하령을 슬쩍 바라보곤 자리에 앉았다. 그리고 당황한 기색이 역력한 재현에게 손짓했다.

"앉아라. 밥은 먹었고?"

"지금 밥이 넘어갑니까? 이 사태, 설명부터 해주세요!"

"네 눈으로 직접 봤는데 무슨 설명이 또 필요해."

"아버지!"

"이제 이럴 때도 되었지. 언제까지 혼자 있을 수는 없으니. 보통 네 나이쯤이면 다들 결혼해. 물론 넌 한국재단의 후계자로서 남들과는 조금 다르겠지만, 네가 가진 것만큼의 무게를 감당할 때가 되었어."

"그게 지금 무슨! 지금 그 얘기가 아니잖아요! 하령이는 그저 친구입니다!"

"그 정도의 관계라면 충분해. 아예 생판 모르는 사이에서 얼굴 한 번 보고 약혼하는 경우도 있어."

강진은 차가운 시선으로 재현을 바라보았다.

"이 바닥에서 사랑이니 뭐니 하는 알량한 감정놀음으로 결혼할 생각이었니? 어차피 결혼은 일종의 비즈니스 계약이고, 부부라는 관계는 적절한 사업 파트너면 족해. 물론 거기에 네가 바라는 사랑이 더해진다면 정말로 좋겠지만. 친구라고 하니 앞으로 더 발전하면 되겠구나."

재현은 흠칫했다. 아버지가 달라 보인다. 지금껏 아버지가 제게 저런 모습을 보인 적은 단 한 번도 없었다. 지금 아버지는 아버지가 아니라 정말로 한국재단 이사장, 그 이상도 이하도 아닌 것 같았다.

"장차 의료 관광 사업을 이끌어 나가려면, 그뿐만 아니라 한국재단을 위해서라도 너에겐 하령이가 필요해. J그룹과 평생의 사업 파트너가 되는 괜찮은 조건의 약혼이야."

재현은 다시 하령을 바라보았다. 그녀는 여전했다. 넌 이미 알고 있었구나. 언제인지는 모르겠지만 이미 다 알고 있었어. 당황한 게 아니라 이걸 당연하다는 듯 받아들이고 있는 거야.

"네가 지금 이렇게 숨을 쉬고, 이 자리에 있는 대가를 이젠 치를 때가 되었어."

하지만 재현은 고개를 가로저었다.

"아뇨, 절대 그럴 수는 없습니다. 이건 아니에요. 저는, 저는!"

하지만 차마 이 자리에서 세단이의 이름을 꺼낼 수는 없었다. 그녀를 좋아한다고, 하령이 아니라 세단과 결혼하고 싶다고, 그 말을 입에 담는 순간 힘들어지는 건 세단이다. 하지만 그렇다고 이렇게 말도 안 되는 약혼을 할 수는 없어.

재현은 그대로 자리를 박차고 일어났지만 하령이 그의 손목을 붙잡았다.

"지금 뭐하는 거예요, 이사장님 앞에서 버릇없이."

재현의 눈동자가 흔들렸다. 솔직히 지금 가장 낯설고 두려운 사람은 하령이었다.

"버릇없어도 내 아버지야. 그리고 넌 아직 우리와 상관없는 사람이고."

재현은 하령의 손을 뿌리친 채 밖으로 나가 버렸다. 그 싸늘한 거부에도 하령은 아무렇지 않은지 곧장 자리에서 일어나 강진을 향해 고개를 숙였다.

"저도 나가 보겠습니다."

"……그래라."

하령까지 방을 나가고 혼자 남은 강진은 그제야 괴로운 낯빛이 되었다. 묵직한 한숨이 흩어졌다. 어젯밤부터 지금 아침까지. 정말로 모든 일이 폭풍우처럼 휘몰아쳤다. 언젠가 한 번은 치를 대가라고 생각했지만, 백 회장이 이런 식으로 나올 줄이야. 그것도 백하령, 저 아이가…….

그는 눈을 감고서 어젯밤 일을 떠올렸다.


늦은 밤, 갑작스럽게 할 말이 있다며 찾아온 하령의 존재에 강진은 놀랐지만 내색하지 않았다. 하지만 하령이 꺼내 보인 파일 하나에 강진의 얼굴이 시꺼멓게 죽어버렸다.

"도, 도대체 네가 어떻게 그걸!"

"이사장님이 회장님과 이걸 가지고 서로 거래를 하신 걸로 알고 있습니다. 그리고 마지막 약속이 남아 있다고. 회장님은 그 약속을 제게 주셨습니다. 그러니 이제 저와 거래를 하셔야 합니다."

강진은 저를 똑바로 바라보며 거래를 요구하는 하령의 말에 자꾸만 숨이 가빠왔다. 백 회장과의 마지막 약속이 남아 있는 건 사실이었다. 그런데 그걸 왜 저 아이까지 끌어들여서!

어느새 그는 당황함을 넘어 점차 분노가 끓어오르기 시작했다.

"네가 원하는 것이 무엇이냐. 이걸 가지고 날 어떻게 협박하려는 거지?"

"협박이라니요. 그렇게 들으셨다면 정말로 죄송합니다. 저는 절대로 이걸로 이사장님을 어떻게 할 생각이 없습니다. 단지 회장님과의 마지막 약속은 지켜주셨으면 하는 것이지요."

"그러니까 그게 뭐냐고!"

하령은 짧은 숨을 삼키곤 입을 열었다.

"재현이와의 약혼, 나아가 결혼까지요. 이사장님이 제게 힘이 되어주세요. 이번 국제 의료 관광 사업의 총책임자로 저를 밀어주세요. 그렇게만 해주신다면, 나머지는 제가 알아서 주주들을 설득하고 제 사람으로 만들겠습니다."

"뭐?"

"이사장님도 잘 아시겠지만, 제가 원하는 것은 단순한 약혼이 아닙니다. J그룹과 한국재단 간의 거대한 약속입니다. 앞으로 끝까지 함께 사업 파트너로 성장해 나가자는."

강진은 기가 차서 말이 나오질 않았다. 지금 저 아이는 스스로 J그룹의 후계자가 될 것이라고 말하고 있었다. 아무리 지금 그녀가 백 회장의 딸이라고 하지만 양녀다. 버젓이 친 혈육이 버티고 있는데 대체 무슨 욕심으로!

"게다가 재현이 곁에 세단이가 있는 거, 굉장히 위험한 일 아닌가요? 재현이에게도 제가 필요할 겁니다. 어차피 이 진실은 끝까지 묻힌 채 사라져야 하니까요. 거기에 세단이는 무척이나 큰 방해물이죠."

"……"

"이사장님은 이미 세단이에게 충분한 대가를 치렀다고 생각합니다. 그러니 과감하게 결단을 내려주세요. 그 정도는 기다려 드리겠습니다. 모든 일이 마무리되고 나면, 이 파일은 영원히 사라질 겁니다."

할 말을 다 하고서 하령은 자리를 떴고, 그는 하령의 빈자리를 노려보다가 이내 백 회장에게 전화를 걸었다.

[야심한 시각에 의외로군.]

"이게 대체 뭐하는 짓이지? 자네는 내게 약속했어. 모든 일을 잘 처리하겠다고. 절대로 그 진실이 드러나는 일은 없을 거라고!"

[그새 하령이를 만났나? 제법 행동이 빠르군.]

"대답해!"

[대체 왜 이렇게 화를 내는 거지? 난 자네와의 약속을 잘 지키고 있어. 진실은 절대로 드러나지 않아. 앞으로도 마찬가지야.]

"백하령, 그 아이가 알고 있잖아!"

[그 아이는 자네가 내게 지켜줘야 할 마지막 약속이고 대가야.]

"뭐?"

[그날 일을 잊은 것은 아니겠지? 자네 입으로 직접 말한 거래.]

잊을 수가 없지. 결코, 잊을 수가 없는 일이지.

"날 도와줘. 자네가 나를 좀 도와줘. 그렇게만 해준다면 원하는 건 뭐든지 해주겠네!"

"다는 필요 없어. 그저 의료 관광 사업에 관한 결코 깨지지 않을 협약. 그리고 작은 부탁 하나 들어주게. 그게 무엇이 될지는 훗날 다시 말해주도록 하지."

그렇게 암암리에 이루어진 거래. 강진은 박일준 환자의 적합 검사가 잘 못되었다는 거짓 서류를 만들어 그에게 공여될 심장을 빼돌렸다. 그리고 백 회장이 손을 써 재현이 우신 종합 병원에서 예전부터 입원 치료 받았다는 거짓 기록을 만들어 응급도를 조작, 순서를 앞당겼고 서류상 가짜 이름을 내세워 재현의 존재를 철저히 숨긴 뒤, 우연을 가장하여 성공적인 심장이식 수술을 진행했다. 물론 그 뒤처리까지 전부 깔끔하게 해 아마 관련된 사람들은 지금쯤 외국 어딘가에서 평생을 써도 다 못 쓸 돈으로 잘 살고 있을 것이다.

돈과 권력 앞에 진실 따윈 소용없었다. 권력자가 원하는 것이 곧 진실이니까.

[그렇게 내가 자네를 대신해 위험한 일을 해줬잖나. 그러니 이제 그때의 그 부탁을 들어줘야지.]

"그 부탁이, 하령이와 재현이의 약혼이라고?"

[그 아이가 그런 부탁을 하던가? 하긴 지금으로선 그게 가장 최고의 선택이군. 그 앤 지금 벼랑 끝에 내몰려 있으니까.]

"도대체 무슨 짓을 하고 있는 거야. 아무리 양녀라지만……."

[차라리 진짜 양녀라면 상황은 좀 달라지겠지.]

"진짜 양녀라니. 그게 무슨 소린가? 그럼 입양아가 아니라는 소리야?"

[하령이, 그 아이는 사실 내가 밖에서 데려온 내 딸이야.]

강진은 휴대폰을 움켜쥔 손끝에 힘을 주었다. 처음부터 입양이라는 것 자체가 이상하다고 생각하긴 했었다. 백 회장의 성품도 성품이지만 재벌 가에서 가장 민감한 사항이 후계자와 상속 문제인데 생판 모르는 핏줄을 데려온다는 것 자체가 분란의 씨앗이니까. 그런데 사생아였다고?

"그럼 그 사실을 숨기고 일부러 입양아라고 그렇게……."

[그래. 나도 자네와 같이 밝혀져서는 안 되는 치부를 전부 드러냈으니 이제 우린 무조건 한배를 탄 사이일세. 자넨 재현이를 살리기 위해서 선택을 했고, 난 훗날 그 아이를 위해서 지금의 약속을 남겨두었어. 그러니 힘이 되어줘. 그 아이가 벼랑 끝으로 떨어지지 않게. 자네와 나의 진실 역시 끝까지 묻어두고, 만들어낸 거짓들이 전부 진실이 될 수 있도록.]

강진은 감았던 눈을 떴다. 어쩔 수 없는 선택이었으나 결국 받아들일 수밖에 없었다. 이미 자신은 해서는 안 될 짓을 하고야 말았으니까.

'그래, 차라리 괜찮은 건지도 몰라. 재현이와 세단이는 너무 가까이 붙어 있어. 이렇게라도 둘을 떼어놓아야 해. 그리고 끝까지 숨겨야 해.'

무슨 짓을 해서라도 절대로 밝혀져선 안 된다, 절대!


밖으로 나온 하령은 재현의 앞을 가로막았다. 하지만 그가 본 척도 하지 않고 지나가려고 하자 필사적으로 그의 손목을 붙잡았다.

"이거 놔."

"너 지금 행동 굉장히 무례한 거야."

"하? 무례? 지금 나한테 무례라고 했어? 그래, 좋아. 이왕 이렇게 된 거, 너한테 묻자. 아침에 이런 일 벌어질 거 알고 있었어? 대체 언제? 오늘 아침? 아니면 더 그전부터? 아니면 한국에 귀국한 순간부터?"

"어제 저녁부터. 하지만 이게 맞다고 판단했어. 게다가 난 네가 필요했고."

"이게 말이 된다고 생각해? 갑자기 너랑 나랑!"

"그럼 바로 결혼할래?"

"백하령!"

그녀는 붙잡은 재현의 손목을 놓았다. 그러고는 이제껏 덤덤했던 모습과는 달리 다소 격앙된 표정으로 외쳤다. 그 목소리가 가늘게 떨리고 있었다.

"넌 지금 그저 당황스러울 뿐이겠지만 난 이 모든 상황이 진심이고 굉장히 간절해. 이번 1차 투표에서 나, 완벽하게 지고 말았어. 아니, 처음부터 내가 이길 수 없는 투표였지. 주주들은 처음부터 내 편을 들어줄 생각따윈 없었으니까. 그저 날 웃음거리로 만들기 위해서 내 편인 척 가식을 떨었을 뿐! 그리고 그 판에서 나는 완전히 비참한 꼴을 당하고 말았어."

"그래서 내가 필요하다는 거야?"

"그래. 네가 있으면 내 기반은 확실해질 수 있어. 주주들이 더 이상 나를 비웃지 못할 거고 난 정면으로 그들과 맞설 수 있게 될 거야. 그렇게 나는 J그룹의 후계자가 될 거야."

"뭐?"

재현은 하령이 하는 말을 도저히 믿을 수가 없었다. J그룹의 후계자? 그녀는 분명 그런 욕심은 없다고 했었다. 그저 양녀라는 꼬리표를 떼고 가족이 되고 싶다고, 그거면 된다고 했는데 이제와 후계자라니. 백영진을 제치고 후계자가 되기 위해서 내가 필요하다고? 아니, 정확히 말하면 한국재단이?

"내가 세단이 좋아하는 거 알고 있잖아."

재현의 한마디에 하령의 입술이 차가운 냉소를 머금고서 뒤틀렸다.

"아직도 모르겠니? 이 세계에서 그런 감정은 무의미한 거야. 사랑? 제발 정신 차려. 이 바닥에서 결혼은 서로의 이익을 위한 합병일 뿐이야. 제대로 생각해. 너도 한국재단의 후계자로서 뭐가 나은 판단인지 정확하게 알아야 한다고. 너도 내가 필요해. 우린 서로가 필요한 존재야."

재현은 고개를 저었다. 이제 그녀는 정말로 자신이 알고 있던 그 백하령이 아니었다. 같은 길에서 힘들 때 위로를 받고, 지칠 때 손을 내밀어주고, 가끔 술잔도 기울이면서 속내를 털어놓았던 친구는 더 이상 없었다.

"미쳤구나, 백하령. 이게 네 진심이었니? 내가 세단이 좋아한다고, 세단이 때문에 너한테 위로받고 싶었을 때도 넌 속으로 날 굉장히 비웃었겠구나. 다 부질 없는 짓이라고 혀를 찼겠어. 되도 않는 짓 하는 게 굉장히 웃겼겠다?"

아니, 그럴 때마다 나는 상처를 받았어. 너는 내가 보이지도 않는구나, 정말로 단 한 순간도 너를 좋아하는 나를 제대로 본 적이 없구나. 그렇게 철저히 깨달아야 했어.

하지만 하령은 입술을 꽉 깨물었다. 재현에게 자신의 진심을 보이고 싶지 않았다. 들키고 싶지 않았다.

"나는 절대로 이 약혼 인정 못 해. 절대로 세단이 이렇게 못 놓는다고! 더군다나 넌 세단이 친구잖아!"

"세단이가 내 친구라는 이유로 그러는 거라면, 나 더 이상 걔랑 친구 안 하면 그만이야."

"뭐……?"

"그러니까 너도 명심해. 세상은 이제 내가 네 여자고, 약혼녀고, 앞으로 는 네 아내로 기억할 거야. 딴마음 품어서 괜히 더러운 스캔들 일으키지 마. 그렇게 하면 다치는 건 아마 세단이가 될 거야. 네가 그렇게 사랑해 마지않는 박세단을 스캔들 여주인공으로 만들어주고 싶지 않으면, 처신 똑바로 해."

재현은 더 이상 하령과 말조차 섞고 싶지 않았다.

"하, 됐다. 관두자. 이 말도 안 되는 짓에 날 끌어들이지 마. 그나마 한 가지는 양심적이네. 거짓으로라도 나한테 사랑한다고 말은 하지 않으니 까. 필요하니까 원한다고? 네가, 이렇게 독할 줄은 몰랐다. 진심으로."

그는 차갑게 돌아섰다. 하지만 그녀는 한순간 재현의 심장을 움찔하게 만들었다.

"그래, 적어도 난 날 사랑해 달라고 매달리지는 않아. 하지만 넌 세단이 한테 매달리지. 안 그래? 그래서 서로 피곤하게 만들잖아."

"……."

"세단이는 마 교수님 좋아해. 그것도 진심으로. 어쩌면 네 이기적인 마 음 때문에 걔만 힘든 거 아니야?"

"난 한 번도 세단이한테 날 사랑해 달라고 말한 적 없어!"

"물론 입 밖으로 한 적은 없겠지. 하지만 아니잖아. 무의식중에 강요하 는 걸지도 몰라. 너만 모를 뿐이지. 그리고 네가 그 아일 놓아야 그 애가 그나마 덜 힘들 거야. 안 그러면 네가 그 애를 망칠 수 있어. 나중에 가서 후회하지 마. 너희 둘은 서로에게 독이야."

그리고 이번엔 하령이 먼저 돌아섰다. 사실 이것만이 진심은 아니다. 널 좋아한다고, 날 좀 봐달라고 애원하고 싶었다. 하지만 말하지 않았다. 자신의 진심까지 이런 식으로 이용하고 싶지 않았으니까. 이제 그녀에겐 그것밖에 남지 않았으니까.

재현이는 이제 나를 굉장히 경멸하겠지. 하지만 전부 다 두 사람을 위해서야. 결코 함께 있어선 안 되는 두 사람을 위해서.

네가 아무리 박세단에게 가려고 발버둥 친다고 해도 네가 그 심장을 달고 숨을 쉬고 있는 한은 절대로 안 되는 일이니까. 그러면 안 되는 거니까. 이 사실이 밝혀졌을 때 가장 상처 받는 건 두 사람이 될 테니까!

'그래, 나는 잘못한 거 없어. 난 잘못하지 않았어!'

하령은 휴대폰을 들었다. 몇 번의 신호음 끝에 들린 익숙한 목소리. 바로 세단이었다.

"시간 있니? 좀 만났으면 해서."


아침 뉴스로 인해 병원이 한바탕 뒤집어졌다. 사람들은 삼삼오오 모여 한결같이 천재현과 백하령에 관한 얘기를 나눴다.

처음엔 세단도 굉장히 동요했지만 지금은 일에 집중하려고 했다. 곧 다가올 중요한 시술에 관한 공부도 해야 했으니까. 그래도 귀가 열려 있는 이상, 안 들으려고 해도 들리는 이야기가 있었다.

"박 선생님이랑 천 실장님 사이에 그렇고 그런 게 있는 줄 알았는데 역시 아니었던 거네."

"계속 친구 사이라고 말했잖아."

"남녀 사이에 친구가 어디 있어? 괜히 안 되면 쪽팔릴까 봐 미리 약 쳐 둔 거지. 솔직히 나 같아도 탐나겠다. CS에서 인정받으면 뭐해? 그래도 흥부의 보단 한국재단 며느리가 훨 낫지."

"말했잖아, 언감생심이라고."

"하긴, 예전부터 백하령이랑 천 실장님 약혼 얘기 소문 돌았잖아. 그게 영 아닌 소문은 아니었던 거지. 지난달 밤에도 백하령이 병원에 찾아왔었고."

"그래도 박 선생님 내심 기대는 안 했을까?"

"기대가 아니라 대놓고 꼬리 쳤을걸? 완전 닭 쫓던 개 된 거지. 그래서 이번엔 마 교수님한테 눈독 들이는 거고."

"어우, 완전 여우네, 여우. 그래도 능력은 좋다. 천 실장님에 마 교수님까지."

"능력이 좋긴, 넘어가야 능력이 좋은 거지. 그냥 삽질만 열심히 하는 거야."

"삽질? 푸하하하하!"

평소 두 사람과 친하게 지내는 세단을 시기하던 간호사와 다른 부서 여의사들이 이번 일을 계기로 아주 대놓고 뒷담화를 하면서 고소해하고 있었다. 문제는 이게 점점 소문으로 퍼지고 있다는 것.

세단은 이 말도 안 되는 소문의 실체를 두 눈으로 직접 보게 되니 기가 막히고 어이가 없었다.

"아주 부럽고 샘나서 미치겠나 보네. 할 일이 저렇게도 없어? 그리고 삽질이 아니라 마 교수님은 이미 내 남자가 됐다, 이것들아. 실력도 능력도 내가 너무 뛰어나서 어쩌니?"

그녀는 혀를 차며 자리를 떠났다. 신경 쓸 가치도 없었다. 괜히 나서서 말도 섞고 싶지 않았다. 그보다는 재현이와 하령이가 자꾸 마음에 걸린다. 아무리 신경 쓰지 않으려고 해도 그럴 수가 없는 게 친구니까. 친구라서 두 사람을 너무 잘 알고 있으니까.

'서로 정말로 좋아하는 건가? 만약 그게 아니라면……'

하령이는 분명 좋아하는 사람이 있다고 했었다. 지금은 기다리고 있는 거라고. 그런데 괜찮은 건가? 재현이와 하령이 모두 좋은 사람이지만, 만약 기업과 기업 간의 문제로 억지로 얽히게 되는 거라면 친구 관계마저 깨지지 않을까 불안했다.

"그래. 만나서 직접 물어보면 되지."

그녀는 휴대폰 화면을 확인했다. 사실 오늘 하령을 만나기로 했다. 솔직히 이렇게 바쁜데 먼저 전화를 해서 만나자고 할 줄은 몰랐다. 어쩌면 내 도움이 필요한 건지도 모르고.

근데 이렇게 보는 눈이 많은 병원에서 봐도 되는 건가?

세단은 로비를 가로질러 의국 쪽으로 향했다. 그런데 갑자기 로비가 소란스러워지면서 이내 수군거리는 목소리 사이로 하령의 이름이 새어 나왔다.

"어머, 백하령이야, 백하령!"

"대박. 이제 마음대로 막 오는 거야?"

그녀는 얼른 고개를 돌렸다. 그러자 정말로 하령이 로비 안으로 들어오고 있었다.

세단을 발견한 하령이 한 치의 망설임도 없이 이쪽으로 걸음을 옮겼다. 사람들의 수군거림과 시선을 온몸으로 당당하게 받으면서. 아니, 오히려 제대로 보라는 듯이. 처음부터 그런 의도였다. 천재현의 약혼녀로 확실하게 각인되기 위해, 그리고 세단이 이 사실을 철저히 깨닫게 하기 위해. 그래야 앞으로 자신이 할 말이 그녀에게 조금이라도 먹혀들어 갈 테니까.

마침내 하령이 세단 앞에 멈춰섰다.

"세단아."

"어, 하령아. 생각보다 빨리 왔네?"

두 사람을 향한 시선이 늘어나고, 수군거림은 더더욱 커져 갔다.

"뭐야, 그 소문 사실이었어? 정말로 천 실장님이랑 박 선생님이랑 그렇고 그런……"

"에이, 아니지! 박 선생님이 꼬리 치고 있었다는 게 사실이겠지. 그러니까 약혼녀가 온 거잖아."

"뭐야, 그럼 드라마처럼 따귀라도 때리려는 거야?"

하령의 등장으로 재현과 세단에 대한 말도 안 되는 소문은 신빙성과 명분을 얻고 진실이 되어가고 있었다.

하령은 마음속으로 시간을 재고선 이내 살짝 미간을 찡그렸다.

"아무래도 자리를 옮기는 게 좋겠어. 보는 눈이 너무 많으니까."

"그래, 그게 좋겠다. 미안해. 괜히 이상한 소리 듣게 해서. 나랑 재현이는 그냥 친구야. 알지?"

"알아, 나도 잘."

그렇게 대답하는 하령의 표정은 어쩐지 서늘했다. 두 사람은 함께 로비를 떠났다.

얼마 후 윤성이 나타났다. 오늘 하루 종일 세단에 관한 안 좋은 소문이 계속 들려 기분이 나쁘던 참이었다. 특히나 그 소문에 천재현이 얽혀 있는 게 더 거슬렸다. 그런데 지금 백하령이 나타났다. 이런 시기에, 이렇게 대놓고 나타났다라…….

윤성의 눈빛이 차갑게 가라앉으며 입매가 딱딱하게 굳어졌다.

'다분히 의도적인 행동이야. 이것 때문에 그 말도 안 되는 소문이 사실처럼 불처럼 번지고 있어. 대체 무슨 속셈이지?'

절대로 해서는 안 되는 걸 잘 알지만, 불안한 마음에 결국 윤성은 세단과 하령이 사라진 방향으로 걸음을 옮겼다. 그 순간, 그의 귓가로 날카로운 목소리가 스쳤다. 지금껏 숨기고 있었던 백하령의 진심. 이곳에 온 이유.

"네가 정말로 날 친구로 생각한다면 날 위해서, 재현이를 위해서 그만 병원을 떠나줘."

세단은 왠지 모르게 싸한 분위기에 자꾸만 뒤를 힐끔거리며 하령을 살폈다. 어쩐지 그녀가 평소와 달라 보였다.

'그냥, 내 착각인가? 하지만 왠지 하령이가 이상한데……'

의국에 도착한 세단은 안에 사람이 없는 걸 확인하고서 손짓했다.

"들어와. 이 시간엔 사람 없어. 좀 지저분하긴 한데, 내가 지금 오프를 낼 수가 없어서……."

"괜찮아, 금방 끝나."

의국 문이 닫히고, 세단은 하령에게 자리를 권했다.

"좀 앉아. 커피 줄까? 인스턴트밖에 없긴 한데……."

"됐어. 그렇게 오래 걸리지 않아."

"그래? 하긴 너도 바쁘겠다. 나도 놀랐어, 갑자기 재현이랑 약혼이라니. 축하해 줄 일인 거 맞는 거지?"

자꾸만 어색해지고 낯선 사람과 있는 듯한 분위기에, 세단은 애써 밝은 어조로 목소리를 높였다. 하령은 아까 로비에서 만났을 때완 너무나도 다를 정도로 차갑고 서늘했다.

"그게 무슨 말이야? 그럼 축하해 줄 일이 아니라는 거야?"

가시 돋친 말로 대꾸하는 그녀에게서 어쩐지 거리감이 느껴졌다.

"내 말은 그런 뜻이 아니라, 당연히 축하해 줄 일이지. 내가 가장 소중하게 여기는 두 친구의 약혼인데. 단지 하령이 너, 좋아하는 사람 있다고 했잖아. 그게 재현이었어?"

설마 그게 재현이었나? 하지만 지금껏 한 번도 그런 기색 보인 적 없었는데…….

"네가 그렇게 깊이 상관할 일은 아닌 것 같다. 말조심해 줘."

"아, 미안해."

세단은 저도 모르게 움찔하며 말을 아꼈다. 그런가? 괜한 오지랖이었나.

"그래, 그냥 축하해 줄게. 솔직히 기뻐. 재현이 참 좋은 애야. 너도 알지? 오랜 친구로서 내가 쭉 지켜봤지만……."

"그것 때문에 너한테 할 말이 있어. 오늘 이렇게 일부러 찾아온 것도 그것 때문이야."

"응?"

하령은 그녀의 말을 단번에 잘라냈다. 더 이상 세단의 입에서 재현의 이름이 오르락내리락하는 걸 듣고 싶지 않았다. 아니, 세단의 얼굴을 이렇게 보고 있는 것 자체가 이젠 불편했다.

"재현이가 너랑 친한 친구 이상으로 가깝게 지내고 있다는 거 알아."

"아? 그건!"

"재현이 이제 나랑 약혼했고, 곧 결혼도 할 거야. 그리고 너 역시 그냥 단순한 친구겠지. 하지만 너랑 재현이 사이에서 돌고 있는 소문, 사실 기분이 좋진 않아."

소문, 그 때문이었나?

세단은 하령이 왜 이렇게 냉담하게 구는지 그 이유를 알게 되자 얼른 해명하고 싶었다. 소문을 그렇게 신경 쓸 줄 몰랐다. 간호사들과 여의사들의 시기 어린 말이라 무시가 답이라고 생각했는데.

'그래, 하령이 입장에선 충분히 기분 나쁠 수 있어. 이건 내가 생각이 짧았던 거야.'

"미안해, 하령아. 네 기분을 생각했어야 했는데. 하지만 너무 말도 안 되는 소문이고 해서……."

"너한테는 말도 안 되는 소문이고 가벼운 해프닝일 수도 있지만, 재현이와 나를 향한 시선이 많은 이 상황에서 그 소문은 그냥 소문이 아니게 될 거야."

"그렇게까지는 생각 못했는데. 미안해. 그럼 지금부터라도 아니라고 적극적으로 해명할게."

"네가 나서면 더 모양새가 우스워져. 더 관심을 받고, 결국 입방아에 오르내리다 더러운 스캔들이 되고 말겠지. 재현이와 너는 그렇게 다른 위치에 있는 사람이니까. 너보다 재현이가 더 곤란해질 테고, 고작 소문으로 끝나지 않을 거야."

어쩐지 느낌이 싸했다. 분명 내가 잘못 처신한 일이긴 했지만, 어쩐지 기분이 이상했다. 다른 위치에 있는 사람이라고? 더러운 스캔들? 내가 재현이와 친구라는 이유 하나만으로 그렇게 된다는 거야?

들으면 들을수록 마치 자신이 재현이에게 커다란 걸림돌이라는 말처럼 느껴졌다. 그만큼 하령의 말에는 날카로운 가시가 돋쳐 있었다.

"너한테는 아무것도 아닐 테지만, 재현이와 나는 달라. 솔직히 그런 스캔들에 휘말린다면 난 굉장히 불쾌할 거야."

"그래서 대체 하고 싶은 말이 뭔데? 백하령답지 않게 왜 이렇게 돌려 말하는 거야?"

어느새 세단도 달라진 하령의 태도에 점차 익숙해졌다. 그리고 그녀가 뭔가 다른 말을 하고 싶어 한다는 것을 깨달았다.

하령은 그런 세단의 모습을 잠시 바라보다 이내 입을 열었다.

"네가 이 병원을 떠났으면 좋겠어."

"뭐?"

"너 정도 실력이면 다른 곳에서도 잘 지낼 수 있잖아? 네가 정말로 날 친구로 생각한다면 날 위해서, 재현이를 위해서 그만 병원을 떠나줘."

"백하령……."

세단이 어이가 없는 얼굴로 그녀를 보았지만 하령은 진심이었다. 지금 진심으로 이 병원을 떠나라고 말하고 있었다.

"솔직히 재현이가 떠날 수 없으니까 네가 떠나는 게 맞는 거잖아. 안 그래?"

"하지만!"

"이사장님이 널 지금껏 후원해 주셨다고 들었어. 그렇다면 그분이 곤란하시지 않게 그 정도는 네가 할 수 있는 거잖아. 추천서를 써줄 수도 있어. 더 좋은 곳으로, 원한다면 외국으로 유학도 가능해."

세단은 입을 다물었다. 이런 말을 하는 사람이 자신의 친한 친구라는 사실이 믿기지 않았다. 다른 사람도 아닌 하령이가.

차가운 시선, 단호한 목소리에 세단은 정신이 번쩍 들었다. 내가 알던 하령이가 아니다. 너무나도 낯선 사람이 눈앞에 있었다.

설마 이런 상황에 로비로 당당하게 들어온 것도, 병원 내 소문을 들어보라는 듯이 서 있었던 것도 일부러 그랬던 거야? 날 이렇게, 내보내기 위해서?

"꼭 이거 받고 떨어지라는 소리로 들린다? 네 말대로 아주 더러운 스캔들의 주인공 아니, 무슨 꽃뱀이라도 된 느낌이야."

"그렇게 삐뚤게 받아들이지 마. 다 널 위해서야. 너 역시 그런 이상한 소문에 휘말려서 좋을 게 없잖아? 마 교수님 보기도 부끄럽고 말이야."

"그걸 그렇게 잘 알면서 보는 눈 의식하지 않고 당당하게 로비로 들어와 내 앞에 섰던 건, 결국 의도적이었던 거니?"

"네가 너무 가볍게 생각하는 것 같아서. 그 정도는 해야 지금 내가 하는 말을 제대로 알아들을 거 아니야."

"하령아, 오늘만큼 네가 멀게 느껴진 적이 없어. 처음 너랑 친구 하고 싶어서 다가갔을 때도 이런 느낌은 아니었는데……."

하령은 주먹을 꽉 움켜쥐고선 단호하게 고개를 돌렸다.

"오래는 못 기다려."

하령이 의국을 나가려고 하자 세단 역시 냉정한 어조로 짧게 속삭였다.

"내가 못 나가겠다면?"

하령은 일그러진 표정으로 매섭게 그녀를 노려보았다.

"내가 이 병원, 나가지 못하겠다고 한다면?"

"그걸 난 무슨 뜻으로 받아들여야 하는 거니?"

"너야말로 삐뚤게 받아들이지 마. 재현이에 관한 안 좋은 소문은 미안해. 가볍게 넘길 게 아니라는 것도 알지만, 그렇다고 그렇게 신경 쓸 문제도 아니야. 괜히 일을 키우는 건 내가 보기엔 너 같으니까."

"……."

"그딴 소문, 내가 어떻게든 깨끗하게 없애줄게. 너한테 그리고 재현이한테 피해 가지 않도록 해결할 수 있어. 그리고 그 소문, 너 역시 오해하는 것 같아서 말하는 건데, 재현이랑 난 그냥 친구야. 난 마 교수님 좋아해. 그것도 아주 많이. 이제 겨우 내 옆에 있게 된 그 사람, 절대로 놓치고 싶지 않을 만큼."

"그게 병원을 떠나지 못하는 이유는 되지 않아."

"이 병원은 나한테는 소중한 일터야. 아니, 일터 그 이상이야. 그냥 가벼운 마음으로 이 병원에 있는 게 아니란 소리야."

이 병원에서 가족을 전부 잃었지만, 이 병원에서 가족과 가장 행복한 시간을 보냈고, 의사가 되고 싶다는 꿈도, 목표도, 희망도 가졌다. 물론 살기 위해서 붙잡은 것이지만, 점차 그걸 꿈으로 바꾸게 해준 건 이 병원에서 만났던 수많은 환자들. 내 손에 살아난 환자들, 그리고 내 손으로 떠나보낸 환자들이다.

닥터는 환자와의 너무 깊은 라포는 감당하기 위험한 무게라고 했다. 그래도 세단은 환자의 편에 서서 그 무게를 견디는 의사가 되고 싶었다. 그게 새로운 목표였고, 제 속에 갇힌 트라우마에서 벗어날 수 있는 방법이라고 생각했다. 그러기 위해선 좀 더 이 병원에서, 닥터의 곁에서 많은 걸 배우고 싶었다.

"난 이 병원에 있고 싶어. 여기서 하고 싶은 게 있고, 이루고 싶은 게 있어. 그러니까 이런 식으로는 절대로 못 나가. 물론 이사장님이 내게 주신 은혜가 크다는 건 너무나도 잘 알아. 그것도 전부 내 손으로 갚아드리고 싶어. 이사장님이 바라시는 의료 관광 사업, 거기에 조금이라도 보탬이 되고 싶으니까."

하령은 세단의 입에서 나온 천강진 이사장의 존재에 저도 모르게 싸늘한 조소를 그렸다.

"넌 정말 아무것도 모르는구나. 아무것도 모르면서, 너무 곧이곧대로 믿고 있어. 그러다 정말로 크게 상처 받고 무너질 거야."

"하령아……."

"난 분명 좋게 말했어. 네가 다치지 않고 떠날 수 있게 부탁했다고. 그런데 그 부탁을 거절하겠다면, 나 역시 널 억지로 밀어내는 수밖에."

더 이상 하령에게 세단은 친구가 아니었다. 관계가 점점 무너지기 시작한다.

"단도직입적으로, 난 네가 여기 있는 거 싫어. 재현이랑 네가 한 공간에 있는 거 불쾌해. 널 억지로 끊어낼 수도 있겠지만, 마지막으로 한 가지 선택을 할 수 있게 해줄게. 이번에 너, 협력팀 써전으로 들어가려고 공개 시술 하나 하지?"

"그걸 네가 어떻게……."

"말했잖아. 난 이제 한국재단 사람이나 마찬가지야. 그리고 의료 관광 사업은 나한테도 굉장히 중요해. 네가 하는 그 시술, 성공하지 못하면 그 책임을 전부 네가 감당하고 병원을 떠나. 하지만 성공한다면, 내가 양보할게. 네가 의료 관광 사업에 중요한 인력이라는 것이 사실인 거니까. 어떻게 할래?"

"……정말 이렇게까지 해야 하니?"

"더 이상은 양보 못 해."

어쩔 수가 없다. 더 이상, 어쩔 수가.

"그래. 그 제안, 받아들일게."

"좋아, 그럼 어디 한번 잘해봐."

"하령아!"

세단은 마지막으로 간절하게 하령의 이름을 불렀다. 그래도 친구였다. 서로가 너무나도 닮아서…… 아주 많이 닮아서 말하지 않아도 위로할 수 있었던 그런 친구. 이런 식으로 끊어질 관계가 아닌데. 절대로 아닌데…….

하지만 돌아선 하령은 다시 세단을 보지 않았다. 그저 문고리를 꽉 쥐고서 억눌린 목소리로 스스로 먼저 관계를 끊어냈다.

"예전에 네가 말했었지? 친구 하기 싫으면 안 하면 되는 거라고. 네가 그때 그랬잖아. 그렇지?"

"난 그냥 네 옆에 앉으려는 거야. 그러다가 친구 되면 좋은 거고, 싫으면 마는 거고."

"그래……."

"그때로 돌아갔다고 생각해. 그리고 지금 내 대답은, 더 이상 너랑 아무 관계로도 얽히고 싶지 않아. 잘 있어."

그렇게 하령은 의국을 빠져나갔다.

그때로 돌아갔다고 생각하라고? 어떻게 그럴 수가 있어? 이미 함께한 시간이 얼마인데, 내가 널 얼마나 많이 기억하고 있는데. 완전히 시간을 되돌리지 않고서야 어떻게…….

세단은 그녀가 떠난 빈자리를 바라보았다.

관계가 사라지는 것, 소중한 사람들이 떠나가는 것, 아직 그녀에겐 감당하기 벅차고 힘든 일이었다. 애써 괜찮다고, 이대로 다 끝난 건 아니라고 다독여도 몸이 이렇게 말을 듣지 않는 것처럼.

문이 열리는 소리가 들렸다. 세단은 저도 모르게 입술을 한껏 깨물며 눈물을 꾹 참았다. 보지 않아도 누군지 알 것 같았다. 그를 보면 애써 참고 있는 눈물이 그대로 터질 것만 같았다.

한 걸음, 한 걸음 가까이 다가오는 발소리. 그리고 이내 뒤에서 저를 가만히 끌어안는 뜨거운 체온과 익숙한 심박수.

윤성은 말없이 그녀를 다독여 주었다. 그녀의 떨림이 잦아들 때까지, 긴장으로 일그러진 심장 소리가 괜찮아질 때까지. 억지로 저를 보게 하지도 않았고, 묻지도 않았다.

세단은 그것이 고마웠다. 지금 그를 보게 되면 정말로 울 것 같았으니까. 그의 품에서 그에게 기댄 채 그렇게 아이처럼 울 것 같았으니까. 그래서 가만히 그의 손을 잡은 채 조금씩, 조금씩 숨을 고르게 내쉬었다.

얼마쯤 지났을까. 세단의 상태가 차츰 평소로 되돌아온 것을 느낀 윤성은 그제야 조심스럽게 그녀를 돌려 눈을 마주했다. 세단은 그를 보자마자 엷은 미소를 지었다.

"갑자기 이건 무슨 서프라이즈예요? 요즘 닥터, 스킨십이 잦네요. 점점 나한테 빠져들고 있는 건가?"

"잠깐 나가자."

"네?"

윤성은 세단의 개인 캐비닛에서 외투를 꺼내어 어안이 벙벙한 그녀에게 입혀주었다.

"아, 아니, 내 캐비닛 비밀번호는 어떻게!"

그녀가 비밀번호를 누를 때마다 소리를 들어서 알았다고는 말하지 않은 윤성은 바깥 소리에 집중했다. 아직 의국으로 향하는 걸음은 없다. 윤성은 세단의 손목을 덥석 잡고서 끌었다.

"나가서 얘기해."

"닥터, 잠깐 닥터! 나 오프 못 낸다고요!"

"최 교수님께 내가 말씀드렸어."

"네?"

순식간에 병원을 나온 윤성은 세단을 차에 태웠다. 눈 깜짝할 새 일어난 일이지만 그래도 그녀는 머리를 긁적이며 미약한 반항을 해보기로 했다.

"저 진짜 할 거 많아요. 협력팀 시술 공부도 해야 하고, 준비도 해야 하고……."

그래. 이제 그 시술은 단순한 기회가 아니라, 반드시 해야만 하고, 성공시켜야만 하는 일이 되었다.

"지금은 다 잊어."

너무나도 단호한 목소리에 세단은 이내 한숨을 내쉬며 머리를 의자에 기대었다.

'그래, 지금은 병원에 있는 것보다 밖에 있는 게 더 나을지도 몰라. 책도 머리에 안 들어올 테고. 조급할수록 돌아가자.'

차는 계속 달렸다. 어디로 가는지는 모르지만, 쌩쌩 달리는 느낌이 영 나쁘지는 않았다. 그래도 조금 전의 일들이 그리 쉬이 잊히지는 않는다.

창문 너머로 윤성의 모습이 스쳤다. 세단은 그의 옆모습을 눈으로 그리며 마음을 다잡았다.

'하지만 병원을 떠날 수는 없어. 아직은, 절대로……'

마침내 차가 멈춰 섰다. 도착한 곳은 붉은빛으로 물든 한강이었다. 인적은 드물고, 바람은 제법 쌀쌀했다. 세단은 차에서 내려 두 팔을 가득 벌리고 시원한 공기를 실컷 들이켰다. 그리고 제 옆으로 다가온 윤성을 향해 까르르 웃었다.

"기분 전환이라도 하라는 거예요? 의국에서 무슨 얘기라도 들었나?"

"우연찮게. 미안해."

"아니에요. 다른 사람들 다 다니는 의국이었으니까. 그래도 닥터만 늘어서 다행이다."

우연이 아니라 일부러 들은 것이지만. 윤성은 그래서 미안한 마음이 컸고, 당장은 잊지 못해도 조금이라도 털어내길 바라는 마음에 병원에서 데리고 나왔다. 하지만 그녀의 표정을 보니 털어내길 바라는 건 욕심인 듯싶었다.

세단은 서서히 사라지는 태양을 바라보며 속삭였다.

"하령이가 그러는 거 이해해요. 전부 내 욕심 때문인 것 같으니까. 재현이랑 그렇게라도 있어선 안 되는 거였는데……."

내가 내 욕심으로, 재현이와의 관계가 끊어지는 것이 싫어서. 그를 붙잡고 있어서 이렇게 된 걸까? 재현이가 내게 고백했을 때, 그때 냉정하게 밀어내고 멀어졌어야 했는데……. 친구를 잃고 싶지 않아서, 재현이의 마음을 알면서도 스스로 멀어지도록 기다려 준 것이 결국은 독이 되고 만 걸까?

윤성이 그녀를 제 품으로 끌어당겨 가득 안아주었다. 한순간이나마 아무것도 보지 못하게, 듣지 못하게, 아무 생각 하지 않도록. 그저 제 품에 가득 안아 속삭였다.

"나한테까지 괜찮은 척 숨기려고 하지 마. 네 진심은 그게 아니잖아. 어느 누구도 잃고 싶지 않은 거잖아."

세단은 윤성의 품 안에서 눈을 깜빡였다. 눈시울이 붉어지며 뜨거워졌다. 그의 다정한 목소리에, 그 따스함에 자꾸만 힘없이 무너지려고 한다.

"어떻게 그렇게 다 알아요? 그것도 능력인가?"

"너에 대한 모든 걸 느끼니까."

"하아. 자꾸 이러면 곤란한데. 자꾸, 닥터한테 기대고 싶어지잖아요. 이렇게 숨고 싶어지고……."

윤성은 두 팔로 그녀를 꼭 안았다. 온몸을 휘감는 그의 뜨거운 체온과 낮고 깊은 목소리가 자꾸만 자신을 내려놓게 만든다. 결국 세단은 눈물이 맺힌 눈동자를 꼭 감고서 그의 심장 소리만을 들었다. 저를 향해 빠르게 두근거리는 심장 소리가 더 깊숙이 스며들면서 모든 것을 잊게 만들었다.

그래, 오늘은 기대고 싶다. 그에게 위로받고 싶다. 오늘 하루만, 이렇게 하루만. 하지만 내일부터는 다시 기운 내자. 절대로 이대로 질 수는 없으니까. 시술도 성공할 거야. 내가 있어야 할 자리를 지키기 위해서. 그리고 지금 눈앞에 있는 이 남자와 계속 함께하기 위해서.

'절대로 지지 않을 거야. 그리고 다시, 하령이와 얘기해 볼 거야. 그때 같은 어린아이가 아니잖아. 이렇게 내 편이 있잖아. 속수무책으로 다 잃어버리지 않을 거야. 그럴 거야.'

## 8. 매 순간 보름달이 뜬 것처럼

　그날 이후, 세단은 의국에서 거의 살다시피 했다. 밤을 새는 것은 기본, 여러 책을 보고, 임상 자료들을 검토하고, 이론을 습득하며 거의 고시 공부 모드였다.

　레지던스에 들어가지 않은 지도 며칠째. 언제 연애 모드였냐는 듯 그녀는 말 그대로 폐인의 모습이었다. 머리도 대충 감고 대충 말리는 통에 엉망이고, 피부 관리는커녕 씻는 것도 대충, 잠도 제대로 자지 못해 눈 밑에 다크서클이 거뭇거뭇했고, 옷도 트레이닝복만 여러 벌 가져다 두고서 번갈아가며 입었다.

　상황이 이렇다보니 같은 의국 식구들도 세단을 건드리지 않았다. 그저 뒤에서 '역시 빡센 마녀, 독하다, 독해' 하며 혀를 내두를 뿐.

　세단도 자신의 이런 내추럴한 모습을 잘 알고 있었기에 요 며칠 윤성의 얼굴도 보지 않으려고 했다. 아무리 당분간 여자이길 포기한다고 하지만.

　'그래도 이런 추하고 험한 꼴을 보일 수는 없다고!'

　"으아, 죽겠다!"

세단은 뻑뻑한 눈을 비비며 시계를 확인했다. 벌써 자정이다. 어깨와 허리가 굳어지다 못해 끊어질 듯한 통증이 밀려들었다. 하지만 가장 필요한 건 잠이었다. 잠잘 시간도 없어 바쁜 와중에 그나마 다행인 건 자신을 도와주는 조수가 있다는 것.

"민정이는 어디 나갔나. 메신저도 안 읽고……."

며칠 전부터 최 교수님께 부탁해 논문 연구를 도와줄 조수를 직접 발탁했다. 사실 예전부터 부탁드려 보려고 했지만, 그때는 별로 바쁘지가 않아서 영 말을 꺼내기가 어려웠는데 이렇게 기회가 생긴 것.

민정은 CS 3년차의 레지던트였다. 성적도 무난하고 실력도 무난한. 하지만 세단은 우연히 그녀의 집안 사정을 알게 되었다. 어머니가 악성 유방암으로 쓰러져 이 병원에서 치료를 받고 계시다는 것. 아버지가 일을 하고 계시지만 나이 탓에 언제 퇴직하게 될지 몰라 맏딸인 민정이 돈을 벌어야 했지만, 레지던트의 월급은 그리 많지가 않았다. 그래서 어떻게든 도와주고 싶은 마음에 조수로 발탁해서 조금이라도 수당을 주고 싶었던 것이다.

"딱 10분만 쉬자. 안 그러면 진짜 쓰러질 것 같아."

말은 그렇게 하면서도 눈으로는 관련 수술 일지를 보는 것을 멈추지 않았다. 그 순간.

꾸르르르르르르르륵.

아침부터 지금까지 아무것도 못 먹었더니 결국 배에서 더는 참지 못한 채 아우성을 쳤다. 이건 그냥 꾸르륵이 아니다.

"아주 배에서 폭동이 일어났구나. 그래, 삼시 세 끼 다 챙겨먹던…… 아니, 하루에 여러 끼를 해치우던 주인이 아무것도 넣어주지 않고 있으니 얼마나 속상하고 황당하겠니. 하지만 절대로 다이어트는 아니니까 오해하지 마렴. 흑!"

세단은 배를 달래듯 매만지며 눈앞에 아른거리는 음식들을 입으로 내뱉었다. 이렇게라도 허기가 채워지길 바라면서.

"아……. 치즈가 쭉 늘어지는 쫄깃쫄깃한 치즈떡볶이가 먹고 싶어. 튀김도 같이 찍어 먹으면 딱인데. 거기에 초코 휘핑 듬뿍 올리고 초코 드리즐도 마구잡이로 고속도로를 이루면서, 자바칩을 갈아서도 넣고 통으로도 넣은, 혀에 닿기만 해도 달달함이 솟구치는 프라푸치노 먹고 싶다. 그걸 먹으면 내 가여운 배를 달랠 수 있을 텐데. 으아! 말하니까 더 배고파! 이놈의 머릿속은 왜 이렇게 리얼하게 이미지트레이닝을 하고 있는 거야!"

떡볶이며 튀김이며 커피가 이젠 눈앞에서 아주 생생하게 둥둥 떠다니고 있었다. 하지만 나가서 사올 시간도, 여유도 없었다. 이건 고문이야!

"됐다. 잊자, 잊어. 내 가여운 배야. 너도 괴롭지? 그러니까 그냥 꾹 참자. 내가 대신 설탕 듬뿍 넣은 인스턴트커피라도 마셔줄게."

세단은 애써 정신을 챙기고서 자리에서 일어섰다. 그러다 문득 휴대폰이 눈에 들어왔다. 공부에 방해가 될까 봐, 급한 연락 아니고선 받는 것도 자제하던 편인데 솔직히 말해 연락이 오는 곳도 없었다. 심지어 마윤성, 그에게마저도.

"칫. 아무리 이런 꼴이라지만 문자는 할 수 있는데. 컨퍼런스 시간에도 나랑 눈도 안 마주쳐요. 공과 사가 너무 단호박이야, 단호박. 지금쯤 퇴근했으려나."

밀려드는 서운함을 꾹 누르며 포트에 물을 올리려는 순간, 문이 벌컥 열렸다. 세단의 고개가 휙 돌아갔다. 코가 먼저 음식 냄새에 반응을 했다.

"선생님, 저녁 겸 야식 드세요!"

구세주처럼 음식을 들고 나타난 민정! 그런데 문제는 그녀가 사들고 온 것들이 전부 세단이 조금 전 주문처럼 외우고 있던 음식이란 것이었다.

"조금만 쉬면서 하세요! 그러다가 건강 나빠지면 안 되잖아요."

민정은 얼른 테이블에 치즈떡볶이와 튀김, 김밥에, 따뜻한 된장국까지 늘어놓았다. 거기에 보기만 해도 속이 달달해지는 프라푸치노까지!

"선생님? 꺅!"

세단은 제 눈앞에 펼쳐진 음식을 믿어지지 않는다는 시선으로 바라보더니, 이내 민정을 꽉 끌어안고 탄성을 내질렀다.

"꺄아! 민정이 너어! 내가 널 조수로 잘 뽑았지, 암, 잘 뽑았어! 대체 어떻게 이렇게 내가 먹고 싶어 하는 것만 타이밍 좋게 딱 사오는 거야? 응? 진짜 너무 예뻐 죽겠다, 죽겠어!"

"헤헤, 어제부터 계속 드시고 싶다고 하셨잖아요. 얼른 많이 드세요. 절대로 굶지 마시고요. 그러다 쓰러지세요."

"응응! 고마워, 고마워! 너도 얼른 먹어!"

정말 신기하게도 민정은 항상 그녀가 먹고 싶다고 중얼거린 것들을 귀신같이 알고 사오곤 했었다. 저번에는 초밥을. 또 그전에는 밥버거를.

"내가 너 덕분에 굶어 죽지 않는다 진짜!"

"저야말로 박 선생님 덕분에 진짜 안 굶고 있죠."

"그렇게 크게 생각하지 마. 그냥 넌 야근을 좀 하고 수당을 받고 있는 거야. 사실 너무 적게 줘서 내가 미안하지."

"아니에요! 절대로 적다고 생각하지 않아요. 오히려 챙겨주시고 도와주셔서 정말 감사합니다."

"됐어, 됐어. 음식 눈앞에 두고 말 길어지면 안 좋아. 얼른 먹자!"

"드시고 계세요. 물 새로 가져올게요."

세단은 입안 가득 떡볶이와 튀김, 김밥을 밀어 넣으며 행복한 표정을 지었다.

"배야, 이제 너도 살 것 같지? 그렇지? 그러니까 이제 이 주인을 너무 원망하지 마렴!"

민정은 세단이 잘 먹는 것을 보고서 살며시 의국을 빠져나왔다. 그러자 문 바로 옆에 낯익은 그림자가 서 있었다. 흰 가운을 슈트처럼 입고 그림처럼 서 있는 남자는 바로 퇴근한 줄 알았던 윤성이었다. 그는 민정을 향해 조그맣게 속삭였다.

"매번 고맙다."

그러자 그녀는 얼른 고개를 가로저었다.

"아니에요, 아니에요. 덕분에 저도 엄청 잘 얻어먹고 있는걸요. 오히려 박 선생님이 너무 좋아하셔서, 제가 죄책감 들어요. 사실은 교수님께서 다 사오신 건데……"

사실 그 모든 음식들을 사온 것은 윤성이었다. 매번 그녀가 뭘 먹고 싶어 하는지 전부 다 듣고 사와 민정을 통해 몰래 전해줬던 것.

민정은 설렘이 가득한 시선으로 윤성을 슬쩍 바라보며 속삭였다.

"박 선생님, 정말 많이 좋아하시나 봐요."

그러자 윤성은 말없이 그저 웃으며 여전히 귓가에 들려오는 세단의 목소리를 들었다.

"아, 이거 왜 이렇게 맛있니! 시장이 반찬이라서 그러는 게 아니라 진짜로 너무 맛있다고! 어디서 산 거지? 민정이한테 물어볼까? 나중에 닥터랑 같이 먹어야지! 닥터도 끼니를 영 안 챙겨 먹는 것 같단 말이야. 그러니까 내가 챙겨줘야 한다고. 암! 근데 얘는 왜 이렇게 안 들어와. 이러다 내가 다 먹어버리겠네. 헤헷."

윤성은 민정의 손에 물병을 쥐어주며 다시 당부했다.

"이만 들어가 봐. 앞으로도 지금처럼 비밀 부탁하고."

"네, 걱정 마세요."

민정은 윤성과 세단이 몰래 비밀 연애를 하고 있다는 걸 알고 있었다. 눈치를 채버린 제게 비밀로 해줄 것을 부탁한 것이 마 교수님이었으니까. 처음엔 조금 놀랐지만, 마 교수님이 더 박 선생님을 좋아하고 아끼는 모습이 참 예뻐 보이고 두 사람이 잘 어울려서 부러웠다. 그래서 병원 내에서 도는 그 말도 안 되는 소문에 자신이 더 속상하고 화가 나기까지 했다.

윤성은 천천히 발걸음을 뒤로 돌렸다. 물론 계속해서 그녀의 목소리를 들으면서 자꾸만 밀려드는 그리움을 달래고 있었다.

문자를 하면 못 참을 것 같아서, 눈을 마주치면 계속 볼 것 같아서, 열심히 노력하고 있는 그녀를 조금은 뒤에서 지켜봐 주고 싶었다. 그러니까 곁에 있고 싶다는 욕심은 조금 접어두자.

늦은 오후. 잠깐 틈을 내서 세단은 애정과 커피를 마시고 있었다. 하지만 이것도 애정이 억지로 불러낸 거였다. 안 그러면 진짜 거지 폐인 꼴로 그 시술을 하기도 전에 몸이 먼저 축날 것 같아서. 세단은 예전부터 그랬다. 뭔가 하나에 꽂히면 기어코 그것만 죽어라 파는 악질. 그런데 이번엔 좀 심한 것 같았다.

"꼬라지 참 가관이다. 지난번엔 그렇게 봄바람이 살랑살랑 불어대더니, 이젠 거지가 손잡고 춤추자고 할 판이네. 어쩜 이렇게 사람이 극과 극을 달릴 수 있냐? 여자의 변신은 무죄라고 하던데. 너 진짜 대단하다."

"비꼬지 마."

"비꼬긴, 정말 대단해서 그러지. 마 교수님은 이런 꼴을 보고도 네가 좋다니?"

"싫은가 봐. 요즘 통 얼굴 보기 힘들어. 그리고 나도 이런 모습 별로 안 보이고 싶고."

"그래. 연애 시작하자마자 깨지기 싫으면 그래야지. 안 그래도 요즘 소문이 영 별로인데."

세단은 애정에게 하령에 관한 건 말하지 않았다. 아마 저 불 같은 성격에 당장 달려가서 머리채라도 잡고 흔들지 모르니까. 그러고는 병나발을 불면서 펑펑 울겠지. 겉으로 표현하진 않아도, 그녀 역시 재현과 하령을 엄청 걱정하고 있다는 걸 잘 알고 있었다.

"그래도 그때보단 많이 나아졌던데?"

"몰래 엄청 수군거려. 내가 일일이 붙잡고 다 쥐어박을 수는 없잖냐. 너도 좀 강하게 아니라고 해."

"나도 몇 번 해봤어. 그런데 안 통하더라고. 오히려 강한 부정은 긍정이라고 받아들이는 것 같아. 그래서 좀 지켜보려고. 그리고 계속 신경 쓸 시간도 없어."

그 뒤로 소문이 좀 잠잠해지긴 했지만 그래도 여전히 세단을 보는 묘한 시선이 남아 있었다. 하령과의 일 이후로 그녀도 헛소문이라며 해명하고 다니긴 했지만 별로 소용이 없었다. 그래서 일단 이번 시술을 성공적으로 끝낸 뒤, 하령이와도 잘 해결하고 나서 제대로 나서야 할 것 같았다.

"하긴, 네가 연예인도 아니고 기자회견을 하겠냐? 시간이 약이겠지. 그나마 재현이가 병원에 없어서 소문이 좀 수그러지긴 하더라. 너한테도 연락 없지?"

"없어."

"나도 모르겠다. 그쪽 세계를 나 같은 월급쟁이 간호사가 어떻게 알겠니? 요즘 들어선 엄청 신기하다. TV에서 그렇게 떠드는 애들이랑 내가 아무렇지도 않게 술 마시고 놀고 그랬다는 게."

"그냥 친구잖아. 아무리 그렇게 떠들고 뭐라고 해도 우리에겐 그냥 다 친구지."

세단은 쓸쓸한 미소를 지으며 식어버린 커피를 마셨다. 분명 설탕을 굉장히 많이 넣은 커피인데 왜 이렇게 입이 쓴지 모르겠다.

"마 교수님이 소문에 신경 쓰는 것 같지는 않아? 하긴, 그럴 것 같지는 않지만."

"헛소문인 걸 아니까. 그리고 서로 아주 깊이 믿고 있어."

애정은 그 모습이 참 좋아 보였다. 세단이 누군가를 믿고 있다고 강하게 말한 건 처음이니까.

"봄바람이 한풀 꺾인 줄 알았더니 여전히 진행형이구나. 으윽, 닭살이야. 조심해라. 너랑 마 교수님 연애하는 거 밝혀지면 소문에 기름을 끼얹는 거야. 시기 질투가 아주 하늘을 찌를 거다."

"그거 참 고소하겠네."

"마 교수님이 어디가 그렇게 좋아? 너도 남들처럼 얼굴이야? 하긴, 그 얼굴을 마다하는 게 이상하긴 하지. 키스도 했어? 진도는 어디까지 나갔니? 뜨거운 밤 역사는 이루셨나? 마 교수님 얼핏 봐도 몸이 장난이 아니던데!"

어느새 애정의 음란마귀가 발동했다. 세단은 어이가 없는 듯 웃으며 남은 커피를 원샷했다.

"남의 역사에 뭔 관심이 이렇게 많아? 너희 집 역사나 알아서 하시죠?"

"원래 남의 애정사 훔쳐보는 게 또 기가 막히게 재미있거든. 옛 조상님들이 왜 남의 첫날밤 훔쳐보려고 멀쩡한 문풍지에 구멍을 냈겠어?"

"그래도 비밀이야, 비밀!"

"에이, 조금만, 응? 얼굴이야? 몸이야? 아니면 성격?"

"솔직히 말하면 처음엔 절대로 성격은 아니었어. 얼굴도 절대 아니었고. 처음 아프리카에서 봤을 때 마 교수님 진짜 늑대 소년 같았어. 완전 이상했다니까? 지금 모습이랑 완전 달라."

"근데 그런 모습에 반한 거야?"

세단은 가만히 그때를 떠올렸다. 사실 그는 정말로 자신의 이상형과는 거리가 멀었다. 냉정하고 고약한 성품에 인간관계는 빵점에 가까웠던, 그야말로 지독한 개인주의자.

하지만 다친 내 발목을 신경 써주고, 툴툴대면서도 걱정이란 걱정은 다 하면서, 계속 시선이 얽혀 들어갔다. 게다가 온몸이 울릴 정도로 뜨겁게 속삭이던 그 심장 소리.

"온전히 날 사랑해 준다는 느낌이 들어. 그런 느낌 정말 처음이거든. 그래서 나도 모르게 자꾸만 믿고 싶고, 기대고 싶고, 붙잡고 싶어져. 아주 많이 좋아한다고. 계속, 계속 말해주고 싶고."

지난 시간 많이 외로웠을 그 남자의 곁에 쭉 함께하고 싶다는 생각.

세단은 저도 모르게 가슴이 떨렸다. 애써 누르고 있던 그리움이 밀려든다. 사실은 그가 아주 많이 보고 싶다. 같은 공간에 있으면서도 아주 많이 그립다.

"다행이다. 이번엔 정말로 네가 행복해 보여서."

그녀는 애정을 향해 쑥스러운 듯 고개를 숙였다. 그러고 보니 아직 그는 제게 좋아한다고 직접 말해준 적이 없었다. 뭐, 워낙 감정 표현이 서툰 사람이니까.

'내가 좀 더 기다려 줘야겠지.'

"이번 생일에는 외롭지 않게 지내겠네. 혼자 케이크에 불 붙이는 청승맞은 짓도 안녕일 테고."

"아, 생일!"

"연애하고 첫 생일이잖아. 마 교수님한테 어리광 좀 부려봐."

완전 잊고 있었네. 하긴, 그런 거 생각할 여유가 없었지.

"날짜 확인하니까 네 시술 끝난 뒤던데, 잘 마치고 그거 핑계 삼아 데이트하고. 어디 가고 싶은 데는 없어?"

"놀이공원!"

"뭐?"

"놀이공원 말이야. 밤에 불꽃놀이 할 때 관람차 안에서 키스하면 영원한 사랑을 이룰 수 있다고 하잖아."

"그건 또 무슨 헛소리야?"

"아니야. 내가 봤어. 영화인가? 아무튼 어디서 봤다고. 나 그거 진짜 해보고 싶은데. 하자고 하면 할까?"

"아니, 안 할 것 같은데. 그것보단 교수님이 그런 곳에 가겠냐?"

"완전 단호박이네. 좀 희망적으로 말해주면 덧나?"

"너도 속으로는 안 될 것 같다고 생각하잖아. 그냥 평범하게 데이트해. 그런 닭살스러운 거 말고. 우리 나이에 무슨!"

"많이 유치한가?"

"당연히 유치하지. 아무리 연애하면 유치한 짓도 아름다워 보인다고 하지만."

세단은 금방 시무룩해져서는 입을 쭉 내밀었다. 그래도 해보고 싶은데. 영원한 사랑, 참 마음에 드는 단어인데. 하긴, 닥터가 사람 많은 곳에 절대로 갈 리가 없지. 그게 안 되면 남산에 올라가서 자물쇠라도 걸어볼까? 닥터는 그런 거 모를 테니까. 같이 가기만 하면 내가 슬쩍 걸어도 될 것 같은데…….

"안녕하세요, 박 선생님."

그때, 몇몇 레지던트 무리들이 그녀의 곁을 지나갔다. 그것도 생판 처음 보는 다른 과 얼굴들. 인사를 하는데, 그 인사에 섞인 웃음이 굉장히 거슬렸다. 게다가 연신 그녀를 힐끔힐끔 쳐다보면서 수군거리는 행동도.

"아오, 저것들을 그냥!"

"일단 참아. 곧 내가 알아서 할 테니까."

점점 보는 눈이 많아지기 시작했다. 이제 그만 자리를 떠야 할 것 같았다. 이럴 땐 그냥 피하는 게 상책이다. 똥이 무서워서 피하나? 더러워서 피하지. 하지만 마음에 걸리기는 했다. 정말로 하령의 말처럼 자신이 이 병원에 있는 것이 두 사람에게 피해를 주는 것일까 봐.

시술에 성공하고, 하령이랑도 잘 풀고, 소문도 잘 정리할 수 있다면 좋겠지만, 만약 내가 성공하지 못하면? 잘 참고 있던 불안함과 긴장감이 다시금 밀려드는 순간.

"박세단, 마 교수님이 너한테 할 말 있는 것 같은데?"

"뭐?"

"저기."

세단은 흠칫 놀라서 애정이 가리킨 방향으로 고개를 돌렸다. 이리로 걸어오는 그의 모습이 보였다. 그것도 자신을 향해 똑바로.

뭐지? 할 말이 있는 건가? 세단의 입술 끝이 방싯 올라갔다. 또다시 약한 마음이 생기려고 했던 아주 기가 막힌 타이밍에 그가 나타났다.

'역시, 내 행운의 아이템이라니까.'

그래도 행여나 그에게도 피해가 갈까 봐, 세단은 그를 향해 딱 인사만 하려고 했지만, 제 앞에 멈춰 선 그의 얼굴을 보는 순간 움직임을 멈출 수밖에 없었다.

"어머, 마 교수님…… 눈동자 색이……."

"……회색……."

까만 머리카락 너머로 저를 바라보는 눈동자가 분명 회색이었다.

왜지? 렌즈로 왜 안 가린 거지?

"박 선생."

"네?"

"어디 아파?"

"네?"

"안색이 영 안 좋은데……."

순간, 그의 눈동자 위로 안타까움이 서리면서 세단이 막을 새도 없이 그의 손길이 다정하게 그녀의 이마를 짚었다. 바로 옆에서 본 애정은 경악했고, 주변에 있던 다른 여의사들과 간호사들 역시 그대로 말을 잃고 말았다. 하지만 가장 당황한 것은 세단이었다.

"열이 좀 있네. 무리하지 말라니까. 계속 걱정하게 만들고……."

"……."

말도 안 되는 모습이 눈앞에서 펼쳐지자 세단은 입만 뻥긋거렸다.

나 지금 꿈꾸나? 너무 피곤해서 서서 잠들어 버린 거야? 아니면 너무 보고 싶어서 헛것에 망상이 더해진 건가? 그게 아니면, 이게. 이게…… 말이 안 되는데!

"잠깐이라도 쉬자. 알겠지?"

윤성은 세단의 어깨를 살며시 감싸고서 애정에게 말했다.

"아무래도 데려가야겠습니다. 밥도 좀 먹고, 약도 먹고, 조금이라도 재워야 할 것 같군요. 의사는 자기 관리가 중요하다고 그렇게 말했는데."

"하하하하! 그렇죠? 자기 관리. 아주 중요하죠! 마 교수님이 옳은 말씀만 하시네요. 얼른 데려가 보세요. 세단이, 정말 얼굴이 반쪽이 됐어요. 안 그래도 이래저래 피곤한데. 이.상.하.고. 말.도. 안. 되.는. 소.문까지."

"그럼 가보겠습니다."

"네, 네!"

여전히 세단은 넋을 잃은 채 윤성에게 거의 안겨서 끌려갔고, 두 사람이 사라지자 주변에 있던 사람들은 경악을 금치 못하며 비명을 내질렀다.

"마, 말도 안 돼! 마 교수님이 저 빡센 마녀 안은 거야?"

"두 사람 사귀어? 언제? 대체 언제!"

"그게 아니면 저럴 수가 없지! 너 못 봤어? 마 교수님 빡센 마녀 보는 눈빛! 난 마 교수님이 저렇게 다정하게 말하는 거 처음 들어봐."

"근데 마 교수님 눈동자 색이 회색이었나?"

"아으! 이건 아니야. 빡센 마녀라니. 이건 아니라고! 대체 천 실장님부터 마 교수님까지. 어떻게 꼬리를 치면!"

그때, 이 상황을 멀리서 지켜보고 있던 민정이 속으로 예스를 외치며 슬며시 지나가려고 했지만, 그녀를 알아본 여의사들이 우르르 몰려와서는 앞을 막아섰다.

"야, 너. 박 선생님 조수로 일하고 있는 애 맞지?"

"그런데요?"

"넌 뭐 알아? 정말로 마 교수님이랑 빡센, 아니, 박 선생님이랑 사귀는 거야?"

말해도 되는 거겠지? 마 교수님이 저렇게 대놓고 보여주는 걸 보면. 안 그래도 괜한 소문으로 박 선생님이 곤란해하시는 거 진짜 보기 싫었는데.

민정은 우르르 달려와서는 저를 빤히 쳐다보는 여의사와 간호사들을 향해 제가 괜히 승리의 미소를 지으며 대답했다.

"네, 맞아요. 두 분 사귀고 계세요."

"와. 진짜 기막혀. 그럼 소문이 하나도 틀린 게 없잖아?"

"그러니까. 역시 천 실장님이 안 되니까 마 교수님한테……."

"그런 거 아니에요! 마 교수님이 박 선생님을 더 좋아하신다고요! 매번 늦게까지 박 선생님 걱정하시고, 저한테 잘 보살펴 달라고 얼마나 부탁하셨는데요."

멀리서 민정의 얘기를 듣고 있던 애정은 그제야 상황을 제대로 파악하고선 피식 웃었다.

그러니까 이게 다 의도된 거란 말이지? 그렇다면 조금 더 기름을 부어볼까?

"어머, 다들 몰랐어? 마 교수님이랑 박 선생님 아프리카에서 처음 만났는데."

"네에?"

"아프리카에서부터 꽤 깊.고. 찐.한. 인연이었다고 하더라고. 지금껏 마 교수님이 박 선생님 꽤 살펴주셨는데. 다들 눈치 못 챘나? 다들 보고 싶은 것만 보려고 하고, 듣고 싶은 것만 들으려고 하나 봐. 가장 중요한 사실, 팩트를 놓치고 말이지. 아니다! 마 교수님이 박 선생님 잘 챙겨주시는 거 그것도 꽤 소문났었는데. 단합회에서 두 분 손잡고 사라지셨다고."

그러고 보니 그런 소문도 있었다. 마 교수님이 박 선생님만 처음부터 챙기긴 했으니까. 그런데 아프리카에서부터 인연이 있었다니!

남몰래 윤성을 좋아하고 있던 그녀들은 금방 울상이 되어버렸다.

"그러니까 더 이상 이상한 소문 내지도, 믿지도 마세요. 계속 이러시면 박 선생님도 가만히 안 계실 거예요."

민정은 그녀들에게 한마디를 쏘아붙이곤 가던 길을 갔고, 애정 역시 걸음을 돌리면서 슬쩍 말을 흘렸다.

"못 먹는 감 찔러나 보자 이건가? 아니면 요즘 말로, 그 뭐더라. 아……
아! 열폭! 그래, 그건가?"

결국 그 자리에 있던 이들은 전부 얼굴을 붉히고선 신경질을 내며 흩어
졌고, 애정은 속으로 브라보를 외쳤다. 통쾌해서 미칠 것만 같았다.

'아오! 10년 묵은 체증이 싹 내려가네. 세단이가 저 표정들을 못 보다
니, 크, 아깝다, 진짜! 뭐, 더 좋은 시간 보내고 있으려나.'

이로써 재현과 세단 사이의 불미스러운 소문은 덮어질 것이다. 아마 역
으로 세단을 대단하게 보겠지. 천하의 마 교수님을 저렇게 홀딱 반하게
만든 여자로.

마 교수님이 저렇게까지 나올 줄은 예상 못했던 애정은 새삼 그를 다시
떠올렸다. 남자의 질투인가, 아니면 세단이를 지켜주기 위해서?

"부러운 지지배. 대체 무슨 복을 타고나서. 아니면 정말 마 교수님이 콩
깍지가 단단히 씌어서 세단이의 볼매에 빠져든 건가?"

애정은 가볍게 콧노래를 부르며 스테이션으로 들어갔다.

그래도 참 다행이다. 세단이한테는 정말로 마 교수님이 아주 딱이라니
까. 딱!


윤성은 민정과 애정이 나서서 정리된 상황을 소리로 듣고는 엷은 미소
를 지었다. 이로써 모든 일이 계획한 대로 되었다. 윤성이 지난 며칠 동안
민정이라는 레지던트를 통해 세단에게 간식을 보낸 것도, 그녀에게 두 사
람의 관계를 은연중 흘린 것도 이걸 위해서였다. 증인이 필요하니까. 그래
야 연애 사실을 굳이 직접 공표하지 않아도 확실한 사실로 전해질 테고,
그녀를 향한 소문들도 사라질 수 있을 테니.

세단은 그제야 차츰 정신을 차리고서 쑥스러워 기어들어 갈 것 같은
목소리로 속삭였다.

"나 열 안 나는데……."

"알고 있어."

"그럼 일부러 이런 거예요? 이래도 돼요? 이제 나랑 교수님이랑 사귄다고 소문 쫙 퍼질 텐데."

"말도 안 되는 소문이 퍼지는 것보단 낫잖아? 그래도 이번에 퍼질 소문은 거짓은 아니니까."

세단은 그제야 모든 상황을 이해하고 걸음을 멈추었다. 그러자 윤성은 그런 그녀를 가만히 바라보았다.

"그럼 설마 나 때문에? 난 괜찮은데. 그리고 나도 가만히 있을 생각은 아니었어요. 일단 시술부터 끝내고, 하령이랑도 다시 잘 말해서……."

"내가 별로 안 괜찮아."

"닥터……."

윤성은 여전히 세단의 손을 꽉 쥐고서 한 걸음 앞으로 다가섰다. 어느새 그녀는 그의 회색빛 눈동자에서 시선을 떼지 못하고 있었다. 사실 마음이 벅차다. 너무 떨리고 기뻐서. 심장이 마구 뛰어올랐다.

"질투, 하시는 거예요?"

"……그런가 봐."

사실 그녀를 지키려고 했던 것도 있지만, 천재현과 그녀의 소문이 너무 거슬리고 싫었다. 지금 그녀의 옆에 있는 사람은 천재현이 아니라 바로 자신인데…….

"아무리 헛소문이라도 그냥 놔두면 진실로 둔갑할 수도 있어. 사람들이 원하는 건 그런 거니까. 그렇게 되면 네가 위험해져. 안 그래도 이것저것 신경 쓸 것도 많잖아."

세단은 절로 마음이 충만해지는 느낌에 떨리는 미소를 지었다. 역시 그는 항상 제 곁에 있다. 제 손을 꼭 잡고서 조금이라도 자신이 흔들릴 것 같으면, 강하게 붙잡아준다.

"이제 닥터도 꽤 귀찮아질 텐데."

"내 일은 내가 알아서 해. 신경 쓰지 마."

하지만 걱정은 되는지, 그의 눈빛이 살짝 흔들리면서 미간이 일그러졌다. 그 모습이 어쩐지 귀여워 보여 세단은 밉지 않게 외쳤다.

"어떻게 신경 안 써요! 이제 여자들이 더 쳐다볼 거 아니에요! 거기다 이 회색 눈동자 때문에 더 볼 것 같아. 더 멋있어져서! 갑자기 렌즈는 왜 뺀 거예요?"

"빼고 다니라며."

"언제부터 내 말을 이렇게 잘 들었을까? 그냥 다시 가릴까요?"

세단은 손을 뻗어 윤성의 눈을 가렸다. 젠장. 그래도 멋지다. 새삼 이 남자에게 닿는 여자들의 시선이 너무 많다는 걸 깨달았다.

"이 얼굴 전체를 가릴 수 있는 방법은 없을까요? 그래! 아프리카 때처럼 수염을 길러서……. 악!"

윤성은 세단의 이마에 꿀밤을 먹이고선 그녀를 떨어뜨렸다.

"이상한 소리 말고. 밥 먹고 잠 좀 자라는 건 거짓말 아니야. 레지던스 비운 지도 꽤 됐지? 점심은 먹은 거야?"

"먹었죠! 커피……."

"커피가 밥이야? 내가 분명 말했지, 의사는 자기 관리 철저히 해야 한다고."

"알겠어요. 먹을게요. 잠도 잘게요. 됐죠? 그럼 걱정 안 하겠죠?"

세단이 빤히 올려다보며 반짝반짝한 시선을 보내자 윤성은 저도 모르게 묵직하게 숨을 꾹 누르고서 주먹을 꽉 움켜쥐었다.

"그리고 얼굴도 좀 씻고."

"그, 그게 무슨 말이에요!"

"가까이에서 보니까, 눈곱 보여."

"그럴 리가 없어요!"

말은 그렇게 하면서도 세단은 후다닥 뒤로 물러났다. 그래, 내가 지금껏 저 남자를 왜 안 만나고 있었는데. 지금 내 꼬라지가, 꼬라지가!

"밥 먹고, 꼭 자."

윤성은 그녀를 의국까지 데려다주었고, 세단은 재빨리 화장실로 달려가 거울을 보고선 그대로 무너져 내리고 말았다.

"안 돼, 안 돼, 안 돼!"

도대체 저 거울 속 폐인은 누구니? 엉? 대체 왜 저렇게 추레하냐고! 이런 꼴인데 내가 과연 닥터의 여자 친구라고 소문이 제대로 날까? 누가 봐도 아닌 것 같은데!

"악! 최악이다, 박세단!"

세단에게서 멀어진 윤성은 눈을 질끈 감았다가 떴다. 여전히 묵직하게 감도는 열기에 목울대가 따끔거렸다. 순간, 저도 모르게 키스할 뻔했다.

"하아…… 돌겠군."

보름도 아닌데 자제력을 잃을 뻔하다니……. 처음 있는 일이었다. 그만큼 더 깊이, 점점 더 깊숙하게 그녀에게 빠져들고 있는 건가.

어느새 그의 귀는 너무나도 자연스럽게 세단의 목소리를 좇고 있었다.

"딱 한 시간만 자자. 조금이라도 여자 꼴을 유지하려면 조금은 자야 해! 그리고 다시 공부하는 거야. 닥터 덕분에 소문도 잘 마무리될 테니까 이제 하령이 일만 잘 해결하면 돼. 다, 잘될 거야."

아직까지도 저렇게 백하령을 믿고 있는 그녀가 걱정되었다. 그만큼 그녀에겐 중요한 관계라는 거겠지. 하지만 윤성은 확신했다. 백하령은 앞으로 세단이 원하는 관계로 돌아가지는 않을 것이라는 것을. 점점 더 멀어져서, 어쩌면 가장 큰 가시가 될지도.

약혼 발표와 함께 기업 내에서 하령의 입지는 달라졌다.

"백 이사님, 아까부터 대기 중인 연락이 많습니다. 전부 만남을 청하고 계십니다."

벌써부터 여러 명의 주주들이 연락을 취해오고 있고, 임원들 역시도 마찬가지였다. 하나같이 하령에게 등을 돌렸던 사람들. 그 사람들이 이번엔 역으로 하령에게 줄을 대기 위해서, 한 번이라도 만나 달라며 전화통에 불이 나도록 연락을 취하고 있었다.

그녀는 저도 모르게 쓴웃음을 지었다. 권력이란 이렇게 다른 건가. 이제야 내가 제대로 J그룹의 백하령으로 보이는 거야?

"일단 전부 기다려 달라고 해. 아직은 좀 더 애를 태워야 해. 그쪽에서 더 몸이 달아야 나한테 유리한 딜을 할 수 있지."

"알겠습니다."

문득, 하령은 걸음을 멈추고 휴대폰을 확인했다. 비서는 의아한 시선으로 그녀를 바라보았다.

"무슨 문제 있으십니까?"

"한국대병원 공개 시술이 얼마 안 남았지?"

"네. 참석하실 겁니까?"

"당연히 가야지. 재현 씨랑 둘이서 언론에 좋은 그림 하나 보여줘야 하잖아?"

"일정 조정해 보겠습니다."

그나저나 세단이 절대로 그 시술에 성공해선 안 되는데. 다른 건 몰라도 세단의 실력이 정말로 좋다는 게 마음에 걸렸다. CS에서도 평가가 좋은 편이고. 그러니까 다른 과 교수님들이 전부 그녀를 추천했겠지? 하지만 여기서 그녀의 입지를 더 키울 수는 없어. 이번 기회에 어떻게든 내보내야 해.

어느새 그녀의 눈빛이 차갑게 가라앉았다.

"이번 공개 시술할 환자 정보 좀 알 수 있을까?"

"간략한 것이라면 가능할 겁니다."

"더불어 협력팀 명단도, 이번 시술에 참여하는 사람들 정보까지 전부 알아봐 줘. 그리고 박세단."

"네?"

"이번 시술 써전 말이야. 주변 인물 좀 조사해 주겠어? 관련된 사람들은 전부."

"아, 알겠습니다."

하령은 비서에게 업무를 지시하곤 피곤한 몸을 의자에 깊숙이 묻었다. 그녀의 표정엔 여전히 냉랭함이 감돌았다.

"어떻게든, 무슨 짓을 해서라도 성공 못 하게 해야 해."

그래야 내가 살고, 너도 살아.


늦은 밤에도 의국은 대낮처럼 환했다. 이틀 뒤면 협력팀 시술날이기에 세단은 틈만 나면 이미지 트레이닝을 하고 있었다.

대동맥판막 협착증은 주로 고령의 환자에게 많이 나타나는 증상으로, 혈액순환에 장애를 일으켜 생존을 위협하는 치명적인 질환이다.

보통은 전신마취 후 개흉을 하여 인공판막을 교체하는데, 워낙 고령의 환자가 많기에 부담도 크고 회복이 더뎌 위험도가 높았다. 그 때문에 고안해 낸 시술법이 경피적 대동맥판막 치환술. 이는 개흉을 하지 않고 허벅지 쪽 혈관을 이용해 좁아진 판막 사이를 풍선으로 벌려 시야를 확보한 뒤, 인공판막을 적절히 고정시키는 시술로 위험성이 덜하고 합병증도 적었다.

이 시술은 흉부에서만 담당하는 것이 아니라 다른 과와도 협력해야 하기 때문에 한 사람이라도 제 몫을 제대로 하지 못하면 실패하고 만다.

이번에 병원에서는 새로운 인공판막을 사용하기로 했다.

세단은 임시로 풍선을 하나 구해 영상을 보면서 손으로 감을 익히고 있었다. 어차피 수술방에선 카메라로 확인하면서 할 테지만, 그래도 위치를 잘 잡는 것이 중요해서 여러 번 시뮬레이션을 하는 것이었다.

"흠. 이게 아닌가?"

"그 방향이 아니야."

"닥터?"

뒤에서 들려온 목소리에 세단은 고개를 돌리려고 했지만, 윤성이 성큼 다가와서는 뒤에서 세단의 두 손을 붙잡았다.

"이걸 이런 식으로 집어넣으면 시야 확보가 더 잘돼. 그리고 아주 천천히 움직이는 거야."

그는 세단의 손을 잡고서 천천히 움직였다. 하지만 세단은 그가 무슨 말을 하는지 아무것도 들리지 않았다. 등 뒤로 바짝 느껴지는 그의 체온, 귓가에 와 닿는 목소리와 뜨거운 호흡이 자꾸만 심장을 간질간질하게 만들면서 온몸이 긴장감으로 바짝 조여왔다.

"그리고 이건 이렇게……."

아무것도 안 보여. 아무것도 안 들려. 그냥, 신경 쓰여 미칠 것 같다!

'박세단, 정신 차려! 닥터는 그냥 순수하게 가르쳐 주고 있는 거잖아!'

그때, 윤성은 움직임을 멈추고서 그녀를 빤히 바라보았다.

"박 선생."

"네?"

그제야 세단은 흠칫 놀라서 고개를 들었다. 하지만 그의 회색빛 눈동자와 마주치자 또다시 묘한 느낌에 얼굴이 빨갛게 달아올랐다.

'진정해라, 박세단! 이성을 잃지 마!'

하지만 저 회색 눈동자는 정말 감당이 안 된다. 다시 가려 달라고 할까? 심장에 너무 안 좋아…….

"집중 안 해?"

에라, 모르겠다!

세단은 눈을 질끈 감고서는 그의 볼에 기습적으로 뽀뽀를 하고선 얼른 고개를 돌렸다.

"이제 집중할게요."

그녀는 화끈거리는 얼굴로 정면만을 응시했다. 도저히 참을 수가 없었다. 아무도 없는 의국. 게다가 늦은 시각. 그냥 남자도 아니고 가장 사랑하는 남자가 이렇게 딱 붙어 있는데 어떻게 딴생각 없이 집중만 하겠냐고!

'그래, 뽀뽀 한 번으로 어떻게든 정신을 차리자, 차려!'

"이제 진짜 집중할게요! 얼른 해요, 얼른. 이걸 이렇게 넣는다고요?"

차마 그의 얼굴을 보기가 부끄러웠다. 그때 그가 살며시 그녀의 이름을 불렀다.

"박세단."

나지막한 음성으로 불리는 그녀의 이름. 결국 세단은 아주 천천히 고개를 돌렸고, 이내 그대로 호흡을 멈췄다.

윤성은 그녀의 입술을 한가득 베어 물었다. 밀려드는 짜릿하고 달콤한 느낌에 세단은 움찔하면서도 여전히 제 손을 잡고 있는 그의 손을 더더욱 꽉 붙잡았다.

시술이 끝날 때까지 접어두려고 했던 모든 욕심이 무너져 내린다. 냉정한 이성도, 쇠심줄 같은 자제력도 소용없었다. 그녀에게 점점 다가갈수록, 마치 모든 순간순간이 보름달이 뜬 날처럼 느껴졌다.

윤성은 한 손으로 그녀의 턱을 잡고 더더욱 깊이 끌어당겼다. 어느새 서로의 격한 숨소리가 흘러넘치고, 혀끝으로 야릇한 신음을 내뱉으며 점점 더 호흡이 짧아지고 숨이 막혀왔다.

뒤엉키는 타액의 달콤함에 취해 누구 하나 먼저 멈출 수가 없었다. 아무리 삼키고 또 삼켜도 타들어갈 듯한 갈증이 채워지지가 않았다. 파르르 떨리는 그녀의 손은 그의 팔을 앙칼지게 붙잡았고, 윤성은 그녀의 입술을 낱낱이 탐하며 헝클어진 머리카락을 쓸어내렸다. 서로를 향한 더 깊은 갈 망이 욕망이 되어 주변을 뜨겁게 물들였다.

"하아!"

세단의 달뜬 숨이 터져 나왔고, 윤성은 그제야 조심스럽게 그녀의 입술을 놓아주었다. 여전히 채워지지 않은 열기에 아래가 뻐근했지만, 그는 어렵사리 이성을 다시 붙잡으며 그녀의 입술 끝에서 속삭였다.

"제대로 집중해, 이제."

그녀는 떨리는 시선을 떼며 마지막으로 그를 살며시 끌어당겨 입술에 가볍게 입을 맞추곤 속삭였다.

"……네."

하지만 과연 집중이 될지 모르겠다. 이래서 연애를 하면 공부가 안 되는구나. 머릿속이 온통 이 사람뿐인데, 공부는 개뿔!

마침내 시술 당일의 아침이 밝았다. 세단은 최고의 컨디션을 위해서 푹 자려고 했지만, 결국 긴장으로 밤잠을 설쳐 컨디션이 엉망이었다. 그래도 간만에 제대로 씻고 옷도 반듯하게 입고서 병원으로 향했다.

로비로 들어선 순간부터 다시 긴장감이 밀려들었지만, 그래도 느낌이 좋았다.

'잘할 거야. 반드시 잘할 거야.'

의국으로 들어서자 CS 사람들이 전부 그녀를 기다리며 환한 미소를 지었다.

"박 선생님, 오늘 파이팅입니다!"

"그동안 고생 너무 많이 하셨어요! 오늘 시술 기대하겠습니다."

"많이 배우도록 하겠습니다!"

"다들 땡큐! 요 며칠 나 때문에 의국에서 제대로 숨도 못 쉬었지? 미안하다. 잘 끝내서 내가 회식 한턱 쏠게!"

"오오오오!"

후배들은 그녀에게 파이팅 넘치는 기운을 팍팍 불어 넣어 주었다. 그러니까 더 잘해야 한다. 그들이 이번 시술을 보고 조금이라도 배울 수 있도록. 보탬이 되도록.

세단은 잠시 주위를 둘러보며 은근슬쩍 입을 열었다.

"그런데 혹시 마 교수님 못 봤어?"

"글쎄요?"

"모르겠는데요. 하하하하."

"그래?"

그날 그렇게 진한 키스를 한 이후로 도통 얼굴을 볼 수가 없었다. 연구실에서 뭐가 그렇게 바쁜지 나오지도 않고, 간만에 들어갔건만 레지던스에 돌아오지 않았다. 문자 한 통도 안 보내주고.

'하여튼 밀당의 고수. 완전 연애 선수라니까!'

어느새 의국에 혼자 남은 세단은 차분하게 마음을 다잡았다. 병원 내외의 시선이 이번 공개 시술에 모여 있다.

'아마 하령이도 오겠지.'

백하령. 그 이름에 이토록 떨리게 될 줄 몰랐다. 이토록 불안해하면서 초조해질 줄은 몰랐다.

'일단 잊자. 시술이 끝날 때까지, 떠올리지 말자.'

그녀는 휴대폰을 바라보았다. 여전히 그에게서 연락은 없었다.

"그래도 내 시술 지켜볼 거죠?"

"지켜볼 거야."

순간 의국 문이 열리면서 윤성이 살짝 지친 기색으로 걸어 들어왔다. 모습을 보아하니 금방 수술을 끝낸 모습이었다.

"오늘, 수술 잡혀 있었어요?"

"간단한 거 하나."

"근데 왜 말을……."

"네 일만으로도 벅찰 텐데 뭐하러."

그래서 아까 후배들도 일부러 말하지 않은 건가. 어쩐지 몇 명이 보이지 않더라.

윤성이 팔을 벌리면서 이리 오라는 듯 시선을 주자 세단은 피식 웃고서는 그대로 걸어가 그를 와락 끌어안았다.

"이제 공개 연애라고 이렇게 막 해도 되는 거예요?"

"이리로 오는 사람 없어."

"그걸 닥터가 어떻게 알아요?"

"네가 만족할 만한 최선의 시술을 하도록 해."

단호한 듯 힘 있는 목소리가 그녀를 붙잡아준다. 정말로 좋은 기를 받는 것처럼.

"다른 건 절대로 생각하지 말고. 네가 최우선으로 생각해야 할 건 오직 환자야."

"네."

윤성은 그녀를 다독여 준 뒤 한 걸음 뒤로 물러섰다.

"누가 온다."

"예?"

노크 소리와 함께 민정의 목소리가 들려왔다.

"박 선생님, 계세요?"

세단은 신기한 듯 그를 바라보았다. 감각이 예민하다더니, 그래서 저런 것도 바로 아는 건가?

윤성은 말없이 의국 문을 열었다.

"아, 안녕하십니까, 마 교수님."

"수고해."

"고마워요."

그는 짧은 한마디를 남기고서 의국을 빠져나갔다. 세단은 그의 뒷모습을 바라보며 피식 웃었다.

"제가 방해한 건가요?"

민정은 조심스럽게 물었고, 세단은 고개를 가로저으며 손사래를 쳤다.

"아니야, 아니야. 들어와, 민정아."

그녀는 연신 죄송하다고 말하면서 조심스럽게 안으로 들어왔다. 요 며칠 함께 고생했는지라 얼굴이 꽤 수척해 보였다.

"너 낯빛이 왜 그래? 어디 아파? 미안해. 내가 너무 널 막 부려먹었나 보다."

"아니에요! 오늘 그냥 몸이 좀 안 좋아서……. 아, 이거 좀 드세요. 유자차예요. 몸이 따뜻하면 한결 긴장이 풀릴 거예요. 컨디션은 괜찮으세요?"

세단은 향이 좋은 유자차에 싱긋 미소를 지었다.

"고마워! 끝까지 너한테 맛있는 것만 받아먹는다. 컨디션은, 실은 그렇게 좋진 않아. 어제 푹 잤어야 했는데 도통 잠을 못 잤거든."

눈도 뻑뻑하고 몸도 무거웠다. 수술방에서 잘 버텨줘야 할 텐데.

민정은 연신 그녀를 힐끔힐끔 바라보았지만, 세단은 눈치채지 못한 채 유자차를 한 모금 마셨다. 따뜻한 온기가 감도니 조금 긴장이 풀리는 것 같았다.

"어머니도 많이 나아지셨다며? 담당의한테 조금 들었어."

"네, 선생님 덕분에요."

"내 덕분이긴. 네가 열심히 해서 그런 거지. 다 잘될 거야. 내 논문 조수는 계속 해줘. 이렇게라도 도와주고 싶으니까."

순간 민정의 눈빛이 흔들렸다. 그녀는 엷은 미소를 지으며 속삭였다.

"네. 저도 계속 도와드릴 수 있었으면 좋겠어요."

세단은 마지막 한 모금까지 말끔하게 마시고 컵을 건네주었다.

"고마워. 잘 마셨어. 너도 모니터실에서 볼 거지? 응원해 줘."

"네, 선생님. 그런데 많이 피곤하시면 영양 주사라도 한 대 맞는 게 낫지 않을까요? 아직 시술까지 시간이 좀 남아 있잖아요. 그러다가 수술방에서 컨디션 조절 못 하시면 큰일이니까……."

"그런가? 애정이한테 잠깐 부탁해 볼까."

시술하는 동안에는 어떻게든 긴장하고 정신을 바짝 차려야 하니까. 어쩌면 그게 나을지도.

"번거롭게 그러지 마시고, 제가 해드릴게요."

"네가? 그럴 필요 없는데. 한 선생님한테 부탁하면 돼."

"아니에요. 여기서 쉬고 계세요."

세단은 너무 미안해서 그렇게까지 할 필요 없다고 했지만, 제가 해주겠다며 밖에 다녀와서는 정맥주사를 놓아주었다.

"진짜 미안해. 이런 것까지 시키고……."

"괜찮아요. 간단한 건데요, 뭘."

민정은 그녀를 향해 고개를 숙였고, 세단은 쑥스러워하면서 의국을 빠져나갔다. 이제 다른 협력팀 전문의 선생님들과 만나 간단한 컨퍼런스 후, 드디어 시작이다.

수술실로 향하는 복도. 매번 가는 길인데 이토록 길게 느껴지긴 처음이다.

"잘할 수 있어. 떨지 말고, 평소대로, 평소처럼. 닥터 말처럼 환자만 생각해. 이건 그냥 평소와 같이 내 환자를 살리기 위한 거야."

모니터실 앞에 선 윤성은 안에 누가 있는지 단번에 알 수 있었다. 병원장, 여러 교수들, 그리고 천강진 이사장과 백하령. 천재현은 없었다.

순간 그의 눈빛이 매섭게 빛났지만 이내 호흡을 다잡고서 안으로 들어섰다.

"오, 마 교수. 여기로 와서 앉아요."

강진은 윤성을 반갑게 맞이하며 바로 옆자리를 권했고, 윤성은 고개를 숙이는 것으로 인사를 대신한 후 자리에 앉았다. 하령 역시 윤성을 향해 가볍게 인사했고, 윤성은 그녀를 짧게 보고서 시선을 돌렸다.

하령은 어쩐지 묘한 시선으로 윤성을 보았다. 그 시선을 고스란히 느끼며 윤성은 어쩐지 불안한 기분에 아직은 간호사들만이 분주하고 움직이고 있는 수술방을 바라보고 있었다.

그때, 문이 열리면서 이번엔 천재현이 안으로 들어섰다. 재현은 곧장 강진에게 다가가 고개를 숙였다. 이사장은 살짝 굳은 표정으로 입을 열었다.

"늦었구나."

"죄송합니다."

재현은 윤성에게 가볍게 인사한 뒤 자신을 향해 엷은 미소를 짓고 있는 하령을 바라보았다.

"이리 와서 앉아."

"……."

사실, 오지 않으려고 했다. 그녀가 원하는 대로 움직여 줄 생각은 눈곱만큼도 없었으니까. 하지만 세단의 시술이라 오지 않을 수가 없었다. 그래서 일부러 기자들의 눈을 피해 늦게 도착한 것이다. 하령과 단둘이 다정하게 찍히는 사진만큼은 절대로 사절이었으니까.

재현은 입을 꾹 다문 채 하령의 옆에 앉았고, 그녀는 만족한 표정으로 시선을 돌렸다. 이제 모든 준비는 끝났다.

이번 시술을 함께할 담당의들과 간단한 컨퍼런스를 마치고, 세단은 수술방으로 들어가기 위해 준비를 했다. 어느새 긴장감은 사라졌고, 이제 모든 것이 익숙하게 느껴졌다.

'다행이다. 원래 페이스를 찾은 것 같아. 컨디션도 나쁘지 않고. 주사 효과가 금방인걸?'

그렇게 마지막으로 손을 소독하려던 순간, 세단은 저도 모르게 손을 움찔하면서 왼쪽 손을 붙잡았다.

"왜 그래, 박 선생?"

"아, 아닙니다. 잠깐 손에 쥐가 나서요……"

"많이 긴장했나 보네. 얼른 손 풀어봐. 수술방에서 그러면 곤란하니까."

"아, 네."

그녀는 왼쪽 손을 주무르면서 의아한 표정을 지었다. 긴장하지 않았는데. 원래 페이스도 찾았고. 그런데 손이 조금, 떨리는 것 같은데……. 정말 긴장해서 그런 건가.

10분 뒤. 드디어 협력팀 인원들이 수술방 안으로 들어섰다. 세단이 맨 마지막으로 들어오면서 수술방 문이 닫혔다. 이미 준비는 모두 마친 상태. 그녀는 고개를 들어 모니터실을 바라보았다. 그곳에선 그가 자신을 바라보고 있었다. 그리고 하령 역시.

"박 선생, 시작하지."

"아, 네!"

세단은 얼른 수술대 앞에 섰다. 최첨단 장비들이 돌아가기 시작했고, 각자의 자리에서 모든 준비를 마친 이들이 그녀를 바라보았다.

세단도 마지막 준비를 마치고서 퍼스트를 향해 고개를 끄덕였다. 가슴을 개흉하지 않고 허벅지 안쪽 혈관을 확보해야 한다.

"메스."

그녀는 시야각을 파악하고서 손을 내밀었다. 메스가 손에 와 닿은 순간, 세단은 이변을 눈치챘다.

쨍그랑!

"아, 죄송합니다!"

레지던트는 제 실수인 줄 알고 얼른 다른 메스를 가져왔다. 하지만 세단은 딱딱하게 굳은 시선으로 제 왼쪽 손을 바라보았다. 분명 메스가 닿았는데, 아무런 느낌이 들지 않았다.

"선생님?"

세단은 다시 손을 내밀다가 짧은 비명을 내뱉었다.

"아윽!"

"왜 그래? 무슨 일이야?"

"박 선생?"

모니터실에서도 갑작스런 상황에 수군거리기 시작했고, 윤성은 차갑게 변한 표정으로 세단만을 똑바로 바라보았다. 그녀의 손이, 떨리고 있었다.

"박 선생, 왜 그래? 손이 이상해?"

그녀는 파르르 떨리기 시작한 제 왼쪽 손을 바라보면서 두려움에 가득 찬 어조로 속삭였다.

"소, 손에…… 감각이 없어요."

윤성의 표정이 살벌하게 변했다. 예민하게 움찔하는 귓가에선 연신 웅성거리는 소리와 함께 세단의 손이 이상하다는 걸 느낄 수 있었다. 그리고 떨리듯 들려오는 그녀의 목소리.

"소, 손에…… 감각이 없어요."

"대체 무슨 일이야? 왜 시술을 멈춘 거지?"

"CS 써전에게 문제가 생긴 것 같은데……."

모니터실 쪽도 당황하긴 마찬가지. 강진은 침착하게 수술방에 연락을 취했고, 재현은 금방이라도 수술방으로 달려가려는 듯 몸을 움찔했다. 하령이 서늘한 어조로 입을 연 것은 바로 그때였다

"CS 써전의 손에 이상이 생긴 것 같은데요."

그녀의 한마디에 모니터실이 웅성거렸고, 재현은 떨리는 눈으로 하령을

바라보았다. 그 순간, 사람들의 짧은 비명 소리와 함께 재현이 자리에서 벌떡 일어섰다.

"지금 저 써전 뭐하는 거야!"

"CS 박세단 선생 아닌가?"

"수술방에 연락해, 당장!"

윤성은 그대로 모니터실을 뛰쳐나갔고, 재현도 그 뒤를 따르려고 했지만 하령이 그를 붙잡았다.

"여기서 나가면 곤란한 건 누가 될 것 같아?"

"뭐?"

"네가 가봤자 어차피 도움 안 돼. 마 교수님이 가셨으니까 넌 그냥 가만히 있어."

재현은 입술을 꽉 깨물었지만 결국 제자리에 앉았다. 분하지만 그녀의 말이 맞다. 자신보단 마윤성, 그가 더 도움이 될 터. 게다가 자신이 움직였다가는 겨우 수그러진 소문을 또다시 부추기는 것밖에 되지 않는다.

하령은 이미 사라진 윤성의 빈자리를 바라보다 다시 수술방 쪽으로 고개를 돌렸다. 수술방에서는 세단이 피가 흐르는 왼쪽 손을 부여잡고 있었다.

"박 선생, 왜 그래? 아직도 손에서 쥐가 나는 거야?"

"이건 경련인데……."

세단은 떨리는 손으로 자신의 왼쪽 손을 바라보았다. 미세한 경련이 눈에 보이는데도 아무런 감각이 느껴지지 않았다. 메스를 건넸을 때도 아무런 느낌이 없어서 받을 수가 없었던 것.

'국소마취(몸의 일부만 마취하는 것) 증상 같아……. 설마!'

그녀는 다른 손으로 레지던트가 들고 있던 메스를 빼앗아 들었다.

"박 선생, 뭐하는 거야!"

누군가 채 말리기도 전에 그녀는 메스로 왼쪽 손등을 과감하게 베었다.

"악!"

"서, 선생님!"

손등에서 주르르 피가 흘러내렸다. 하지만 아프지 않다. 그 어떤 통증도 느껴지지 않는다.

'손에, 마비가 왔어……'

세단은 눈을 질끈 감았다가 뜨고선 고개를 숙였다.

"죄송합니다. 아무래도 손에 마비 증상이 온 것 같습니다."

"뭐? 하지만 갑자기 왜……. 아까 쥐가 나는 것 같기는 했었지만……."

"아침부터 조금 이상했습니다. 별다른 증상이 아닌 줄 알았는데, 죄송합니다. 제대로 말씀드리지 못했습니다."

그녀는 시계를 확인했다. 그리고 수술대에 누운 환자를 보면서 이를 악물었다. 이대로 환자를 계속 방치할 수는 없다. 그것도 자신 때문에.

"이대로는 시술이 불가능할 것 같습니다. 저 대신 CS 마윤성 부교수님께 도움을 요청하겠습니다. 그분이라면 별다른 준비 없이 시술을 하실 수 있으실 겁니다. 지금 당장 모니터실로 연락을 취해서……."

"마윤성 교수님 도착하셨습니다."

그녀가 말을 채 끝맺기도 전에 윤성이 수술 복장을 한 채 수술방으로 들어왔다.

세단은 얼른 왼쪽 손을 감췄지만 쓸데없는 짓이었다. 윤성은 떨리는 시선으로 피가 흐르는 그녀의 손을 아프게 바라보면서 챙겨온 붕대를 쥐어주었고, 세단은 애써 침착하게 숨을 내쉬며 고개를 숙였다.

"죄송합니다, 잘 부탁드립니다."

윤성이 그녀의 어깨를 붙잡고 속삭였다.

"내 연구실에 가 있어."

짧은 말 안에 염려가 가득 담겨 있었다. 그래서 세단은 애써 밝은 목소리로 속삭였다.

"제 걱정 마세요."

그렇게 그녀는 수술방을 빠져나갔고, 윤성은 애써 냉정함을 유지하려 애쓰면서 수술대 앞으로 걸어갔다. 지금은 시술이 더 급한 문제다. 이 시술이 잘못되면, 그녀가 더 위험해질 테니까.


그렇게 수술방을 빠져나온 세단은 맥이 툭 풀려 버렸다.

대체 무슨 일이 벌어진 걸까. 왼쪽 손은 여전히 떨리고 있었다. 하지만 점차 감각은 돌아오고 있는 듯했다. 조금씩이지만 메스에 베인 상처에 통증이 느껴졌다.

"대체 왜…… 갑자기 왜……."

마치 손에 마취제라도 맞은 것처럼…….

세단은 윤성의 연구실로 가려고 하다가 걸음을 돌려 의국으로 향했다. 일단 손을 치료해야 할 것 같았다. 그러려면 의국이 더 편했다. 게다가 다들 모니터실에 있느라 비어 있을 테니까.

하지만 그런 생각과는 다르게 누군가가 의국에서 나왔다. 그것도 의외의 존재가.

"민정아?"

모니터실에 있을 거라고 생각했는데, 왜 의국에서…….

민정은 흠칫하며 마치 뭔가 들킨 사람처럼 바들바들 떨었다.

"민정아, 무슨 일 있어? 어디 아파? 왜 의국에서 나와……."

"오, 오지 마세요!"

세단이 다가가려고 하자, 민정은 비명을 지르며 뒷걸음질 쳤다. 그러다가 피가 흐르는 세단의 왼쪽 손을 보고서는 더욱더 창백해진 얼굴로 눈물까지 보이며 뒤돌아 달리기 시작했다.

"민정아, 민정아!"

세단은 다급하게 민정을 부르며 그 뒤를 쫓아갔다. 민정은 마치 뭔가에 쫓기는 듯 잔뜩 겁에 질려 있었다. 대체 왜? 왜 나를 보고?

순간, 그녀의 머릿속으로 불길한 무언가가 스쳐 지나갔다.

"많이 피곤하시면 영양 주사라도 한 대 맞는 게 낫지 않을까요? 아직 시술까지 시간이 좀 남아 있잖아요. 그러다가 수술방에서 컨디션 조절 못 하시면 큰일이니까⋯⋯."

"번거롭게 그러지 마시고, 제가 해드릴게요."

그러곤 왼쪽 손에 정맥주사를 놓았다.

세단은 제 왼쪽 손을 바라보았다.

'아니야. 그럴 리가 없어. 내가 지금 대체 무슨 생각을 하는 거야. 미쳤어, 박세단?'

하지만 지금 증상이 국소마취 증상과 똑같았다.

그녀는 주먹을 꽉 움켜쥐고서 계속 민정을 쫓았다. 그녀는 어느새 병원 옥상으로 달아나 버렸다. 세단은 아니라고, 그럴 리가 없다고 계속 되뇌며 옥상으로 올라갔다. 그러자 옥상 한가운데에서 민정이 부들부들 떨면서 그녀를 바라보고 있었다. 세단은 천천히 그녀에게 다가갔다.

"⋯⋯대체 왜 나를 보고 도망간 거야?"

"서, 선생님⋯⋯ 선생님⋯⋯."

"울지 말고 제대로 말해. 무슨 일이야? 어머니가 많이 안 좋으셔? 그것도 아니면⋯⋯."

세단은 눈을 크게 뜨고서 숨을 삼켰다.

민정이가 그 자리에서 무릎을 꿇더니 세단을 붙잡고서 눈물을 펑펑 쏟으며 애원하기 시작했다.

"자, 잘못했어요. 정말로 잘못했어요! 하지만 어쩔 수가 없었어요. 흐흐흑! 이 방법밖에는……. 흐흑! 제발 선생님, 저 좀 살려주세요……. 제발, 제발!"

말도 안 된다고 여겼던, 그 불길한 생각이 흉측한 실체가 되어 서서히 다가오고 있었다. 하지만 세단은 끝까지 필사적으로 고개를 가로저었다.

"대체 뭐가. 네가 나한테, 대체 뭐가 미안한데……."

"저 도와주고 싶어 하셨잖아요…… 그러셨잖아요……. 그러니까 한 번만, 한 번만 봐주세요. 선생님도 저희 집안 사정 다 아시잖아요!"

민정은 세단의 다리를 부여잡고 처절하게 애원했다. 거의 기다시피 쩔쩔매는 민정의 모습에 숨이 막힐 만큼 머리가 아팠다.

"무슨 말이냐고. 못 알아듣겠으니까 제대로 말해. 나한테 뭘 잘못했다고 이렇게 비는 거냐고!"

결국 억누르고 있던 화가 터져 나왔다. 끝까지 아니라고 외면하고 싶었던 현실을 직시할 수밖에 없었다. 민정은 어느새 소리조차 제대로 내지 못한 채 끅끅거리며 보기 애처로울 정도로 온몸을 바들바들 떨었다. 저렇게 무서워하고 있는 주제에, 저렇게 두려워하고 있는 주제에…… 어떻게 그렇게 무서운 짓을! 어떻게 그런 끔찍한 짓을……!

결국 세단은 정말이지 입에 담고 싶지도 않은 진실을 물었다.

"내 손, 네가 이런 거야? 네가 나한테 준 영양 주사. 그게, 그냥 영양 주사가 아니었니?"

"죄송해요, 죄송해요, 죄송해요……."

"강민정! 이건 네가 울면서 죄송하다고 해서 끝날 문제가 아니야! 그래, 내 손. 지금 잠깐 못 움직일 수 있어. 그건 괜찮아. 하지만 환자는! 수술대에 환자가 있었어. 나 때문에 환자가 잘못될 수도 있었다고! 네가 의사라면, 환자 목숨 가지고 이런 짓을 해서는 안 되는 거야! 대체 왜 그런 거야. 말을 해봐!"

민정은 넋이 나간 사람처럼 연신 죄송하다는 말만 했고, 세단은 그녀의 어깨를 붙잡고서 소리쳤다.

"똑바로 말해! 절대로 너 혼자 이런 일을 했다고 생각하지 않으니까. 네가 나를 해치려고 그런 짓을 했다고 여기고 싶지 않으니까. 대체 왜 그랬는지 말하라고!"

민정은 끅끅 울음을 삼키며 여전히 떨리는 목소리로 억지로 말을 이었다.

"그 사람이…… 아버지가, 계속 직장에 다닐 수 있다고 해서……. 그러면 빚도 갚을 수 있고, 어머니 치료비도 감당할 수 있을 것 같아서……. 저도 남들처럼 다, 다른 걱정 않고 레지던트 과정 무사히 마칠 수 있을 것 같아서…… 하, 하지만 환자에겐 아무런 해가 가지 않을 거라고 했어요! 위험하지 않다고, 선생님도 다치지 않을 거라고, 그냥, 그냥 시술만 잠깐 멈추게 하는 거라고. 아무도 다치지 않을 거라고 해서, 그래서……."

"대체 누가. 누가!"

누가 그런 말을 했다는 거야. 내 손을 망가뜨리고, 이번 시술을 하지 못하게 막을 사람이 누가…….

순간, 머릿속에 떠오른 얼굴에 세단은 민정의 어깨를 붙잡았던 손의 힘을 풀었다. 그녀는 이번엔 정말로 두려움에 가득 찬 눈빛으로 연신 고개를 가로저었지만, 민정은 아주 짧게 한마디를 내뱉었다.

"백하령……."

"……."

"그 여자가……."

"아니야. 절대로 아니야."

민정은 세단의 얼굴을 보고 흠칫했다. 빨갛게 달아오른 눈동자가 일그러졌다. 금방이라도 무너질 듯한 표정으로 세단은 점점 더 강하게 그녀의 어깨를 움켜쥐었다.

"아니야. 그럴 리가 없어. 너 나한테 거짓말하는 거지? 하령이라고? 아니야. 그럴 리가 없어! 아니라고 말해!"

결국 그녀는 잡고 있던 민정의 어깨를 놓치고선 그 자리에 무너지듯 주저앉고 말았다. 마취가 풀린 모양이다. 통증이 느껴진다. 참을 수 없는 통증이 비명을 지르고 있다.

민정은 옆에서 연신 죄송하다고 외쳤지만 그 목소리마저도 점점 아득하게 멀어졌다. 숨을 쉴 수가 없다. 도저히 감당할 수 없는 현실이 목을 옥죄는 것 같았다.

하령이 네가 어떻게. 어떻게 이렇게까지…… 이렇게까지…….

"네가 다치지 않고 떠날 수 있게 부탁했다고. 그런데 그 부탁을 거절하겠다면, 나 역시 널 억지로 밀어내는 수밖에."

그래서 이렇게 날 억지로 밀어내는 거니?
정말로 이렇게까지 해서, 더 이상 돌이킬 수 없게…….
하령아, 왜. 왜. 왜!

시술은 성공적으로 끝났다. 지켜보고 있던 모두 윤성의 흠잡을 구석없이 완벽하고 빠른 마무리에 박수를 치며 그를 축하해 주려고 했지만 그는 곧장 수술방을 빠져나와 연구실을 향해 달려갔다.

시술하는 내내 귀를 열고 그녀의 목소리를 들으려고 했다. 하지만 수술방 안과 더불어 모니터실까지 사람들의 불안한 목소리로 뒤엉켜 도저히 시술에 집중할 수 없을 것 같아 아예 귀를 닫았다. 그리고 시술이 끝나자마자 그녀의 목소리를 찾았지만 들리지 않았다. 그 어떤 곳에서도.

'박세단, 어디 있는 거야!'

연구실 문을 벌컥 열었지만, 역시나 그녀는 없었다. 문고리를 움켜쥔 그의 손이 불안하게 떨렸다. 차라리 발로 찾는 게 빠를 것 같다고 생각하며 몸을 움직이려던 그때, 익숙한 발소리와 함께 세단이 나타났다.

"아, 닥터······."

윤성은 그녀를 보자마자 성큼성큼 다가갔다. 세단은 살짝 허둥지둥하며 붕대를 감은 손을 숨기려고 했지만, 윤성이 먼저 한발 빠르게 그 손을 붙잡았다.

"많이 다친 건 아니에요. 이제 감각도 제대로 돌아왔고······."

"그런데 표정이 왜 그래."

"네?"

"너무 아픈 표정이잖아."

그런가. 괜찮은 척하려고 했는데. 전혀 괜찮지가 않아서, 도저히 숨길 수가 없어서······.

"사실 좀 아파요. 칼로 베인 건데 안 아플 리가 없잖아요."

윤성은 세단을 바라보았다. 그녀는 손에 난 상처 때문에 아픈 표정이 아니었다. 그는 그녀를 연구실로 데려갔다. 그러곤 억지로 소파에 앉게 하고 허리를 숙이고 눈을 마주했다.

"정말 괜찮아?"

세단은 어쩐지 조금 떨리는 듯한 그의 회색빛 눈동자를 바라보며 억지로 엷은 미소를 지었다.

"괜찮아요. 환자는요?"

"시술은 잘 끝났어. 환자도 무사해."

윤성은 그녀의 움직임 하나하나를 눈으로 좇았다. 목소리부터 표정, 불안하게 두근거리는 심박수까지. 그녀는 지금 전혀 괜찮지가 않다. 분명 무언가를 숨기고 있는 게 확실했다.

그는 그녀의 왼쪽 손을 감쌌다.

"경련은 없어졌네. 마비도 다 풀린 것 같고. 하지만 이 증상은 국소마취제에 의한 현상이야."

역시, 만지기만 해도 다 아는 건가.

"아주 소량이라서 금방 풀렸지만."

윤성은 세단의 덤덤한 반응에 심장이 차갑게 꿈틀거렸다.

"누가 이랬는지 알고 있어? 누구야. 당장 말해."

하지만 세단은 대답 대신 손을 뻗어 그를 꼭 끌어안고서 눈을 감았다. 윤성은 애써 끓어오르는 화를 억눌렀다. 하지만 절대로 이 일을 그냥 넘어갈 수는 없었다.

"대체 뭘 알고 있는지, 숨기지 말고 말해봐."

"이건 내가 해결해야 할 것 같아요."

"박세단."

"미안해요. 닥터는 제발 나서지 말아줘요. 모른 척해줘요. 부탁이에요."

이렇게까지 말하니 윤성은 끝까지 말하라고 몰아세울 수가 없었다.

그는 어쩔 수 없이 고개를 끄덕였고, 세단은 이번엔 정말로 환하게 웃으며 속삭였다.

"고마워요. 오늘 시술도 너무 고맙고요."

세단은 그의 얼굴을 가까이 끌어당겨 짧게 입을 맞췄다. 하지만 윤성이 그녀의 뒷목을 끌어당겨서는 깊숙이 그녀의 숨결을 파고들었고, 낮게 가라앉은 목소리로 입술 끝에서 읊조렸다.

"잊지 마. 난 너의 모든 걸 느낄 수 있다는 걸. 절대로 혼자 아파하지 마."

"알고 있어요."

'그래서, 그나마 버틸 수 있는 거예요. 당신이 있기 때문에……'

그렇게 세단은 그의 품에서 빠져나와 연구실을 떠나고, 윤성은 그녀의 온기가 남아 있는 제 손을 바라보았다.

손끝이 미세하게 떨리고 있었다. 그녀가 다친 순간 불안하고 두려웠다.

이렇게 죽음이 다가오고 있는 건가? 대체 누가 그녀의 손을 망가뜨린 거지? 그 사람이 그녀를 죽음으로 이끌 그 사람인가?

주시하고 있던 천강진, 천재현, 그리고 백하령까지 모두 이곳에 있었다. 그렇다면 그들 중 한 명인가? 하지만 지금 그녀의 행동과 태도로 보면 누군지 알고 있는 게 분명하다.

모른 척해달라고 했지만, 혼자 해결하겠다고 했지만, 그렇게 내버려 둘 수가 없다. 지금은 손을 조금 다치는 걸로 끝났지만 언젠가는 그녀의 목숨이 위험해지게 될 테니까.

연구실을 빠져나온 세단은 자신을 향한 시선들을 무시한 채 빠르게 걸음을 옮겼다. 조금 전까지 윤성을 향해 웃어 보였던 모습은 말끔히 사라지고, 얼굴엔 긴장감과 더불어 서늘함이 내려앉아 있었다.

세단이 곧장 향한 곳은 이사장실이었다. 앞에서 대기하고 있던 비서가 의아한 얼굴로 그녀를 맞았다.

"무슨 일이시죠?"

"안에 이사장님 계신가요?"

"네. 그런데 약속을 하고 오신 건가요?"

"백하령, 아니, 백 이사님도 같이 계신가요?"

"무슨 일이시죠? 용건이 있으시다면 제가 이사장님께……."

하지만 그럴 필요도 없이 이사장실 문이 열리면서 하령과 재현이 함께 걸어 나왔다.

"그럴 필요 없을 것 같네요, 찾는 사람이 저렇게 직접 나왔으니."

"세단아!"

재현은 그녀를 보자마자 손부터 확인하려 다가왔다. 하지만 세단은 하령에게서 시선을 떼지 못하고 있었다.

"너 손 괜찮아? 어디 많이 아픈 거야?"

"백하령, 나랑 잠깐 얘기 좀 하자."

재현의 말까지 무시하는 모양새에 하령은 서늘한 시선으로 그녀를 바라보며 살짝 입술을 비틀었다.

"글쎄, 내가 너랑 해야 할 말이 남아 있니?"

"지금 당장 단둘이 얘기하지 않으면, 네가 후회하게 될 거야."

세단은 결코 물러서지 않았고, 하령은 어쩐지 평소와 다른 세단의 모습에 뭔가를 깨달았는지 고개를 끄덕였다.

"그래, 보는 눈이 없는 곳으로 가자."

하령이 먼저 걸음을 돌렸고, 세단이 그 뒤를 따르려고 하자 재현이 재빠르게 그녀의 앞을 가로막았다.

"세단아, 무슨 일이야!"

그녀는 그제야 재현을 보았다. 오랜만에 보는 얼굴은 많이 야위어 있었다. 나름대로 그도 힘들고 아팠던 것 같다. 하지만 지금은 재현보다 하령과의 일이 더 급했다.

"미안해, 재현아. 넌 이번만큼은 빠져줘."

"뭐?"

"미안해."

세단은 재현을 지나쳐 하령이 사라진 쪽으로 걸음을 옮겼다.

남겨진 재현은 불안한 표정으로 그 자리에 섰다.

대체 뭐지? 무슨 일인데 저렇게…….


"세단이가 내 친구라는 이유로 그러는 거라면, 나 더 이상 걔랑 친구
안 하면 그만이야."


순간, 하령이 제게 했던 말이 떠올랐다.

설마, 백하령. 그 말이 진심이었던 건가? 그래서 세단이한테 무슨 짓을

한 거야?

하령과 세단은 병원 밖으로 나왔다. 날씨가 싸늘했고, 하늘은 금방이라도 비가 올 것처럼 엉망이었다.

하령은 주변에 사람이 없는 걸 확인하고서야 세단을 마주 보며 입을 열었다.

"뭐야. 나한테 무슨 할 말……."

짝―!

하지만 하령은 말을 끝까지 잇지 못했다. 세단의 손이 정확히 하령의 뺨을 스치고 지나갔다. 뺨을 맞은 하령보다도 오히려 그녀에게 손을 대고만 세단의 표정이 더 참담했다.

대체 왜 이렇게 되어버린 걸까. 서로 마주 보며 웃었던 순간은 이제 퇴색되어 버린 채, 왜 이렇게 차갑게 너를 봐야만 하는 걸까.

하령은 빨갛게 달아오른 뺨을 감싸고서 세단을 노려보았다.

"이게 뭐하는 짓이야?"

"이건 민정이가 아파한 만큼, 그 아이가 고통스러워한 만큼의 대가야."

"뭐?"

"여기까지 와서 모르는 척하지 마. 내가 너한테 더 이상 실망하지 않게 해달라고. 아니면 내가 내 입으로 네가 한 그 말도 안 되는 짓을 말해주길 바라?"

하령의 입술 너머로 비릿한 헛웃음이 새어 나왔다. 그러고는 태연한 표정으로 가볍게 입을 열었다.

"그 애, 생각보다 입이 가볍네."

세단은 저도 모르게 고개를 가로저었다. 어떻게, 이렇게 된 와중에도 저렇게 낯빛 하나 바뀌지 않고…….

"대체 왜 그런 거야……."

"내가 말했잖아, 네가 병원에 있는 게 싫다고. 이번 시술을 성공해 버리면, 네 입지가 더 높아지는데 그럼 널 더 밀어내기 힘들어질 것 같아서."

"하, 고작 그런 이유로?"

"고작이라……. 그래서 내가 너랑 말이 안 통하는 거야. 너한테는 그저 고작이겠지만 나한테는 굉장히 중요한 일이거든. 그러니까 좋은 말로 할 때 그냥 나가지 그랬어."

정말이지 아무리 보고 또 봐도 믿어지지가 않는다. 하령이가, 하령이가 대체 왜 이렇게 변한 거지? 대체 무엇 때문에. 대체 왜 이렇게 끔찍하게, 끔찍한 모습으로…….

되돌릴 수 있다고 생각했다. 하령과 예전의 관계로 돌아갈 수 있다고 믿었다. 하지만 이제 더 이상.

"너 정말 미쳤니? 정말 나 하나 밀어내겠다고, 그 같잖은 일에 환자 생명을 올려둔 거야? 넌 민정이한테도 씻을 수 없는 상처를 줬어. 의사가 환자에게 결코 해서는 안 되는 짓을 하게 만들었다고. 알아들어!"

"환자의 생명을 올려둔 건 아니야. 더 확실한 사람한테 치료받게 한 거지. 나도 마 교수님의 능력을 믿었거든. 그리고 역시나 너무나도 완벽하게 잘해주셨고. 그리고 걔를 너무 탓하지는 마. 그런 선택을 할 수밖에 없었으니까. 걔는 나름대로 나한테 고마워할걸? 내가 살길을 열어준 셈이나 마찬가지야."

세단의 주변에 대해 조사를 하다 보니 구미가 당기는 정보가 하나 있었다. 세단의 조수로 일하는 강민정이란 레지던트의 아버지가 J그룹 계열사 하청업체에서 일하고 있다는 사실이었다. 그는 곧 퇴직을 당할 위기에 처해 있었고, 집안에 암 환자가 있어 치료비 부담으로 벌써 큰 빚까지 지고 있다고. 하령은 그것을 이용해 민정을 흔들었다.

"날 이렇게까지 몰아세운 건 너야. 상황 파악 제대로 해. 나는 더 이상 널 친구로 생각하지 않을뿐더러, 이런 짓까지 할 정도로 절박하다는 거야. 난 더한 괴물이 될 수도 있어. 이보다 더한 짓도 서슴없이 할 수 있어. 그래야만 내가 원하는 걸 하나라도 가질 수 있으니까. 그래야 백하령이라는 이름으로 온전히 존재할 수 있을 테니까!"

"그게 뭐든, 너한테는 그렇게 대단하고 절박한 일이라도 그게 사람의 목숨보다 가치 있지 않아. 네가 한 짓은 절대로 정당하지 않아!"

"그럼 내 목숨이 달려 있는 일이라고 생각해."

"하아……."

"이번 일, 그냥 이대로 덮는 게 좋을 거야. 어차피 그 레지던트는 절대로 입을 열지 않을 거야. 밝혀지면 가장 많이 다치게 되는 사람은 그 힘없는 레지던트가 될 테니 말이야. 그리고 사람들 역시 네 말을 믿지 않을 걸? 아무리 네가 날고 기어도 고작 흉부외과 펠로우고, 난 이 한국재단의 사람이자 곧 J그룹의 최고 경영자가 될 사람이니까."

세단은 더 이상 그녀가 아무 말도 하지 않았으면 했다. 그녀가 입을 열수록 백하령이라는 사람에 대한 모든 믿음과 함께한 모든 시간이 산산조각으로 부서져 내렸으니까.

"넌 힘이 없어. 아무런 힘이 없다고. 그러니까 내가 더 무서운 짓을 하게 만들고 싶지 않으면, 네 발로 병원에서 나가. 난 네가 내 눈앞에 있는 거 진짜 싫으니까!"

세단은 이제야 그녀의 모든 진심을 알게 되었다. 돌이킬 수 있다고 여겼던 건 정말로 어리석은 짓이었고, 다시 원래대로 돌아갈 수 있다고 믿은 것도 지나친 착각이자 욕심이었다.

"……하나만 묻자. 한때는 친구였던 사람으로서, 너 역시 날 조금이라도 친구라고 생각했다면 내 물음에 제대로 대답해. 난 들을 자격 있다고 생각하니까."

"……."

"언제부터 그렇게 내가 싫었니? 언제부터 그렇게 내가 이 병원에서 나

가주길 바란 거야? 처음부터였니? 그랬어?"

하령은 잠시 하늘을 보았다. 빗방울이 떨어지기 시작했다.

모르겠다. 대체 언제부터 세단의 존재가 조금씩 불편하게 느껴졌는지. 언제부터 세단이 눈에 거슬리기 시작했는지.

아마도 재현을 좋아하게 되면서, 그의 마음에 세단이 있다는 걸 알게 된 이후일 것이다. 괜찮은 척, 아무렇지 않은 척했던 게 쌓이고 쌓여 결국 미움의 조각이 되었다. 자신이 사생아라는 걸 알게 되고, 재현과 세단 사이의 비밀을 알게 되면서, 그것으로 세단을 밀어낼 명분을 만들어냈다.

점점 한계에 부딪히고 있었던 거야. 그리고 재현이와 세단이가 죽어도 안 될 관계라는 사실에, 절대로 이루어질 수 없다는 그 사실에, 나는 솔직히 기뻐했으니까.

"네가 재현이를 흔들고 있으니까."

"뭐?"

"내가 예전에 말했지? 좋아하는 사람 있다고. 기다리는 중이라고. 그래, 아주 오랫동안 기다렸지. 재현이가 너만 바라보고, 나를 나로 보지 않고 너로 보던 그 순간부터 지금껏 계속 기다려 왔어."

역시 하령이가 좋아했던 사람은, 재현이었구나.

"재현이에게 나는 항상 네가 되어야만 했어. 재현이가 너 때문에 아프다고 말하면 나는 할 수도 없는 위로를 꾹 누르면서 내 자신을 달래야 했지. 처음엔 기다렸어. 바보처럼 기다리면 나한테도 조금은 기회가 생길 거라고 믿었으니까. 하지만 이젠 안 기다려. 기다리면 안 된다는 거 알았거든. 하나를 얻으려면 미친 듯이 발버둥 쳐야 한다는 걸 깨달았으니까."

세단은 떨리는 시선으로 그녀를 바라보았다. 하령은 절박함과 처절함이 뒤엉켜 너무나도 불안정해 보였다. 강한 척, 아무렇지 않은 척하는 가면 뒤로 숨겨진 그녀의 진짜 본심.

"하지만 그것 때문에 이렇게까지 하는 건 아니야. 아까도 말했지만, 난 이번 의료 관광 사업을 제대로 성공시켜서 J그룹도 갖고, 한국재단의 사람도 되고, 재현이 옆에서 제대로 백하령이 될 거야. 그 누구도 나를 우습게 여기지 않게, 비참하게 여기지 않게, 완벽한 백하령이 될 거라고!"

지금 그녀는 세단이 보아왔던 그 어느 때보다도 불안하고 초조해 보였다. 처음 하령을 만났을 때, 곁으로 아무도 오지 못하게 홀로 벽을 치고 두려워하던 그때보다도 더 심해 보였다.

대체 하령이에게 무슨 일이 벌어진 걸까. 대체 무슨 일이…… 하지만 한 가지 확실한 건, 너는 나를, 아주 많이 미워했겠구나.

"재현이 너 아직도 많이 좋아해. 이미 한 번 재현이를 밀어냈으면, 게다가 다른 사람이 좋아졌으면 더 이상 재현이 흔들지 말고 그만 떠나. 아니, 반드시 떠나야 해. 친구라는 관계조차도 너랑 재현이는 절대로 안 되니까! 이번이 정말로 마지막이야. 다음엔 정말로 널 바닥까지 추락시켜 버릴 수도 있어. 난 이제 뭐든지 할 생각이거든. 그러니까 더 다치고 싶지 않으면 조용히 떠나."

세단은 웃었다. 너무나도 서글프게 웃으며 모든 것을 내려놓았다. 그래, 이젠 정말로 끝이다. 하령이와의 모든 관계가, 이렇게 마침표를 찍는다.

"그래, 이제 정말 끝이야. 친구, 하기 전으로 돌아가자."

빗줄기가 점차 굵어지면서 투두둑 투두둑 쏟아지기 시작했다. 지나가는 소나기는 예고 없이 순식간에 시리게 내렸고, 세단과 하령은 그 비를 맞으면서 서로의 마지막을 응시했다.

먼저 돌아선 하령의 얼룩진 얼굴 위로 빗방울이 무수히 쏟아졌다. 미련도 후회도 없다. 하지만 끝이라고 말하던 세단의 말이 자꾸만 귓가에 맴돌았다. 하령은 입술을 꽉 깨물고 주먹을 움켜쥐었다.

그래, 조금은 슬프다. 친구라고 말할 수 있었던 처음이자 마지막을 잃었으니까. 유일하게 제 약한 모습을 본 사람. 그래서 유일하게 약한 모습을 보일 수 있었던 사람. 그렇게 친구라고 이름을 붙일 수 있었던 처음이

자 유일했던 그 사람을, 이젠 영영 잃은 것이니까.

하령은 마지막으로 세단을 친구로서 기억하고 보냈다.

'너를 잃는 건 마음 아프지만 내겐 너보다 재현이가 더 소중하고, 앞으로 내가 가져야 할, 가져와야 할 것들이 더 먼저야. 그걸 위해서라면 난 몇 번이고 네 손을 놓고, 끊어내고, 밀어낼 거야. 그리고 세단아, 이건 전부 다 널 위해서야. 이 추악한 곳으로 너무 깊이 들어오지 마. 진실을 알려고 하지 마. 그냥 아무것도 모르는 채로, 그 행복한 상태에서 그대로 떠나. 내가 친구로서 너에게 해줄 수 있는 마지막이야.'

어차피 이미 지나간 과거를 들추어내 봤자 상처 받는 건 두 사람이다. 이대로 묻어버리는 게 나아. 서로 만나지 않고 멀어지는 게 훨씬 나은 일이야. 난 모두를 위한 선택을 한 거야. 그래, 그런 거야.

흔들리는 빗줄기 너머로 하령이 사라져 갔다. 이젠 다시 예전처럼 볼 수 없을 거다. 마치 이 빗줄기가 그녀와 자신과의 모든 기억을 씻어내는 것 같았다. 정말로 그렇게 씻어서 사라지면 좋을 텐데. 전부 다 잊을 수 있다면 좋을 텐데…….

"하아……."

나지막이 내쉬는 숨결 너머로 물기가 흔들렸다. 세단은 차츰차츰 떨려오는 두 팔을 꼭 끌어안고 고개를 숙였다. 눈물인지 빗물인지 모를 것이 발아래로 떨어져 내렸다.

아니, 눈물이다. 세단은 이번엔 울음을 참지 않았다. 이젠 정말 끝이니까. 완전히 끝나 버린 거니까. 이럴 땐 우는 거다. 소리 내어 우는 거다. 그 관계에 대한 마지막 작별 인사를 세단은 그렇게 목 놓아 울음으로 쏟아내고 있었다.

"닥터…… 닥터, 거기 있죠? 있는 거 다 알아요. 나와서 나 좀…… 나 좀……."

채 말을 잇지 못할 만큼 그녀의 안에 슬픔이 한없이 무너져 내렸다. 아직 자신에게 가장 소중한 관계를 끝내는 것이 너무 힘들고 괴로웠다. 특히나 이런 식으로 끝이 좋지 않게, 원치 않게 사라지는 것은 더더욱.

바닥으로 부서지는 빗방울 너머로 누군가가 다가왔다. 세단은 엉엉 소리 내어 울면서 그대로 그를 붙잡았다.

윤성은 우산으로 그녀를 가려주면서 그저 말없이 제 가슴을 빌려주었다.

귓가에 그녀의 울음소리만이 가득하게 들려온다. 그녀의 아픔이 그대로 전해지는 것 같아서 그의 표정도 한없이 아프게 일그러졌다. 하지만 그는 억지로 그녀를 달래지 않았다. 지금 그는 그녀에게 마음껏 울어도 되는 그런 장소가 되고 싶었다.

"괜찮다고 말해줘요……. 괜찮을 거라고. 그렇게 말해줘요……."

세단은 그의 가슴에 머리를 기댄 채 그의 위로를 바랐고, 윤성은 조용히 속삭였다.

"괜찮아. 다 괜찮아. 전부, 괜찮아질 거야……."

그리고 그 짧은 속삭임은 마치 하나의 주문처럼 그녀의 울음을 서서히 그치게 만들었다.

비록 하나가 떠나갔지만, 이번만큼은 혼자가 아니다. 괜찮다고 말해주는 이 사람이, 아무것도 묻지 않고 묵묵히 기다려 주는 이 남자가 이렇게 옆에 있어주니까.

가슴속의 빈틈으로 그의 뜨거운 온기가 스몄다. 세단은 흐르는 빗줄기 속에 마지막 눈물을 흘려보냈다.

똑같이 슬프고 괴로운 안녕이지만, 예전과는 조금 다른 안녕이었다.


세단은 윤성에게 거의 안기다시피 해 레지던스로 돌아왔다. 새삼 민망하고 쑥스러운 기분에 조금이라도 벗어나려 하면 윤성이 그녀의 어깨를 꽉 끌어당겼다.

"떨어지면 춥잖아. 가만있어."

"그, 그래도 이렇게 가는 건 민망한데……."

"그러게 누가 그 비를 다 맞고 있으래?"

결국 세단은 꼼짝달싹도 하지 못했다.

집 안은 어수선하고 적막했다. 윤성은 그녀를 소파에 앉히고 담요를 여러 개 들고 와서는 꽁꽁 싸매주었다.

"체온이 너무 떨어졌어. 먼저 씻을래?"

"네…… 네? 아, 아니요! 닥터 먼저 씻어요."

"그래, 그럼. 혹시 모르니까 해열제 먹어."

윤성은 따뜻한 물 한 잔을 쥐어주고 먼저 욕실로 들어갔다.

세단은 잠시 넋을 놓고 있다가 물컵을 꽉 움켜쥐고 떨리는 시선으로 닫힌 욕실 문을 바라보았다.

'지금 이게 뭔 상황이지? 왜 내가 닥터 집에서 씻게 된 거야?'

그러고 보니 지금 제 손에 놓인 이 옷은 닥터의 옷!

어차피 바로 옆집이니까, 그냥 슬그머니 가서 옷 갈아입으면 되는데. 씻는 것도 우리 집에서 씻으면 되잖아.

하지만 머리로는 그렇게 생각하면서 몸은 영 움직일 생각을 하지 않았다. 심장이 벌렁벌렁 뛰면서 이성과 본능 사이의 아슬아슬한 줄다리기에 어쩔 줄 몰라 하던 찰나, 욕실 문이 열리고 윤성이 밖으로 걸어 나왔다. 그런데, 그런데!

'헉! 아, 알몸!'

그는 태연하게 상반신을 노출한 채였다. 보기만 해도 듬직한 넓은 어깨와 탄탄하고 매끄러운 근육이 그야말로 조각 같았다. 세단은 저도 모르게 슬그머니 시선이 아래로 내려갔다.

다행스럽게도 청바지를 입은 채 머리카락에 묻어 있던 물기를 털어내던 윤성은 어쩐지 따끔거리는 그녀의 시선에 고개를 들었고, 세단은 흠칫 놀라서는 저도 모르게 목소리를 높였다.

"왜, 왜, 왜 그렇게 다 벗고 나오는 거예요!"

"아, 미안. 옷을 안 가지고 들어갔어. 다른 사람이 우리 집에 있는 게 습관이 안 돼서."

왜 옷을 입지 않느냐 타박을 하면서도 세단은 그의 벗은 몸을 샅샅이 훑으며 시선을 떼지 않았다. 윤성은 기가 막혀 피식 웃었다.

"이젠 좀 괜찮은 모양이네. 그 얼굴의 철판이 다시 두껍게 살아난 걸 보니."

하하하하. 박세단, 이 망할. 차마 부정할 말이 떠오르질 않는다.

윤성은 티셔츠를 하나 챙겨 입었다. 사실 자신의 집에 누군가 있다는 사실 자체가 아직은 낯설고 어색했다. 문득문득 너무나도 신기할 정도로 그녀의 존재가 익숙해져만 간다.

그는 세단에게 다가가 자연스럽게 이마를 짚었다. 그러곤 살짝 미간을 찡그리며 한숨을 내쉬었다.

"이번엔 진짜 열 있어."

"아……."

"진짜로 아프다고. 해열제 챙겨 먹었지? 일단 얼른 가서 씻어. 몸을 따뜻하게 해야 해. 아니면 집에 건너가서 씻을래?"

분명 제 집에 가서 씻는 게 맞는 거지만, 세단은 저도 모르게 그의 옷자락을 움켜쥐고서 고개를 가로저었다.

"……여기서 씻을래요."

오늘은 그와 같이 있고 싶었다. 지금 이 상태로 집에 혼자 있고 싶지 않았다. 그러면 또 많이 무섭고 외로울 것 같아.

"알았어. 그럼 얼른 가서 따뜻한 물에 몸 좀 데워."

윤성은 그녀를 욕실로 들여보낸 뒤, 부엌으로 가서 그녀가 먹을 만한 것을 찾아보았지만 이번엔 라면조차 없었다. 먹을 수 있는 걸 좀 시킬까 생각하던 차에 세차게 떨어지는 물소리에 윤성은 저도 모르게 움찔했다. 그는 헛기침을 하면서 얼른 귀를 닫아버렸다.

'지금 대체 무슨!'

뭔가 제 무덤을 판 듯한 이 느낌은 뭘까. 그녀를 집으로 데려온 것이 과연 잘한 일일까?

얼마 지나지 않아 욕실 문이 열리면서 코끝으로 샴푸향이 강하게 파고들었다. 그러곤 미처 대비할 새도 없이 그녀가 달려와 뒤에서 끌어안았다. 순식간에 열기가 훅 밀려들며 온몸이 뻣뻣하게 굳어지고 말았다.

"고마워요, 오늘."

"……."

"잠시만 이렇게 있을게요. 닥터 심장 소리 듣고 싶어요. 솔직히 오늘 많이 힘들었으니까."

등 뒤로 미묘한 떨림이 느껴졌다. 그녀는 아직도 열이 오른 상태였다. 사실 윤성 자신이 그녀를 떼어놓는 게 불안해서, 오늘만큼은 제 눈앞에 두고 싶은 마음에 다소 억지를 부렸다.

오늘은 절대로 그녀를 혼자 두고 싶지 않았다. 분명 예전의 자신처럼 홀로 웅크리고 두려움과 외로움을 숨길 테니…….

윤성은 낮은 숨을 삼키며 속삭였다.

"이리 와."

그는 그녀를 데리고 가 소파에 눕혔다. 세단은 그의 손을 잡고서 그의 무릎에 조심스럽게 머리를 기댄 채 가장 편안한 상태로 눈을 느리게 깜빡였다. 오늘은 너무 많이 피곤했고, 정신적으로 너무 아파서 따뜻한 그의 손길 하나에 금방 온몸이 무너져 내렸다. 하지만 왠지 모르게 푹 잘 수 있을 것 같은 느낌이 들었다.

그녀의 고른 숨소리가 들렸다. 다행히 약효가 돌기 시작하는지 열도 가라앉고 있었다. 하지만 그는 여전히 자신의 뜨거운 체온에 그녀가 조금이라도 기댈 수 있도록 몸을 움직이지 않았다.

"푹 자……. 꿈속에서까지 아파하지 말고."

그녀를 다독이던 손길이 잦아들면서 윤성은 눈을 감았다. 그의 표정이 차갑게 굳어져 있었다.

다시금 그녀의 가장 큰 트라우마를 느낀 기분이었다. 너무나도 어렵게, 정말로 아프게, 마치 지금 앓고 있는 열병처럼. 관계를 잃는다는 건 그녀에겐 그만큼 힘든 일이었다.

그리고 이번 일의 뒤에 자신의 걱정과 우려대로 백하령이 있었다.


천재현, 백하령, 천강진. 모두 멀리 떨어져 있다가 그녀의 운명의 때를 앞에 두고 돌아왔다.

그중 지금 가장 유력한 사람은 오늘의 일로 인해 백하령이 되었다.

'백하령……. 하지만 너무 갑자기 변해 버린 느낌이야. 왜 갑자기 이렇게까지…….'

분명 뭔가 이유가 있다. 그 이유를 알아야만 해. 그것이 가장 결정적인 열쇠가 될 것 같았다.

# 9. 비 온 뒤, 땅이 굳는다

세단은 굳어진 표정을 억지로 풀며 거울 앞에서 웃음 짓기 위해 노력했다.

"완전 이상해. 억지로 웃는 거 다 티 나. 나 어쩜 좋니……."

전혀 웃을 수가 없었다. 그래, 웃는 게 이상한 거지. 오늘 무슨 일을 어떻게 당할지 모르는데…….

어제 시술에 실패한 뒤 윤성이 뒷수습을 해주었지만, 엄연히 그것은 세단에게 주어진 시험이었다. 게다가 문제는 어제 한 말실수였다. 손에 이상 증세를 느낀 뒤, 수술방에서 했던 말.

"아침부터 조금 이상했었습니다. 별다른 증상이 아닌 줄 알았는데, 죄송합니다. 제대로 말씀드리지 못했습니다."

그 말 한마디로 세단은 윤리위원회에 회부될지도 모른다. 이유는 협력팀 컨퍼런스 때 손의 이상을 느꼈음에도 불구하고 말하지 않고 무리하게 시술을 진행하려고 했다는 점. 이는 그녀가 협력팀에 들어가기 위해서 환자를 생각하지 않고 행한 행동일 수도 있다는 이유가 되었다.

물론 컨퍼런스 때는 괜찮았다. 정확히 시술에 들어가기 10분 전부터 손이 이상했으니까. 하지만 그때는 상황을 빨리 정리하고 닥터에게 부탁하기 위해 그렇게 말할 수밖에 없었다. 그 말이 오해의 빌미가 되었다. 자칫 큰 의료사고로 번졌다면 한국대병원 이미지가 크게 위축됐을 거라고. 그것도 공개 시술이었던 만큼 실수의 무게는 크게 다가왔다.

하지만 이사장이 나서 윤리위원회까지 회부하는 건 지나친 처사라고 말하며 논란은 일단 가라앉았다. 이사장은 일단 세단과 이야기를 나누고, 세단의 고의성이 확실시된다면 그때 윤리위원회를 소집하겠다고 결정했다. 그래서 오늘 그녀는 이사장님을 만나야만 했다.

"하아, 이런 일로 걱정 끼쳐 드리고 싶지 않았는데……."

아마 많이 실망하셨겠지. 그 얼굴을 보는 것도 두렵다. 하지만 그녀는 이사장님께 그 어떤 진실도 말할 수가 없다. 민정에 관한 것도, 하령에 관한 것도. 정말로 하령의 말처럼 민정만 곤란해질 수 있기 때문에 그냥 여기서 덮고 가기로 했다. 이번 일의 대가로 자신은 친구를 한 명 잃었고, 그건 하령도 마찬가지. 그 정도면 충분하다고 생각했다.

'하지만 난 아직 병원을 나갈 수 없어. 어떻게든 방법을 찾아야 해. 내 말에 실수가 있었다고, 처음부터 이상을 느꼈던 건 아니라고. 이제 와서 하는 말이 변명처럼 들릴 수도 있겠지만 그렇게 말해야 해.'

"긴장하지 마. 쫄지 마, 박세단. 기죽지 말라고!"

세단은 마지막으로 넥타이를 매고 최대한 단정한 정장을 입고서 집을 나섰다. 문 앞에서 그녀를 기다리고 있던 윤성이 미간을 찡그리며 시계를 확인했다.

"왜 이렇게 늦어?"

"벌써 시간이 이렇게 됐어요? 미안해요, 닥터!"

"됐고, 오늘 점잖게 입고 가야 하는 거 아니야?"

"그래서 정장 입었는데. 이상해요? 이상할 거 없는데?"

윤성은 잠시 그녀를 바라보다가 가까이 다가와서는 넥타이를 다시 풀었다.

"넥타이 삐뚤어졌어. 그런데 여자도 정장에 넥타이를 매는 건가?"

세단은 그의 허리를 꼭 끌어안으면서 살포시 미소를 지었다.

"원래는 잘 안 매죠. 그런데 전 아빠가 넥타이 매는 법 가르쳐 주면서 나중에 우리 딸도 이렇게 넥타이 근사하게 매고 일하러 가는 모습 봤으면 좋겠다고 하셨거든요. 물론 아빠는 농담으로 하신 말씀이겠지만, 내가 아빠에겐 딸이자 아들이기도 했으니까요. 그래서 중요한 일이 있으면 이렇게 넥타이를 매요. 그럼 좀 덜 긴장되거든요."

윤성은 넥타이를 꼼꼼하게 매어주었고, 세단은 그 모습을 가만히 바라보면서 뭔가 이 상황이 재미있다고 생각하곤 피식 웃었다.

"왜 그래?"

"뭔가 뒤바뀐 것 같지 않아요? 보통은 여자가 남자 넥타이 매어주는데. 그러고 보니 닥터는 넥타이 안 매는 거예요?"

"답답하고 귀찮아. 그래도 제법 웃을 여유가 있나 봐."

"벌써부터 떨면 곤란하잖아요. 어떻게든 윤리위원회까진 안 가게 해야죠. 일단 내 실수인 건 맞으니까."

결국 세단은 어제 있었던 일을 윤성에게 말하지 않았다. 평생 아무에게도 말하지 않고 무덤까지 가지고 가겠다고 다짐했다. 윤성도 애써 묻지 않았다. 이미 누군지 알고 있기도 했고, 그녀가 말하지 않으려고 하는 걸 굳이 들추어내고 싶지는 않았다. 자신은 자신 나름대로 백하령에 대해 알아보면 그만이다. 그냥 지금처럼 그녀를 지켜주면 되니까. 그녀는 아무런 걱정할 필요 없다.

어느새 그의 손이 멈췄다. 넥타이는 그의 성격대로 아주 깔끔하고 꼼꼼하게 매어졌다.

"닥터가 넥타이 매주니까, 더 힘이 날 것 같아요."

웃고 있지만 속으론 엄청 떨고 있다는 게 느껴졌다. 윤성은 그녀의 넥타이를 슬쩍 끌어당겨서는 입술을 맞대고 속삭였다.

"떨지 마, 절대. 네가 잘못한 건 하나도 없어."

세단은 떨리는 숨을 내쉬었다. 그러곤 얼른 가자며 먼저 돌아선 그의 뒷모습을 바라보며 제 가슴을 두드렸다.

"으아……. 효과는 직빵이네. 물론 이번엔 다른 의미로 떨리지만……."

그래도 이건 기분 좋은 떨림이니까. 정말로 잘해낼 수 있을 것 같은 그런 느낌이 들었다.


연구실로 들어온 윤성은 무거운 표정으로 제자리를 서성였다. 분명 세단은 이사장 앞에서 진실을 말하지 않을 거다. 그 상황을 정확히 설명하지 않으면 다른 말은 전부 변명으로밖에 들리지 않을 텐데. 그렇게 되면 정말로 윤리위원회에 회부되고, 일이 너무 커지게 된다.

'잘못하면 그녀가 병원을 나가게 될 수도 있어. 물론 거기까지 일이 커지진 않겠지만…….'

하지만 지금으로선 백하령 때문에 그것도 안심할 수가 없었다. 그녀를 지키기 위해 이사장과 어떤 딜을 해야 할까. 어떤…….

순간, 그의 머릿속으로 뭔가가 빠르게 스쳐 지나갔다. 아마 이것만큼 확실하고 좋은 방법은 없을 것이다. 이사장이 지금 자신에게 원하는 것은 딱 하나.


"이번 학술 대회에서 제대로 성과만 내어준다면 우리 병원 CS의 위상도 한층 확고해질 것이고, 한국대병원의 발판이 될 것입니다. 그래서 그 책임자로 마 닥터를 추천하고 싶습니다."

학술 대회 책임자 자리, 그걸 받아들이면 승산이 있을지도 모른다. 하지만 그렇게 되면 약속한 날에 떠날 수가 없게 되는데…….

'하지만 방법이 없어.'

시계를 본 윤성은 초조해졌다. 곧 세단이 이사장을 찾아간다. 그전에 어떻게든 일을 마무리 지어야 해.

결국 윤성은 두 번 생각할 것도 없이 서둘러 연구실을 빠져나갔다.


재현 역시 초조하게 시계를 확인했다. 오늘 아버지와 세단 사이의 얘기가 제대로 풀리지 않으면 윤리위원회까지 가게 될 것이다.

'세단이 잘못이 아니야. 절대로 그럴 리가 없어.'

그는 그녀를 잘 알았다. 절대로 손의 상태를 알면서 그것을 숨기고서 협력팀에 들어가려고 했을 리가 없다. 그때 그 앤 무척이나 당황한 표정이었다. 뭔가가 있는 게 분명한데 문제는 그걸 세단이 밝힐 것 같지 않다는 거였다.

"내가 밝히기엔 시간이 없어. 그전에 세단이 곤란해질 테니까."

게다가 지금 아버지는 제 말을 제대로 들어주지 않았다. 그가 약혼을 피하고 있었으니까.

그런 아버지를 움직일 수 있는 사람, 지금으로선 한 사람밖에 없다.

재현은 차가운 시선으로 휴대폰을 바라보았다. 휴대폰을 움켜쥔 손에 힘이 들어갔다. 시간도 없고 어쩔 도리가 없었다. 결국 그는 선택을 해야만 했다

휴대폰 너머로 딱딱한 목소리가 흘러나온다. 그리고 그 목소리에 그의 표정 역시 딱딱하게 굳어졌다.

"나야. 내 부탁 하나 들어줘. 아니, 네 말대로 나랑 거래를 하자, 백하령."

미리 연락을 받고 기다리고 있던 강진은 놀란 기색을 숨기지 않고 자리를 권했다.

"자주 뵙습니다, 이사장님. 제가 괜히 시간을 빼앗은 건 아닌지요."

"아닙니다, 마 닥터. 오히려 닥터를 이리 자주 봐서 제가 환자들에게 미안하지요. 저보단 환자들이 더 마 닥터를 찾을 테니까."

"오늘은 제가 이사장님을 찾아온 것이니, 그런 걱정은 마십시오."

"일단 앉아요, 앉아."

강진이 차를 권했지만 그는 고개를 가로저었다.

"얼굴이나 보자고 온 건 아닐 테고, 무슨 일이라도 있는 겁니까?"

"부탁이 하나 있습니다. 하지만 이사장님께서도 손해 보는 일은 아닐 겁니다."

"마 닥터가 내게 또 부탁을? 이거 참 놀랍군요."

강진은 윤성이 한국에 온 후로 참 많이 변한 것 같다고 생각했다. 물론 나쁜 쪽이 아니라 좋은 쪽으로. 훨씬 더 사람답게 느껴진다고 해야 할까? 예전에 그는 정말 먼저 다가가기 어려운 사람이었다. 한 치의 틈도 없이 철저하게 선을 긋고, 가끔은 정말로 사람인가 싶을 정도로 철두철미했다. 물론 지금도 철저한 사람이지만, 그에게서 틈이 보이기 시작했다.

강진은 닥터가 변해가는 이유가 한국에 온 이유와 연관이 있다고 생각했다. 닥터가 만나고 싶다던 사람. 주치의로서 지켜주고 싶다던 그 환자. 어떻게든 알아보려고 했지만 쉽지가 않았다. 하지만 점점 더 확신이 든다.

'그 사람. 그 사람만 찾으면 닥터를 계속 병원에 둘 수 있을 텐데……'

이제는 조금 궁금하기도 했다. 대체 어떤 사람인지.

"뭔지 말해보세요."

윤성은 잠시 망설였다. 이사장에게 이런 말을 해도 되는 것인지 아직 확신이 들지 않았다. 그 역시 세단을 죽음으로 이끌 운명의 그 사람일 수도 있었으니까. 하지만 망설이고 있을 시간이 없다.

"곧 박 선생이 이곳으로 올 겁니다."

"알고 있습니다. 그것 때문에 오늘 병원에 머물고 있는 거니까. 나 역시 박 선생이 왜 그런 행동을 했는지 모르지만, 물론 모두 오해일 거라고 생각합니다. 박 선생은 누구보다 환자를 먼저 생각하는 의사니까. 박 선생이 진실을 말해주면, 아마 잘 해결될 겁니다."

하지만 윤성은 고개를 저었다.

"박 선생은 아마 사실대로 말하지 않을 겁니다."

"그게 무슨……?"

"결론적으론 자기 잘못이라고 할 겁니다. 하지만 절대로 박 선생의 잘못이 아닙니다."

"마 닥터……."

"변명처럼 들릴 말이 전부 진실일 겁니다. 이사장님은 그것만 믿어주십시오. 쉽지 않겠지만, 박 선생의 잘못이 아니라는 것을 이사장님도 믿고 있지 않으십니까. 그러니 이번만큼은 그냥 아무 이유 없이 그냥 믿어주십시오."

"마 닥터는 박 선생을 믿는 겁니까?"

"예, 믿습니다."

"그 이유가 뭡니까? 닥터의 퍼스트라서? 듣자 하니 박 선생이 퍼스트 자리도 스스로 물러났다고 하던데."

"그 역시 환자에게 스스로 잘못했다는 걸 느끼고 물러난 겁니다. 보통 사람은 자기 잘못과 실수를 인정하고 되돌아보는 일이 쉽지 않습니다. 자존심이라는 녀석이 쓸데없이 고집을 피우곤 하니까요. 하지만 박 선생은 자신의 실수를 스스로 인정하고 정면으로 받아들이려고 합니다. 의사에게 그것은 매우 중요한 자질이라고 생각합니다. 그런 박 선생이 실수가 일어날 것을 뻔히 알면서 그것을 모른 척하고 수술방에 들어가지는 않았을 겁니다."

"······."

강진은 점점 더 의아해졌다. 그가 이렇게까지 세단을 감싸는 이유가 뭐지? 능력이 출중해서? 정말로 믿기 때문에? 아니, 이건 뭔가 다른 문제다. 좀 더 감정적인······.

윤성은 당황스러워하며 확답을 주지 않는 강진을 충분히 이해했다. 그는 경영자다. 이런 뜬구름 잡는 소리가 통할 자가 아니다. 그렇다면 이제할 수 있는 것은 그가 원하는 것을 내미는 것뿐.

"이사장님이라면 윤리위원회가 열리는 걸 막을 수 있으실 겁니다. 박 선생을 도와주십시오. 그렇게만 해주신다면······."

그는 잠시 숨을 삼키고서 어렵게 입을 열었다.

"그렇게 해주신다면 전에 이사장님께서 부탁하신 그 일을······."

그때, 노크 소리와 함께 방문이 열리며 비서가 얼굴을 내밀었다.

"이사장님, 말씀 중 죄송합니다. 그런데 밖에 천 실장님과 백 이사님이 오셨습니다."

강진은 잔뜩 굳은 표정으로 비서를 노려보았다.

"지금 손님이 계신 거 안 보이나? 나중에 다시 오라고 하게."

"하지만 무척 급한 일이라고······."

그때, 비서를 밀어내고 재현이 모습을 드러냈다. 뒤이어 하령까지.

그녀는 강진과 윤성이 함께 있는 모습을 보며 묘한 시선을 띠었다. 어쩐지 분위기가 심상치 않았다.

"이게 뭐하는 짓이야!"

"이사장님, 지금 아주 중요하게 드릴 말씀이 있습니다."

"천재현!"

"이번 일, 박 선생 잘못이 아닙니다. 이번 일을 제대로 아는 사람이 있습니다."

윤성은 재현의 말에 그제야 고개를 돌렸다. 이번 일을 제대로 아는 사람? 하지만 이번 일은…….

어느새 그의 시선이 하령에게 향했지만 이내 고개를 돌렸다. 호락호락한 여자는 아니다. 분명 다른 뭔가가 있겠지.

강진은 막무가내로 밀고 들어온 재현을 노기 띤 눈으로 보다가 이내 한숨을 내쉬며 윤성에게 말했다.

"미안합니다, 마 닥터. 일단 마 닥터 말대로 박 선생을 믿어보도록 하겠습니다. 이만 자리를 비켜주겠습니까?"

"알겠습니다. 그리고 감사합니다."

윤성은 강진에게 인사한 뒤 이사장실을 빠져나왔다. 예상치 못한 방향으로 일이 흘러가긴 했지만, 어쨌든 좋은 쪽으로 마무리될 것 같았다. 그는 천천히 걸음을 옮기면서 이사장실에서 흘러나오는 이야기에 귀를 기울였다.


윤성이 이사장실을 나가고, 강진은 화를 잔뜩 누르는 표정으로 재현이 아닌 하령을 보았다.

"대체 이게 무슨 말이지? 이렇게 예의 없는 행동엔 그만큼 타당한 이유가 있어야 할 거야, 백 이사."

하령은 강진에게 깊이 고개를 숙였다.

"죄송합니다, 이사장님. 하지만 제 친구의 일이기 때문에 손 놓고 있을 수가 없었습니다. 박 선생은 시술에 들어가기 직전에 손에 이상이 생겼습니다. 그러니 일부러 컨퍼런스 때 숨긴 것이 아닙니다. 그걸 봤다는 사람이 있으니 그 사람을 증인으로 세우면 이번 일을 그렇게 크게 벌이지 않아도 될 겁니다."

"증인이 있다고?"

"예. 너무 일이 커지자 미처 나서지 못했던 것 같습니다."

강진은 가느스름하게 뜬 눈으로 여전히 고개를 숙인 하령을 바라보았다. 뭔가 마음에 걸린다. 세단의 친구라서 나선 모양새는 절대로 아니다. 지금 그녀는 어떻게든 세단을 병원 밖으로 내몰 생각을 하고 있으니까. 어쩌면 이번 일에 저 아이가 무슨 수를 썼을지도 모른다.

'백 회장의 핏줄이야, 어떤 일을 해도 눈 하나 꿈쩍하지 않을.'

하지만 그게 무엇이든 굳이 들추어낼 필요는 없다. 이미 자신과 백 회장은 한배를 탔으니, 눈감고 넘어갈 수밖에.

"일단 알았다. 이번 일은 그냥 조용히 넘어가도록 하지."

사실 그보단 마윤성, 그의 행동이 더 이상하다. 강진은 무의식적으로 윤성과 세단을 한데 묶어 생각했다. 도대체 무슨 관계일까…….

박세단. 박세단…….

재현은 하령을 향해 짧게 속삭였다.

"이번 일은 고마워. 고개까지 숙이게 해서 미안해."

"고마워할 필요도, 미안해할 필요도 없어. 이건 어디까지나 네가 제안한 거래였고, 난 내 몫을 했을 뿐이야. 그리고 이젠 네 차례고."

"……알고 있어. 원하는 대로, 약혼에 동의할게. 그리고 세단이에 관한 마음도 접도록 노력해 볼게."

조금 전, 재현은 하령에게 전화를 해서 이번 일을 부탁했다.

"네 말대로 나랑 거래 하나 하자, 백하령."

[그게 갑자기 무슨 말이야? 거래라니?]

"세단이 일, 너도 알고 있지? 그 일 네가 좀 해결해 줘."

[참 당당하게 말한다. 내가 그걸 해줄 것 같아? 오히려 나는 세단이가 병원에서 나갔으면 하는데?]

"해줄 수밖에 없을걸? 내가 말했잖아, 이건 거래라고. 듣고 판단해."

[대체 나한테 뭘 줄 건데?]

"너랑 약혼할게. 그리고 세단이에 관한 마음, 접도록 노력해 볼게. 어때? 너한테는 상당히 구미가 당길 것 같은데."

재현은 세단을 위해 나서줄 것을 하령에게 부탁하는 대신 그녀와 약혼하겠다고, 그리고 세단에 대한 마음도 접겠다고 그렇게 조건을 내걸었다.

결국 그 거래는 성사됐고, 여기까지 왔다. 재현의 낯빛이 어둡게 가라앉았다. 이대로 끝이라고 생각하는 건 절대 아니었다. 지금은 그녀를 위해서 한발 물러나야 할 때라고 생각했을 뿐이다.

하령은 순순히 약혼하겠다고 말하는 그를 믿지 않았다. 조금 씁쓸했다.

결국 넌 여전히 세단이를 위해서, 그 아이를 위해서 그토록 싫은 약혼을 할 거고 그 마음도 접겠다고 하는구나. 온전히 박세단, 그 애 때문에. 네가 아픈 건 전혀 생각하지도 않고서.

하지만 제게 나쁠 것이 없는 거래이긴 했다. 하령은 재현이 세단에 대한 마음을 완전히 접지는 못할 거라고 생각했지만 그래도 당분간 만나지는 않을 거라고 예상했다. 접는 시늉이라도 보여야 할 테니까. 그리고 약혼까지 하게 됐으니 꽤 괜찮은 수확이다.

'세단이는, 당장은 내보내지 못해도 또다시 빌미를 만들면 돼. 그래, 나한테는 결코 손해가 아니야.'

아침부터 엄청 고민하고, 걱정하고, 무지막지 긴장한 것이 무색하게 세단은 준비한 말을 뻥긋할 필요도 없었다. 이사장실에 들어가자마자 그는 자신이 좋아하는 달달한 커피를 내주시더니, 이내 네 잘못이 아니라는 걸 안다면서 뭔가 사정이 있는 것 같으니 묻지는 않겠다고 덮어주셨다. 하지만.

"그래도 협력팀에 들어가지는 못할 거다. 미안하구나."

"아닙니다. 그것까지 바라면 제 욕심이죠. 컨디션을 관리하지 못한 제 부주의고 잘못이니까요."

"그리고 아마 일주일 정도 징계를 받게 될 거다. 이참에 조금 머리도 식히고 쉬도록 하렴. 넌 CS에서 중요한 인재야. 난 널 믿고 있단다."

일주일 징계로 일이 마무리되었다. 대체 이 물 흐르듯 흘러간 상황을 어떻게 생각해야 할까. 그냥 비 온 뒤 땅이 굳는 건가. 엎친 데 덮친 격이 아니라서 다행이라고 생각해야 하는 거야?

"뭐, 일단 병원에 남게 되었으니까. 잘된 거겠지?"

이사장님이 저런 결정을 내렸다면 하령이도 어쩔 수 없을 것이다. 좋게 생각하자. 그래, 어떻게든 끝까지 이 병원에 남고 싶었잖아. 이젠 정신 바짝 차리고 이 자리를 지켜야 해.

이미 소식을 들은 의국 식구들이 세단을 위로해 주었다.

"박 선생님이 협력팀에 들어갔어야 했는데……."

"하필이면 그때 손에 쥐가 날 게 뭐래요."

"그래도 일이 이렇게 잘 풀려서 다행이에요."

"네, 선생님. 물론 일주일 징계가 아쉽기는 하지만……."

"이참에 좀 쉬지, 뭐. 휴가도 거의 없었는데 오히려 쉴 수 있어서 난 좋다, 뭐. 아마 내가 없으면 너희들이 더 아쉽고 힘들겠지만."

"그러니까 얼른 돌아오세요. 꼭이요, 꼭!"

"좀 푹 쉬세요. 그동안 너무 무리하셔서 손이 놀란 거니까."

"알았어. 아주 푹 쉴 테니까, 너희들도 정신 바짝 차리고 일하고 있어. 갔다 와서 내 일거리 늘어나 있으면 아주 죽는다."

세단은 우스갯소리를 하면서 보이지 않는 민정을 찾았다.

"민정이는?"

"아, 몸이 많이 안 좋은가 봐요. 병가를 냈어요."

"그래……."

어쩐지 마음이 편치가 않았다.

세단은 대충 짐을 챙기고서 의국을 빠져나왔다. 갑자기 생긴 일주일 휴가에 뭘 해야 할지 모르겠다. 이렇게 오래 쉬는 건 참 오랜만이었다.

"가기 전에 닥터 얼굴 보고 갈까. 아니지. 아까 보니까 수술 일정 있는 것 같던데. 나중에 집에 가서 보지, 뭐."

"빡센!"

정겨운 목소리가 들리고 세단은 피식 웃으며 고개를 돌렸다.

"일주일 징계라며? 이게 무슨 벌이야, 휴가지!"

"벌이지. 마음 편하게 쉬겠냐?"

"그냥 편하게 쉬어. 피곤해서 생긴 일이잖아. 이사장님이 다 배려해 주신 거야. 아무래도 이번 네 운세에 아주 큰 마가 낀 게 분명하니까."

"그럴지도."

닥터도 매번 나한테 조심하라고 했으니까. 정말로 이번 운세가 그렇게 안 좋은 건가?

"아, 재현이 병원 왔던데 만났어? 하령이도 같이 왔던데."

"아⋯⋯. 아니, 너무 정신없었으니까."

"나도 인사는 못 했어. 바빠 보이더라. 나중에 일이 좀 잠잠해지면 다 같이 보자."

세단은 애정에게 아직 다 하지 못한 말이 있기에 그냥 웃기만 했다.

함께 1층까지 내려온 애정은 진심을 담아 세단을 격려해 주었다.

"그래도 내일이 생일이니까, 어깨 힘 빡 주고, 축 처져서 다니지 말고."

"아, 생일!"

그러고 보니 내일이 생일이었다. 너무 정신이 없어서 잊고 있던 세단은 제 정신을 좀 보라며 머리를 툭툭 쳤다.

"마 교수님께 말했어?"

"아니, 아직."

"얼른 말해! 그래야 같이 밥이라도 먹을 거 아니야. 애인도 있으면서 내가 또 네 미역국을 끓여주랴?"

"그렇긴 한데, 괜히 부담 주긴 싫어."

"얼씨구? 영원한 사랑 운운하면서 놀이공원 관람차에서 키스하겠다던 지지배가 할 소리는 아닌데."

"물론! 하고 싶기는 하지만, 네 말처럼 너무 유치하잖아. 교수님도 절대로 하실 분이 아니고."

"그래, 그건 너무 유치해. 대신 케이크에 촛불 정도는 붙이고 그 옆에서 키스하면 되겠네. 더한 걸 해도 좋고."

그를 만나서 처음으로 맞이하는 생일. 잠깐 정도는 함께 있어줄 수 있지 않을까? 세단은 이것저것 거창한 생각을 하다가 결국은 그냥 같이 있어주기만 해도 좋을 것 같다고 결론지었다.

"시간이 있는지 슬쩍 물어봐야겠다."

"그러지 말고 지금 물어봐."

"뭐?"

"네 애인 저기 있네."

저기 있다니. 분명 수술 일정 있는 거 보고 왔…… 는데?

세단은 로비 밖에 서 있는 윤성의 모습에 눈을 커다랗게 떴다.

왜 저기 있지? 배웅 나온 건가? 그럴 필요 있나? 어차피 옆집인데.

세단은 애정과 함께 밖으로 나갔다. 하지만 단순히 배웅이 아닌 것 같았다. 그는 가운도 안 입은 채 차를 앞에 세워두고 있었다.

"닥, 아니, 교수님?"

"왜 이제야 나와? 징계 받는 데 시간도 걸려?"

"아니, 그건 아닌데. 왜 여기 계세요? 수술 일정 있는 거 아니에요? 수술방에 계시는 줄 알았는데……."

"끝났어."

"네? 벌써요?"

윤성은 당황스러워하는 세단의 등을 밀면서 애정에겐 가볍게 눈으로 인사했고, 애정 역시 미소로 화답했다.

'이게 바로 보기만 해도 기분 좋다는 엄마 미소인가? 왜 내가 기분 좋은지는 모르겠지만……'

"얼른 차에 타. 퇴근해야 할 거 아니야."

"퇴근? 닥터도 퇴근해요? 아직 해가 떠 있는데?"

세단은 여전히 어리둥절해서 우왕좌왕했다. 그런 그녀를 차에 태우면서 짧게 속삭였다.

"오늘부터 휴가."

"휴가?"

"그래, 휴가. 그러니까 제대로 데이트라는 거 해보자."

우당당당탕!

"윽!"

바쁘게 움직이다가 결국 테이블에 무릎을 부딪친 세단은 눈물을 찔끔 흘리며 제자리에서 몇 번 콩콩 뛰었다. 하지만 아파할 시간도 없었다. 오늘은 완벽하게 변신해야 하니까. 요 며칠 더럽고 추레했던 모습은 잊어라. 다시금 봄 향기 폴폴 나는 사랑스러운 여자로 변신해 줄 것이니!

오늘은 바로 자신의 생일! 게다가 그와 데이트까지 하기로 한 날이다. 무척이나 감격스럽고 가장 행복한 순간이 될 거라고 세단은 믿어 의심치 않았다.

"어제 저녁 굶은 게 효과가 있을까? 요즘 계속 단것만 많이 먹어서 살이 좀 찐 것 같은데……"

전신거울 앞에서 세단은 옆구리 살을 꾹꾹 눌렀다. 시간이 조금만 더 있었으면 반짝 다이어트라도 했을 텐데!

세단은 오늘 화이트 톤의 사랑스러운 케이프 코트를 입고 머리카락도 차분하게 웨이브를 넣어주었다. 날씨가 쌀쌀했지만, 절대로 데이트 패션을 포기할 순 없었다.

오늘은 아주 확실하게 러블리하고 사랑스러운 모습을 보여주겠어! 지난날 그 폐인 같았던 모습을 닥터의 머릿속에서 완벽히 지워 버릴 수 있도록!

"데이트. 그것도 무려 생일에……."

생각만 해도 심장이 콩닥거린다. 그것도 그가 먼저 데이트를 하자고 했다. 내가 아니라 그 사람이 먼저! 분명 오늘이 내 생일인 것도 모를 텐데. 일부러 휴가까지 쓰면서 같이 있어주려고 하다니.

'분명 내가 걱정돼서 그런 거겠지.'

세단은 스스로 생각해도 신기할 정도로 조금씩 덤덤해지고 있는 자신을 느낄 수 있었다. 아마 이것도 전부 닥터 덕분일 것이다.

꼭 저녁에는 남산에 가야지. 연인들의 데이트 필수 코스라잖아. 남들에겐 평범한 일상이라도 그와 함께 누린다면 그것은 특별함이 될 것이다.

"어디 이상한 데 없지?"

마지막으로 화장을 세세하게 살핀 세단은 만족스런 표정을 지으며 시계를 확인했다.

"뭐야. 아직도 20분이나 남은 거야?"

어차피 옆집이니까 바로 가자고 할까? 너무 재촉하는 것처럼 보이려나. 그래, 어차피 20분밖에 안 남았으니까. 기다리는 김에 더 기다리면…….

딩동!

그때, 타이밍 좋게 초인종이 울렸다. 세단의 표정이 환해졌다. 역시 닥터도 나랑 똑같은 생각을 했구나.

"닥터!"

한걸음에 달려가 문을 연 세단의 표정이 순식간에 당황한 빛을 띠며 흔들렸다. 문 앞에 나타난 사람은 닥터가 아닌 병원에 있어야 할 애정이었다. 그것도 한 손에 자신도 잘 아는 여자아이를 데리고서.

이거, 뭔가가 불길하다.

"너 뭐야?"

세단은 저도 모르게 문 앞을 철통같이 지키며 애정을 노려보았다. 하지만 애정은 세단의 무시무시한 눈초리에도 불구하고 여자아이와 눈을 마주하며 슬픈 목소리로 속삭였다.

"미안해, 지원아. 이모가 갔다 와서 맛있는 거 많이 만들어줄게. 오늘만 세단이 이모랑 같이 놀고 있자. 알겠지?"

"괜찮아, 이모. 엄마가 막무가내로 맡긴 거잖아. 이모도 엄청 바쁜데 말이야. 난 다 이해해. 오히려 내가 미안해, 이모."

예쁘게도 대구하는 지원이의 말에 애정은 눈물을 글썽이며 아이를 꼭 끌어안아 주었다.

"어쩜, 말도 이리 예쁘게 할까. 너희 엄마 밑에서 너같이 깜찍하고 착한 딸이 나오다니. 정말 미스터리다, 미스터리."

"난 아빠 닮아서 그래, 이모."

"그래, 그래, 넌 형부만 쏙 빼닮았어."

대체 이게 뭔 시추에이션이지? 지금 나 안 보이나? 그리고 누굴 누구한테 맡겨?

"야, 한애정. 이게 대체 무슨 상황인지 나 구경꾼 그만 만들고 이젠 설명 좀 해보지?"

애정은 그제야 세단을 보면서 한숨을 내쉬었다.

"무슨 상황이긴, 내가 너한테 지원이를 하루 맡겨야 할 상황이지. 미안하다. 한 번만 봐줘."

"그러니까, 왜!"

"큰언니가 일이 있다면서 지원이를 맡겼어. 그런데 오늘 유치원이 하필이면 보일러 공사한다고 임시 휴원이라잖아. 그런데 나도 오늘 병원에 오프를 못 내. 윤 교수님 수술에 내가 꼭 같이 들어가기로 했단 말이야. 그렇다고 애를 혼자 집에 둘 수는 없잖아. 딱 타이밍 좋게 네가 집에 있으니까."

"이보세요. 나 오늘 생일이야. 잊었어? 그리고 내 복장 안 보이니? 네가 그토록 떠밀었던 데이트 간다고, 데이트!"

"생일은 진심으로 축하하고, 엄청 미안하지만 별수 없다. 친구 한 명 살려라. 너도 지원이 잘 알잖아. 그렇지? 지원이 핑계대고 놀이공원 가서 그 관람차 키스하면 되잖아. 어때? 딱 좋지? 내가 기회를 만들어주는 거라니까?"

"너 지금 그게 말이 된다고……!"

"지원이, 인사!"

애정은 세단의 거절을 철벽 방어하며 외쳤다. 지원은 눈치 빠르게 얼른 세단에게 고개를 숙이며 인사했다.

"세단이 이모, 오늘 하루 잘 부탁드립니다! 고맙습니다!"

"하, 하하하하."

이젠 헛웃음만 나온다. 하지만 그렇다고 지원이를 외면할 수도 없었다. 아예 모르는 사이도 아니고. 문제는 왜 하필, 오늘, 그것도 지금이냐고!

지원은 얼른 세단이의 손을 꼭 잡았고, 애정을 향해 손을 흔들었다.

"얼른 다녀와, 이모!"

"다녀와서 이모가 지원이가 좋아하는 불고기 해줄게! 하루만 이모 봐줘!"

"떡도 많이 넣어줘, 이모!"

"당연하지! 세단이 이모 말 잘 듣고 있어! 이모 남자 친구 귀찮게 하지 말고!"

그러자 애정은 손으로 키스를 날리는 등 호들갑을 떨며 인사하곤 후다닥 사라졌다.

난리 났다, 난리 났어. 세단은 허망한 표정으로 제 손을 잡고 있는 지원이를 바라보았다. 지원이는 눈을 말똥말똥 뜨고서 사랑스러운 미소를 지으며 입을 열었다.

"세단이 이모, 오늘 완전 예쁘다. 엘사 여왕님 같아. 그렇게 입고 남자 친구 만나는 거야? 그럼 나는 그냥 집에 있을게."

엄마도 아빠도 맞벌이를 하다 보니 일곱 살짜리 어린애가 너무 일찍 철이 들었다.

그녀는 한층 수그러진 표정으로 지원과 눈을 마주쳤다. 빨간 털모자 아래로 내려온 양 갈래 머리와 빨갛게 달아오른 두 볼이 사랑스러웠다. 이 나이 때는 뭘 해도 예뻐 보인다.

"그러면 애정이가 나한테 널 맡긴 의미가 없잖아. 그리고 넌 아직 일곱 살이야. 어려서 혼자는 안 돼."

어쩔 수 없다. 닥터가 어디로 가려는지 몰라도, 지원이를 데리고 가는 수밖에. 남산은 그냥 나중에 가지 뭐. 오늘 안 간다고 남산이 없어지는 건 아니니까.

순간, 애정이의 말이 슬그머니 떠올랐지만 세단은 고개를 붕붕 가로저었다. 말도 안 되는 소리. 그냥 접자, 접어.

잠시 후 윤성은 세단의 집 앞으로 와서는 난감한 표정으로 지원의 손을 잡고 있는 세단을 빤히 바라보았다. 사실 그는 이미 이 모든 상황을 듣고 있었다.

"……그래서 제가 지원이를 돌봐야 할 것 같아요. 오늘 어디 갈지는 모르겠지만, 아무래도 데려가야 할 것 같은데……."

"그건 안 돼."

"네?"

윤성은 단호하게 고개를 가로저었다.

"아이를 데려갈 수 없는 곳이야."

"아, 그래요? 그럼 어쩌지. 그럼 거긴 그냥 다음에 가면 안 될까요?"

지원이는 세단의 손을 꼭 잡고서 자신보다 배는 큰 윤성을 힐끔힐끔 쳐
다보았다. 그러다가 그의 회색빛 눈동자와 마주치고는 흠칫 놀라며 자꾸
만 그녀의 뒤로 몸을 숨기려고 했다.

윤성은 그녀의 뒤로 숨은 지원을 잠시 바라보다 엷은 한숨을 내쉬었다.

"놀이공원."

"네?"

"원래 가려던 곳은 나중에 가고, 아이랑 같이 갈 만한 곳은 그런 곳밖
에 없잖아. 놀이공원."

세단은 눈을 커다랗게 뜨고선 저도 모르게 세상에를 외쳤다.

지금 제대로 들은 거 맞아? 놀이공원? 그 사람 많은 곳을 정말로 그가
먼저 가겠다고⋯⋯?

한애정, 고 기지배 말대로!

"정말 놀이공원 갈 거예요? 하지만 거긴 사람도 많고, 되게 복잡하고,
그리고⋯⋯ 그리고⋯⋯."

"됐어, 얼른 가."

윤성은 아이보다 더 좋아하는 세단의 반응에 어쩔 수 없는 척을 했다.

세단은 오히려 지원이보다 더 좋아하면서 입이 귀에 걸리다 못해 광대
가 그대로 승천해 없어질 것 같았다.

"지원아, 놀이공원 가자! 너도 좋지? 그렇지? 저 오빠⋯⋯ 아니, 오빠가
아니라 삼촌한테 고맙습니다, 인사해야지. 넌 모르겠지만 원래 저 삼촌이
놀이공원 같은 데는 절대로 안 가는 사람이야. 그런데 우리 지원이를 위
해서⋯⋯."

하지만 지원은 인사는커녕 세단의 뒤에 완전히 숨어서 윤성과 눈도 마주치지 않으려고 했다. 세단은 그제야 지원이 조금 이상하다는 걸 느끼고선 손을 당겼지만 꿈쩍도 하지 않았다.

"왜 그래? 어디 아파?"

"싫어⋯⋯."

"응?"

"저 아저씨⋯⋯."

기어들어 갈 듯한 목소리에서 나온 아저씨라는 단어. 그 단어에 윤성은 살짝 움찔했고, 세단은 저도 모르게 피식 웃을 뻔했다.

"저 아저씨⋯⋯ 무서워. 싫어."

세단은 뜻밖의 말에 당황했다. 지원이 낯을 가리는 아이가 아닌데, 오히려 누구와도 잘 어울리는 밝은 아이인데, 왜 이러지?

"저 아저씨 무서운 사람 아니야. 인상이 좀 차갑기는 해도⋯⋯."

"싫어!"

하지만 지원이는 여전히 세단을 꼭 끌어안고서 윤성을 멀리했고, 윤성은 피식 웃으면서 속삭였다.

"어린애가 제법 감이 좋네."

"네?"

"사실 내가 안 무서운 사람은 아니잖아?"

세단은 여전히 윤성을 똑바로 보려고 하지 않는 지원을 보면서 어쩐지 오늘이 영 순탄치만은 않을 것 같다는 불길한 느낌이 들었다. 가장 행복할 날이 될 거라고 생각했는데⋯⋯.

'로맨틱한 놀이공원 데이트는 바이바이구나⋯⋯.'


놀이공원으로 향하는 차 안에서도 지원과 윤성의 사이는 어색하다 못해 냉랭했다. 지원은 세단의 옆에서 딱 달라붙어서 떨어지지 않으려고 했고 윤성도 지원을 거들떠보지 않았다. 중간에 낀 세단만 그저 좌불안석, 안절부절못할 뿐.

마침내 놀이공원에 도착했고, 놀이공원 특유의 떠들썩하고 동화 같은 분위기에 지원은 조금씩 표정이 풀어졌다. 세단 역시 오랜만에 오는 놀이공원에 설렜다. 오직 한 사람, 윤성만이 불편한 기색을 그대로 표출하고 있었다.

"자아, 얼른 가자!"

행여나 사람들 많은 곳에서 잃어버릴세라 지원이 손을 꼭 잡고서 세단은 벌써부터 피곤해 보이는 윤성을 끌었다.

"무리하는 거 아니죠?"

"신경 쓰지 마. 이 정도로 쓰러지진 않아."

"하하."

놀이공원 입구에서는 귀여운 인형들이 손을 흔들었다. 아기자기한 기념품을 파는 가게가 보이자 세단은 눈을 빛내며 곧장 그쪽으로 향했다. 놀이공원에 왔으면 당연히 머리띠를 써줘야지!

"지원아, 뭐 갖고 싶어? 응? 곰돌이? 강아지?"

세단은 이것저것을 들고 지원이 앞에서 흔들었다. 지원이는 눈을 반짝이면서 토끼 머리띠를 가리켰다.

"이모, 나 이거! 토끼 머리띠, 이거!"

그녀는 지원에게 토끼 머리띠를 씌워주었고, 제가 쓸 것을 고르다가 단박에 눈에 들어오는 머리띠를 손에 쥐었다.

세단은 슬그머니 고개를 돌렸다. 가게 밖에서 굉장히 불안한 표정으로 서 있는 윤성이 보였다. 그녀는 음흉한 미소를 띠고선 가게 밖으로 나왔다.

"다 샀어요."

"뭘 그렇게 고르는 거야? 그게 꼭 필요해?"

"놀이공원에 왔으니까 당연히 필요하죠! 이건 필수라고요, 필수! 그래서 말인데요……"

"뭐야?"

윤성은 굉장히 불길한 시선으로 세단을 바라보았고, 그녀는 피식 웃더니 이내 재빨리 그의 머리 위로 늑대 머리띠를 씌워주었다.

"푸하하하하하! 진짜 안 어울려! 아, 미치겠다!"

분명 귀엽기만 한 늑대 귀 모양이 그의 머리 위에 올라가니 무섭기 짝이 없었다. 하지만 떨떠름한 표정을 짓고 있는 그가 어찌나 귀엽던지 세단은 미친 듯이 웃으면서 슬쩍 휴대폰을 꺼내려 했지만 윤성은 이를 악물고서 그녀를 노려보았다.

"그만하지."

"그런 거 머리에 쓰고 협박해도 안 통해요! 이제야 좀 늑대인간답네요, 뭘. 생각보다 잘 어울리는 것 같기도 하고. 계속 쓰고 다닐래요?"

대답할 가치도 없다는 듯 윤성은 머리띠를 벗어 세단의 머리에 씌워주었다. 그리고 무심히 고개를 돌리다가 지원이와 눈이 마주쳤고, 지원이는 금방까지도 웃다가 그와 마주치자마자 얼굴이 굳어져서는 잽싸게 세단의 뒤로 몸을 숨겼다.

윤성은 벌써 몇 번째일지 모를 한숨을 내쉬며 먼저 걸음을 옮겼다.

"얼른 가."

세단은 그의 뒷모습을 바라보면서 왠지 모르게 씁쓸했다. 오늘은 계속 같이 있을 거라고 생각했는데, 지원이 왜 이렇게 그를 무서워하는지 모르겠다. 하긴 아이들에겐 그가 무서운 인상일 수도 있지.

'하지만 전혀 무섭지 않은걸. 누구보다 다정하고 따뜻한 사람인데……'

좋아. 어떻게든 지원이에게 닥터가 무서운 아저씨가 아니라는 걸 보여주는 거야. 사이좋게 지낼 수 있도록, 도와주는 거라고!

세단과 윤성은 먼저 아이들이 가장 좋아하는 회전목마를 타러 갔다.

역시나 그 앞으로 아이들이 바글바글 모여 있었다. 윤성은 남 일이라는 듯 그저 뒷짐을 지고 멀찍이 섰다.

"이모, 이모, 같이 타자. 응?"

"알았어!"

그녀는 회전목마를 보다가 문득 뭔가를 떠올리고서는 윤성에게 다가가서 그의 손을 잡아끌었다.

"닥터, 지원이랑 같이 회전목마 타주세요."

"뭐?"

"회전목마 같이 타 달라고요. 지원이가 혼자 타기 무섭다고 하니까."

"그걸 왜 내가 타지? 네가 타. 그리고 쟤는 회전목마보다 내가 더 무서울걸?"

"다 생각이 있어요."

싫다는 윤성을 억지로 끌고 오자 지원의 표정이 딱딱하게 굳었다. 하지만 세단은 환하게 웃으면서 지원의 손을 끌었다.

"지원아, 이 아저씨랑 같이 회전목마 타고 백마 탄 왕자님 놀이하자. 지원이가 엘사 여왕님 되는 거야. 좋겠지? 그치?"

딱 봐도 왕자님 비주얼이잖아. 저만한 나이에는 왕자님 공주님 놀이 좋아하니까. 이런 식으로 자연스럽게 친해지면……

"싫어!"

하지만 지원은 단호하게 세단의 손을 뿌리치고선 뒷걸음질 쳤다.

"지원아!"

"싫어! 왕자님 아니야! 무서운 아저씨야!"

그러고는 혼자 회전목마로 달려가 버렸다. 세단은 난감한 표정으로 윤성을 향해 사과했다. 한 번도 아니고 몇 번이나 무섭다는 소리를 듣게 했으니. 게다가 그는 저 말을 지금껏 많이 들어왔을 텐데. 그래서 더더욱 싫을 텐데……

"미안해요, 닥터."

"나 신경 쓰지 말고 꼬맹이나 잘 봐. 잃어버릴라."

윤성은 무심하게 돌아섰고, 세단은 한숨을 내쉬며 결국 지원과 같이 회전목마를 탔다. 지원은 세단의 품에서 그제야 방긋 웃었다.

그는 그들의 모습을 멀리서 지켜보았다. 세단은 그를 발견하고선 손을 흔들었고, 그도 못 이긴 척 손을 흔들어주었다.

"지원아, 너도 아저씨한테 손 흔들어봐. 응?"

"싫어……."

"왜 그래, 저 아저씨 안 무서워. 얼마나 멋있는데. 아픈 사람들 도와주고, 살려주시는 멋진 분이야. 사실 겉은 좀 차갑긴 하지만 굉장히 따뜻하고 다정한 사람이야."

오늘 이 자리도, 게다가 지금 이 순간에도. 그는 싫은 것도 꾹 참고 자신을 위해서 배려해 주고 있었다. 그래서 조금이라도 그와 함께 어울리며 즐기고 싶은데. 그도 이 순간이 조금이나마 재미있기를 바라는데…….

하지만 지원은 쉽게 마음을 열지 않았다.

"그래도 무서워……. 눈이, 많이 무서워……."

눈이라는 말에 세단은 조금 움찔했다. 정말로 닥터 말처럼 감이 좋은지도…….

"하지만 착하고 좋은 아저씨야. 그리고 이 이모가 너무너무 사랑하는 아저씨고. 그래서 지원이가 조금이라도 잘 봐줬으면 좋겠어."

지원이는 세단을 빤히 바라보았다. 그러곤 어렵사리 고개를 끄덕이며 멀리 있는 윤성을 힐끔힐끔 쳐다보았다. 하지만 볼 때마다 마주치는 그의 시선이 아직은 너무 무섭기만 했다.

윤성은 지원을 안고 있는 그녀를 바라보았다. 주변은 너무 시끄럽고 사람도 많아서 신경 쓰이는 게 너무 많아 그만큼 피곤하긴 했지만 왠지 보기 좋았다. 자신은 이런 추억이 하나도 없었다. 가족끼리 소풍이나 놀러

간다는 것은 꿈도 꾸지 못했었다. 그래서 이런 곳이 영 어색했다.

그의 시선이 자연스럽게 지원에게 향했다. 아이들은 어렵다. 제게는 너무 먼 존재다. 하지만 언젠가 그녀와 꼭 닮은 아이가 생긴다면…….

윤성은 이내 고개를 가로저었다.

'하아, 지금 대체 무슨 말도 안 되는 생각을!'

말도 안 되는 상상을 했다. 그녀와 더 먼 미래를 생각하다니…….

'욕심내지 마. 딱 여기까지. 더 이상은 절대로 안 돼…….'


세 사람은 동물원으로 갔다. 지원은 놀이기구보다 동물원을 더 좋아했다. 잃어버릴까 봐 손을 꼭 잡고 있어도 자꾸만 그 손을 떼어내고 마구 달려가기 일쑤였다.

"지원아, 다쳐! 조심해!"

세단은 윤성의 옆에서 눈으로 지원을 좇았다. 어쩐지 그의 표정이 피곤해 보였다.

"괜찮아요?"

"생각보단."

그는 자신의 옆으로 지나가는 사람들을 피하는 데 집중했다. 여전히 타인과 몸이 닿는 건 무척이나 신경 쓰였다.

그때 지원이 어느 우리 앞에서 걸음을 멈춘 덕분에 세단과 윤성도 자연스럽게 멈춰 섰다. 세단은 저도 모르게 움찔하며 호기심 가득한 시선으로 윤성을 살폈다. 그들이 멈춘 곳은 바로 늑대 우리 앞이었다.

윤성은 태연하게 늑대를 바라보았다. 제법 늠름하게 생긴 늑대는 매서운 노란 눈동자를 번뜩이며 이쪽을 노려보고 있었다. 그때, 지원은 늑대를 보다가 윤성을 힐긋 올려다보곤 속삭였다.

"닮았어, 아저씨랑……."

그러고는 이내 다른 쪽으로 달려가 버렸다.

"그, 그냥 한 말일 거예요!"

윤성은 피식 웃고서 그녀의 머리카락을 헝클었다.

"아! 하지 마요! 이거 한 시간 동안 공들인 건데!"

"알아. 아침부터 엄청 신경 썼다는 것도 알고. 그러니까 재미있게 놀아. 괜히 나 신경 쓰지 말고. 난 진짜 아무렇지도 않으니까. 그리고 혹시나 저 늑대랑 내가 뭔가 통하는 건 아닌지 그런 생각도 하지 마. 아무것도 안 통해."

"하하하하. 안 통해요? 언어 같은 것도?"

"아무 상관 없어."

그들은 자연스럽게 미니 동물 농장으로 걸음을 옮겼다. 지원은 어느새 토끼에 푹 빠져 있었다. 머리띠도 토끼로 고르더니 토끼를 무척이나 좋아하는 듯했다. 그렇다면 닥터를 무서워할 수도 있지. 늑대는 토끼의 천적이니까.

토끼와 놀고 있는 지원을 지켜보며 윤성과 세단은 잠깐 벤치에 앉아 그제야 조금 여유롭게 쉴 수 있었다. 그녀는 자연스럽게 윤성의 손을 잡았고, 그 역시 그녀의 손을 움켜쥐었다.

"연인의 다정한 데이트는 물 건너갔네요."

세단은 지나는 다정한 연인들의 애정 행각을 약간 부러운 눈빛으로 바라보았고, 윤성은 그녀의 어깨를 끌어당기며 짧게 속삭였다.

"지금도 나름 나쁘진 않아."

세단은 그의 뜨겁고 체온에 엷은 미소를 지으며, 그의 어깨에 가만히 머리를 기대었다.

"지원이 일은 너무 마음에 담아두지 마요. 원래는 그렇게 낯을 가리는 애는 아닌데……. 오늘 컨디션이 안 좋은가 봐요."

아무래도 지원과 닥터를 사이좋게 만들기는 틀린 것 같았다. 생각보다 지원이 완강하게 거부하고 있으니.

"박 선생보다 나은데."

"뭐가요?"

"뭘 무서워해야 하는지 알고 다가오지 않잖아. 박 선생도 그랬어야 했어. 내 정체를 알고 무서워하고 다가오지 말았어야 했다고."

세단은 고개를 들고서 조금 화가 난 표정으로 그를 노려보았다.

"또 그 소리! 내가 말했죠? 나한테 닥터는 그냥 닥터일 뿐이라고. 그냥 내가 아주 많이 사랑하는 사람이고, 계속 곁에 있고 싶은 그런 사람일 뿐이라고. 그리고 지원이도 닥터의 진짜 본심을 알게 되면 무서워하지 않을 거예요."

"진짜 본심?"

"사실은 세상에서 제일 다정하고 착한 사람이라는 거. 오늘도 놀이공원 오기 진짜 싫었을 텐데, 지원이를 위해서 배려해 준 거잖아요."

"뭐, 딱히 그 아이를 위한 건 아니야."

"그리고 이렇게 멋지고 근사한 늑대라면 박수 치고 환영할 일이죠."

"그럼 내 외모 때문에 반한 건가? 아프리카에서의 모습 때문에 아니라고 했잖아. 그렇다고 성격이 맞아서 그런 것도 아니라 했고……."

"그건! 근데 그걸 어떻게 알았어요?"

뭐지? 그걸 다 어떻게 알고 있는 거야? 난 분명 애정이한테밖에 말 안 했는데!

"설마 어디서 뭐 들었어요? 엿들은 거예요?"

"박세단."

"뭐예요, 갑자기 그렇게 진지하게. 괜히 말 돌리지 말고……."

"꼬맹이가 없어."

"네?"

세단은 흠칫 놀라 고개를 돌렸다. 그리고 분명 조금 전까지 토끼와 놀고 있던 지원이 보이지 않는다는 걸 깨닫고 하얗게 질린 표정으로 자리에서 벌떡 일어섰다.

"지원아……."

윤성도 함께 일어나서는 주변을 둘러보았다. 하지만 아이가 보이질 않았다.

"지, 지원아…… 지원아! 지원아!"

지원이가, 사라져 버렸다.


"지원아! 지원아!"

세단은 지원이의 이름을 부르며 뛰어다녔지만 대체 어디에 있는지 보이지 않았다. 잠시 한눈판 사이에 이렇게 될 줄이야. 만약 무슨 일이라도 생긴 거라면…… 어디 다치기라도 했다면…….

세단은 자꾸만 불길한 생각에 들었지만 애써 고개를 저었다. 이상한 생각 하지 말자. 괜히 그런 생각 하지 말자.

윤성은 세단의 어깨를 감싸고서 진정시켰다.

"괜찮아. 아무 일 없을 거야. 넌 일단 미아보호소에 가서 방송을 해. 그애, 무척이나 야무지고 똘똘해 보이니까 절대로 위험한 일 없을 거야."

"아, 네!"

세단은 미아보호소로 달려갔고, 윤성은 세단이 멀어진 걸 확인한 뒤 눈을 감고서 청각을 집중했다. 여러 가지 소리가 마구 뒤엉켰다. 이토록 다양하고 번잡한 소리는 처음이다. 이 틈에서 그 아이가 조금이라도 소리를 내면 되는데. 한 번이라도, 한 번이라도.

'울음이라도 터뜨려 봐!'

그 순간, 그가 움찔하면서 눈을 번쩍 떴다.

"괜찮아. 울지 않을 거야. 이모가 데리러 올 거야. 가만히 이 자리에 있으면 이모가……."

떨고 있는 아이의 목소리가 들렸다. 윤성은 소리가 들린 방향으로 달려갔다.

길 너머에 지원이 서 있었다. 딱 봐도 겁에 질린 얼굴을 하고서, 울지 않으려고 입술을 한껏 깨물고 있었다. 윤성은 안도의 한숨을 내쉬며 다가가려다가 그 자리에 멈춰 섰다.

어린아이라서 뭔가를 느끼는지는 모르겠지만 저를 두려워하고 무서워하고 있다. 안 그래도 길을 잃어 불안정해 보이는데, 자신이 다가가면 심리적으로 더 불안해할지도 모른다. 지금도 저 눈망울에서 금방이라도 눈물이 떨어질 것 같은데, 앞에 나섰다가 정말로 울음이라도 터뜨리면……. 하지만 돌아가서 세단을 데려오기에는 어딘지 모르게 불안했다.

결국 윤성은 지원이에게 조심스럽게 다가갔다.

지원은 고개를 숙인 채 조그만 손을 꽉 움켜쥐고 있었다. 그때 제 앞으로 멈춰 선 신발 하나.

지원이는 천천히 고개를 들었고, 제 앞에 서 있는 사람을 보고 저도 모르게 흠칫 놀랐다.

윤성은 그런 지원이의 반응에 잠시 긴장하면서 아주 천천히 몸을 굽히며 눈을 마주했다. 같은 눈높이에서 회색빛 눈동자가 부드럽게 아이를 바라보았다.

지원이는 여전히 그 눈동자가 무서웠지만, 차츰차츰 엷은 곡선을 이루는 모양에 서서히 마음의 긴장이 풀리기 시작했다. 윤성 역시 그러한 변화를 느끼고서 조심스럽게 지원이의 머리 위에 손을 올렸다.

"괜찮아? 안 다쳤어?"

"……."

"울지도 않고, 착하네."

머리를 토닥토닥해주는 손길이 너무나도 따뜻했다. 무섭다고만 느꼈던 눈동자도 어느새 다정함이 묻어났다.

순간 꾹 참고 있었던 울음을 터뜨리고 말았다.

"흡, 흐아아아앙!"

윤성은 지원이 갑자기 울음을 터뜨리자 당황하여 얼른 손을 뗐지만, 오히려 아이가 먼저 그를 끌어안고서 울음이 가득 찬 목소리로 더듬거렸다.

"토, 토끼가 도망쳐서…… 토끼가 다칠까 봐, 집에 다시 데려다주려고 했는데…… 없어져서…… 그래서 길을 잃어서……. 미안해요, 미안해요!"

연신 눈물을 쏟아내는 지원을 보면서 윤성은 잠시 망설이다 이내 아이의 등을 토닥이며 꼭 안아주었다. 지원 역시 윤성의 뜨거운 체온과 포근한 품에서 이젠 정말로 안심을 했다.

이모 말이 맞았다. 이 아저씨는 무서운 아저씨가 아니라 정말정말 따뜻한 아저씨다.

지원을 찾는다는 안내방송이 나오자 윤성은 아이를 안아 올리고 천천히 왔던 길을 되돌아갔다. 작은 아이의 심장 소리가 가슴에서 느껴졌다. 어쩐지 자기 자신도 그 심장 소리에 어쩐지 마음이 편해지는 것 같았다.


윤성이 지원과 나타나자 세단이 한걸음에 달려와서는 지원을 와락 끌어안았다. 어느새 그녀의 눈가에는 눈물방울이 맺혀 있었다.

"대체 어디 있었어! 이모가 얼마나 걱정했는데, 얼마나……."

지원은 오히려 세단을 다독이며 이젠 평소처럼 씩씩한 모습으로 말했다.

"미안해, 이모. 하지만 괜찮아. 하나도 안 다쳤어. 이 아저씨가 지원이 꼭 안고서 데려왔는걸."

"응?"

지원이는 세단의 품에서 빠져나와서는 윤성에게 다가가 환한 목소리로 외쳤다.

"고맙습니다!"

"아, 그래……."

윤성은 어쩐지 조금 어색한 태도로 한두 걸음 뒤로 물러났다.

세단은 조금 얼떨떨해졌다. 대체 뭐야. 이젠 안 무서운 거야? 언제 저렇게 친해진 거지?

"지원아, 이제 이 아저씨 안 무서워?"

"응! 이모 말처럼 왕자님이야. 지원이를 구해준 왕자님!"

윤성은 저도 모르게 피식 웃었고, 세단 역시 어쩐지 안 어울리는 것 같으면서도 잘 어울리는 두 사람을 바라보았다. 어쨌든 서로 사이가 좋아져서 참 다행이다.

"이제 뭐 좀 먹어야 하는 거 아니야?"

기분이 좋아진 세단은 식당을 찾기 위해 앞장서서 걸어갔다. 여전히 그녀의 입가엔 미소가 사라지지 않았다. 지원은 그 미소를 보면서 왜 자신이 하루 종일 아저씨와 눈이 마주쳤는지 이제야 알 것 같았다.

윤성은 사람들이 점점 많아지자 지원에게 슬쩍 손을 내밀었고, 지원은 이젠 아무렇지 않게 그 손을 꼭 잡았다. 따뜻한 체온에 지원의 기분도 좋아졌고, 윤성 역시 처음 잡아보는 작은 아이의 손이 썩 나쁘진 않았다. 하지만 뒤이어 들려온 지원의 질문에 윤성은 헛숨을 내쉬었다.

"아저씨, 이모 많이 좋아해요?"

"……뭐?"

"오늘 하루 종일 이모만 봤죠? 그래서 자꾸 나랑 눈 마주친 거고."

그랬었나? 그랬을지도.

"꼬맹이, 눈치 진짜 빠르네. 이모한테는 비밀이야, 알겠지?"

"알겠어요. 그런데 이모도 아저씨 엄청 좋아하나 봐요."

"왜?"

"이모도 계속 아저씨만 봤거든요."

윤성의 입가에 저도 모르게 미소가 번졌다.

세단은 윤성의 옆에 바짝 붙은 지원을 보면서 허탈하게 웃었지만 굉장히 기분이 좋았다. 닥터가 저렇게 다른 사람에게 자연스럽게 곁을 내준 모습은 처음이니까. 게다가 어린아이와 닥터의 조합은 상상해 본 적도 없는데……

그녀는 잠시 주변을 바라보았다. 가족들의 모습이 많이 보였다. 특히 아빠와 손을 잡고 뛰어다니는 아이, 아빠에게 안긴 아이, 아빠의 어깨에 목마를 탄 아이들 속에 닥터와 지원도 가족 같아 보였다. 저 속에 자신도 같이 서면 완벽한 가족 같아 보일까?

'닥터와 내가 가족, 그리고 아이라……'

자연스럽게 그려지는 모습 속에서 자신은 환하게 웃고 있었다. 참 행복할 것 같았다. 그리고 참 따뜻할 것 같았다.

그렇게 세단은 처음으로 윤성과 함께하는 조금 더 먼 미래, 가족을 그려보았다.

신나게 놀고, 어느덧 날이 저물었다. 지원은 어느새 윤성의 등에 업혀 자고 있었다. 세단은 그 모습을 신기한 듯 빤히 쳐다보았다.

"뭘 그렇게 봐?"

"누구 업어준 적 있어요?"

"없어."

"그러니까! 완전 신기해서 보는 거예요. 이제 지원이랑 엄청 친해졌나 봐요."

윤성은 대답을 하지 않았다. 날이 점점 서늘해지고 있었다.

"이제 그만 갈까요? 날도 추워지는데……"

하지만 윤성은 어쩐지 미적거리면서 주변을 둘러보다 뭔가를 찾은 듯 손가락으로 한 방향을 가리켰다.

"저거 타고 싶은 거 아니었어?"

"그걸 어떻게……"

그가 가리킨 것은 관람차였다. 세단은 말한 적도 없는 걸 그가 알고 있자 의아한 표정이 되었지만 윤성은 더 설명 않고 그녀의 손을 잡고 관람 차 쪽으로 걸음을 옮겼다.

붙잡힌 손에서 두근두근 심장이 뛰기 시작했다. 정말로 그와 관람차 안에서 키스, 할 수 있는 거야?

하지만 얼마 지나지 않아 세단의 표정은 처참하게 구겨졌다. 그래, 세상 이 그렇게 호락호락 순탄치만은 않지. 특히나 요즘 내 운세는 아주 마가 낀 것처럼 최악이니까.

"죄송합니다, 손님. 관람차는 내부 점검에 들어가서 이용하실 수가 없 습니다."

언제 또 놀이공원에 올지 모르니 세단은 실망했지만 어쩔 수 없었다.

"괜찮아요. 이거 안 타도 오늘 충분히 즐거웠으니까 됐어요. 그런데 진 짜 내가 관람차 타고 싶었던 건 어떻게 안 거예요?"

"그냥 알아."

"에이, 그게 뭐예요."

윤성은 이대로 그냥 가기가 마음에 걸렸다. 여기 온 이유가 저건데. 저 걸 그녀에게 태워주려고 온 건데······.

"저기 일루미네이션 불 켜졌다, 오빠. 저기 가자. 저기서 키스를 하면······."

누군가의 속삭임에 그는 망설이지 않고 다시 그녀의 손을 잡아끌었다.

"어, 어디 가요! 나가는 방향은 저쪽인데?"

"따라와."

윤성에게 끌려 도착한 그곳엔 새하얀 별들이 지상으로 녹아내린 듯, 황홀하고 아름다운 빛의 공간이 펼쳐져 있었다.

아기자기한 꼬마전구들이 천장을 가득 수놓았다. 지상에도 여러 가지 다채로운 빛들이 꽃처럼 피어나 동화 같은 분위기를 선사하고 있었다.

"와······."

세단은 눈앞의 풍경에서 눈을 뗄 수가 없었다. 어느새 잠에서 깬 지원도 윤성의 등에서 내려와 손뼉을 치며 좋아했다.

여기저기 다정한 연인들이 몰려 있었다. 세단도 슬그머니 윤성의 옆에 서서 그의 손을 잡았다. 마치 다른 연인들처럼. 그들도 평범한 연인답게, 이제야 제대로 놀이공원 데이트를 만끽하는 것 같았다.

"오늘 고마워요. 진짜 너무 예쁘다."

물론 눈에 보이는 풍경도 아름다웠지만, 지금 제 옆에 이 남자가 있기에, 이 남자가 있어주어서 이 순간순간이 너무 아름답고 행복했다.

"내가 주고 싶은 건 따로 있어."

"네?"

윤성이 세단을 번쩍 안아 올렸다. 세단은 놀라 짧은 비명을 지르며 그의 어깨를 붙잡았다.

"이, 이게 뭐예요!"

"지금 여기서 네가 제일 높아."

"뭐라고요?"

"대충 관람차 탔다고 생각해."

세단은 윤성의 말에 기가 막힌 듯 피식 웃었다. 물론 진짜로 자신이 가장 높은 곳에 있기는 했다. 근데 관람차 못 탄 게 그렇게 신경 쓰인 건가? 물론 아쉽기는 하지만, 그래도 상관없는데. 사실 이렇게 같이 있는 게 더 중요한 거니까.

"안 무거워요?"

"내가 제법 힘도 세거든."

"근데 진짜 어떻게 안 거예요? 설마 애정이랑 한 말 들은 거예요?"

진짜 그런 건가? 그럼 어디까지 들은 거지? 설마 그 키스 얘기까지 들었을까?

윤성은 어쩔 수 없이 사실을 털어놨다.

"한 선생이랑 한 얘기를 들은 건 사실이야."

"분명 근처에 없었는데!"

"저번에 한 번 말했지? 난 모든 감각이 다른 사람보다 몇 배는 뛰어나다고. 청각 역시 그래."

"그, 그럼……."

"제대로 집중만 하면 멀리 있는 소리까지 정확히 들을 수 있어."

세단은 입을 떡 벌렸다. 그럼 뭐야. 내 혼잣말도 다 듣는다는 거잖아! 지금껏 레지던스에서 했던 말까지 전부, 싹 다! 아으, 쪽팔려!

"왜 말 안 했어요! 아, 진짜 미치겠네. 내가 무슨 말했지? 혼자 뭐라고 떠들었지?"

"반한 이유가 절대로 성격은 아니다. 얼굴도 아프리카 때는 너무너무 이상했다."

"헐! 역시 그것도 들은 거였어!"

애정과 둘이 있을 때 했던 말이 줄줄 나오자 세단은 점점 얼굴이 벌겋게 달아올랐다. 게다가 안겨 있는 통에 그의 얼굴도 지나치게 가까웠다. 쥐구멍이라도 들어가고 싶은 심정인데, 시선을 피할 수가 없어!

"그러니까 남의 말 함부로 하지 마. 난 다 들어."

"그냥 눈치가 빠른 거라고 생각했었는데……. 이건 억울해. 완전 억울해요!"

그때, 사방의 불이 꺼졌다. 세단은 흠칫 놀라며 그의 어깨를 더더욱 꽉 붙잡았고, 윤성은 그녀의 귓가에 속삭였다.

"그리고 이 말도 들었지. 관람차 안에서 키스하고 싶다고……."

천천히, 주변의 전구들이 하나씩 켜지면서 하얀 빛이 일렁였다. 그 속에서 세단은 달뜬 숨을 삼키며 윤성의 회색빛 눈동자를 빤히 바라보았다. 설마. 오늘 그가 놀이공원에 온 이유가…….

"오늘 놀이공원 온 거……."

"생일 축하해. 비록 촛불 켜진 케이크 옆은 아니지만."

순간, 하늘에서 불꽃들이 터지기 시작했다. 붉고 환한 불꽃들이 수만 송이 피어나며 지상으로 쏟아졌다. 그 속에서 세단은 미치도록 떨리는 숨을 내쉬며 그를 더더욱 꽉 붙잡았다.

"저걸로 그냥 좀 봐주고."

그녀의 입가로 설레는 미소가 그려졌다. 그러곤 천천히 머리카락을 쓸어내리며 그의 뒷목을 끌어안았다. 서로의 숨결이 닿는 아찔한 거리에서 두 눈을 마주하며 속삭였다.

"이제 남은 건, 키스."

사방에서 아름다운 불꽃이 쏟아지는 가운데 깊은 입맞춤이 이어졌다. 비록 관람차 안도, 촛불 켜진 케이크 앞도 아니지만, 자신만의 관람차에서 이 모든 순간을 오직 나를 위해 선물해 준 이 남자를 너무 사랑한다. 그래서 끝까지 지키고 싶었다.

관람차 안에서의 키스가 중요한 것이 아니었다. 영원한 사랑을 이루게 된다는 그 허무맹랑하고 말도 안 되는 미신을 믿어보고 싶은 건, 정말로 그와 가족이 되어 미래를 꿈꾸고 싶어서, 그래서 그런 유치찬란한 소문을 믿고 싶은 거였다. 지금처럼 이렇게 쭉, 함께하고 싶으니까.

저녁 10시가 넘어서야 그들은 애정의 집 앞에 도착했다. 윤성은 차 안에서 기다렸고, 세단은 깊이 잠든 지원을 애정에게 안겨주었다.

"많이 피곤했나 봐. 그래도 재미있게 잘 놀았어."

"진짜 미안하다. 마 교수님께도 정말 미안하다고 전해줘."

"괜찮아. 나름 좋았어."

세단은 꿈같던 그 순간의 여운이 아직도 진하게 남아 두 볼에 홍조를 띄웠다. 애정은 그 모습을 미심쩍게 바라보며 속삭였다.

"뭐야. 정말로 관람차 키스라도 한 거야? 왜 이렇게 기분이 좋아?"

"아직까지 생일이잖아. 기분 나쁠 일이 뭐가 있어. 그럼 가볼게."

"야! 이거 선물."

애정은 작은 봉투 하나를 세단에게 건넸다.

"뭐야, 이게? 선물 같은 건 바라지도 않았는데."

"오늘 밤을 위한 최고의 선물이지. 아주 잊지 못할 밤이 될 거다."

"뭐?"

세단은 봉투를 열어보고서는 얼굴이 딱딱하게 굳어져서는 애정을 노려보았다.

"이게 뭐야!"

"뭐긴 뭐야. 오늘 밤을 위한 최고의 선물이라니까. 생일 밤을 그럼 그냥 이렇게 보낼 생각이었어? 박세단, 정신 차려. 네 나이가 몇이니?"

"목소리 좀 낮춰!"

"왜? 어차피 교수님 저 멀리 계시잖아."

그래도 다 듣고 있을지도 모른다고!

세단은 민망한 마음에 애정의 입을 주먹으로 막아버리고 싶었다.

그녀의 선물은 속옷이었다. 그것도 이게 옷인지 그냥 천 쪼가리인지 알 수 없을 만큼 엄청나게 민망하고 야한 속옷! 한애정, 정말 미쳤어!

"됐어. 가져가!"

"야, 내가 얼마나 고심해서 고른 건 줄 알아? 특별한 밤인데 그냥 평범한 걸 들이밀다니, 그건 말이 안 되지! 요거 하나면 게임 끝이야. 아마 나한테 고맙다고 절이라도 하게 될걸? 아주 그냥 이불이 들썩들썩."

"좀 조용히 해라. 진짜 그 입을 쫑쫑 꿰매는 수가 있다."

더는 안 되겠다. 진짜로 닥터가 듣고 있으면 난 정말로 얼굴도 못 들고 다닌다고!

결국 세단은 봉투를 꽉 움켜쥐고 얼른 자리를 피해 버렸다. 정말 한애정 저 지지배 때문에 못살겠다, 못살겠어. 이게 필요할 날이 오긴 하겠지만 오늘은 아니야. 아까 전 그 아름다운 선물에 난 만족하겠어. 더 이상은 욕심이야, 지나친 욕심!

세단은 그의 눈치를 슬금슬금 살피며 행여나 봉투가 보일세라 아주 꽉 끌어안았다. 설마 들은 건 아니겠지?

"닥터, 이제 가도 돼요."

"그 봉투는 뭐야? 선물이라도 받은 건가?"

"예? 아, 선물. 그래요! 선물이에요. 애정이가 생일이라고 챙겨줬지 뭐예요? 아로마 캔들이에요, 캔들."

심장이 벌렁벌렁해서 미치겠다. 눈치챘나? 다 들었나? 진짜로?

하지만 윤성은 별말 없이 고개를 끄덕이며 차에 시동을 걸었다. 세단은 자꾸만 그의 눈치를 살폈다. 못 들은 것 같기도 하고. 아으, 대체 어디까지 들을 수 있는 거냐고!

불안한 마음에 슬쩍 창가로 고개를 돌린 세단은 낯선 풍경이 이어지자 슬쩍 물었다.

"근데 닥터, 우리 지금 어디 가요? 레지던스 가는 방향이 아닌데……."

여기로 쭉 가면 고속도로 아닌가? 서울을 빠져나가게 되는데…….

"우리가 원래 가려고 했던 곳."

윤성은 세단을 힐끔 바라보곤 대답했다.

"꼭 데려가고 싶은 곳이 있어. 그러니까 지금부터가 진짜 데이트야."

세단은 저도 모르게 숨을 꿀꺽 삼키고서 제 품에 안겨 있는 봉투를 한껏 꽉 움켜쥐었다.

진짜, 설마, 이것을, 오늘 밤에?


절대로 안 잘 거라고, 옆에서 운전을 하고 있는데 어떻게 양심 없이 잘 수가 있냐고, 나는 결코 그런 염치없는 여자 친구가 아니라고 꿋꿋하게 버티던 세단에게 윤성은 그냥 피곤하면 자라고 했다. 오히려 그러고 있는 게 더 신경 쓰인다고. 그래도 절대로 자지 않겠다고 버티던 그녀는 결국 곯아떨어지고 말았다. 목적지에 도착한 윤성은 그 모습을 보면서 피식 웃고 말았다.

"하여튼 쓸데없이 고집은."

시계를 확인하니 어느덧 새벽 3시였다. 시끌벅적한 도심을 벗어나니 나지막이 파도 소리가 들려왔다. 그가 도착한 곳은 바닷가였다. 늦은 시간이라 주변으론 그 어떤 인적도 느껴지지 않았다.

윤성은 실내등을 켜고 세단을 바라보았다. 너무 곤히 자고 있는지라 깨울 수가 없었다. 그는 담요를 덮어주고서는 살며시 차 밖으로 걸음을 옮겼다.

잠시 후, 세단은 몸을 몇 번 꼼지락거리다 불편한 자세에 인상을 찌푸리며 눈을 떴다. 그러다 깜빡 잠이 든 사실을 깨닫고서 고개를 돌렸지만 차는 멈춰진 채 윤성은 그 어디에도 보이지 않았다.

"닥터? 젠장. 안 자려고 했는데!"

세단은 얼른 밖으로 빠져나왔다. 사방은 어두웠지만 다행히 가로등불이 한 줌 빛이 되어주었다. 코끝으로 파고드는 비릿한 냄새와 시원하게 울리는 파도 소리에 그녀는 설마 하는 시선으로 고개를 돌렸다. 아직은 시커먼 바다가 눈앞에 다가왔다.

"바다 온 거야? 어쩐지 춥더라."

그녀는 매서운 바닷바람에 몸을 부르르 떨면서 걸음을 옮겼다. 인적 없는 고요함이 묵직함이 되어 다가왔다. 어둠에 눈이 익숙해지자 마치 한 폭의 수묵화를 보는 듯한 느낌이 들었다. 놀이공원이 즐겁게 노는 분위기였다면, 이곳은 잠깐의 쉼표를 찍는 듯한 느낌이 나쁘지 않았다.

"그나저나 닥터는 어디 있는 거야?"

세단은 주변을 둘러보면서 천천히 걸음을 옮겼다. 바닷가는 산책을 즐길 수 있도록 작은 길이 쭉 늘어져 있었다. 무심코 하늘을 바라본 세단은 촘촘하게 박혀 은은하게 빛나고 있는 별에서 시선을 떼지 못했다. 아까는 지상의 별을 보았는데 이젠 하늘의 별이 보인다.

이러고 있으니 지치고 힘들었던 기억들이 차곡차곡 가라앉는다. 한껏 움켜쥐고 있었던 모래알이 손가락 사이사이로 빠져나가듯, 그렇게.

혹시 이걸 위해서 데려온 건가? 잠시라도 잊고 내려놓으라고?

그때 두꺼운 외투가 어깨 위로 내려오자 세단은 웃는 얼굴로 고개를 돌렸다. 그는 언제 준비했는지 따뜻한 캔커피를 건네주었다. 손안 가득 뜨거운 온기가 감돌았다.

"여기가 대체 어디예요? 서울은 당연히 아닐 거고……."

"별장."

"별장? 별장도 있었어요?"

"그냥, 작은 곳."

"대체 어디기에……."

윤성은 잠시 먼 곳을 바라보더니 그녀에게 들리지 않을 정도로 작은 목소리로 스스로에게 속삭였다.

"아버지가 돌아가신 곳."

그는 한 걸음을 내딛더니 이내 점점 멀리 걷기 시작했다. 자신이 다시 이곳을 찾게 될 줄은 몰랐다. 한국을 떠나면서 다시는 돌아오지 않을 것이라 생각했던 곳.

이곳은 아버지가 처음으로 늑대인간이라는 것을 밝히고, 자신 역시 다른 사람들과 결코 섞일 수 없는 존재라는 걸 깨닫게 해준 곳이었다. 왜 어머니가 자신을 미워하고, 증오하고, 두려워했는지. 왜 제게 괴물이라고 하는지 모든 걸 알게 된 곳이다. 그리고 이곳은 아버지가 죽음을 예감하고 스스로를 정리하던 곳이기도 했다.

어머니가 자살하기 며칠 전, 마치 아버지는 뭔가를 느끼기라도 한 듯 자신을 이곳으로 데려와서는 한마디만을 했었다.

"미안하다, 미안해…….."

그게 아버지가 처음이자 마지막으로 아버지로서 내뱉은 말이었다.

아버지는 그가 세상에 태어나고 자라는 동안 한 번도 똑바로 본 적도, 제대로 말을 걸어준 적도 없었다. 그래서 윤성은 자신을 밀어내고 증오하는 어머니 곁에 억지로라도 더 붙어 있으려고 했다. 그때의 아버지는 어머니보다 더 가까이 할 수 없는 사람이었다. 아버지라는 말조차 낯설기만 했었다.

하지만 이제는 아버지의 행동을 이해하게 되었다. 그의 중심은 오직 어머니뿐이었기에 자신까지 돌아볼 여유가 없었던 것이다.

그리고 어머니와의 관계가 무너져 내리고, 결국 어머니가 죽음이란 극단적인 결정을 내렸을 때, 말리기보단 함께하길 선택하며 혼자 남겨질 자신을 그제야 돌아본 것이다. 미안하다는 말. 아마 앞으로 더 힘들고 외로운 길이 계속 이어질 걸 예상하셨겠지. 그 곁을 지켜주지 못한 아버지의 마음일까?

윤성은 그냥 그렇게 믿고 싶었다. 남들처럼 평범한 가족으로의 관심과 애정이라고 믿으면서 가끔 지치고 쉬고 싶을 때는 여기가 가장 먼저 떠오르곤 했다.

그는 고개를 돌렸다. 자연스럽게 그의 시선 끝에 세단이 닿았다. 그녀 역시 이곳에서 조금이라도 쉬었으면 했다. 앞으로 어떤 일이 어떻게 닥칠지 모르니까.

"그럼 이 주변에 집이 없는 이유가 다 닥터 별장이라서 그런 거예요?"

"원래도 사람이 별로 살지 않는 곳이야."

"조용하니 딱 닥터 취향이네요. 하지만 뭐, 나쁘진 않아요. 아니, 너무 좋아요. 닥터만이 알고 있는 이 공간에 들어온 사람, 내가 처음 맞죠?"

누구에게도 알려주지 않았던 공간. 자신의 가장 큰 비밀. 유일하게 그녀에게 조금 보여주고 말았다. 하지만 썩 싫지는 않았다. 오히려 조금 두려울 뿐이다.

"처음이 맞긴 하지만, 너무 의미 붙이지 마. 전에도 말했지? 망상도 심하면 병이야."

"그래도 나 혼자 상상하고 좋아할래요."

윤성이 다시 걷기 시작하자 세단은 그 뒤를 바짝 따라갔다. 뭔가 이곳에 다른 의미가 있는 것 같다는 느낌이 들었다. 이 사람이 간직하고 있는 깊숙한 비밀.

세단은 그것을 굳이 묻지 않았다. 언젠가 그가 먼저 말해줄지도 모르니까, 그때까지 기다릴 생각이다. 아직은 때가 아니라는 느낌이 들었다.

"그런데 내 생일이라는 건 언제 들은 거예요?"

"글쎄."

"내 생일 챙겨줬으니까 나도 닥터 생일 챙겨주고 싶은데. 생일이 언제예요?"

"기억 안 나."

"에이, 어떻게 자기 생일이 기억이 안 나요."

"내 생일은 누군가가 축하해 주고 기뻐할 그런 날이 아니거든."

오히려 한 여자의 인생을 완전히 박살내고 망가뜨린 날이지.

세단은 왠지 모르게 날카로운 어조에 저도 모르게 움찔하며 입을 꾹 다물었다. 그러고 보니 그의 가족에 대해서 아는 것이 없다.

'가족들도 모두 늑대인간인 걸까?'

하지만 그건 더더욱 물어보면 안 될 것 같아.

세단의 걸음이 차츰 느려졌다. 그의 뒷모습이 유난히 쓸쓸해 보였지만, 어쩐지 조금이라도 혼자 있게 해줘야 한다고 생각했다. 왠지 이곳이 그냥 별장은 아닌 것 같았으니까.

"고향 같은 걸까? 그럼 역시 조금이라도 혼자 있는 편이……."

하지만 윤성은 귀신같이 알아채고서 그녀에게 제 옆으로 오라고 손짓했다.

"옆으로 와. 그런 배려 필요 없어. 여긴 내 고향 같은 것도 아니고. 내가 널 여기 데려온 이유는 나 때문이 아니고 너 때문이야. 너 좀 아무 생각 없이 쉬라고."

"내 말 들렸어요? 대체 어디까지 들을 수 있는 거예요? 혹시, 내 샤워 소리 그런 것도 막 듣는 거예요?"

윤성은 세단의 엉뚱한 상상에 좀 전까지만 해도 가라앉았던 기분을 잊고 허탈하게 웃었다.

"뭐?"

"아니, 그렇잖아요! 아주 작게 말했는데도 다 들린다니까, 옆집에 사니까 분명 내 샤워 소리 같은 것도……."

물론 듣는다면 들릴 수도 있겠지만 절대로 그건 아니다.

"날 대체 뭐로 생각하는 거야? 이상한 오해 하지 말고……."

"억울해요!"

이건 또 무슨 소리일까?

"난 닥터 샤워 소리 같은 거 못 듣는데! 닥터만 듣고, 나는 못 듣고! 이건 말도 안 돼!"

이야기가 어째서 또 저렇게 튀는 건지. 윤성은 한숨을 내쉬며 세단에게 가까이 다가왔다.

"쓸데없는 소리하지 마. 그리고 다 듣는 건 아니야. 듣기 싫은 건 귀를 닫는 식으로 조절이 가능해."

"진짜요? 안 들을 수도 있는 거예요?"

"그렇지 않으면 너무 시끄러워서 살겠어? 박 선생이 내 뒷담화하는 소리도 너무 시끄러운데."

"내, 내가 언제 뒷담화를!"

으아. 이젠 진짜로 말조심해야겠다. 말조심!

그래도 세단은 그의 얼굴이 조금은 풀어진 것 같아서 다행이었다. 조금이라도 내가 그의 옆에 있다고, 그렇게 느끼게 해주고 싶었으니까.

"이제 진짜 숨기는 거 없어요?"

"뭘?"

"전에도 별다른 능력 없다고 했잖아요. 진짜 순간 이동 같은 것도 되는 거 아니야? 사람 마음을 읽는다거나. 그게 아니면 닥터가 생각나는 그 순간마다 내 옆에 나타날 리가 없잖아요."

"그런 거 없어."

"진짜 없어요? 진짜? 보름달 떴을 땐 성격도 변하는 것 같던데."

이건 정말 한 번은 물어보고 싶었다. 보름달이 떴을 때의 그는 딴 사람이랑 같이 있는 기분이었으니까. 좀 더 솔직하고 적극적인, 굉장히 위험한 남자가 된다고 해야 할까?

어쩐지 저 호기심이 금방 수그러들 것 같지 않아 결국 윤성은 진실을 털어놓았다.

"보름달이 뜨고, 그 기운이 남아 있는 며칠 동안은 이성보단 본능이 조금 더 앞서. 그러니까 모든 감각이 내 컨트롤을 벗어나게 되는 거야."

"그러니까 수컷의 본능이 막 꿈틀거린다?"

"……비슷한?"

세단은 그의 얼굴을 딱 잡고서 자신을 똑바로 보게 했다. 그러곤 그의 눈을 똑바로 바라보며 속삭였다.

"이거이거, 안 되겠네. 보름달이 뜨면 무조건 가둬놔야겠네. 나만 보게."

윤성은 세단의 눈동자를 빤히 바라보며 엷은 미소를 지었다.

"하지만 앞으로 그러진 않을 것 같아. 오직 한 사람만 빼면."

"확실해요?"

"확실해."

정체를 밝히던 그날, 그런 느낌이 들었다. 폭주하던 본능이 가라앉으면서 오직 순수하게 그녀만 원했으니까. 물론 요즘은 매 순간 보름달 아래 있는 것처럼 그녀를 원하게 되어 문제였다. 그녀를 보고 있으면 하루에도 수십 번 이성과 본능이 아슬아슬한 줄다리기를 한다. 하지만 이 사실은 끝까지 비밀이다.

"이젠 진짜 숨기는 거 없죠?"

"진짜 없어."

세단은 흔들림 없이 곧은 그의 회색빛 눈동자를 보며 고개를 끄덕였다.

"그럼 됐어요."

돌아서는 그녀를 보면서 윤성은 한 가지를 떠올렸지만 이내 지워 버렸다. 차마 입에도 담고 싶지 않은 각인 현상. 그건 끝까지 말하지 않을 생각이다. 말할 이유도, 말할 필요도 없었다. 절대로 일어나지 않을 일이니까. 일어나선 안 되는 일이니까. 각인은 그녀와 저 모두를 불행하게 만들 뿐이다.

"닥터, 비 와요."

그때, 하늘에서 보슬보슬한 안개비가 흩날리기 시작했다.

그녀는 손바닥 위로 떨어지는 비를 보면서 입을 열었다.

"여기 너무 마음에 들어요. 병원에 돌아갈 때까지 여기서 지내고 싶어요. 닥터, 휴가 언제까지예요?"

윤성은 차갑게 얼어버린 그녀의 손을 꼭 붙잡고 입김을 불어넣으며 속삭였다.

"너랑 같이 돌아갈 거야. 그전에, 오늘은 늦었어. 노는 건 내일 놀아. 몸도 좀 녹이고. 너 당장 어제까지만 해도 열 있었던 거 기억하지? 아직 무리하면 안 돼."

"조금만, 조금만 더 있다가요. 이렇게 닥터랑 같이 있는 게 좋은데요."

세단은 윤성의 팔짱을 꼭 끼고서 머리를 그의 팔에 기대었다.

"이렇게 있으면 절대로 안 추우니까."

윤성은 어쩔 수 없다는 듯 그녀의 어깨를 꼭 끌어안았다.

언젠가는 잦아들 거라 믿는 지금의 두근거림. 서로를 향한 뜨겁고 간절한 마음도 찰나라고 믿는다. 영원한 사랑, 그런 건 절대로 믿지 않으니까. 하지만 그래도 지금은 그녀와 있을 수 있는 시간이 끝나기 전에, 허락된 그 시간 동안만큼은 그녀를 마음껏 사랑하고 싶었다. 그러니 부디.

'부디 아버지와 같은 실수를 하지 않도록, 아버지와 같은 운명을 반복하지 않도록…… 제가 그녀에게 각인되지 않도록, 그러지 않도록, 아버지가 도와주세요.'


세단과 윤성은 한참을 안개비 속에 있다가 별장으로 향했다. 별장은 통나무로 지어진 아담하고 깨끗한 곳이었다. 세단은 약간 긴장한 채로 쭈뼛쭈뼛 안으로 들어섰다.

"진짜 아무도 없어요?"

윤성은 어느새 불을 켜고서 먼저 해두었던 장작을 가져와 벽난로에 불을 피웠다. 나무 타들어가는 소리가 들리는가 싶더니 이내 훈훈한 열기가 감돌았다.

"그래도 더럽진 않아. 아까 확인했어."

그게 중요한 게 아니잖아! 단둘이라고. 그것도 아무도 없는 곳에서 단둘! 한 지붕 아래 뜨겁게 사랑 중인 청춘남녀가 같이 있는데 어떻게 긴장을 안 할 수가 있냐고!

세단은 저도 모르게 들고 온 쇼핑백을 꽉 움켜쥐었다. 정말로 이 속옷을, 정말 그 지지배에게 감사하다고 해야 하는 순간이 오는 건가?

"계속 그러고 서 있을 거야?"

"아, 네!"

세단은 빠르게 눈으로 집 안을 훑으며 태연하기만 한 윤성에게 물었다.

"혹시 방이 몇 개……."

그제야 그는 어쩐지 긴장한 듯한 그녀를 빤히 바라보았고, 세단은 마른 침을 꿀꺽 삼키며 억지웃음을 지었다.

"왜 그렇게 빤히 봐요?"

윤성은 아무 말 없이 그녀를 향해 다가오기 시작했다. 세단은 떨리는 숨을 내쉬며 슬금슬금 뒷걸음질을 쳤지만, 순식간에 그녀의 앞으로 다가온 윤성은 눈을 질끈 감아버리는 그녀의 이마에 꿀밤을 먹였다.

"아! 또 때렸어!"

"정신 차려. 무슨 생각을 하는 거야? 하여튼 엉큼해서는."

"누, 누, 누가!"

"방 많아. 괜한 걱정 하지 마."

"무슨 걱정을 했다고!"

세단은 약간 시무룩한 표정이 되었다. 괜히 나만 안절부절못하면서 이 상황에 굉장히 민감하게 반응하는 기분이다. 그는 아무렇지도 않아 보여서 괜스레 또 심통이 났다. 예전, 닥터가 닥터인 줄 아직 몰랐던 그때 연구실에서 있었던 일이 떠올랐다.

'물론 그때는 사귀는 사이가 아니었으니까 그럴 수 있지만. 지금은 뭐야? 저 전혀 긴장감 없는 태도는?'

"먼저 씻을래?"

저런 말도 저렇게 아무렇지도 않게 하다니! 그러고 보니 그날 집에서도 그랬지!

"아니요. 닥터 먼저 씻어요."

"괜히 내 샤워 소리 듣지 마."

"안 들어요!"

세단은 민망하면서도 부끄러운 마음에 그의 빈자리를 노려보았다.

"좋아, 잠만 자자고. 나도 처음부터 딱히 그런 생각 하지 않았어. 도도한 여자가 되는 거야, 박세단."

집 구경이나 할까 싶은 참인데 귓가로 물소리가 꽤나 적나라하게 들려왔다. 방음은 썩 잘 되는 곳이 아닌 듯했다. 시원하게 들리는⋯⋯.

'헉, 박세단. 뭐 하는 거야. 얼른 귀 막아! 막아!'

하지만 귀를 막아도 소리가 들리는 건 어쩔 수가 없다. 그래, 난 닥터처럼 내 청각을 자유자재로 컨트롤할 수 없는걸? 이렇게 막아도 들리는 걸 어떡해? 저번처럼 또 벗고 나오려나. 그때 참 실했지, 실했어.

세단은 왠지 모르게 두근두근한 눈빛으로 욕실 문을 빤히 바라보았다. 그리고 잠시 후. 물소리가 잦아들자 그녀는 욕실 문을 뚫을 기세로 더욱 눈을 빛냈다. 마침내 문이 열렸을 때, 세단은 괜히 실망하고 말았다.

그는 셔츠를 입고 있었다. 단추 몇 개는 풀려 있었지만 보이는 거라곤 고작해야 쇄골 정도?

"뭘 그렇게 봐?"

"⋯⋯아니에요. 배고픈데 뭐 먹을 건 없어요?"

윤성은 부엌 쪽으로 갔다. 세단은 그의 눈치를 살피면서 애정이 준 속옷 봉투를 힐끔거렸다. 그래도 혹시 모르니까 이걸 입고 있는 게 낫지 않을까?

세단은 망설이다 슬쩍 봉투를 열어보았다. 애정이 취향이 그대로 묻어나는 야한 속옷에 절로 얼굴이 붉어졌다. 하지만 계속 보다 보니까 괜찮은 것 같기도 했다. 오늘이 아니더라도 나중에는 반드시 쓸 일이 있을 텐데 직접 사러 가긴 민망하니까. 오히려 잘된 것 같기도 하고⋯⋯.

"물 밖에 없을 것 같은데⋯⋯."

세단은 잽싸게 속옷을 뒤로 숨기고는 어설프게 웃었다.

젠장, 하필이면! 안 들켰겠지?

하지만 윤성은 이미 이상한 낌새를 눈치채고 그녀를 보았다.

"뭐하는 거야?"

박세단, 이 위기를 잘 넘겨야 해!

"아무것도 아니에요! 물 밖에 없으면 어쩔 수 없죠! 하하하."

"그거 캔들 아니야?"

하지만 능청스럽게 넘어가려고 해도 윤성은 순순히 넘어가지 않았다. 꼭 집어 세단이 숨긴 봉투를 가리키자, 세단은 다시금 뜨끔하면서 고개를 끄덕였다.

"캔들이에요! 그냥 무슨 캔들인지 확인하려고……."

"아로마 캔들이라면서."

"그러니까 상표가 궁금해서……."

"여기서도 네 심장 빨리 뛰는 소리 다 들려."

젠장. 그런 것도 들려?

"닥터랑 단둘이 있으니까, 당연하죠!"

"눈동자도 흔들리는데……. 숨도 가쁘고. 거짓말을 하는 사람의 전형적인 특징인데?"

"에이, 무슨 그런 말도 안 되는……."

윤성이 점점 가까이 다가오자 세단은 봉투를 얼른 더 꽉 움켜쥐고서 이 자리를 피하려고 했다.

들키면 안 돼! 들킬 수 없어. 이것만은 절대로 안 돼!

"꺄아!"

피할 새도 없이 윤성이 그녀를 붙잡았고, 세단은 온몸으로 봉투를 끌어안으며 몸을 웅크렸다.

"왜 그래요!"

"캔들이라며. 공기도 탁한테 한번 피워보자고."

"싫어요! 우리 집에서 먼저 피울 거예요!"

안 돼! 빼앗길 수는 없어, 안 돼!

필사적으로 방어를 하다못해 세단은 결국 바닥을 뒹굴기 시작했다. 그러자 괜히 오기가 발동한 윤성은 봉투를 빼앗기 위해 실랑이를 벌이다가 바닥에서 뒤엉켰다. 이대로 가다간 봉투를 빼앗기게 될 것 같아서 세단은 에라, 모르겠단 심정으로 눈을 질끈 감았다. 그리고 그대로 그의 옷깃을 잡고 끌어당겨 쪽 소리가 나게 입을 맞췄다.

'미치겠네, 진짜!'

그 순간 둘 모두 움직임이 멈췄고, 세단은 천천히 눈을 떴다. 여전히 그녀는 그의 옷깃을 붙잡고 있었다. 그리고 바로 눈앞에 흔들리는 그의 회색빛 눈동자와 무척이나 경직된 표정이 보였다.

그리고 그 모습을 본 순간, 세단은 깨닫고 말았다. 그는 아무렇지 않은 것이 아니었다. 그도 나처럼 나를 의식하고, 이 상황에 많이 떨리고, 긴장하고 있었던 거다.

닥터가 제 심장 소리가 들린다고 했던 것처럼, 세단은 그의 심장 소리를 들었다. 그의 심장은 지금……

'무척이나 빠르게 뛰고 있어.'

회색빛 눈동자가 흔들리며 그녀를 옭아맸다. 세단은 떨리는 숨을 집어삼켰다. 얼마의 시간이 흐른 후 그가 헛기침을 하며 몸을 일으켰다. 그제야 세단도 일어나 앉았다. 깨닫고 보니, 왠지 모르게 쑥스러우면서도 심장이 떨려 죽을 것만 같았다.

"하하, 그러니까 아무것도 아니라니까요."

세단은 일부러 밝은 목소리로, 자신이 생각해도 약간 오버하며 상황을 정리하려 했다. 묵직한 숨을 내쉰 윤성이 그녀의 손목을 잡고서 강하게 당겼고, 세단은 휘청이며 이내 소파로 무너지듯 내려앉았다. 윤성은 세단을 제 품에 가두고서 강렬한 시선으로 그녀가 움직이지 못하도록 했다.

세단은 침을 꿀꺽 삼켰다. 분명 보름달이 뜬 것도 아닌데, 그의 시선이 꼭 보름달이 떴던 그날처럼 느껴졌다.

"닥터……."

"가끔 너무 쉽게 키스하면서 날 이용하는 것 같아."

"또 무슨 이용까지……."

소파를 움켜쥐던 그의 손길이 그녀에게로 더 가까워졌다. 순식간에 공기가 달라진다. 벽난로의 불 때문이 아닌 다른 이유로, 점점 뜨겁게 달아오르기 시작한다.

"넌 너무 조심성이 없어. 그렇게 날 믿지 말라고 하는데도, 내가 지금 얼마나 참고 있는데 이런 식으로 자극하면……."

가까이 다가온 그의 입술이 세단의 입술 끝에서 멈췄다. 시선과 시선이 뒤엉키고, 잔뜩 긴장된 호흡이 귓가에 내려앉으며 머릿속이 하얗게 멈춰 버렸다.

지금 그렇게 말하는 당신은 얼마나 위험한지. 얼마나 매혹적인지. 그리고 나 역시 얼마나 참기가 힘든지…….

그 순간, 간지러운 숨결이 파고들면서 지독히도 위태로운 목소리가 흘러나왔다.

"그때처럼, 참지 못할 수도 있어."

"……."

"보름달이 뜬 것도 아닌데, 내가 너한테 얼마나 흔들리는지 알아? 그러니까 제발 날 흔들지 마, 박세단."

그녀를 향한 경고. 결코 선을 넘어서는 안 되니까.

윤성은 그녀를 끌어당기라고, 그대로 취해 버리라고 외치는 본능을 외면했다. 요즘 들어 계속 불안해지고 있는 건 바로 이런 기분 때문이었다. 자꾸만 스스로를 통제하기가 힘들어진다.

박세단이라는 여자에게 가까이 다가갈수록, 그녀를 더 깊이 알아갈수록 뭐라 표현할 수 없는 뜨거움이 점점 더 커졌다. 정말로 그녀에게 중독되는 것처럼.

윤성이 이성을 단단히 붙들고 있는 중, 세단이 순식간에 그의 뒷목을 끌어안았다. 일순간 그의 회색빛 눈동자가 미친 듯이 흔들렸다.

세단 역시 그것을 느꼈다. 아까보다 심장 소리는 더 크게 쿵쿵 울렸다.

"그럼, 참지 말고 넘어 봐요."

"……."

"난 당신이 나한테 미치는 모습, 보고 싶으니까."

그녀의 목소리가 위태로운 그의 이성을 뒤흔들었다. 또다시 퍼지기 시작한 다디단 독. 절대로 뿌리칠 수 없는, 결코 스스로 놓을 수 없는.

느릿하게 쏟아지는 숨결과 서로를 향한 갈망에 생각이 무너져 내리기 시작한다.

윤성은 잠시 망설이다 이내 그녀의 뒷목을 붙잡고서 그대로 입술을 겹치고 세게 빨아 당겼다.

평소 해주던 키스와는 너무나도 달랐다. 거칠게 자신을 쏟아내는, 자비심 따윈 없는 움직임에 세단은 숨을 헐떡였다. 윤성은 제 몸으로 그녀를 짓누르며 머릿속으로 다채롭게 흩어지던 색채가 무채색이 될 때까지, 그렇게 마지막으로 붙잡고 있던 모든 것을 내려놓았다.

"하아!"

세단은 제 위로 내려앉는 그의 묵직함과 가슴에서 느껴지는 간절함, 위태로움, 차마 말로 표현하지 못할 격하고 매서운 욕망에 숨이 막혔다.

그는 그녀의 입술을 자잘하게 지근거리며 순식간에 안쪽으로 깊숙이 파고들었다. 격하게 휘몰아치는 움직임에 세단은 정신을 차릴 수가 없었다. 쉼 없이 쏟아지는 그의 호흡을 한껏 집어 삼켰다. 낯부끄러운 신음이 자꾸만 쏟아질 것 같았다. 윤성은 세단의 등 뒤를 부드럽게 애무하며 점차 은밀한 곳으로 향했다. 마치 참지 말고 모든 것을 내뱉으라고 말하는 것처럼.

붉게 달아오른 그녀의 눈동자가 연신 부서져 내리며 그를 바라보았다.

어느새 아랫배가 뜨겁게 욱신거렸고, 낯선 무언가가 흘러넘칠 것만 같았다. 세단은 자꾸만 멍해지는 의식 속에 저도 모르게 그의 어깨를 움켜쥐고 풀어진 그의 셔츠 자락을 살포시 붙잡았다.

그의 입술이 그녀의 새하얀 목덜미 위로 화흔을 남기고, 그녀의 손길이 파르르 떨리며 마침내 그의 옷을 완전히 벗겨내려던 순간.

띠띠띠.

윤성의 휴대폰이 울렸다. 그것도 그가 병원용으로 따로 쓰고 있는 휴대폰. 즉, 병원에서 오는 전화였다.

윤성은 한껏 달아오른 욕망으로 번들거리는 눈을 치켜떴다. 흩어졌던 이성이 다시 돌아오기 시작했다. 세단은 발갛게 상기된 표정으로 숨을 가다듬고서 그를 살며시 밀었다.

"전화, 받아요."

쉬이 떨어지지 않는 몸짓으로 윤성은 천천히 그녀에게서 벗어났다. 그는 헝클어진 옷자락을 가다듬고선 전화를 받았다.

세단은 그의 뒷모습을 바라보며 여전히 열망의 잔재가 감돌고 있는 심장을 꽉 붙잡았다. 진짜로, 완전 위험했다. 하지만 전혀 부끄럽거나 쑥스러움은 없었다. 정말로 그를 가지고 싶고, 제 자신을 온전히 그에게 주고 싶다는 생각밖에 없었다.

얼마 지나지 않아 윤성이 돌아왔다. 그런데 왠지 모르게 표정이 심상치 않아 보였다. 세단은 잔뜩 긴장한 표정으로 천천히 자리에서 일어섰다.

"왜 그래요? 무슨 일 있어요?"

윤성은 휴대폰을 꽉 움켜쥐고서 어쩐지 머뭇거리는 표정으로 세단을 바라보았다. 세단은 뭔지 모르지만 덜컥 겁이 났다.

"강민정 레지던트."

그의 입에서 민정의 이름이 나오자 세단의 눈이 흔들렸다.

"민정이가 왜……."

"자살 시도한 것 같아."

왜 이렇게 불길한 예감은 절대로 빗겨나질 않는 걸까. 달콤했던 순간은 금세 지나가고 악몽이 찾아와 그녀를 짓누르고 있었다.

⟨2권에서 계속⟩